她说的,他都想做,
想和她一起经历

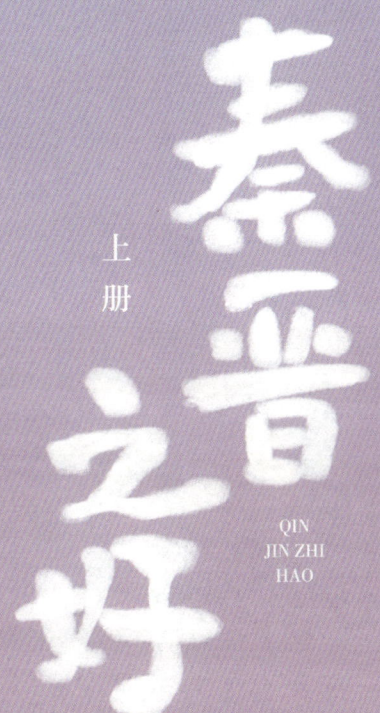

秦晋之好

上册

QIN JIN ZHI HAO

姜之鱼 著

长江出版社
CHANGJIANGPRESS

目录 上册

001	/	PART 01	不准接触狗主人
025	/	PART 02	他第一次主动
049	/	PART 03	你是不是在偷看?
069	/	PART 04	"社死"现场
101	/	PART 05	看好戏
123	/	PART 06	无法拒绝
144	/	PART 07	她是救世主
169	/	PART 08	眼神收收,我不吃人
194	/	PART 09	她生气吗?
218	/	PART 10	少女的裙摆

目录 下册

235	/	PART 11	你看我第五次了
268	/	PART 12	暧　昧
293	/	PART 13	我喜欢你
318	/	PART 14	从这一秒开始是真的
343	/	PART 15	约会提前打草稿
367	/	PART 16	原来喜欢一个人，可以……
392	/	PART 17	公费恋爱
414	/	PART 18	和岳父见女婿是一个道理
438	/	PART 19	我们公开吧
462	/	PART 20	以后也是
475	/	番外 01	同　居
481	/	番外 02	演唱会 +《PRISONER》
487	/	番外 03	大哥 CP + 网恋 CP
496	/	番外 04	婚　礼
500	/	番外 05	宝　宝

曾经的黑暗都像是命运被蒙了眼的错误给予，现在她像是强行进入他生活的一抹曙光。

PART 01
不准接触狗主人

九月中旬的上午仍是热气翻涌。

"我帮你发招聘广告的事,你可千万别和你家里人说啊,不然我得被剥一层皮。"除了说话声,房间里没有其他声音。

男人端坐在沙发上,正在用手机与人通话,他低垂着眼,黑发柔顺,边上是一条沉迷挠沙发的阿拉斯加犬。

手机那边的人继续说:"要求就写对方不能接触你,行吧?秦愈,你在听吗?"

"在听。"男人终于应声。

听到回答,对方松了一口气:"其实你应该多接触人,你的粉丝都想见你。"

秦愈沉默了两秒,低声说:"知道了。"

也许知道劝也没用,对方也没再劝秦愈,只是将招聘上秦愈的联系方式改成了自己的。

通话结束,秦愈摸了一下自从送来后就没出过门的阿拉斯加犬。他……可以带着它单独出门吗?

星湖大学旧校区太小,好几个学院都搬去了新校区,新校区位于郊区，右边是待开发的荒地，左边过去两千米则是别墅区。这么热的天，学生除了上课，是不愿意出门乱逛的，今天却不同，校园里吵吵闹闹、人来人往。

"咱学校的鹅居然会飞！"文玥一骨碌坐起来，"棠棠，你见过鹅飞吗？鹅居然能飞！"她下床，将手机递过去。

坐在桌前的女孩儿头也不抬："鹅本来就会飞。"

文玥收回手，兴致勃勃地说："走走走，棠棠，快去抓鹅，今天食堂肯定加餐。"她做馋嘴状。文玥的手机界面还停留在星湖大学的表白墙上，这上面一向是投稿找帅哥靓女的，今天来了个与众不同的，投稿人发了几张模糊的图，依稀可见一只大白鹅。

这事儿在学校里都不是稀奇事了。学校五年前开了畜牧专业，校内养了一些家禽，她们这个宿舍正好是畜牧专业的。当初报志愿时，学长、学姐说得十分诱人，这个专业研究完鸡、鸭、鱼、羊，就将其送去食堂加餐。只可惜她们这会儿刚军训结束，才上了两天课，还没能体验到这种好处。

晋棠棠终于转头，温声道："所以你会抓鹅吗？鹅会咬人的。"

"我就去看看。"文玥说。

晋棠棠"噢"了一声，看了一眼手上拿着的一页兼职信息，内容千篇一律，总之，不适合她这个需要上课的学生。她垂眼，解锁了手机，家里还没有回电话，干脆站起来："走吧。"

"啊？"文玥没明白她的意思。

"不是要去抓鹅吗？"晋棠棠睨了她一眼。

文玥欢呼一声，立刻抱住她的胳膊："我还以为你不去了呢，鹅都跑到教学楼那边了，咱们快去，不然鹅可能就转移阵地了。"

她们运气不错，鹅停在了教学楼前方。两个人到达目的地时，那是一片兵荒马乱。

大白鹅蹲在建校第一任校长的雕像上，还拉了屎，不时地看向围观的人群。

晋棠棠忍不住轻笑，第一任校长知道了，都得气得从坟里跳出来吧？

"你们怎么都不上？直接冲啊！"路边看热闹的人大声叫道，"一把按住它！"

"这鹅咬人啊！"有受害人立即抱怨，他裸露在外的伤口倒是没有流血，但看见伤口的人都十分同情他。

文玥找到个好位置，晋棠棠才站稳，就听见有人议论。

"抓鹅的学长在半路上喘不过气了。"

"听说鹅炖汤好喝，是真的吗？"

"烧鹅比较好吧，白切好像也不错……"

因为大鹅的战斗力十分强悍，围观的人群中不乏男生，但至今他们都是试探，没人敢真的上手抓鹅。

有人按捺不住，伸手去抱大白鹅，大白鹅当即伸长脖子要去啄他，吓得他后跳一大步。

人群里传来笑声。

大白鹅似乎是被惹怒了，从雕像上跳下来就往人群里钻。

文玥蹦开了："别咬我！"

"怕什么？我还在。"晋棠棠没走。

"别逞强。"文玥拽着她，眼皮也就眨了一下，就看见一只纤细的手掐住了鹅的脖子。

文玥看起来柔弱无比的室友，竟然徒手抓住了凶鹅！

"哇，牛啊！"

"妈呀！"

"让一让，抓鹅的学长快来了！"

不远处，穿着大褂的微胖学长姗姗来迟，扶着眼镜，走走歇歇，看样子是真的跑累了。

"咦，抓住了吗？"学长惊讶地看着前面的女生，身材纤瘦，脸很嫩，偏偏十分淡定地抓着扑棱不停的大鹅。

晋棠棠将大鹅递过去："喏。"

学长接过鹅，把鹅抱紧，道了一声谢，临走前还不忘偷偷地擦了擦雕像。

大家的目光都落在晋棠棠的身上，谁也没想到最后抓住凶鹅的是个小姑娘,主要是……衬托得他们很无用。"

回去的路上,文玥好奇地问:"你不怕吗?"

晋棠棠挑眉,笑着说:"我吃过的鹅比你见过的都多。"她从小到大都被鹅撵过,放养的鹅那才叫真的凶,学校里的鹅已经算得上是乖的了。

晋棠棠没把抓鹅放在心上,但其他人不是。不到一个小时,有个勇士徒手抓鹅、扼住鹅的喉咙一事就在学校里传开了。可惜那时晋棠棠的动作太过出乎意料,没被拍到,就算拍到的也是模糊的图。中午,果不其然,二食堂里多了一份烧鹅,先到先得。二食堂在女生宿舍楼后面,平时人并不多,加餐消息一出,今天一下子来了很多人。

文玥之前就和一个学姐关系比较好,所以提前得到了消息,冲得比谁都快,还帮晋棠棠打了一份。虽然是大锅烩,但掩不住香啊!两个人刚坐下来,就有男生端着餐盘过来,看了看晋棠棠,打算直接坐在她身边。

"同学,你们是哪个专业的?"

晋棠棠微微一笑:"畜牧。"

男生尬笑了两声,没过几秒,自个儿离开了这桌。

文玥"扑哧"笑出声来,然后又看着晋棠棠,羡慕起来。坐在她对面的女孩儿,巴掌脸,白皙的皮肤泛着健康的粉色,这么热的天,军训了半个月,晋棠棠居然只晒黑了一点点。和她们相比,晋棠棠等于没变化。

学校里没有正式搞"校花""系花"的投票,但是贴吧和微博里都有人提谁谁好看,文玥都看到了晋棠棠的名字。她第一眼看到晋棠棠时,晋棠棠正拖着一个大行李箱。她明明生得娇小,性格却很坚韧,真不知道什么样的家庭才能养出这样的女孩儿。

没多久,关筱竹拿着饭走过来,宿舍三个人齐聚一桌。她们虽然才认识半个月,但相处得很好。宿舍里还有一张空床,一直没人睡。

这桌太亮眼,周围不时有男生看过来。

"我妈一直说我选错专业了。"文玥含混不清地道,"但我觉得很好啊,说不定以后破产了还可以去养猪。"

关筱竹附和："别说，人家清华毕业的都去养猪了。"

文玥信誓旦旦："人不可以不吃肉，咱国家，猪肯定是不会灭绝的，养猪不会失业。"

晋棠棠心不在焉，今天她打家里的电话没打通。

文玥撞了撞她的胳膊："想什么呢？"

晋棠棠回神："没事儿。"

吃到一半儿，关筱竹问："你们的社团都给你们发消息了吗？我明天晚上要去开会。"

其他人都有，唯有晋棠棠摇头。在学校里参加社团是加学分的，她只选了个辩论社。宿舍其他人选的是汉服社、动漫社，文玥则进了学生会。不过闲着刚好，她可以自由分配自己的时间了。

从食堂离开时，沉寂许久的手机终于响了起来。晋棠棠忙不迭地接起来，电话里立刻传出响亮的女声："棠棠啊，是钱花完了吗？奶奶这里还有！"随后就是窸窣声。

"没有，奶奶，我是想跟您说，学校军训结束了。"晋棠棠连忙阻止她，"我不缺钱，今天的电话你们怎么没接？"

"哦哦，我们出去了。"

奶奶正要说，电话又被爷爷抢过去，两个人的嗓门一个比一个大，仿佛怕她听不见似的。

晋棠棠笑道："爷爷，我们学校今天有只鹅跑了，然后被送去食堂加餐了。"

爷爷听得乐了："棠棠想吃鹅了吗？爷爷宰一只腌上，过几天给你送过去，要不送活的也行，你说你们学校可以养的，想吃了再杀。前两天还有人来买一只，说回去当什么……"

"宠物！"奶奶啐了一口，"这都不知道。"

他们家养的鹅是一绝，还有人从外地过来买。晋棠棠从小并不缺肉吃，她想着，口水都快流出来了，回神哄了两位老人后，又絮叨了半小时才挂断电话。至于活的鹅，那还是算了。晋棠棠想象不出在宿舍里养一只鹅当宠物的画面，怕是整栋楼都会鸡飞狗跳。

今天下午没课，大家都打算回宿舍里吹空调。晋棠棠一挂电话，旁边的文玥和关筱竹就迫不及待地问："棠棠你家养鹅了？"

"难怪你敢抓鹅。"

"你家养了几只鹅？"

两个人叽叽喳喳，晋棠棠伸手阻拦："一个一个来。"

等到两个人安静下来，晋棠棠才慢悠悠地开口："不只养鹅，还养了鸭子，鸡也有，不过不多，自己家吃。"

"至于几只……"晋棠棠微笑，故意停顿了一下，然后说，"几千只吧。"

"几千？"

"哇，大户人家啊！"

两个人彻底被惊到了，瞪大了眼睛。之前晋棠棠一直说要找兼职，穿着也简单，她们还以为她的家庭比较普通，万万没想到她们之中竟然隐藏了个小富婆。虽然养鹅听起来不怎么"高大上"，但更贴近生活，原本她们觉得晋棠棠有点儿神秘，这会儿反而好奇居多。

"鹅不贵的。"晋棠棠怕她们误会，于是补充了一句。

文玥家境优渥，对这个并不清楚，倒是关筱竹有点儿兴趣："起码几十上百元吧？"

当然，刨除成本后并没有这么多。晋棠棠摊手："之前因疫情杀了不少呢！"

爷爷奶奶没哭，她反而心疼。这也是晋棠棠没有停下来的原因，环境不稳定，自己有准备更好。另外，她也是个静不下来的性格，在家里还能和动物玩闹、帮爷爷奶奶，到学校反而闲下来了。所以晋棠棠才会打算找个兼职。

"看来，咱们院里的鹅就是弟弟。"文玥下定论。

惊叹过后，几个人又安静下来。几个人结伴回宿舍，女生宿舍楼内很阴凉。快到宿舍时，迎面碰上隔壁宿舍的人。

晋棠棠目不斜视，倒是关筱竹发现其中一个女生看了晋棠棠好几眼，于是一回到宿舍关上门她就开口了："隔壁那谁一直看你，表情好像做贼。"

晋棠棠回忆了一下:"好像是一起入辩论社的校友。"她们这专业的女生不多,加起来也就两个宿舍,她们宿舍还没满,隔壁宿舍是另外一个专业的。

文玥打趣:"说不定是看咱棠棠美貌。"

晋棠棠但笑不语,坐回桌前,重新打开电脑。

解锁后,之前的网页没关,她顺势打开音乐App(应用软件),循环播放一个私密歌单。

"咦,这是秦愈的歌吧?"文玥问。

晋棠棠"嗯"了一声。

文玥侃侃而谈:"我之前还想'追'他的,但他太懒惰了,也就工作室一星期放一次照片,实在让人'追'不起来。"

"天赋这么好,他怎么一点儿都不上进?连个人微博都没有,别说'营业'了!"她恨铁不成钢。

"其实我也很想知道为什么。"晋棠棠声音很轻地说完,瞥见了一个招聘广告,"诚聘一位遛狗师,待遇优厚。"

晋棠棠又看向下面的要求:

一、每天遛一次即可,两次更好,可兼职。

二、狗为大型阿拉斯加,年轻活泼,遛狗需要力气。

三、注意:不准接触狗主人。

这个兼职对晋棠棠而言,是个非常合适的活儿。地址是距离学校不远的别墅区,每次遛狗也不需要太长时间。前两个要求倒是很正常,第三个让她心生古怪,还有人有这样的要求吗?晋棠棠思索了几秒,工作没难度,于是抢下这单。至于狗主人,又不是什么香饽饽。晋棠棠原本打算马上联系对方的,但考虑到现在是下午,万一联系人在上班,自己就有点儿打扰了。

"我找到兼职了。"她在宿舍里说了一声。

其他人好奇:"什么兼职?"

晋棠棠说:"遛狗。"

目睹她徒手抓鹅的文玥,像煞有介事地点头:"不错,非常适合你。狗狗见了你,说不定也害怕。"

晋棠棠心想,这叫什么话?

正好一首歌放完,文玥怅然若失:"秦愈的歌真好听,就算纯音乐我都能听完。"说完,她站起来。

"他工作室之前不是放了张照片吗?一年过去了,照片还是那张,好家伙。"这事儿晋棠棠自然知道。她保存了那张照片,上面的男人很年轻,面容清秀。

秦愈出道时间并不长,满打满算也才一年,只出过两首歌,每首歌尽人皆知,且评价极高:"灵气十足,可谓天才。"还有歌手公开发微博向秦愈约歌,可惜他不出面,就没什么结果了。和大多数歌手不同,秦愈的歌,歌词比较少,一首歌几分钟,其中一半儿时间是纯音乐。可调子极为特殊,带着一股说不上来的味道。

晋棠棠第一次听到他的歌是在奶茶店里,也奇怪,明明歌词没几句,却有好几个女生在问奶茶小哥那是什么歌,原来叫《枷锁》。说来奇怪,虽然歌曲的风格有点儿忧郁,却被无数人喜爱。男人的声线略清,交织在音乐中,结尾时响起密集的鼓点如同人的心跳,然后渐渐停歇。不仅粉丝,就连路人都说歌曲好听得令人头皮发麻,是可以让人无限循环的,拯救了被各种难听的歌曲荼毒了的他们。

"秦愈既是传奇,又是奇迹,明明光芒万丈却低调沉寂,这样的歌手不正是咱们想要的吗?"

"不管你是谁,只要听了秦愈的歌,很长一段时间都会'愈'音绕梁。"

"扑哧"想到这里,晋棠棠忍不住笑了起来。她打开这首歌的评论区,果不其然,排在最上面的就是一条呐喊:"秦愈,教师节都过了,国庆快来了,还不发歌吗?"

晋棠棠想象不出秦愈唱爱国歌曲的画面。

"秦愈半年没发歌了,我都没有新歌听了。"文玥又坐下,"前两天还有营销号说他江郎才尽,啊呸!"

"可能有事儿呢?"晋棠棠选定循环播放。

"我这个'事业粉'加'颜粉',很操心。"文玥叹气。

晋棠棠从未告诉任何人,她是秦愈的粉丝。她不帮打榜,也不做数据,只默默地听他的歌,虽然秦愈现在才出了两首歌。她是最沉默也是最坚定的粉丝。

午睡一个小时后,晋棠棠和文玥出去买了点儿日用品,吃完晚饭,已是六点,外面天还亮着。

她们这栋宿舍楼是有独立卫生间的,不过日常喝的热水要去走廊尽头接,好在这一层人也不多。晋棠棠拎着水壶过去时,有两个女生在排队聊天。

"听说老校区有好几个出名的帅哥呢!"

"我知道,网上还有点儿小火是不是?我上次刷到了……"

几个女生聊着聊着,话题就转到了今日校园最大的新闻——抓鹅上,对于没能亲眼见到那位勇士感到十分遗憾。当然,更遗憾的是没吃到烧鹅。

晋棠棠作为"主角",默默地站在后面,听她们说自己"力大无穷""长得可能很壮",着实没忍住:"你们怎么知道她很壮?"

两个女生回头,看到白生生的晋棠棠,认真地道:"一把掐住鹅脖子的女孩儿,不壮的话,哪儿来的力气?"

晋棠棠心想,这话乍听上去还真没什么毛病。果然,什么东西传播久了就跟原来不一样了。

女生们接完水,嘻嘻哈哈地离开。

晋棠棠刚将水壶放上去,不远处又传来说话声。

"何韵,咱们这么做会不会不太好?"

被叫作何韵的女生不屑地道:"你不说,我不说,谁知道?而且学长让我们说,肯定是自己不会主动开口。"

"我还是怕——"曾晓莹话说了一半,看到正在打水的背影,住了口。

何韵顺着她的目光看去,眼神一闪,放低声音:"你可别给我戳破了,我可是听说两位学长都没女朋友的。"

"知道了。"曾晓莹小声地道。她不停地瞥着前面的晋棠棠,有点儿心虚。

何韵的手机振动了两下,她掏出来打开:"你自己看,是不是这样做最好?"

屏幕上是一条新消息。

学长:"晋棠棠真的不来吗?"

曾晓莹心跳加快,之前的聊天记录还在上面,何韵昨天回复的"晋棠棠有事儿,不能去聚餐"。辩论社今年进了好几个新人,女生总共只有三个,她很清楚,晋棠棠是公认的最漂亮的那个。军训结束后,学长找到她们,说要请吃饭。原本曾晓莹还以为是特意请她们的,后来学长特地提醒,让她们把晋棠棠也叫过来,她才反应过来,其他人只是顺带而已。按道理说,他可以自己找晋棠棠,但不知道为什么让她们转达。何韵提醒她,学长的目标本来就是晋棠棠。

曾晓莹鬼迷心窍地听了她的话。

"我先回去了,你可别露馅儿了,明晚见。"何韵眨了眨眼,"机会可都掌握在自己手里了。"

曾晓莹"嗯"了一声。

晋棠棠打完水,回去刚好和曾晓莹迎面碰上,于是点头示意了一下,毕竟同为辩论社的社友。只是错开后,晋棠棠能感觉到对方一直盯着她。晋棠棠停在门口,突然转身,果然对上曾晓莹还没来得及错开的目光。她挑眉问道:"你有什么问题吗?"

曾晓莹愣了一下,否认道:"没有。"

晋棠棠"哦"了一声,直截了当地说:"你一直看我,我还以为我身上有什么东西呢。"如果没记错,下午回来的时候,关筱竹说曾晓莹当时也在看自己,有必要每次都一直看吗?

曾晓莹也就只在辩论社那里和晋棠棠说过一两句话,晋棠棠从不知道她的性格是这样的:"我——"

晋棠棠微微一笑,打断她的话:"当然,你看我也没什么,不过不要一直看,可以吗?"被一个陌生人盯着还是很奇怪的。

虽然是问句,曾晓莹却被说得满脸通红。

等晋棠棠关上宿舍门,曾晓莹还站在原地,莫名担忧,这件事……晋棠棠真的不会知道吗?

晋棠棠莫名其妙地回到了宿舍。她没那么多闲工夫琢磨曾晓莹。她翻出了那份兼职的联系方式,拨了电话。

电话没响几声,便被接通:"喂?"

"您好,我在网上看到您发布的招聘消息,我是来应聘遛狗师的,我叫晋棠棠。"

电话那头的孔景沉默了几秒,没有隐瞒:"女生可能不适合这份工作,我记得上面写了,需要力气。"

"我有力气。"晋棠棠道。

"大型犬不是普通力气就行的。"孔景笑了起来,"抱歉,晋小姐,我并不是很放心,这也是为了你的安全着想。"

对方声音太年轻,他不相信。

晋棠棠却胸有成竹:"您对有力气的定义是什么?"她换了个比喻,"您是怕我牵不住狗吗?其实这点儿可以放心,我单手就能拎好几只很重的大鹅。"

大鹅?孔景差点儿以为自己听错了,怎么从狗说到了鹅上?

"我接下这单,是有自信心的,请先生放心,而且我在星湖大学新校区,距离并不远。"晋棠棠又补充道。

孔景迟疑起来,是学生的话,平时要上课,应该没时间去接触秦愈,这样他们都能放心。至于她……可能真是个大力少女?

"你真的力气很大?"孔景问。

"如果不放心,我明天去现场,您看看怎么样?"

孔景倒是被她说服了,她都这样说了,应该是有点儿力气的。只是这遛狗师并不是他要找的,所以他是不打算去看的。

"好。"孔景答应了,"晋同学,要求和我之前写的是一样的,每天最少遛一次,可以只在小区里面,不用出去,当然你出去也可以,只是绳子一定要牵好。最主要的还是第三点,你看到了吧?"

"嗯,我注意到了。"

"看见就好。我不是狗主人,狗主人不喜欢陌生人进入他的生活,所以我希望你能做到第三点,其他的没什么,有特殊情况可以向我汇报。"

他也是为秦愈操碎了心。

这兼职怎么听怎么简单,晋棠棠眉眼弯弯:"我记住了。对了,我还不知道狗狗叫什么名字。"

"来福。"

晋棠棠从没想过会听到这么接地气的名字。好在孔景并未察觉,和她确认了薪酬:"我提前给你一个月的工资,明天你先试试,如果可以,这份工作就是你的了。"

这么信任她?不怕她卷款跑路?晋棠棠拿钱干活,第二天下午上完课才四点多,她放好教科书就直奔别墅区。

得知遛狗一事定下来了,秦愈的心终于放下来了。他摸了摸来福的头:"明天你就可以出门了。"

来福听不懂,冲主人摇了摇尾巴。

秦愈以为可以等到遛狗师来,没料到第二天他还没醒,来福就一直挠门。他给它喂完食,安静了一个小时的来福又躁动起来。

下午三点,秦愈的午睡没能开始,一人一狗在客厅里互相对视。秦愈不时看向屋外:"院子还不够你跑吗?"他从未养过狗,来福是家里人送过来的,打着能让他多出门的主意,可他目前还做不到单独出远门。

作为一条安静不下来的阿拉斯加,出门是最大的快乐,在家里闷着都快发疯了。来到这个家一个星期,来福已经弄坏了好几样东西,数量还在不停地增加中。

秦愈安静地坐了半小时。遛狗师不知道什么时候来,孔景正在公司里,他今天有会议,是没法接电话的。

来福越加躁动,围着男人打转,不时地蹭他。

秦愈很纠结。最近半年,自己心理带来的问题更严重了,他甚至毫无灵感,一首完整的曲子都作不出来。许久,他终于上楼,换了一件黑色的连帽卫衣,将自己遮得严实,又戴上口罩。就在自己家的周围……可以的吧?秦愈给来福套上狗绳,来福立刻就明白要出门了,高兴地伸出舌头,要去舔他的脸。男人抗拒这种亲稔。

一人一狗往屋外走去,才到门口,门铃声突兀地响起,让秦愈的表情瞬间凝固。通过猫眼和可视电话，他能看见屋外的人。

女孩儿身形纤瘦，五官精致，漂亮的眼睛看着他家，脸上带着清浅的微笑。

他不认识这个人。他从住进这里以来，除了孔景和家里几个熟悉的人会过来，从来不会有人过来打扰。她是谁？站在自己家门口做什么？有段时间未接触陌生人的秦愈攥紧了狗绳，抿紧了唇瓣，下意识地将卫衣的连帽拉扯了一下。

门外，晋棠棠疑惑地眨了眨眼。难道家里没人吗？那孔先生还让她今天过来做什么？她掏出手机，给孔景打电话："孔先生，屋子里好像没人在，要不我明天再来遛来福？"晋棠棠没压低声音。

听到自己的名字，被秦愈牵着的、眼看出门计划快要泡汤的来福忍不住了，大声叫起来："汪！"

晋棠棠一下子看过来。

明明隔着一扇门，就算知道门外的女孩儿看不到他，秦愈还是惊慌失措地别开脸。

晋棠棠确定自己听到了狗叫。大概是家里没人，但是狗在家，听到她叫"来福"所以就应了一声。

"家里没人吗？"孔景十分奇怪。

"嗯，我按门铃没有人开门，不过我听到狗叫了，可能主人没有带它出去。"

听了晋棠棠的话，孔景更觉得不对劲儿，秦愈怎么可能一个人出门，还把来福放在家里？十有八九是因为有陌生人，他才不肯开门。孔景叹气："行，我联系他，你稍等一下。"

晋棠棠说"好"，挂断电话后，她站在门外也没事情做，百无聊赖地等着回复。

而门内，秦愈慢吞吞地转过头来。他能看见门外的女孩儿放下了手机，背对着自己，马尾随着她的动作一晃一晃的，很有活力。她不走吗？秦愈纠结，自己没开门，为什么她还站在那里？

来福等了一会儿，哈了几口气，咬住男人的裤腿儿，一直想要把他往门边带。

也就是在这时,秦愈的手机屏幕忽然亮了起来,下一秒,铃声响起。秦愈在慌乱中挂断了电话,又看见门外的女孩儿转了过来,直勾勾地看着屋内,半是好奇,半是疑惑,明亮的眼眸中生机勃勃。刚才响起铃声的手机暴露了他在屋子里的事实,他从紧张逐渐过渡到恐惧,心跳加速。秦愈喉咙发紧,后退一步。

晋棠棠思忖了几秒,扬声问:"您好,有人在家吗?"

秦愈的手心出汗了,他张了张嘴,最终只有一声低促的"在",又被吞没在喉咙中。除了他自己,没人听得见。

晋棠棠听到的是几声狗叫。

来福扯着秦愈的裤子,后来发现主人实在不动,干脆自己去扒门,挠个不停。

晋棠棠听到了声音,忍不住笑道:"来福要乖。"把门抓坏了可不好。

柔软的声音透过一扇门进入秦愈的耳朵中,他即使还想要抗拒,情绪却比之前好很多。

来福大叫:"汪,汪汪!"

晋棠棠干脆蹲下来,隔着门和它说话:"等下次再带你出门玩。"

铃声被掐断,说明有人在家。她不知道为什么主人不来开门,但思及孔先生之前的第三个要求——大概主人不太想见陌生人吧?

秦愈没接电话,孔景又发微信:"在家吗?"

秦愈低头打字:"在。"

孔景明了,确定他这边没出问题后,也没问发生了什么事,安抚道:"好,我让她明天再来。"

孔景去和对方解释,秦愈瞬间舒了一口气,目光落在冲着门外欢快地叫的来福身上。

卫衣的帽子遮住了他低垂的眉眼。

孔景拨通了晋棠棠的电话:"你明天再过来吧,今天的工资不用扣,算你的。"

白得一份钱,晋棠棠还挺开心:"不用的,孔先生,明天算就可以了。"

"你都跑一趟了。"孔景对她的性格很满意,"明天下午过来之前,你和我说一声吧。"

"好的。"晋棠棠将手机装好,又和来福打了一个招呼,"来福,明天等我!"

"汪汪!"来福听不懂其他内容,只能听懂自己的名字。

女孩儿的背影很快消失在门外,秦愈半晌才四肢回归,拉了拉拴着来福的绳子。

回到宿舍时,关筱竹正在看剧,听到声音,回头惊讶地问:"这么快就回来啦?"

"没遛上。"晋棠棠洗了把脸。文玥风风火火地从外面进来了,"姐妹们,速速与我去聚餐。"

"聚什么餐?"

"学姐要请我们吃饭。"

对于这个学姐,晋棠棠基本都是从文玥口中得知的,什么心地善良,什么热情好客,等等。晋棠棠拒绝道:"我们不熟,去了不好吧?"

文玥笑嘻嘻地说:"放心,学姐知道你们,是她让我叫你们去的。"

既然都这么说了,晋棠棠和关筱竹就没有再拒绝。

聚餐的地点定在学校后门外的一家店里。据文玥说,这家店是学生公认最好吃的一家,平时人都是满的,可想而知味道有多好。

"我打瓶水,晚上回来说不定热水没了。"晋棠棠拎着水壶出去时,正好碰到曾晓莹也出门。

曾晓莹听到了刚才晋棠棠说的话,不禁露出笑容:"晚上要出去啊?"

她们专业不同,仅仅是宿舍相邻,两个人并不熟。晋棠棠礼貌地点了点头,没说话。

曾晓莹并没有再说什么,而是笑着离开。等出了宿舍楼,曾晓莹才和何韵电话联系:"昨天我还在担心,今天倒是可以放心了。"

"都和你说了,不用担心。"何韵道。

曾晓莹摇头:"我刚才问了,她今天晚上要出门,这样我们和学长说的也不算是假话。"

何韵意味深长地"哦"了一声。从第一天认识曾晓莹起,何韵就知道她是什么样的人。曾晓莹看起来胆小,好像什么都不会做,但心底的主意不比她少。

"走吧,学长他们应该快到了。"两个人并肩向校外走去。

晋棠棠将水壶放回宿舍,正好文玥换完衣服,三个人一起出发,顺便从食堂买了雪糕。

天色已经黑下来了,晚风习习。到达店里的时候,里面坐了好些人,文玥张望一番,看到了正在招手的学姐:"走,在那边。"

晋棠棠还发现曾晓莹也在这家店里,真巧。

曾晓莹一抬头,恰巧和她对上目光,表情一僵,明显得几个人都看得出来。什么情况,晋棠棠怎么来啦?不是晚上有事儿吗?故意来这里的?

关筱竹小声问:"她什么表情?"

晋棠棠说:"这我哪儿知道?"她觉得这个人挺奇怪的。

"晋棠棠?"从边上拿饮料回来的学长看到晋棠棠,惊讶地叫了一声。

晋棠棠乖巧地道:"学长。"

学长笑道:"不是说有事儿不能来吗?这是你的同学还是室友,一起坐吧!"

"有事儿?"晋棠棠疑惑了。

她看了看曾晓莹,忽然将之前曾晓莹的怪异都联系到了一起,她又不是笨蛋。

"学长——"曾晓莹开口打断。

"学长说什么不能来,我怎么不知道?"晋棠棠却一点儿也没有隐瞒,当面问道。

曾晓莹没想到晋棠棠居然这么耿直。甚至有可能晋棠棠已经知道了整件事情,没有说出来,就是等着故意来这里羞辱自己的。

学长一开始还没搞清楚状况,现在看着一脸疑惑的晋棠棠,又看看曾晓莹,这会儿还不知道什么情况就是蠢了。学校里钩心斗角的事多了去了。他瞥了一眼曾晓莹,淡淡地描述道:"嗯,就是请你们新人吃个饭，大概误会你有事儿了。"

何韵一看出了意外，柔声道："就是晓莹说你今天晚上要出门，所以就……"

这话乍听起来没什么问题。晋棠棠仿佛明白似的点头，故意说："原来是这样啊，谢谢你们替我做了决定，虽然我并不需要。"她特地加了一句。

看戏的关筱竹忍住笑。因为晋棠棠的眼睛天生带笑，她好说话，动作利落，关筱竹从不知道她损起人来也这么不含糊。

"……"何韵还能忍住，曾晓莹脸都红了。

晋棠棠没再搭理她们，而是转向学长："学长，我事先不知道，所以今晚答应了室友和学姐一起吃饭。"

学长摆摆手："那你们去吧！"他也心累了。

离开是非之地，关筱竹道："这要不是文玥的学姐请我们吃饭，咱们还不知道呢。"

晋棠棠摊手，实在无法理解："关键是不就是吃个饭吗？有什么好不和我说的？"

"想孤立你呗。"关筱竹猜测。

"现在被我知道了，后面在社团见面，恐怕她们会心梗吧？"晋棠棠挑了挑眉毛。那可不能怪她。

学长重重地放下饮料："有事儿不能来，你们和我说的，不解释解释？"

"……"曾晓莹更加慌乱，看向何韵，何韵却避开她的目光，这种事当然自己不能承认。

桌上的气氛诡异。

文玥的学姐果然十分有趣，晋棠棠总算明白她为什么天天把学姐挂嘴上了。吃完饭后，她和关筱竹准备先回去，至于学长他们那桌早就换了新的客人。

回宿舍时，隔壁宿舍门紧闭。晋棠棠猜测，应该未来很长一段时间里，自己都不会在宿舍这边偶遇曾晓莹了。

第二天上课时，大家总算体验了真正的畜牧专业。老师带他们去了养鸡的地方，因为鸡屎和其他味道很重，意气风发的同班同学此刻个个化身业余芭蕾舞者，脚尖点地，在零星干净的空地上跳。

个别踩到鸡屎的小姑娘欲哭无泪。

晋棠棠就十分敏捷了，这可是她在鹅群里练就的全身而退的本事。

文玥小声嘀咕："你看着，待会儿一下课，咱班上的同学保证跑得比谁都快。"

晋棠棠看她一眼："你脚上也有。"

"什么？！"

晋棠棠好心提醒："下次别穿裙子了。"

文玥哭丧着脸。

下午四点半，秦愈接到了孔景的电话："她待会儿就过来，这次不要不开门了。"

秦愈"嗯"了一声："知道。"

孔景问："昨天她发没发现你在家？"

"应该发现了吧……"

"你说就是开个门，其实也不是多大的事。"

"开门就要见面，还要说话。"

秦愈已经几个月没和陌生人交流了，他想起一个问题："她个子好小，可以遛来福吗？"昨天自己就留意了，女孩儿蹲下来的时候不如来福高，两个她才抵得上一条来福。

"哈哈，不用担心。"孔景一回忆起晋棠棠之前的比喻就乐，"她是大力少女。"

他强调："能拎好几只鹅！单手！"

秦愈心想，说是这么说，为免出现意外，秦愈把来福拴在了茶几腿上，免得女孩儿一开门，来福就冲过去扑她。万一把女孩儿扑倒，并且让她受伤，那就不好了。

下午下课后，晋棠棠让关筱竹把自己的书带回宿舍，她直接出了学校，进去时客厅里没有人。阿拉斯加尾巴直摇，亲昵地要往她身上蹭，可惜被套了狗绳，拴在茶几腿上，茶几上放着一杯还在冒热气的咖啡。主人好像在家。

"来福？"晋棠棠笑道。

"汪汪！"来福将尾巴摇得更快了。

别墅内除了狗发出的声音，并无其他声音。晋棠棠粗粗观察了一下这个屋子，更加佐证了她之前的猜测，狗主人应该是很警惕的性格。她进来了，主人都不露脸。

秦愈没有看她，但他又有点儿好奇。

"来福，不要调皮，不然我怎么解救你？"晋棠棠严重警告道，"别动啊！"

秦愈可以想象，这会儿来福肯定是在蹭对方，因为来福是一条自来熟的狗。小姑娘大概要不停地推开狗脸。

晋棠棠站稳，打算出门，想了想，对着空气开口："我要带来福出门了，很快回来。"

秦愈猝不及防，她在和谁说话？和他吗？别墅内回归安静。许久，秦愈有点儿懊恼自己的态度，于是对着空气开口，好像在回应她："知道了。"

晋棠棠其实没干过遛狗的活儿。以前家里倒是养过狗，但那是散养的，后来有一天狗跑出去，再也没回来，大家都说被人毒死了。

一来到空旷的地方，来福就飞奔起来，可惜绳子被拽在晋棠棠的手上，它不得不慢下来。

"你的主人为什么不遛你？"晋棠棠好笑地问。

来福叫了两声，在路边刨起爪子来。

晋棠棠带了手机，这么热的天，别墅区没几个人出来，她干脆放歌来听。耳机还没戴上，音乐已经传出。

听到熟悉的声音，来福的尾巴晃得更快，它跑到晋棠棠的身边，围着她直打转，又叫："汪，汪汪！"

主人的声音它自然听得出来。

晋棠棠却不知道，将耳机戴上。

来福歪了歪头，似乎是没搞懂为什么主人的声音又没有了。

"傻狗。"她评价道。

来福只有七秒记忆,迅速又陷入自由的快乐中。

遛完狗已经是半小时后,晋棠棠牵着来福回去,其实孔先生没有规定时长,但她估摸半小时是足够的。回到那栋漂亮的小楼前,二楼的窗帘没拉。晋棠棠好像看见一个人影,但是一抬头,又没人,像是自己看花了眼。

"对方有没有守规矩?"孔景不放心,还是在工作结束后打了电话过来。

"守了。"秦愈回答。

孔景试探性地道:"她是星湖大学的学生,离这边很近,要不要后面你自己联系她?"

秦愈听到了狗叫声。他不知为何,往窗边走了几步,就看见不远处的树下,一个小姑娘正拉着一条大狗慢悠悠地走路——说狗拉人也可以。秦愈看着,觉得好笑,没想到晋棠棠感觉敏锐,好在他这会儿动作快,飞快地退开。他的心跳快了些:"下次吧。"

孔景虽然猜到会有类似这样的拒绝,但也没失望。

挂断电话后,秦愈垂下眼睑,心想,大概在别人眼里,他就是自作自受。

楼下,晋棠棠已经开了门,忽然眼尖地瞥见沙发底下露出的纸张。她走过去伸手把纸拿出来,只见上面写了几行字,字迹清秀,但有些凌乱,还有被划掉的个别词语。作文?看着倒像是歌词。晋棠棠在下面还看到了一句秦愈的歌词。她再度看向上面,怎么看都像是歌词,难不成狗主人也是秦愈的粉丝?晋棠棠忽然感到好奇起狗主人到底是什么人了。

回去的路上,晋棠棠又给孔景发了消息。

没收到对方的回信,倒是收到了一条社团的群发消息,让新人明天下午两点半在二食堂那边会合。

晋棠棠正好没有课。这次是统一通知,不会有被隐瞒的情况。晋棠棠出门的时候,刚好碰上曾晓莹,这是距离上次聚餐一事后两个人再次碰见。

上次学长没有直接撕破脸，但是讽刺了曾晓莹，她离开那家店后就哭了出来。

这会儿看到晋棠棠，曾晓莹心生怨怼，不就是没叫她聚餐吗？而且她也正好有事儿，为什么还要直接告诉学长呢？

二食堂里已经坐了十来个人。几个没参与招新的学长、学姐都听闻了上次的事情，就都多看了晋棠棠两眼——她长得的确漂亮。他们不会去干涉社外的事。

"我们社活动不多，每周有辩论训练。"一个短发学姐将几张纸发给新人们，"我们看过了，你们几个正好每周末下午都没课，那讨论就定在这天。"

"原本是每周两三次的，考虑到你们刚加入，辩题会提前给你们，不允许电话讨论。"

何韵眨眼："学姐，咱们校辩论队会来吗？"

学姐看了她一眼："他们有他们的事。"

何韵不说话了。

"不过也有件好事要告诉你们。"学姐微微一笑，"这学期校辩论队的一个学长和学姐有事儿要退出，你们要努力一点儿。"言下之意就是，他们社里会有人上。

星湖大学的校辩论队是有名的，之前比赛还上过热搜，不仅有奖励，还有各种隐形的好处。何韵正是冲着这个来的。两个人退出已经很多了。

"你们还有什么想问的？"

晋棠棠举手："学姐，以后消息都可以通知到本人吗？"

学姐一愣，道："可以。"

晋棠棠一本正经地点头："那就好，我怕在我不知道的时候又有人替我做决定。"

曾晓莹想，怎么就过不去这茬儿了？其他人都是看热闹的。因为今天只是交代一些事项，还有辩论的规则，至于辩题过两天才会给他们，很快就让他们回去了。

晋棠棠对辩论了解得并不多，但清楚地记得学长、学姐说过的一句话："辩论，是疲惫人生里不死的英雄梦想。"这让她心生澎湃。即使还未完全进入这一梦想中,晋棠棠已经开始想象自己在台上取得胜利的画面了。

孔景到别墅的时候,秦愈的经纪人也在,正苦着一张脸:"工作室的微博都沦陷了。"还好秦愈背后靠着秦家,公司是自家的,否则一般人早就被公司抛弃了。

"我没有灵感。"秦愈道。

来福趴在边上,大眼睛滴溜溜地看着主人。

"我知道。"经纪人早就清楚,"你要不要出去走走,采采风?说不定灵感就来了。"

秦愈不说话,看着她。

经纪人举手投降:"好了,我出的是馊主意。"

孔景推门进来:"知道是馊主意就行,还说出来,秦愈要是能出门,早出门了。"

"这不是粉丝催得急嘛。"经纪人摊手,无奈地说。她对秦愈既是宝贝又是心疼,好好的一个人,怎么就得了社交恐惧症了?她之前给他找过心理医生,但他的情况并没有好转。秦愈对待熟悉的人倒是很正常。

"来福今天很乖啊!"孔景坐下来。

秦愈勾唇:"它出了一次门就不一样了,那个女孩儿和它相处得很好。"他昨天看到了茶几上的手稿被放得很整齐,可见那个女孩儿的性格真的不错。

孔景见他情绪很好:"你昨天看到啦?"

秦愈微微颔首,道:"我昨天在楼上看到了,她和来福在小区里散步。"他停顿了一下,"昨天她出门前,好像对我打招呼了。"

孔景若有所思,今天还是秦愈第一次一次性说这么多的话,或许他自己都没意识到。

经纪人显然也察觉了,对孔景不停地眨眼。

孔景忽然开口:"我这次是来问问你,要不要在客厅装个摄像头?"他一本正经,"毕竟晋小姐过来时你在楼上,万一她上楼了你都不知道。"

最后一句秦愈没有拒绝。两个人一起离开时,秦愈放松下来,他最轻松的时候还是独处的时候。

经纪人说:"看来秦愈对那个遛狗师感觉很好。"

孔景道:"他只要不拒绝,就可以改变自己。"

当天中午,秦愈家的客厅就被装了摄像头,不止一个,角落也没放过,毫无死角。

晋棠棠本打算四点到的,没想到到小区门口时下雨了,她几乎是跑着到别墅的,这一来就提前了。

彼时秦愈正在客厅里,听到开门声,几乎没有思考的时间,找到了最近的一扇门就躲了进去。对方应该很快就会带来福出去了吧?

好在是小雨,晋棠棠只是衣服湿了一点儿,到客厅后感觉不对劲儿,来福为什么一直看着厨房?她顺着看过去,看到一个高大的人影,人?狗主人?晋棠棠想,他躲在那儿干什么?

晋棠棠也没戳破对方,但是外面在下雨,这会儿也不能出门,只好"自言自语"给狗主人听:"下雨了,得等雨停。"

秦愈感觉很特别。

夏天的雨来得快,走得也快,十来分钟,外面就没了声音,也就是这么点儿时间,晋棠棠在客厅里数出了四个摄像头,好家伙,昨天好像还没有呢。晋棠棠也不想去了解狗主人是不是有被害妄想症,给来福拴上绳,打算带它出门,可来福一动也不动。"来福?"晋棠棠叫了一声。

来福叫起来,跑到厨房门口,站起来,两只前爪不停地挠厨房的门。

秦愈想,来福真是一条笨狗!

晋棠棠忍俊不禁,这可是被自家的狗给出卖的,她本来还想当作没看见呢。

脚步声越来越近,秦愈的心越提越高,直到门外安静下来。

"汪。"

晋棠棠轻咳两声:"来福,该出门了。"

秦愈本想着这话说完,一人一狗应该很快就离开了,没想到晋棠棠没拽走来福。一门之隔,动静清晰。

"你想偷吃东西吗?"晋棠棠睁眼说瞎话,"难道是你的主人没有喂你吃饭?"

秦愈听见她的话，不由得耳朵微微红了。今天写曲子，曲子没写成功，来福的午饭好像也忘记给了。

久久没听到动静，晋棠棠摸了摸来福的狗头，悠悠地道："看来来福要饿肚子了。"

来福放弃挠门，晋棠棠准备带它走。

秦愈的喉咙紧了紧："等……"

"嗯？"晋棠棠听到有动静，但没听清。几天来，她都没听见狗主人的声音，本以为对方可能是个哑巴，现在听来对方好像是可以说话的，更像是胆子太小，不敢说话。晋棠棠见过这样的人，以前高中同桌就是，说话声音跟蚊子似的，被老师叫起来回答问题就会脸红。

"咔"的一声，门小心翼翼地开了一条缝。

晋棠棠马上盯住那里，说实话，她从没觉得自己有这么强的好奇心。她觉得自己像是被盲婚哑嫁的"新娘"，掀开盖头前，永远不知道"新娘"长什么样子。

半晌，一只手伸出来。

晋棠棠第一次瞧见这么白的皮肤，应该说是苍白，像是许久不见天日的缘故。那只捏着手机的手修长漂亮，指节分明，随便拍都可以成为壁纸。手机屏幕亮着，显示的是备忘录，仅有一行打好的字："狗粮在玄关柜子里。"

来福张着嘴吐舌头，眼睛一亮，想要挤进门里，可惜狗头太大，只把自己的嘴卡在了拳头宽的缝里。

晋棠棠感觉这狗和主人都怪好玩的。她清了清嗓子，认真地道："先生，我不识字，你可以念给我听吗？"

PART 02
他第一次主动

　　秦愈甚至想过,对方可能不遵守要求直接强行开门,自己应该要怎么躲避,却没想过会听到这句话。一听就是假话。孔景都说过了,她是星湖大学的学生。再说了,国家早就实行九年义务教育了,怎么可能有漏网之鱼?秦愈一时之间也不知道该怎么回答了,他缩回手。

　　晋棠棠真的只是随意调侃一句,主要是对方这一系列操作让她多年都没有的好奇心被挑起来了。门后的他会在做什么呢?很快晋棠棠就得到了答案。

　　那只修长、苍白的手再度递了出来,食指按在一个地方,一个机械女音尽职地读出这行字。

　　晋棠棠深刻体会到谚语"你有张良计,我有过墙梯"的含义了。试问,谁会想到语音朗读呢?

　　思及自己"打工人"的身份,对方也算是她的老板,晋棠棠轻轻地咳了一声:"好的,我知道在哪里了。"

　　秦愈眉头略松,还真怕她忽然又来一招。

　　晋棠棠去玄关拿了狗粮,来福果然是饿坏了,爪子搭在狗粮袋上,"啪嗒啪嗒"地打着。

　　一有吃的,来福就顾不上主人了,专心当"干饭狗"。

秦愈可以从手机上看到客厅的画面，一人一狗都侧对着，刚好都可以看到。女孩儿长得很漂亮，是那种一看到就觉得舒服、甜美的容貌，眼睛好像天生微弯，盛了笑意似的。但秦愈知道，她肯定没有那么和善，不然就不会说自己不识字了。他注意到，晋棠棠的视线似乎并不在来福身上，好像看的是狗粮。这小姑娘应该不会去吃狗粮吧？秦愈都害怕她有什么出人意料的操作。

晋棠棠猜测来福的主人这会儿应该在看她，屋子里的几个摄像头都是开着的。自己喂来福吃少了吃多了，他会不会提醒她，用语音朗读还是出声提醒？不过晋棠棠想多了，一直都没听到声音。她没忍住，瞅了一眼离得最近的一个摄像头，秦愈没料到她会抬头看，好在她好像看歪了。背后的主人到底是什么样的呢？

秦愈分明看到了她的一点儿小失望，该不会还是在失望刚才"不识字"一事吧？

晋棠棠尽责地带着吃饱喝足的来福出门散步，来福体形大，看起来还有点儿胖，她特地多走了一圈。晋棠棠回到别墅已经是四十几分钟后。晋棠棠下意识地看向厨房，里面已经没人了。今天又是没有见到狗主人的一天。打工好几天了，大老板加上小老板，晋棠棠都不知道他们长什么样子。

晋棠棠回到学校，天还没黑。

文玥正在追综艺节目，见她回来，扭头问："怎么着，今天见到狗主人了吗？"

"没。"

"还没见到？"关筱竹都好奇了，"棠棠，你不会是遇到什么惊悚事件了吧？电视里经常演这种。比如吸引小女孩儿，然后做一些可怕的事。"

晋棠棠愣了一下："用遛狗吸引女生？"

关筱竹被逗笑了："好像不太可能。"

不过她们都好奇狗主人到底是什么情况。

而此时，秦愈正在和孔景通话。

"你说她故意说自己不识字?"孔景都惊了,不知道是无语还是该笑,怎么还有这样的人?

"她亲口说的。"秦愈觉得自己应该不算告状。

孔景回忆了一下她之前的发言,摸摸下巴,说不准还真有这种可能——而且今天是秦愈主动打电话给他。孔景最关注的是这个。最近几个月来,秦愈的状态比以前要差上许多,越来越不愿意接触外界,很多时候是他们主动要求见秦愈的。主动和被动是两种截然不同的状态。

孔景微微一笑,随口扯了一句:"她会不会故意装成星湖大学的学生?"

秦愈没想过这种可能。

孔景说:"星湖大学新校区离这里这么近,为了一份工作,撒谎也是有可能的。"

"不会吧?"

"为什么不会?我又没有检查过。"

孔景又说:"不过直接问似乎不太好,你的母校不是星湖大学吗?可以问她学校里独有的一些事。"

秦愈拒绝问。

孔景毫无逼迫感:"好吧!"

挂断电话后,秦愈发现这电话打得一点儿用处都没有。

孔景转而联系上了晋棠棠,换了一副面孔:"晋同学,你这几天的工作做得非常好。"

"谢谢。"晋棠棠笑了起来。

"我听说你今天和来福的主人有一点儿接触。"

晋棠棠听得心里"咯噔"一下,这不会是来兴师问罪的吧?不过也的确是她失职,她连忙道歉:"对不起,孔先生,是我没有遵守要求。"

孔景听她的话就知道她的社会经验几乎为零。他安抚道:"放心,我不是来责怪你的。我想说,这个要求你可以适当地无视。"

晋棠棠不太理解孔景的意思,但对方似乎没想多解释。对她而言,不责怪她就好。至于今天的接触……孔先生可能是觉得没有任何不良后果,所以才鼓励吗?那当初为什么又有这个要求呢?

遛狗终究在晋棠棠的生活中只占据很小的一部分。星期三,辩论赛这周的辩题定下来了,发给了所有新人:"应不应该推行安乐死?"

晋棠棠想了想,她属于不支持的那一方。涉及的方面太多了,无论是法律还是伦理方面,人毕竟不是东西,而是一个活生生的人。不过也许她会被其他人说服也不一定。

与此同时,何韵正在和曾晓莹聊天:"你傻啊,学姐说了,空下来的位置只有两个。"竞争那么激烈。

"如果我们将她说得哑口无言,是个人都不会选她的。"

曾晓莹不得不说她的提议是对的。曾晓莹昨晚看了校队的视频,底下好多评论,一溜儿好评,如果站在台上的是自己就好了,只要自己光明正大地说得过晋棠棠。

晋棠棠对此一无所知,将一些思路记下来。到了每日出门遛狗的时候,她又活力满满。

目送她离开宿舍,两个室友对视一眼。

"你说,她这次去会有什么收获吗?"

"我猜棠棠还是会一无所获。"

"就好像一个萝卜吊在那里。"文玥老神在在地说,"神秘是最吸引一个人的特质,就像一个人蒙着纱站在你面前,你会不想把纱掀开,看她到底长什么样子吗?"

关筱竹认真地想了想:"万一有风替我吹开了呢?"

文玥:"……"竟然有一丝道理。

被她们议论的晋棠棠这会儿正停在宿舍楼门口。因为她被曾晓莹拦住了:"周末辩题讨论你收到了吧,你想好了吗?"想好?晋棠棠蒙了,她是来问自己站哪一方的?

"收到了,怎么啦?"晋棠棠神色淡然,"难道你还没有决定好该说什么?"

曾晓莹被噎住,然后说:"当然想好了,就是好奇你会说什么。"

晋棠棠说:"你到那天不就知道了。"

曾晓莹没想到她油盐不进，说："咱们要和学长、学姐讨论，肯定合作比较好。"

晋棠棠挑眉："这倒是。"

她想到了什么，嘴角一扬："安乐死这个辩题，肯定是说不该推行比较容易。"

等晋棠棠离开，曾晓莹就告诉了何韵。

何韵皱眉："她怎么可能这么轻松就告诉我们了呢？上次的事她还记仇呢，所以她肯定是说该推行安乐死的。"

"是吗？"曾晓莹有点儿迟疑。

"肯定是啊，你算计过一个人，对方还会好心告诉你自己的打算吗？"何韵说。

"不会。"

"那不就得了。"

十五分钟后，晋棠棠已经到达别墅区。她今天没有提前，到的时候意外听到了楼上的音乐声，并不长，断断续续，却很好听。

秦愈正在创作。昨天跌宕起伏的一下午激发了他的灵感，而他舒缓情绪的地点就是自己的工作间。这里摆放着无数种乐器，旁边是一整面墙的书架。秦愈已经很久没有作出一首完整的曲子了，甚至于一段小样都无法让他满意。他随手敲了一下架子鼓，突如其来的声响就像他今日遭受惊吓的心跳，他在躲，对方却在好奇。

秦愈放松自己。房间内各种乐器都有，他闭上眼，原本是一顿一击，接着越来越快，越来越有变化，直到他手下灵活，他终于惊醒。自己刚才是无意敲中出了简短的调子。时隔几个月，他第一次没有阻塞的感觉。有了进展，他一遍又一遍地重复这段旋律，连别墅里有人进来都没有意识到，一直到不经意抬头看见监控中的女孩儿。晋棠棠正坐在沙发上听歌，一只手在摸来福的头，一只脚在地上轻点。她在跟着节奏，只是音乐一停，她也停下来了。

秦愈很惊喜。他不想与别人交流，可别人喜欢自己的音乐，他还是很高兴的。他这次换了自己以前的曲子，弹奏过无数次的《枷锁》，重现在这栋别墅中，当然是"朴素版"的。

恐怕粉丝也想不到，就连晋棠棠都丝毫不知道，自己听了独属于她的演奏会。

来福的主人真行啊！她本来打算直接带来福出门的，可一进门就听到奇怪的旋律，原本一顿一顿的，到后来却有种奇异的流畅感，让她想跟着去探索。旋律过后停了一会儿，晋棠棠又听到秦愈的歌，第一次听别人演奏秦愈的歌，虽然没有唱出来，但BGM（背景音乐）也足够让她惊喜了。不过有些许的不同。晋棠棠听过秦愈无数遍的歌，轻易就听出几个地方的变化，虽然这变化也很好听。免费听了一遍，怎么也得说声谢谢。晋棠棠思索了足足一分钟，对着摄像头开口："不是故意偷听的，但真的很好听。"

她还记得之前捡到的手稿，当时上面就有她没见过的歌词，来福的主人肯定是搞音乐的，只是当时秦愈的歌让她印象更深。

秦愈嘴角轻翘，弧度很小，又很快拉下。

有人肯定他的音乐，他即使恐惧和陌生人交流，也想问她是怎么看这段新旋律的，他已经很久没有写出自己满意的旋律了，更何况秦愈不否认灵感来源于她。

他第一次主动和晋棠棠交流，只是通过打字和语音朗读的方式："你听过秦愈的歌吗？"

人在楼上，晋棠棠听到机械音很惊讶，估计是用麦克风了吧？虽然不知道主人为什么依旧不出声，但和之前相比，这也算很大的进步了，总比自己一个人自言自语好。

至于"不识字"一事，两个人有默契地都没提。晋棠棠点头："听过，很好听。"她想到之前手稿上秦愈的歌词，怀疑他是不是拿他自己和秦愈相比。

晋棠棠鼓励道："虽然目前您还没达到秦愈的地步，但努力也会有进步的。很多人都想超越秦愈，也许您只是其中一个，万一以后成功了呢！"秦愈想，这是在鼓励我超越自我吗？秦愈一时间不知道是高兴还是挫败，她这么肯定自己以前的歌，但觉得这次的新旋律不够好。

隔着一层楼外加好几堵墙的差距，秦愈的社交恐惧症要比前一天好很多，他甚至觉得语音朗读真是个好东西。

他偷偷看了一眼楼下的女孩儿，秦愈有一种隐秘的奇特感。

晋棠棠估摸着自己刚才的话是不是太过耿直，伤害到对方了。但她说的是事实。作为秦愈的粉丝，鼓励他超越秦愈是一件多么不容易的事！如果一个人一直听着吹捧，那还怎么进步？

晋棠棠思来想去，没有补充什么而是打了一声招呼，带着昏昏欲睡的来福出门了。她才走出屋子没两分钟，就被一个中年妇女拦住。

这个阿姨的头发烫着精致的羊毛卷，胳膊上挎着袋子，两根大葱从里面伸出来。

"我看你从那个屋子出来，那是你家吗？"阿姨笑，"我来这里一年了，只见过主人一次，还以为换房主了。"

晋棠棠说："我是被请来遛狗的。"

她指了指憨傻的来福，顺势问道："阿姨见到的主人是什么样子的啊？"

大概是难得遇到听自己说话的年轻人，阿姨知无不言："和你差不多的年纪，长得怪漂亮的，那个男生不'娘'啊，别误会了。"

漂亮？晋棠棠记得来福的主人是个男人。

"对了，你知道这家主人是干什么的吗？"阿姨放低声音，"我经常听到恐怖的声音。"

晋棠棠一愣，想了想："是在写歌吧？"

阿姨"哦"了一声："那还挺有礼貌，不会在打扰到别人的时间写。"

和阿姨分别后，晋棠棠牵着来福到了小区门口，那么大的门摆在那儿，来福不走，硬把自己卡在了缝隙里。

"你是有什么隐疾吗？"晋棠棠好笑。

来福晃了晃尾巴。

逛了一会儿马路，晋棠棠带它回去。这次没能听到音乐声，如果不是摄像头还开着，可能她都以为房子里只有自己一个人。

晋棠棠离开了。秦愈很想知道她之前在外面和别人说了什么，但他不会去问，这一向是习惯了的事，今天他却有点儿烦躁。

孔景此时正在秦家做客。求生欲使他主动和秦愈的家人汇报了他前段时间给秦愈找了一个遛狗师的事儿。

"遛狗？"秦宗皱眉，合上平板，严肃地看向孔景，"你应该知道家里送狗给秦愈的目的是什么。"

孔景举手："我知道啊，可这是秦愈拜托我的。"他也没说假话。至于秦愈，秦宗肯定是不会去斥责他的。

秦宗按了按眉心："他还是不愿意出门？"

"嗯。"孔景点头，突然想起什么，"不过我觉得，他也不是一点儿进步也没有。"

秦宗扬眉："哦？"

孔景炫耀似的说："我找的这个遛狗师呢，秦愈没有排斥她，似乎还对她很好奇。"

秦宗沉吟了片刻："把她的资料给我。"作为现在秦家的掌权人，他对生意上的事、对家里的事都处理得得心应手、游刃有余，甚至习惯了使用强势手段，但弟弟的社交恐惧症，他却没法解决。总不能逼着人出门吧，那样恐怕会把人逼疯了。秦宗都好久没见秦愈了，他瞥了一眼孔景，别墅那边孔景倒是去得勤快，跟去自己家似的。

孔景当然没有拒绝。只是资料还没给秦宗，秦愈的信息先到了。

秦愈："你听过我的歌吗？"

孔景回复："当然听过啊！"

秦愈："她也听过。我新作了一段旋律，她觉得比不过从前。"

孔景迷糊了几秒，才反应过来这个"她"指的是谁。再然后，视线定格在"新作了一段旋律"几个字上。

他写歌了！孔景虽然不是秦愈的经纪人，但对秦愈的一切情况都清楚。秦愈将近半年没有发布新歌，手机新闻都推送了好几次"秦愈江郎才尽"的谣言，孔景也见过秦愈撕毁草稿的沉默，而那次，已经是两个月前。孔景激动起来，这时听到对面男人沉声一咳。他冷静下来，眉梢一扬："秦总，看看。"

秦宗的视线落在手机屏幕上："一分钟，资料。"

晋棠棠丝毫不知道自己已经被起底了。

晚上七点,她洗完澡出来,接到家里的电话:"棠棠,在学校过得怎么样啊?"

"奶奶,我很好,不用担心。"

"上次你不是说你想吃鹅吗?我给你寄了一只过去,你要记得拿。"老太太喜滋滋地说。

晋棠棠无奈:"奶奶,我没说过。"

老太太说:"你肯定说过。"

晋棠棠妥协:"好吧,我说过。"

老太太心满意足,甚至盘算着活鹅到底可不可以邮寄,宝贝孙女之前就说了,学校里不是养鸡养鸭吗?多一只鹅也没什么。

挂断电话,晋棠棠倒是分泌了不少口水,被奶奶说得还真想吃鹅了,不过她肯定吃不完一只:"姐妹们,我奶奶寄了一只鹅过来。"

文玥和关筱竹别的不积极,在吃上比谁都积极:"啊,奶奶真好!你奶奶就是我奶奶,你的鹅也是我的鹅!"

周末,她带着自己的笔记去了学姐圈的地点。

曾晓莹和何韵一起到的。看到晋棠棠怀里的笔记,何韵眨了眨眼:"棠棠,今天我们可能是对立的。"

"你怎么知道?"晋棠棠挑眉。

"我猜的。"何韵微微一笑。

晋棠棠很淡定:"这可不一定。"

曾晓莹被晋棠棠说得忐忑起来,难不成上次自己打探的时候,晋棠棠说的是真的?辩题提前给她们,就是为了让她们提前做准备。

这两天曾晓莹和何韵找的资料都是"不该推行安乐死"这个方向的,也是比较容易的。

今天来了两个学长和两个学姐。

"辩题你们都思考过了吧?"学姐问。

众人点头:"嗯,都考虑过了。"

"既然都看过辩题了,那就先说明自己的态度,然后分正反方,你们试着先自由辩论一下。"

学姐点了名:"晋棠棠,你先来。"

其他人的目光也落在晋棠棠的身上。

晋棠棠翘起嘴角,声音清脆:"这个辩题我拿到手时,就考虑过该和不该,我认为是不该推行的。"不该……她居然说的是不该!

曾晓莹蒙了,瞪大了眼睛,晋棠棠怎么不按常理出牌?曾晓莹焦躁地看向何韵,又猜错了,上次何韵说瞒着不会被发现,然后就被发现了。这次何韵说晋棠棠肯定是反着说的,但明明不是!

何韵神情未变,心里却气得要命。她们猜晋棠棠是站"该推行安乐死"这边的,所以准备的是"不该推行安乐死"的资料。

学姐没说好,也没说不好,只是笑了笑,又转向曾晓莹:"你呢?"

"啊?"

"你的想法。"学姐重复。

曾晓莹脸色微红,完全冷静不下来,不知道自己该和晋棠棠相反,还是该按照自己准备的来回答。

"这……这个辩题,其实我以前在网络上看过,咱们国家一直没有推行安乐死,我……"她磕磕绊绊地道,然后咬牙又说,"我也认为不该推行。"她说完,紧紧地盯着何韵。

几个新人准备的都不一样,何韵最后说的。她犹豫了许久,曾晓莹是个胆子小的人,有曾晓莹还不如没有,她自己也可以,所以她和曾晓莹说的是相反的回答。

最终分组不出意料,晋棠棠和曾晓莹分到了一组。

"你怎么和你朋友的观点不一样?"晋棠棠感慨道,"我还以为你不会和我有同样的观点,毕竟我们之间相处得并不愉快。"

曾晓莹恨恨地想,哪壶不开提哪壶……偏偏为了自己的表现,她还得用尽全力,曾晓莹怀疑晋棠棠是故意的。

"朋友和朋友的观点不同是很正常的事呀。"曾晓莹认真地解释,"况且我之前准备的就是这个观点,刚好和你一样。"

晋棠棠"哦"了一声。

曾晓莹不知道是气她还是气自己,偷鸡不成蚀把米,讲的就是这种情况吧?

何韵的准备完全落了空,她只能临场发挥。和她同组的另一个新人是男生,也打算观望着回答:"待会儿要不你先说?"

"还是你先说吧。"何韵谦让。

男生只以为她谦虚,压根儿没注意到她手上的本子里写的全是另一方的观点依据。

辩题讨论结束后,晋棠棠都感觉到了曾晓莹的郁闷。晋棠棠实在觉得好笑,这个隔壁宿舍的女孩儿好像不太聪明的样子,但又不是太恶毒。相比较而言,晋棠棠对何韵的印象要差一些。

晋棠棠率先离开教室,她离开之后,曾晓莹就忍不住问责了:"你又说错了。"

"今天她把我要说的观点都说了,我只能跟着附和。"曾晓莹抱怨,"学姐都没怎么看我。"

何韵说:"这也不是我的原因啊!"谁知道晋棠棠这人完全不按常理出牌。还好她临时改了主意,否则这会儿就和曾晓莹一样的下场了,被遮得严严实实。

"不是你说她说的是反话吗?"曾晓莹现在对何韵的话将信将疑,但何韵是个见人说人话、见鬼说鬼话的人。不到几分钟,曾晓莹又被她哄得团团转。

至于晋棠棠,已经踏上了去别墅的路。因为辩题讨论结束得比较迟,她到达别墅的时候已经是晚上五点,来福正在吃饭。晋棠棠看得都饿了,希望今晚能早点儿结束,自己好赶快回去吃晚饭。她蹲到来福边上,摸了摸毛茸茸的狗头,好软,好多毛,真舒服。

来福高兴得"呜呜"直叫。来福这么优秀的狗,可惜主人是个不爱说话的。

秦愈在房间里。满室的乐器让整个房间看起来有些冰冷,他听不到任何声音,就好像一个人在家里,但他知道楼下有人,犹豫了一会儿,还是看向了摄像头。

和来福相比,身形娇小许多的女孩儿就蹲在墙边,刚吃饱的来福被她抱着头,不知道是主动的还是被威胁的,巴掌大的脸快要陷进去了。

秦愈看见她眯起眼，这么舒服吗？他还没这么试过呢。来福到家里才一个多星期，他还做不到与它如此亲密。他听到她在自言自语，声音不大，他这边听不太清，不知为何，秦愈想起童话故事中一些鬼主意颇多、爱做恶作剧的小女巫。她在说什么呢？他靠近了屏幕，却毫无作用。

晋棠棠确实无聊极了，这里又没人听她说话，唯有一个来福，还是一条狗。

她琢磨着戏差不多了，于是使劲儿薅来福的毛，微微放大了声音："你好，我是晋棠棠。"

"来福，伸爪。"她又说。

秦愈看见女孩儿抓起了来福的爪子上下晃动，然后捏着嗓子："你好，我叫来福。"他很想告诉她，来福是公狗，声音应该是粗的才对。但秦愈还是没开口。

晋棠棠偷摸捏了捏狗爪，又放下："那么，来福，你的主人叫什么名字呢？"

来福："汪！"

晋棠棠眨眼，来福这么给面子吗？她刚刚都做好演独角戏的准备了。于是她心里十分淡定，装作恍然大悟："原来你的主人姓汪，真是个简单又不失大气的姓氏。"

秦愈："……"

晋棠棠又问："姓知道了，名字呢？"

监控前，听见这话，秦愈坐正，他有不好的预感，来福是个哑巴就好了。

如两个人所预料，来福果然在注视之下给了强烈的回应，并且非常大声："汪汪！"

晋棠棠忍住笑，奖励地揉了揉来福的头，来福吐着舌头，嬉皮笑脸地要蹭过去。

秦愈就知道来福会回应，毕竟它太笨了。他也不知道为什么家里会送来一条看起来笨笨的狗，大哥明明是个工作狂，要送也应该送一条聪明的狗嘛。

晋棠棠抬头看了一眼摄像头，没动静。其实她是想等主人反驳的，可看现在的样子，主人好像并没有要出声的意思。也是，他们并不熟悉。晋棠棠牵着来福去了外面，门被关上。

离开了狗主人的视线，她笑着奖励来福："你今天做得特别好，我带你多玩一会儿。"

来福晃着尾巴，仿佛听明白了似的。

女孩儿离开后，秦愈就下了楼，地上来福撒出来的狗粮都被捡回了盆里，他甚至都不用收拾。

门忽然开了，秦愈一惊，当即背过身去。

"干什么？面壁思过？"孔景关上门，好奇地问。

秦愈转过身，还是有点儿不太习惯，但警惕性下降了许多："你怎么来啦？"

孔景实话实说："我和你大哥说了晋小姐的事。"

秦愈"哦"了一声，坐下来，又沉默。他不爱和别人说话，除非是必要的，否则在认识的人这里，也基本都是一问一答。

孔景没有让他多说话，而是自顾自地观察了一下屋子："晋小姐来过啦？来福不在。"

"我本来以为你哥要收拾我，还好我这次比较可靠，秦总的压力可不是一般人能承受的。"

孔景难以理解，真是奇怪，这样叱咤风云的大哥，却拥有一个乖巧、敏感的弟弟："我打算让你和晋小姐签一份正式的合同，你觉得呢？"

秦愈声调平静："你签。"

"是你的遛狗师，当然不是跟我签，而且工资你哥哥付过了，还给了奖金呢！"孔景感慨，"我如果失业了就去给秦总当秘书，应该会年入百万元。"秦总家大业大，唯有弟弟是个单纯的。

秦愈心想，想得真美。他看了一眼门外："我上楼了。"

孔景"啊"了一声："我才刚来。"

秦愈轻轻"嗯"了一声说道："她快回来了。"

"好吧。"孔景恍然。陌生人会让社交恐惧症患者感到恐慌和抗拒，晋棠棠对秦愈而言是陌生再陌生的。而秦愈似乎已经接受了晋棠棠的存在。

十几分钟后,晋棠棠牵着来福悠闲地回来,来福脏兮兮的爪子在地板上留下一个个爪印。她正打算擦掉,忽然发现了沙发上的男人。

"晋同学。"孔景微笑。

晋棠棠听出了他的声音:"孔先生。"

孔景点头示意:"看来你很适应这份工作,我看来福也很喜欢你的样子。"

晋棠棠谦虚地笑了笑。

孔景将合同的事告诉她,晋棠棠检查了一番,并没有任何问题,签合同对她而言也是个保障。

孔景瞄了一眼楼上,忽然想起秦愈的身份也算是公众人物了,稍微关注点儿的人都能认得。他随口问:"你平时关注娱乐圈吗?"

"不算关注,但该认识的也会认识。"晋棠棠答。况且文玥是个博爱的"追这个歌手党",入学这么久,晋棠棠被文玥影响得也对娱乐圈的一些事有了了解。

孔景又问:"听说你觉得秦愈的歌好听?"

晋棠棠估摸着是来福的主人告诉他的,犹豫了一下,承认:"嗯,很多人都这么觉得。其实我也算歌迷吧!"

"歌迷?"孔景惊讶,这么巧吗?

他抬头看向摄像头,面色古怪,而监控前的秦愈被他这一眼看得莫名其妙,晋棠棠和孔景说了什么?难不成是之前问来福他的姓名的事?秦愈闭了闭眼,不会是他被认为叫"汪汪"的事告诉了孔景吧……孔景没想到现实如此富有戏剧性,他咳嗽了两声:"秦愈的歌确实不错,我也听过秦愈的歌。"

晋棠棠低头摸来福。

孔先生这操作真的很像尴尬搭讪,她索性沉默。孔景没等到接话,只好自己开口:"对了,晋同学,你见过来福主人了吗?"

"没有,我并没有接触他。"

"没什么,我就是问问。"孔景得到答案,心里有了数,换了话题,和她商量了一下合同的条款。

因为孔景的打岔，晋棠棠也没耽搁，提前回了学校。

文玥尤其好奇别墅里到底住了个什么样的人："今天说上话了吗？见到人了吗？"

"没有。"

"怎么又没有？"文玥嘟起嘴，"小说里这种肯定都是绝世大美人，在等着男主出现。"

晋棠棠问："那现实呢？"

文玥眨眼："宅男。"

晋棠棠"扑哧"笑出声来，看了一眼手机的物流提醒："家里的鹅后天就可以到了。"

宿舍里响起一阵欢呼声。

她坐回自己的桌前，就听见文玥大叫一声："什么人，怎么来蹭秦愈的热度？"

晋棠棠扭过头："谁？"

文玥截图给她。

晋棠棠一看，是个不认识的人，刚发了一首歌，被媒体冠上了"小秦愈"的称号。

小秦愈？晋棠棠放大图片，哪里像秦愈了？是个人都能看得出来，长得就差几百条街。评论里也都是吐槽的。

"辱秦愈了。"

"登月碰瓷了，什么人都可以当秦愈了吗？"

"秦愈一首歌火遍大江南北，他做得到吗？"

晋棠棠点开链接听了听，才三十秒就退了出去。

"不好听。"她直接评价，末了又补充，"还不如我遛的那条狗的主人随手弹得好听。"

"就是不好听啊，不知道怎么得出'小秦愈'的结论的。"文玥附和，"蹭热度也得有个基本原则吧！"她又反应过来，"狗主人唱歌好听？"

晋棠棠摇头："没听过唱歌，只是听过弹奏。"

文玥又靠回椅子上："秦愈怎么还没发歌？"

晋棠棠也是这么想的，秦愈的两首歌她都会背了，虽然前两天那段音乐不太成熟，但其实很有记忆点。也许她应该好好鼓励对方一番，万一世界上从此多了一个原创歌手呢？

晋棠棠胡思乱想着，她并不是极端粉，是喜欢秦愈的歌，但她也承认别的歌手也很好，只是第二天就把这事儿忘得一干二净了。

最近的课程开始步入正轨，除了理论课，便是去学校的养殖场里，里面各种动物都有。晋棠棠处理得游刃有余，成了老师眼里的好学生。今天的课快要结束时，老师打算两两分组，下一回让人去捉一只鸭子回来。

曾晓莹哭丧着脸："老师，我……我抓不住。"

老师皱眉想了半天，忽然看向晋棠棠："晋棠棠，我记得你就是学校里流传的抓鹅勇士吧？"

晋棠棠无语，这事儿老师们都知道了吗？

"你们两个一组吧。"老师拍板，"你力气大。"

曾晓莹惊了："我……我……"

老师笑道："你也会觉得很好，是吧？"

曾晓莹看向晋棠棠面无表情的脸，生怕下一堂课自己成为她砧板上的鸡、鸭、鹅。

何韵发消息安慰她："你少干点儿不就行了，为了小组成绩她还能不做？不做就没分。"

下课后，晋棠棠瞄了她一眼。曾晓莹被她看得后背发凉，怀疑她要使什么坏主意："老师让你和我合作，你也是要算分的。"

"我知道。"晋棠棠笑盈盈地道，"不过不知道你知不知道，鸭子会咬人，可疼了。"

曾晓莹想起学校传闻中让人负伤的那只大鹅。

走出几步，文玥小声说："你吓死她了。"

晋棠棠十分坦然："我说实话啊！"鸭子就是会咬人嘛，不过是在特殊情况下。

"真的啊？"文玥也被她骗到了，"那我明天穿长袖长裤，穿双靴子吧……"

"热不死你。"关筱竹吐槽。

被晋棠棠这么一吓唬，曾晓莹在回去的路上一直在搜鸭子咬人的新闻，还真看到了血淋淋的图片。当晚晚饭她少吃了一碗米饭。

课在下周，这周晋棠棠比较轻松。

合同签订了三个月的时间，孔先生那边给她打来了所有工资，十分大方。这兼职的薪酬并不比一些正式工作的工资低，晋棠棠都觉得自己当初能抢到这个兼职是运气爆棚。主人不插手，狗也听话，简直不要太轻松。

晋棠棠遛狗越来越熟练，而秦愈感觉十分奇特，他既向往成为她这样对生活自由自在的人，又抗拒外界。女孩儿还是会和来福说话，来福不会说话，她应该不会认为自己姓汪吧？毕竟是个人都知道来福只会"汪"。秦愈搁在钢琴上的手停下来了，那个女孩儿和狗说话，其实是不是因为在这里没人和她聊天？可他无法给出回应。一旦和她开始聊天，就代表以后可能还会有说话机会，他要一直和人社交。秦愈恐惧这种无穷无尽的人际交往。他翻出孔景的微信："你告诉过她我的名字吗？"

孔景："在。"

孔景："无。"他当然不会贸然公开秦愈的身份。

打字真是一项伟大的发明，秦愈打了一行字，修改了两分钟，才发出去："我知道了。"

孔景挑眉，见他不打算聊下去了，便顺势鼓励："介绍这种事，还是自己做最好。"

看到这行字，秦愈没有回复，他的脑海里模拟出各种和别人说话的场面。自我介绍，开头应该说什么？他忆起上次晋棠棠和来福的对话，那样的自我介绍？秦愈抿紧唇瓣，钢琴在他手下跳跃出急切的音符。

晋棠棠在楼下听到了钢琴声，她当即放下手头上的事儿，偷偷听歌，只是听不出来是什么旋律，好像有点儿焦躁。声音停了。晋棠棠扭头看向来福，好大一条狗端坐在地上看她，头微微歪着，又萌又可爱。

"哇呜。"它亲昵地叫了一声。

晋棠棠撸它，同时出声："看来汪先生今天灵感并不多。"

汪先生？监控前的秦愈听得一清二楚。

"我不姓汪。"这行字被机械语音朗读出来。

秦愈的手指在手机上无意识地滑动,紧张充斥着整个胸腔,主动开口的四个字让他耗费了巨大的力气。他反驳了。

晋棠棠很惊讶,还以为自己听错了,顺势而问:"那我应该怎么称呼您?"

就是这个……社交的后续……秦愈局促起来,他将手按在钢琴上,哆是哪个键来着?他应该说什么?你好还是什么?他还没想好,她怎么就问了?

她要是不看镜头,秦愈还能自在点儿,他遮住监控画面,紧张立即消失许多,但是之前想的好几种措辞仍想不起来……

"我姓汪——"不对,秦愈及时改口,"秦……愈。"他像个失声许久,终于重新开口的人,声音有些低,也有一点点哑。

晋棠棠耳朵竖得直直的。不是说不姓"汪"吗?哪个"wang"?不会是秦愈的"秦愈"两个字吧?这名字还有点儿不顺口,难道是为了超越秦愈起的艺名吗?晋棠棠的五官纠结在一起,开口:"我好像没听清,可以再说一遍吗?"刚刚那声"汪"不是来福发出来的吧?

没听清?秦愈感觉晴天霹雳。果然社交是麻烦,他和孔景交流时都没这么难,近几个月毫不接触外人,将他又带回了最初的状态。如果是半年前,这时他应该和晋棠棠见过面了。

晋棠棠没听到声音,以为自己太唐突,对面的男人实在太过害羞:"抱歉,其实是我不太确定。"她清了清嗓子,念出刚才听到的名字,"是汪……秦愈是吗?"晋棠棠停顿了一秒,才念出后面的"秦愈"。

秦愈不忍直视,耳朵通红,为什么会发生这样的事,他刚刚怎么会嘴瓢?一个歌手竟然嘴瓢。他用力按下一个琴键,以示反驳,自己不叫"汪秦愈",真的不叫。

可晋棠棠不懂,她还在想汪秦愈这个名字,真不像真名,真的很像艺名啊!哪有人会起这样的艺名?晋棠棠不禁想起蹭秦愈热度的"小秦愈",好歹这个"汪秦愈"听起来安分点儿。既然对方不打算再开口,看来名字一事目前只能到这里停下,以后有机会再问。

"汪先生,我带来福出门咯。"她提醒。

等晋棠棠离开后，秦愈耷拉下肩膀，盯着黑白琴键发呆，要怎么告诉她自己并不姓汪？这无异于出门和人对视。

晋棠棠出门后，一手牵着来福，一手拿手机。她们宿舍有个群，是文玥建的，名字叫"三打白骨精"，据她说，允许一个人脱单一次。

晋棠棠打字："我知道狗主人名字了。"

两个人迅速冒泡。

晋棠棠认真思考了几秒，将内容发出去："汪秦愈，应该是这么写吧？我猜的，只听到了音是这么发的。"

文玥："？"

关筱竹："这名字怎么这么眼熟？"

文玥："他和秦愈什么关系？"

晋棠棠："可能吧，想超越秦愈吧？"

文玥看不懂，但是大为震撼："这也超不了啊，起码得改成超秦愈、越秦愈吧……反正都很难听。"

晋棠棠心想，确实挺难听的。秦本身就是一个姓，怎么听都还是最简单的秦愈最好听，加了一个姓就很多余。来福如此给面子，主人却不同。

文玥："这样一来，狗主人的滤镜破了。"

晋棠棠好笑，一个没见过、不认识的人，能有什么滤镜？都是从她嘴里听到的。她带来福回去时，楼上没有音乐声，主人也许是在做别的事，但肯定是在家里，因为玄关的鞋并没有少。

可惜主人太像蜗牛了。

"我回去了，汪先生，明天见。"

秦愈看着画面中的女孩儿离开，安静的房间内，他叹了一口气："我不姓汪。"他想起"罪魁祸首"来福。

他下了楼，来福看到主人，十分想念，摇头晃脑地冲他撒娇。

"不准动。"秦愈命令它。

"汪！"来福反而越发张扬了。

秦愈绷着脸，严肃地警告它："来福，你要文静一点儿。"尤其是不要在不合适的时候叫出声，比如被问问题的时候，后果很严重。

来福听不懂："汪。"

秦愈这会儿又推翻了之前的感慨："你会说话就好了。"这样的话，就可以告诉她，他叫秦愈。还有，也不需要超越秦愈。

周三下午时，社里又聚了一次，进行辩题讨论。

晋棠棠以前不知道辩论社这么忙，同宿舍的文玥和关筱竹加了社团等于没加，十分悠闲。还好她平时有所准备，不然重复说上次讨论过的言论，印象分肯定会大打折扣。等到周日时就是"该不该推行安乐死"这个辩题的最后一次讨论了，结束之后就要换新的辩题。

何韵早就到了，见晋棠棠过来，状似无意地问："晋棠棠，我怎么好像天天看到你出去？"

"大学生不能出校门吗？"晋棠棠问。

"当然可以呀！"

"那我出去又不犯法。"晋棠棠放下笔记本，好奇地看向她，"你怎么这么关注我啊？"

何韵才不承认："偶然看见的。"

晋棠棠就是不说出去干什么。何韵本来还想打听打听的，因为晋棠棠见到她去的方向疑似是别墅区。难不成认识的人在那里，还是有其他原因？

晋棠棠端正坐好。她和社里的人交集都不深，但能感觉到别人对她是什么态度，只有何韵和曾晓莹对她不友好。曾晓莹还好，有点儿笨笨的。而何韵就不一样了，笑眯眯地，还会打招呼，但偶尔一句话里都夹杂着别的意思。

接连两次社里活动下来，几个学长、学姐对晋棠棠的印象都很深刻，长得漂亮，态度也认真。

辩论，态度认真才可以。社里的辩题讨论没什么限制规则，反而让她们想得越多越好，异想天开容易开拓思维。

"你们自己决定谁先来。"学长笑着说。说是这么说，他看的却是晋棠棠。

何韵当然注意到了他的视线，掠过晋棠棠波澜不惊的脸，举手："我来吧。"她率先开口,上次她因为晋棠棠临时改论点,准备得不充分,这次可不同。何韵洋洋洒洒地说了两分钟,中间微微停顿了一下,继续说,"相信大家都看过新闻,医院里每天都有这样的病例,老人重病,亲人不管,对这样的他们而言,活着是受罪。"她看向晋棠棠,"况且推行安乐死又不是强制安乐死,只是给他们一个选择而已。"

平心而论,晋棠棠没觉得这说法有问题。有些辩题本身没有对错,只是分正方、反方而已,看谁能成为胜利方。

曾晓莹心想,何韵这次恐怕能说过晋棠棠了。

既然人家已经盯着自己了,晋棠棠自然不会一味退缩,这一次着重围绕"漏洞"来说。

"听起来是给了一个选择,很自由,可到了那个时候,每个人都有选择的权利吗?"

"为什么没有?如果是我,我宁愿死也不想被病痛折磨。"

"一个人如果在手术台上,他的生死都有可能是在家属的手上,你觉得他自己可以吗?"晋棠棠掷地有声,"不管是什么情况,漏洞都是存在的,故意杀人就在一念之间,比如明明可以救治,但故意不去救,你知道吗?家属知道吗?"

何韵一时之间不知道怎么回,这种情况有可能存在。

"是吧?你也会觉得这样的事谁也不敢保证不会发生。所以我认为不该推行安乐死。"

两个人之间火花四射,学长、学姐看得津津有味。原本打算说话的其他人这会儿都眼睁睁地看两个女生剑拔弩张,你一言我一语。

曾晓莹又摇摆起来,她觉得晋棠棠说得好像也很有道理,可她不想赞同晋棠棠啊!

"曾晓莹,你呢?"

"啊?"曾晓莹回过神,连忙说出自己的论点,中规中矩。

学长、学姐都没批评,只是说:"这个辩题这周算结束了,下周开始新的辩题,然后会按照辩论规则来。"

新人们的眼睛都亮了。

"下个月,学院会有一场校内辩论赛。"学姐又扔下一枚重磅炸弹,慢悠悠地道，"会选两个新同学上。"

晋棠棠都开始期待了，辩论赛啊，他们新人居然可以真正去打辩论。

大家解散了，学长、学姐们还没全部离开，何韵看着对面收拾东西的晋棠棠："你今天的话，我好像在哪儿听过。"

"听过？"晋棠棠抬眸看她。

"可能在网上看到过吧。"何韵笑。她没说什么，可其中透露的意思，人只要不傻，就能听出来是在暗搓搓地给晋棠棠上眼药。心思单纯的人容易上当，焦躁点儿的可能会和她吵起来，反正得利的是她。

晋棠棠停下手上的动作，微微一笑："巧得很，你的话我也在书上看到过。"她稍稍停顿了一下，继续说道，"每个字都一样。"

晋棠棠说得信誓旦旦，就连后面还没离开，此刻正看戏的学长、学姐都好奇了，观点理由可以参考，但完全抄袭可就不行了。

"哪本书？"何韵更狐疑，"不可能。"

"《新华字典》。"晋棠棠气定神闲地丢下四个字，抱着自己的笔记本扬长而去。

何韵一呆，跺了跺脚。

学长、学姐们忍俊不禁，晋棠棠可真是个活宝，别说，这答案还真是有理有据，毫无破绽，而且足够风马牛不相及。辩论场上，这也许就是决定输赢的关键。

因为辩题的事儿，晋棠棠昨天没有去别墅。她和孔先生请的假，至于"汪秦愈"先生，她没有他的联系方式，合同那边都还没签成功。也不知道对方签没签好，孔先生还说要盖章。临近国庆节，炎热的天气终于有了点儿气温下降的趋势，晋棠棠在傍晚可以不用打遮阳伞了。

进门后，她并没有看见狗在客厅。

"来福？"

楼上的来福听到叫它的声音，立刻出现在楼梯上面，冲她叫了两声，呼唤她。

晋棠棠冲它招手："过来。"

来福干脆坐下来了。

盯着监控的秦愈也站了起来，来福这条笨狗，他应该送它回去重新锻炼一下，让它明白什么命令对应什么动作。

晋棠棠并不打算上楼。她虽然想知道狗主人的模样，却并不冲动，一楼已经是自己最大的活动地点了。二楼显然是狗主人的私人领地，她有自知之明。

可来福今天尤其倔强，它将头挤进楼梯的栏杆里，冲楼下的晋棠棠亲昵地叫着，像一个活动的表情包。僵持了两分钟，晋棠棠试探性地开口："汪先生，我可以上楼吗？"

对面没有回应。

对现在的秦愈而言，安全距离就是楼层之隔。他打字，语音朗读："来福，下去。"

来福不认识这声音，装作没听到，尾巴都垂在地上，左右晃动，扫来扫去。

没用，好像有点儿尴尬。晋棠棠努力忍住笑，绷着一张小脸，怂恿道："汪先生，要不您再试试？"她在看戏。

秦愈一听她这样称呼自己就难受，原本打算叫来福的，几个字打完，删除，重新写。

"我不姓汪。"

"我叫秦愈。"语音朗读令秦愈感觉较轻松，他如释重负。

秦愈？晋棠棠腹诽，今天又改名啦？她点头："好的，秦先生，让来福下来吧！"

秦愈心里"哦"了一声，大约是没缓过来，自顾自地出声："来福，快下去。"说完，他就闭上了嘴。

晋棠棠是第一次听清他的本音。不过由于距离和工具传播，她觉得这个声音听起来有些模糊、低沉，但是可以断定好听。可惜只有几个字，晋棠棠意犹未尽，还没开始就结束了。她想起那些网恋的女孩儿。现在对面的"秦愈"就像网恋的男朋友，还没见到真人时，期待值已经被拉高到极致，不知道看到脸，会不会见光死？晋棠棠琢磨着，要不还是不要想着看他长什么样了吧，说不定她还能幻想他真长秦愈那张绝美的脸。

来福听到熟悉的嗓音，一跳一跳地下了楼。

晋棠棠给它套上牵引绳。

秦愈注视着他们，忽然反应过来，对方怎么这么平静？她不是听过他的歌吗，为什么听到自己的名字好像没有反应？秦愈一时间还有点儿回不过来神。没听出来，还是压根儿没相信？秦愈虽然有社交恐惧症，但在专业性上面比任何人都认真，他渴望所有人都认可他的音乐。

正是因为如此，他才会撕毁无数草稿。

而晋棠棠，是听过他最新一段旋律又肯定了他曾经成就的人，是几个月来进入他生活中的第一个陌生人，也是唯一一个。

眼看晋棠棠要带着来福出门，秦愈紧张地打出一行字，让手机念出来："你……不认识秦愈吗？"

晋棠棠停下："认识。"

秦愈想问，那为什么反应这么平淡，只是变成文字后，就只有几个字："但你很平淡。"

晋棠棠现如今倒是习惯了和手机朗读声对话，就当和"Siri"聊天好了。 这个秦先生真是中毒颇深，听说有些人幻想着就精神错乱，把幻想当成事实了，很可怕的。

"秦先生，您可以自信点儿。"晋棠棠委婉规劝，"一味模仿是没有前途的……"话音还没落，她就发现刚刚还亮着的摄像头关了。

PART 03
你是不是在偷看？

　　晋棠棠剩下的话还没有说出来。她暗道不好，好像自己太过直接了，狗主人听着不开心了。但她说的是事实啊！从汪秦愈到秦愈，晋棠棠就没有相信过，她又不是个蠢货，哪有这么巧合的，那世界上全都是偶像剧了。她只是不想他用秦愈的名头。在她眼里，秦愈是个真正的歌手，他从未炒作过，晋棠棠喜欢他专心写歌、唱歌。不过自己好像确实有点儿指手画脚了。晋棠棠反省了一下，别人的未来和她无关，她一个兼职的遛狗师，并没有指责的权利。临走前，她开口："抱歉，秦先生，刚才的话是无心之言，没有指责您的意思，您也很优秀。"

　　别墅里寂静无声。

　　真生气啦？不说话啦？晋棠棠叹了一口气，只好先带来福出门了。

　　没有才怪。秦愈坐在楼上的房间里，看着黑漆漆的屏幕，里面映出他自己的脸。虽然刚才他手快把摄像头关了，但其他设备还开着，他能听到晋棠棠的话。

　　她不觉得他是秦愈。秦愈听出她的意思，她是觉得他不如那个外界的秦愈，现在是在模仿秦愈。

　　"我模仿我自己？"他自言自语。

　　秦愈哭笑不得，但让他解释，又是不太可能的事。她没听出自己的声音，秦愈思来想去，只有两个可能：第一个可能是设备让他变声了；第二个可能就是工作室给他的歌修音了。第一种可能秦愈无法得知是不是，但买的设备是最好的，变声应该不会变得太离谱；而第二种……他录歌是在自己家里录的，这里有录歌室，然后直接发到经纪人那边去。后续的一切都是经纪人和工作室处理。

工作室是秦宗那边让公司单独开的，所以秦愈对外的一系列活动都由他们来办。秦愈就像甩手掌柜，只和经纪人交流。他向来不会听工作室的版本，他自己会留下所有曲子的各种版本，自己听的也是自己留下的。再加上平时又不出门，他就听不到奶茶店、商场等公共场合的播放效果。他的第一首歌基本就是他的真实写照，自己给自己上了一道枷锁，到目前也没有解开的迹象。难道是工作室背着他请了个修音师？

秦愈找出经纪人的微信："在吗？"

经纪人此刻正在公司里，看到他的消息喜极而泣，秦愈从来不主动给他发消息，也委屈得很，这会儿顾不上形象，连忙回："在！你有新歌了？"

秦愈回："没有。"

经纪人躺回沙发上，就知道事情没有自己想的那么美好，白期待了："好吧。"

秦愈问："我的歌，你们修音吗？"

经纪人回复："什么歌都会修音的，但我听过了，和你发来的最初版本没什么区别。"

秦愈十分怀疑真实性。他退出微信，去搜了自己的歌，点击播放，他自己听着的确是没有多大区别，所以——她为什么认不出来？难不成她是"假粉"，其实没听过自己的歌？

经纪人半天没等到回复，"戳了戳"他："怎么啦？"

秦愈毫无沟通的欲望，只回了个"没"字。

经纪人心想，今天也是没有快乐的一天。

晋棠棠带着来福在外面转圈，戴着耳机听秦愈的歌："这才是真正的秦愈嘛！"

人和人的感官是不同的。在晋棠棠的耳朵里,秦愈的歌曲里,他的声音是自由的,也是热情的,即使是《枷锁》这首歌。而来福的主人太过沉闷。

来福"汪汪"两声。

"不要告诉你的主人啊!"晋棠棠笑着叮嘱。有经过的路人见他们对话,忍俊不禁。

"汪。"

"好,就当你答应了。"

晋棠棠回到别墅时,发现摄像头不知道什么时候又偷偷开了,好像一切都没发生过。所以之前是觉得她说的话不对,还是不想承认?其实狗主人在某些时候还是有点儿可爱的,她的眼睛弯了一下,冒出这么个想法。晋棠棠想起一些综艺,摄像头会点头、摇头,别墅里的摄像头如果会动就好了,这样也可以交流。

别墅的事始终是个插曲。

晋棠棠兼职遛狗的事并没有多少人知道,班上也有人找兼职,但大多数是做家教。星湖大学是知名学府,录取分数线极高,即使是畜牧专业也是同样。不过畜牧专业说出去确实让人感觉奇特。这段时间的课越来越接地气,甚至开始杀鸡。

文玥抓着鸡腿:"棠棠,你真厉害。"

晋棠棠说:"不就是杀鸡嘛!"她利落地杀鸡放血,如果有机会,她还打算煺毛呢,心里已经把这只鸡做成了红烧鸡。

文玥努嘴:"你看那边。"

晋棠棠扭头看,有个组一刀没砍死鸡,鸡受痛逃跑了,这会儿正在教室里"咯咯咯"乱蹦。

教室里一片混乱。

"抓鸡啊!"

"把刀放下!别砍到人了!"

"鸡飞起来了!"

"学校边上开了一家温泉农家乐,咱们去泡温泉吧,怎么样?"文玥看完热闹，怂恿道。

晋棠棠还没泡过温泉："可以。"

关筱竹说："去，我也去。"

下课后，三个人放好书，直奔农家乐。农家乐不大，但是新开业有优惠，来的人不少，她们找了个最边上最小的池子。

晋棠棠一脱了衣服，其他两个人就瞪大眼睛。

文玥瞅了瞅自己的"飞机场"："棠棠，没想到你这么有料啊，平时我都没看出来。"

"别看我，会害羞的。"晋棠棠道。说是这么说，她一点儿遮掩的意思都没有。

文玥无语："但凡你的脸有点儿红，这话都有可信度。"

晋棠棠装模作样地低头："这样可以吗？"

"哈哈哈……"

"棠棠你也太好笑了吧！"

三个人笑闹着下水，天南地北地聊着，晋棠棠就将今天发生的事三言两语说了一遍。

"这么说，他是瞎说的名字？"

"不然呢？"晋棠棠吃了一块儿瓜，反问，"我随便找个兼职，就找到了秦愈的头上？"

关筱竹老神在在："凡事都有万一。"

文玥点头："歌手也是普通人啊，也是要社交的，总会有人碰到，也许那个人就是你。你看，秦愈多久没发歌了，说不定就是因为太宅了。"她说得有理有据。

晋棠棠说："绝无可能。"她趴在池边上，从这里其实能看到远处的别墅区，只是看不到"秦愈"的那栋。外面这么美好，怎么会有人一直宅在家里呢？

泡了一个多小时，三个人起身去更衣室。晋棠棠裹着浴巾，将姣好的身材笼罩在其中，惹得文玥和关筱竹不停打趣。才到更衣室门口，她们就听见里面吵闹不停。

"这里是女更衣室！"

"我儿子那么小，又不懂，你想太多。"

晋棠棠推开门，看到最中间有两个人正对峙着，其中一个女人边上站着一个七八岁的男孩儿。

女更衣室里还有几个人，这会儿都用浴巾裹着身体。

"小？"先前吵起来的女人冷笑一声，"在我这里，三岁以下才叫小，你儿子三岁？"

"你这人怎么这样啊？我儿子乖得很，你有什么好看的，我还怕你多看我儿子呢……"

文玥和关筱竹听得大为震撼。

就在两个人即将打起来的时候，晋棠棠出声："别吵了。"

没人搭理她。

晋棠棠见她们依旧不动，于是将身上的浴巾系好，三两步走过去。那边的男孩儿还在看，她干脆跟拎小鸡似的，将那个男孩儿拎起来，提溜到了外面，干脆利落地关上门。

门外的男孩儿终于回神，拍打起门来："放我进去！妈！妈！"

吵闹中的孩子母亲也清醒了，当下就要和晋棠棠吵："你干什么？你是谁？"

晋棠棠气定神闲："等他变完性了再进来。"

"你说什么？"对方大怒。

"或者你去男更衣室？"晋棠棠提议，"虽然你看起来不像未成年，但也可以说自己是个孩子。"

文玥和关筱竹"扑哧"笑出声来。就连争执的另一个女人也不禁露出微笑。

对方气到快要晕厥，好在农家乐这边的负责人很快过来处理。

晋棠棠换好衣服，一出去就听到"她必须向我道歉"的话。

文玥翻白眼："哼，还道歉呢！"

晋棠棠摇了摇头："走吧！"她正大光明地从边上离开，背对着她们的人还在和负责人扯皮，肯定是吵不到答案了。

翌日，晋棠棠收到了孔先生的消息："合同这边要下个月给你。对了，我想和你说一件事情，可以见面详谈吗？"

晋棠棠想了想，没拒绝。

"你应该发现来福的主人不对劲儿了吧？"孔景问。

晋棠棠乖巧地点头："嗯。"

孔景说："他有社交恐惧症，你知道这是什么吗？"

"知道。"晋棠棠之前就想过，此刻也是得到了证实。和其他可能相比，社交恐惧症是一个温和无害的状态，反而让她比较放心。

见晋棠棠表示知道，他就没多废话，直入主题："来福是他哥哥送他的，打算让他多出门，但显然没成功。"

原来如此，晋棠棠了然。

"他抗拒陌生人，这段时间以来，你是第一个陌生人，所以你的身份比较合理。"孔景停顿了一下，"我希望你能尽可能让他多说话，能出门。"

晋棠棠眨眼："我只负责遛狗。"

孔景会意，立刻掏出一张卡："我可以再开工资。"反正这是秦宗的卡，他甩得毫无压力，甚至体验到了传说中霸道总裁的快乐。

"如果你不愿意，那就当我没有提过这件事，你单纯遛狗就行。"孔景又补充道。

晋棠棠稍稍矜持了两秒："好的。"

孔景还想着怎么劝呢，突然这就同意啦："你不再考虑考虑？"

晋棠棠怪异地看了他一眼："孔先生，我不觉得这有什么好考虑的，比杀鸡简单多了。"

孔景想，这是什么比喻？比单手拎鹅还要神奇。

等离开后，孔景才想起自己好像没告诉她秦愈的名字，算了，她拿到合同就知道了。

晋棠棠拍拍手，去了别墅。来福今天没有出什么幺蛾子，大概是因为主人之前被它摆了一道的事，所以它又过上了被拴在茶几腿上的生活。

"好悲惨的一条狗。"晋棠棠感慨。

来福"呜呜"两声，将爪子搭在晋棠棠的膝盖上，明明长得那么大，却一副可怜兮兮的样子。

晋棠棠捏捏它的狗爪，软乎乎的，手感真好。等她收手，看到自己的手指黑了点儿，于是在来福再次亲近时拒绝了它的亲昵。

"来福，你要洗澡了。"晋棠棠一脸严肃。

他们的互动，秦愈一览无余。这样的静谧让他觉得安心，别人总是可以轻而易举地做到这样，他却不可以。晋棠棠无论是和人，还是和狗等等，好像这样想哪里不对劲儿，秦愈的思维戛然而止。他一回神，发现晋棠棠不知何时抬起了头。

她仰着脸，明亮的眼眸看向摄像头，秦愈如同居高临下，和她对视上，被她看到。

秦愈瞬间就想要伸手挡住摄像头。连日来的平静已经让他丧失了一些警惕性，也没想过晋棠棠会忽然找准镜头。不过她真的看不到自己。

秦愈正在想时，楼下的女孩儿已经笑了，慢吞吞地道："秦先生，你是不是在偷看……"她问得很认真，其实这之前两个人就互相知道，但这种突然被点破的羞耻，让秦愈不知如何回答她。承认吗？承认自己是在偷看？

秦愈还未纠结出答案，又听见晋棠棠继续没说完的话："偷看来福？"等冷静下来他就想明白了，刚才晋棠棠故意拖长腔调，就是要让他误会。不过这的确是事实。不管是偷看来福还是她，都是会看到她的，这个行为说出去确实显得有点儿卑劣。他没记起自己第一天不去看她的事。

晋棠棠拿钱干事，孔景的要求对她而言是举手之劳，引诱狗主人走出屋子而已。晋棠棠没听见声，于是面不改色地转了话题："秦先生，来福要洗澡了，爪子都脏了。"

听到"洗澡"两个字，来福"嗷呜"了一声。主人还没说话，它先高兴起来了。

秦愈第一次养狗，对这些知识知之甚少，秦宗送狗过来时也没说多少天洗一次澡。因为看过猫的一些视频，他以为动物都要少洗澡，来福就只被他局部清洗过。秦愈愧疚，来福在他这里待遇不太好，直接回复："知道了。"

好听的声音就是要多说话！他们目前唯一的接触就是来福，自然话题也最好围绕着来福，这样才会万无一失，晋棠棠趁热打铁："秦先生，您给狗洗过澡吗？"

秦愈以为她是在暗示来福太脏了以及他懒惰，不禁羞赧，打字道："没有。"

晋棠棠听到机械音，说不失望是不可能的，却不禁期待起明天、后天……

"正常情况下，狗狗最好一星期洗一次澡。"她温声提醒，"不用太频繁，但也不能……"她止住，顿了一下，微微狡黠地道，"秦先生，我没有指责您对来福不上心的意思。"

秦愈："……"

"汪！"来福催促。

晋棠棠估摸着今天也差不多了，于是带着来福出门了。不着急，孔先生也没限制时间。

看着镜头中的人消失，秦愈靠回椅背，后知后觉地意识到他最近似乎和晋棠棠交流了不少。对别人而言，这是沉默；对他而言，这可能是他一天说话的总量。

来福的主人到底叫什么呢？晋棠棠很好奇，又想自己亲口问出来，大约是种隐秘的成就感？她这个人在某方面是有自己的坚持和好胜心的，原本只是偷偷打探，现在既然孔景主动要求，她就有了正大光明的理由。一个在秦愈粉丝面前装成秦愈的人。不知为何，晋棠棠并不讨厌他。她晃了晃来福的绳子："希望你的主人早点儿写出一首歌来。"

秦愈不发歌，来福主人也不弹奏了。

晋棠棠遛完狗，本打算再留几分钟的，却没想到辅导员要开会，只能快速离开。

辅导员开会说的是一些琐事，底下学生都在玩手机。

晋棠棠被引诱得也想"摸鱼"，才刚解锁手机，旁边文玥凑过来，问："棠棠，上次泡温泉时更衣室里发生的事记得不？"

晋棠棠点头："记得啊，怎么啦？"

"咱们上次不是没怎么处理吗？这回他们可碰到铁板了。"关筱竹不想卖关子，直接开口，"被打了。"

晋棠棠放下手机："大人还是孩子？"

"孩子。"

关筱竹压低声音："体育学院不是也在新校区吗？一对情侣过去泡温泉，那个学长发现女朋友被偷看，就……"不用继续说，晋棠棠都能想象得到。

"对方闹到学校来了，群里全是说这事儿的，不过她不知道学长是哪个学院的。"

"其实也没怎么打，只是吓唬居多，不过应该是要道歉赔偿的吧？要气死。"

"不知道学校怎么处理……"

这件事在学校里被热议了两天，甚至小范围地传播开，被投稿到微博上，评论里自然都是站在学生这边的。不过也很快平息下来。晋棠棠也忘了这件事，没想到这周社团发给他们的辩题竟然就是这个话题——熊孩子到底该不该打？这个辩题其实以前很多辩论赛都用过，就连综艺节目里也用过，观点就那几个，这次就看会不会说、会不会推陈出新了。

不仅如此，学长、学姐都安排好正反方了。晋棠棠往下一翻，看到自己的名字在反方的名单中——"熊孩子该打。"

而隔壁宿舍里，曾晓莹长出了一口气："总算不是和晋棠棠一方了。"

只是因为要遛狗，她看辩论综艺的时间大大减少，晋棠棠决定周末前两天请个假。

而另一边，秦愈正在想着给来福洗澡的事。果然，来福是一条优秀的阿拉斯加犬。只是秦愈也发现它太闹了些，洗个澡洒了一地水，爪子不停地玩水，就连他的身上都是："爪子让我看看。"

来福吐着舌头，乖乖地将一只狗爪搭到秦愈伸出的手心里，秦愈翻过来检查了一番。虽然是黑色肉垫，但看得出来是干净的。秦愈又检查了另外三只狗爪，终于放心了，擦干后用吹风机给来福吹干。他是新手，不会给狗做造型，来福的毛被吹到脑后，丑得奇特，惊得秦愈又往回吹，显得更奇怪了。

秦愈放下吹风机,小声说:"来福,你晚上睡觉时压一下。"

来福不懂,绕着他直蹭。虽然有点儿丑,但来福现在是一条干净好闻的狗了,秦愈翘了翘嘴角,明天晋小姐就会看到的。

下午,晋棠棠和孔景请了假。她没有秦愈的联系方式,之前孔景有顾虑,所以一直是他们互相联系。

"我这两天学校里的事情比较多,所以想请两天假,可以吗?"晋棠棠问。

孔景很随和:"两天是吧?行,我知道了。"学生嘛,学习最重要。

别墅中,秦愈在四点半时上了楼。这段时间以来,他观察过,晋棠棠一般是四点半到五点之间过来,基本没迟到过。

来福自己坐在门后望着门。它知道晋棠棠快要过来了,自己马上就可以出去玩了。

一人一狗都在等待晋棠棠的出现。

夕阳逐渐下山,橙红的晚霞覆盖了一半儿的房间,秦愈看着空荡荡的监控画面,她迟到了。

路上有什么事耽搁了吗?还是出什么状况了?天色逐渐黑下去了。这会儿秦愈讨厌起自己的社交恐惧症来,如果他是孔景,可能不用等也可以知道原因。

孔景……

秦愈找到孔景的微信:"今天她怎么没来?"他还是用的她。

孔景这会儿正在外面吃饭,收到他的消息,心说不好,他把晋棠棠请假的事给忘了。但他打完一行字,又删了。

两个人共同认识的女生不止一个人,但最近能出现在话题里的只有晋棠棠。她才一天没去而已,秦愈竟然会问。孔景猛地坐正,脑海中飘过什么,有心把晋棠棠请假的事先藏着,明知故问:"她?你问的是晋小姐吗?"

秦愈:"嗯。"他只能从孔景这里问。

看到这答案,孔景好奇心起,秦愈知道现在他是在主动询问一个"陌生人"的事情吗?他换了个问题:"她请假了,你找她有很重要的事吗?"

秦愈："来福今天洗澡了。"

得到答案的孔景，感到十分疑惑，这和晋棠棠有什么关联吗？孔景的思维陷入僵局，干脆回复："没来就没来，又不是多大的事。来福洗澡，你一个人洗的啊？"这可是个大工程。

秦愈对他这个问题毫无回答的欲望，十分敷衍地回了一个字："嗯。"过了一会儿，他又问："那来福怎么办？"

秦愈补充："我的意思是，来福要出门。"

他不多说一句还好，这么一解释，犹如电光石火，孔景一下子就将之前的懵懂联系到一起。秦愈是在等晋棠棠过去，来福只是借口。这种发展，他从未想到过。只是……孔景想着，这事儿要不就不告诉秦总了吧，说不定几个月后秦总发现弟弟的症状变轻了，还多了个弟妹……

久没等到回复，秦愈皱眉："不在啦？"

孔景虚假地回应："她请两天假。"

两天……秦愈还以为是一天呢！他看着光鲜亮丽的来福，那个晋小姐要后天才能看到它了，到时不知道来福还干不干净。

秦愈蹲下："要安静点儿。"

手机响了一声。

孔景："你是在等晋小姐吗？"

等……等她？这个内容让秦愈滞住，不知为何，心跳猛地加速了几分，视线离开屏幕，又看回去，反反复复。他是在等人吗？秦愈对着对话框，半天没敲出一个字来，他感觉自己被孔景的话敲打了一下——他好像是在等她过来。这无疑是个事实，应该回复"是"吗？

半晌，秦愈认真地敲字："她说来福太脏了。"

孔景皱眉，又恍然，秦愈的理由仅仅是因为晋棠棠说来福脏了，所以就给它洗澡了？

孔景问："你想让她看干净的来福？"

秦愈眉目舒展："对。"

这才是答案。

孔景思索半天，试探着问："秦愈，你看，今天我就因为意外没告诉你她请假的事，要不我把她的联系方式给你？"你自己去聊——他打着这样的主意。

秦愈想也不想地拒绝:"不可以!"

大概是怕孔景先斩后奏,他抗拒万分,不忘用感叹号。

孔景无奈:"好吧。"

秦愈这才放心。他还没做好和别人交流的准备,和一个没说过几句话的陌生人,即使她很好,至少现在还不可以。

晋棠棠请完假,时间十分充裕。不过那个综艺节目拍了好几季,她只来得及看几期,但里面的东西也足够她学习的了。晋棠棠看到新奇的辩题就记录下来,也会把正反方的一些论点用几个字来总结。总而言之,他们都是她学习的对象。

文玥见她痴迷于此,不禁调侃道:"我感觉吧,学校应该开一个辩论专业,你不应该上畜牧专业的,畜牧专业的内容你都会。"

"没错。"关筱竹捧着西瓜,十分赞同。

最近的专业课上,晋棠棠就跟百科全书似的,老师当着全班人的面夸了她好多次,不用说,期末必定高分。晋棠棠头也不抬,认真地道:"辩论是我现在的兴趣,而畜牧是我未来的职业。"爷爷奶奶养了一辈子的家禽,晋棠棠也和鸡、鸭、鱼、鹅打了这么多年的交道,她对自己的未来规划是清晰的。如果没有意外,她毕业就会回家乡搞养殖。

"你要回去继承上千只鹅吗?"文玥眨眼,对上次邮寄的鹅的味道记忆犹新,"我一定捧场。"

晋棠棠点头:"可能吧!"她俏皮地道:"说不定养猪呢,现在养鹌鹑的也很多。"

时间一晃而过,周末下午,晋棠棠带着自己的笔记去了社团的活动教室。这次她到得早,还没人来。晋棠棠干脆将笔记本放在边上,教室隔壁就是洗手间,她便去了洗手间。

"不知道学长、学姐到了没?"曾晓莹说着,推开门,"怎么一个人都没有?"

何韵从她身后进来,一眼看到靠窗桌上的书本:"也不是,教室里好像有人来过。"

两个人走过去，曾晓莹迟疑："好像是晋棠棠的本子。"

前两次辩题讨论的时候，晋棠棠都有带这个本子出过场，所以她印象比较深。

"她人不在。"何韵低声说。

曾晓莹"嗯"了一声，找了个最中间的位置坐下，一般这个位置最容易被注意到，一时没看到何韵在旁边，一扭头发现她正在翻晋棠棠的笔记本，顿时一惊。

"你……"曾晓莹放低声音，"这样看不好吧？"

"你不说我不说谁知道。"何韵回道，"我就看看她今天要说什么，不干什么。你看着点儿门口。"

曾晓莹的心"怦怦"地跳，她总感觉这像是考试作弊。看晋棠棠今天说什么，那待会儿针对起来不就容易了吗？但这样似乎不好。

何韵迅速翻过几页，看到了上次讨论过的晋棠棠说过的，她果断地翻到后面，只是下一页辩题怎么是"前任婚礼到底要不要去"？何韵不信邪地翻向下一页，这回辩题变成了"爱上人工智能算不算爱情"……这都什么啊？何韵往后翻了好几页，辩题千奇百怪，压根儿不是这次的"熊孩子该不该打"。

"有人来了！"曾晓莹小心翼翼地提醒。

何韵深吸一口气，合上笔记本，没有偷窥到秘密的快乐，反而感觉被噎了好大一口。

晋棠棠从门外进来，察觉到了两个人的视线。

曾晓莹虽然什么都没干，但一对上她就心虚，只是低着头。

晋棠棠一回到自己的位置上，就发现笔记本被碰过了，她临走时，笔是规规矩矩压在封面上的，现在是歪斜的。她这会儿在后排，视线在两个人身上来回扫。

何韵一想起刚才看到的奇怪辩题就咬牙切齿，面上还要带着微笑："晋棠棠，你准备得怎么样啦？"

"挺好呀！"晋棠棠靠在椅子上，又慢条斯理地开口，"刚才有人翻过我的笔记本吗？"

何韵笑道："没有呀，我没看到。"

晋棠棠"咦"了一声:"那我放在笔记本上的一根头发怎么不见了?这招在电视剧里都很有用。"

何韵打量着晋棠棠的表情,看起来尤为认真……她一时心虚,扭过头不再搭话。

晋棠棠当然是瞎说的。她离开后,教室里就她们两个人在,窗户又没开,嫌疑人除了她们,没有旁人。

"你们都到了啊!"

学长和学姐推门而入,后面的男生也跟着落座,正方坐一起,反方坐一起。

晋棠棠对面正是何韵。

晋棠棠悠哉地翻开笔记本,不抬头都能感觉到对面的目光——所以翻看的人很失望吧?晋棠棠忍不住眼睛弯成了月牙。她的笔记上前几页是前两周的辩题讨论,后面记录的百分之八十都是综艺的辩题,而这次的辩题是夹在中间的。晋棠棠翻过几页,翘起嘴角。偷看,就说明她们并不自信。

即使秦愈拒绝了,孔景还是想怂恿二人直接联系。显然,从秦愈这边是达不成目的了,指望现在的他主动,九星连珠差不多。

第二天,孔景终于从固定思维中跳出来。

被秦愈拒绝的是把晋棠棠的联系方式给他,又没说不能把秦愈的联系方式给晋棠棠。

中文真是博大精深。孔景感慨了一下自己的聪明,迅速将秦愈的手机号和微信号一起打包发短信给了晋棠棠:"晋同学,这是来福主人的联系方式,未来几天我可能比较忙,你自己联系他。"至于忙不忙,那还不是自己说了算。

晋棠棠刚刚辩论结束,只来得及瞄了一眼。

"晋棠棠——"一解散,何韵叫了一声,话还没说完,面前就没人了。

她气得拧了一下曾晓莹的胳膊,曾晓莹吃痛:"你干什么?"

"对不起,我以为是我自己。"

曾晓莹无语了。今天被掐了一下,辩论还是败得彻底。

晋棠棠出了教学楼，重新打开短信，孔先生这是想让她直接和秦愈联系的意思吗？这样会不会太快啦？不过既然梯子都递过来了，没有不用的道理。晋棠棠将微信号复制过去，搜索到了一个简单的微信，头像是黑白色的，只有一个字母Q。她申请加好友，输入理由："你好，我是晋棠棠。"至于对方会不会加，晋棠棠并不抱希望。

在别墅里隔着一层楼，来福的主人都要用语音朗读，微信聊天好像不太现实。而秦愈正在检查来福的爪子。

他打开手机，却发现微信多了一个红点。通信录……秦愈一点开，就发现了有人加他好友。怎么会有人加他？秦愈万万没想到会在下面一行内容中看到"晋棠棠"三个字。原来是这个晋，这个棠……她怎么会有他的微信，加他干什么？

秦愈想得很多，迟迟没有动作。今天这件事实在是他没有预料到的，在他心里，加好友代表着必须和对方社交。犹豫中，秦愈先点开了晋棠棠的头像。

他的通信录有一个女性，是老宅那边的陈妈，头像是一朵盛放的牡丹花。晋小姐的头像好像有点儿奇怪。秦愈终于看清了大图，原来是一只大白鹅，好像不是网图，晋小姐除了是学生，难道还养鹅吗？好肥的一只鹅……一定很好吃……不是，不对……

秦愈退出大图，注意力重新回归。同意了，以后她请假，自己就不用空等了吧……

秦愈瞅着那句听过、此刻变成文字的自我介绍，耳边似乎还回响着晋棠棠清脆的声音。

半天，他视死如归般，一根手指戳中，点上去！

点完的下一秒，秦愈就锁屏手机，把它放到茶几上，无处安放的双手去撸一旁舔毛的来福。

来福作为一条狗，很少舔毛，来自主人的抚摸迅速让它抛弃了舔毛，乖巧地趴在地板上。

可惜主人的心不在它身上，顺毛也极其敷衍。

秦愈顺毛太过迅速，紧张劲儿过去后，他忽然想起来，自己刚刚点的是什么，应该不是拒绝吧？

秦愈忙看了一眼，松了一口气。

同意之后，思考了半天，秦愈一个字也没回，并且祈祷对方不要给他发消息。

晋棠棠看到好友被同意是几个小时之后的事，这会儿她刚和文玥她们吃过晚饭，正在奶茶店。奶茶店装修温馨，晋棠棠和文玥她们边排队边聊天，三个女生谈笑自若，引得边上经过的几个男生都跟过来排队。

"是秦愈的歌呢！"文玥小声道。

晋棠棠还没入店就听出来了。其实秦愈的歌并不适合在这样吵闹的场合播放，可被遮掩之下的缥缈，似乎又带了一种奇怪的味道，很熟悉。

"棠棠，你发什么呆？"文玥挥手。

"感觉耳熟。"晋棠棠蹙眉。

"秦愈的歌你肯定耳熟啊，你之前听过那么多次。"文玥笑道，"说什么胡话呢？"

不是……不是这种耳熟。周围人声鼎沸，晋棠棠的思绪在即将破土时，被迎面的男生打断："同学，可以加个微信吗？"

"不可以。"她回神。

大概是没想到晋棠棠看着漂亮含笑，却如此直接拒绝，对方也愣了一下，脸都红了。他离开后，原地等待的朋友立刻调侃起来。

晋棠棠的思路一下子被打断，叹了一口气："刚才差点儿就想到了，现在想不起来了。"

"越想越想不起来。"文玥说。

奶茶小哥将一杯果茶递给晋棠棠，冲她笑了一下。

"谢谢。"晋棠棠整个注意力都还在秦愈的歌上，并没有注意到对方的微笑。

关筱竹旁观，又多了一个失意人啊！

离开二楼，秦愈的歌声也逐渐变小，直到再也听不到，耳边只有校园里纷杂的声音，晋棠棠打开手机，咦，居然同意了。其实她都做好了申请好友会被无视或者拒绝的准备。

"什么东西这么好看？"文玥问。

"没什么。"晋棠棠摇头，顺势瞄了一下时间，现在是晚上六点半。

对方似乎没有和自己说话的意思，对话框里空荡荡的，有些尴尬，但她没觉得有什么。社交恐惧症嘛，说不定这会儿来福的主人正在纠结以后怎么和她说话呢。

"刚才奶茶店里好几个男生看你呢！"文玥笑嘻嘻地说，"咱们棠棠就是门面啊！"

"说不定是看你。"晋棠棠回道。她吸溜了一大口奶茶，别说，味道还真不错。

"咱们开学一个月时间，班上就有同学谈恋爱了。"文玥说话含混不清，"好快，棠棠，你啥时候谈？"

"谈恋爱这种事顺其自然。"

"不过你现在吧，确实没时间，每天要去兼职，空余时间还要参加社团活动。"

晋棠棠眼眸清亮："我现在可是有大任务的人。"比起谈恋爱，她更想见来福的主人，到底是什么样的人，才会想模仿秦愈，说自己叫秦愈。

秦愈2.0先生，多有趣。

回到宿舍里，晋棠棠坐下来，再度点开微信。既然对方不主动，那就她来。晋棠棠从来不觉得和人交流是麻烦事，她稍稍思索，就发送了一句话过去："抱歉，秦先生，这两天没去是因为在忙社团的事。"这样的话，就算以对方恐惧社交的性格，也不至于不回复吧？晋棠棠将手机放在桌上，左手捧着奶茶杯，右手食指轻轻地点在屏幕上。看看第一次对话要在何时开始。

秦愈一个人住在家里，除了写歌的时候，手机基本上是不离身的，即使他不和人聊天。

消息发来时，他便知道了，目光触及最上方晋棠棠的道歉，眼睛眨了眨。发消息了……这件事都请假了，为什么还要和他道歉呢？

秦愈瞅到"社团"两个字。他当然知道社团是什么，但他自己从来没参与过。他的大学是自学的，因为情况特殊，再加上成绩优异，学校那边特殊处理，不过期末还是要去考试的。除此之外，秦愈和同学毫无交集。

晋小姐的生活一定很丰富，她性格那么好，和来福都可以聊得很快乐，应该也有很多朋友，自己和她真是一个天一个地。秦愈陷在忧郁的情绪里好几分钟，终于想到一件事，晋小姐怎么会有他的微信？肯定是孔景给的。

秦愈这回就自然许多，第三个对话框就是孔景，快速打字："你怎么给了微信？"

即使缺少称谓，孔景还是一眼看懂了。他一点儿也不担心："你只拒绝把她的联系方式给你，又没说我不能把你的微信给她。"

秦愈回复："？"他怎么可能不知道自己会拒绝，这有什么区别？

孔景回复："你是她的雇主，你怕什么？你们除了来福，又没什么需要聊的，是吧？"

当然不是。

秦愈还没回复，他又发来几条消息。

"她加你啦？"

"有没有说什么？"

孔景的问题一个个砸过来，秦愈回复得很慢，不告诉他事实："没有。"

这样一个小谎言，让他指尖顿了一下。

孔景很失望，他还想知道有什么重磅消息呢，末了，还不忘下一剂重药："秦愈，不要说你连打字都做不到。"

是啊，只是打字而已。秦愈被他拉回主题，苍白修长的手指停顿，轻轻一碰，便回到了微信主页面。

之前晋棠棠那个红点他还没点开。秦愈点开，庆幸只有一句话，略带薄茧的指腹搁在输入法上："晋……"

他删除，重新输入："没关系。"发出去的一刹那，好像某种桎梏被打破。秦愈的微信已经很久没有新人了，此刻晋棠棠的头像在最上方尤为显眼。他下意识地想撸来福，手落了空，来福去吃狗粮了啊！

手机响了一声，是微信的提示音。秦愈手心发热，嘴上说着可能是孔景的消息，但心里又隐隐觉得是晋小姐的回复。果然如此，他猜对了。秦愈这回心脏剧烈跳动，点开，是一个表情包，可爱的表情包迅速冲淡了他的紧张。表情包可以不用回，和晋小姐的社交是如此简单，这让秦愈没想到。

晋棠棠当然是故意发表情包的，对面的秦先生是一只缩在自己壳子里的蜗牛，这种轻松聊天正是社交恐惧症者需要的。

她看向"Q"这个微信名，心想，改个备注吧！晋棠棠本想用"蜗牛先生"的，可是不知为何，脑子里冒出一个奇特的童话故事——一个把自己关在高塔中的"莴苣公主"。当然，"莴苣公主"对此一无所知。

翌日，晋棠棠又兴致勃勃地去别墅。辩题讨论的结果，学姐并没有直说，但她心里有数。她现在很像一个巫婆，而住在屋子里的是一个被看管的公主，一旦被她勾引出来，不知道后面会发生什么。晋棠棠想着，被自己逗乐了，微笑着打开了门。人在二十一天可以养成一个习惯，她不知道狗需要多久，但她刚到门前，来福就在门口用爪子扒拉门。

她一开门，大狗便迎了上来，上半身不时抬起，去蹭晋棠棠："汪！汪！"两天没见，它使劲儿嗅着晋棠棠身上的味道。

秦愈在二楼将一人一狗的互动看得一清二楚，看晋棠棠关上门，又不停揉来福的头。女孩儿在大型阿拉斯加面前，仿佛能轻易被它扑倒。秦愈从未见过晋棠棠大力的一面，而晋棠棠的外貌十分有迷惑性。画面中，来福的爪子不停地往女孩儿身上搭。秦愈立刻集中注意力，她有发现来福比上次干净了吗？秦愈观察许久，像是在看什么重要实验似的，可一直到晋棠棠进了客厅，他也没能得到准确的实验结果。

"来福，你今天真的很热情。"

晋棠棠差点儿走不动路，从门口到客厅短短的距离，走出了马拉松的感觉。今天又是没见到来福主人的一天，"莴苣公主"又在二楼的房间里待着，不知何时才会主动下楼来。

一时间，晋棠棠觉得自己的任务也不简单。她刚坐下，来福也跟着过来。

它将爪子搭在茶几边的矮凳上，随后见晋棠棠没反应，只好又放下。这是主人这两天每天都让它做的动作，做了动作主人会帮它擦爪子，然后喂零食。

但晋棠棠不知道。连续两次之后，晋棠棠终于发现它的不对劲儿，蹲下来问："爪子怎么啦？"她将狗爪握进手里。刚被失望填充的秦愈又看向监控画面。只是晋棠棠翻来覆去地看，也没有什么表示，他估摸着她是不是忘了之前来福要洗澡的事。

就在他思考的时候，忽然听见有人叫他："秦先生。"

秦愈抬眸，背脊挺直，看见监控中的女孩儿抬头看向摄像头，似乎是透过摄像头来看他。他此刻已经可以不再如同第一天时那样避开了。

她叫他做什么？答案很快给出，晋棠棠的眼睛亮晶晶的，声音如银铃清脆："来福好干净。"

秦愈的眼睛也亮了起来，耳朵微竖。

"您将来福送去宠物店洗澡了吗？"晋棠棠又问。

送去洗澡？不是，是自己洗的。秦愈在心里反驳，给来福洗澡花了他好几个小时。只是他暂时无法开口告诉她。但想到之前的那句夸奖，他还是有点儿开心。

晋棠棠没得到回复并不意外，又提了另外一件事："不过我看来福的爪子没有修指甲，这样的话，人有被抓伤的风险，所以要尽快处理。"

修指甲？危险？秦愈并不知道狗要修指甲，刚刚扬起的一丝弧度也落了下去，自己居然又忘了这么重要的事。秦愈垂眸，耳朵也软下来，不敢去看晋棠棠，来福如果不小心把她抓伤了怎么办？她看起来皮肤很嫩的样子……

晋棠棠扬声道："秦先生，你在吗？"

被唤了一声，秦愈才轻轻开口了："我不知道。"声音虽不大，但晋棠棠听到了，终于又是他自己出声了，他大概是在回答上一个问题，这个回答听起来莫名有点儿乖巧的感觉。

秦愈鼓起勇气："明……今晚修。"

晋棠棠认真听着，这会儿注意力又转到另外一件事上。昨晚在奶茶店嘈杂的环境中听到的歌声，晋棠棠觉得耳熟，这一刻似乎想起来了——来福的主人偶尔出声时的模糊低音。两个人的声音似乎十分接近。晋棠棠站在客厅里，周围寂静无声，她忽然冒出个匪夷所思的想法，难不成……他真是秦愈？

PART 04
"社死"现场

晋棠棠以前从没想过这个可能。在她的眼里，秦愈和自己不是一个世界里的人。谁会想到离自己这么近呢？所以在来福的主人说他叫秦愈时，她的第一反应是"这人在装秦愈、模仿秦愈"，并且坚信不疑。因为他之前表露出的迹象就像是。只是现在……声音相似，让她难免多想。文玥曾经的话蹦进脑子里，万一秦愈就是出于某些原因才这么低调的呢——有可能！如果能再仔细确认一下就好了，总不可能自己遇到一个声音像而名字又一样的人吧？世界上哪有这么巧合的事。晋棠棠发了半天呆。

在秦愈的视线里，她是在出神，而且是在听完自己的话后就不说话了。她是觉得自己说得不对，还是觉得他说今晚已经太迟啦？他再度缩回自己的高塔中，打字道："对不起，你现在直接回去吧！"不要遛狗了。

秦愈甚少说一句长话，最多几个字。

这次不是他开口说话了。晋棠棠回过神来，水润的唇瓣微微抿起，一旦一个想法冒出来，就再也消不下去了。她应该怎么问，直接问"你是歌手秦愈吗"？这样好像太过冒犯了。不提此刻秦先生的社交恐惧症，晋棠棠以为以秦愈如此低调的性格，她这么一问，也许会适得其反。人就在屋子里，又不会跑了。晋棠棠心中澎湃，这会儿奇奇怪怪的想法一堆，比如里面的人是秦愈的话，她要怎么说。如果是秦愈，自己要签名会被赶走吗？问新歌什么时候出，他会不会黑脸？如果不是秦愈，对方会不会恼羞成怒，这份兼职都会丢掉？晋棠棠摇了摇头，忽然就想通了：

"秦先生，你打算再次把来福送到宠物店去吗？"

她离摄像头不远。

秦愈可以看见她的五官以及细腻的皮肤，和他的苍白相比，那是十分健康的白皙。卷翘的睫毛随着她眨眼而轻轻颤动。他头一回离女生这么近，虽然隔着屏幕，却像是和自己面对面，他心跳如擂鼓。太近了。不可以。秦愈低头，打字，语音朗读："不行吗？"他对于养宠常识知道得也太少了吧？

晋棠棠听他这么认真地反问，只觉得可爱："可以，当然可以。"

秦愈"哦"了一声，只有自己听得见。

"千万不要一个人修，小心来福咬你、挠你。"晋棠棠叮嘱，"尤其是新手。"

秦愈觉得最后两个字就是在报他的名字。

楼上恢复了安静。

晋棠棠没有直接离开，而是目光在客厅里转了一圈，其实她之前遗忘了很多细节，比如这个屋子里与音乐相关的东西很多。比如上次她捡到的手稿，也许是秦愈写的新歌……越想越有道理，晋棠棠几乎压不住自己的想法，怕自己突然冲动，吓到了他。她赶紧牵着来福溜了。

秦愈只来得及看一眼，客厅里的女孩儿就没了身影。

他狐疑，她今天怎么走这么快，日常的招呼也没打。

离开别墅后，晋棠棠没走远，而是在外面回头看了一眼——她就是要做女巫，把"莴苣公主"勾引出来的女巫。如果不是秦愈，晋棠棠反而可以自然对待。可一想到他是秦愈，她就忽然胆小起来，他还不知道自己是他的粉丝。晋棠棠又想起几件快要被遗忘的事，她之前是不是让他不要模仿秦愈，还有让他努力超越秦愈……晋棠棠捂脸叫了一声，这都是什么惊天地泣鬼神的蠢事，当时为什么要说教？！对秦愈说超越秦愈……晋棠棠深感这是什么出丑现场了。

这一次遛狗，她遛了足足一个小时，还坐在小区外的一个小广场上看了会儿广场舞，来福从一开始活蹦乱跳到最后走走停停。

　　眼见着天快黑了，秦愈还没见到人回来。他的手从钢琴上移开，点开了晋棠棠的微信，对着对话框发呆，她从没遛这长时间的狗，是不是出什么事啦？

　　秦愈刚打出来一个字，就听到楼下的狗叫声。

　　女孩儿一声轻斥："来福！"

　　好和谐，秦愈想。

　　晋棠棠心中有事儿，暂时还没想到怎么和疑似是歌手的秦愈聊天，所以没在别墅停留。其实她心底隐隐是确定了的。巧合和巧合碰到一起，那就不是巧合。她回到宿舍时，坐在自己的椅子上发呆。

　　文玥把键盘按得噼里啪啦响，半天才停下来。

　　"宝，你失恋啦？"她问。

　　晋棠棠说："没。"

　　文玥又问："那怎么这么低落？"

　　晋棠棠扭过头，瞄到她的电脑屏幕是游戏界面："文玥，如果你发现你的网恋对象可能是个歌手，你怎么办？"类比应该差不多吧？

　　"你怎么知道我网恋啦？"文玥惊问。

　　晋棠棠哪承想自己随口一个比喻，居然就是事实，当即追问："你真网恋了啊？"

　　"还没，但也差不多吧！"文玥害羞地道。

　　"祝你谈恋爱快乐，你先回答我的问题。"晋棠棠又将话题拉回自己的问题上。

　　"要看是什么歌手。"文玥认真掰扯，"如果是素质低下者，马上分手。如果是我喜欢的，那当然——赚大了！"

　　她凑过来："你网恋啦？见到歌手啦？"

　　晋棠棠推开她的脸："我现在觉得你说的有可能，我的雇主可能是秦愈。"

　　文玥反而不信了："怎么可能？"

晋棠棠轻眨了一下眼:"反正他是秦愈的可能性比你网恋对象是歌手的可能性要高。"

文玥竟然无法反驳。过了片刻,她又兴致勃勃:"要真是,姐妹,帮我催催新歌,你懂得。"

晋棠棠:"好的。"听了文玥的主意,她竟然也蠢蠢欲动。

晚上,晋棠棠毫无睡意,一边听歌,一边到网上去搜了秦愈的资料。他已经消失半年了,但网上还有他的传说,前两天有一个综艺节目,有歌手唱了他的歌。

"怎么就没人扒到秦愈最近在干吗呢?"

"福尔摩斯也失效了,实在是秦愈从不出现啊,他的经纪人每天去公司打卡上班,朝九晚五,跟公务员似的。"

"娱乐圈仅此一人吧,哈哈哈!"

"秦愈是不是要退出娱乐圈?"

"他很久没出歌了,更新换代,说不定很快别人就会忘了他,我好喜欢《枷锁》。"

晋棠棠想回复"秦愈不会退出娱乐圈的"。如果秦先生真是这个秦愈,他还一直对音乐充满热情,他已经写出了新旋律——虽然她当时说比不上秦愈……晋棠棠最后还是删除了那行字,又隐隐有种只有自己知道秘密的快乐。

翌日,她手机收到了通知:"棠棠,我们决定让你参与这次院辩论赛,你是一辩的位置,做好准备,最近要开始训练了哦。"

晋棠棠开始忙碌起来。她也觉得自己可以一上来就做三辩四辩,不过一辩对新手来说确实很好上手。消息虽然是单独通知的,但其他人还是知道了,以至于晋棠棠上课时,碰见曾晓莹,只见她又伤心又对自己怒目而视,但始终不敢上来说话。

"你欺负她啦?"关筱竹问,"一副你始乱终弃的样子。"

晋棠棠正色道:"不要传谣。"只是她没料到辩论社里第一个对她说恭喜的竟然是何韵。

何韵不是他们班的,晋棠棠不知道她是特地来的,还是找曾晓莹时顺便的。

"听说你是一辩,恭喜。"她皮笑肉不笑。虽然知道上次自己表现的没晋棠棠的好,可等到结果尘埃落定时,她还是不甘心。

晋棠棠客套地道:"谢谢。"

何韵盯着她:"下次肯定是我。"

晋棠棠"嗯"了一声,鼓励道:"那你加油。"

何韵想,要是晋棠棠放狠话,她后面还有话说,这听起来无比敷衍的鼓励让她的脸都绿了。

晋棠棠来不及思考对面的人百转千回的思绪,只想回去放下课本,去别墅遛狗,顺便试探试探秦先生。

"她是不是看不起我?"何韵冷着声问曾晓莹。

曾晓莹迟疑了一会儿,尝试着开口:"没……没有吧?"

和晋棠棠上了一个月的课,她现在觉得晋棠棠好像就是这么个奇葩的性格。

何韵却不相信:"她肯定不觉得我可以。"

曾晓莹说:"没这么说吧?"

"这么明显的意思你都听不出来!"何韵气道。

下午,秦愈窝在房间里一遍遍地弹奏。自从上次灵感爆发之后,他又陷入了之前的状态,绞尽脑汁去写,结果最终只会躺在垃圾桶里。

来福很早就去了楼下,它皮实得很,自娱自乐,除了会扒拉东西,没什么危险。

经纪人的电话打断了他:"秦愈,有个杂志封面找你,只要拍照就可以了。"

秦愈皱眉:"不去。"

"祖宗,你瞅瞅你都多久没出现了,你的粉丝都快翻墙了。拍照可以吧?咱工作室微博至今就只有你的一张照片……"

"拍照人会很多。"

"不会的,我特地说了,他们说会减少。"

秦愈还是不同意:"我要写新歌。"

经纪人一秒改变风向:"好好好,写新歌,什么杂志封面,太浪费你时间了，你就好好写。"

秦愈想，这招这么好用？早知道一开始就说了。

挂断电话后，秦愈又写了两句歌词，修修改改，最后只留下了一句，却还不满意。肚子轻轻抗议起来，秦愈这才回神。自从把阿姨送走后，他都是一个人处理一日三餐，还好他不是四体不勤的人。

回楼上休息时，孔景发来消息："秦愈，后天我生日，出来不？"

秦愈回复："很多人，不去。"

孔景回复："好吧。"

秦愈退出他的对话框，又看到第二个是晋棠棠，头像上的白鹅实在很引人注目。他脑子里仿佛响起了鹅叫。为什么这只鹅总是让他想到吃？秦愈百思不得其解。秦愈收回目光，往上看了一下时间，现在快五点了，今天晋小姐又要迟到？秦愈试探性地发了一个消息："到了吗？"

晋棠棠此刻并不在路上，她确实因为意外迟到了。之前孔先生说的下个月的合同，这个月就到了她的手上，上面的甲方是谁，她一打开就能知道。

孔景说："晋小姐要保密哦。"

晋棠棠不知道他这话有没有深意。她深吸一口气，打开文件袋，慢慢抽出文件，如同几个月前高考查分一样紧张。最上面的第一页是一些要求和注意事项。晋棠棠翻开下面，映入眼帘中的，除了自己的名字，另外一个就是行云流水的签名——秦愈。不是什么汪秦愈，是真的秦愈。

晋棠棠的眼神定格在签名上，因为这和秦愈的工作室放出的签名一模一样。除非他模仿秦愈，还去模仿签名——不至于如此，一个社交恐惧症患者模仿秦愈又不出面，是为了什么？完全没动机啊！晋棠棠捂住心口，自己居然运气这么好，兼职碰到了秦愈——一个她最喜欢的歌手。他居然是因为有社交恐惧症才如此低调的吗？好单纯的缘由……那她上次点评的新旋律是新歌吗？晋棠棠此刻脑子里的想法太过纷杂，最终三个字胜出："催新歌。"

丝毫不知道自己要被催的秦愈，正在等待晋棠棠上门。

"看什么这么入神？"文玥顺口问。

"秦愈的签名。"晋棠棠答。

文玥正好接到一个电话:"棠棠,你知道我要接谁的电话吗?国家领导人的!"

晋棠棠哭笑不得。

"你不信啊?你都可以有秦愈的签名,我怎么不可以?"文玥叉腰调侃完,转头去听电话了。

晋棠棠动了动眉梢,有种奇特的感觉,看,就连自己的这个室友都不相信她会遇到秦愈。可她就是遇到了。晋棠棠将合同留在宿舍里,郑重地收好。她看了一下手机时间,心说糟糕,好像今天迟到了,这才发现微信上还有秦愈的消息。

晋棠棠回复时,忽然"咦"了一声,秦愈这是在等她过去吗?果然加微信是个好选择。

晋棠棠狡黠地笑了笑,清了清嗓子,发语音过去。

语音消息蹦出来的一刹那,秦愈的手机没拿稳,径直砸到了他的鼻梁上。他揉了揉鼻子,注意力却全在晋棠棠的消息上。为什么要发语音?她要说什么?秦愈半天没点开,而后忽然想起来,眼眸都亮了几分,长按语音转文字。感谢这个功能,他可以轻而易举知道她说了什么。晋小姐应该普通话标准的吧,他没听她说过方言。

"快到了。"

秦愈舒了一口气,内容没什么特殊的。晋棠棠的声音很有朝气,时刻带着笑意和温柔,好像人就在身边似的。

秦愈确实觉得她说话好听。

晋棠棠扫了一辆共享电动车,到别墅时才用了几分钟而已。

一切想法尘埃落定,这会儿站在别墅下,晋棠棠的心跳都不免加速——里面住的是秦愈。秦愈出道至今就发过一张照片和两首歌,歌她听过无数遍了,照片她也保存过,如今的秦愈是什么样子的?

晋棠棠忽然记起那一次秦愈躲在厨房里被来福打小报告的事,她距离自己喜欢的歌手就一门之隔。就算看一眼也行。她闭上眼,深呼吸,随后开门进去。

来福早已等在门后:"汪汪汪!"

秦愈听到了声音,看了一眼监控,今天晋棠棠好像心不在焉的样子,这很少见。他还以为她要待几分钟,没想到她进门不到一分钟就带着来福出门了,走得飞快。

秦愈想,难不成屋子里有什么东西?

孔景发消息给他:"合同给她了。对了,你的是要今天还是明天送给你?"他拍了一张照片。

秦愈又看到晋棠棠的签名,挺认真工整的字迹,一笔一画,和她本人一样可爱。他之前看过。现在再看到自己的名字,好像他自己的签名过于潦草了。秦愈本来打算回复"明天",又改了主意:"今晚。"

孔景丝毫没怀疑:"OK。"

他又发消息:"秦愈,你要是来参加我的生日聚会,可以自己把合同带过去的。"

秦愈不为所动:"不。"

锁屏手机,他"嗯"了一声,这下晋小姐应该知道他是叫秦愈,不是什么汪秦愈,也不是模仿秦愈故意起的名字了吧?她会不会觉得他就是歌手秦愈呢?秦愈一时间也好奇起来。

"棠棠,看到秦愈了吗?催歌了吗?"

晋棠棠遛狗时,文玥调侃发过来的消息。

晋棠棠回她:"没见到,没催。"

文玥回复:"不要急。"

晋棠棠心想,这事儿搁谁都不相信吧?

别墅里住的人时时刻刻在引诱着她,所以她今天只带来福转了两圈,就迫不及待地回去。她还没走到转角就被拦住。

不是上次的那个阿姨,而是一个打扮保守、面相严肃的女性,晋棠棠观察了几秒就断定来者不善。

对方打量她两眼,看到来福时,往后退了一步,眼中闪过厌恶:"你是住在那栋楼的?"

晋棠棠没承认也没否认,而是问:"有事儿吗?"

"如果再弄出什么声响,我会去投诉。"女人盯着她,冷声道,"希望你好自为之。"

"汪！"来福叫了一声，动物对情绪是十分敏感的。

"畜生乱叫什么！"女人骂道。

晋棠棠一滞，问："声响是在什么时间发出的？"

女人正打算离开，听她问，回道："不管什么时候，就是不可以，我还有孩子在家。"

说话时，晋棠棠听到了小提琴声。不是秦愈那边传来的，大概是哪栋楼的孩子在练手吧，拉得像是鬼哭狼嚎："类似这样的声音？"

她只是类比一下，对方却脸色大变："你什么意思？"

晋棠棠都蒙了，她不就是问问吗？转而想通，这练琴声……该不会是从她家里传出来的吧？

那可就是"双标"现场了。她收了点儿表情，淡淡地道："如果不是扰民的时间，我想是没问题的。"

"况且一栋楼和一栋楼之间的距离，声音不至于很清楚。"她指了指琴声的来源，"比如这栋楼。"

女人被她一说，脸色变得难看："你什么意思？我不管，我反正是会去投诉的，不管什么时间，就是不行。"

晋棠棠点头："好的。"没弄清楚之前，她不会留下什么话柄，也不会得罪对方，而且晋棠棠还不知道她住哪栋楼。想到这儿，她又转向后面："请问你是哪栋楼的？"

女人根本没回答。

晋棠棠回过头，牵着来福回去，才到别墅楼下，就听见一阵流畅的旋律，如同破开晚间烦闷的一场雨。她虽然不懂音乐，但可以听见节奏中的紧张感，夹杂着一种引诱，叫人忍不住想往下听。旋律不长，却比之前又多出一小段。来福和晋棠棠一起停在门口，像两个忠实的听众。落日余晖再度消失一层时，清浅的音乐终于停歇，晋棠棠露出笑容，这一点儿也不吵嘛，而且又不是在打扰人休息的时间。

晋棠棠刚才在路上就查过了，过早和过晚都是扰民时间，秦愈是两边都不沾。况且别墅区也有一点儿好处，楼与楼之间距离远。她刚刚听到的小提琴声，这会儿到这里就听不见了，所以那人是怎么觉得秦愈发出的声音吵的呢？晋棠棠知道秦愈是在二楼的哪个房间，因为只有那个房间的窗帘是拉开的。她往上看，轻轻眯眼。今天好似一切好运都聚在自己身上，橙红色的晕染下，晋棠棠看见一个男人的背影。他背对着窗台，似乎在低头看东西。可惜从下往上看，视角实在有限，看不到什么。

晋棠棠感到失落，手中的牵引绳硌着掌心，继而她又涌起之前的念头——她想看他，想见他。一个背影并不足以满足她。

客厅里空无一人。

晋棠棠解了来福的牵引绳，来福当即去吃狗粮，她则是观察整个客厅。

良久，她将脸转向离得最近的摄像头："秦先生，我今天被投诉了。"

秦愈动作停下来，看着镜头中的面孔，有些疑惑，为什么被投诉……难道是因为来福？来福是大型犬，有人害怕是正常的。

晋棠棠接下来没吱声，似乎没有解释的意思。但秦愈被勾起了话头，他打字询问："投诉什么？"

瞧，这不就问了。晋棠棠露出不明显的笑容，再度回望，仿佛能对视似的："对方投诉您过于吵闹。"

"我？"秦愈猝不及防被砸中。他下意识地反驳："没有。"

晋棠棠再度听到了熟悉的音色，目不转睛，两个字不满足，想要听到更多。之前不在意，现在不一样。

"我也会觉得，可她信誓旦旦。"她睁大眼睛，"秦先生，您平时都是几点练歌的？"

秦愈毫不设防："上午十点，下午五点。"

虽然他每时每刻可能都在想曲子，但真正练歌都是在固定时间，时间也不会太长，以免吵到邻居。入住这么久，从没有人投诉他。秦愈又恍然，也可能是投诉找不到人……因为他不出门。

也就是说，是在自己带着来福离开之后。晋棠棠轻翘嘴角，很快又装作皱眉："听起来很正常呀，不知道那位阿姨怎么会觉得吵。"上午十点的她错过了，不过今晚倒是赶上了尾巴。下次来早点儿，是不是可以提前遛完来福，早点儿回来，听到秦愈练歌的全过程？

"而且你弹得很好听。"晋棠棠的目光转向楼梯。

未来一段时间，她得想想，自己怎么通过这段楼梯到达"莴苣公主"

的高塔中。

秦愈见到画面中的女孩儿转过身,似乎要离开。她又弯腰凑到来福边上,好像在说什么,虽然听不见,但他还是习惯性地靠近摄像头。还没等他停稳,一张脸忽然放大。

晋棠棠站在摄像头前,贴得很近,手捏在摄像头上:"秦先生,这个摄像头好像坏了。"

没坏,好好的。秦愈在心里回答。他看着放大的手,好像隔空在捏自己的脸。

"秦先生,原来你真的叫秦愈,是我误会了。"晋棠棠一边说,一边微笑,"真是同名啊!"

秦愈看见她笑时微微鼓起的脸颊,莫名让他想起她的微信头像——胖乎乎的鹅,他鬼使神差地伸出食指,想要去戳她的左脸。指尖触碰到坚硬的屏幕,他如梦初醒。

晋棠棠故意逗了他一会儿,看天色实在不早了:"秦……秦先生,我回去了。"她本想叫秦愈的,可又怕太早。

秦愈见她的身影走远变小,被门遮掩住,内心深处叹了一声,如果真的碰到了,是不是很软?

还有……他还没问她的鹅是哪里的。

十月的天气已经转凉,天黑得也比之前快。

晋棠棠从别墅区离开时,路边的路灯已经亮了,不过天还没彻底黑,路上还有回校的校友。她没有骑电动车,独自走在路上。晋棠棠今天碰摄像头是故意的,秦愈肯定是在关注楼下,只是她看不见秦愈的反应。这样单向联系实在不好。按照孔先生的说法,这么久秦愈一个人住在这里,应该是没什么和人交流的情况的。她大概是他和陌生人交流最多的一个吧!

虽然听起来有点儿奇怪,但总算是有点儿特殊对待,不是吗?对于原本的秦先生,她只是好奇加任务居多,但这个秦先生忽然变成了自己喜欢的歌手,一切截然不同。她之前一直觉得自己不追星,只是爱听秦愈的歌。可到此时,晋棠棠又觉得自己好像并不是普通的心态,她如文玥一样,好像过于关注秦愈了。她想着想着,就走到了校门口。

"晋棠棠。"有人叫她。

晋棠棠扭头:"是你啊!"

何韵还记得她刚刚回来的方向,那边又没什么好地方,除了农家乐和别墅区。她可不像是去泡温泉的,那就是去别墅区了。何韵不知道晋棠棠家境怎么样,但看她的样子,穿着也不像名牌,不可能是住在那里的。

"你从哪儿回来啊?"何韵问,"这么晚了,女生一个人在外面很危险的,尤其是咱们校区属于郊外。"后面的话她倒也没说假话,前几年,别墅区还没建好的时候,学校里就有学姐夜跑出了事,闹得很大。

"从外面回来的。"晋棠棠随口道,"谢谢你的提醒。"

何韵皮笑肉不笑:"咱们不都是同一个社团的吗?对了,你准备好辩论赛了吗?"

晋棠棠说:"当然没有。"

何韵想,还有这么理直气壮的?

晋棠棠笑眯眯地,气定神闲:"辩题都还没下来,我能有什么准备?你也不要太急躁了。"

她慢悠悠地离开,何韵气到翻白眼。明明每次都感觉晋棠棠的话没什么,很普通,但一细想,就总感觉是在嘲讽她。她看着那道婀娜的背影,发消息给曾晓莹:"你知不知道晋棠棠天天去哪儿?"

曾晓莹现在心如止水,也算是自暴自弃了,顺手回道:"我怎么知道?我又没跟踪她。"

何韵:"?"她怎么觉得曾晓莹这话也像是在嘲讽自己。

一个问号发过来,曾晓莹倒觉得她是在阴阳怪气地质问,于是回复道:"我和晋棠棠不熟,你要不亲自问她吧。"上次何韵坑了她的事,她现在又记起来了。现在对于晋棠棠,她感觉奇怪,上次上课晋棠棠还帮她杀了一只鸡呢……力气真大。万一得罪了她,哪天被砍了都不知道。

何韵没想到好把握的菟丝花也开始咬人了,在校门口吹了两分钟的风,气急败坏地回去了。

学姐她们明显是为了培养新人,校辩论队要换人了,新人当然有更多的时间。院辩论赛那么好的上位方式，何韵气自己没拿到，又气晋棠棠为什么要那么显眼。学姐喜欢她，学长也喜欢她，没有长相的原因？

晋棠棠回到宿舍，关筱竹和文玥一起调侃她："棠棠，给大歌手遛狗的感觉如何？"

"很好。"晋棠棠认真地道。

"哈哈哈……"文玥笑，"棠棠，你也太当真了。"

晋棠棠说："你们都不懂。"她此刻就有种"众人皆醉我独醒"的感觉，还挺奇妙。

晋棠棠把椅子拖到文玥的边上，问："你知道秦愈喜欢什么，讨厌什么吗？"

"不知道啊！"文玥摇头，"他暴露的信息不多，别说我不知道，就连误记队都不知道。"

"这样啊！"晋棠棠失望地道。

"棠棠，你入魔啦？"文玥皱眉，"不是所有同名的都是秦愈，你上次还不信呢！"

"但这个是。"晋棠棠笑了，歪头道，"等我找到证据再告诉你。"

文玥"嗯嗯"两声，她才不信呢！说话间，晋棠棠瞅见了文玥的电脑屏幕，上面是一男一女两个人物，其中男的头上冒出一行字："送你的。"

文玥噼里啪啦地打字："滚。"

晋棠棠想，这就是网恋吗？晋棠棠拎着水壶去接水，回来时瞅见隔壁宿舍的门开了一条缝，有人探头探脑的。

她一看过去，那头就缩回去，随后又探出来，说："晋棠棠。"

晋棠棠看着曾晓莹："你有事儿？"

曾晓莹往后缩了缩："我就是告诉你一声，何韵在问我你天天出门去哪儿的事……"说完，她把门一关。

晋棠棠其实知道何韵在打探，但她确实不明白，自己出门的事很值得好奇吗？"吱呀"一声，门又开了。

曾晓莹伸头，大声道："我没告诉她啊！"

饶是晋棠棠没回过神,也被她的反应逗笑了,难不成自己平时真的吓到她了?其实晋棠棠从未把曾晓莹放心上,她的小打小闹实在不算什么,她太胆小了。上次学长请客曾晓莹也算变相替自己拒绝了,其实她自己并不想去。晋棠棠回到宿舍想了想,何韵想知道自己去哪里,说不定会知道自己去别墅,不过她是去遛狗的,而且秦愈不出门,何韵估计也看不到。一想明白,晋棠棠就放心了。

晚上躺在床上,她戳开秦愈的微信,之前故意改成"莴苣公主"的备注,这会儿她看着有点儿脸红。她点开他的朋友圈,里面干干净净的。如果不是知道他可能一条动态也没发,恐怕晋棠棠就会以为自己被直接屏蔽了。她在网上搜到一张童话图,发了一条朋友圈:"女巫来了。"

晚上,孔景送来了合同。他大喇喇地坐在沙发上,去揉来福的头的手落空了,等秦愈从楼上下来:"喏,合同。"

秦愈点头:"谢谢。"

"你就不怕她知道你是秦愈?"孔景十分好奇,"说出去,你可就要搬家了。"

"不会的。"秦愈摇头,他相信她的为人。

再者……秦愈抬头:"她不相信我是歌手秦愈。"

孔景:"哈?"

秦愈现在也急需一个倾诉的人,孔景是最合适的对象,于是他三言两语将之前的事说了一下。

"哈哈哈!"

孔景的大笑立刻充斥整个别墅,他的眼泪都要笑出来了。

"不是,我说,秦愈,你这也太戏剧化了吧,正主被当成模仿者,还让你超越自我?晋棠棠这么可爱吗?"

"咦,她觉得不行哎。"

秦愈想,这话怎么听起来哪里不太对劲。

孔景终于笑够了:"行吧,我这就不担心了。"

他离开后,秦愈洗完澡,躺在床上,发现微信有个红点,强迫症使他点开朋友圈。

不过……她头像的大鹅难道就是学校里养的？

秦愈点开朋友圈，看到了一张童话长图，文案配字："女巫来了。"他认真读完，是莴苣公主的故事。为什么发这样的朋友圈？喜欢童话故事？他倒觉得晋棠棠不像女巫，而是像小红帽或者公主一类的。

秦愈只奇怪了一瞬，丝毫不知道这朋友圈是发给他看的，这童话主角也是他。他退出微信，没有点赞，因为点赞对他而言也是一种社交。

晋棠棠丝毫不知自己的朋友圈被发现了。

今天上午和下午都上课，教室里都坐满了，曾晓莹看到她过来，连忙扭过头。这节是理论课，文玥偷玩手机。

晋棠棠才记下半句话，就听她小声惊呼："哇！"

她扭头问："怎么啦？"

"秦愈，秦愈啊！"文玥将手机屏幕转过去，"他终于要出现了，杂志封面呀，我肯定买。"

晋棠棠很惊讶。她以为以秦愈的性格，他是不会出面接这种拍摄任务的。

不过思及工作室微博上至今挂着的那张照片，晋棠棠又迟疑，也许他不拒绝拍照。

文玥捧着手机："真好，又可以看见他的脸了。"

晋棠棠问："你到底是'颜粉'还是什么？"

文玥认真地道："什么都是。歌好听，人也好看，不崇拜这样的歌手，我崇拜谁啊？"

"我记得你说过，你好像不追他呀？"晋棠棠记忆力很好。

文玥"噢"了一声："一时气话，一时气话。"

晋棠棠觉得自己和她不太一样，但此刻心里有个想法倒是一样的，都想看见秦愈。所以下午两节课，她头一回希望快点儿结束。铃声一响，她便将书交给了文玥她们带回去。

何韵正巧看到她往校外走，急匆匆的样子，又在笑，像是去见男朋友的女生，她谈恋爱啦？

晋棠棠到达别墅才四点半，这是最近几天中最早的一次。

秦愈这会儿正在给来福套牵引绳，这是他在晋棠棠来之前就会做好的事。

牵引绳还没套好，来福忽然动了，冲着门口叫："汪！汪！"它前爪扒拉扒拉地要过去。狗是很灵敏的宠物，有人到门口时，它们甚至可以分辨得出是陌生人还是家人。

晋棠棠来了！秦愈还蹲在地上，脑海里闪过这个想法。下一秒，门解锁的声音清晰地传来。

秦愈只来得及站起来，还未踏出去一步，身后的门就被打开了，女孩儿沐浴着夕阳走进来了。

晋棠棠从未想过自己的愿望实现得如此迅速，难不成是她今天路上做好事得好报，还是昨晚睡前许愿太有用？

晋棠棠的心跳"扑通""扑通"的。

不远处的男人穿着黑色的家居服，后脖颈的皮肤露在外面，黑发柔软，和苍白的皮肤形成鲜明的对比。虽然是背影，也让她心动。

秦愈僵在原地。其实见面对他而言并不是特别难的事，只是他习惯了抗拒，所以拒绝和晋棠棠见面。他能听到晋棠棠关上门，听到来福跑过去的声音，还能感觉到她在看他。

"你是……秦先生吗？"晋棠棠望着前方的背影明知故问。

秦愈只是低低地"嗯"了一声，几不可闻。

晋棠棠"哦"了一声："对不起，秦先生，我已经转过去背对着了，您可以上楼了。"

今天意外撞见背影，她已经很惊喜了。

晋棠棠不是个急躁的人，以后有的是机会。

秦愈听见她这么说，松了一口气，心里想法很多，但无疑晋棠棠让他放松不少。他上楼时，在转角处停留一瞬，转头看她。

这好像是秦愈第一次真实地见她，不是通过摄像头，几秒后，他收回视线。

晋棠棠没听到声，以为他已经进房间了，于是转过身，习惯性地看向楼梯。

下一刻，秦愈苍白、惊艳的侧脸消失在她的视野中。晋棠棠瞬间改主意了。秦愈拥有一张令人难忘的脸，她只看背影怎么够，而且她有点儿等不及了。女巫改主意，多正常的一件事。

晋棠棠对于秦愈的外貌所有的印象全都来自工作室微博的那张照片，除此之外，再无其他途径。而照片和本人是完全不同的感觉。

楼上传出关门声，晋棠棠这才坐在沙发上发了半分钟的呆，打开手机相册。即使刚刚看见的是侧脸，她也确定是同一张脸。也许是工作室拍摄的要求，照片中的秦愈神秘感居多，并不言笑，和《枷锁》带给别人的感观相同，像是被阴影束缚，而自己亲眼见到的秦愈敏感而又单纯。自己好像太过分了，晋棠棠晃了晃脑袋，对方现如今是她的雇主，她不能太张扬。况且秦愈本身还有社交恐惧症。今天是意外之喜，晋棠棠恢复了理智，给来福套完刚刚秦愈套到一半儿的牵引绳。她望向摄像头："秦先生，我出发了。"

秦愈没看摄像头，因为他刚才发现晋棠棠看见他了，但好像并没有完全看到，她好像很平静，也许是没认出自己来。他有种被发现的挫败感，也有种她怎么认不出自己的好奇。不管怎么说，此刻晋棠棠平静的态度给了秦愈很大的安全感，他暂时是不会辞退她的。他找到孔景的微信："她看到我了。"

许久，孔景回复："看到？"

不等秦愈回复，他又发消息："那你怎么样？"

秦愈打字："我没事儿。"

他想了想，又回复："好像没认出我。"

"是你太久不出门的缘故，就算是粉丝，也不一定记得你长什么样。"孔景又想起一件事，"你上次不是拒绝了杂志吗？我看新闻怎么说又要拍？"

秦愈道："改主意了。"

经纪人告诉他，这次拍杂志封面，其中百分之四十的收益会用于宠物公益。

秦愈思索了很久才改口：一来，他养了来福，上次因为搜索给狗洗澡和修指甲的视频，现在社交软件经常推送宠物视频；二来，秦愈确实在考虑粉丝。应该说是晋棠棠带给他的影响，她是秦愈目前接触的第一个听了他的歌且给予高度评价的陌生人。即使当初没认出他是秦愈,也会觉得他的歌很好听。

秦愈创作的一段新旋律更是因为她带来的灵感。

孔景不知道个中缘由,但觉得秦愈踏出一步总是好的。果然,在晋棠棠工作后,就是一个又一个好消息。

他叮嘱:"那拍摄当天,你注意一点儿。"

秦愈回复:"没关系,在我家里拍。"

孔景回复:"?"

还有这种不出门的杂志封面拍摄方式?他刚刚还以为秦愈要出门走向外界了呢!

秦愈认真解释:"到时候你就知道了。"

孔景无语:"好吧。"

杂志封面拍摄一般是采外景或者棚拍,这次经纪人和那边商量了,拍摄秦愈录歌。他家里的录歌室不小,很适合拍摄。对杂志方来说,秦愈久不出现,这次出现在他们杂志封面上,到时流量绝对可以。

晋棠棠牵着来福遛圈,这会儿还没到五点。她路过上回的那栋楼时,又听见断断续续的琴声,看来这家练琴的进度并不理想。

小区亭子那里坐了几个人。晋棠棠过去时,来福乖乖地坐在亭子外,那些人看得很是惊奇。

"叔叔阿姨爷爷奶奶好。"晋棠棠说。

"你是哪栋的?"老奶奶问。

"我是在这里工作的。"晋棠棠莞尔,"我听小区里经常有练琴声,比如刚才那个,你们会觉得打扰吗?"

"还行,主要每家离得不近。"

"对。而且小孩子学乐器,开头都这样鬼哭狼嚎的。"

"说到这个,我前两天路过后面那栋,就是靠边上那户,嚯,弹得真不错,好听。"

晋棠棠一听就知道他说的是秦愈家。

稍微年轻点儿的阿姨更直接:"我昨天找我家皮小子,路过那儿,也听到了,是不错。"

听他们夸秦愈,晋棠棠与有荣焉。秦愈早点儿写出来新歌,夸他的人就会变得更多。晋棠棠又想起上次找自己说要投诉的阿姨,也不知道她是住哪栋的,说得好像不胜其扰的样子。

她特地等到五点回去的。

秦愈的别墅右边是小区边缘,左边是一栋,再往前便是练琴的那一家了。晋棠棠在三家的岔路口上等,只听到一开始架子鼓的声音,再之后就很淡了,还不如风声、还不如练琴的声音响。

因为秦愈的录歌室是做了隔音处理的,再往前,声音才稍微清晰些。那位阿姨的态度为什么这么强硬?晋棠棠的一肚子疑问,在开门后听到音乐声时悄然消失,她舒服地眯起眼,又不禁想起之前的事。晋棠棠微窘,自己好像听了场现场版,还让他超越秦愈,得亏秦愈不爱说话,不然岂不是当场尴尬到抠出几十层高楼。声响忽然停了。晋棠棠如梦初醒,下意识地望向二楼。来福比她更快,三两下就爬到了二楼,用爪子扒拉门。

"秦先生,我今天留意了,外面听着并不吵,所以不用担心投诉的问题。"晋棠棠看着摄像头。

秦愈不知如何和她说话,但她对自己的善意,他不回应当然是不礼貌的——反正她没认出自己。

"谢谢。"他开口。

晋棠棠眸中清亮,他竟然没用语音朗读。她眉眼弯弯,如同弯月,明亮皎洁:"不客气。"

秦愈看着她走到门口,自己都打算起身准备下楼了,镜头中的女孩儿又忽然停下来了:"秦先生,你什么时候发歌呀?秦愈那么久没发歌,我感觉你可以超过他。"

"……"秦愈都来不及反应,门已经被合上。她是什么意思?因为自己太久不出新歌,就连原本喜欢他的歌的人都要"移情别恋"了吗……虽然"恋"的歌手其实还是自己。

晋棠棠的话让他哭笑不得,但他也意外地获得了一个信息,他新写的旋律并不差。

将近六点，校园内天色昏暗。

晋棠棠从秦愈那边回来后哼着歌儿，她虽然五音不全，但听得久了，总是会唱点儿的，虽然不大悦耳。

"我还以为是你呢！"

"别提了。"

"咦，那个是不是就是你说的晋……晋棠棠？"

何韵顺着朋友手指的方向看过去，确实是她。何韵今天特地确认了，晋棠棠去的就是别墅那边的方向。她每天下午都去，一两个小时后才回来，今天回来还这么开心。那边有什么？何韵整个心跟猴子挠似的，今天她本来是想跟踪的，但怕被发现后会被嘲讽。

"她长得的确很好看，我们班上好几个男生都打听过她，好像没男朋友吧？"朋友嘀咕，"听说表白墙里一周四五次是在问她，咱们怎么就不能这样呢？"

"她每天都要出去，肯定是谈恋爱了。"何韵恶狠狠地开口。

一直到回宿舍楼，晋棠棠似乎都没看见她。

何韵顿时对自己的跟踪水平有了飞跃的自信，决定这两天好好跟着晋棠棠。如果是什么不好的事情，这样的人怎么可以代表院里、代表学校去参加辩论赛呢？

晋棠棠脚步飞快，进了自己的宿舍。

天气转凉后，宿舍就没再开空调，一盏吊扇吹得"哗哗"响。

"回来啦？待会儿去食堂，今晚有酸菜鱼。"文玥头也不回，"学姐说他们之前养的。"

"好。"

文玥一扭头，见她又发呆又偶尔笑，不得不感叹：美女发呆，她看一个小时都愿意！

"今天遇到好事啦？"

晋棠棠"嗯"了一声："见到了秦愈。"

文玥"噢"了一声："拍杂志被你撞见啦？"

晋棠棠摇头："不是跟你说我的雇主叫秦愈吗？"

文玥丝毫不相信二人是同一人，转而说起秦愈的事："杂志我肯定要买，就冲那张脸也养眼啊！"

"在哪儿拍啊？"晋棠棠停下动作，问道。

"不知道啊，没透露出来。"文玥丝毫不奇怪，"说不准咱们知道的时候都已经拍完了。"

晋棠棠摇头，不太像。

文玥问："你摇头干吗？不信啊？"

晋棠棠"嗯哼"一声："应该还没拍。"

文玥一愣，继而笑了起来："好呀，棠棠，你现在给我的感觉就像是，我知道秦愈好多事情。"

"不是感觉。"晋棠棠纠正，"是事实。"

"行行行，是事实，有空带我们见见秦愈呗。"关筱竹也过来打趣。

晋棠棠说："不行，情况特殊。"

这下两个室友都摊手表示无奈。

晋棠棠挑眉，这年头说实话也没人信了。

晋棠棠本以为自己还能轻松几天，结果周末时社里通知一下来，她就彻底忙了起来。队里说让出两个位置，但不知为何，最后只让出了一个位置，晋棠棠作为大一新生，在里面显得十分突兀。

"上台会不会紧张？"学姐问。

晋棠棠摇头："不会。"她眨眼，俏皮地道，"我小时候经常上台。"晋棠棠从小品学兼优，是三好学生，又乖巧，老师们都喜欢她，很多次演讲她都在其中。她初中时还当过升旗手。

学姐被她逗笑了："不紧张就好，一辩这个位置说难也不难，但也不是那么简单，咱们后面会模拟几次，让你熟悉一下过程，你要有心理准备。"

"嗯，我知道。"晋棠棠倒是一点儿也不扭捏。

原先的一辩是李文敬，他今年就要毕业了，看到接任的人是个漂亮的小学妹，还愣了一下，原来之前流传的照片不是假的。这次院辩论赛的题目已经给了，是"躺平做咸鱼有错吗"，是个很符合当前现实的辩题。只是正反方还没确定。今天只是讨论以及介绍众人，晋棠棠比较沉默，当了一个合格的听众，只在自己出场的时候才吸引了一下大家的注意力。

讨论结束后，她加了微信群。回宿舍的路上，晋棠棠收到了李文敬的邀请。

李文敬："学妹，这几天有没有时间？你刚上手一辩，有些事还要了解一下。"

李文敬："如果没有时间就算了，过后队里也会模拟。"

晋棠棠对他感觉还好，思考了片刻："周三下午我没有课，麻烦学长了。"

李文敬："可以，不麻烦。"他放下手机，望向窗外，就看到晋棠棠正走在教学楼外的桥上，背影婀娜。

"怎么样，没骗你吧？"有人从身后过来。

"她挺认真的。"李文敬扭过头，"有朝气。而且吧，让人有种说不上来的感觉，脾气倒是温柔。"

对方坐下来，问："我问的是辩论的事，你这话说得，你不会是看上她了吧？"

"是啊！"李文敬晃了晃手机，"你觉得她会拒绝我？她才上大一，不出两个月我就能追到她。"

"两个月？"

"也许更少。"

朋友竖大拇指："晋棠棠可是学校里不少男生的新晋女神，你要是追到了，我佩服你。"

李文敬笑了笑，不说话。

晋棠棠回到宿舍时，时间已经是四点四十五分，她"唉"了一声，打算搞个小电驴，这样去哪儿都方便。

文玥对此表示支持："我出一半儿钱，宝，你载我吧！"

关筱竹敷着面膜从浴室里出来，提醒两个人："我市新规定，电动车载人违章。"

"啊……"

晋棠棠说:"你骑自行车吧,不违章。"

文玥大失所望:"你赶紧走。"

"这就走。"晋棠棠溜得飞快。

刚开门要去打水的曾晓莹,见一道人影从自己面前闪过,自己都没看清是谁。一直到她打完水,回到宿舍,她才猛然醒悟:"刚刚那是晋棠棠?逃命啊……"

秦愈现在会提前给来福套好牵引绳了。上次意外的碰面让他有了准备,总是卡在那个时间,就像走夜路总有撞鬼的时候。

晋棠棠到时,来福乖巧地坐在门后。

"来福,在等我啊?"她说了一句,又看了一眼楼上,不知道主人在不在关注他们。现在直接出门吗?晋棠棠最近几天都没有多余的时间去和秦愈相处,不仅是自己想,也有孔景的任务。

"秦先生,你有时间可以自己试着带来福出门。我一个外人,总是不及朝夕相处的主人的。"

楼上的秦愈一愣。和他相处时间最多的是来福,他都没有带它出过门。秦愈心中怅然,"嗯"了一声,最近感觉自己似乎没之前那样排斥外界了。

得到如此肯定的答案,晋棠棠笑了下。她牵上来福,正打算出门,门铃忽然响了。晋棠棠第一次在秦愈家里听到有别人来,她试探性地问:"秦先生,我去开门?"

秦愈并不知道谁来了,孔景,还是经纪人,抑或是哥哥?

晋棠棠先看了一下,发现是物业人员,之所以认得,是因为她进小区之前需要登记。

她将门开了一条缝:"有事儿吗?"

物业人员说:"的确有事儿,可以进去说吗?"

晋棠棠回望,看向其中一个摄像头。

秦愈想了想:"让他们进来吧。"

众人齐坐客厅。

其中一个物业人员道:"秦先生在吗?"

晋棠棠说:"是什么很重要的事吗?你可以跟我说,我可以代为转告。"

"说不上非常重要。"对方有点儿难为情,"有业主投诉秦先生家里有点儿扰……民,所以我们来了解情况。"

"扰民?"晋棠棠一下子就猜到,怕是那位阿姨吧!

他们的对话,在楼上的秦愈听得一清二楚,他也没想到这么严重,不由得站了起来。

他停在门口,抿唇,深呼吸好几下,拧开了门把手。

在客厅的来福忽然抬头,冲楼上叫了一声。

晋棠棠的注意力还在秦愈被投诉这件事上:"对方有证据吗?如果没有,我可以说对方诬蔑吗?"

物业人员"嗯"了一声:"暂时没有。"

其实是因为他们知道秦先生是玩音乐的,对方一开口,他们就下意识地以为是,毕竟对方说得信誓旦旦。

"这样,那等有证据了再……"

先不说是不是真的扰民,虽然这点儿晋棠棠比谁都清楚,毕竟要求提供证据对双方都有好处。

话音未落,物业人员忽然看向她身后:"秦先生。"

晋棠棠的心跳差点儿骤停。脚步声越来越近,秦愈下楼了,就在自己后面?

当日的惊鸿一瞥,让晋棠棠记忆深刻。她转过头,一身黑衣的秦愈就站在不远处,灯光将他的脸照得明亮,衬得那双眸子漆黑。

"怦""怦""怦",晋棠棠听见自己的心跳声,她想过好几次自己引诱他下楼,初次见面是什么样子,却没想过两人见面的情景来得这样快。万万没想到阿姨投诉反而帮助了她。秦愈个子很高,也瘦,却不羸弱,安静的时候确实和工作室拍的照片很像。晋棠棠估摸着自己需要仰视他,但知道了他的性格后,又有种意外的反差萌。

见晋棠棠目不转睛地盯着自己,秦愈不免局促,他下楼都做了好久的心理建设,这会儿本就心跳加速,正好来福围着他蹭,他以来福作为借口,低头摸它。细长的手指依稀可见薄茧,大约是练习乐器留下的。

他这个躲避的行为让晋棠棠眉眼一弯，其实她也挺紧张的。秦愈走到客厅那儿，没和晋棠棠对视，而是看向物业人员："你们……和我说吧。"声音和他的歌声一样迷人。

晋棠棠听得心动，歪头看他，正巧秦愈没忍住也在瞥她，两个人互相看了个正着。

怎么会对视上？他反应过来了。她眼睛一眨，轻笑了一声，声音不大，他却听得见。是在笑自己吗？秦愈的耳朵有些红。

对面的物业人员没发现两个年轻人之间的互动，开口："秦先生，对方说之前和这位女士提过这件事，但没有任何改变，所以可能是忘了告诉——"

秦愈看着他们下意识地反驳："不关她的事。"

晋棠棠惊讶地扭头看他。说实话，她一开始觉得秦愈下楼已经超出平时性格所为，现在更是替她解释，自己有些担忧他此刻的情况，又不免开心。他不是她想象中的胆小的人，而是一个不会让她出面、有担当的男人。这才是自己应该喜欢的歌手，不是吗？

秦愈没看晋棠棠，也能感觉到她在看自己，他分不清自己现在是社交恐惧症居多，还是害羞。

物业人员说："说过了啊，那……"

"说我……扰民，要有证据。"秦愈还记得晋棠棠之前的话，深呼吸，"她……她有证据吗？""赶紧把证据拿给他，他不想再和人说话了……"

两个物业人员对视一眼，回道："很抱歉，秦先生，我们没有求证就来打扰您，我们会很快处理好的。"

"您看这样还是……"

秦愈绷着脸，一点儿也不想看，也不想这样还是那样。为什么都说完了还不走，还要留下来说话，接下来的社交根本没有存在的必要啊？

晋棠棠看出他的紧张，出声："那你们处理好再来吧！"

对方临走时，她又告诉他们："扰不扰民，我建议你们亲自查验一番，万一有人故意投诉呢？"

物业人员脸色尴尬。投诉人是小区里为数不多的得理不饶人的业主，平时邻居做点儿什么或者有人在小区公共区域做什么都可能被投诉，虽然很闹腾，但总是有理由。

屋子里霎时安静下来。

来福"呜"了一声，从门口跑回来。

晋棠棠转向边上，声音轻柔："秦先生，你今天有很大进步呀，来福也很惊讶。"

"你……带来福出门……"秦愈丢下一句话便上了楼。

晋棠棠见他大步地离开，忍俊不禁，蹲下来给来福理牵引绳："你的主人真厉害！"

来福仰头："汪！"

晋棠棠笑道："你也会觉得是啊？"

她没有刻意放低音量，二楼的秦愈将对话听得一清二楚。

他低头，擦掉掌心中攥出的汗水，下楼面对只打过一次交道的物业对他而言很难，孤勇之后只剩下空寂。他再抬头时，晋棠棠已经带来福出去了。

另一边得知消息的秦宗，随后就来了电话："秦愈。"

秦愈"嗯"了一声，没说话。

"我听说你今天被投诉了，你自己处理的。"秦宗虽不苟言笑，但面对弟弟也放软了声音，"做得很好。"

怎么又是鼓励小朋友的语气？秦愈无奈，又不太想多说话。

秦宗自顾自地问："过几天，可以回家吃饭吗？"

秦愈一怔。这栋别墅是他自己出的钱，却是秦宗出面替他选的地址，日常添置也是秦宗安排人处理的，他自己只要做好录歌室就可以了。自从前几个月情况变差后，秦愈几乎没回过家里，他和秦宗这个哥哥说话的次数其实比他和孔景说话的次数还要少。

"不想就不用勉强。"秦宗道。

"不勉强。"秦愈回答，过了几秒，"我会回去的。"

秦宗轻笑："好。"

挂断电话，秦愈也忍不住笑。

晋棠棠思索不到重点，干脆牵着来福去了物业管理处："有人在吗？"

开门的是另一个物业人员。

对于晋棠棠，他们都认识，这么漂亮的小姑娘天天登门，再记不住那就是脸盲了。

"您有什么事吗？"

来福站在门口，张着嘴吐舌头，晋棠棠直接问："我如果投诉业主，对方会知道我的身份吗？"

"这当然不会，我们是会保密的。"

"对方无论用什么办法都不会知道？"晋棠棠一挑眉梢。

"对。"物业人员笑了笑，又严肃地问，"您不住这里吧，现在是要投诉业主吗？"

晋棠棠摇头："我只是求证。"

对方刚点头，就听见她忽然问："是一位阿姨吗？"

物业人员下意识地看她。

晋棠棠眼眸轻轻一弯，她得到自己想要的答案了，人在一瞬间的反应是最真实的。

"这我们不能说。"他回道。

"好吧。"晋棠棠装作不知情，转身离开。至于那位阿姨是谁，她本来就没想着能问出来，否则这个小区居民的隐私和安全就很有问题了。

晋棠棠牵着没走几圈的来福回别墅，才刚进门就听见陌生的音乐，她听不出是什么乐器，旋律明明很青涩却流畅，令人心跳加速，给她的感觉就如同一个人去见心上人，那种忐忑不安又期待的紧张感。明明弹奏者紧张，听众却不由自主地露出笑容。这是秦愈写的新歌吗？晋棠棠歪了一下头，脑海中回想起前几次的片段，比起那段旧旋律，她更喜欢这段，没缘由的。

来福直晃尾巴，用嘴去咬她的裤腿，没用力。

晋棠棠轻拍它的小脑瓜，低声道："安静点儿。"

来福松开嘴，又吐舌头，眼睛瞪得像铜铃。

什么样的人养什么样的狗，晋棠棠算是知道了，来福有点儿蠢，主人有点儿傻。她正乱想着，声音忽然停了。秦愈发现楼下的人了。

晋棠棠光明正大地道："秦先生，你的新歌真不错。"

秦愈的关注点却在另外一个点上——她还没认出自己就是真正的秦愈吗？看来真是"假粉"。

"谢谢。"他开口道。经此一役，秦愈已经习惯用自己的声音和她对话了，语音朗读被丢弃在手机角落。

晋棠棠乐得如此，不忘正事："你在这个小区有没有得罪过什么阿姨啊？"

秦愈皱眉："阿姨？"

晋棠棠"嗯"了一声，手不停地抚摸来福故意仰起来的头："我怀疑是她投诉的，但没有证据。"

"……"秦愈完全不记得自己得罪过人。

见晋棠棠为的是自己的事，他再度开口："你……不用管。"他自己会处理。

"没管，就是提醒。"晋棠棠微笑，临走前又想起什么，"秦先生，你和我见过的一个歌手很像。"

秦愈睁大眼睛，对方却已经离开了。她是认出自己了吗？一定是认出来了吧！

周三下午，晋棠棠和李文敬约在二食堂的二楼见面。

午饭时间过后，食堂里基本没什么人，所以很适合商讨事情。

"学长。"她打招呼。

李文敬说："没想到你把时间定这么早，毕竟现在中午还是有点儿热，晚上更凉快。"

晋棠棠"嗯"了一声："晚上还有事儿。"

"没事儿，都差不多。"李文敬笑了一下，"坐，别站着，就我们两个人，随意一点儿也没事儿，我不就比你早入学三年？"

晋棠棠笑了笑，没说话。

"我之前整理了一下注意事项什么的，等会儿把文件发给你，你可以看看。"

"好，谢谢学长。"

李文敬本以为晋棠棠很容易说话，但没想到她似乎全心都用在辩论上，相当敬业，他连岔开话题都会很快被拉回去。连着两个小时，他上课都没这么认真，晋棠棠还十分贴心，他说得口干，对方还倒水给他喝。明明是很好的发展，可李文敬就是不得劲儿。李文敬看着对面记笔记的女生，自己做了那么多事情，都没见到一个崇拜的眼神。

他出声故意调侃："棠棠，你也太认真了。"

晋棠棠被他叫得这么亲密，不着痕迹地皱了一下眉头："学长，辩论不就是要认真的吗？怎么能玩乐对待？"她不习惯被亲人以外的男性叫"棠棠"。

"学长，你比我更认真，我要向你学习。"晋棠棠看了他一眼，义正词严地道。

李文敬不知怎么回好，教她作为和她私下单独交流的借口，好像并没有达到自己想要的目的。

晋棠棠看了一下时间，抱歉地道："学长，今天麻烦你这么久真的不好意思，也不早了，我不耽误学长时间了。"

"没事儿，不耽误。"

"我下次请客，学长一定要来。"晋棠棠起身，露出笑容，"学长，我先回去了。"

"啊，这么……"李文敬眼睁睁地看着晋棠棠离开。今天的情况和自己想象的"亲密交谈"完全不同，两个月，他和朋友说的时间还能追到人吗？这会儿连李文敬自己都怀疑了。

晋棠棠还未到别墅，别墅外却聚集了一大拨人。

负责人坐在车里："等会儿你们几个人进去，其他人就不要进去了，在车里等。"

"会不会太少啦？"摄影师问。

"我还怕多了呢。"负责人头疼，"秦愈和其他人不一样，待会儿你们不能像对待别人那样对待他。"

秦愈的经纪人语焉不详，他也不太明白。最主要的是他背靠秦家，秦总摆在那里，他就算想放肆，上头也不会给他机会。

底下的摄影师、造型师等人就更不清楚内情了。

现下后面几个人都在小声议论。

"秦愈怎么这么难伺候？"

"是不是这里面有什么不能看见的啊？我听说之前还要嘴严的人来。"

"小心隔墙有耳。"

话音刚落，经纪人出现在车外。他问负责人："你们几个人进去？最好不要超过五个人，秦愈不太喜欢见陌生人，实在不好意思。"

"社交恐惧症"这个词他没说出来，因为很容易被传出去，到时候就是尽人皆知。

"人太少的话，不太好拍啊……"摄影师想发火。他拍了那么多歌手，就秦愈要求最多、最麻烦。

经纪人看了他一眼："这个不用担心，秦愈那张脸得天独厚，上天给饭吃，怎么拍都出片。"

"……这也能拐到这上面来？"

秦愈这会儿就在楼上看他们对话，不停地做心理建设，这与和物业人员的交流完全不同。

高度紧绷了一下，他将通知晋棠棠今天不用来的事都忘了。十分钟过后，车上终于下来几个人，搬设备的搬设备，拿道具的拿道具。

秦愈"唰"的一下拉上了窗帘。

几个人愣是浩浩荡荡的样子，跟着经纪人进了别墅。

大家一进屋，首先看到的就是自来熟的来福，不过人太多，来福没上前，只叫了两声。他们随意瞄了几眼都看得出摆放的东西不便宜，最主要的是秦愈居然不在。

"秦愈在楼上，你们跟我上去吧！"经纪人望向摄像头，提醒秦愈道："秦愈，我们过来了。"

众人更狐疑了。

录歌室在走廊的尽头，一打开门，大家先看见的是里面应有尽有的乐器、录歌设备等。

秦愈呢？有人回头，在门边看到秦愈站在最边上。

化妆师屏住呼吸，这颜值太绝了，她经手化妆的歌手多，所以更觉得惊艳。

秦愈只看了他们一眼就移开了视线。

经纪人连忙开口："你们拍就行。"

他小声询问："没事儿吧？"

秦愈小幅度地摇头。

好在大家都习惯了，秦愈表面上可以装作若无其事，去隔壁做造型，他更是直接闭着眼就行。拍杂志封面真麻烦，秦愈仿佛能感觉到隔壁录歌室里人走来走去，叽叽喳喳地说话，他更是抗拒。

"秦老师，你有没有什么要求？"造型师问。

为什么还要和自己说话？秦愈叫苦不迭，只摆了一下手。

造型师心想，他这么高冷吗？她本来还想听听秦愈说话呢，毕竟唱歌那么好听。

好在她没继续问，秦愈终于有了喘气的机会。做完造型，他如同历劫一般，站在走廊上深呼吸，瞥见房间里走来走去的人影，马上闭上了眼。马上就要去经历第二劫了，秦愈感觉自己和唐僧取经一样艰难。

楼下，负责人离开后，车子停在距离别墅不远的路口边上，有几个人留在车里接电话。

其中一个人玩手机自拍，瞅见前面一个女生径直往秦愈的房子走，连忙降下车窗："你是谁？"

晋棠棠扭头，见不认识，便继续往前走。

对方也没想过她转头是这么漂亮的一张脸，好像没印象，不是什么歌手……

"等等，你不能进去！"他连忙下车，该不会是什么粉丝吧，杂志拍摄要是被提前拍到了，那还卖什么？

晋棠棠停下来："你是这家人？"

男人摇头。

"既然不是，你管我干什么？"晋棠棠丢下一句，在他还没反应过来时，就进了别墅。

她总觉得小区里奇奇怪怪的人越来越多了。晋棠棠一进门，来福就从二楼三两下跃下来，围着她直打转："汪！汪！"

"来福，今天这么热情。"她捏捏它的脸，好肥。

听见说话声，正让秦愈放松放松的经纪人连忙走过去："你怎么进来了？人够了，赶紧回去。"

五个人都够现在的秦愈紧张的了，他这么半天没吱一声，再来一个更严重。

晋棠棠抬头，听到嘈杂声："我是来遛狗的。"

秦愈耳朵一动，往边上一侧，见到晋棠棠仰着的脸，他居高临下，看晋棠棠更显得娇小。不知为何，他见到她，比见其他人舒服多了。自己今天忘了告诉她不用来了，秦愈懊恼地想。

遛狗？经纪人下意识地回道："今天不用——"

秦愈不自然地动了一下："要。"

"什么？"经纪人回头。

安静了几秒，秦愈加重语气："来福要出门。"

听见叫自己，来福仰头"叫"了一声，爪子扒拉两下，不知是赞同还是反对。

PART 05
看好戏

"来福要出门吗?"

经纪人反正是听不懂来福的话的,也不知道秦愈是怎么得出的结论,但他想起来了,这就是孔先生请的遛狗师啊!他之前只闻其人,并没有见过本人,这会儿仔细打量,发现对方的颜值不输娱乐圈歌手。而且秦愈今天几乎没说话,她一来就开口了,这是好事啊!

秦愈多交流,社交恐惧症的症状就可能越来越轻,对于写歌绝对有好处。经纪人当即露出笑容:"来福要出去,那就拜托这位女士了,我们今天这里有工作,不太方便。"

晋棠棠稍加思索:"嗯。"她看了一眼秦愈,明显能看出他此刻处于紧张状态,大概是因为家里忽然来了那么多人。

可身在娱乐圈,这种事不可避免。他的才华也不会被发现,自己可能也听不到他的歌。晋棠棠露出笑容:"秦先生,那我带来福出门啦!"

秦愈连忙点头。他站在栏杆处看她给来福套牵引绳,她将胳膊环住来福的头时,就像被浓密的毛遮住,好可爱。这幅画面实在太治愈,秦愈目不转睛。

"对了,待会儿……"经纪人扭头,打算和秦愈说拍摄的事,却见他直勾勾地看着下面,目光灼灼。

他甚少见秦愈专注其他事,他只热爱音乐。经纪人顺势看下去,发现女孩儿和狗很和谐,都很养眼。秦愈……不会是喜欢这个女孩子吧?经纪人心里直打鼓,虽然秦愈不用担心公开恋爱问题,但"脱粉"是肯定的,从工作室微博被催发照片就看得出来,他的"颜粉"一大堆。最关键的是秦愈只有两首歌,虽说被众多知名人士称赞天才、有灵气,可他还没站稳,过早恋爱不是好事。

"秦愈。"经纪人叫了一声。

秦愈转头,目露询问。

经纪人:"……"

晋棠棠牵着听话的来福出门了,还趁经纪人没注意的时候对秦愈挥手。

少女逆着光,秦愈忍住了挥手的冲动。

门外众人看到晋棠棠出来,之前拦着她的工作人员也退后了一步,这狗也太大了吧!

阿拉斯加乐颠颠地走在女孩儿的前面。

"她就是孔先生说的遛狗师吧?"经纪人不动声色地问,"她知道你是秦愈吗?什么时候知道的?"

秦愈想了想:"不知道。"

经纪人瞪眼:"都见到你了还不知道?"

秦愈"嗯"了一声,没解释。其实他至今还在纠结晋棠棠到底是假的粉丝,还是认出来了当作不认识,他觉得她很聪明。也许正是因为聪明,才装作不认识自己。不过正是因为她平静地对待,秦愈才觉得自然,如果是狂热的粉丝,他可能现在还将自己锁在房间里。

"行吧……"经纪人也没指望能问出什么,还不如自己在微信上问,秦愈打的字可能比说的字多。

"待会儿拍摄,可能要拍几分钟花絮,你尽量说几句话,不然没素材剪辑视频。"

秦愈"哦"了一声,心里却叹气,现在拍杂志封面为什么还要拍视频呢?

这会儿录歌室已经布置完毕，更方便打光和拍摄，秦愈进去时，大家都看着他。饶是有心理准备，他的心跳也不免加速。

摄影师扭头："秦老师，您就做一些您平时练歌、写歌的动作，我们先抓拍一些。"

秦愈"嗯"了一声。人这么多，他坐在钢琴前面，有点儿手足无措，控制不住地思绪乱飞，导致迟迟没动静。他越安静，别人就越盯着他看。

经纪人咳嗽一声："秦愈，就弹《枷锁》吧。"

在场每个人都听过这首歌，除了摄影师，其他工作人员都集中注意力，准备倾听。

虽然秦愈出了第二首歌《黑白》，可大多数人更喜欢《枷锁》，韵味十足。秦愈写这首歌时，他正处于自锁的状态，音乐是他唯一可以倾诉的途径。有感情，音乐才会出彩。他每次弹这首歌时心态都不同，在秦愈眼里，后来的每一次都比不过第一次。

秦愈手抚过最近的乐器，忽然转了方向。

摄影师望着镜头中的男人，只等角度合适就拍，却冷不丁听到炸响，随后是密集的鼓点。他惊得都忘了按快门。等回过神时，摄影师对准沉浸在其中的秦愈果断地选择录视频，这不能错过。

经纪人也是第一次听到秦愈的新歌，比谁都激动，听得眯眼，忍不住无声地笑，终于等到了！

秦愈只演奏了一小段，停下来，看向经纪人。

经纪人意会，看向摄影师："刚刚拍得怎么样？"

待发现是视频后，他立刻严肃起来："这是秦愈的新歌，是不可以透露出去的。"

摄影师当然明白，只是感到惋惜。

不过有了开头，秦愈总算放开了些许，只是在面对众人注视时，他依旧不太想与人对视。

天色渐暗，晋棠棠回了别墅。人此刻都在楼上，她没上去，而是解了来福的牵引绳，又给它喂食，免得主人太忙，来福得饿肚子。

来福殷切地蹭着她。晋棠棠叹气："可惜现在看不到你的主人了。"好看的人看几遍都嫌不够。

"新歌叫什么名字?"楼上,经纪人随口问。

"没想好。"秦愈说道,主要是没想。两段旋律都是临时起意,他甚至没想把它们放在同一首歌里,但偶尔又觉得也许可以。

"不急不急。"

呼啦啦的一群人来了又走,别墅里霎时安静下来,秦愈长出了一口气,闭眼冷静了好一会儿。

来福从楼下爬上来,冲他"汪汪"地叫。

秦愈睁眼,摸了摸,忽然想起什么:"晋小姐已经走了吗?"

来福摇着尾巴。

别墅里只剩下他俩,也许是今天太热闹了,也许是其他原因,秦愈第一次感到孤寂。

他又想起什么,找到哥哥的微信,被投诉的事还是要好好处理的。

秦愈所在的别墅区叫湖景御府,从那里到星湖大学的一条路上的建筑不多。平时晋棠棠回去都不算太晚,时间久了,经常有人看到她会经过这里。今天太阳刚下山,晚霞遍布天空,晋棠棠走到一半儿就被挡住了路。三个流里流气的男人站在她的面前:"小姐姐,一个人啊?"

"小姐姐"这个称呼倒没什么,但从他们嘴里说出来,就有种奇怪的油腻感。对比一下,晋棠棠还是比较喜欢"同学"这个称呼。她没理会他们,绕过他们继续走。

见她不搭理,中间的男生叫了一声,伸手去抓她的胳膊:"走什么呀,和我们怎么不说——啊!"

其他两个人瞪大眼睛。

晋棠棠拍了一下手:"不好意思。"

她力气不小,反手一抓,对方的胳膊就脱了臼,对方惨叫一声:"你杀人啊!"

晋棠棠淡淡地道:"脱臼而已。"

男生提高音量:"而已?"看着漂漂亮亮一姑娘,怎么这么凶悍?其他两个人回过神来,打算上前来硬的,又停住。

闻言,晋棠棠奇怪地看着他:"你对我动手,我动手有问题吗?谁让你不行?"

她十分敷衍:"给你治好?"

男生立刻摇头,他们也就是过过嘴瘾,见她漂亮,想搭讪,谁知道碰到了硬钉子。

不要就算了,晋棠棠转身就走。不是,这就走啦?

三个男的站在风中,其中一个捂着自己的胳膊,痛苦地说:"等等……治治治!"

晋棠棠懒得废话,伸手一掰,要是他们有恶意,她这会儿才不会停下来呢。

等她离开后,其他两个人想起什么:"她好像有点儿眼熟……"

虽然知道这条路可能不安全,但遇到这种"小虾米",晋棠棠也十分无语。她虽然有力气,但寡不敌众。刚才的几个人只是想搭讪,勉强算得上猥琐男,但未来遇到的是不是这种就不一定了,违法犯罪也就在一瞬间。晋棠棠思索,接下来是不是要提前点儿时间去秦愈家里遛狗,天亮应该能安全点儿吧!这说服力实在不强,因为现在天也没黑。晋棠棠又将买电动车提上了日程。

跨进校园,安全感大增,晋棠棠的心神终于回归正题:今天秦愈家里为什么有这么多人?文玥之前提的那则新闻,他是在拍杂志封面吧?那么过段时间应该就可以看到他的新照片了。

晋棠棠还从未买过这种时尚杂志,一来现在不兴买杂志,二来她也不看。不过秦愈可以让她破例,起码他的脸放在封面上,看着养眼。

"棠棠,回来啦,桌上有黄瓜。"文玥正在打游戏,键盘按得"啪啪"响,"今天在学校外面看见的,说是没打农药。"

"你要减肥?"晋棠棠问。

"当晚餐还可以吧!"文玥掐了掐自己的腰。

"不用减,你这样很好。"晋棠棠实话实说,"而且你的身高配这个体重没问题。"

文玥转过来:"可是我有小肚子。"

晋棠棠笑道:"大家都有,只不过你缺的是锻炼。"

正说着，文玥想起什么，大叫一声，又转回去："光顾着和你说话，我正打游戏呢……"

女生宿舍的夜晚注定是热闹的。

关筱竹接了个家教的兼职，今天刚去试了一个小时，回来就灌了一大杯水，文玥又推销她的黄瓜。关筱竹很给面子地吃了一根，嚼得嘎嘣脆。

晋棠棠则在预习明天要上的课。她们的课程其实并不紧，明天上午只有两节课，下午四节课，课程结束也才五点多。上午两节课，结束时间是在九点四十分，距离秦愈练歌的十点有二十分钟时间。

晋棠棠眼珠子一转，嘴角一翘，放下笔，转而打开手机，找到秦愈的微信。她打字："秦先生，在吗？"

晋棠棠停顿了几秒，又发出一条消息。

这时秦愈正好在看网上的新闻，他虽然不出门，但也不落后，仍然时刻关注外界的，一看到晋棠棠的消息，他不知如何回复。秦愈之前不知道在哪儿看的，"在吗"是很多人都讨厌的打招呼方式，往往没有后续。一问，没回复，又重复问……秦愈也不太喜欢这种。

但晋棠棠的第二条消息紧跟其后："我明天上午可以过去吗？方便吗？"

上午？不是一直是傍晚吗？

秦愈想了想，敲字："可以。"白天什么时候都可以，反正他都在家。

对方很快回他一个可爱的表情。

秦愈看见颜表情，心情也不由得轻松了。本以为这场对话就到这里结束，却猝不及防，晋棠棠再度发消息过来："对了，秦先生，早上去的是早上的事，傍晚我还是会继续去的。"

说实话，她在想，秦愈会怎么回她，还是干脆不回。

过了一会儿，对方有了动静。

"莴苣公主"："一次就可以。"

言下之意，来福每天遛一次就可以了。五个字，还行吧，晋棠棠想。她并没有卖关子，她对面的可是"莴苣公主"，在很多时候会收敛好奇心，直接说反而更好。晋棠棠指尖的文字跳跃，如同她此刻的心情："多出来的一次和来福无关。"

秦愈不明白她这话的意思，明天上午不是来遛来福的吗？那她过来干什么？他们之间的交集，目前仅有遛狗一事。

正巧，聊天界面跳出一行字，明明是手机震动，却仿佛是震在秦愈的胸腔："是我想听你的歌。"

听他的歌？歌？秦愈一瞬间还以为自己看错了字，直到确认这就是对方发出来的，对方也没有撤回的意思。想听他的歌……是因为太好听吗？秦愈虽然觉得要谦虚，但这句话不得不让他联想，最重要的还是这话实在太过直接，就这么告诉他吗？他眨了好几下眼，有些不知所措，这该怎么回？秦愈尝试着发"为什么"，但又怕对话一直继续，最后还是删除了这三个字。

"可以听"，好像不太适合，感觉很奇怪。拒绝吗？秦愈还从未纠结过这样的事，事实上，他心底也隐隐希望她作为听众给予他反馈。

晋棠棠将消息发出去之后，其实想过撤回，后来想着发都发了，撤回没意思。

她的确是真心的。只是对于秦愈会怎么回应，晋棠棠心里并没有数，他不同意或者同意也好，都可以。

聊天界面如她预料般的沉默。晋棠棠将手机放在一旁，继续预习新课。许久，安静的手机屏幕终于再度亮起，她解锁，随后就看到了秦愈的回答。

"莴苣公主"："可以。"

他花了多久做出这个决定呢？晋棠棠瞄了一眼右上方的时间，好像是两分钟。她用手撑住脸，笑眯眯地，希望再过不久，类似这样的问题，秦愈可以不需要两分钟。

秦愈以为晋棠棠还会说很多话，比如为什么想听他的歌，但最后只有一个"谢谢"。当然，这种结尾式的消息让他如释重负，这代表着对话即将结束。

"汪！"来福扒拉两下门，走进来坐在他脚边，嘴里发出声音，又去扒拉他的裤腿。

秦愈随手安抚它。

手机再度振动，他一顿。等秦愈扭头，发现是经纪人的消息："今天拍摄的新歌视频我要过来了，你要不要？"

经纪人："这个视频现在不发，我也让他们不要乱说。等新歌写好了，快发的时候可以用这个视频来预热。"

秦愈一向不处理这方面的事。

视频并不长，总共也就三四十秒。

想起明天上午晋棠棠要来的事，秦愈又不免多想，她应该会觉得好听吧……

翌日，天气晴朗。

自从国庆假期结束后，学生们接下来都没什么假期了，所以注意力又放在了另外一件事上。

"我听说下个月运动会要开始了。"

"说不定还不如高中的有趣。"

文玥和关筱竹半听半不听，碰到没听见的就问晋棠棠。

两节课过去，三个人一起回宿舍，快到宿舍楼前，文玥邀请她们去市区逛街："我好久没逛街了，听说新开了一家奶茶店。"

晋棠棠拒绝："今天不行，下次。"

"好吧！"

"你们帮我把书带回去，谢谢啦！"

晋棠棠转了个方向，和宿舍楼离得最近的是学校北门，也就是他们经常出去的门。

南门在另外一个方向，是学校的正门。

何韵恰巧也在宿舍楼前，学校每天上课的时间是固定的，只是课程安排不同。她不止一次看到晋棠棠单独出去了。今天凑巧有时间，何韵当即决定去看看。

可晋棠棠为了赶时间，扫了一辆电动车，等何韵在她之后弄完这些步骤，晋棠棠已经离开一段距离了。

何韵想，真是出师不利。她紧赶着过去，拐过路口之后，正好看着晋棠棠在别墅区门口将电动车停下来，走进去了。

何韵怕被发现，等了半分钟才过去。

值班亭的物业人员和保安瞅见她大摇大摆地过去，"咦"了一声："你是这里的业主吗？"

"我是来找人的。"何韵不慌不忙。

"你找哪个？"物业人员探出头，"要登记的。"

何韵眼看着晋棠棠的身影快要在自己的视线中消失了："刚才那个也是业主吗？"

物业人员反应过来她讲的是谁，上下打量她，这人和晋小姐好像是同样年纪，也不知道是什么人。

他警惕地道："你管别人干什么？你要进去，必须说明理由，还要登记，不好意思啊，我们不能放无关人员进去。"

"我怎么没看到别人登记？"何韵质疑。

"那说明别人有正当理由可以直接进去。"

何韵磨了好几分钟也没成功，只好磨磨蹭蹭地离开，心里满是不解和疑惑。

晋棠棠看起来不是业主，那她来这里干什么，还天天来？

晋棠棠到达目的地时，时间刚好是九点五十八分。

别墅里此刻很安静。

秦愈坐在椅子上，看向时间，快十点了，这是他上次告诉晋小姐的练歌时间。

楼下没有开门，她还没来，自己要不要开始呢？秦愈又多想了，她今天是不是不来了？可能昨晚她只是顺口一提，并没有当真。

正在这时，楼下传来来福的叫声。来福嗓门大，叫声会有所不同，这种声音只在有人过来时才会出现，基本上是在每天晋棠棠过来的时候。

秦愈立刻看向摄像头，果然，几秒后，身形窈窕的女孩儿就走了进来，被来福围住。

她真的来了。秦愈的嘴角无意识地扬起一点儿弧度，几不可见。他手指微动，动人的音符随即跳跃出来，从微弱的音量变成在楼下清晰可闻，是上次晋棠棠"惊鸿一瞥"的旋律。

她最爱这一段，因为自然、真实，也更轻松，轻而易举就让她沉浸在音乐当中。

晋棠棠放轻脚步声，坐在沙发上。

来福还想叫，被她阻止："嘘。"

说真的，她还挺羡慕来福的，它每天都可以听秦愈练歌，这是多幸福的一件事，可惜来福大概没有感觉。旋律不长，令人意犹未尽。晋棠棠正打算和秦愈说话，又听到熟悉的曲子响起，她当下就听出来了，这是秦愈的第二首歌。这首歌她听的次数不如《枷锁》，但这会儿听，又有种别样的氛围和听后感，即使不如戴耳机的高清和立体。晋棠棠一边撸狗，一边听歌，感觉是极致享受，可惜一首歌只有三分钟左右，总有结束的时候。

她睁开眼，没听到下楼的脚步声。晋棠棠也没多想："秦先生，我听完了。"

她觉得自己的行为确实有点儿病态，走二十分钟的路，只为过来听一首歌，但她甘之如饴，只怪秦愈的歌太好听。"很好听，不过我得回去了。"晋棠棠起身打算离开，又忽然想起一件事，"对了，有件事忘了说。"

秦愈竖起耳朵。

晋棠棠话锋一转："这件事很重要，秦先生，你可以下楼吗？"

秦愈不知道事情有多重要，但都这样说了，人也在下面等着，自己只能下楼了。

反正他们已经见过。秦愈下楼时，能感觉到她注视着自己，他错开视线，停在楼梯口："什么事？"

对她保持的安全距离，晋棠棠想笑。她忍住笑："现在已经是秋天了，天马上黑得越来越早，我以后下午过来的时间可能要提前。"

秦愈恍然。晋棠棠没说到安全问题，他联想到了这点儿。平时秦愈一个人住久了，再加上晋棠棠每次过来时天还亮着，走时天也没黑，他便没多想。现在对方一提，确实，天黑得快，代表一个女孩儿单独回去太危险了，尤其是晋棠棠容貌出色。

他可以送她回校吗？

晋棠棠压根儿没想到这层，她从未想过他会送自己回去，所以也不知道他此刻多纠结。

秦愈觉得要想个比较保险的方法："你……"

晋棠棠抬头，表示自己在听。

秦愈深呼吸："过几天再来。"

来福之前刚来就经历过一星期不出门，再尝试一次，应该也不会疯掉吧？或者，他上次差点儿出门了，这次可以试试？

晋棠棠眉眼一弯："来福可以吗？"

被叫到的来福迅速"汪"地叫一声，晋棠棠紧跟着说："来福好像不太同意，它想出门。"

秦愈无语，怎么没听出来？

来福实在太笨，根本听不懂他们的话，只知道附和。

晋棠棠又道："我想过来。"

秦愈摇头，脸色越发纠结，言简意赅："安全……重要。"他的情绪越多，晋棠棠才觉得这样的他生机勃勃，而不是闷在一个封闭的环境中。

她只静静地盯着他看。

见她如此坚持，秦愈只好退让："上午？"

"上午我经常有课。"晋棠棠摇头，"不过我大概会看课程表，交错着上午下午过来。"

秦愈点头，又摇头，还是离不了下午。秦愈想到什么，张嘴又说不出那么长的话，最后用手机打字给她看："过几天再下午，等想到安全一点儿的方法。"

晋棠棠看完，颔首："好。"

秦愈终于松了一口气，她不一直坚持就行，不然他还要一直劝，意味着要一直说话。

"秦先生，还有个事。"晋棠棠忽然又开口。

秦愈的心又提了起来。

晋棠棠笑眯眯地："以后下午我提前过来，你练歌可不可以提前一点儿时间？"

"一点点就可以了。"她伸手比画。

秦愈几乎在听到的同时就明白她话中的意思了，羞赧涌上心头，淹没他的大脑。提前？一点点？是为了听他的歌……对面的女孩儿眼睛清亮，在等他回复。秦愈想告诉她，自己的练歌时间是定好的，不习惯更改，也不能因为她更改。这样就是拒绝了。秦愈心中闪过这个想法，但一触及晋棠棠的目光，自己又说不出口了。

客厅里安静下来，只剩下来福弄出的窸窸窣窣的动静，像在挠动人心。他移开些许目光，不和她对视。

"好。"秦愈心想，就提前……一点点？

答应了就好！晋棠棠并没有抱多大希望，所以在得到肯定答案后心里满是惊喜，她忍不住笑容满面，"谢谢，秦先生你真是个好人。"

一张好人卡让秦愈不知说什么好，他看过网上粉丝的夸奖，但还从未被人这样夸过，还是来自一个喜欢听他歌的人。秦愈从许久前不出门，到如今可以与她面对面交谈，是很大的进步，他尚未意识到。

晋棠棠说："时间不早了，我先回去了。"

秦愈点头，没再说话。刚刚的对话已经说完了他平时一整天的话，甚至两天都可能没这么多。

外面艳阳高照，晋棠棠的心情也是如此。

来福送她出门，在门口"汪汪"地叫，她转身，伸手来回抚摸它："保护好你的主人，知不知道？"

"汪！"

"来福真乖。"

晋棠棠走出去几米远，手机响了一声，她打开，是秦愈的消息："注意安全。"秦愈主动发的，和他的社交恐惧症是完全相反的行为。可能是记得刚才的事，担忧她一个人回去吧。

晋棠棠立刻回复："好！"

看到显眼的感叹号，秦愈也不由得想笑，其实晋小姐和微信上的她也是有一点儿区别的，微信上似乎……更活泼？现实里她说话总是温温柔柔，很有礼貌。

秦愈收好手机，手指轻动，如同在空气中演奏，他哼着旋律，转身上楼。

他真的好久好久没有发歌了。

晋棠棠到小区门口时，两个值班的物业人员正在看监控，见到她才进去十来分钟就出来了，还有些惊讶。

"晋小姐，今天这么早？"高个儿的探出头。

"今天是有事儿要谈，不是来遛狗的。"晋棠棠笑着说。

另一个人从里面走出来："对了，有件事不知道要不要告诉你，感觉还是要注意一下。"

晋棠棠一愣："又被投诉啦？"

"哈哈哈，没有没有，不是这件事。"对方笑了笑，说，"今天你过来的时候，有个人好像是跟着你的。"

跟着她？怎么最近事儿这么多，有投诉的，有跟踪她的，而且大白天跟踪这人是不是脑子不太正常？晋棠棠当时完全没有注意到："男的女的？"

"女生，和你差不多年纪。"物业人员迟疑地道，"不确定是不是跟着你，但我们要她登记时，她一直以你为例子。"

晋棠棠拖长腔调："哦……我知道了，谢谢。"

"不客气，你现在在我们小区里，我们肯定是要保障你的安全的，需要我们做什么，你也可以说。"

晋棠棠笑着离开，转过头就在想是谁跟踪自己。这才第一个学期，她认识的人没有多少，班上女孩子也不多，准确来说，"得罪"的就只有两个人。现如今曾晓莹似乎很怕她，应该不会是曾晓莹。那就是何韵？好几次偶遇，何韵都提过她出校门的事，晋棠棠很不理解，她一个大学生，出门很稀奇吗？而且一辩的位置是自己努力得到的，就算是妒忌，也是何韵想多了。晋棠棠可不想息事宁人。

秦愈再度回到楼上练歌。

不过这回他试的是别人的歌，只是弹到一半儿，心里想着晋棠棠出行安全的事，就停了下来。

问孔景？还是自己大哥比较合适。

秦愈找到微信对象，给秦宗发消息，想措辞时想了许久，修改了好几遍，从"怎么保证女孩子出行安全"改成"遛狗师是个女孩子，好像"……不行，字太多了。

"遛狗师单独出行不安全。"他最终确定，想了想，秦愈又补上一句，"哥，有办法吗？"

秦宗没有打电话过去，他对于晋棠棠的资料了如指掌，于是明知故问："遛狗师怎么会不安全？"

对面回复很快："是女生。"

秦宗指尖点击："好，我想到了告诉你。"

秦愈要的就是这个答案，他打字："谢谢。"

秦宗无奈，亲人之间哪里需要说谢谢，可秦愈经历过的事、他们相处的时间都是一种阻碍。

别墅中，秦愈放心了。然而只过一分钟，他又皱起眉头，晋棠棠之前压根儿无视自己让她停几天再过来的要求，万一她明后天的课都在上午，岂不就是下午来？

秦愈思来想去，又打开微信。他停顿了一下，打字："快一点儿可以吗？"

快？收到消息的秦宗露出笑容，看来弟弟还真是很担心晋小姐的安全，他得告诉家里人。

秦宗回复："好，放心。"

秦愈本来想说自己的主意，比如找个保镖之类的，最后还是没开口，秦宗肯定安排得比他好。

第二天，秦愈醒来后，打开手机，看到秦宗在一个小时前发的消息："给你安排了一辆车接送她，平时你也可以坐。"

司机的电话号码在下面，还有微信号。

坐车就代表要出门，秦愈拒绝，自己表示打死也不会坐的，不过这件事要告诉晋棠棠。

他猜得没错，晋棠棠今天上午的确满课。

昨晚回来时，她以为自己会碰上守株待兔的何韵，但可能是何韵心虚，还是怎么着，一晚上都没碰到，倒是在宿舍走廊看见了曾晓莹。

曾晓莹一看到她就像兔子见到狼，小心翼翼的样子，仿佛晋棠棠会像抓鹅一样抓住她。

"一直看我干什么？"晋棠棠问。

这似曾相识的对话让曾晓莹直摇头："没有。"

"好吧！"晋棠棠一本正经地道，走了两步又回头，道，"对了，辩论社——"

"你不是都去辩论队了吗？"曾晓莹当即回道，"我可没有干什么。"

"又没说你做什么，别紧张。"

怎么会不紧张，晋棠棠一副明显有事儿的样子。晋棠棠逗完她，径直回到宿舍，思索着怎么和何韵摊牌，或者打消她的念头。因为今天上午满课，她没去秦愈家。下午两节课后，时间还早，晋棠棠要和辩论队一起去抽签，看是正方还是反方。

"你手气好吗？"学姐问。

"一般般，"晋棠棠也不确定，"学姐来吧！"

李文敬笑道："还是让小学妹来吧，她是新人，说不定给个开门红呢？"

大家都同意，晋棠棠只好上台抽签。

"正方。"答案宣布，众人也仿佛完成了任务，"下周就要打比赛，这几天我们会很忙。"李文敬转向晋棠棠，"你也会多辛苦一点儿。"

晋棠棠摇头："没事儿。"

解散时，李文敬主动走到她的边上："怎么样，过几天就要打比赛了，紧张吗？"

"还好，准备充足就不会。"晋棠棠回道。

"胆子蛮大啊！"李文敬调侃道，"你把这么多时间都用在辩论上，男朋友会不会生气？"他故意这么问，其实他知道她单身。

果然，晋棠棠回答："没男朋友。"

李文敬的笑容更明显了："单身也不错。那我约你讨论辩论，应该不会有人吃醋了。"

晋棠棠瞥了他一眼。这个话题明显有点儿奇怪，她又不傻。

"辩论赛在即，我可能会和学姐们一起讨论，不麻烦学长了。"晋棠棠表情认真，"毕竟要培养默契什么的。"

她既感激又不好意思:"这段时间学长也教得差不多了,要是学不会,那就是笨蛋了。"

李文敬记得,他们只单独讨论过两次一辩的事宜。

"学长,我先走了,拜拜。"

"等——"他还没说完话,晋棠棠就跟脚底抹了油般,飞速从他眼前消失。李文敬无奈,投胎都没她这么急的。

对于李文敬之前的教导,晋棠棠当然是感谢的,她买了一大包零食送到了李文敬的宿舍,这还是不经意间打听的。原本打算请客的,现在……以后再说吧!

晋棠棠没回宿舍,而是直接去了湖景御府。她到时还早,刚刚四点半,这是这段时间以来她来得最早的一次。就是今天可能等不到他练歌了,她要早点儿回去。

晋棠棠甫一开门,来福就扑过去。在监控里看到这一切,秦愈下意识地严厉地喊了一声:"来福!"

"汪——"来福刹住车,四处寻找主人在哪儿说话。

晋棠棠忍俊不禁:"秦先生,晚上好。"

"晚上好。"秦愈如今已经可以直接回复,仍旧有一些别扭,大概是还未完全习惯。

"来福的牵引绳呢?"晋棠棠问。

秦愈恍然,他把牵引绳拿到了录歌室,准备待会儿下去套的,谁知晋棠棠今天提前来了。可让晋棠棠上楼……拍杂志封面的人来楼上是必须的,晋棠棠从未来过二楼,这是他的私人空间。秦愈叹了一口气,干脆自己拿着牵引绳下了楼。他下楼时,晋棠棠就笑吟吟地看着,让秦愈感觉自己像在走红毯,耳朵微红。为什么要看他下楼,这有什么好看的?

晋棠棠进入别墅不到两分钟,孔景和经纪人就一起到达这里了。

孔景来过别墅无数次,他和秦愈的关系甚至比秦宗和秦愈还要熟,他可以肆无忌惮地跟秦愈聊天,甚至可以直接进来。

经纪人十分羡慕,自己还没有这待遇呢!

他顺口问:"秦愈最近没事儿吧?"

孔景说:"没事儿啊。我就是好久没来,所以过来看看,我上次听说杂志封面是在这儿拍的,一切正常?"

"正常。"经纪人松了一口气,"杂志下个月就可以出来了,我当初好说歹说,才劝动秦愈的。"

他突然想起什么:"对了,那个遛狗师……安全吗?"

孔景愣了一下,忍不住笑:"安全。都一个来月了,你看出什么事了吗?没有吧?"

经纪人"嗯"了一声说:"也不知道秦愈什么时候才可以恢复,否则他现在的成绩应该更出色,人更火一些。"比如开演唱会,发专辑,签售……

两个人一起进去。他们这会儿没说话,停在玄关,正好看见秦愈亲手将牵引绳递给晋棠棠。

"秦先生,你居然自己下来?"晋棠棠佯装惊讶。

"嗯。"

两个人猫在玄关盯了半天,孔景抱着看好戏的心态,低声问:"你说,秦愈他现在这个样子,有社交恐惧症吗?"

经纪人酸了,他当初进别墅,前三天压根儿就没见到秦愈本人。他咬牙:"这还算,我就当场把来福吃掉!"这话一说出来,原本注意力在秦愈那里的孔景,诧异地看向他,来福做错了什么要遭受这样的假设?好惨的一条狗!

"没必要……真的没必要。"他小声阻止,"来福还是很好的,看家很好的。"

研究表明,狗是一种很聪明的动物,来福虽然表现得很蠢萌,但听见经纪人咬牙说出的话语,不知道是听懂还是没听懂,也朝他龇牙咧嘴。

经纪人对上来福的凶猛样,立刻心虚地对它摆手:"就是开玩笑,别紧张。"

两个人说话声音虽然不大,但是秦愈和晋棠棠怎么可能忽略这点儿动静,齐齐转过头来。

秦愈下意识地后退一小步,怎么今天都来了?

晋棠棠愣了一下:"你们好。"

孔景上前几步,也不问晋棠棠刚刚偷听他们说话被发现没,只是轻描淡写地就抹过去:"哈哈哈,你好你好,好久不见。"

他咳嗽一声:"没想到今天这么巧,正好你也在这里。"

经纪人也跟着走过去:"对对对。"

晋棠棠和经纪人是第二次见面,当时没认出来,后来回想才猜测他是秦愈的经纪人。

秦愈能这么低调,自然也有他的功劳。

"那你们聊,我带来福出去玩。"晋棠棠浅笑,利落地给来福套上牵引绳,然后出门了。

三个男人看着她离开。

门合上,经纪人"啧啧"两声:"那姑娘那么娇小,你们也不怕她是遛狗反被狗遛?"

"她的力气可比你大。"孔景觉得好笑。

经纪人瞪眼:"怎么可能?"

在他的眼里,晋棠棠看起来太娇小了,他不得不多问一句。孔景解释了两句,他才没有反驳。

秦愈听两个人说了半天,问:"有事儿吗?"

孔景扭头,饶有兴趣地说:"当然了。我就是来探查探查,怕遛狗师做了什么不该做的。"

秦愈摇头,表示没有。

经纪人也跟着开口:"杂志下个月出来,到时候你在微博上转发一下就行。新歌的事你想什么时候发通知,提前告诉我一声。"这样他也好运营。

秦愈点头,继续沉默。

三个人坐在沙发上,你看我,我看你,跟演默剧似的。半天之后,还是孔景再度开口:"秦愈,你和晋小姐相处得不错吧?"

经纪人竖起耳朵,其实他早就想问了,但秦愈是个不爱说话的,孔景和秦愈更熟稔,由他问最合适。

秦愈迟疑了一下:"还好。"应该是还可以吧?秦愈不知道他们认定的相处不错的标准是什么,他和晋棠棠暂时聊天次数不多,但她也不会追问什么。对他而言,这就是不错了。

经纪人露出心领神会的笑容,还好就是很好,一个陌生人能在短短一个月时间里和他面对面聊天,足够出乎意料了。

秦愈望着他们,眼神茫然,孔景却感觉自己从中读出了"你们还有事儿吗""没事儿可以离开了"的意思。好家伙,都开始赶人了。

孔景眼珠子一转,偏偏不如他的意:"你不是每天要练歌吗?你去吧,我和你的经纪人聊会儿。"

经纪人虽然不知道他的葫芦里卖的什么药,但也附和:"是啊,你上楼吧!"

两个人一唱一和,秦愈不好开口催促,于是上楼了。

他是要练歌。昨天晋棠棠拜托他以后提前一点儿时间,今天算是提前吗?但她现在并不在家里,所以他提前有什么用呢?她也听不见啊!秦愈再度陷入纠结中,是现在开始,还是待会儿开始?一双修长的手搭在黑色的钢琴琴键上,房间里只剩下他一个人的呼吸声。

在楼下的两个人则十分舒适。

孔景喝了一口茶:"实话告诉你,晋小姐性格很温和,我之前拜托她,能让秦愈早点儿出来最好。现在看来,她做到了。"

经纪人一愣:"还有这事儿?"他想了想,"前两天拍杂志的时候,秦愈的状态确实比之前要好很多,他虽然还是抗拒,但并没有和以前一样。"

经纪人当时还有点儿惊讶。后来晋棠棠过来,秦愈主动开口,他更是惊讶,只是当时因为拍摄的事,后来忘了问。

"晋棠棠和我们不一样,我们和他太熟,太难让他从固定的状态中走出来,陌生人更能刺激他。"

孔景指了指楼上:"这个陌生人还得看情况。"万一太刺激了,刺激过头,秦愈的情况会更糟糕。和久处敏感状态下的秦愈相比,晋棠棠像一朵盛放的向日葵,朝气蓬勃,但又不莽撞冲动。上次秦宗调查了晋棠棠一些明面上的资料,他也顺势看了点儿,觉得很惊讶。晋棠棠很小的时候就失去了父母，她和爷爷奶奶一起生活，但性格很开朗，品学兼优，经常演讲。在老家的时候，抓鹅杀鸭这些事儿她都亲手做，一点儿也不忸怩。

孔景之前和她交谈的几次，都感觉很舒服，而且晋棠棠喜欢笑，温和的态度更适合秦愈。

"我没选错。"孔景骄傲地道。

"要真是好了，那得谢谢晋小姐，秦愈最近都写新歌了呢！"经纪人一拍手。

"嘘，小心他听见。"孔景小声地道。

两个人刻意放低音量，凑在一起说话，秦愈根本就听不清，虽然好奇，但也不打算去问。

他朝窗外看了一眼，不远处，来福先跑进视野里。绳子的尽头就是晋棠棠了吧？她要回来了，自己今天还没练歌呢！秦愈看了一下时间，四点五十分，时间也差不多了。他坐正，来不及多想，先开始弹一段纯音乐。

晋棠棠甫一靠近别墅，就听见悠扬的琴声，洗涤了刚刚在另一边被那个拉小提琴跟磨黑板似的声音污染的耳朵。

"果然还是秦愈弹的更好听。"她嘀咕。

晋棠棠走进去，对上两个男人的目光，只抿唇笑，给来福解开牵引绳，然后坐在了另一边的单人沙发上。

三个人面面相觑。

楼上，秦愈的琴声换成了另外的旋律。

听了五分钟左右，经纪人按捺不住，忍不住问："晋小姐还要在这里待一会儿吗？"

晋棠棠眨了眨眼睛："听完秦先生的歌就走。"

"哦……"还可以这样啊？经纪人忽然想起来，秦愈练歌时肯定会练新歌，那岂不是都被晋棠棠听见了，万一录下来传播出去怎么办？他咳嗽："晋小姐，有个事需要麻烦你一下。"

晋棠棠点头："你说。"

"秦愈的歌你听了可以，不要传播出去，好吗？"经纪人正经地道，

"这很重要。"

"不会的。"晋棠棠表情严肃，这样反而满足了她自己，除了他们，她是唯一一个听见秦愈新歌的人。不过今天有人，所以晋棠棠没有和秦愈再度交流的机会，听了十分钟，她起身告辞。她又抬头看向摄像头："秦先生，我明早再来。"

音乐声一顿，又继续。秦愈这会儿忽然想起来，还没告诉她以后有车接送她的事——算了，明天上午说也一样，应该不迟。

从湖景御府离开的路上，孔景就将今天的事事无巨细地汇报给了秦宗。他拿好处，总是要干活的嘛！

秦宗之前隐隐有猜测，但没想到会这么顺利。联想到秦愈亲自和他说遛狗师的安全问题，他对晋棠棠也有点儿好奇，这人到底是什么样的。秦宗松了松领带，提醒秦愈："别忘了晚上回家。"

秦愈还真的差点儿忘了。回老宅吃饭，算上爷爷奶奶、大伯一家几口，桌子上最少也有七八个人，肯定会问东问西。他叹了一口气，这和聚会都没区别了，但自己既然答应了，总不能反悔呀。

七点左右，做了整整一个小时心理建设的秦愈，总算是坐上了回老宅的车。

半小时后，车进入老宅。

秦愈闭眼又睁眼，视死如归地下车。没料到才走几步，就碰上大伯家的女儿秦宛卿下班回来，看见他，立刻打招呼："秦愈，回来了啊！"秦愈扯了扯嘴角，点头。

"走，一起进去，之前阿宗说你回来，我还不信，原来是真的，你这段时间过得怎么样？听说你刚拍了杂志封面？对了……"

秦愈心中叫苦不迭，为什么一个人可以有这么多问题？为什么碰面就要问好多问题？他拒绝回答。

对于秦愈偶尔"嗯"了一声，对方也不觉得奇怪。

直到秦愈看见窗边接电话的秦宗，才长长出了一口气，整个秦家，最让他放松的也就是这个亲哥了。

秦宗挂断电话，冲他招手。

"今晚一起吃饭,你也很久没回家了,所以才让你过来,过了今晚,你就又可以单独过日子了。"

秦愈说:"我知道。"

"司机去你那儿报到了吧?"秦宗想起孔景之前和他汇报的,有意提起这事儿。

"嗯。"

"别说,你这个遛狗师请的成本还不低。"秦宗点了点手机,"工资我付,我还要付司机工资和油费。"

秦愈狐疑,说这个做什么?

秦宗沉吟许久,故意道:"要不把她辞了,重新换一个有自保能力的遛狗师,你也不用担心。"

换人?秦愈下意识地摇头:"不行。"

"为什么不行?"秦宗问,引诱他多开口,"我是发工资的人,你得给我理由。"

换人岂不是又要变成和陌生人重新相处,秦愈才不想呢。而且他答应了晋棠棠,提前时间练歌给她听,一下子辞了,算反悔吧?不过,成本确实……一切工资都是大哥付的,秦愈被他一提醒,醒悟过来,自己也是个成年人了,自己也有钱。理由实在太多,他道:"我付。"

秦愈习惯性少说话,又怕秦宗理解错误,再度开口:"我可以……自己付她工资。"

PART 06
无法拒绝

他自己付？秦宗心中诧异，脸上却不显露丝毫，又问："好，你付工资，我省钱了，那司机的呢？"他状似无意地道，"专车接送，司机工资可不低。"

秦宗倒想看看弟弟怎么回答。

"我。"秦愈理所当然地道，他自己还没穷到连两个人的工资都发不起，想了想，又补上一句，"还有油费。"

"真有钱。"秦宗调侃，"赚钱了就是自由啊！"

秦愈被他说得不好意思了，自己付钱就不用再麻烦孔景和大哥了，自己心里也舒服点儿。而且大哥说的什么……家里哪有比大哥还有钱的人？

秦宗说："行了，以后你就是发工资的人，司机的工资和油费还不至于让你出，我可没那么小气，你就发一个人的工资吧！"

秦愈摇头，态度坚定。

"好，都你付。"秦宗妥协，"你是有钱人。"他揽住秦愈的肩膀，"走，去吃饭。"

那一瞬间，秦愈是不适应、抗拒的，僵了几秒，但他最后还是没有挣脱。他们是亲兄弟，本应该更熟稔才对，现在因为他的社交恐惧症，大哥还要操心这么多事。到客厅时，秦愈就不大自然了。他很久没回老宅了，一大家人虽然有意控制不和他多说话，但总会多看他几眼，也会询问几句日常起居。秦愈的嘴角定在一个弧度，他只是"嗯嗯"回复。

"都别说了，吃饭。"

"就是就是，问东问西的，你们烦不烦？"

他们转移了注意力，秦愈默默松了一口气，他也没办法，他不是讨厌家里人，他只是受不住这种热情。也许以后，他可以正常自如地说话了。秦愈看了一眼众人，秦家没有食不言寝不语的习惯，大家还会互相夹菜，欢声笑语，但并没有遗忘他，也会把他多夹几筷子的菜放到他面前，让他自己来，也不多问。秦愈头一次如此期盼自己能够恢复正常，他只是有社交恐惧症，不是自闭症。他是可以说话的，是可以聊天的。

星湖大学没有晚自习，但很多爱学习的学生会去教室和图书馆上自习，所以一般晚上八点多，路上还有回宿舍的同学。晋棠棠从湖景御府离开后，去市区买了些东西寄回老家，之前孔景给她发的工资她都没怎么用。等她拎着袋子回学校时，才刚刚八点半。这时间也不算晚，晋棠棠本打算直接去宿舍，却在路上碰上刚和一个男生分开走的何韵。想到物业人员说的事儿，她打算叫住何韵，可是喊了半天对方似乎没听见。

"时间不早了，我要回去了。"何韵微微一笑，"你在路上也要注意安全。"

男生点头，转身离开。

何韵哼着歌儿往前走，刚才她在和之前被自己拒绝追求的一个男生聊天。她自然不会轻易答应一个男生的表白，但谁说拒绝了就再不说话了？她享受这种过程。何韵住的这栋女生宿舍楼不在大路上，而是在最边上，平时晚上路上的人不是很多，今晚就只有几个人。路灯昏黄，她步履轻松，直到她通过地上的影子看见身后一直不远不近地缀着个人，从大路到宿舍楼这边。这影子有点儿胖，一看就不是女生。那就是男生了，单独来女生宿舍楼这边干什么？何韵心口直跳，脚步飞快，然后发现对方比自己的速度还快，两个人的影子不仅没有拉开距离，反而更近。她实在害怕，趁有人路过时，连忙转身，就对上了拎着两个袋子的晋棠棠。

"怎么是你？"何韵咬牙。

"嗯？"晋棠棠佯装不解，"什么是我？这么晚了，咱们还能碰上，真是巧啊！"

何韵反应过来："你是在跟踪我吧？"

晋棠棠轻笑一声："你在胡说什么？我的宿舍就在前面那栋楼里。再说了，我们是校友，有什么好跟踪的？"

何韵还真辩驳不了。

"顺路而已，你怎么会想到跟踪？"晋棠棠露出疑惑的表情，"难道是……做过这事儿？"

"……"何韵被她说得心跳漏了一拍。自己跟踪晋棠棠的事被发现了？她这还是第一次跟踪人，结果还被物业人员拦在了外面。不对，如果被发现了，依照晋棠棠的性格，她应该会来兴师问罪吧？难不成今晚她就是故意的？报复自己？何韵控制不住地多想，后退一步，对晋棠棠又有了深刻的理解，这人真不是正常人，哪有人会这么处理事情的？

"谁做过这事儿？你胡说什么！"何韵回过神来，斥责了一句，"晋棠棠，你可别想诬赖人。"

"好吧！"晋棠棠耸肩，她手上的两个塑料袋也跟着发出"哗啦"的声音，何韵又想起刚才看到的胖影子，就是它们造成的错觉。她倒吸一口冷气，头也不回地进了宿舍楼。

晋棠棠瞄了一眼她气冲冲的背影，继续往前走，她们其实真的是顺路啊！

翌日下午没有课，晋棠棠没有提前出门，而是做笔记。这个周末连着两天都会进行辩题讨论，然后下周她就得上场了，说一点儿也不紧张是不可能的，但晋棠棠更期待自己能发挥得不错。

"躺平做咸鱼"这个题目，其实不说辩论，目前网络上很多人都提到过，不能说两方都有错，只是选择不同而已。

晋棠棠作为正方，写了正方的依据，也推测了一下反方可能提出的论点，这样才好流畅反驳。

现场辩论，就看谁脑子转得快，能够辩倒对方。她边看视频边写，洋洋洒洒，足足写了好几页，时间已经是四点了。

"得去遛狗了。"晋棠棠连忙停笔。她这两天忙得很，导致买电动车的事一直没提上日程，说好提前时间，结果还是拖到了这时候。哪承想刚出校门口，就碰上了熟人。

"棠棠，要去哪儿？带你一程？"李文敬打招呼，他开车，像他这样在学校里算是少数。

"学长。"晋棠棠挂上笑容。

"如果地方不远的话，我可以送你。"李文敬温和地道。

"不用了。"晋棠棠摆手，随口推辞，"我去的地方车开不了，不麻烦学长了。"

李文敬"哦"了一声，又好奇她到底要去哪儿。

晋棠棠还未说话，微信上跳出消息，竟然是秦愈的。

"莴苣公主"："向你推荐了……"

是一张名片，秦愈怎么会推送陌生人给她？晋棠棠总觉得发生了什么，下一秒，又有消息发来："司机，去接你。"

她惊讶："什么？"这是什么神发展？

秦愈看着屏幕都能感觉到对方的惊讶，他清楚记得晋棠棠的脸，她惊讶时，眼睛应该会睁得很大，也许会像琉璃珠似的。

秦愈敲字："安全重要。"

虽然字数不多，但晋棠棠联想一下就明白了他的意思——秦愈因为她独自出行的事，特地安排了司机接她。她心中说不出是什么感觉，但绝对有开心，也有受宠若惊。他是个心思缜密又关心别人的男人，即使他抗拒外界，也不会损失这种美好特质。

晋棠棠回复："去就不用司机啦，现在还早，天都没黑。"

秦愈却不觉得。现在是没黑，但未来冬天四五点时天可能就黑了，既然都付工资了，让司机多跑一趟也没什么。女孩子总是要保护好的。他很强硬："他快到了。"

今天四点刚到，秦愈就让司机过去接人，虽然他当时还没问晋棠棠来的时间，但没关系，司机可以等。司机很疑惑，这是秦总的弟弟，秦总曾嘱咐他来到湖景御府这边就当个哑巴，他只好不多问。

"这么快吗？"晋棠棠惊讶，又打字，"秦先生，你真是个好人。"

前后从同一人口中收到两张好人卡的秦愈，垂眸看着手机，也忍不住嘴角上翘,只是他的思绪很快被来福打断。

"汪!"

"汪汪汪!"

来福支起上半身,将两条腿搭在沙发上,也想看主人在看什么。

秦愈不给它看:"来福,你看不懂。"

来福"呜呜"叫,不管,它就是要看。

秦愈无情地给它套上牵引绳,时隔许久,将它拴在了茶几腿上:"乖,晋小姐马上就来了。"

晋棠棠加了司机好友,司机发了车牌号和地点。她看了一圈,就看见不远处马路边上停靠的车,她并不关注车型,只感觉肯定不便宜。

秦愈让人接遛狗师都这么奢侈吗?晋棠棠感到惊奇。

好几个路过的男生都回头看。

"棠棠学妹,你是不是在等车啊?还是我送你吧。"李文敬再次开口,又状似无意,"什么地方车进不了啊?"他家境好,从没体验过挫败感,在晋棠棠这里,明明每次晋棠棠都好言好语,也在笑,但他总感觉不得劲儿。他被激得还真就要追上晋棠棠。

晋棠棠的眼睛弯成了月牙儿,推辞道:"不用了,学长,接我的车到了。学长,我先走了。"

她从他面前小跑过去。

李文敬只来得及看到乌色长发在空中划过,再然后,就见晋棠棠上了不远处的豪车。

晋棠棠上了车,还不忘按下车窗对他摆手,然后将他扭曲又别扭的脸隔在了窗外。

直到汽车尾气消失,李文敬才反应过来,等等……她不是说去的地方车开不了吗?骗子。什么去不了,就是不想跟他一起走,他居然在一个学妹这儿碰钉子了。

电动车十来分钟的车程,开车要快很多。

秦愈话少,晋棠棠就和司机搭话:"你是秦愈雇的吗?他的司机?以前怎么没见过?"

"不是，是秦总，秦先生的哥哥。"司机说话也简单，"前两天刚来，以后负责接送您。"

他的雇主的转变，他还处于不知情的状态。

秦总？秦愈的哥哥？晋棠棠由衷羡慕可以有这样的哥哥，秦愈实际上是个很幸福的人，所以他的性格才如此单纯。如果换个环境，此刻秦愈可能早已陷入污泥里了。她上次以为秦愈可能要么辞退她，要么更改上门时间，没想到这才过去两天，他就找到了司机专车接送自己。

联想上次秦愈一再要求遛狗时间改为上午，他显然是将这事儿放在心上了。

晋棠棠想了想，打开微信，微笑着敲字："秦先生，可以替我谢谢秦总吗？"

秦愈收到消息，有些不解："什么？"

晋棠棠："谢谢他请的司机呀！"

晋棠棠："秦先生，你哥哥对你真好。"就连遛狗师都安排了专车接送，真是财大气粗。

秦愈看着屏幕，他赞同这句话。不过现在司机的工资是自己付的，上次大哥说了，以后司机就是他的了。但怎么说司机的工资是自己付的这件事呢？好像有点儿奇怪。秦愈思来想去，也没想到好办法，删改了半天才发出去："谢谢，不过司机的工资是我付的。"

晋棠棠："为什么是你付啊？"

晋棠棠想不到秦愈的心思百转千回，只是她看到付工资那句，确实忍不住笑出声来，秦愈也太可爱了，这样的错误也要纠正，是怕她感谢错对象吗？晋棠棠越想越有可能，她瞟了一眼专注开车的司机，这位大哥还不知道开工资的换了个老板吧？为什么是他付？当然是因为他要用。晋棠棠是请来帮他遛狗的，司机是请来负责晋棠棠的安全的，所以当然是他负责来付司机的工资。千言万语，最终秦愈化成几个字："是我要用。"

晋棠棠："那就谢谢秦老板了。"

秦老板？这是什么古怪的称呼？秦愈第一次翻身当老板。他当即来了兴趣，兴致勃勃地去检查自己的卡。看着庞大的数额，秦愈长出了一口气，看来这些钱还是可以支付很长很长时间的工资的，说不定一辈子都行。再不行，自己就得靠新歌赚钱了。可他的新歌，到现在只有不到四十秒的时长——秦愈忽然感觉到了紧迫感。

晋棠棠丝毫不知自己的一个称呼居然达到了催新歌的作用，她这会儿正觉得好笑。翻翻自己和秦愈的聊天记录，从一天一句话到现在一问一答，甚至还有主动，这都是进步。

晋棠棠正想着，微信振动。

李文敬："学妹，你不是说车开不了吗？"他后来越回想越不甘心，主要是晋棠棠欺骗他这事儿。

晋棠棠拍了拍脑袋，当时找借口时还真没发生秦愈让司机接她的事，现在怎么解释？她灵光一闪："学长，你的车太大啦！"

看到消息的李文敬，下车仔细瞅了瞅自己的车，又回忆那辆低调的豪车——等等，她说的好像是真的。

晋棠棠："是吧，学长。"半天没动静，对方可能是无语了，晋棠棠乐不可支，锁屏不再回复。都是成年人了，意思点到即止就行了。

李文敬站在晚风中呆滞了半天，终于清醒，不对啊，自己的车也就宽那么一点点，什么路这么精准？他又被糊弄啦？

晋棠棠此刻已经到了湖景御府，司机说："晋小姐，你离开的时候记得告诉我。"

"好。"

晋棠棠熟门熟路地开门，没有预想中扑过来的狗，"咦"了一声："来福，今天不迎接我吗？"

客厅里"汪汪"声不断。

"原来被你的主人绑起来了。"晋棠棠走进去，来福站在那儿，既焦躁又热情。

秦愈在楼上看她。

晋棠棠解开来福，来福一个头大得可以抵得上她两个头，让秦愈有种想给来福减肥的心理。

他津津有味地看着。

晋棠棠忽然抬头："秦先生，谢谢你。"

秦愈猝不及防，后又反应过来，这是监控，他松了一口气："不客气，应该的。"

她又谢了他一次。他以为她就要出去，没想到晋棠棠坐下来了："这是额外的才对，还要你出工资，我本来打算买电动车的……"

她絮絮叨叨，声音却很柔和。

秦愈并不排斥，静静地听她说。

晋棠棠回来时不出意料地听到了鼓声。

秦愈看着很沉静，可他手底下的鼓声不一样，像一个活了起来、心跳越来越快的人，真是对比鲜明。一个人怎么会和他的音乐差别如此明显？晋棠棠忆起忧郁的《枷锁》，听这首歌时，她会跟着陷入同样的状态，抽离时会心疼。而新旋律不同，是微微轻快的。晋棠棠安静地欣赏着听了无数次的旋律，又不禁期待在什么时候写出下一段旋律，会惊艳所有人吗？

晋棠棠离开时并没有告诉秦愈，他正沉浸在音乐中，她不想打扰，于是悄悄坐车回去。这回何韵是跟踪不上了。晋棠棠顺路去取了快递，在快递站意外撞见李文敬，她摸了摸后脖颈——还挺心虚。

李文敬瞪着眼，就见人影都跑没了。

接下来的几天，晋棠棠的生活可以算得上"三点一线"。偶然碰见何韵，她还记着之前的事，虚伪地笑："棠棠，你可得好好这场辩论，要是失败了可怎么对得起学长、学姐呀。"

"你这么担心我，放心，我一定会告诉学姐你的真诚，她们一定很感动。"晋棠棠一本正经地道。

何韵无语，这有什么好告诉学姐的？

晋棠棠扭头就走，刚回到宿舍就听见文玥的尖叫："棠棠！秦愈的杂志！"

"杂志出来啦？"晋棠棠立刻转身。

"不是，是官博放了一张图，也算预告吧！"文玥大叫，"说明天放视频，之前就只有照片，现在都有视频了，幸福。"

晋棠棠完全不和她啰唆，直接去微博搜索。哪承想根本不用搜，这会儿秦愈的大名正挂在热搜上，一点进去就是一张轮廓图，将里面涂黑，留下轮廓,好像卖关子。说实话,晋棠棠还真没认出这是秦愈——是她这个粉丝不合格,还是其他人眼神太好啊?

她点开评论。

"别预告了,早就知道是秦愈,早点发,OK?"

"直接发正片行不行?"

"杂志什么时候出啊?我等不及了!"

"啊啊啊,真的是秦愈吗?"

"真的是秦愈吗……我怎么有点儿不信呢?不会拉他出来给新人上位吧?"

"杂志应该不敢这么明目张胆吧?"

路人和粉丝的观点各不相同,晋棠棠心想,应该是真的吧?

上次去别墅,二楼人声嘈杂,不会错。

因为杂志的事,当晚晋棠棠去别墅时很想问问。但最后她还是忍住了,她和秦愈这段时间压根儿没有提过网络上的事,好像并不知道他是真秦愈似的。晋棠棠不想打破这平静。万万没想到她到的时候,经纪人正和秦愈说杂志的事:"就是明天,有人找你,你也别管,也没几个人知道你的私人号码,这地址应该也没人知道。"

杂志一出,肯定有很多人想邀秦愈。秦愈颔首:"嗯,这个我知道。"他比谁都希望生活安静。

晋棠棠不便打扰,冲他俏皮地眨眼,牵了来福出去。

秦愈偷偷看了一眼经纪人,经纪人好像没发现。他感觉很奇妙,像拥有小秘密。

"秦愈,我刚刚说什么,你听见了吗?"经纪人发现他走神,叫了他一声。

秦愈连忙点头。

经纪人狐疑:"那你说我刚刚说什么了?"

秦愈:"……"事实证明,一心不能二用。他微微低头,这么被戳破,自己实在是不好意思。

还好经纪人懒得继续提,刚才就只有晋棠棠这个意外,走神原因除了她,还能有谁。别说,那小姑娘长得漂亮,动心也正常。

二十分钟后，晋棠棠回来，别墅里只剩秦愈一个人。

晋棠棠解掉来福的牵引绳，既然都撞破了，问也没事儿："秦先生，杂志上真的是你？"

"嗯……"秦愈点头，"是我。"

"那明天就可以看到视频了。"晋棠棠笑吟吟，话锋一转，"秦先生，过几天上午，我可能不能来这里了。"

不能来？为什么？秦愈想着，就问出了口："上……上课吗？"

"不是。"晋棠棠眨眼，"有两天是上课，剩下的是我要准备辩论赛的事，所以比较忙。"

辩论赛？秦愈还从未看过辩论赛，但大概知道流程，就是两方人互相反驳对方，一句接一句，是他不会去参加的活动。

秦愈羡慕晋棠棠精彩的人生，想了想，自己什么都不说好像不太好，就鼓励地开口："那你加油。"

晋棠棠"扑哧"一声，轻轻笑了起来。

秦愈被笑得耳热，难不成自己说错啦？

"谢谢秦先生，我肯定会赢的。"晋棠棠十分自信，像骄傲的白孔雀夺目亮眼。

她就该生活在光下。秦愈不自觉地将目光放在她身上，他不知道自己眼中流露出的是向往。

"不过我不来的话，就听不到秦先生的歌了。"晋棠棠又适时表现了自己的苦恼。

秦愈回过神："以后还可以。"他人还活着，当然有机会再听，这话说得。

晋棠棠神情依旧低落："可我不想错过秦先生这段时间的新歌，说不定我不来的这段时间，秦先生已经写好了新旋律。"她停顿了一下，继续说，"我就参与不了过程了。"

晋棠棠语速挺快，说了一长串，秦愈听得仓促，总结一下，就是想听歌，不想错过。他点头，又欣喜她对他如此肯定。敏感的人正是需要如此坚定的肯定和支持。秦愈想了想，迟疑地道："这段时间可能写不出新歌……"他都没灵感，就肯定写不出来呀，她不用担心。

晋棠棠睁大眼睛,这怎么可以?她还想催呢:"秦先生,你要相信你自己。"

她灵光一闪:"我有个办法。"

秦愈想等她开口。

可晋棠棠不是秦宗,不是孔景,他们习惯了秦愈不说话,他们会主动开口,她不是,她就要卖关子。

咦,晋棠棠就不说。半天,秦愈没憋住:"什么办法?"

"秦先生,你可不可以把每天练的歌录下来呀?"晋棠棠这才眼含笑意,望着他声音轻柔地说,"这样我就不怕错过了。"

秦愈屏住呼吸,任谁都无法拒绝这样的眼神,他也是。有些人天生令人觉得有好感。秦愈难以抗拒此刻的晋棠棠,她的眼睛好像会说话,在拜托他:动动手好不好?秦愈原本拒绝的话到嘴边又咽了下去。

"好。"秦愈听见自己的声音。清醒后,他又懊恼,又觉得没什么,不过是录歌而已,对他来说只是举手之劳。

晋棠棠笑容满面:"谢谢秦先生。"

秦愈抿唇,莫名想到上次"秦老板"那个称呼,他们认识这么长时间,她还一直叫自己"秦先生"。那个称呼好像显得亲密一些。

"秦先生,这个录制会不会太麻烦,视频还是音频?"晋棠棠自顾自地说,"音频吧!"

秦愈"嗯"了一声。

怎么可能拍视频,还是自己拍?会手脚僵硬的,最重要的还是要发给一个女生,秦愈难以想象那种画面,既难为情又奇怪。

晋棠棠又问:"微信可以发吗?还是要邮箱?"干脆都给吧!

秦愈还没来得及开口,晋棠棠就顺手从茶几上拿笔写了一串数字和字母。这还是他之前写歌词留下的笔。

"秦先生,麻烦咯。"晋棠棠笑盈盈,"我实在不想错过。"

"好。"达到目的后,晋棠棠不准备多留,一天一点儿进步,以前没看见人,现在看见人,还可以提要求。这进展够快了,而且快乐!

秦愈这才拿起桌上那张纸,之前他见过合同上晋棠棠的签名,字迹如出一辙地工整,和她本人一样。世界上怎么会有晋棠棠这样的人?秦愈想了一会儿,找不到合适的褒义词来形容。

从明天开始录音频吗？秦愈从未给经纪人以外的人发过音频，给经纪人是为了让他发出去，给晋棠棠完全是私人。好奇怪，如果是以前，他肯定会拒绝的。发音频就代表会继续有交集，而秦愈最烦这种无止境的社交，可他还是答应晋棠棠了。

　　秦愈坐在沙发上，后知后觉地叹气。

　　没去别墅的第一天，晋棠棠的生活中还是没有剔除秦愈，因为秦愈拍的杂志视频出现了。

　　上午两节课后，铃声才停，文玥就抓住晋棠棠的胳膊："出来了出来了，秦愈的视频！"她今天带了耳机，当下大方地分给晋棠棠一只。

　　教室里的人基本走光了，关筱竹要去做家教，提前走一步，她们两个一人戴一只耳朵。

　　视频不长，一分钟而已。

　　秦愈的镜头更是只有一半儿，有他坐在椅子上的，低头弹琴的，还有最后一闪而过地望向镜头的。这是整段视频中唯一的对视。作为一个见过秦愈本人的人，晋棠棠在捕捉到最后一个镜头时也心脏乱跳，真好看啊！

　　"呜呜呜，秦愈是什么神仙颜值！"文玥比她夸张许多，"我要截图当壁纸！怎么不多拍点儿？"

　　晋棠棠回神："可能拍不了。"秦愈不乐意吧！

　　文玥没听见，正噼里啪啦地打字，发表长篇"彩虹屁"。

　　晋棠棠打开自己的手机，将视频重新播放了两遍，在文玥发完小作文后，她终于停下来。

　　她点开评论，果然一片尖叫。

　　"秦愈永远不会让我们失望，你可以永远相信他！"

　　"这样一张脸为什么不营业？"

　　"截图保存了，帧帧壁纸。"

　　"杂志还不出，我马上就去买，存钱！"

　　"有本事放视频，怎么不放秦愈弹的歌啊？瞧不起我？"

　　晋棠棠乐不可支。她认真思考了一会儿，怀疑是因为秦愈弹的是新歌，这边才没有放出原声。一想到这里，晋棠棠更雀跃了。

"秦愈真是不出则已，一出就惊艳众人。"文玥捂着心口，"我想听演唱会。"

"那不太可能。"晋棠棠说。

"我猜到了。"文玥无奈，"他连活动都没有，专辑都没有，歌都是免费的，更别提演唱会了。"

"不过万一有可能呢？秦愈还年轻，你要有梦想。"晋棠棠歪着头，笑靥如花。

文玥拍手："借你吉言了。"

秦愈开不开演唱会，他自己还不知道，就被预测了。这会儿他正在房间里练歌，半小时后，一段音频录制结束，他正想着怎么发给晋棠棠。用微信，会不会发了就要对话？秦愈想了想，下楼把那张写着邮箱的纸拿了上去，将音频发过去后，他又无事可做，只好继续写新歌的歌词。

这会儿晋棠棠在做什么？辩论吗？秦愈猜。他没有写歌词的灵感，也不知道有什么事要做，来福在楼下很安静，没闹事。秦愈好奇，搜了辩论的视频，打算看看。

彼时，晋棠棠正在和学姐交流辩论赛的注意事项。她第一次上台，学长、学姐总是不厌其烦地叮嘱："一定要稳住，咱们要在气势上压倒他们。"

"说不定棠棠一站那儿，他们就忘词了。"有个学长笑道。

"辩论是靠嘴巴，咱们棠棠好看是天生的，和她的辩论能力没关系。"学姐反驳。

话题中心的晋棠棠但笑不语。其实她心里也赞同学姐的话，人长得美和长得一般与辩论有什么关系？辩论是靠嘴巴，又不是靠美貌。因为这次是学校内部的辩论赛，来看的人都是校友，这会儿大礼堂已经人满为患。晋棠棠在后台都能听见热闹的声音。

"这回有录像。"一个学姐小声道，"你要是说到激动处，也要注意表情管理，不然会成'表情包'。"

"好。"晋棠棠愣了一下，学姐居然还会叮嘱这个，"学姐，你真好。"

学姐也不是第一次被夸，但碰上面前这么漂亮乖巧的小姑娘，自己也会脸红："还好还好……"

晋棠棠这次真乐了。

十分钟后,众人上台,台下乌泱泱的人头。

晋棠棠坐在自己的位置上,大屏幕上转过她的镜头,当即下面就有人吹口哨鼓掌。她端正坐着,回忆自己之前的准备。这场辩论,晋棠棠必会全力以赴。

台下,何韵"哼"了一声。这晋棠棠是第一次上台,说不定表情管理失败,丑照乱飞,她才开心呢,还会帮忙宣传。可随着辩论的展开,何韵更气了,晋棠棠就不紧张、就不嘴瓢吗?

"唉,难怪我不如她。"曾晓莹叹气,"声音好听,长得好看,台风又稳,难怪选她。"

何韵忍不住地道:"你争气点儿。"

曾晓莹摇头:"差距摆在那里,你看,你都被说服了。"

何韵无语,哪只眼睛看出来她被说服啦?

一场辩论赛时间不短,但大礼堂的观众都听得津津有味。尤其是自由辩论的阶段,那真是精彩。

晋棠棠是新面孔,反方早有准备,似乎拿她当突破口,一个又一个问题抛出来。

"请问……"往往她刚坐下,反方就有人站起来接上她的话。

一旁的学姐从一开始担忧、紧张,到后来靠在椅子上——好轻松,好快乐。感觉自己第一次在辩论赛里嘴巴能休息了。

晋棠棠看着乖乖巧巧,居然这么能说。

时间一分一秒过去了,提问、结辩……最终由评委宣布结果:"获胜者是——正方!"

"赢了!"

"哈哈哈,又赢了!"

"棠棠你怎么不激动呀?"学姐问。

"我激动呀!"晋棠棠摸着心口,"在心里,学姐看不出来。"

学姐无语,总不能剖开她看吧,又笑道:"咱们今晚去聚餐,你可不要不来。"

晋棠棠乖巧地点头。

晋棠棠回到后台解开衬衫纽扣,她今天穿了正装,着白衬衫,扎高马尾,干净利落。她打开手机,微信上未读消息很多,但没有秦愈的。晋棠棠确认网络是开的,秦愈没给她发录音,难不成是答应完又反悔了?辩论赛结束,她可以自由支配时间了。晋棠棠要去提醒一下秦愈。

不过很快她就在邮箱里找到了三封新邮件,都还没拆,发件人很陌生,里面正是三段音频。

居然没用微信发,而是用邮箱,当初晋棠棠只是顺手留下邮箱,没想到派上了用场。

她特别好奇,询问:"你为什么不用微信呀?"

秦愈一个人在屋子里,很及时地看到消息,心想,我当然是怕在你忙的时候发过去,你那么喜欢听,万一收到就放下手头上的事来听多不好。这么想,秦愈又有点儿不好意思,是不是太自恋了一点儿?他回复:"正式。"

这理由当然是假的。晋棠棠愣住,"扑哧"笑出声来,越熟悉秦愈,就越觉得他一本正经,很有自己的想法。她将音频转到可播放的应用上,戴上耳机。

其实晋棠棠也在期待,这两段旋律她听了好多遍了,不知道秦愈什么时候才会唱出来。她期待他的歌声。

新歌旋律不长,过后是他练习的别人的吉他曲,晋棠棠原本靠在桌上的上半身坐直,她还没听过秦愈弹过单独的吉他曲呢。

晋棠棠没听过这首歌,歌曲经过秦愈的演绎,和他以前的歌相比更显得柔和内敛。她微抿唇瓣,闭上眼。

许久,晋棠棠睁眼,快速打字:"我听完了!"

秦愈刚给来福倒满狗粮,收到她的消息,定在感叹号上看了一会儿,不知道回什么。谢谢?可她也没夸自己。不回?她这么发了,他看到了,不回复好像不太好。秦愈深感自己的社交能力不太行,以往和孔景他们交流从没有过这样的纠结。下一秒,他又放轻松了,因为晋棠棠又发了一条消息。

晋棠棠:"还是很好听!"

平时秦愈才不希望别人多发消息，恨不得没人找他最好，这会儿竟然如此期待——这条消息简单，他终于可以回复了："谢谢。"虽然只是两个字，但自己表示了礼貌。

即使不爱交流，他发消息也一定要带上标点。晋棠棠哪里知道对面的人纠结如此长的时间，她撑着下颌，询问："最后一首歌是什么，方便说吗？"她确实好奇，想知道原曲是什么样的。

秦愈当即把这首歌的链接直接发过去，不用打字，不用思考，简直太容易了！

晋棠棠将这首歌听了一遍，和刚才秦愈弹的感觉完全不同，这难道就是歌手不同，一首歌的味道就会不一样吗？晋棠棠之前听过网上一首偏忧郁的歌，被另外的歌手唱出了蓬勃大气感。她打出一行字："秦先生很喜欢这首吗？"

秦愈弹这首曲子自然是因为喜欢，足足发了两行字去夸它。

晋棠棠诧异，又笑了起来。她的手指敲敲点点，将消息发出去。

秦愈第一次如此多话，收到晋棠棠的新消息，还以为她是和他讨论这首歌，看清内容后，他摸了摸鼻子，耳根热。

晋棠棠："确实好听，不过我还是觉得你更好听。"

秦愈的心脏又是"怦怦"地跳。最近好像晋棠棠夸他的次数越来越多了，他从一开始的惊讶、受宠若惊，到现在可以坦然对待了。但这一次，这句话依旧让他忍不住激动：你更好听……应该是少打字了，是"你弹得更好听"才对吧？秦愈自己没听出自己弹的好听在哪儿，但晋棠棠应该不会说谎，她看起来就很认真。他难掩唇边的弧度："谢谢。"

隔了一分钟，晋棠棠才收到"莴苣公主"的消息，就知道他刚刚肯定在想怎么回答。半天憋出两个字，难为他了。可晋棠棠这会儿还想再难为他一下，她打字："秦先生，真的，你别不信！"

秦愈哭笑不得："我信了。"

晋棠棠发现和他聊天挺好玩的，而且每次对话都会让自己的心情放松——自己在帮他，他又何尝不是给了自己帮助？大概是……互帮互助小组？晋棠棠自娱自乐，正要回复，身后有人拍她的肩膀。

"棠棠，还在这儿呢，不走吗？"是学姐的声音。

"学姐不也还没走？"晋棠棠晃了晃手机，"马上。"

罗青言说："我是手机落下了，一进来就看见你捧着手机笑，发财了啊？"

晋棠棠笑眯眯："我也想发财。"

"走吧，学姐请你吃糖葫芦。"罗青言一扬手，"我听他们说北门外来了个卖糖葫芦的。"

文玥说过这事儿，晋棠棠没推辞："好。"

学姐请客，她怎么会不给面子。

因为两个人对话耽搁了点儿时间，一直没收到回复的秦愈再度看向手机，有点儿怀疑，是不是没信他的话？秦愈犹豫片刻，又回："真的。"

趁罗青言去拿手机，晋棠棠才连忙回复，一解锁屏幕，就瞅见刚发过来的两个字。她心尖一颤。单单两个字，她就知道秦愈是如此敏感，仅仅因为她没有马上回答，就要再强调一下。晋棠棠打字："我知道，秦先生肯定说真话。"

秦愈这才松了一口气。

晋棠棠来不及和他多聊，罗青言已经往这边走了，她本来还想跟秦愈分享点儿辩论赛的事，可惜要等一等了。

校门口卖糖葫芦的老爷爷那儿聚集了一堆人。

罗青言要给她买两根，美其名曰："现在吃一根，待会儿带一根去聚餐，诱惑一下其他人。"

晋棠棠忍俊不禁。自从她进入辩论队，她就发现这个学姐是最可爱的。

两个人一起在外面逛了一会儿才分开。

回到宿舍，晋棠棠换了一件舒服的衣服才赶往聚餐点。

包厢里已经到了不少人，李文敬也在。看到晋棠棠，他咬牙切齿，又无计可施。平心而论，今天晋棠棠在台上的表现，李文敬也是无话可说的，比他以为的要更出色。

"棠棠学妹，恭喜。"他举杯。

晋棠棠比谁都淡定："谢谢学长，都是大家的功劳。"

李文敬看她端了半天的杯子就沾了一下唇，她就和这个学姐说话，和那个学长聊天。好气，他的两个月时间已经过去半个月了。李文敬怀疑，是不是过段时间，晋棠棠还能干出把他删除好友的事儿。

好在聚餐人多，晋棠棠并不是中心。

"他在追你？"罗青言看得准，小声问，"别搭理他，他就是风流，经常换女朋友。"

晋棠棠说："没啊，我和学长不熟。"

刚打算找她说话的李文敬："……"

罗青言瞥见他便秘似的表情，笑了起来："也是，他都退出了，你才过来，是我想多了。"

晋棠棠一本正经地点头。

因为已经成年，学长叫了酒，只是晋棠棠才刚上大一，有人刚开口对晋棠棠劝酒，就被罗青言瞪了回去。

聚餐结束时已经晚上八点了。

晋棠棠告别他们，径直回宿舍，文玥和关筱竹不知道从哪里买了小蛋糕，要给她庆祝。

"你是想买给你自己吃吧？"她戳破道。

"竟然被你发现了。"文玥丝毫不心虚，理直气壮，"反正我们是室友，你的就是我的。"

晋棠棠无情："我的还是我的。"

文玥被逗笑了。

舍友关系和睦，晋棠棠很省心，躺到床上前，她发现明天上午只有两节课，正好可以去秦愈家。几天没遛来福了，也不知道来福怎么样了。

被她念叨的来福这会儿正在上房揭瓦中，几天没出门，最远只能在院子里跑，它已经疯了。

白天秦愈练歌，它还能安静。等秦愈的声音一停，来福就上蹿下跳，新换的沙发再度遭遇魔爪，已经惨不忍睹了。秦愈没有哪一刻如此期盼晋棠棠的到来。

"说曹操，曹操就到"，晋棠棠："秦先生，我明天上午可以去遛狗了。"

秦愈十分欢迎："好。"

他回得迅速，晋棠棠还有点儿发愣，后来猜测是不是来福太调皮了，他忍不了了。她调出秦愈的旧歌，单曲循环入睡。

其实晋棠棠没猜错,秦愈刚回完消息,就听见了楼下发出"噼里啪啦"的声响。

秦愈下楼,抓住作恶的来福:"又咬东西啦?"

来福坐在那儿,低着头,时不时应和他的话"嗷"一声,一副听训的模样。

可秦愈知道,它压根儿就是装的,只要自己一离开,它马上就恢复原形。

"晋小姐明天就来了。"

不仅如此,秦愈还找到了司机,让他明天去接晋棠棠。

其实和司机对话很容易,因为司机只回答"好"或者"是"。

第二天上午,司机给晋棠棠发了地点。

一下课,晋棠棠便去了校门口。司机早已等在那里,她一上车就没再看外面,也因此错过了刚到校门口的何韵。

"刚刚那是晋棠棠吧?"她问。

身边人迟疑:"应该是吧……这辆车我在网上见过,富二代开的,她家很有钱啊?"她以为何韵和晋棠棠熟悉,毕竟是一个社团的。

"不知道。"何韵也纳闷,"可能是吧!"但她也没在晋棠棠身上看见什么值钱东西,衣服是普通快消品牌,就鞋稍微贵点儿,连项链都没有。她之前还听说晋棠棠家里是养鹅的,这种人会是有钱人?何韵打死也不信。先是别墅,又是豪车,她感觉自己隐隐发现了什么秘密。

距离别墅还有一段距离,晋棠棠坐在车里,问:"是不是秦先生让你过来的?"

"对。"

"他主动找你的?"

"是。"

晋棠棠心里有数,又忍不住惊讶。

秦愈上次给了自己司机的联系方式,她以为自己要一直联系司机。今天早上自己其实打算坐电动车了,谁知道秦愈给了她一个惊喜。他最讨厌陌生人了,当初她刚进别墅,足足好几天没有见到人,没说过一句话。现在,他甚至可以联系司机接她了。

晋棠棠不知道如何称赞他的进步才合适，秦愈从来不是个牢牢把自己锁住的人，而是缺少带他出去的人。自己会成为那个人吗？晋棠棠忽然冒出这样的问题。她喜欢秦愈的歌，认识秦愈却意外，她答应了孔景的要求，尽量让秦愈走出来。现在的一切是出于任务，还是什么？

秦愈这会儿正在家里。

昨天夜里来福"大闹天宫"，家里全都是纸屑，他搜索了一下才知道，狗居然喜欢撕纸。

"来福，你能冷静吗？"

大狗直勾勾地看着他："汪。"

秦愈没辙，越发觉得来福太笨，于是坐在破烂的沙发上叹了一口气。他一训来福，来福就装委屈，面对这样的脸根本狠不下心，说起来也是他不带它出门的缘故。秦愈从网上学了一招，罚它面壁思过。

来福这回倒是听话，乖乖去墙角处。

秦愈又给大哥发消息："纸没了。"

秦宗正在办公室，收到这样的求助，一时有些发愣："你干什么了，用这么快？"不是前两天刚买的吗？

秦愈回复："是来福。"

秦宗长出了一口气，他还以为自己想歪了，回复："下午送过去。"

秦愈本来以为自己要解释，现在只发了个"好"。

此时，晋棠棠正在路上。学校和湖景御府之间距离太短，她的思考几乎没有头绪，车就已经到了小区门外。

她开门时，秦愈还在收拾。晋棠棠被碎纸屑惊了一下，小心翼翼地走进去，猜测道："来福闯的祸吗？"

明明是狗干的好事，秦愈却羞耻："嗯。"

晋棠棠瞥了一眼被罚面壁思过的来福，阿拉斯加拆家可是太正常了，这还算好的。看到秦愈手忙脚乱，她相当同情。

"大概是闷得太久了，狗和猫不一样，会躁动，"晋棠棠轻声解释，"所以才要遛狗。"

"不过秦先生情况特殊。"她停顿了一下，继续说。

秦愈知道她的意思，不免自责，比起刚来到这里的来福，这几天的情况要更严重些。

晋棠棠微微一笑："秦先生放心，我今天带它出门就好了。其实你可以带它在家附近逛逛，比不出门好。"

秦愈心里知道，但做到又是另外一回事。当初第一次见晋棠棠时，他做了几个小时的心理建设打算带来福出去，还没出门，就碰上晋棠棠上门，一眨眼一个多月过去了。

"现在家里还有纸吗？"晋棠棠忽然问。

"没了。"秦愈回答，动了动扫帚。

"那今天万一要用怎么办？网上买，最快也要两天才能到吧，叫外卖上门？"

"有人送。"他言简意赅。

晋棠棠"哦"了一声，又问："那现在用也要等送过来吗？"

秦愈拎着扫帚，点头。

阳春白雪和扫帚怪不搭的，晋棠棠忍住笑："我待会儿出门顺便买吧，应该比较快吧！"

"不用。"秦愈下意识地拒绝。

"要的。"晋棠棠一脸严肃地告诉他，"万一来福出门拉屎了怎么办？得扔进垃圾桶里。"

拉……拉屎？秦愈瞪大眼睛。虽然知道这回事，但他和晋棠棠从没有讨论过这样的话题，他也忘了来福出门可能会这样。就是这两个字从一个小姑娘嘴里直接说出来，让他震惊。

晋小姐真……真不是一般人，秦愈心想。

晋棠棠继续说："可是我不知道这里的超市在哪儿，秦先生，你知道吗？"

秦愈思考了片刻："小区外。"他太久不出门，都有点儿记不得了，还是半年前去过超市，那时候他出门并不艰难。

晋棠棠当然知道，这小区里外都被她转遍了。

"那应该不远吧？"她一本正经，撒谎也毫不心虚，"秦先生，你可不可以带路啊？我有点儿路痴，不大认得路。"

PART 07
她是救世主

不认得路？秦愈匪夷所思地看着晋棠棠，想了一下："那你之前……是怎么过来的？"

过度的好奇心压倒了其他情绪。

他记忆犹新，晋棠棠上次还说出她不识字的话，一听就是假的，这说不定也是假的。

"真的，秦先生，来这里，我走了好多次才记住……"晋棠棠适时露出苦恼和不好意思的表情，就连她的脸颊也染上一点儿绯色，很是动人。

她平日里说话太让人信服，这会儿秦愈心里觉得她可能在撒谎，但又向"真的"那边偏移。

万一……真的不认路呢？

世界上的路痴比他这样的社交恐惧症患者还要多。

可让他带路……秦愈打从心底抗拒这种出门的提议，更别提这一出门就是小区外，对他而言，这是远游。

他想到了一个理由："手机地图呢？"可以搜索到，直接去。晋棠棠被噎住，自己失策了。

她飞速找借口："那你知道那家超市叫什么名字吗？是便利店、超市，还是什么？"秦愈被问得一蒙。他哪里还记得，更别提当初去的时候根本就没有留意，一朝又回到解放前。

晋棠棠见他恍惚，思索着自己这样做是不是太快了。

但她其实是见他这段时间越来越放松，才顺势以来福为借口，今天的借口自然到她自己都不相信。带路，多好的理由，一旦踏出那道门，未来就容易许多。

晋棠棠一狠心，决定下点儿料。她以退为进："秦先生，如果您不方便就算了吧！"

晋棠棠微微一笑，善解人意地道："家里有塑料袋吗？我可以暂时用一下。"对上耀眼的笑容，秦愈很不舒服。

这种不舒服源自他自己。他的怯懦，他的害怕，让一个小姑娘这么麻烦。

塑料袋哪里有纸方便，秦愈清楚，这是晋棠棠想出的退而求其次的办法。

"我……"做不到，他还做不到。秦愈欲言又止，面上也变得毫无表情。

晋棠棠从未见过这样的他，像一枝濒临凋谢的花，她心头一滞，开始谴责自己，她是在逼他。

晋棠棠忽然意识到，他们还没有熟稔到如此地步，也还没有到可以拯救他的程度。

她的自以为是也许会让他的情况变得更糟。

"秦先生，"晋棠棠笑着说，"来福今天说不定什么都不干呢，之前就没有。"

她主动去给来福套牵引绳："是吧，来福？"

来福给面子地快乐地叫："汪——"

"你看，来福也表示了。"晋棠棠站起来，拍了拍身上的狗毛，"我先带它出去，家里这么乱，你还得收拾。"

秦愈没想到她直接略过了出门带路的话题。

她好像一点儿也没有为难，依旧笑吟吟的。

秦愈沉默，眼皮时不时撩起去看她，看了又看，一直到她走到玄关处。

他看到她拿了玄关上的塑料袋。

这是之前孔景落下的，里面还有一本书，秦愈并不感兴趣，就一直没拿。

晋棠棠把书拿了出来，将塑料袋揣进口袋里。

这操作让秦愈张了张嘴，喉咙里似乎有声音要钻出来，但一直没有成功。

来福蹿出门，明亮的光漏进来，洒在晋棠棠的身上，随即因关门的动作而减少。

客厅仿佛又再度陷入孤寂中。

"等……"

晋棠棠耳朵尖，手搁在门把手上，抬头："秦先生，你有听到什么声音吗？"

当然能听到，因为就是他说的……

秦愈没想到晋棠棠的耳朵这么灵，他一个"等"字出口就又后悔起来，心里纠结。

"好像是秦先生的声音啊，是我听错了吗？"晋棠棠问，她这回是真的不确定。

"没有。"秦愈的脸上热得厉害，对上晋棠棠晶亮的星眸，"你等……等等。"

他转身上了楼。

晋棠棠摸不着头脑，难道是他发现了楼上还有纸？

一直到五分钟后，她终于听到了脚步声，抬头看过去，微微睁大了眼睛。

秦愈换了一套衣服，一件连帽外套，拉链都拉上了，表情也有些拘谨。

"秦先生？"晋棠棠很惊讶，也怀疑自己的想法居然成真。

秦愈停在屋中央，再度踟蹰三十秒，而后才鼓起勇气："给你带路……"

他的声音都变小了。

呼吸到外面新鲜空气的来福开始号叫，在门外催促。

晋棠棠攥紧手中的牵引绳,没有问东问西,而是明媚一笑:"那走吧!"

她转身走在前面,这样的态度无疑让秦愈放松些许。

初秋已至,屋外不热。

乍一踏出那道门槛,四面八方的光源都落在秦愈身上,他不禁眯起眼,戴上了帽子。

从玄关到真正的别墅大门只有十米左右,可秦愈像走了好远一段路,他的手心都出汗了。

他微低着头,帽檐遮住额头,任谁一眼看过来,也不知道下面藏着一张帅气的脸。

秦愈停在门口,飞快地瞄了一眼周围,一个人也没有,这才鼓起勇气跟上晋棠棠和来福。

都是因为来福,来福真是一条麻烦狗。

秦愈如今低着头,刚好和来福可以对视上,来福却十分欢喜今天有主人在,不时绕到后面来。

晋棠棠忍住笑:"来福,带路。"

秦愈又睁大眼睛,刚刚让他带路,现在又叫来福带路,怎么感觉哪里不对劲儿呢?

身后的男人顶着个一米八几的个子,低着头,晋棠棠偶尔扭头瞥他,他都没发现。

秦愈竟然会答应出门,晋棠棠其实还真没反应过来。

这会儿在光下的秦愈像是一株含羞草,一旦没人关注他,他就微微张开点儿,要是几十米开外过来一只狗,他也要缩起来。

晋棠棠停下来。秦愈也跟着停下来,微抬下巴,用眼神询问:"怎么停下来?"

"秦先生,我走在前面不大认得路。"晋棠棠的眼睛忽闪忽闪的,"你往前一点儿。"

秦愈想,都出来了,走前一点儿……也不是那么艰难。

他将帽子又扯了扯,许久没出来,小区里有些设施和以前不太一样,但大致的路还在，总不至于出门了，路还没带成功。

"秦先生多久没出来啦？"晋棠棠问。

"很久。"秦愈记不清了。

"距离超市有多远？"

"应该不远。"

"秦先生，你不出门不会觉得不舒服吗？人不晒太阳好像是不可以的。"

秦愈小声地道："有阳台。"

晋棠棠装作恍然大悟："哦。"

接下来她没再问，秦愈松了一口气，临近小区大门时，他看见了值班亭里的两道身影。

看见晋棠棠，物业人员探出头："带狗出去啊？"她笑眯眯地应道："对，顺便买东西。"

物业人员顺势瞅向秦愈，但因为秦愈别开脸，他什么也没看见，刚要询问，晋棠棠却摆手，指了指来福。

他秒懂："行。"

好在出门不是进来，不需要登记。

秦愈盯着挡车的横栏，心想，出小区居然还要和人说话。为什么要说无用的话？还好没问我。

出了小区，路上的人就变多了。

不过这个多，和市区相比已经算少的了，但在秦愈眼里，已经算得上"人山人海"了。

晋棠棠停下来："哪边？"

秦愈终于抬头，看看变化巨大的马路，从遥远的记忆里扒拉出来："这边。"

因为这是别墅区，最近的超市都有些距离。

晋棠棠倒是不嫌弃，现在越远越好。

因为秦愈走在她前面一步远，晋棠棠看着他的背影，即使他没有直视前方，也是背脊挺直。

这是一个有自己坚持的男人。

晋棠棠灵光一闪，用手机拍下几张背影照，打算回去发给孔景，告诉他秦愈今天的进步。

秦愈很上镜，配上空旷的景色很有街拍感，藏起来太令人惋惜了。

殊不知秦愈这会儿尤其紧张。

晋棠棠就在自己身后，她肯定也会看到自己吧？自己不能躲起来，她会看到的。

虽然他还未意识到为什么不能让晋棠棠看见自己的狼狈。

路上偶尔有行人看到他们两个和一条大狗，不免多看两眼，秦愈的脸都绷紧了。

为什么走路要看陌生人？而且都走过去了，还要回头看……

大概五分钟后，超市终于露面了。

晋棠棠只来过这边一次，没走近，毕竟来福是大型犬，不可以进超市，不安全。

她当时也没注意这家超市，现在一看还真不小，不知道以前的秦愈怎么敢来。

秦愈停在路口，没再往前走一步，往路灯杆子后走了几步，让他觉得比靠近路边更安全。

"秦先生，你带着来福在门口等我？"她主动开口。

秦愈不想一个人等，但是跟着她就得进超市，里面狭窄的环境人肯定很多……算了，还是在这里吧。

他"嗯"了一声，等到晋棠棠交给他牵引绳时他又懊恼起来，刚才一路居然没想到把来福要过来，还让小姑娘牵着，是他的错。

来福乖乖地坐在主人脚边，吐着舌头。

晋棠棠才离开一米，秦愈就开始期望她早点儿回来。

虽然说来超市是借口，但总不能什么都不买，晋棠棠先拿了两卷纸，又买了点儿巧克力。

她结账时能看见门外的秦愈，晋棠棠扬起嘴角，出门也不是那么难嘛，他可以的。

等她拎着袋子出来，路边情况又是一变——几个女生发现了秦愈，眼尖地瞥见他的容貌，打算问她要微信。

即使压低帽檐，可个儿高，身材好，气质与生俱来，只露半张脸也叫人无比向往。

"帅哥，这是你的狗吗？"

"狗狗好可爱，我可以和它合影吗？"

"小哥哥，能不能加个微信？我也养了一只狗……"

原本靠在杆子上的秦愈一退再退，已经到了墙边，唇瓣抿紧并泛着些许白色，握着牵引绳的手苍白中显出青筋。他像一个孤立无援的孩子，迷失了路，又害怕周围有坏人，不敢求救。

晋棠棠的呼吸一滞，她自作主张要带他出来，却让他陷入此刻的困境中。

晋棠棠来不及自责，快步跑过去。

"我好了！"她扬声说，"走吧！"

晋棠棠？听见她的声音，秦愈仿佛遇见救世主，"唰"的一下抬头，惊艳的一张脸落进围观女生的眼中，周围瞬间无声。

他盯着晋棠棠，眼中有光芒，在阳光下越发明显。好像秦愈只能看见她。

被这样一双眼捕捉，晋棠棠心跳如擂鼓，她甚至有种自己现在就是拯救苍生的孙悟空，马上要带唐僧远离盘丝洞的错觉。

"不好意思，可以让让吗？"晋棠棠借着塑料袋从几个女生的包围圈中挤进去。

她看向秦愈："走吧！"

秦愈自然巴不得现在就走，喉咙一紧，转身利落，那张脸再度回到了帽子的遮掩中。

停在原地的女生们还有一点儿失落，没想到这么好看的男生居然有女朋友了，女朋友也这么漂亮，这就是现实里的美女都和帅哥在一起的版本吗？

接下来的回程尤其安静。

秦愈好不容易鼓起的勇气在面对好几个陌生人的打招呼时消失殆尽，他知道，他很弱。他居然还要别人的帮忙，也许自己就应该一个人在屋子里待着,就不会有麻烦别人的时候,也许来福也应该被送走,这样就不会有任何变故了。

晋棠棠不知道该怎么问,也怕再刺激他,他刚才的眼神一直回荡在她的脑海中。

她无法形容那种感觉,难以忘记。

这一段路,两个人的情绪都有些压抑,晋棠棠责怪自己没有考虑好情况。她应该知道的,秦愈的脸过于出众,留他一个人在外面,肯定会被注意,而他恰恰不适应这种注意。

"对不起啊,秦先生,忘了提醒你戴口罩。"她踢了一下脚边的石子,"是我没想到。"

她很少有情绪这样低落的时候,起码秦愈从未见过。

当然不是她的错,正常人出去没有任何问题,是他不行。

秦愈没有怪她,他当然知道她让自己出去没有恶意。可他还是无法控制自己的情绪,在陌生人靠近自己的时候,问他问题的时候。即使这些问题可以只用点头代替,他也恐慌。

他没忍住,微微侧脸,这个身高差让他轻而易举地看见她头顶的发旋——头发好多。

晋棠棠没听见他开口,也没敢抬头看他,怕看了更自责。

晋棠棠小声嘀咕:"来福今天也没要拉屎,是我杞人忧天,不出来也行的。"

秦愈牵着来福的手一停,来福立刻回头叫了一声。

明明是很正经的话题,可她偏偏在这时候又说"拉屎",秦愈有种不知道怎么说的感觉,悲伤都被带走了……

"和你……"秦愈想了想,"没关系。"

"有关系。"晋棠棠抬头看他,"下次不会了。"

秦愈的喉结滚动了一下,不知道应什么。

他垂下眼睑,如果他是正常人就好了。

晋棠棠压根儿没在别墅多停留,放下东西就离开了。

来福这会儿安静了,去吃狗粮。

秦愈一个人坐在客厅里,屋子里是明亮的,窗户开着,可他好似身处在黑暗中。

回去的路上,司机不知发生了何事,还问晋棠棠明天什么时候来,晋棠棠只说等她微信。

她一回宿舍,室友就看过来。

"棠棠,你的心情不好啊?"文玥递过来薯片。

"没有,有些事想不通。"晋棠棠抓了两片,"如果你出于好意做一件事情,却让别人困扰,你怎么办?"

文玥摊手:"除了道歉,还能怎么办?"

是啊,还能怎么办?

晋棠棠完全想不到自己应该怎么和秦愈说对不起,仅仅是言语上的道歉吗?

"你得罪狗主人啦?"关筱竹凑过来。

"算是吧!"

"啊?不会扣你钱吧?"

"应该不会吧!"

"没扣钱就好,不是大事。"关筱竹拍拍胸口,"干活没工资才是最重要的事。"

晋棠棠无语,好像和室友说了也没什么用。

她打开手机相册,几张背影照都是同一个角度,就是来福的位置不同而已。

晋棠棠犹豫许久,还是将照片发给了孔景,之前没加孔景微信,她还奢侈地用了彩信。

这件事于公于私,都应该让秦愈的家里人知道。

孔景此时正在和朋友们吃饭。

他收到短信的第一反应是,又是什么垃圾短信,打开发现是晋棠棠的名字,立刻坐正。

晋棠棠基本不给他发消息,两个人没联系,难不成是秦愈出什么事了吗?

孔景提着心点开短信，就看见一个黑色的背影，谁啊？她不会是被盗号了吧？直到孔景瞥见照片角落中十分显眼的来福，那牵着它的男人——是秦愈？

"哇，真的假的？"孔景一下子站了起来，这是秦愈吧？

"你们先玩，我有事儿先走了。"孔景一手捏着手机，立刻离开了。

孔景："秦愈？？"

晋棠棠回复："对，今天出门买东西。"

孔景脑子转过来，直接一个电话打过去："秦愈怎么答应出门的，他没有拒绝？"

"有，但是他又同意了。"晋棠棠将不认路的事说了一遍，"他很勇敢。"

"牛啊，妹妹。"孔景吹了一声口哨。这理由都可以？早知道他不得用个千儿八百遍！

果然当初把秦愈拜托给她是正确的选择，孔景头一次感觉自己投资眼光这么好。所以他当初到底是怎么亏了几千万元的，他都觉得奇怪。

"但是……"晋棠棠话锋一转，"孔先生，有个意外我也要说，他被陌生人围住了。"

孔景想，完了，乐极生悲。

但听完晋棠棠的话，他又觉得还好。女生们只是想搭讪，也很温柔，没有强行拍照，秦愈躲开了，她去解围得也很及时。

坏事未必不会变成好事。

安慰了两句后，他迫不及待地拨通了秦宗的电话，不到三十秒就将这事儿复述了一遍。

良久，秦宗出声："照片呢？"

孔景："啊？"

秦宗拿到照片后，不仅没有心安，反而皱起眉头。

秦愈不愿出门，孔景努力这么久都没成功，今天这趟行程绝对没有表面上这么简单。

日用品在下午一点送了过来，送货人来过无数次，开门、放东西、锁门离开十分熟练。正是因为这种不需要露面，生活还是可以继续的情况，秦愈才会觉得躲在家里更舒服。他习惯了依赖。

六点时，天色变昏暗，还未黑。来福趴在楼梯口，今天被遛了一趟，所以就算纸摆在茶几上也懒得看一眼。

秦愈坐在房间里，安静得连呼吸声都清晰可闻，面前是形形色色的乐器。他猛地按了一下电子琴的键，余音过了一会儿才散，这一声好像起了个头。

秦宗一从公司出来，就和孔景去了别墅，刚开门就听见了琴声，中间夹杂着其他乐器的声音，偶尔断，偶尔连贯。

"听过？"他扭头。

"没有。"孔景猜测，"新歌？"

闻言，秦宗若有所思。

既然秦愈在练歌，两个人没去打扰，就坐在楼下。

来福却很开心，尾巴竖起来，晃得比谁都快，不停地发出"哈""哈"的吐气声。

"其实我也不知道是不是新歌，反正是我没听过的，也可能是别人的曲子。"

秦宗却说："别人的曲子他演奏得不会这么断续。"

孔景认真思考："有道理。"

半小时过去了，秦愈依旧没下楼，旋律似乎没换过，一直是来时的，却比之前连贯许多。好像新手刚练歌，逐渐熟悉。

秦宗看了一下客厅的摄像头是开着的，说明秦愈过于专注，没发现他们的到来。

他沉吟："走了。"

孔景"啊"了一声："这就走啦？"什么事也没干，就来听了半小时的音乐？

秦宗"嗯"了一声道："他应该情绪还算稳定，刚才应该是有灵感了吧，不用操心。"

虽然他不知道秦愈的新歌到底写了多少，但他知道秦愈的天赋有多高。

秦愈喜欢音乐，喜欢的歌上手就可以流畅地弹出来，这样生涩、改动颇多的一段旋律，必然是不熟悉的。唯有刚想到的才会这样。

"你也别怪晋小姐啊，是我让她想办法带秦愈脱离社交恐惧症的，就是没想到秦愈长得帅这点儿。"孔景心虚。

秦宗的目光触及茶几上拆开的纸巾。秦愈也不小了，该自己清醒。

晋小姐没做错什么，出门买日用品而已，是他这个做哥哥的没想到，衣食住行，什么都送到手上，这何尝不是在害秦愈？

八点左右，秦愈终于下楼了。

他才到沙发边上，就察觉到了不对劲儿，桌上有东西被动了，纸巾也被抽了出来。

秦愈打开微信，才发现半小时前孔景发的消息："我跟你大哥去了一趟，你在练歌，我们就又走了。"

秦宗也给他留了消息："听说你今天出门了，再过不久，也许大哥就能去听你的演唱会了。"

演唱会？不太可能，大哥真乐观。

秦宗明说了他出门的事，不说其实秦愈也能猜到，不过他们没有留下来问他，他确实松了一口气。

可能是因祸得福吧，他的新歌又多了一段曲子。

看着下面晋棠棠的微信，秦愈思索了许久，点开，认真地打了两个字发过去："谢谢。"

收到这感谢，她头一回社交能力变弱，不知道怎么回才最合适，最后还是回归最俗套的"不客气"。

不管怎么说都和她有关。而且孔先生说让她继续，秦总也很满意。

好像完全没问题似的，但晋棠棠总是心虚，因为没人怪她，她反而自己怪自己。

接下来的两天，她比打卡还积极，到别墅了就带来福出门，狗遛完了就走。往往秦愈就只能在她来时才看到她，她走时秦愈都不知道，十分符合"同在一个屋檐下的陌生人"。

时间一长，就算是傻子也察觉到不对劲儿了。

秦愈想了半天,猜测晋棠棠是不是因为上次的事才不打算和他说话,连他练歌都不听了。

可他真的没怪她。

秦愈推迟了练歌时间,坐在楼下等她。

晋棠棠回来,看见沙发上正襟危坐的男人,后背往门后一靠,莫名紧张起来。

"秦先生,"她率先开口,"你……"

听到她的声音,秦愈转过头。

"有什么事吗?"堵在晋棠棠的口中,对上那双漆黑的眼眸,她忽然忘词:"来福遛完了。"

来福:"汪!"迅速跑过去蹭主人。

秦愈无处安放的手搁在来福的头上不停地薅。来福甚是享受,丝毫不担忧自己未来会不会头变秃。

"时间不早了,我先回去了。"晋棠棠深呼吸,冷静下来,笑道,"明天见。"

见他动了,晋棠棠停下脚步了。

秦愈欲言又止,时间一分一秒地过去,他终于开口:"你不听歌啦?"

晋棠棠既惊讶又感动:"等你把歌发出去了,我再听也不迟吧?我免费听新歌似乎不大好。"

"没关系。"秦愈摇头。他的歌本来就是免费的。

晋棠棠说:"不急,你可以录给我听呀!"她转身打算离开。

"我——"秦愈再度出声留下她,却在与晋棠棠转头看过来对视上后不知如何开口,要怎么说?说什么?她一直要马上就走的样子,他还没想好说什么让她留下来。

"我写了新的……"秦愈忽然想到什么,看着她,一口气说出来,"你要不要听?"

新的?晋棠棠的脑子转得快,明白他说的意思是他有了新灵感——这么快的吗?

她当然想听!秦愈的新歌谁不想听?

对上秦愈那双眼,晋棠棠就能想到上次外出时的意外,她口不对心:"是不是不……"

他们此刻的位置好像调换了似的。

秦愈"哦"了一声。

晋棠棠后退一步,见他垂下眼,踟蹰了一会儿:"秦先生,我就听一小会儿?"

秦愈又抬眼,点头。本来就只有一小段。

他上楼进房,就剩下晋棠棠一个人坐在沙发上。来福是一条狗,姑且不算。

秦愈主动让她留下,她怎么也想不到。他不害怕了吗?还是因为新歌需要人听,需要给意见?

晋棠棠认真思考了半天,觉得后面这种可能性比较大,捏了捏耳朵,待会儿要好好听。

主意才下定,楼上就响起了一声琴鸣,好似是提醒她快开始了,几秒后急切的旋律响起,伴着晋棠棠不知道的乐器伴奏,令她的心也跟着快速跳动,不是那种紧张刺激,而是一种想要躲避的感觉。

晋棠棠意犹未尽,声音已经戛然而止。

她下意识地抬头看了一眼摄像头,因为没有目标,显得明亮的大眼睛有些空洞。

而秦愈能轻易地捕捉到她。

他不是第一次透过摄像头和晋棠棠对视,可还是觉得这双眼眸足够漂亮、惊艳。

秦愈没下楼:"怎么样?"

果然!她猜对了,是想听意见!

听见回荡在客厅的男声,晋棠棠的嘴角一勾。

她自认为对音乐没什么鉴赏能力,只能说自己此时的感觉:"好听……给我的感觉像捉迷藏一样。"就是竭力地把自己藏起来。

秦愈眼前一亮,他是想问,却没想到晋棠棠如此准确地说出感受。

这段仅仅二十来秒的旋律是他自外出后得到的灵感,实际上有一分钟,不满意的地方被他摒弃了。

见他不说话，晋棠棠说："我不懂音乐，说得可能不对，秦先生，你别在意。"

秦愈摇头："不会。"

不懂音乐的人适合当最纯朴的听众，因为他们会有最直接的感观，而他需要的恰恰是这种。

晋棠棠笑了起来："听完了，那我先回去啦？"

秦愈这回没拦她："好。"

两个人之间的关系也有些恢复成以前的状态，晋棠棠甚至能感受到秦愈的放松，看来音乐是他的舒适圈。

他好似受到的影响确实不大，晋棠棠也放下心来。

她坐在回去的车里，看着窗外的景色，心中开始期待秦愈新歌完整的样子。

会惊艳所有人，还是会只满足一部分？

因为秦愈的"主动邀请"，晋棠棠后来没再扭怩。

她开始恢复隔两三天就上午去一趟的习惯，秦愈不下楼，就在楼上练歌，她每次都能恰好地听见。两个人有着心照不宣的默契。

晋棠棠刚从别墅回来，宿舍里只有文玥一人，她之前说去做兼职，实际上还是没去。

她这会儿正在和人对线，键盘敲得"啪啪"响："都说了肯定不是，就知道造谣，我们秦愈怎么可能有女朋友！"

"女朋友？"晋棠棠忽然扭头。

"是啊，今天有个人发帖，说前几天碰见一个男的像秦愈，还和一个漂亮女生关系亲密。"文玥三言两语说完。

"无图无真相，这种都是假的，秦愈要是这么容易被遇到，怎么可能两年了都只有工作室发的照片。"

不消多说，晋棠棠就感觉这是在说秦愈。

但后面的确是在造谣，她不是秦愈的女朋友。

"而且就算秦愈有女朋友了也正常啊，他是歌手，又不是看脸的歌手。"文玥撇嘴，"关注歌手，听歌就行了，还要干什么？"

晋棠棠好笑:"所以秦愈真谈恋爱了,你也支持他?"

文玥转头:"当然不可以有劣迹。"

她严格来说,文玥嘴上说不是秦愈的粉丝,可有时又和粉丝的行为一样,让晋棠棠看不明白。

秦愈有女朋友怎么样?只要继续写歌不就好了。再说,他现在天天不出门,怎么可能谈恋爱?上次出门,被女孩子要微信都避之不及,想谈恋爱也没人和他谈,除非网恋!但晋棠棠预测,秦愈可能不会去见面。所以说短时间内粉丝都不用操心他的感情问题。

晋棠棠觉得自己是"事业粉",也相当快乐。

不过文玥说的事倒是提醒了她,就算要带秦愈出门,也得让他戴口罩,全副武装才行,他是个歌手。

秦愈这边丝毫不知。就连经纪人都不知道他前几天出门了,对于网上的帖子也以为是假的。

一星期过后,秦愈的日常生活忽然有了变化——秦宗把司机给要了回去,还特地打电话告诉他:"我的司机这两天家里有事儿,借你的用用,不用的时候他会来你这边。"

秦愈很为难:"时间会合适吗?"晋棠棠的安全怎么办?他还想问大哥不能再请一个司机吗。

秦宗知道他可能会说什么。他当然可以重新聘司机,可目的就达不到了。

以秦愈之前的担忧,他这边把司机拉走,秦愈必然会考虑晋棠棠的安全问题,正是要让他多融入社会才好。

秦宗一句话直接堵住他的疑问:"合适。我上班时间很早,下班很迟。"

"你的遛狗师似乎卡在中间。"他道,"对了,上次你不是自己出门买东西了吗?日用品我看你自己可以出去买。"

秦愈的注意力瞬间被转移:"不行。"

秦宗说:"怎么不行?超市距离你的别墅不远,路上还没人。"他的理由十分正当。

"大哥……"秦愈的声音小了一点儿。

秦宗道:"秦愈,我上次听见你写新曲子了,是不是出门有的灵感?"

秦愈想,这怎么一样,而且之前他没出门还写了两段呢!

秦宗放缓语气:"秦愈,你是个有自理能力的男人,日用品如果还需要别人送上门——"他停顿一下,"晋小姐都能独自遛来福这样大的阿拉斯加犬。"

秦愈想,好有道理。

晋棠棠的确很有能力,听说在学校里上课、辩论赛都游刃有余,还兼职遛狗。和她一比,秦愈很惭愧。

没听到对方吱声,秦宗咳嗽一声:"不过晋小姐的接送还是会有的,只是偶尔可能顾不上,你和她提一声。"

秦愈拧着眉头:"好吧!"

顾不上?这样不太行,也许自己应该重新请一个全职司机,只要为别墅这边服务就好了,那还得先买辆车。

工程不小,大哥肯定让他自己做。

秦愈一直都知道秦宗在干什么之前都先让他自己搞,他拒绝了秦宗才会弄好再给他。

唉,真麻烦,人在社会上永远有数不尽的麻烦。

第二天,晋棠棠就发现了不对劲儿的地方,换车了。

晋棠棠认出司机才敢上车,好奇地问:"怎么换车啦?"

司机解释道:"今天要送秦总去公司,之前的车不行。"

晋棠棠明了,一个大老板怎么会开那样低调的车,起码得有点儿暗示身份的才行。

"晋小姐,你过几天可能还得自己出行。"司机提前打预防针,他已经收到了秦总的命令。

晋棠棠"哦"了一声:"好。"上下班有人接送是福利,她也没想着一直有。再说了,哪有遛狗的像她这么快乐,坐豪车出入,还能听偶像未完成的新歌。

晋棠棠才出去,后脚何韵就去了宿舍楼。

她先敲的是曾晓莹宿舍的门，曾晓莹正好在，看见她："啊，有事儿吗？"

"哦，就是好奇一件事，我刚在外面碰见晋棠棠出门，坐的豪车呢。"何韵笑嘻嘻地，"她不会是个'白富美'吧？"

曾晓莹回忆了一下："不知道。"

何韵换了一种说法："平时上课也没见她穿名牌啊，没想到你们班还有个隐形的'富二代'。"

曾晓莹反应迟钝："那她还挺厉害。""富二代"还能徒手抓鹅、杀鸡，和她在网上见到的不一样。

何韵屁都没打听出来，随意打发了曾晓莹，寻思能不能从晋棠棠的同班同学、室友那儿打探。

可巧，刚好关筱竹从外面回来。

何韵知道她是普通家庭，因为之前听说她还在申请助学金，身上穿得也很普通。

"同学……"

关筱竹认识何韵，她的记忆力好，对何韵的印象还停留在刚开学时的聚餐上，后来晋棠棠说，可能是何韵让曾晓莹瞒着的。

关筱竹上下打量何韵，这人一看就不是好东西。

"不认识。"关筱竹高冷地丢下三个字，将门一关。

何韵愣了，她还没说什么呢。

她们平时见过吗？何韵的记忆里好像没有，却总感觉关筱竹看自己的眼神像是在防贼一样。

没问到想知道的答案，她只能无功而返。

十月下旬的天气很凉爽。

晋棠棠依旧穿着短袖，但出门都会带一件薄外套，因为今天辩论队的事儿她迟到了二十分钟。

她提前给秦愈发了消息，他没说什么。

这会儿一进门，就听见上次意犹未尽的旋律，好似比之前长了那么一点儿，听不过瘾。

尤其是一个月以来，晋棠棠从未听秦愈开口唱过，觉得自己听的像是伴奏。

以往她还得意过自己可以听见秦愈的新歌，谁知"人心不足蛇吞象"，时间久了晋棠棠开始不满足了。

她一面谴责自己，一面又不免期待秦愈唱新歌是什么样子。

新歌有歌词吗？歌词是什么样的？以至于秦愈下楼时，晋棠棠还在发呆。

他还是第一次见她这样走神，难不成是自己今天水准下降，弹得太难听了？

秦愈挥了挥手："晋小姐？"

晋棠棠回过神，看见眼前的人，"噌"的一下站起来："秦先生。"

"你是……有事儿吗？"秦愈问。

晋棠棠本想说"没"，但又狠狠地点头，改口："我刚刚是在想事情，新歌是纯音乐吗？"

当然不是，秦愈摇头。

晋棠棠恰到好处地露出"真爱粉"该有的仰慕表情，问："那秦先生什么时候会开口唱歌啊？"

晋棠棠的表情十分到位，起码秦愈没有怀疑。

当然，也可能是他从未见过其他粉丝，所以分辨不出来真假。

只是他没办法回答这句话，其实他自己在家里的时候开过口。

以前的歌是随意哼，新的歌词只是试着怎么唱最好。

可让他现在就在晋棠棠面前唱，秦愈自觉好像做不到……音乐还不够吗？

纯音乐……她真能想。

秦愈憋了半天："录制的时候。"

晋棠棠恍然大悟："那我明天早上不来，你就可以录啦？"

秦愈无语，他们说的录制好像有什么不一样。

"不是。"秦愈连忙否认，"是发歌前。"

晋棠棠的脸上有些失望，实则心里有数："好吧，我还以为明天就能听到。"

秦愈也跟着松了一口气，还好她没多纠结。

"我先去遛来福。"

来福被拉出来，十分乖巧地抬头被套住，然后往外走。

"我是真的很想听。"临走前，晋棠棠不忘继续加重语气，听得秦愈一顿一顿的。

等人走了，秦愈叹气，当着别人的面儿唱歌……好难。

此时别墅里只有他一个活人，秦愈随意哼了两句歌词，才刚停下，门又被打开。

晋棠棠探头："不好意思，秦先生，手机落下了。"

秦愈的心就跟坏了的电梯似的，飞速上升下降，他甚至还有阴谋论：她应该没录音吧？

晋棠棠挥挥手，再度消失。

秦愈这回吸取教训了，当个哑巴，走到窗边，看见她出去的背影，这才放心，然后又开始谴责自己的行为。在她眼里，应该认为他是可以开口的吧？可秦愈知道，自己暂时不可以，但一旦被提醒了这件事，他又不免会想象那样的场景。如果可以的话，会在什么时候呢？

"来福，你听过你的主人唱歌吗？"晋棠棠走在小区里，随口问。来福给不出她想要的答案。

晋棠棠叹气："果然还是太早了吗？"

她今天看秦愈主动询问自己，说明他有了大变化，但没想到开口唱歌还是有难度的。

不能太急，不能像上次那样。

说到上次，晋棠棠又开始琢磨，下回出门要怎么提前准备，以确保万无一失。

她正想着，余光就瞥见了熟悉的身影。

正是之前投诉秦愈的阿姨，许久没见，她虽然换了衣服，但晋棠棠还是一眼认出来了。

阿姨没看见她，径自往里走。

这个方向……是往秦愈家的方向。

晋棠棠停在原地想了两秒，果断也往那边走，反正在这个小区里遛来福，只要牵绳就可以。

没两分钟，阿姨就进了一栋楼。

晋棠棠站在花坛边，这栋楼和她上次以为的练琴那栋并不是同一栋，而是在秦愈的左边，那位阿姨是秦愈的邻居。

其实阿姨和练琴的那栋也是前后栋邻居。

这么近，真的是因为声音吗？

晋棠棠确定秦愈发出的声音传不了那么远，因为房间本身就做了隔音处理，小区的楼间距也很大。

但对方的理由太正当，晋棠棠也想不到原因。

她不想把人想恶，可这件事的疑点实在太多。

因为这个插曲，晋棠棠没有带来福出小区，而是在周围逛了两圈就回了秦愈的别墅。

秦愈正在厨房烧水。

晋棠棠把来福松开，没忍住去了厨房门口。

秦愈听到脚步声，回头。

"秦先生，第一次见你好像就是在这里，来福发现的。"晋棠棠笑眯眯地开口。

"……"秦愈不想回答，那次对他来说是糗事。

"秦先生，你现在都可以和我面对面聊天了。"晋棠棠继续说，"不久的将来，我肯定能听到你唱歌。"

过了一会儿，秦愈才"嗯"了一声。

晋棠棠没料到他答应，有些开心，又想起阿姨的事："对了，上次可能投诉的阿姨就住在你隔壁，你见过吗？"

隔壁？秦愈有限的记忆里，他甚少出别墅，唯一一次和小区里的陌生人有交集，是他去扔垃圾。因为那次有人和他搭话，他之后又很久没出门。

"所以你没有理她？"晋棠棠问。

"对。"秦愈边点头边倒水，"我没说话，那位阿姨话好像很多，一直问，还问……"还问他单不单身什么的，这话他没告诉晋棠棠。

秦愈那时候哪里招架得了，当时扔了垃圾就跑。

晋棠棠听着想笑:"听起来没什么,总不至于因为没理她,她就投诉你吧?"

秦愈也这么觉得。

回去的路上,晋棠棠收到孔景的消息。

孔先生问:"秦愈今天出门了吗?"

晋棠棠回复:"没有。"

孔先生:"好吧。"

今天出门前,他又问了一遍,连字都没改,晋棠棠甚至怀疑是复制粘贴的。

这感觉好像是网上的一些粉丝,注册个微博,名字就写"×××分手了吗""×××道歉了吗"。怎么感觉他比秦愈的哥哥还操心。

晋棠棠再度回复"没有"。

孔景很快回了个"OK"。

晋棠棠觉得真神奇,秦愈现在姑且是个闷葫芦,但他的经纪人和朋友是话痨,他们怎么就没能传染秦愈呢?不过要是秦愈也话多,哪里还有她这个遛狗师发挥的机会?

晋棠棠从校门口带了一袋糖炒板栗回去。才回宿舍,文玥的鼻子就动了动:"好吃的!"

"知道你馋,特地多买的。"晋棠棠递过去。

"果然还是室友最贴心!"文玥剥开一个栗子,吹了一口气,"网恋对象没用。"

晋棠棠可不敢拿自己和她的"霸总"对象比。

"对了,棠棠。"关筱竹从床上支起上半身,"今天我碰见何韵了,她和曾晓莹说话来着,似乎提到了你。"

"不过我没听到具体的内容,后来她还打算问我,我没搭理她。"

提到何韵,晋棠棠无语:"她啊,好奇心特别重。"

都成年人了,为什么还会锲而不舍地去打探别人的隐私呢?她真是搞不懂。

"俗话说'好奇心害死猫',"文玥阴沉沉地说,"这样的人早晚阴沟里翻船。"

晋棠棠说:"你演鬼片呢?"

文玥做鬼脸:"我这是为你打抱不平。"

"反正我也没什么好值得打探的。"晋棠棠摆手。

何韵进不去秦愈所在的小区,她不用担心何韵会找上秦愈,至于学校里和家里都没什么隐私,晋棠棠自认光明磊落。

只是周末社团聚到一起时,晋棠棠还是多看了何韵两眼。

何韵自然捕捉到她的目光,毕竟自己之前一直在打探她,这会儿被看得有些心虚。

应该是知道了吧?知道了又能怎么样,她又没干什么。

何韵挺了挺胸膛,露出笑容:"棠棠,我还以为你要一直待在辩论队呢。"

"学姐说最近没比赛,不用我去。"晋棠棠微微一笑。

"……"何韵最烦她这副拥有了优势又天真的模样。

曾晓莹坐在她们后面,这会儿身为旁观者感觉快乐多了,之前还要一直被晋棠棠怼,虽然晋棠棠可能不觉得她那是在怼。

当然,曾晓莹还是羡慕晋棠棠的美貌、社交能力,一对比,她觉得自己好弱。

甚至在活动结束时,曾晓莹还劝何韵:"你干吗一直找她说话呀?还每次都说不过她。"

"我哪里说不过她啦?"何韵问,曾晓莹诧异地看着她,不是每次都说不过吗?

何韵之前和晋棠棠说话还不气,这会儿不知道为什么被曾晓莹闷得脑壳疼,和晋棠棠有关系的人都不正常!

不过晋棠棠的快乐日子也没多久,几天之后,罗青言就在微信上找她:"下个月和隔壁学校的辩论赛你准备准备。"

晋棠棠回复:"我上不了吧?"

罗青言说:"没事儿,当个替补,反正跟着我们去提前看看,长长见识也好。你要是不想去也行,这些都会拍摄视频的,到时候看就行。"

晋棠棠回复:"我去。"

罗青言最喜欢不废话、不多问的学妹,晋棠棠是她最喜欢的一个,长得还漂亮。看脸的世界,她也是俗人。

下次有机会,罗青言一定要推荐晋棠棠上去,不说别的,就这张脸也给学校争面子啊!

替补替补,哪天不就成正式的了?

晋棠棠很乐观,自己才进辩论社,哪有一步登天那么快,多积累经验,以后辩论更扎实。

得益于这个好消息,她下午去秦愈家里时都是笑着的。

今天来得早,来福舒服地眯着眼,头搁在秦愈的肩上。秦愈正在给它梳毛,逆着光,从头发丝到脚都泛着温和的气息。

晋棠棠一时看呆了,这一刻,她可以当自己是"颜粉"。

"晋小姐?"秦愈抬头。

晋棠棠回神:"秦先生。"

两个人的称呼仿佛陌生人一般,实际上不是,晋棠棠觉得过渡到下一步,大概就是秦愈发生最大变化的时候,所以她也很期待。

秦愈收了梳子,来福就屁颠屁颠地凑到了晋棠棠那里。晋棠棠摸了两下,手感很好。

她套上牵引绳:"我先去遛它,很快回来。"

秦愈对这句话表示沉默,知道她在暗示他。

他含糊地应道:"嗯。"

晋棠棠一抬手,来福还没冲出去,门外倒是传来一声闷响,像是东西砸到地上的声音。

两个人都往玄关走。

院子里的草地上躺着一个足球,门外已经响起几个小孩儿的声音:"有人吗?"

"好像没人。"

"我去叫我妈妈来!"

"这家有鬼!没人,但是每天都亮灯!"

"啊……那不要了吧……"有个小男生怯怯地道,一副要哭出来的声音,"我的球……我怕鬼……呜呜呜……"

秦愈:"……"

晋棠棠扭头,忍住笑:"秦先生,这你必须得露面吧?人家以为屋子里没人住。"

秦愈摇头,拒绝说话。

晋棠棠却觉得这是个很好的机会,不用出门,对方又是小孩子。

"把球给他们应该就行了。"她提醒,"很简单的,他们怕鬼,肯定拿了就跑。"

秦愈总觉得这话有问题,怎么给?秦愈福至心灵,怎么进来的,就怎么出去。

在自家院子里,总不能还让晋棠棠帮忙吧?秦愈捡了球,打算从墙上扔出去。

门外又适时响起大人的声音:"你好,有人在吗?"门铃也跟着响起。

秦愈心头一紧,下意识地扭头,看见晋棠棠慢吞吞地往后退,似乎想让他一个人留在这儿。

他情急之下叫住了晋棠棠:"别走。"

PART 08
眼神收收，我不吃人

秦愈都开口了，晋棠棠打算土遁的主意只能打消。

她走过去，告诉秦愈："只要把球递过去就行了，他们肯定不会多说什么的。"

秦愈点头："是吗？"万一人家家长非要说话呢？他还是要叫住晋棠棠。

两个人走到门边，晋棠棠一只手拉着来福，另外一只手也攥着，一副腾不出手的样子。

秦愈只能自己开门——这是他家，他让客人帮忙自然不好。

秦愈都出过一次门了，于是暗自深呼吸做好心理建设，才将门打开一小半，把足球递了出去。

门外几个小孩子看见又白又长的手，哇哇大叫。

"有鬼！"

"好长的手！"

秦愈："……"

家长拍了一下鬼叫的孩子，把球接过去，忙道歉："孩子不懂事，别在意。球没有砸坏什么东西吧？"

秦愈扭头看晋棠棠，刚刚她就还了就行，不用说话，都是假的。

晋棠棠使眼色:"秦先生,问你话呢!"

秦愈飞快地收回手很想将门直接合上,但这样做实在不礼貌,他的修养让他做不出这样的事。

当初晋棠棠第一次来时,他就纠结了很久,最后假装没人,那时晋棠棠不知道他在,后来被来福暴露了。

这回不同,他已经"出面"了。

"没。"秦愈快速回了个字,就关上了门。

家长只感觉这家主人有点儿难相处,但听声音倒是还不错,似乎是个年轻男人。这么久也没见到长什么样,现在的年轻人也太宅了点儿。

孩子们离开了,还能听到家长责怪的声音:"一放假就乱来!什么鬼不鬼的!没礼貌,以后不准说……"

晋棠棠说:"是不是也没那么难?"

秦愈不说话,其实现在他心里也是赞同的,只是说话的当时依旧会紧张、烦躁。

晋棠棠心里乐了:"那我去遛狗了。"

秦愈又点头。

晋棠棠出去后又忽然转身,恶作剧地按门铃。

刚走回去几步的秦愈的心直跳,等看到是晋棠棠时,不由得松了一口气,又有些无奈地看她。

晋棠棠笑着说:"秦先生,我真走了。"

秦愈半天没动,催她:"走吧!"

他防着她再来一手。

晋棠棠感到惊讶,现在都开始催人了吗?秦愈有没有意识到他和以前已经有了很大的不同?可能没意识到吧!

晋棠棠乐于见到这样的情景,这回没再逗他,牵着来福往小区外走,秦愈站在原地半晌,才回屋子里。

遛完狗回来,晋棠棠就打算走人。

秦愈从楼上下来,晋棠棠又开口了:"对了,秦先生,我后面可能有一天不能来。"

秦愈问:"有事儿吗?"

"对。"晋棠棠指了指手机,"学姐让我去看辩论赛。"

"又要比赛啦?"秦愈和她对视,却没躲开,好奇地问,"你不参加吗?"

晋棠棠解释道:"我是替补……不过说不准,万一我能上场呢,不能就当积累经验了。"

替补,替补,顾名思义。

秦愈自然比谁都清楚,觉得很惋惜,想起她对自己的帮助,于是鼓励道:"很快就可以的。"

"借秦先生吉言了。"晋棠棠莞尔。

临走前,她想起来:"学姐跟我说,这次辩论赛电视台会播,秦先生有空可以看。"

电视?秦愈点头:"好。"他已经很久没看电视了,家里的电视也成了摆设,他偶尔会用投影仪看电影和纪录片。

就是晋小姐居然不能参加,她这么鬼灵精,秦愈还想看她在辩论赛上是什么样子呢。

晋棠棠要走,来福跟着出去。

秦愈叫了一声:"来福,回来。"

来福只回头看了他一眼,又跟了上去。

狗都变了,秦愈腹诽,自己这个主人是不是也成了摆设?也是,主人都不带它出门,要是自己,自己也不乐意。

辩论赛的事晋棠棠插不上手,就当个旁观者。

罗青言让她随时记笔记,也做好准备:"谁也说不准,如果有机会,你可以补上。"

"青言学姐,其他人比我更有优势吧?"晋棠棠问。

两个人关系走近许多,她问得直接,罗青言并不意外:"资历比你久的是有,可你比他们更有优势。"

她说得含糊,晋棠棠没再问。无非就那几个点,父母给的,天生的,她并不反感,选了她,她自然会全力以赴。

"我也跟其他人说了替补，但愿意跟我们去的就两个。"罗青言摊手，"另外一个还没你优秀。"

"毕竟谁都不愿意坐冷板凳。"她笑。

说到底，辩论队只是学校内部的，又没有什么实质性的好处，当替补毫无好处。

校辩论队两年多没换过人，李文敬这次也还要上场，晋棠棠只是上次的一个过渡而已。

比赛那天，学校都正常上课。

晋棠棠只有上午有课，正好罗青言让她跟着他们一起去，这回还有学校的老师过去。

到校门口的时候，李文敬打招呼："棠棠学妹。"

"学长。"晋棠棠乖巧地应道。

"上回你给的零食我都吃完了。"李文敬又说，"对了，你这回过去，我们又是打的一个位置……"

"学长喜欢就好。"

这语气一点儿也没变化，跟客服聊天似的，李文敬还打算说什么，晋棠棠就越过他："学姐！"

李文敬再回头，人就已经跑了。

这会儿正是下课没多久，校门口有不少学生，还有人拍照，晋棠棠还看见了何韵，对方也看见了她。

"同样进辩论社，怎么她就不一样？"何韵说。

"我们没被选中。"曾晓莹说，她也很羡慕，这可是去比赛的，但估计自己去了就只会紧张到晕倒吧。

再说了，晋棠棠好像是替补。

"替补而已，没上场机会。"何韵一想，心里又舒坦不少，"你真没发现她是个'富二代'？"

"可能是吧！"曾晓莹继续羡慕。

"可能是与不是差别大了。"何韵随口道，"他们班都说她在做兼职，没听说什么兼职这么与众不同。"车接车送，还是豪车，去的又是别墅。

条条框框摆在那儿，再加上晋棠棠容貌出众，何韵很难不想歪，一旦起了念头，就再也消不了了。

她猜的也许是对的呢？

何韵刚才就看见李文敬对晋棠棠笑容满面，可晋棠棠压根儿不放在眼里，真是饱汉不知饿汉饥。

比赛场地是在另一所学校。

晋棠棠作为一个无关紧要的替补，基本就等于观众，只跟在后面听他们说话就行。

她提前去了观众席那边，这会儿没什么人，倒是有评委老师先坐在第一排正在玩手机。

晋棠棠本无意，但余光瞅见了手机上的内容，好像是什么夸奖用语？晋棠棠立刻对评委老师有了一个大致的印象——别说选手紧张，就连老师也紧张呢。

评委老师一扭头，看见晋棠棠，也不知道她看没看到自己看的内容，连忙收了手机，在想回去得买个防窥屏，这要被人知道点评还搜索大众夸奖，岂不是丢脸？

这回辩论赛的题目是"流浪动物该不该一网打尽"，晋棠棠之前从学姐那儿听说，自己也写了几个要点。可正式坐在下面听是不一样的。

罗青言学姐给她的感觉一直是温柔大方的，在场上就跟换了个人一样，还会冷笑。

晋棠棠拍了几张照片。

她想起秦愈，就给对方发消息："秦先生，你在看吗？"

晋棠棠昨天就把具体时间告诉他了，秦愈答应会看，也不知道他忘了没。

"莴苣公主"："在。"

电视台放的是别人，没有晋棠棠的脸，虽然在秦愈的意料之中，但他还是会觉得可惜。

辩论赛场上的每个人说话又快又稳，模样自信，给他的震撼不是一点半点。

别人为什么可以？他为什么不可以？

再过不久,说不定晋小姐就上场了,和他们一样长篇大论,说服别人,而他还在原地踏步。

他似乎能看见晋棠棠失望的眼神。她一直对他是有信心的吧,一直认为他可以?

秦愈正想着,门忽然被打开了,是秦宗。

"你在看电视?"秦宗有点儿稀奇,只听到接连不断的说话声,"什么比赛?"

"辩论赛。"秦愈说。

秦宗将东西放在茶几上,随口道:"多看点儿辩论赛也有好处,锻炼锻炼你的口才。"

秦愈问:"大哥来干什么?"

"没事儿不能来?"秦宗调侃了一句,"上次来没见到你,这回看看有什么不一样,有没有缺胳膊少腿。"

秦愈"哦"了一声。

两个人性格截然不同,这会儿却坐在一起看电视。

一场辩论赛也就几十分钟,很快就结束了,秦宗动都没动,俨然打算今晚在这里吃晚饭。

秦愈提醒他:"我只会一点点。"

秦宗说:"吃不死就行。"

见秦愈到厨房里去看食材,他后知后觉,弟弟好像比以前自在多了,说话、回答都自然,不再像以前那样抗拒。

秦宗最想见到的莫过于此,他今天来,除了看秦愈,也想见见传说中的晋棠棠。

"晋小姐今天不来?"他问。

问她做什么?秦愈说:"不来。"

实际上他也不知道,晋棠棠上次是说不来,但后来又说时间赶得上,可能过来。

这个就没必要和大哥说了。

等等……大哥来,不会是"守株待晋棠棠"吧?

他有什么和晋小姐要说的吗?两个人好像没什么交集吧,现在晋棠棠的工资都是自己发了。

秦愈狐疑地看他，越看越像，无事不登三宝殿，大哥很少在他这里逗留这么长时间，这是头一回。

"看我做什么？"秦宗抬头。

"没什么。"秦愈憋住没问。

秦愈拿手机，一分钟前，晋棠棠给他发了消息："秦先生，辩论赛结束得早，我还可以去你那里。"

秦愈一个"好"字打出去，又删除："今天可以不用来。"

晋棠棠正坐在回去的大巴上，回道："当然不可以，来福不可以不遛，你忘了之前的事啦？"

秦愈当然记忆犹新，因此十分犹豫。

他瞄了一眼沙发上正襟危坐的大哥，大哥来这里还在接电话，处理公司的事，一股上位者的气息。

孔景之前说他最不想和工作时的秦总打交道。

"你忙，可以回去。"秦愈终于开口。

"不忙。"秦宗将手机扔在一旁，饶有兴趣地看着他，他这会儿心里想的都表现在脸上。

秦宗故意道："我等晋小姐过来，有话问她。"

憋了半天，他认真提醒："她的工资是我付的。"

秦宗忍住笑："怎么，不发工资就不能问啦？再说了，我也发过一段时间的工资，你别忘了。"

秦愈被他一堵，觉得好像也有道理，当时应该把之前的钱也给大哥。

秦宗指指手表，提醒他："刚刚一分钟时间，你已经看我三次了。"

秦愈被点明，不说话。

秦宗毫不留情："把你那眼神收收，我又不吃人。"

什么吃人不吃人的！听到秦宗的话，秦愈飞速扭头。

别过脸就不知道你什么表情了？秦宗心中好笑，等秦愈什么时候有口才和自己辩解，自己倒乐得见他，为了晋棠棠和自己争执。

秦宗虽然对晋棠棠的印象不深，但她能发挥这样的作用也不错，辩论赛可以多看看，有用。

能看到秦愈害羞的样子，秦宗觉得不虚此行。

两个人把话挑开了，秦愈也没法赶走大哥，干脆任他待在客厅看财经新闻，自己去厨房。

他还不忘提醒晋棠棠："我大哥在。"

晋棠棠的确被吓了一跳："秦总？"

秦愈认识的人里，她最熟悉的就是孔景。

孔景虽然是"富二代"，但没架子，吊儿郎当的，每天还打卡问秦愈出门没，像个活宝。

至于经纪人，没什么交集。

对于秦宗这个人，晋棠棠有限的了解全部来自孔景的描述和网上的新闻。

她还是学生，对上大公司总裁，心里不紧张是不可能的。

就当是面试？面试怎么可能不紧张，晋棠棠才安慰好自己，车就到了校门口，李文敬先下车，等在边上："棠棠学妹。"

"学长有事儿吗？"晋棠棠心不在焉。

"请你吃饭，学校这边新开了一家私厨。"李文敬挑眉，"学妹不会不给我这个面子吧？"

他没避讳其他人，男生们用眼神揶揄他。

晋棠棠在学校里早就出名了，表白墙上一星期见好几次她的名字，出去说是歌手都有人信。

罗青言一扭头，看到了这个场景，正打算上来，却听到晋棠棠可惜的语气："学长，还真不好意思，我得做兼职，你也知道，我一直都在做这个工作。"

李文敬一口气没上来："一天不去请个假，没事儿。"

晋棠棠义正词严："不行，我说了今天会去。要是工作丢了，我上学怎么办？"

李文敬想，你家穷到这地步啦？他一直没觉得晋棠棠是个穷人，虽然她不穿名牌，也没露富，但气质不一般。

现在对方居然告诉他，不做兼职就交不起学费……这……

李文敬迟疑，自己还要不要继续追。

"学长,你请他们吃吧!"晋棠棠挥手道,"我去上班了。"

罗青言在后面忍住笑。两个人亲近后,她知道晋棠棠家境虽然普通,但也不穷,哪有说的这么惨,这还真唬住了李文敬。

晋棠棠离开校门范围才打开手机。

"莴苣公主":"嗯。你可以不来。"

见个人而已,还能把自己吃了不成?

更何况秦愈现在的情况,秦总了解一下,她后面就算做得稍微出格也不会被责怪。

晋棠棠回复:"没关系,我回宿舍换件衣服再来。"

虽然是晋棠棠见大哥,但秦愈比她还忐忑。

辩论队晚上要聚餐,李文敬留在原地没动,看着晋棠棠离开,叫住罗青言,怀疑地问:"学妹家里真穷?"

罗青言一本正经地道:"应该是吧,我看她很少买东西。"

李文敬有点儿相信她的话,于是更纠结了。

"你别祸害学妹了啊!"罗青言警告,"别毁了一个家庭。"

"什么话。"事实上,李文敬确实挺心烦的,穷好像不是多大的事,他只是想和她谈恋爱,又不是结婚。

晋棠棠换了一件相对休闲的衣服,天已经转凉,又是傍晚,她穿了一件薄外套。

到别墅前,她深呼吸。总不会不合格被赶走吧?秦愈这么单纯,哥哥应该不会坏,不然秦愈还能住得上别墅?

晋棠棠上初中时看过不少泰国偶像剧,秦愈社交恐惧症这么严重,换个没心的大哥,他这会儿露宿街头都有可能。放轻松,又不是见家长。

晋棠棠这回没直接开门,而是按门铃。

开门的是秦愈,他也没问她知道密码怎么还按门铃。

晋棠棠小声问:"你哥哥好相处吗?"

秦愈点头,又迟疑:"应该算好相处。"但在别人眼里可能算资本家。

"秦先生,你这个语气让我很害怕。"晋棠棠难得还能调侃,跟在他后面进去。

秦愈个儿高,挡住了晋棠棠。

秦宗一眼瞅见两个人一前一后,挑了挑眉梢,主动开门,说悄悄话,秦愈真变了。

"秦总。"晋棠棠从后面走出来。

"坐。"秦宗抬手,"上次就想见你,但没机会。"

晋棠棠笑了笑:"我只是一个遛狗的,没什么好见的。"

秦宗的语气并不逼迫:"没必要妄自菲薄,上次秦愈出门,我知道,也感谢你为他做的事儿。"

晋棠棠看向秦愈,秦愈倒有点儿糗。上次被晋棠棠解救,他哥肯定也知道了,当着晋棠棠的面说出来又是另外一回事。

不过晋棠棠自在许多,私下的秦总好像没有那么难相处,也许是孔先生太害怕了,所以形成了刻板的印象。秦愈有这样的哥哥,是他的幸运。

晋棠棠越发觉得秦愈应该早点儿走出来,才能不辜负他自己,不辜负他身边的每个人。

"今晚秦愈下厨,要不要留下来吃饭?"秦宗忽然问。

晋棠棠回神,摆手:"不用了,我还得回学校。"

秦宗问:"真不用吗?"

晋棠棠"嗯"了一声:"谢谢秦总的好意。"

"我现在不在公司里,别老叫秦总,叫老了。"秦宗提了个建议,"总让我以为还在工作中。"

晋棠棠莞尔:"秦先生?"

她看向秦愈:"我叫秦先生也是这个……改成小秦先生?"

秦宗看了一眼秦愈,平日里正正经经,这会儿忽然开了玩笑:"小秦先生,也不错。"

"叫名字也可以。"他道,"秦愈,你觉得呢?"

秦愈回神,"小秦先生"是什么称呼?总感觉不太对劲儿,和秦老板一样的感觉。

"叫名字吧!"他低声道。"秦先生"这个称呼不是很好吗?大哥来了一趟就没了。

叫秦愈着实是个大变化，晋棠棠压根儿不知道今天还能有这样的变故，果然秦愈的大哥发话比什么都管用。

天色不早了，晋棠棠借口遛狗，带来福出门了。

"都一个多月了，还秦先生。"秦宗慢悠悠地喝了一口茶，"秦愈，你不觉得生分吗？"

秦愈说："有什么区别吗？"

秦宗无语。

秦愈起身："我去切菜。"

秦宗却接了一个电话，表情严肃起来："秦愈，我一会儿就走，不在这里吃了。"

"啊？"秦愈感到意外，却也没纠结，"好。"

临走前，秦宗站在他面前，语重心长："多出去走走，你看晋小姐是不是生机勃勃？"

秦愈没说话。

晋棠棠的生机勃勃谁都可以看得出来，秦愈有时就像是渴望阳光的植物，控制不住地向她靠近。可同时，他又害怕她会灼伤自己。

晋棠棠带来福在小区里遛了一圈，然后在门口和物业人员聊天，突然见到秦宗开车出来。

到她边上，车窗恰好按下来。

"秦先生要走啦？"晋棠棠问。

"嗯，有事儿。"秦宗看着她，神情严肃，"晋小姐，我知道你和孔景的协议，我也希望下次可以看见不一样的秦愈。"

"他最近改变不小，谢谢。"他很认真地道。

晋棠棠摇头："不客气。"

目送那辆车离开，她再度感慨，有哥哥真好。

秦总话里话外的意思，就是让她再度重复之前的行为，他似乎不会干涉她的主意，只要秦愈有改变，对她也太放心了吧！

晋棠棠回到别墅里。

因为秦宗离开，秦愈之前的准备都落了空，这会儿正在考虑将准备好的食材放回冰箱里。

晋棠棠将来福松开，没走。

今天还没听到秦愈练歌呢，不过好像是不可能了，他人还在厨房里。

来福过来咬她的裤腿，没用力，要将她往玄关那里拖。

"怎么啦？"晋棠棠挠它下巴。

"汪汪汪……"来福松开嘴，叫个不停。

晋棠棠走过去一看，原来是没吃的了，她倒上狗粮，站起来打算离开，这时看到了墙上的东西。之前她没怎么注意，这边墙柜上放了不少书和磁带。

晋棠棠稍微一拨，还能看到磁带表面的签名，是国外知名歌手的，应该是真的。

这都能搞到？

晋棠棠虽然不追这个歌手，但也知道这东西的稀缺程度，可能就和男生得到球星签名的T恤差不多吧！

秦愈出来，见她站在那儿。

"听过？"他问。

"听过。"晋棠棠实话实说，"有首歌很火。"

音乐App会推送大火的歌，就算不熟悉歌手，也会在某些地方听过无数次这样的歌。

所以，喜欢吗？秦愈有疑问。

"这签名是不是很难得到啊？你真厉害，现在用磁带的人真不多了。"晋棠棠夸道。

半晌，秦愈将磁带抽出来，递给她。

晋棠棠疑惑地看着他，忽然明白他是误会自己的意思了："不用给我的。"

秦愈认真地说："你喜欢的话。"

他还是不习惯说长句，但晋棠棠会自动替他补充，他好像是打算送她了。

"我不追这个歌手的。"她眨眼，"而且小秦先生，我就听过几次他的歌而已，App推送的。"

是这样啊……秦愈收回手。

他将磁带放回去，不知为何，一个奇怪的想法跳出来，她不追这个歌手，为什么一直想要听自己练歌，还期待听他开口唱歌？

秦愈想，我之前是不是误会她了？

晋小姐很可能是他的粉丝，越想越觉得这种可能性很大，秦愈的心跳都变快了。

他不知道为什么，没敢深想。

晋棠棠开口："我得回去了。"

秦愈垂眸看她，女孩儿的睫毛长而卷翘，浓密却整齐。

他回神："你……等一下。"

晋棠棠"哦"了一声："好。"

她看着秦愈上了楼，过了几分钟，他拿着一个东西下了楼，是个正方形的扁盒子，很薄，可能也就一厘米厚。

秦愈径直递给她，晋棠棠这才看到上面写着他的名字，他见她没动，又往前递了一点儿，最后塞进她怀里，就往后退开。

晋棠棠忙不迭地接住，对秦愈这硬给的行为哭笑不得："给我的？这是什么？你的签名吗？"书？没这么薄。

"CD。"秦愈言简意赅，又添上一句，"我录的。"

晋棠棠仰脸看他："是借我的吗？"

秦愈目不转睛："送你。"

晋棠棠微微睁大眼睛，虽然隐隐猜到是送，但听他亲口说，还是挺开心的。

"为什么送我呀？"她问。

秦愈没想好理由，刚刚想送就送了，这会儿晋棠棠等着他回答，他想了想："你是粉丝。"好像解释太简单了点儿。

晋棠棠莞尔："当你的粉丝这么好。"

好？秦愈下意识地点头，又连忙停住，免得被认为太自满。

他想起经纪人之前的念叨："我会宠'粉'。"

会宠"粉"，晋棠棠被惊到了。

秦愈亲口说他会宠"粉"，是有社交恐惧症的秦愈呀！

如果是常说这样的话的歌手，晋棠棠可能会无动于衷，可这会儿是沉默寡言的秦愈，她的心脏都被击中了。

　　她罕见地有一丝羞涩。

　　"那我岂不是很荣幸？"晋棠棠掩饰性地撩了一下碎发，"小秦先生也没少上网啊！"

　　秦愈的目光随着她的手看到了微红的耳朵。耳朵红了？秦愈盯了半天，后知后觉，难道晋棠棠害羞了？她也会害羞吗？

　　他刚刚说的话会让人害羞吗？

　　秦愈陷入了疑惑中，也没有听清晋棠棠的话，晋棠棠怎么会害羞，粉丝都是这样吗？

　　晋棠棠打量了CD外面，字迹好像很新，是他刚刚写的吗？

　　晋棠棠觉得很开心，忍不住问："我是第一个被宠的粉丝吗？"

　　她还蛮好奇的。

　　秦愈颔首："这个是非卖品。"

　　他自己闲来无事录的CD，除了成曲，还有零星的片段灵感，偶尔才会听，也有收藏的意思。

　　晋棠棠抱进怀里："那我得藏好了。"

　　秦愈觉得这个"藏"很有灵性。

　　晋棠棠说："我还从未买过CD回来听，小时候听过，是大人买的，不过那些歌都很老了。"

　　她似乎有很多话想和他说："比如过年的时候，叔叔伯伯家里总会放什么《酒干倘卖无》，还有《恭喜发财》……"

　　秦愈一直认真听，她的声音很好听，就算说得既快又杂，却一点儿也不吵闹。

　　"你有播放的工具吗？"他想起来重点。

　　"电脑好像可以。"晋棠棠将头偏了偏，"总会有办法的。"

　　时间不早了，她没有再说什么，和秦愈挥挥手，打算回学校，秦愈却跟着她走到门边。

　　晋棠棠更意外了，他送自己出去？

　　然后，她发现自己想多了，因为秦愈明显是有话对她说，刚组织好措辞:"如果麻烦……"

"嗯?"

"可以……在这里。"秦愈说。

她会答应吗?可能不会吧?

晋棠棠和他一个站在门内,一个站在门外,随后,她仰着脸笑了:"好,不行就到这里来!"

秦愈"嗯"了一声,语调里是掩饰不住的轻松。

晋棠棠"啊"了一声,忽然问:"如果我和你一起听你自己唱的,你会觉得别扭吗?"

"为什么?"

"就像我以前写作文,老师觉得写得很好,当堂读出来,好多人看我,我那时候觉得好羞耻。"

秦愈觉得她说的好像有可能。

他微微拧眉:"你……自己听?"

秦愈心想,自己为什么要和她一起听?还是不要了,万一她说的成了真,确实好尴尬。其实他很想知道晋棠棠听的样子。

但他想象了一下和晋棠棠同处一室的画面,既期待又忐忑——秦愈尚在犹豫。

晋棠棠带着签名的 CD 回了学校,走路都带风。

她从未想自己会得到哪个歌手的签名,没有这个需求和欲望,但秦愈写给她的,她却一点儿也舍不得还回去。晋棠棠甚至想,这要是"to 签"就好了。她拍了拍脸,做人不能得寸进尺。

现在,"莴苣公主"会和她聊天,会送她东西,丝毫没察觉女巫的别有用心。

翌日,星湖大学辩论队就上了本地热门。

学校官博放了完整的视频,虽然没有上热搜,但校内流传开后,评论也大几百。

晋棠棠之前听了现场,这会儿依旧重新看了一遍,顺便转发点赞一条龙。

星湖大学的辩论队其实蛮有名的。

之前上热搜那次，晋棠棠并不知道，还是在加入辩论社的时候，学姐给他们说的。

她后来去找了视频，情绪跟着振奋。

晋棠棠原本是为了学分，可随着了解的深入，她越来越能体会到辩论的魅力。

辩论并不是人人都可以，比如秦愈就不可以。

晋棠棠胡思乱想，一时没忍住笑。

"你这几天，天天笑得挺多啊？"文玥眯着眼，"跟我说，是不是背着我们谈恋爱啦？"

"我有谈恋爱的时间吗？"晋棠棠反问。

文玥疑似被说服："好像也是，你整天除了上课，还有兼职，要不然就是辩论社活动，没时间分给男朋友啊！"

"还是赚钱重要，别恋爱。"关筱竹插嘴。

"就当我追这个歌手成功，快乐的吧！"晋棠棠随口道。

文玥才不信，转回头去打游戏，她的"霸总"男友最近豪掷一把，满城烟花拼她的游戏 ID。

文玥心疼钱，骂他浪费。

如果对方真的是"霸总"，那可能是脑子有问题的。

晋棠棠"扑哧"笑出声来："这世界有什么不可能的。"

秦愈一个大歌手还有社交恐惧症呢！

晋棠棠打开电脑，万幸她的电脑是在高中时候买的，有点儿老了，不是超薄的，可以插 CD。

她戴上耳机，"警告"室友："我要做听力练习了，安静点儿。"

文玥和关筱竹对视一眼，真用功。

晋棠棠深呼吸，就差焚香了，才慢吞吞地点开第一个音频，上面没写名字。

熟悉的前奏一出来，她就听出来是《枷锁》。

明明是经常在音乐 App 上听的，同一首歌，可这会儿却像是本人在耳边唱似的。

晋棠棠捂住胸口，自己现在是不是中毒了？

一首歌结束，是四五个小片段，有偏摇滚的，也有古风的，还有暗黑的。

秦愈还有这样的一面？

晋棠棠像是挖到了宝藏，里面除了矿以外，还有各种宝石，都闪着光的那种。

她点了最后一个音频，是公开发表过的《黑白》。

"让我听听！"文玥凑过来，"最近没考试啊？"

舍友们的关系融洽，晋棠棠说是听力，表情却享受的样子，该不会是什么不可告人的片子吧？她便自己伸手取了一个耳机。

"秦愈的歌啊，就知道不是听力。"文玥恍然大悟，"棠棠，这样你要说自己不是秦愈的粉丝，我都不信。"

看见晋棠棠取出CD，她就更坚信了："还录CD！"哪个路人听歌还录CD的，一定是"真爱粉"了。

晋棠棠并没否认："我本来就喜欢听他的歌。"

文玥回到自己的位置上，学着她的声音，掐嗓道："信女愿吃素一年，换秦愈发新歌！"

晋棠棠："……"没必要，真的没必要。

"CD事件"过后，晋棠棠和秦愈的关系又拉近许多。

来福由于现在天天得以锻炼，身形也越来越好看，出门还会被漂亮小狗献殷勤。

这事儿晋棠棠必须说给秦愈听："今天在外面碰上一条泰迪，一直围着来福转圈圈，来福没搭理，我还以为它很高冷呢。结果回来时迎面遇到一条漂亮的博美，它就兴奋了，差点儿没拉回来。"

秦愈看向来福，没想到来福竟是一条色狗！

难怪第一天就这么亲近晋棠棠，他明白了。

晋棠棠认真地告诉他："得得好来福，不能放它乱出门，如果哪天把别人家的狗弄怀孕了，人家可能会上门算账的。"

秦愈沉默了一会儿："来福会吗？"

"上头了谁知道？"晋棠棠一脸严肃，"当然，狗狗发情也很麻烦，比如到处撒尿啊，可能家里都会被弄成废墟。"

秦愈想起上次来福的"壮举"，心生阴影。

"对了，来福绝育了吗？"晋棠棠问。她忽然灵光一闪，有了个绝佳的主意。

"没有。"秦愈低头，想了想，"好像没有。"

大哥送它来时说是刚买的，打了疫苗驱虫，如果有绝育，肯定告诉他了。

"那得快点儿了，看来福似乎也不小了。"晋棠棠看了一眼来福，"年轻活泼的狗狗要当'太监'了。"

来福似有所察觉，立刻后退几步："呜……"

秦愈总觉得这话题有点儿不对劲儿，而且为什么晋棠棠说"绝育"、说"太监"，说得这么顺口啊！

他开口："我知道了。"

给狗绝育，那肯定是要去宠物医院的，趁着晋棠棠带来福出门的时候，他搜索了一下，附近并没有宠物医院，最近的一个要去三公里外。

三公里，对秦愈而言是个很远的距离。

他找到孔景的微信："来福要绝育了。"

孔景半天才回："绝啊！"

秦愈见他没懂，干脆挑明："你带它去吧！"

孔景本来是想答应的，可临到回复了，手却不听话："不行，我对宠物过敏。"

秦愈："？？"

瞧见两个问号，孔景乐不可支："你的狗你自己去，我去它会记恨我的，主人要陪在身边才行。"

可秦愈无法出那么远的门，去宠物医院就要和医生对话，说不定还有护士，还有各种各样去医院的人。

他真是个不称职的主人。

秦愈没找秦宗，找了经纪人，利诱道："你带来福去做绝育，给你新歌。"

经纪人欣喜若狂："新歌写完啦？"

秦愈:"没有。"

经纪人一秒冷漠:"哦,没写完,你自己去。"

秦愈又想发问号了,经纪人一定是被孔景传染的。

他最终还是尝试找到大哥:"可以带来福去做绝育吗?"

这是个让他出门的好机会,秦宗当然十分冷漠地拒绝,并且理由十分恰当:"浪费时间就是浪费金钱,来福不会替我赚钱。"

难道只能自己去?秦愈待在客厅苦思冥想许久。

晋棠棠牵着来福回来了,来福异常兴奋,在客厅里奔跑。

"怎么啦?"晋棠棠问。

秦愈抬头,眼睛忽然亮了:"你可以带来福去做绝育吗?"

晋棠棠当然可以,可这事儿她不能做,因为这是个让秦愈出远门的很好的机会。

"我不行。"

秦愈又问:"是……有事儿吗?"

他似乎很坚持,晋棠棠原本的借口说不出口,于是说:"你是它的主人。"

这也算来福的狗生中重要的一段经历。

秦愈怔了一下:"你说得对。"

晋棠棠说:"其实也没什么,很简单的。"

秦愈还没搜绝育流程,她说简单,他自然信了,于是跟着点头,然后就听见她接下来的话:"只要告诉医生来福多大了、什么品种,还有一些小事儿,有些我也不清楚。"

这还简单吗?秦愈想,一听就要说好多话。是对别人来说很简单吧?

来福跑到两个人这边,蹭了蹭秦愈,冲他吐舌头,不停哈气,乖乖地坐着。

这样的狗,谁忍心不管?

秦愈心一软:"晋小姐……"

晋棠棠应道:"在呢!"

秦愈的手不停地撸来福的头,秦愈怕她拒绝自己:"你可以……可以陪我一起去吗?"

好像有她，他会勇敢一点儿。

勇敢实在是个虚无缥缈的东西，可秦愈印象中出门的那一次，她却是实实在在的存在。

秦愈话完说，客厅里安静下来。

一分钟过去了，晋棠棠没说话。是可以，还是不可以？如果拒绝了，他要怎么带来福去做绝育？这种手术可以上门来做吗？

过了一会儿，晋棠棠终于从不知名的情绪中冷静下来："如果我陪你，你愿意去是吗？"

秦愈点头。

晋棠棠又问："最近的宠物医院在几千米外，你确定要去这么远的地方，不会半路回来吧？"

秦愈继续点头。

"只要小秦先生不当甩手掌柜，不临阵脱逃，我当然可以。"晋棠棠明媚一笑。

秦愈也终于放松下来："谢谢。"

他看着晋棠棠的笑容，心情好上一个度。

"说什么谢谢，我也想看来福到时候是什么样子的。"她眨眼，"那选我下午没有课的时候吧。"

秦愈自然同意："好。"不急于一时。

晋棠棠的课程表是保存在手机里的，她翻开一看，确定两天后就可以："那你要准备好哦！"

秦愈道："给它多吃爱吃的。"

晋棠棠"扑哧"笑出声来："他怎么这么可爱？"

来福是一条贪吃狗，但丝毫不知道自己的命运已经在两个人三言两语中被决定。虽然它听不懂人类大部分的话，但"吃的"还是可以听懂的，立刻兴奋起来，冲主人直叫。

秦愈心想，过几天来福说不定就叫不出来了。

确定好时间，晋棠棠没有多停留，现在天黑得越来越早，早点儿回校比较安全。

晋棠棠其实也没带宠物做过绝育，去网上搜了搜，发现公狗做绝育并不难，加上麻醉也就一两个小时。对秦愈来说，短时间比较适合。

晋棠棠打算得很好，那天没课，可架不住生活处处有意外。辩论社有活动，李文敬也在。

活动很普通，时间不长。结束时，李文敬叫住她："棠棠学妹，上次约你吃饭也没吃上，这回不会拒绝吧？"晋棠棠真的不想去。

"不只有你，还有罗青言她们，辩论社的人大部分都在，你也不去？这有点儿不给面子啊！"李文敬又说。

晋棠棠思索了几秒："什么时间？"

李文敬笑了起来："明天下午。"

晋棠棠一听，皱了皱眉："明天下午我有事儿，可能不行。"

李文敬不相信："老拒绝就没意思了啊！我都说了，不止你一个，咱们这也算是聚餐了。"

"学长，我那天真有事儿。"

"那你说什么事？"

晋棠棠随口解释："要带宠物去做绝育。"

李文敬狐疑地看着她："学校宿舍不准养宠物，你哪儿来的宠物？再说了，做绝育换一天就是了。"

"约好了明天，如果回来得早，也许能赶上。"晋棠棠没有把话说死，他毕竟还是学长。

李文敬盯着她看了半天："好吧！"

还能养宠物，带宠物去做绝育起码也要千把块钱吧？罗青言还说她是穷人，他怎么不信呢？

晋棠棠回到宿舍时室友都在。

"棠棠，你又上表白墙了。"文玥挥挥手机，"刚发的，这回边上还有个男人，可惜对方好像没打算拍那男的，不仅扭曲，还把脸给打码了，笑死。"

晋棠棠探身过去看："辩论社的学长。"

"哈哈哈，学长也有今天。"文玥更乐了。

晋棠棠也会觉得好笑，如果李文敬学长知道他被打码，不知道会不会去投稿删除表白墙。

洗完澡,她收到了罗青言的消息:"李文敬请客,想叫你来,听说你拒绝啦?"

晋棠棠回复:"对,明天正好有事儿。"

罗青言又说:"那他要伤心,钱出了,人没来。"

晋棠棠回复:"那没办法,真有事儿。"

罗青言又问:"表白墙上打码的是谁啊?"

晋棠棠想了想,没打算隐瞒:"就是学长。"

罗青言显然也没想到,发了一串"哈哈哈",再没了动静,估计是嘲笑对方去了吧。

辩论队虽然有小打小闹,损来损去,但相处了两三年,实际上大家关系都还不错,晋棠棠还没真正地融入其中。

带来福做绝育那天是晴天。

之前秦宗送来福到别墅来时,是直接放车里的,没有装狗需要的其他东西,而且来福体形大,只能牵着。

"不会咬人吧?"秦愈问。

"没事儿,会打麻醉的。"晋棠棠看了一下时间,"走吧。"

虽然做好了心理建设,但出门真是一件不容易的事,秦愈再度充分装备,这回戴上了口罩。

晋棠棠也戴上了口罩。

秦愈看过来,晋棠棠眨了眨露在外面的漂亮眼睛:"去人多的地方戴口罩比较安全。"

"确实。"秦愈同意。

"这样我们就一样了。在外面,没人会觉得我们奇怪。"晋棠棠又说。

秦愈的心跳漏了一拍。好像只是一句简单的话,但他记得比上一句更深刻,他侧脸看女孩儿,晋棠棠低头去摸来福,好似随口说的刚才的话。可他喜欢这句话。

晋棠棠摸够了来福,直起身来,笑眯眯地道:"走吧,回来时来福可没这个精神了。"

秦愈"嗯"了一声。

晋棠棠察觉他的声音好像不太对，以为是即将出门导致的紧张，所以并没有在意。

明明上次才出门，秦愈却总有种自己已经好几个月没出门的错觉，外面的空气也和家里的不一样。

来福大摇大摆地走在最前面，今天是他牵着的。

快要拐弯到小区门口时，秦愈忽然想起很重要的问题："走路去吗？"

三公里的距离，走路过去，岂不是要碰见很多人？

秦愈刚才还庆幸的脸就绷住了，脚步一停："晋小姐，等等……"

"司机不在，只能走路。"晋棠棠说。

秦愈给司机发微信。

司机这时正在开车，他瞄了一眼微信界面，看向后视镜："秦总，小少爷问我什么时候回去。"

"问他要干什么。"秦宗头也不抬。

司机委婉地问了一下。

秦愈自然没隐瞒："带来福去医院。"

得知这个答案，秦宗立刻抬头："这么说，他是要自己去了？你现在去也不是不行——他一个人？"

司机摇头："不知道。"

不过可以问，秦愈自然说了，还有晋棠棠。

有人陪着就行，秦宗松开眉头，轻松地道："你就说要送我，没空，让他打车。"

他虽然担忧，但也得狠下心来，出门是一步，适应这个社会也是重要的一步。

秦愈只是有社交恐惧症，既不是笨蛋也不是傻子。

秦宗的手点在文件上，上次秦愈就说了来福绝育的事，他拒绝了，他还想秦愈怎么去，没想到让晋棠棠陪着。陪着也行，只要出门就行，比以前好太多了。

司机只能原话告诉秦愈。

秦愈瞅着那行"送秦总在路上，一时回不来，您可能要自己打车"，心像放进冰箱那么凉。

不仅如此，司机还贴心地告诉他："打车直接用 App 就行，小少爷是年轻人，肯定会用。"

"……"他没笨到这种程度。

晋棠棠瞅见他的表情："不行？"

秦愈低低"嗯"了一声，又试探性地开口："傍晚去？"

晋棠棠假模假式地说："虽然是小手术，可也需要时间呢，而且我们去，说不定还要排队等。"

排队？那岂不是要在医院待很久？

秦愈的天平立刻偏向了打车，并且已经找好了理由。打车只需要和司机交流，甚至也许不用，在医院排队，那可是来来往往的人。

"打车！"他立刻决定了。

晋棠棠被他加重的语气逗乐了，调侃道："小秦先生要记得报销。"

秦愈点头："好。"

晋棠棠是开玩笑的，三公里的车程也就几块钱，这点儿钱她还是出得起的。

上车后，司机询问尾号，晋棠棠应声后再没说话，身旁的男人明显松了一口气，打车好像也很方便……

来福一条大狗，挤在两个人中间，一会儿扭头看主人，一会儿看晋棠棠，十分乖巧。

路上车来车往，行人匆匆。

秦愈没怎么看外面，但余光总会瞥见，坐车不像走路，外出带来的紧迫感渐渐消失，装备和身边有熟人带来的安全感很足。

一分钟后，车停在路边。

面前就是宠物医院，不说人来人往，但人也没有停止过出入。

晋棠棠站在他边上，显得很娇小，得仰着头看他："秦老板，走咯？"

秦老板？为什么突然叫这个？秦愈的注意力被转移，他跟着晋棠棠往前走。来福对于医院没什么记忆，于是很新奇地往里冲。

快到门口时，秦愈停下来了。

晋棠棠转身对他，鼓励道："没事儿，进去就好，我可以跟医生交流，你告诉我就行。"

秦愈摇头，这倒像来福是她的狗。

他轻声道："我……可以。"

晋棠棠眯了眯眼睛："好。"

她模样认真，一点儿也没怀疑，像是完全相信了他的话，让秦愈一怔。

他微低头，伸手推开了门。

晋棠棠在他侧后方重重地松了一口气，她还真怕秦愈跨不过这一关，那样的话只会更加锁住自己。

两个人站在门口太久，于是柜台边的护士走过来："您好，有什么需要帮助的？"

和他说话？秦愈不自在地压了压帽舌，声音很低："绝育……"

"抱歉，我没听清……"

"我们是来给狗做绝育的。"晋棠棠主动开口，"这里可以吗？需要等吗？"

"可以，这会儿正好有时间。"护士说道。

秦愈沉默地跟在晋棠棠边上，眼见着她走快了，立刻大步一跨，又贴近了她。在车上他想着要自力更生，不麻烦晋棠棠，这会儿只有一个想法——大家都不要和他说话就好。

他的这个念头刚出来，护士就回头说："先生，您去缴费，女朋友带狗狗在这里等着就行了。"

PART 09
她生气吗？

女……女朋友？秦愈像头上被扔了个绣球，心脏快要跳出胸腔，让他震惊不已。

不是……不是女朋友……秦愈下意识地在心中反驳，可张嘴对陌生人开口，比预想的要迟上十来秒："不……不是！"

宠物医院的猫狗不少，叫声繁杂。

秦愈这一句话被猫狗的叫声遮盖住，护士压根儿没听见。晋棠棠倒是红了耳朵，她还是第一次被认成别人的女朋友，并且还是秦愈的女朋友。

如果现在站在这儿的是他的"女友粉"，应该已经尖叫爆炸了吧？

秦愈说的话对方没听见，他又不敢看晋棠棠，这会儿耳朵到脖颈都红了一片。

怎么听不到他说的呢？晋小姐会生气吗？生气了怎么办？

他纠结来纠结去，晋棠棠原本的注意力都被他的表情吸引过去，忍不住笑了一声。

秦愈飞快地看了她一眼，耳朵更红了。

为什么笑，笑他不敢开口吗？可晋小姐不是这样的人。

晋棠棠清了清嗓子："我们不是情侣。"

护士"啊"了一声,连忙道歉:"不好意思,我认错了,希望二位不要介意。"

主要两个年轻男女一起带狗来做绝育,又看似有些亲密,她便误会了,而且这两位的眉眼都很好看,很般配。

护士边道歉边想,现在不是,说不定很快就是了,男生都害羞了,没那想法她才不信,说不定她就是助攻红娘。

护士尴尬地笑:"那谁和我去缴费……"

晋棠棠说:"我吧!"

她刚说完话,袖子就被秦愈拉了一下,她回头,男人正小幅度地摇头,做好了决定:"我缴。"

他去?晋棠棠一扬眉梢:"好。"

她要看看秦愈怎么一个人去缴费。

面前有重要的事,秦愈不想再令人误会,护士往前走,他跟着一起。

走出两步,他察觉出不对劲儿,晋小姐怎么不跟着一起来?

晋棠棠似乎看出他的求助,晃了晃绳子,示意:"我得带来福在这儿等着,要不换我去?"

很有诱惑力的提议,可秦愈还是拒绝了。他自己答应的,又要麻烦晋棠棠,就算自己舒服了,他心中也过意不去。

秦愈压低帽舌,走在护士身后,一言不发。

晋棠棠看着不远处挺拔的背影,问来福:"来福,你的主人今天是不是很不一样,很勇敢?"

来福仰头:"汪!"

"你也会觉得是吧?"晋棠棠笑着问,看见秦愈回头看她,大概是听见了来福的叫声。

她挥手,秦愈眨了眨眼。

至于护士问他有没有疑问什么的,他一概点头,爽快缴费,恨不得马上回晋棠棠身边。

缴完费,护士正打算给小票,一扭头,人已经没了。好家伙,还说不是情侣,两个人就分开几分钟,男生就忍不住回到女生身边了。

她腹诽,将小票交给晋棠棠:"还需要过来填一下病历。"

晋棠棠不动，催促秦愈："快去。"

秦愈脚下生根："休息一会儿。"

晋棠棠哭笑不得，危言耸听："你看，外面一大拨人带宠物来了，你赶紧写完进里面。"

秦愈一瞥，果然好多人。

"回答她就好。"晋棠棠说，"秦愈，你可以的吧？"

咦，她叫自己名字啦？

秦愈站在桌边，后知后觉，她几乎没叫过他的名字，是为了鼓励他吗？

"狗狗叫什么名字？"

"来福。"

"这名字真接地气，多大啦？打过疫苗吗？驱过虫吗？"

护士一连串问题砸下来，秦愈深吸一口气，对方在写病历，根本没抬头看他。

"一岁，都弄过。"他言简意赅。

护士又问了几个问题，秦愈都回答几个字。

拿着病历回到原地时，他对上晋棠棠明亮的眼眸，紧张、茫然感随之消散——其实晋小姐说得对，并不复杂。

是吧，秦愈？他在心里问自己。

缴完费，护士把来福带过去检查。

另外一个刚忙完的护士过来和他们交代绝育后的注意事项："不要让它舔到伤口，有些东西不要吃……"

秦愈垂眸听着，不时看向晋棠棠。

护士一走，他就放松下来。

"来福变成公公，回去会恨你吗？"晋棠棠问。

秦愈不确定："应该不会吧？"

给它做手术的又不是他，来福应该恨动刀的人。

下午时分，宠物医院里的人并不少。

光晋棠棠和秦愈坐着等候时，外面就来了好几拨人，有带鹦鹉的，有养蛇的。

"我觉得你养鹦鹉比较好。"晋棠棠下结论。

"为什么？"秦愈好奇。

"鹦鹉会开口说话，你在家可以和它多聊天。"晋棠棠一本正经地说，"就当锻炼了。"

正说着，门外冲进一个人高马大的光头男人，天气微凉了，他竟然穿着短袖，胳膊上的文身清晰可见。文身花花绿绿，五花八门，这人一看就不是好惹的。

秦愈当即看向晋棠棠，借着身高挡住她的视线："别看。"

晋棠棠惊讶地睁大眼睛："没事儿。"

她一侧头，就看见那个花臂大哥手上还有一只巴掌大的小猫，毛湿漉漉的，粘在一起。

"医生呢？医生！"男人大声叫。

"怎么啦？"护士跑过来，看见文身，也下意识地停住脚步，轻声问，"哪里有问题？"

"小猫快死了，快点儿！"花臂大哥催促道，"它都不叫了，刚才在路上还叫，是不是要死啦？"

他风风火火地来，又风风火火地去缴费。

花臂大哥嗓门不小，小猫是他在逛街路上的水坑里发现的，不知道被谁扔的。

秦愈一扭头，看见晋棠棠的下巴快搁在他的肩膀上面，好奇地看着那边，非常感兴趣。

好近，她的皮肤好好……虽然只能看见半张脸，秦愈听到鼓一般的快节奏，是他的心跳。

"虽然看起来很可怕，但挺有爱心的。秦老板，你看清他胳膊上文的是什么了吗？"

秦愈回忆："好像是……老虎和狮子？"人看上去那么凶狠，文着凶巴巴的猛兽，却会救一只野猫，他第一次看见。

晋棠棠莞尔："老虎和猫就蛮搭的。"

她话锋一转："你看，你如果不出门，就只能在网上看视频。现在社会发展快速，在家里宅着确实不会影响生活，但有些事，亲身经历、亲眼看见、亲耳听见，意义不同。"

晋棠棠声音温柔，像老师开解学生，一大段话让秦愈耳热，忍不住去想话里的意思。不可否认，晋棠棠说的是对的。他的职业需要灵感，也许正因为待在家里许久不出门，他才会江郎才尽，自己都不满意。自己会变得正常吗？秦愈不知道，但他第一次开始期待。

来福做绝育没花多长时间，秦愈和晋棠棠看了半天的救助小猫，里面的医生已经走出来。

来福也被带出来了，它身上的麻醉药效还没消失，这会儿像一条死狗，恹恹地看着主人。

秦愈忽然感觉罪恶深重。

"来福，你别恨我。"他低声告诉它。

往常来福肯定会叫一声回应，现在没有，只有睁着的眼睛和呼吸告诉他们，它还活着。

晋棠棠嘴角翘起，他俩也太好笑了吧？

护士拿了一瓶药："每天喷两下，免得发炎，千万不要让它舔到伤，可以戴伊丽莎白圈，就是这狗有点儿大。"但医院里应有尽有。

来时没司机，回去时终于有了，司机还帮忙一起把来福搬进去。

坐上熟悉的车，秦愈取下了帽子。

"是不是感觉还可以？"晋棠棠忽然问。

"没那么难。"秦愈想了想。

"必要的交流肯定是需要的。"晋棠棠告诉他，"其实大家的注意力都在自己身上，不会关注陌生人。"

秦愈心想，上次就不是。但也是因为上次他没戴口罩，这回戴了，还戴了鸭舌帽，帽舌一压，谁也看不到他的样子。这回确实没有，大家都在关注自己的宠物。

秦愈转过头，认真地开口："谢谢。"

晋棠棠扳了扳手指："这是今天的第二遍了吧。小秦先生，不用重复，我知道你感激我。"

秦愈被她的话逗乐。

司机在后视镜里偷偷瞄两个人,好回去和秦总汇报具体情形,看到这一幕,微微一笑。小少爷都笑了,罕见!秦总知道了肯定高兴,说不定给自己发个红包。

来福躺在秦愈的腿上毫无生气,秦愈也跟着心疼,毕竟养出感情了,它一个小时前还是一条活泼的狗。

路走到一半儿,来福挣扎着要起来,又瘫倒。

晋棠棠摸了摸它的头:"小可怜。"

路过星湖大学时,她看了一下时间:"把我放在门口吧,我今晚还有个社团活动。"

秦愈望着她:"好。"

车停在校门口对面,晋棠棠下车后,很快关门。毗邻两年,他第一次近距离接触这个校区。人真多,晋小姐肯定生活得很轻松。她的辩论社也在里面,他没见过晋棠棠辩论的样子,会和比赛上一样犀利吗?还是会像现在这样温柔?

回到湖景御府后,司机没停留,才出门上车就给秦总发消息,足足写了几百个字,堪称小作文。

秦宗签完文件,终于有空看消息。

当目光触及秦愈露出笑容那里,他也忍不住笑了一下,看来这趟出门很顺利啊!

秦宗迫不及待想知道之前发生了什么。

他敲了敲桌子,给秦愈打电话:"秦愈,来福怎么样啦?"

"麻醉恢复中。"

"我知道你和晋小姐一起出去的,有遇到什么事吗?如果哪里不舒服,记得说。"

"都没有。"

秦愈在他眼里像一张白纸,轻而易举地就能被他套出话,今天却似乎有点儿话多。

秦愈的朋友不多,可倾诉的对象只有孔景和秦宗,孔景不知道在做什么,正失联中。

"我以貌取人,误会他了。"秦宗送上门,秦愈就和他说了,不仅说花臂大哥和小猫的故事，还说了"女朋友"的误会。

"为什么会这么认为？"他疑惑，隐藏着些许不好意思，"是朋友比较正常吧？"

秦宗忍着笑，这样的乌龙他真没想到，提醒道："一男一女带宠物，当然情侣比较多。"

秦愈沉默了，是自己不出门，见识太少。

"被这样误会，她生气吗？"秦宗问，"如果生气，你要怎么办？"

"好像……没有。"秦愈回想当时，确实没有，他还没见过晋棠棠生气的样子。

还是不要生气了，女孩子要高高兴兴的。

秦宗又问："那你生气吗？"

秦愈又似心火烧："没有……"

这个回答自己早有预料，一切回答尽在把握之中，秦宗下结论："哦，那你就是高兴了。"

秦愈无语，这话让自己怎么接？

大哥怎么会得出这样的结论？

秦愈刚才还在想晋棠棠没生气，可见人很好，转头又被秦宗当头一棒震得反应不过来。被误会成女朋友……生气？高兴？各种情绪交织在一起，让他捋不清此刻自己心中最真实的答案。

"非黑即白，不对。"他反驳。

"行，你觉得不对。"秦宗不继续逗他，而是说，"晋小姐陪你去给来福做绝育，这是工作之外的事，你要谢谢她。"

秦愈"嗯"了一声："谢过了。"

秦宗猜到他的谢法："口头上谢有什么用？"

秦愈被点醒，觉得大哥说得有道理，光说不做确实不太好："知道了。"

"不过今天你同意出门，我很开心。希望不久的将来，你可以自己出门，可以来找我，可以回家，可以去旅游。"

秦宗忽然换了语气，温和地道："大哥会一直支持你。"

秦愈垂下眼睑，心上被重重击了好几下，喉咙里的声音许久发不出去，在电话挂断前匆忙开口："好。"

为什么他有这么好的哥哥？十八岁以前，他基本不知道自己有个哥哥，见到秦宗的第一眼，他还以为自己要被严厉教育，实际上并没有。

在外人看来严厉的秦宗，到他面前很温和。

回国后，自己遇到的人好像都很好，不论是大哥、其他家人，还是孔景、经纪人，抑或是现在的晋棠棠。

曾经的黑暗都像是命运被蒙了眼的错误给予，现在才是幸运的馈赠。

看着黑屏的手机，秦宗叹了一口气，虽然进展顺利，他却想再快点儿，要遏制这个想法很难。

秦愈没那么脆弱，他比谁都坚强。

虽然秦家看似其乐融融，但是谁知道他这房狗屁倒灶的事也不少，还连累了小孩子。

当他知道自己有个弟弟时，他在留学期间特地选了秦愈所在的国家，但秦愈当时已经不愿接触陌生人了。

他没办法，只能让家里想办法把秦愈接回来。

说实话，孔景告诉他请了个遛狗师时，秦宗从未想过能有什么改变，秦愈宅在房间太久。男生还是女生都没什么区别，都是陌生人。直到一件事、两件事……的发生。秦宗才意识到，他以前为了让秦愈生活得自在，有些安排其实是在助纣为虐。生活中没有陌生人，秦愈的情况只会更糟糕，这病没法自愈。新事物、陌生人的闯入，也许会刺激秦愈变得糟糕，也可能会刺激他变得更好。

秦宗承认自己当初关心则乱，不应该安排一切。他应该一直相信秦愈，相信他是个成年人，是个有责任心、有担当的男人，勇敢只是被埋藏，而不是没有。

挖掘这份勇敢的人现在已经出现了。

如果是一个刚上大学的陌生女孩儿，在她没进入社会之前，秦宗不会在她身上停留目光。

家里又不需要联姻，出事了还有他这个大哥顶在前面，需要一个音乐人去承担什么？不管秦愈会不会喜欢上，他都不在意。

秘书敲门："秦总。"

秦宗捏了捏眉心，一秒变严肃："进来。"

下午三点，星湖大学大部分专业都在上课。

晋棠棠先回的宿舍，进门了才有时间打开微信查看未读消息，还真有几条。

学长："晚上能来吗？"

学长："事情不会要办一整天吧？"

罗青言："李文敬磨了我一上午，我说你没空他还不信，反正我没答应他说你来。"

罗青言："狗皮膏药一样！"

晋棠棠先回的学姐："没事儿，我办完了事情，麻烦学姐了，事情的起因在我，总要解决的。"

主要李文敬一直没挑明，她不好直说，显得自己自作多情，可现在已经麻烦到身旁人了。

既然是鸿门宴，她自然要去。

晋棠棠又回复李文敬："办完了，应该可以去。"

李文敬不知道是不是因为快毕业了，没什么课，几乎秒回信息："晚上没你可不行，来吧！"

晋棠棠回了个"好"。

学长大张旗鼓地请客聚餐，那她就趁这个机会把话说开吧。

聚餐地点就在校门外一家私房菜馆，罗青言告诉她，今天来的人确实不少，一大桌人肯定是有的。晋棠棠并不畏惧，难不成还能起哄让她当众答应不成？这可就是道德绑架了。

傍晚五点，晋棠棠才出门，巧得很，在宿舍楼门口撞见正拿着手机的曾晓莹。

她也看见了晋棠棠，不由得后退一步。

"我又不打你。"晋棠棠好笑，"你在这儿吹风？"

曾晓莹犹豫不决，最后还是告诉了她："今晚学长请客聚餐，我也去，我没有说你不去啊！"

晋棠棠莞尔："我当然知道。"

"何韵让我等她……我跟你走吧！"曾晓莹眼睛一闭，"她可能是想让我和她一起去。"

晋棠棠诧异地看着她。曾晓莹每次见她就跟老鼠见了猫似的，现在居然会主动发出邀请——看来何韵更让她想避开。

"行啊！"晋棠棠微微一笑。

所以何韵来到宿舍楼门口时，这里空无一人。

何韵纳闷，不是说了让曾晓莹等自己吗？

何韵发消息给曾晓莹："你人呢？"

过了一会儿，曾晓莹回复："遇到熟人，先走了。"

熟人？去聚餐她能有什么熟人？打死何韵也不会往晋棠棠身上想，除非天上下红雨，曾晓莹才会和晋棠棠走一起。

她出门迟是有原因的。就在几分钟前，有个同楼层的女生吃完晚饭回来，遇到她出门，就和她说了一件事。

"我今天在外面碰见晋棠棠了，应该是她吧！毕竟学校里传播她的照片还挺多的，一开始她戴口罩我没认出来，后来她拉下口罩我才认出来。"

"她经常出去，遇见正常。"

"不是，她和一个男生一起走呢，两个人还带着一条狗，看起来很亲密的样子，有说有笑的。"

何韵一下子来了精神："男生？咱们学校的？"

"对啊！"女生道，"那个男生戴着口罩，不认得，挺高挺帅的，我好像没听说她谈恋爱了。"

何韵"喊"了一声，悠悠地道："自从疫情之后，很多普通男生戴口罩都被当成帅哥。"

何韵虽然不知道那个男生是谁，但对方猜测的"晋棠棠在谈恋爱"可能是真的。

每天出学校，说是做兼职，大学生哪有做兼职这么频繁的，出去约会倒是可以说得通。

学校里表白晋棠棠的人不少，还没人知道她谈恋爱了。

曾晓莹没等她，何韵只能自己去，越靠近聚餐的地方越心潮澎湃。

学长今天请客,可能要竹篮打水——一场空了。

何韵摇了摇头,推门进入餐厅,看见柜台边上询问服务员的李文敬,立刻停下脚步。

"学长。"她叫道。

李文敬回头,半天才想起她是谁:"来了就进去吧!"

他很久没去下面普通的辩论社参加活动了,之前见过几次的新人也忘得一干二净,毕竟不是人人都像晋棠棠有记忆点。

何韵抿唇笑:"好。"

她走出两步,却鬼使神差地转过身:"对了,学长,我想起来有事儿要告诉你。"

"什么事?"李文敬正在点菜,头也不回。

"这边人太多了。"何韵轻声道,"是关于晋棠棠的。"

关于晋棠棠?

"加上这两个。"李文敬将菜单放回去,转过身看着她,感兴趣地道:"行,去那边说。"

不会是要告诉他追晋棠棠的办法吧?

他一脸的笑,然后就听见何韵放低的声音:"学长,你是不是在追晋棠棠啊?但她好像有男朋友了。"她的声音有一丝丝颤抖。

注意力被"男朋友"三个字吸引的李文敬并未察觉,当即皱眉:"什么好像有男朋友?"

"她应该是在谈恋爱。"何韵换了一个词。

"应该?"李文敬问,"你不确定吗?你不知道?"

何韵被噎住,这局势不大对啊,学长怎么抓着这两个词质问,不是应该很生气吗?

她只能说:"只是看到她和男生一起约会,还亲密互动……没去问她。"

半晌,李文敬道:"行了,我知道了,没影儿的事不要乱传,影响学妹名誉知不知道?"

何韵:"哦。"难道他真不生气?

一直到她进包厢里,她还觉得匪夷所思,除非他不喜欢晋棠棠,追人是假的吧?

晋棠棠早就到了包厢，有曾晓莹在身边，又有罗青言看见就揽住她，三个女生一台戏，李文敬没搭上话，只能去点菜。

遇到何韵是意外。

他回到包厢后，见晋棠棠似乎在玩手机，罗青言不在，立刻抓住好机会："棠棠学妹。"

晋棠棠正和秦愈聊天。

来福如今是个好借口，更别提今天才做完绝育，她关心它的同时，问问秦愈也很方便。

"莴苣公主"："能走路了。"

秦愈发完一句，想起来很重要的事，皱了皱眉，问："明天还需要遛吗？"

来福明天还不能出门吧？那晋小姐明天不用来啦？

晋棠棠没来得及回，听见李文敬喊她，于是回应道："学长。"

李文敬用眼神示意晋棠棠自己有话要说。

晋棠棠想了一下，没拒绝，正好可以趁这点儿时间提前把话说开，于是起身朝外走。

坐在另一桌的何韵眼睛一亮。

男人啊，嘴上说不信，实际上心理、动作都很诚实。

二人来到楼梯间，依稀能听见不远处的吵闹声，李文敬单刀直入："棠棠学妹，听说你谈恋爱啦？"

恋爱？晋棠棠很蒙，她怎么不知道自己谈恋爱了？

她本想否认，但看李文敬表情严肃，似乎在求证，如果她说没有，下一秒李文敬就会重复之前的行为。

今天出门后，晋棠棠就一直想着怎么礼貌地回绝他，没想到他主动递来一个好借口。她都心有所属了，李文敬总不至于还这么大张旗鼓的吧？

晋棠棠顺势点头，露出害羞的神情，柔声道："学长，我确实有喜欢的人了。"

她这副模样明艳动人，可李文敬如坠冰窟："真有？不是假的？"

晋棠棠继续小鸡啄米似的点头："真的。"

喜欢歌手也是喜欢，她是秦愈的粉丝，可不就是喜欢他？

今天被别人误会和秦愈是男女朋友，他好像也没生气，现在拿他当幌子，待会儿和他道个歉。反正明天不用去别墅，轻易度过尴尬期。

晋棠棠把小算盘打得"啪啪"响，又好奇秦愈知道后会是什么反应，不由得浅笑。

她的样子在李文敬眼里，就是在想男朋友，还是个他不知道的人，心头一梗："他有我帅吗？"

晋棠棠无语，想什么呢，学长？

她假模假式地观察了他几秒，在李文敬期待的目光下，给出答案："确实比你帅。还帅很多很多。"

学妹的这句话肯定是假话。

李文敬的心头更梗了，学校里同年级的男生，他自认最帅，大二倒是有个小帅哥，但已经谈恋爱了，哪个人比他动作还快？

李文敬安慰自己，又忍不住继续问："咱们学校的？"

晋棠棠当然不会直接说："学长，这个就没必要问了吧？私人的事情我不太想和社里牵扯。"

李文敬"哦"了一声，她这理由确实很正当。

晋棠棠敷衍完了，反过来开始询问："学长，你从哪里听说我谈恋爱的啊？"怎么会有这样的传闻？没头没尾的。

她问得认真，李文敬也没觉得这事儿有什么不能说的："就社里的一个女生，叫——"完了，他忘了对方叫什么了。

李文敬迅速转移话题："她说看见你和一个男生走得近，我以为是假的……"

晋棠棠恍然，社里的女生？和李文敬说？

她谈恋爱的事有什么好告诉李文敬这个学长的，除非是打着什么主意的，那人选就十分清晰了。除了何韵，还能有谁啊？如果是曾晓莹做了的话，她肯定会心虚，不敢和自己一起走。

李文敬见她垂眸，又想捂心口。学妹家穷也没事儿嘛，谁想到自己还没明目张胆地追，人就跑了。不知道哪个人有这么好的运气，被他遇见了他一定要好好看看。

至于何韵被他说出来的事，在他眼里，何韵只是告诉他晋棠棠谈恋爱而已，这有什么需要隐瞒的？

"学长，我进去了。"晋棠棠见他心不在焉，立刻开口，等他点头后转身就走，忍不住笑了，居然这么轻而易举地解决问题了。虽然何韵的出发点不明，但这件事倒是给了自己便利。

请客的正主不在，包厢里刚刚上菜，大家都还没吃。门一开，见到晋棠棠率先回来，罗青言立刻招手。她是真喜欢这个学妹，当初李文敬让什么一辩的位置，就该当她的四辩。罗青言和李文敬差不多，也快要毕业了，到时候肯定不会在辩论社里。

社里现在人也不少，但真正把空闲时间都可以放在辩论队上的不太多，有的也确实在考察中。晋棠棠作为一个新人，更是还早。

何韵探头，看见她，闪了闪眼神。这么快就回来啦？他们说了什么，晋棠棠是否认还是承认？

她正想着，晋棠棠忽然转头，正好和何韵来不及收回的目光对视上，微微勾唇。

何韵的心猛地一跳，僵硬地回笑。

等晋棠棠坐下背对着她后，她又惴惴不安，晋棠棠回来第一时间看她干什么？难道是发现了？学长应该不会说吧？

"你们刚刚在外面说什么了，他没乱来吧？"罗青言问，"没事儿，咱学校可不兴什么官僚主义。"

晋棠棠摇头："和学长说开了。"

罗青言"啧啧"两声："我和李文敬大一就认识了，看着他换了几个女朋友，这是他第一次还没怎么样就没了。"

"别答应他，他虽然不是渣男，但换的速度太快，也差不多了。"她说。

晋棠棠对辩论队里的学长、学姐了解得不多，罗青言也拣着可以说的事。比如，罗青言大一时，辩论队是之前的学长、学姐，谈恋爱后分手，闹掰了，辩论队差点儿散伙。罗青言大二时，辩论社里钩心斗角，说出来都是觉得他们现在的把戏小儿科。

晋棠棠心想，可不就是小儿科。偷看别人笔记的事，小学生都可能不做了，还有背后挑拨造谣更是奇怪。

她现在很好奇，李文敬说有个女生看见她和男生走得近，是真的看见，还是瞎扯的。如果是假的，那她不知道秦愈的存在；如果是真的，晋棠棠担忧秦愈曝光。

他注重隐私，现在也不适合将自己暴露在光天化日下，有些极端粉丝可能在小区、别墅外等着，甚至可能偷窥、跟踪。

"大家怎么不吃啊？"李文敬推门而入，笑道，"我请客，你们是都打算给我省钱，让我把菜打包带回去？"

"想得美。"

"说不定你点的还不够吃呢。"

"就是！酒呢，还不上来？"

何韵见李文敬笑着，晋棠棠也和罗青言说笑，心中纳闷，什么都看不出来，她一顿饭吃得心不在焉的，看晋棠棠就没停过筷子，真能吃。

聚餐结束后，天色已然黑透。

罗青言后来喝了一瓶啤酒，有些醉了，晋棠棠打算先送她回去，毕竟学姐这么照顾她。

李文敬想送她，但一想到她已经有男朋友了，就看着她们先走，自己唉声叹气的。

"出师未捷身先死"莫过于此。

曾晓莹羡慕地道："她和学姐的关系真好啊！"

何韵说："她和学长关系更好呢！"

曾晓莹纳闷，我怎么不知道？在我的记忆里，晋棠棠很少和学长多说几句话。

曾晓莹退了退，何韵这话真酸，自己当初不会也是这个样子吧？难怪晋棠棠怼自己了……

送罗青言回去后，晋棠棠看了一下时间，这才发现自己竟然忘了回秦愈的微信。

以秦愈的敏感，不知道他会不会多想。

晋棠棠懊恼，连忙发消息过去："对不起，刚刚太忙，忘了回消息，明天来福走不了的话，我应该不用去。"

半天对方也没动静。

手机的另一端，秦愈刚洗完澡。晋棠棠半天没回消息，一开始他以为她在犹豫，过了很久还没动静，他就猜到她大概有事儿。

进浴室前，他又看了一眼手机，还是没回复。

秦愈觉得对方有事儿，自己不应该打扰，又在想她在做什么，会给什么样的回答。

直到现在，手机屏幕亮起。他大步跨过去，修长的手臂一捞，就将手机抓在手里，看清上面的道歉，和他之前猜测的差不多，明天不用来。

秦愈打字："好。"

晋棠棠见终于有动静了，放下心来，将"男朋友"的事告诉他："秦先生，有个事要和你说。"

秦愈坐下来，好奇什么事。

没想到晋棠棠下一句话就扔下一枚炸弹："今天因为我在学校里一些私人的事，所以用了你当借口，对不起！"

"莴苣公主"："借口？"借口而已，需要道什么歉。

晋棠棠解释："就……让别人以为我已经有男朋友了，省了一些麻烦事。"

以为谈恋爱？秦愈一下子就明白什么意思，手机差点儿没拿稳。这不就和下午在宠物医院被误会成情侣差不多吗？

男朋友……所以晋小姐和别人说他是她男朋友？

秦愈像是又回到了下午那时，胸腔震动声都清晰可闻，他半天不知道回什么。

晋棠棠边走路边回的，一直到宿舍楼都没见到有消息，难不成秦愈真生气啦？一般人遇到这样的事情，生气好像也很正常。

晋棠棠忍不住捏了捏耳朵，自己用这个方法还是太没有考虑过别人的想法，有点儿自私了："秦先生，对不起，真的抱歉。"

明明是秋天，秦愈却总感觉好像是夏季，跑两步到了窗边："没关系。"

晋棠棠松了一口气："他们没见过你，所以我才说的。"

秦愈又敲字，最后半天只发了个"嗯"字。

这事儿着实有点儿尴尬，晋棠棠不敢再和他多聊，这两天不用去别墅遛狗，时间能冲淡一切。

　　结束对话，秦愈还觉得神奇，晋小姐居然会用他当借口。他转念一想，什么事会用到这样的借口，是有人在追她？也不奇怪，她这么漂亮，性格又好，说不定哪天就有男朋友了。

　　秦愈又皱眉，那到时候她还有时间过来吗？是不是要把时间放在约会上啦？

　　他闭着眼，毫无睡意。

　　有些事总是和预期的不同，比如来福。

　　昨天带来福从宠物医院回来后，来福除了动弹比较困难，还是比较正常的。

　　它不喜欢伊丽莎白圈，又蹭不掉。

　　今天早上，秦愈照例给它倒狗粮，没想到躺在地上的来福就轻飘飘地看了一眼。

　　他把食盆推过去，来福纹丝不动。

　　"现在不饿？"秦愈迷惑地道，"你昨晚就没吃了。"

　　来福听他说完，干脆眼皮子一耷拉，不看他了。秦愈想，这条狗是不是有情绪啦？

　　秦愈觉得来福现在可能是真的不饿，动物有本能，饿的话肯定是忍不住的。

　　他把食盆放一边，先去练歌。

　　今天上午少了一个听众，他还下意识地看向了摄像头，结果看到空无一人的客厅。

　　晋小姐没来，他忘了。

　　客厅里现在就有一条看起来很像尸体的狗狗。

　　秦愈收敛心神，也许是心境发生了变化，今天弹奏的是之前的曲子，却听起来有很大的不同。他很满意，又多练了一会儿。

　　待秦愈下楼时已经十二点了，他围着客厅转圈，才发现来福换了个地方，这会儿姿态奇葩，狗狗的头露在外面，硕大的身体却塞进了茶几下面。

　　秦愈哭笑不得："怎么这样躺着？"

来福面无表情地看着他。

秦愈后知后觉："不好意思？"

他作为男人，对这件事也共情，摸了摸它的头："早知道先让你当一回爸爸了。"

秦愈心疼地喂它吃的，来福还是不吃。这是绝食了，他意识到了。

秦愈其实不会养狗，只好去网上搜狗狗绝育后有什么表现，表现不少，其中就有一条"抑郁"，对吃的提不起兴趣，没有世俗的欲望。来福抑郁了！

秦愈如临大敌，又拿零食诱惑它，来福不为所动，他总觉得它两只眼睛里写着"让我静静"四个字。不吃饭怎么行？可秦愈没办法，医生又不治这个。他和狗子一起在客厅待了半小时，然后他打开晋棠棠的微信。这是他认识的唯一了解养宠知识的人。

"莴苣公主"："来福抑郁了！它绝食了……"

收到求助消息时，晋棠棠已经吃完午饭了，今天下午没课，她正打算做课程需要的PPT。

晋棠棠问："一点儿也不吃？"

"莴苣公主"："零食也不吃。"

晋棠棠："我去看看。"

秦愈本想得到的是建议，没想到她竟然主动说要来，他回过神来，却没有回绝。

万一晋小姐来了来福就好了呢？虽然他不知道这想法是怎么回事。

"晋小姐要来了，你躺在这里面不好吧？"秦愈低声告诉来福，"吃一点儿？"

来福翻了个身。好吧，这也算是有反应了。

晋棠棠从外面进来时，地上瘫着好大一条狗，跟座小山似的，主人正眼巴巴地看着她。

这画面怕是一辈子难得见到几次。

"差点儿以为今天不用来了。"晋棠棠打破沉默，"就是昨天拿你当借口，我还怕今天会尴尬。"

尴尬？为什么会尴尬？

秦愈看她走近，弯腰去摸来福。他好像不尴尬，而是有点儿高兴。

晋棠棠没发现秦愈在胡思乱想，已经开始和来福说话了："不吃饭怎么有力气出门？"

来福真是一条命途多舛的狗。刚到别墅这边，因为主人不出门，它被关了好几天，幸好别墅面积大，否则说不定那时候就抑郁了。现在才快活了两个月，就被绝育了。

晋棠棠心中觉得好笑，面上不露，万一被来福看出来，说不定它的抑郁心情更严重了。

她一边抚摸来福，一边抬头看秦愈，说："我也没养过宠物狗，不过应该都差不多，这时狗狗正是心情低落的时候，还是要主人多陪伴才好。"

秦愈颔首："好……但它不吃。"

晋棠棠把狗粮拿过来，来福确实只瞄了一眼就收回目光，平时这时候早就恶狗刨食样了。

晋棠棠把伊丽莎白圈取下来，来福终于有了动静，毕竟一直戴着东西的确很难受。

它用鼻子嗅了嗅狗粮，两个人都盯着它。来福又缩回去了，秦愈感到失望。晋棠棠笑着揉揉它的头，又捏它的耳朵："躲在里面很安全？"

半个身子藏进去，谁也不知道它动了手术。狗会有这样的想法吗？晋棠棠不知道。

晋棠棠仰头："你来吧，秦先生。"

今天怎么不叫"小秦先生"或者"秦老板"啦？秦愈想着，上手去撸来福，正巧和晋棠棠的指尖触碰到了。他飞快地退后一点儿，身体僵硬了，呼吸一滞。晋棠棠仿佛没察觉，而是将食盆移过来。

秦愈逐渐放开呼吸，思绪却不像刚才那般稳，半晌才专心抚摸来福……这样真对不起来福。

客厅里安静下来。

晋棠棠看了半天，拿手机拍了一张照，没有拍秦愈，而是聚焦在来福生无可恋的表情上，但秦愈的手出镜了，从肤色到手形，不用美颜效果都好看极了。

过了十来分钟,来福终于动弹了。看它终于开始吃饭,秦愈长出了一口气。

晋棠棠盘腿坐在地上,忍不住地道:"来福真可爱。"

秦愈"嗯"了一声,目光不由自主地从来福的身上转到晋棠棠的脸上,女孩儿津津有味地看着狗狗吃饭,神情十分专注。她好像时时刻刻都在笑,阳光、活泼,却又不失温柔。

世界上为什么会有这么完美的人?他从来没有遇到过,而此刻她就坐在他面前。

来福的情绪被安抚好,晋棠棠也不打算多留。主要是今天还有作业,明天上课是要上台讲的,她不仅要做,还得熟悉内容。

"秦先生,来福好像稳定了,我先回去了。"她试探性地说。

秦愈一怔,这么快?

他看了一下时间,发现已经半小时过去了,但他一直没察觉,甚至觉得没过多久:"好。"

晋棠棠见他今天有些沉默,不知道是不是因为来福,安慰道:"来福这是正常反应,你不用自责。"

秦愈羞愧,他今天没自责,但又不能直接告诉晋棠棠,他是不好意思和她说话吧?

他这副样子落在晋棠棠眼里,就如同证实了她的话:"第一次养狗,不知道很正常。"

"好的。"秦愈半天憋出回答。

等她离开后,他懊恼自己刚刚是什么奇怪的回答,会不会她认为自己没认真听她的话?应该不会吧?

这会儿司机不在,晋棠棠是走路回去的,在路上翻出刚才的照片,又忍俊不禁,可以当表情包了。

她把照片发到朋友圈里,没有分组可见。

文玥率先评论:"好忧郁的狗子!"

然后,她发来私聊:"姐妹,这就是狗主人的手吗?也太好看了吧!"

晋棠棠回复:"确实。"

文玥:"宝,你好淡定,不过也是,你看多了。"

随后是孔景的点赞。

不到三秒,孔景发来消息:"来福绝育成功啦?秦愈带去的?"

晋棠棠回忆了一下,好像的确没和他汇报昨天出门去医院的事,秦愈也没告诉他?

她三言两语解释清楚。

孔景:"厉害。"

孔景:"我下午去看来福。"当然,顺便看看主人现在是什么状态。

上次秦愈让他带来福去做绝育,他拒绝后还以为秦愈会纠结好几天可能才会出门,毕竟绝育手术又不急于一时,没想到那么快就做完了。好家伙,现在秦愈是不是已经有事儿不会找他帮忙了,也不说了?瞧,今天来福抑郁他都不知道。友情的小船说翻就翻。

"狗主人真是年轻人啊?"晋棠棠一回到宿舍,文玥就好奇地问,"那他干吗自己不遛狗?"有钱人都这样?

晋棠棠随口道:"自己遛哪还有我挣钱的机会?"

文玥点头:"说得也是,有钱人忙得很,不是玩乐就是赚钱……对了棠棠,你可不要被他们诱惑。"漂亮妹妹还是要保护好。

晋棠棠忍住笑:"知道。"

被诱惑了?谁诱惑谁还不一定呢!

今天秦愈好几次看她,欲言又止,也不知道想说什么,她想问但又怕他不好意思。唉,"莴苣公主"什么时候才会出塔呢?

晋棠棠摇头,专心做PPT,过几天还有实践课,恐怕到时候又要忙了。

傍晚时分,罗青言打来电话,约她出去吃晚饭,昨晚晋棠棠居然送她回去,她清醒后特别开心,自己没看错人。

晋棠棠推辞不了,其实请客也就是吃普通的石锅拌饭,正好让她没心理负担。

"我第一次被学妹送回宿舍。"罗青言挤眉弄眼,"棠棠,你可真让我喜欢。"

晋棠棠一本正经地道:"我喜欢男生的。"

罗青言"哦"了一声,促狭地说:"字面意思,与性取向无关。"

她搅拌了半天,忽然想起来:"我今天上午微博@你,你怎么到现在也没回我?"

"啊?"晋棠棠掏出手机,发现真有个红色数字,罗青言@她看一个辩论视频。

她关注了罗青言的微博:"学姐,我平时不太用微博,今天还没登录,不知道这事儿。"

"正常正常。"罗青言笑着说,"不过有空还是看看吧,比如学校官博上次发辩论赛的视频,可以去评论转发啊!"

晋棠棠"嗯"道:"好。"

"咱们上一届的一个学姐,之前上热搜的时候还在队里,当时微博粉丝涨了一万呢!"罗青言八卦道。

晋棠棠眨眼:"这种会一直'粉'吗?"

"当然不会,除非一直优秀,多参加辩论赛,多经营,学姐还接了广告推广,挣了点儿零花钱。"

"学姐,你的微博有多少粉丝?"晋棠棠问。

"就几百人。"罗青言大笑,"一大半是微博送的'假粉'。"

晋棠棠的微博有一百多个粉丝了,隔一段时间就会涨几个,几个月下来都没停过。

吃完饭,两个人本打算散会儿步,晋棠棠的快递却到了,还是秦愈的杂志!

虽然见过网上的封面什么样,但实体的还不知道,她没心思散步,快步去"驿站"。

罗青言跟着一起去的。

快递外包装很明显透露了里面是什么,晋棠棠也没避讳。

"你追这个歌手啊?"罗青言问。

"算,也不算。"

"我从没想过你居然会追这个歌手,不过这样倒更真实,小姑娘有喜欢的歌手太正常了。"

晋棠棠没否认。

至于她现在对秦愈是什么心情,她自己也说不清。

回到宿舍,她迫不及待地拆开快递,封面上正是秦愈的脸,一样的脸,气质和本人相差很大,谁能想到这样高冷的男人私底下那么可爱。

晋棠棠深感自己一人独拥宝藏的隐秘快感,连拍了好几张照片,发出去前却停住手,好像不适合发在朋友圈里。

晋棠棠登上不怎么用的微博,发图片,思索了许久,配上文字:"重新认识一下,秦先生。"她发完便退出了微博。

至于下午晋棠棠发的朋友圈,秦愈则是在七点多才看到。主要是他的微信上没几个朋友,其他人不发,所以一整天了也没什么新的朋友圈,只有晋棠棠的是今天的。

晚上来福没绝食,刚刚吃完就被戴上伊丽莎白圈,防止它舔伤口导致发炎,它回到墙边睡觉。

他竟然没发现她拍照片。

秦愈猜想她拍照片时是什么心情,拍的是来福,是不是注意力也都放在来福身上?他的入镜只是个意外吧?

他们共有的好友只有司机和孔景,这会儿还能看到孔景点的赞,他也跟着点了个赞。

不评论是不是太冷漠?可评论什么?

秦愈思来想去,没找到合适的句子,于是退出了微信。

天还没完全黑透,路灯已经亮起,余光映出昏黄的天色和远处的天际。

秦愈习惯了一个人面对黑暗的到来。

在来福、晋棠棠没有到别墅来之前,每天傍晚,他都是一个人等待黑夜的降临。

他坐在落地窗前的地板上,盯着外面出神。

还有十几个小时才会天亮,阳光才会落进来,也有可能明天是阴天,不会有太阳。

明天晋小姐应该还会来吧?他今天怎么会忘了问?

在秦愈的眼中，晋棠棠生活在明媚的阳光下，如同向阳的向日葵，和他不一样。

她像是强行进入他生活的一抹曙光。

思绪越纷杂，他撑在地上的手指却控制不住地敲击起来，像是在真实的乐器上演奏。没有多大的声响，秦愈的心中却有旋律。

没过一会儿，他站起来去了录歌室。

此刻，湖景御府大多数别墅中的人都正在吃晚饭，或刚刚散步归来，都不知有栋楼里正回荡着奇异的旋律。

夜里十二点，经纪人还在逛微博看热搜，今天有歌手三角恋爱被拍……

经纪人琢磨着，自己大概是永远不需要进行这种危机公关，因为秦愈连谈恋爱都困难，其实他还挺想试试呢。

他正想着，微信上跳出来新消息。

秦愈："EOS。"

瞅见是秦愈的名字，经纪人的手机差点儿掉在脸上，赶紧翻身趴着打字："？"大半夜发什么字母，难道是出意外，想求救，一不小心把"SOS"写错啦？

房间没开灯，秦愈却眼神明亮："新歌。"

经纪人立刻来了个仰卧起坐："英文歌？"

他的手指飞快，噼里啪啦地发出三连问："写完啦？录好啦？什么时候给我听听？"

然而秦愈只回："中文歌。"中文歌怎么起英文名？

经纪人虽然英文不差，但也没认出这三个字母是什么意思，问秦愈多没面子，自己偷偷去网上搜。财经？肯定不是。什么区块链系统……怎么可能是？他翻了半天，终于找到蛛丝马迹。除却同名的，最有可能的就是希腊神话中的黎明女神，又称曙光女神，曾被诅咒只能爱凡人。

等等……黎明女神？经纪人如梦初醒，秦愈的新歌居然叫这个名字，和他以前的风格完全不同，难道他恋爱啦？自己是开光嘴吗？

PART 10
少女的裙摆

秦愈:"没写完,没录好。"

经纪人看这六个字,冷静下来,新歌不新歌的没关系,重点是恋爱了啊,他和谁谈恋爱啦?

靠近秦愈的只有遛狗的那个女孩儿,难不成是她?对方还是学生吧,好像才刚上大一,十八岁,真真切切的少女,秦愈……也算吃嫩草?

经纪人拉回脑洞,试探:"写希腊神话的?"

这样的话歌曲的受众就会减少,不过好听的例外。

秦愈:"不是。"

经纪人越发确定自己的猜测,就算没恋爱,那也是动心了,果然爱情能使人产生灵感。

他一边担忧,一边否决自己的想法。

秦愈是个实力派歌手,正常恋爱没有关系,至于他的"女友粉",那没办法。

工作室一直有劝告粉丝,就连照片都没多放。因为秦愈长得太出色,照片放多了,容易吸"颜粉"和"女友粉"。

经纪人毫无睡意,偏偏秦愈每次都只回答他几个字,他像是对着一个礼物,没法完全拆开:

"不早了，先睡，明天再说，熬夜会变傻。"

经纪人的劝告秦愈自然没听。

灵感的突如其来对音乐人来说，是绝对不可能放过的，甚至废寝忘食都有可能。

他忽然定下歌名，但实际上并没有完成歌曲。

毫不衔接的片段旋律既让他烦躁，也让他觉得心潮澎湃，原来他当初是这样写出来的。

EOS，一个被诅咒只能爱上凡人的神，她爱上凡人之后，曾去求上帝给凡人长生，可拥有长生之后，凡人依旧会衰老，并且痛苦不堪。

窗外的夜幕星河，秦愈无从欣赏。他坐在二楼的落地窗前，此刻透过月色可以看到院子的围栏，圈住屋子并隔离了一切。

天一亮，经纪人就从床上爬起来。时隔近一年，秦愈终于给了他新歌的准确消息，他一晚上都没怎么睡，洗漱好，直奔湖景御府。

此时，天色还不算大亮，远处天边露出太阳的一小半，朝霞隐约可见。

湖景御府在郊区，秦愈的别墅又在最边上，对于这样的日出之景是可以一览无余的。

经纪人开门，来福在门边，看到是熟人，又睡了回去。

"小宝贝，你这戴的是什么？"他忍不住笑了，几天没见，这狗子着实可怜啊！

"你的主人呢？"经纪人边问边坐在楼下。片刻之后，他就听到了楼上的动静，秦愈醒啦？

经纪人快速上楼，发现房间门没有关，里面的灯还开着，秦愈坐在床边，嘴里咬着一张纸。

"秦愈？"经纪人叫了一声。

秦愈没动，仿佛没听见。

经纪人心里"咯噔"一下，走过去，看到地面散落无数的纸张，上面写着字，又被全部画掉。

"秦愈，你昨晚睡了吗？"他提高音量。

"怎么来啦？"经纪人上前，正好影子挡住秦愈手下正按着的纸张，他终于抬头，略带疑惑地看着经纪人。

"我不来，你猝死都没人知道。"经纪人气得不行，又心疼，"我就不应该催你新歌！"

音乐人都是疯子。秦愈这样单纯的人也会有疯的时候。

"你看你，灯亮着，一地的纸……"经纪人将拉了一半儿的窗帘全部拉开，开窗透气，又关了大灯，房间顿时明亮起来。

"不困。"秦愈解释。他的目光依旧落在纸张上，这回影子是他握着笔的手。

"写歌急什么？有灵感了就写呗，我们都等了那么久，再等一年也没什么区别，好歌是不会被埋没的，你要是不注意身体，熬夜，过度劳累，以后有灵感了，说不定都写不来……"

经纪人絮絮叨叨，一回头，发现男人低头写字。

他忽然噤声，放轻脚步走过去，居高临下，他看见了秦愈刚刚写出来的一句话。

此刻正是清晨，屋外有鸟雀鸣叫，在秦愈的笔下又变成了另外一种意象：

影子困于高塔之上；
乌鸦在吟唱死亡。

秦愈似乎卡在了这里，经纪人不敢打扰，出门前轻轻把门关上，叫了一份早餐外卖。

所以秦愈到底是为什么会突然写新歌？

从当初第一段新旋律到如今也有两个月时间了，经纪人都做好长期战斗的准备了，没料到一朝有了惊喜。

就是这歌词，好像和歌名无关啊……又有点儿阴暗风……又是影子，又是困，还有乌鸦死亡，难道是秦愈单相思，被晋棠棠拒绝，产生了厌世心理？这可不行。

经纪人不太懂欣赏，干脆联系秦宗的助理："秦愈前两天是不是发生了什么？比如和晋小姐？"

给狗子做绝育，结果自己绝出心动来啦？

秦宗的助理很早就起床，瞅见这消息，发了一条语音信息："少爷这两天只和晋小姐一起去医院给来福做绝育。"出门"约会"……难怪。

经纪人还没再问，助理又补充："似乎他们被工作人员误会是情侣了。"

"？"经纪人一拍大腿，差点儿跳起来。

他就说秦愈怎么会突然变化这么大，外界催化剂一下子让秦愈动心、灵感爆发。

只是具体情况还得问当事人，问秦愈肯定是不行的，自己又联系不上晋小姐……不过晋小姐今天应该会来吧？

外卖很快送达，经纪人直接上楼开门："秦愈，先去洗漱，吃完了再说。"

秦愈这回没再坚持。

经纪人好奇，探头看草稿，发现上面还是写的那两句话，剩下的都是被划掉的。他又陷入了困境中。

经纪人一边惊叹，一边又忍不住想知道，这首名为"EOS"的歌会在什么时候写完。

这首歌会像之前的两首一样没什么歌词，还是会像正常歌曲一样？

他摸了摸鼻子，在秦愈出来前离开。

也许会和晋棠棠出现的频率、时间有关吧，这首歌最后不知道会不会突然变成半成品。

经纪人决定今天不走了，在这儿守株待兔。

晋棠棠上午有课，前两节理论课，后两节实践课，又去和养殖的大鹅做斗争。

鹅不像鸡鸭，就算开学两个多月了，班上还是有不少同学不敢伸手去抓。

晋棠棠在他们眼里就是勇士。

"棠棠，能不能帮我们抓一只？"

"也帮我们抓一只吧，一只就好！"

文玥翻白眼："你们几个大男人都不敢上，怎么好意思让棠棠来？光说不给钱？"

"这还要给钱？"

"不然你自己抓？"

晋棠棠哑然失笑："我又不可能帮你们抓四年，老师让我们实践，你们还是自己动手比较好。"

男生们面子上过不去，只能出手，顿时里面鸡飞狗跳，鹅毛乱飞。

晋棠棠抓着一只鹅快步走开，今天可不能加餐，她有段时间没吃鹅了，有点儿想念那个味道，下课叫奶奶寄一只过来。也不知道是不是心有灵犀，晋棠棠下午两节课后就收到了快递到达驿站的通知，里面正是家里寄来的鹅肉。

晋棠棠当即请客，去校门口开的一家小厨房做了一顿饭，宿舍里的三个人吃得津津有味。

回来路上，她们凑巧碰见何韵。

何韵明显也看见她，双方都相视一笑，只是何韵的笑看起来要显得假一些。

"你们先回去，我有话和她说。"晋棠棠低声道。

关筱竹对何韵没好感："你小心点儿，有事儿打电话。"

晋棠棠觉得好笑："都是文明人，能出什么事？"

等她们离开后，她几步走过去："何韵，不如一起走，我正好有话和你说。"

何韵狐疑："什么话？"

"上次的事还得谢谢你。"晋棠棠说，"虽然不知道你怎么看到我和别人走得近的，可能是跟踪吧？不过还是要谢谢。"

什么叫可能是跟踪？听到后面一段，何韵的笑忽地僵在脸上，她完全没法控制表情，这是明示她了吧？

"不过这行为不可取，稍有不慎就违法了，到时候说不定还得进派出所。"晋棠棠认真地道。

何韵笑道:"我没有,你想多了。"

晋棠棠摇头:"撒谎也不好,你看,你都成习惯了。"

何韵:"……"

晋棠棠粲然一笑:"我先回去了。"

何韵下意识地盯着她的身影,一直到她进入转角处,才终于回过神来:"有毒吧!"怎么一本正经得让她起鸡皮疙瘩……而且谢谢她又是什么意思?何韵不觉得自己有帮过她,她不会是故意这样说的吧?

因为身上有油烟味,晋棠棠回宿舍换了一件秋天的连衣裙,披了一件针织衫出门了。

虽然是普通搭配,但在她的身上穿出了森系温柔感,加之出色的容貌,引得路人多次注目。

因为今天她出发得早,司机还在接秦宗的路上,所以她得自己去,司机倒是提醒了一句:"今天别墅里有别人。"

晋棠棠点头,猜测是谁,不是孔景,就是秦总,至于经纪人,她实在没印象了。

她低头给秦愈发消息:"秦先生,你吃鹅吗?"爷爷奶奶寄来的鹅好大一只,三个人也吃不完呢!

秦愈此时在楼上的录歌室中,他想试着录歌,却不尽人如意,就坐在琴凳上发呆。

收到她的消息,他迅速点开,鹅?秦愈下意识地看向晋棠棠的头像……真是可以吃的?当初刚和晋棠棠加上好友时,他还馋过这只鹅,但是这怎么好意思说出来……她说好吃,肯定很好吃。

现在秦愈遵从心中所想——"吃。"

晋棠棠:"那我明天带给你尝尝,我奶奶寄给我的,味道特别好,今天来之前忘了问你。"

她跟着发了个可爱的"表情包"。

秦愈轻轻翘起嘴角,想说"没关系",又觉得太见外,最终只回了个孤零零的"好"字。

发出去,他又计较这回复也不好,可说不定她已经看到了,撤回没什么用。

晋棠棠不知道他一个回复想了那么多,她现在有很多事都会想到分享给秦愈,但克制住了。

这次吃的她没忍住。

晋棠棠看了一眼外面的景色:"我马上到咯!"

她今天走路过来的,短短十几二十分钟的路程,从校门口到湖景御府,夕阳几近消失。

看见这句话,秦愈拉开录歌室的窗帘,他看见从栽满树木的路口走过来的少女。

外面大概有风吧,她的裙摆被吹起。

秋日的夕阳、晚霞,在她身后铺就绚丽的色彩,将她的脸笼得模糊、温柔,仿佛加了一层柔和的滤镜。

秦愈在脑海中续写了一段新词:

  影子困于高塔上;
  乌鸦在吟唱死亡。
  远处林中露出少女的裙摆;
  于黎明之际开出幻想的花。

晋棠棠一无所知,走近了院门口。

她轻车熟路地开门进去,秦愈这会儿不知道在干什么,可能是在给来福套狗绳——不过来福今天可能还出不了门吧,这个猜测不对。

玄关处传来动静,在客厅撸狗的经纪人和来福同时抬头看过去,果然看见一个娇小的身影。

和早上不同,来福这会儿活泼了点儿:"汪汪汪!"

叫了三声!经纪人数了!早上他过来,来福毫无生气地叫了一声,跟没看见他似的,这是差别待遇还是性别歧视?

狗子成精了吧?

晋棠棠转身,看见经纪人,一愣,而后浅笑:"你好。"

经纪人这次算是第二次见她,毫不避讳地盯着她看,从她进门、换鞋、转身、没移过眼，直到她对他笑。

经纪人在心中下了结论，这样美好的女生，别说秦愈会心动，他都觉得少见。

人会不自觉地靠近美好，秦愈久处黑暗，身边的人都没有变化，晋棠棠是变故，又带着独有的魅力，他会心动太正常了。心动没关系，只要是积极的就可以。

经纪人想了一会儿，忍不住露出一个奇怪的笑容："晋小姐吧？今天正好碰到你，上次都没说几句。"

从楼梯上下来的秦愈皱眉，什么正好？经纪人今天不知道为什么要一直待在这里，说是要看着他睡觉，不准再写歌，但他总觉得不是。难道是在等晋棠棠？可他等她干什么？

秦愈之前睡了几个小时，又在录歌室待了许久，刚刚写出新歌词，正是精神高昂的时候。

他的目光追随着晋棠棠，跟着她一起坐在客厅里。

三个人坐在三面沙发上。

经纪人呵呵地笑着："晋小姐，听说你和秦愈带来福去做绝育的？两个人出门，秦愈没拒绝？"

"没有。"晋棠棠瞄了一眼秦愈，"他怎么会拒绝？"

不仅不是，还是他提议的，他主动的。

这件事到现在除了他们两个，其他人都不知道，暂时是独属于他们的小秘密。

秦愈后背绷直，听她说话。

"秦愈现在出门很轻松，他很勇敢。"晋棠棠夸起来，经纪人越听越觉得有意思。

这"彩虹屁"谁顶得住啊！更何况是秦愈这个没在社会上待多久的愣头青，还不迅速陷进粉红泡泡里？说不定还会很快写情歌呢。情歌的受众可就大多了，粉丝也会变得多多……

经纪人的思维发散过远，他赶紧将其快速拉回，真诚地道："我真没想到秦愈变化这么大，谢谢你。"

晋棠棠摆手。

秦愈听他们说了半天，他终于开口："来福好像好了。"

他说完，又觉得自己找的什么话题。

晋棠棠的注意力被转移，起身去逗不远处的来福，今天它已经可以走路了，就是它不太想而已。

被她摸着，来福吐舌头哈了两下。

晋棠棠回头："它应该一星期以后就可以出门玩了。"

秦愈点头："嗯。"

经纪人见状，摇头叹气，这闷葫芦一样的人，怎么谈恋爱呀？到时候晋棠棠被人追跑了，他哭都来不及。

晋棠棠长得漂亮，性格又好，在学校里肯定有很多人追，秦愈的优势不明显啊！

"你是秦愈的粉丝吗？"经纪人直接打探。

"啊？"晋棠棠感觉这话题转得飞快，但还是点头，"应该是吧，我很喜欢他的歌。"

秦愈早就知道。

经纪人又说："很多小姑娘见到歌手都激动得不得了，所以我之前以为你不追这个歌手。"

晋棠棠"哦"了一声："以前确实不追这个歌手，不过现在算吗？"

她歪头看向秦愈："杂志我买啦！"

秦愈都快忘了自己还拍过杂志，也没想到她居然买了，很简单的一个行为，他却多想。

之前好像自己说过宠"粉"……秦愈悄悄对她笑。

两个人这小把戏哪里瞒得过经纪人，他装作没看见："秦愈还是头一回拍杂志，效果还不错。"杂志销量虽然没有破纪录，但足够高。

虽然秦愈不需要粉丝支持，不看这些数据，但数据明显告诉众人，他的支持度不低。仅凭两首歌就达到这样的高度，谁能做得到？

晋棠棠今天是过来看来福的，加上经纪人在，时间又不早了，所以她没有多停留，聊了一会儿就打算告辞，司机送她。

目送着车子离开，经纪人转头问秦愈："怎么不送我？"

秦愈认真地看着他:"你很安全。"

经纪人无语,谁说的,现在男人走路上都得担心。

"我在这儿待了一天,也该回去了。"经纪人转移话题,"你可别像今天这样熬通宵了,新歌又不急于一时。"

秦愈"嗯"了一声。

经纪人觉得虽然他这样答应了,但是他说不定还会重犯。

在音乐这方面,秦愈并不听别人的话,他有自己的主张,这也是他两首歌的风格都与其他人截然不同的原因。他只是在做他自己的音乐。如果有人欣赏,他很开心;如果没人欣赏,他还是会继续。

秦愈回到楼上,将钢琴上的纸看了好几遍。所有歌词都是偶然所得,最后两句话并不押韵,他只是看到了晋棠棠,想这样写。

这是他的歌,他愿意。

幻想的花,秦愈盯着这四个字,半晌,忍不住红了脸,他好像想得到更多。

以后把歌发出去,晋棠棠是不是也可以看到?她会认出来这是写她的吗?她那么聪明,肯定一眼就能看出来,秦愈这么想着,手轻轻颤抖,他既害怕又期待,害怕她厌恶,期待她反馈。

第二天,晋棠棠将剩下的鹅装了起来。

想了想,她又去私房小厨房调了酱汁,这是她平时在家里的吃法,昨天并没有用。

不知道秦愈喜欢什么口味,考虑到秦愈是音乐人,嗓子比较重要,她就调了两种,偏辣的和不辣的。

才刚刚出门,罗青言发来消息:"下个月有比赛,你想不想上场?"

晋棠棠抽出空手回复她:"当然想,不过我现在应该还不行吧?"

罗青言:"什么行不行,我也是大一就上场打比赛了,你上次不是表现得很好吗?"

罗青言:"想就行了。"

晋棠棠莞尔,又忍不住期待:"谢谢学姐。"

虽然罗青言没有保证什么,但已经透露了一些意思,她的心情又提高了一个度。

到别墅时，她整个人走路都是轻飘飘的。

晋棠棠今天没通知秦愈她来的时间，进门时是来福迎接的，它终于可以正常走路了。

来福的狗鼻子灵得很，闻到纸袋里的香味，不停地用鼻子去拱："汪——"

"这可不是给你吃的。"

秦愈从楼上摄像头可以看到来福围着晋棠棠打转，他忽然想到，这个摄像头是不是可以拿走了，他好像不需要了。但他又很快否定，也许……在其他地方也能看晋棠棠。如此的想法让秦愈有种罪恶感，之前是因为社交恐惧症，此刻带了另一种意思想看她，他难以启齿。

楼下，晋棠棠先扬声问："秦先生，吃鹅吗？"

她去了餐厅，将纸袋里面装的餐盒拿出来。

秦愈下楼后，还看到旁边摆放着两个酱料小碟子，香味四溢。

他今天穿了白衬衫，很清冷。

晋棠棠打量了两眼，随口道："我不知道你吃什么味道的，调了两个，你都可以尝尝。"

秦愈说："应该都可以。"这鹅看着好诱人。

东西都放到了自己面前，秦愈拿筷子准备开吃，看到晋棠棠坐在对面盯着他看，他的下巴一绷："怎么啦？"

晋棠棠说："你吃，我看着。"

看他？秦愈心慌意乱，万一他吃相不雅怎么办？

大概是想得越多，越容易出错，他夹的第一块儿鹅肉蘸了满满的调料，送到嘴边时掉下来了，衣服瞬间沾上颜色。

晋棠棠一怔，想笑又忍住了，抽纸给他用。

秦愈慌忙去擦，白衬衫上的颜色更明显了，晋棠棠没动手，就看着他，很快发现了一个不该注意的点。

他平时穿的衣服有些宽松，她知道他身材不错，但刚刚擦衣服时，衣服贴到了皮肤，就可以看得出一些，比她想象的有料。

对面的目光似乎越来越露骨，秦愈抬头瞄，发现她不是在看自己的脸，而是下面一点儿。

晋棠棠见自己被发现，还有点儿不好意思，解释道："那个……我以为宅在家里久了就不会有肌肉了。"

她小声道："看来是我见得太少。"

秦愈一愣，她是在指自己吗？

秦愈罕见地红了脸，任谁被一个漂亮女孩子夸身材好，都会忍不住心跳加速吧？

他现在又开始庆幸大哥在别墅里弄了个小健身房了。

晋棠棠偏过头，不看他："要不你去换件衣服吧？"

秦愈动了一下又坐下："万一又弄脏了……"他还是想先吃酱鹅。

晋棠棠觉得他说得有道理，她注意到他的脸红，心想，这就害羞了，好像也情有可原。

大概是因为刚才的插曲，秦愈吃得十分小心，两个味道他都喜欢，吃得停不下来。

"很好吃。"他夸道。

"这是我奶奶做的。"晋棠棠笑，又支使他，"秦先生，这个餐盒你洗干净没关系吧？"

秦愈点头："好。"

晋棠棠不用洗碗，一身轻松，打算撸两下来福就回校。

察觉到她的想法，他张了张嘴，想起自己的新歌词，有种想让她去看的冲动，最后他还是忍住了。

晋棠棠离开后，秦愈先洗了餐盒和碟子，整整齐齐地放回纸袋里，然后回楼上换衣服。

他在床前脱到一半儿停下手。秦愈转而去了镜子那里，将衣服按紧贴到身体上，好像是能看出来……女孩子都这么直接的？秦愈看了半天，下结论：如果不贴紧的话，好像不太明显。

秦愈换好衣服，又来到那个小健身房。

当初秦宗担心他在家里太久不运动，身体会越来越差，于是在买下别墅时就安排上了。

秦愈大多数时间在录歌室，两三天也会进来锻炼一下，有时放空大脑,有时让自己出汗赶走烦躁。只不过他常用的只有两三个,没想到有一天成果会被夸赞。

秦愈把里面以前他不喜欢、落了灰的几样器材也用了,又下结论:其实也不是那么不喜欢。

他转了一个圈,回到房间。

不知道是不是错觉,他总觉得自己健康了很多。

秦愈翻出秦宗的微信:"谢谢大哥。"

刚吃完晚饭的秦宗一打开手机,就收到来自弟弟的感谢,不禁有些疑惑。

他问:"谢什么?"

秦愈不好意思告诉他隐晦的心思:"没什么。"

秦宗更疑惑了,能让秦愈道谢的肯定不是小事儿。

外面天已经黑了,晋棠棠坐司机的车回校,顺口问:"秦先生最近出门了吗?"

司机摇头:"没有。"

晋棠棠点头,还没出门啊,他们认识快三个月了,秦愈会在什么时候自己出门,而不是需要人陪?

她总觉得他现在其实可以。他和第一次见面时已经是完全不同的状态了,会说长句子,会笑,并不紧张。

第一步需要踏出去。

晋棠棠思考,什么样的借口可以让他直接走出那道门,一个人出门。说起来,她其实都不清楚秦愈为什么会有社交恐惧症。秦家看起来好像很关心他,还有这么厉害的哥哥,他怎么会锁住自己?秦愈的社交恐惧症大概率是外界影响造成的。

晋棠棠能联系上的,可以说话的只有孔景,这会儿对方应当不上班了吧?

她发消息:"孔先生,能问你一些关于秦愈的问题吗?"

孔景当然不在上班,他是最闲的"富二代",吃喝玩乐最精通,认真的就只有投资,结果还赔了。

他现在正和朋友打牌。

"孔少今天的运气不是一般的差。"

"又赢了,承让承让。"

"……"

收到消息,孔景抽空瞄了一眼,看到是晋棠棠,当即停住手:"不打了。"

朋友笑:"不会输怕了吧?"

孔景翻白眼:"以为我是你?我可是有正事要做的。"

他拿着手机离开,几个朋友对视,觉得他肯定在唬人,他能有什么正事。

孔景:"什么问题?"

晋棠棠没料到回这么快:"秦愈为什么会有社交恐惧症?"

孔景没想到她问得这么直接,而且这么久她都没问,他以为她不会问的。

其实他以前不知道秦愈患社交恐惧症的原因,后来有意了解了一下秦家的事之后,半猜半知道的。这事儿说复杂也不复杂,但也不算简单。

孔景:"约个地方见面说吧!"

正好他也有问题想问晋棠棠。

他知道晋棠棠对秦愈的重要性,也想知道秦愈恢复后要怎么样,还有她现在的感觉,因为秦愈明显对她有点儿上心。

晋棠棠有些意外,她以为最多打电话就可以问出来,最终打字:"好的。"

地点是孔景约的,就在星湖大学校门外一个咖啡厅,显然是为了照顾她方便。时间是后天下午。

晋棠棠怕说的时间太长,又或者交谈结束,她无法快速收拾好心情去见秦愈,干脆决定上午去见秦愈,下午就不去了。

回到宿舍时,室友都在。

"你的鹅出去一趟就没啦?"文玥见她两手空空,惨叫道,"我还以为今天能吃呢!"

"还有一小半。"晋棠棠纠正道。

"哪儿呢？"

"别人家的冰箱里。"

"走走走。"

等晋棠棠洗完澡，文玥已经打完一个副本。

她正在玩手机，抑扬顿挫地念道："棠棠，喏喏喏，恭喜你，达成这周登上表白墙第三回的成就。"

晋棠棠面不改色："这有什么好恭喜的？"

"底下怎么说你有男朋友啊？"文玥疑惑地道，"我作为你的室友，怎么不知道你有男朋友？"

晋棠棠转身，有些意外。

她以为"男朋友"这事儿只有学长、学姐和何韵知道，没想到表白墙下居然会有人解释，是好心还是坏意？

手机屏幕上是本校学生的留言。

"学妹居然恋爱啦？"

"我怎么没听说，是假的吧？"

"不是，真的，之前校门外不是有人接她的吗？好多人看见了呢！"

"果然漂亮妹子进学校不久就会名花有主。"

"这说得……男朋友还不是咱们学校的？心碎了。"

文玥皱眉："咱学校关注表白墙的不少，我看这谣言应该很多人都相信了，你要不要解释一下？"

晋棠棠坐下来，说："不解释了，我上次拿这个当借口拒绝了一个学长，解释了更麻烦。"

"况且让他们认为我谈恋爱也没事儿。"她挑眉。

"这就是美女的苦恼。"文玥伸手。

晋棠棠对于自己的容貌有认知，她知道自己长得好看，但没觉得自己是天下第一美。

不知道是不是现在社会太好，她一直都觉得现在街头上的美女越来越多了，看着十分养眼。对比而言，帅哥就没那么多了。

嗯，秦愈算特别的一个，有才华又有颜值，这样的人有社交恐惧症，说可惜感觉好像有点儿不对。

晋棠棠拿出那张CD，拍了个照，发微博，仅粉丝可见，反正她也没什么粉丝。这一登录才发现，她的微博竟然有十几条未读消息，都是评论和转发。

"谢谢支持秦愈！"

"姐姐是星湖大学的，好优秀！"

都是诸如此类的评论，晋棠棠惊了，现在的粉丝搜索能力都这么强的吗？

她这微博都没带秦愈的话题，竟然被发现了，是秦愈太出色，还是粉丝太强？

而且……也许是什么样的歌手吸引什么样的粉丝，秦愈的歌偏忧郁，粉丝却都很阳光、有礼貌，包括她自己也是。

真是奇特，晋棠棠想。虽然她最弱，但她现在也有个很重要的任务呢，她要努力将秦愈带到现实生活。

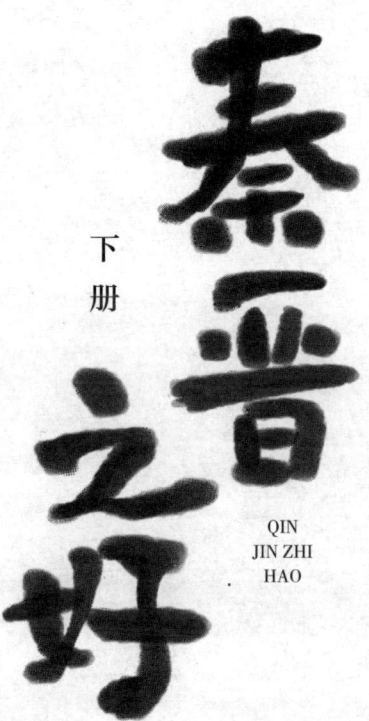

秦晋之好 下册

QIN JIN ZHI HAO

姜之鱼 著

长江出版社
CHANGJIANGPRESS

PART 11
你看我第五次了

　　翌日，因为和孔景有约，晋棠棠上午两节课结束后就去了别墅，为了听歌，她特地给秦愈发消息："秦先生，我待会儿过去。"
　　秦愈昨晚修改草稿睡得晚，才刚起床，看到消息猛地清醒，马上来？
　　秦愈之前都穿着家居服见晋棠棠，今天洗漱后感觉不对，于是换了一件T恤，不算紧，但也不太宽松。
　　弄好后，他才坐在一楼等待晋棠棠的到来。
　　秦愈从未这么紧张过，他没有喜欢过人，但他意识到自己最近的状态不对。
　　音乐人在情感方面尤其敏感，即使是他自己的情感，他也能快速察觉，就好像他上次写出来的新歌。
　　秦愈发现晋棠棠早在之前就不知不觉地成为他的灵感女神，他的缪斯。
　　就像那两句歌词是写她，也是写给她的。
　　晋棠棠开门，是来福迎接的，它的动作还是不能太剧烈，以免撕裂伤口。
　　好在来福很懂事，抑郁了一天就恢复正常了，性格好像变得高冷了一点儿。

晋棠棠经过玄关,看见客厅里的男人,有种像在等她的错觉。

晋棠棠摇头,肯定是自己想错了。

秦愈见她摇头,十分疑惑。

"我给来福带了骨头。"晋棠棠眨眼,"从食堂大叔那里买来的,特别便宜呢!"

"食堂大叔本来打算炖骨头汤的,学校食堂的汤都很稀,你应该没有喝过吧?"

"没有。"秦愈听得津津有味,这些生活都距离他太遥远。

他想起来了:"餐盒洗干净了。"

晋棠棠点头:"昨天晚上我发现一件事,你的粉丝好有礼貌,你在她们眼里肯定也是有礼貌的印象。"

礼貌?印象?

"她们没见过我。"秦愈慢条斯理地说。

"她们听过你的歌,可以通过歌认识。"晋棠棠说。

"那样有区别的。"秦愈摇头,并不太赞同,"比如她们肯定不知道我有社交恐惧症……"这是他可以告诉别人的,但没有公开。他目前所有行为都是当一个纯粹的歌手。

对歌手来讲,他的歌够好、听众喜欢就可以了。他有社交恐惧症也好,长得丑也罢,都没关系。

晋棠棠听他说完,和他对视,忽然感到好奇,问:"那你觉得你在粉丝眼里是什么样子的?"

四目相对,秦愈思忖:"失踪?"

"扑哧"晋棠棠忍不住笑了,这个词好像也没错,一年不发歌,并且继续没音信,不就是常年失踪选手?

秦愈这次没沉默,而是问:"你觉得呢?"

他盯着她,目不转睛。

她是他的粉丝吧,她是怎么认为的?

秦愈的印象里,她好像一直都很平静,当初认出他后也没有太激动。

他很想知道她的想法。

晋棠棠沉吟，想起关于他的评价，总结道："你在粉丝眼里啊，大概是不食人间烟火的神明。"

她停顿下来。

秦愈仿佛意识到她会说她自己的看法，心不禁"怦怦"地跳。

他听到了悦耳的嗓音："在我眼里的话，算下凡？"

下凡？应该是个好词吧？还是说他和网上的"人设"货不对版？

秦愈指尖一颤："有什么区别吗？"

晋棠棠仿若未觉："当然有高高在上和可以触碰得到的不同，我喜欢你的歌，也喜欢你现实里的性格……"

喜欢他的现实？

秦愈的脸上发热，他又听到她没说完的话："现实里更容易相处呀，你自己不觉得吗？"

他的肩膀微微松弛下来，有一瞬间的失落，自己刚刚在想什么？

因为来福的伤口没恢复，晋棠棠其实来也不用遛狗，秦愈坐不下去了，于是上楼练歌。

晋棠棠求之不得。只是听了两遍之后，她又开始想问，他什么时候会唱出来呢？那真的是一个人的演唱会了。好像太浪漫，晋棠棠忍不住害羞起来。

她离开后，秦愈没下楼，看着她的身影远去，心中思绪纷杂，之前的对话一直在脑海里。

平常他要午睡，今天却精神奕奕。

他好像真的喜欢上了晋小姐，在短短不到三个月的时间里。

她还没发现，她还是自己的粉丝，她对自己帮助颇多，他却产生了这样的念头。

秦愈想多了，感觉自己的脑袋要爆炸了，于是翻出微信上可以求助的对象，一一排除，孔景不行，经纪人也不行，大哥……要不要问呢？

秦愈下定决心，但又怕他人不在手机面前，自己和空气聊天，于是他发过去："在吗？"

秦愈又抿唇，这好像是他以前最讨厌的开场白。

他连忙补上一句："如果你是女生……"

"会喜欢我这样的人吗"还没打完，一紧张，前面半句先发过去了。

秦宗："？"

弟弟疯啦？

什么叫如果他是女生？什么事要用这种假设……难道嫌弃他是个哥哥，不是个姐姐？

秦宗在商场上做一些决定都没这么难思考，他头一回担忧弟弟的脑袋是不是出了问题。

当然，更担心的还是他到底是什么意思。

秦宗一个电话拨过去："秦愈，你在干什么？"

秦愈小声道："给你发微信。"

"……"秦宗努力让自己冷静，"你发的微信什么意思？"

秦愈发文字都还要做心理建设，这会儿被逼问，更紧张、害羞，半天没说出话来。

秦宗第一回感觉得赶紧治好他。

"我刚刚没写完。"秦愈解释，他加快语速，仿佛说完就能远离慌乱，"女生会喜欢我这样的吗？"

女生会喜欢……秦宗几乎迅速理解了他的意思："你想谈恋爱？"

秦愈想说没有，但这样好像算撒谎。他还是直接一点儿吧，对方是大哥而不是其他人，肯定不会嘲笑他的。

"你想听实话还是假话？"秦宗问。

"还有假话吗？"秦愈心里有种不好的预感。

秦宗一本正经地道："当然有，假话就是，你的天赋才华都是优秀的地方，还有你那张脸，女生会喜欢的。"

这反而一点儿也没安慰到人，秦愈担忧地问："真话呢？"

"真话？"秦宗无声地笑了，既是笑秦愈变得正常，又是笑他现在还保持单纯。

他认真地开口："当然会有，不过应该很少吧。"

秦愈沮丧，就知道不是好话。

秦宗一直都是鼓励他居多，头一回这样直截了当，但秦愈知道他说的是实话。

"秦愈，别说大哥打击你。"他忽然断了话头，因为秦宗发现这未尝不是个好机会，秦愈能问这个问题，不就是心动了？心动是个好现象，爱情可以让人冲动，说不准秦愈一冲动就出门约会了。

秦宗越想越觉得不错，于是语气严肃地说："女生喜欢人，就会想和对方谈恋爱，你能和女生出门约会吗？能带她去喝奶茶吗？"

"……"秦愈确实被打击了。

"当然，刨除这些因素，我的弟弟当然是最好的，会有人喜欢你的才华，喜欢你的温柔。"

秦愈想，可是又不能去约会，不能出门喝奶茶，为什么不能点外卖，一起在家喝奶茶呢？当然这话他肯定是不会问出口的。

秦宗又灵魂发问："你喜欢晋棠棠？"

秦愈心跳加速："你……你怎么知道？"

"别傻了，你周围就她一个女生。"

"……"

"晋小姐喜欢你吗？"

"不知道。"

"那你问我也没用，我又不是晋小姐，你要去问她，她是你的粉丝，也许是你的'女友粉'。"秦宗一本正经地说，"说不定你告白，她会答应。"

太……太快了吧！吓到晋棠棠怎么办？

秦愈慌忙之中飞速挂断了电话，他感觉今晚找大哥求助并不是个好选择，因为大哥自己都没对象，他应该找个有女朋友的人。

秦宗拿开忙音的手机，忍不住笑了起来。

下午三点，晋棠棠和孔景在咖啡厅见面。

咖啡厅不大，格调也不像市区里的那么高档，孔景坐在那儿吊儿郎当的，好几个女生去向他要微信。

等晋棠棠坐下来，女生们都安静了。

"怎么突然想起来要问？你之前没问，我一直以为你不想问。"孔景率先问。

"因为想了解更多。"晋棠棠说。

她不太喜欢喝咖啡，可能是因为从小的习惯，还是觉得白开水最好喝："孔先生应该很清楚吧？"

"不算全知道，但也差不多。"

孔景忽然身子前倾："你好像是他的粉丝，他的第一首歌你应该听过吧？"

晋棠棠点头。

"这首歌一大半是他的自传。"孔景直接说，"懂了歌词，基本就知道了他的生活。"

孤独，抗拒，还有点儿厌世。

晋棠棠曾经最喜欢这首歌，她也不知道自己一个阳光少女怎么会喜欢阴郁的歌，可能是吸引力吧！

《枷锁》这首歌当初大火以后，网上很多粉丝把这首歌当成高考阅读一样，进行阅读理解答题。就像"我家门前一株是枣树，另一株也是枣树"，他们觉得秦愈的歌词肯定有具体的意思。比如秦愈有一句歌词用了"绳索"两个字，她们怀疑秦愈有自杀倾向。加上曲风，大家信誓旦旦，晋棠棠都快觉得是真相了。

"他第二首歌比第一首歌要阳光一点儿。"晋棠棠主动开口，这个阳光也要打引号，都是相对而言的。

和其他人的歌相比，秦愈的歌都算阴郁风。

"他写出来第一首歌的时候，是他没回国前，那时候他和他妈妈住一起。"孔景迟疑，"也不算住一起吧，算他一个人住。"

晋棠棠敏锐地捕捉到时间、地点的差异："回国？"

"他还没出生的时候，父母就离婚了，母亲去了国外定居，所以他出生在国外，一直跟他妈妈生活。"

"他妈妈性格强势，离婚了嘛，肯定是不喜欢前夫了，我听秦宗，就是秦愈的大哥说，他妈妈如果打掉他，以后就不能再生了，所以就把他生下来了。"

孔景看向她："一个不被母亲喜欢的孩子会怎么样，你应该可以想象吧？"

晋棠棠其实难以理解某些长辈的想法。

她的父母去世得早，她被爷爷奶奶抚养长大，都说老一辈会重男轻女，可她的长辈不同。

"不喜欢，为什么不送回来？"晋棠棠疑惑地道，"我记得他哥哥对他很好。"

孔景摊手道："谁知道呢，也许是报复？不过他的恐惧应该不只来自家庭，还有其他因素。"

这隐秘的想法只有当事人知道了。

"我大概清楚了。"晋棠棠笑了笑。

孔景迷惑地道："我还没说下面的呢！"

晋棠棠莞尔："下面的答案，秦愈来说会更准确，他的答案是最真实的。"

孔景忽然大笑："你真不是一般人。"

晋棠棠说："谢谢夸奖。"

动静太大，周围有人看过来，孔景赶紧止住笑声，低声问："不过你就这么肯定他会告诉你？"

"为什么不相信？"晋棠棠反问。

她继续说："在这之前，你信他会出门遛来福吗？你好像不信，所以你找到了我。"

孔景觉得好像真是这样。

"秦愈其实是个会向别人倾诉的人，他也会对外界事物感到好奇，只不过以前有心理枷锁。你们把他保护得那么好，何尝不是一种另类的枷锁？他习惯了这样的舒适区，只会选择缩在壳子里。"

晋棠棠放慢语速："有些人是有社交恐惧症，但不是不想说话。"

孔景听完，意有所指："我们之前的约定是让他走出来，这就算完成任务。所以，你一个遛狗师觉得自己可以做到？"

"我还是他的粉丝。"晋棠棠俏皮地接上话，"他跟我说他会宠'粉'，让粉丝开心、让粉丝达到目的不过分吧？"

孔景想，这是秦愈能说的话？他有点儿酸了，自己可从未听过类似的友好发言，这就是男女的不同吗？

"你任务完成了,离开了,他又变回原来的样子怎么办?"

"不会的。"晋棠棠笑眯眯地说。

"这么肯定?"孔景质疑。

晋棠棠认真地点头:"我这么年轻,肯定长命百岁,大不了你再请我一次。"

孔景无语,这是正常人的思维吗?

从咖啡厅离开后,晋棠棠看了一下时间,五点了,其实还可以去别墅,但她还是没去。

她给秦愈发消息:"今天有事儿不去啦!"

秦愈在练歌,正期待她来,又怕自己被发现心思,松了一口气,却失落,只回复了一个"好"字。

大哥说得对,他一个躲在家里的人,怎么会有人喜欢?

她一旦不来别墅,他们两个就像活在两个世界,他永远不会到达她的世界里。

适合晋棠棠的应该是一个可以保护她的人,他……好像不行。

秦愈心情一低落,导致歌也跟着抑郁起来。

恢复活泼的来福感觉自家主人好像自己之前的状态,"汪"了一声,主人傻了怎么办?

晋棠棠是第二天下午来的。

经过昨天和孔景的对话,她现在对秦愈有了大概的了解,起码知道哪些是不该聊的话题,说不定还能对症下药。只是晋棠棠出师未捷,秦愈今天好像不太想理她。之所以这么想,是因为秦愈一看见她就移开了视线,开始她还以为自己衣服穿反了。

"秦先生?"

"嗯?"

"你今天看到我都没打招呼。"晋棠棠察觉到他的不对劲儿,"来福惹你不高兴啦?"

秦愈恍然,自己原来忘了打招呼吗?

他否认:"没有。"

"那写歌不顺啦?"晋棠棠又问。

"也没有。"

晋棠棠纳闷:"好吧,我去倒杯水喝。"

她如今在一楼也算是可以自由行动的,秦愈看着她的背影,又看着她出来。

一对视他就紧张。

"秦先生,你平时真不这样。"晋棠棠说,她看着他,那双眼睛里好像察觉了什么。

秦愈转移话题:"你可以不用这样叫……"

晋棠棠故意问:"那怎么叫?"

秦愈说:"叫名字。"

晋棠棠喝了一口水:"好,秦愈,是吧?"

秦愈"嗯"了一声,来福不需要遛,两个人就坐在客厅里,他问:"昨天……是有课吗?"

"没有,昨天我和孔先生去喝咖啡了。"

喝咖啡?和孔景?秦愈被这消息砸得发晕。

昨晚秦宗说的几个问题又浮上心头,他不能带她去喝奶茶,孔景还能和她去喝咖啡呢。

秦愈"破防"了。

晋棠棠问:"怎么啦?"

秦愈问:"你喜欢喝奶茶吗?"

晋棠棠拖长调子:"还好吧。我喜欢喝奶茶店里的果茶,果肉放很多的那种。"

"你问这个干什么?"她眨了眨眼。

秦愈一冲动:"请你喝……"

晋棠棠有猜到,但没想到他说得这么快。

而且她还有点儿奇怪,怎么忽然问到奶茶,还要请她喝——当然,她肯定想喝。

"现在吗?"晋棠棠问。

"不是。"秦愈回过神,冷静下来。

现在不行,太紧迫了,他没做好准备。

晋棠棠"哦"了一声,点头:"现在点,我临走前说不定能喝上,不过明天也可以。"

"你为什么请我喝奶茶?"晋棠棠好奇。

秦愈灵光一闪:"你请我吃了酱鹅。"很合理,还好有这个借口。

晋棠棠一想也是,以秦愈的性格,回馈一下太正常了,酱鹅没有送错人。

见她转身去逗来福,秦愈说:"不点外卖。"

晋棠棠诧异,扭头问:"你自己做?"

秦愈无语,怎么会这么想?

秦愈感觉自己被小瞧了,但又清楚她知道他抗拒出门,所以都没想过他会请她出去喝。

有点儿打击人。

"出去喝。"他沉声道。

晋棠棠挥了挥手:"秦先生,你确定?"

这好像是他第二次主动要求出门,第一次是来福做绝育手术,那是没办法,必须出门。

请她喝奶茶可没有出门的必要。

"不信?"秦愈无奈地问。

"出去喝奶茶,你知道意味着什么吗?"晋棠棠睁大眼睛,"奶茶店人不少的。"

尤其是大学附近的奶茶店。

秦愈愣了一下,也开始想象,面色不太好,挣扎着道:"人少的时候……去?"

晋棠棠忍住笑:"你知道什么时候人少吗?"

秦愈想了想:"上课的时候?"

"那确实,但大学的课是不固定的,很多上午下午都不上课,去奶茶店约会的情侣也不少。"

"去一家人少的店。"

晋棠棠实在觉得他好玩："那我可不知道，你要不去奶茶店外面蹲守一下？"

秦愈："……"

和她聊了这么多话，他刚才的紧张已经消失了，现在他能平静地去思考自己到底该怎么做。

"秦先生……"晋棠棠想说要不干脆点外卖算了。

秦愈说："不是说叫名字吗？"

晋棠棠改口："秦愈，要不咱们点外卖？方便。"

秦愈不想。

晋棠棠看出他的拒绝，不知道他怎么就忽然心血来潮，要出门去喝奶茶，还不准点外卖。

晋棠棠转念一想，他要出门，她为什么不同意？

晋棠棠再度改口，生怕他反悔："还是出门吧！要不现在就出门！马上去！"

秦愈："？"

"现在学校里的人都去吃晚饭了，或者回宿舍了，奶茶店应该没什么人。"晋棠棠信誓旦旦。

秦愈不知道真假，怀疑地问："是吗？"

放学不应该人更多吗？别以为他不出门就不知道。

晋棠棠点头，真诚地道："真的。"

管他真的假的，反正把人骗出去就行，而且出门是他自己先提的，又不能甩锅给她。她只是说"应该没人"，没说"肯定没人"。

秦愈着实没想到晋棠棠改口那么快，但她兴冲冲的样子，让他也不禁开心——他要拒绝今天出门吗？她会失落的吧？

片刻，秦愈点头："好。"

去奶茶店的话，再糟糕也不会像宠物医院那样，要自己回答各种话了吧……只要付钱就可以。

秦愈一想这么简单，就轻松起来。

奶茶甚至能拿了就走，比孔景的咖啡坐在那儿喝好多了。

对了，孔景为什么要和晋棠棠去喝咖啡？

秦愈上楼换了一件衣服。

现在已经十一月，他穿了外套，戴了一个帽子，和上次的鸭舌帽一样，但花纹不一样。

他露出一双眼："好了。"

晋棠棠打量他的装扮："你现在的打扮，拍个视频的话，就很像一些网红帅哥。"越隐藏越容易加滤镜。

秦愈眨眼："帅哥？"

晋棠棠点头，又说："不过网红帅哥取下口罩可能是假的脸，你是真的美貌。"

"美貌"这两个字用在他的身上，秦愈总感觉不对。

"你真要出门？"晋棠棠再次确认。

秦愈掩在口罩后的唇轻启："真的。"

她问这么多次，显然是担心……他有点儿心塞，想起和大哥的对话，他更心塞。

秦愈偷偷看她，如果是和她出门，他并不排斥。这是之前他就意识到的，所以才会让她陪他去宠物医院。所以他其实是可以做到的，可以带她出门喝奶茶，那是不是也可以……去约会？这种亲密的字眼冒出来，秦愈的手指不由得蜷曲起来。

还好晋棠棠看不到他此刻的表情和动作。

也许是上一次出门挺顺利的，这回他又有了自己的小心思，和第一次时的抗拒完全不同，也因为他习惯了小区路上并没有人。

但一出小区，秦愈就知道这个时间选得并不好，因为路上全是人！

临近傍晚，路上全是回家的人，还有就是约会散步的小情侣来来往往。

秦愈想，她骗人。

晋棠棠理解了他的眼神，解释道："我没说路上没人呀，只说奶茶店应该没人。"

秦愈无法反驳，确实。

两个人一个装备齐全，一个大喇喇地将美貌露在外面，形成了路上一道奇特的风景线。

秦愈受到了万众瞩目。他从一开始的"为什么看我""别看我",变成"低头装作他们没看我",最后成了"不和我说话就行"。不说话就好,不打招呼就好。

陌生人自然不会打招呼,晋棠棠听见秦愈如释重负的叹气,无声偷笑。

他既然这么害怕,还非要出门请她喝奶茶。

晋棠棠本来只以为是答谢,此刻忽然察觉不对,他为了谢自己而出门——对他而言,一定是个艰难的决定。所以为什么这么隆重?

星湖大学正门一般是很少有人出去的,学生都从北门这边走,这边不仅有小吃街,还有卖衣服的和电影院,可以说是一个很完整的"小广场"了。

奶茶店有好几家,秦愈一眼就瞥到路口的第一家,门外有人,还在排队。

在排队!排了十几个人!

秦愈停下脚步:"……"

晋棠棠装作不知道:"啊,我估计错误,好像人有点儿多,要不我们等他们都买完了再过去?"

秦愈很想说好,但……不太好。

"去其他店?"他询问。

晋棠棠当然没意见。

然而站在路口等时,秦愈就麻木了,因为几家店门口都站了人,第二家、第三家更多,因为旁边是炸鸡店和饭店。

"还是回去。"秦愈果断选择。

晋棠棠看他要怎么请她。

两个人站回第一家,秦愈看了前面排队的女孩子,深深地吸了一口气,自己肯定不能让晋棠棠去排队。排队……就站在那儿算了。

秦愈视死如归一般站到排队的队伍里,迅速吸引了前后左右的视线,他压低帽舌。怎么他们排队还要看他?还好他们不说话。

秦愈感觉自己似乎和两个月前是完全不同的状态,他已经能够自如地站在人群里。或许不久后,他可以站在舞台上。

晋棠棠站在门边上,秦愈抬头就可以看到她,他飞速地瞄了一眼,看到她正盯着他看。

她一直看他……秦愈抿唇,胡思乱想中,不知不觉面前的人都走得差不多了,他来到了柜台前。

"您好,请问要点儿什么?"

秦愈大脑一片空白,看到几十种奶茶,想起晋棠棠要喝果茶,果茶也有好多种——

"这个。"晋棠棠忽然来到他身边,"你呢?"

奶茶店里放着音乐,加上说话声,嘈杂不已,秦愈却清晰地听见她的声音,悦耳动听。

他机械式地摇头。

奶茶小哥看了看两个人:"好的,稍等。"

秦愈敏锐地察觉到对方似乎又误会了,只是没明说。

"你不喝吗?"晋棠棠问。

"不了。"喝奶茶要摘口罩,秦愈不想。

晋棠棠摊手,好吧!

几分钟后,奶茶送过来,晋棠棠接过,秦愈长出了一口气,感觉胜利近在眼前。还没放松几秒,有人叫道:"晋棠棠!"

晋棠棠扭头:"何韵。"

秦愈就知道她遇上熟人了,别过脸,任由她们两个聊天,还好他在这里不认识人。

"好巧。"何韵的目光触及她手中的奶茶,又看向她身旁挺拔高大的男人,"这是……你的男朋友?"

晋棠棠意味深长地道:"问这个干什么?"

"不是好奇嘛,学校里都说你谈恋爱了。"何韵笑嘻嘻地,丝毫不提是她传播的。

秦愈想,"都"?上次晋棠棠和他道歉,他以为只是很小的事,没想到学校里都知道——她在学校里很出名?好像很可能,她这么好。

何韵想看清秦愈长什么样，奈何他太谨慎："不是学校里的人吧？我好像没见过，怎么还戴口罩？"

"因为安全。"晋棠棠奇怪地看着她，"医生们都说了，出门尽量戴口罩，你不会不知道吧？"

她将吸管扎进去，发出"扑哧"一声。

何韵无语，是这个意思吗？

她盯着那个男人看了半天，对方居然都没给她一个眼神，直接无视了她。这么目中无人？

晋棠棠懒得和她多说话，而且秦愈在人堆里说不定紧张成了菠萝，她扭头道："走吧。"

秦愈立刻点头。

何韵盯着两个人离开的背影，忽然想起什么，拿手机拍了一张照，这回也算是有证据了吧？

没想到她真的在谈恋爱，男朋友包得这么严实，不会是太丑，不敢露脸吧？

何韵是谁，晋棠棠也不想和秦愈说。

离开奶茶店一段距离，她抓住秦愈看她的第五次机会，故意问："你也要喝？"

秦愈否认："不是。"

晋棠棠说："好吧。"

她喝了一口，说话有点儿含混不清："那你一直看我，刚刚是第五次——"

"现在是第六次了。"晋棠棠补充。

偷看被抓包可能会尴尬居多，被抓包偷看了几次，那可太丢脸了。

秦愈很少会丢脸，万万没想到现在就有了丢脸的机会。

五次、六次……秦愈不知道有这么多次。

这个数字放在练歌的频率上算得上少之又少，放在偷看上面过度频繁。要怎么回答？承认还是否认？人家都看到了，自己再否认就像个傻子。

秦愈沉默，仿佛这样这个话题能在一秒以内迅速消失。

晋棠棠不达目的誓不罢休:"你怎么不说话?"

她明知故问,他这会儿肯定很紧张。

秦愈害羞的表现太明显了,她和他认识也有三个月时间了,他沉默的时候往往都是不知道说什么,所以基本证明她说的是真的。

"没有……"秦愈的声音不高。他不由得庆幸自己今天戴了口罩,能让他掩藏表情。

"自恋点儿说,其实我长得不赖,是吧,看着养眼?"晋棠棠莞尔,又问,"今天出来感觉怎么样?"

秦愈的注意力还在前半句,没料到她忽然转话题:"对。"

"对什么?"晋棠棠笑道,"我问的是感觉,秦先生,走神不应该啊!"

秦愈无奈,她怎么不按套路出牌?所以他以前觉得社交好累,话题太多。

不过晋棠棠是个例外,和她说话很舒服,不紧迫,像是寻常聊天,也没有引诱的感觉。

之前秦愈和秦宗通电话时,能明显地感觉到秦宗作为哥哥的身份。

和晋棠棠聊天,没有粉丝和歌手的距离,像是朋友,其实明明也没有深入了解。

"还可以。"他回答,又补充,"比上次好。"

不只是好,其实是好太多,即使是在奶茶店那里,和第一次相比更是天壤之别。

他明显地感觉到自己不像从前那样抗拒外界,只是依旧不太喜欢人很多。

比如那次遛狗,人围上来搭讪,和这回大家自己排自己的队,只是多看他两眼而已。

"像父母那个年代,出门还容易聊天,现在出门,其实都是玩自己的手机什么的。"

"因为疫情过后,街上出门的人都开始戴口罩,其实对于有社交恐惧症的人而言蛮方便的。"

晋棠棠咬了一块儿桃肉:"好吃。"

秦愈又忘了刚才被她揭穿的事，扭头看她吃东西，她又吃又喝，脸颊微微鼓起，闭紧嘴巴咬合，更显得脸圆，比平时看着更可爱。

"第七次，是不是？"晋棠棠忽然抬头看他。

两个人对视上，秦愈被帽檐微微遮住的眼睛眨了一下："看你吃得好像很好吃。"好借口，他想。

晋棠棠挑眉，不知是信了还是没信。

秦愈心虚得厉害，他好像没在晋棠棠面前撒过谎，即使是这么小的谎言，也让他害怕被戳破，更怕被她发现他的心思。

"你要不要去我的学校里逛逛？"晋棠棠忽然指了指前方，"你是不是还没去过？"

"嗯。"秦愈摇头，看向右侧方。

他倒是好奇她在学校里的样子和生活。

"不进去？"

"不去。"

"好吧！"晋棠棠的语气里有点儿小失落，然后忽然转了风向，"其实学校里的人不多的，他们都回宿舍了。"

秦愈，不信。

见他的眼睛里明晃晃地写着"假的"，晋棠棠说："真的。"

秦愈想了想："你之前也是这么说的。"结果奶茶店门口人多得都在排队。

晋棠棠叹气："看来骗不到你了。"

秦愈望着她，她正低头喝果茶，眼睫毛的阴影下方是一双富有灵气的眸子，一和她对视，他就会心跳不已。

他是喜欢的，应该。

如果说出来，是不是会吓到她？会不会她再也不会过来遛狗？

他们目前所有交集都因为遛来福，一旦结束这个雇佣关系，他不知怎么才能再和她见面。粉丝和歌手吗？关系会有那么牢固吗？

走到和校门口平行的路口时，秦愈停下来了，说："要不……你回去吧！"

她在学校门口，和他一起回别墅，还要再回去，岂不是浪费时间，多走重复的路？

晋棠棠惊讶地问："你自己回去？"他可以吗？秦愈已经恢复到这种程度啦？

秦愈还没回答，她已经发问："你不怕路上被人围住要微信吗？不怕遇到搭讪的人吗？"

"应该不会吧？"他迟疑地道。

"你怎么知道不会？上回你也戴帽子了。"晋棠棠危言耸听，"再说，美貌是遮不住的。"

秦愈想，她是在夸我长得帅吗？

秦愈还未纠结完，就听晋棠棠一挥手，元气满满地道："走吧，公主，让骑士送你回家。"

"公主？"他捕捉到了什么。

晋棠棠忙不迭地改口："王子。"

她一不小心把心里话说出来了，还好没说自己是女巫，拐带公主出门第三回依旧成功。

不对，这回应该是公主主动邀请女巫出门。

秦愈怎感觉上一个称呼才是她想说的，毕竟是第一反应。

他想拒绝，但晋棠棠刚才的假设确实是他这会儿最担忧的："我低头走应该可以吧？"

"可能会撞电线杆上。"

"……"

晋棠棠催促："快走，天黑了。"

秦愈心中尴尬，自己一个大男人，居然让她一个女孩子送回家——可他又生出窃喜，这段路，又是独自二人。这是晋棠棠每次过来都会走的路，今天，他是陪她一起的。

这对秦愈而言，是一段从没有想过的经历，他难以想象自己走那么远，还在人群里排队，只为了给晋棠棠买奶茶。

两个人到了小区门口时，物业人员都看见了，露出惊讶的目光，秦愈甚至看见他们对晋棠棠笑，怎么不对他笑？他还是业主呢！

秦愈仔细想了一下，别墅好像是秦宗出钱买的，大哥才是正经的业主——不管，是他住的。送给他的就是他的。就好像晋棠棠的工资是他发的，所以晋棠棠就是他的员工，一切都只要和他说就可以了。秦愈如此想。

到别墅时，晋棠棠已经喝完了奶茶。

来福在院子里迎接他们，它还未完全恢复，但依旧活泼，看不出绝育后的性情大变。

"来福。"秦愈轻而易举就能按住来福的头。

晋棠棠看在眼里，他真高啊！

她看着和来福互动的秦愈，这时候的他和在外面不太一样，好似更有生气一些。

晋棠棠有所感觉，前两天开始，秦愈的态度好像变了许多，对她比以前更亲密一些。

她不太能分得清他是依赖她，还是因为别的。

晋棠棠不傻，他们的关系明面上是雇佣，还有"医生"和"病人"，她担忧自己多想的话，可能一切成空。

和秦愈出门这事儿，晋棠棠没告诉孔景他们。一来是忘了拍照；二来是她总感觉好像不太好，说秦愈请她喝奶茶，秦总会不会不乐意？小说里不是经常有"五百万，离开我儿子"的桥段，万一秦总也有"一千万，离开我弟弟"的发言呢？她这一刻拥有自己的小心思。

然而在湖景御府那端，秦愈刚刚打开秦宗的微信："大哥。"

他这会儿打字一点儿也不费劲儿："出门喝奶茶不难。"当时是难的，但他现在回到家里，可以轻而易举把紧张改成很简单，反正除了他自己没人知道。啊，还有晋棠棠知道，不过晋小姐应该不会说他很紧张吧？

秦愈瞎猜着。收到消息的秦宗正在餐厅里，他刚喝的一口汤差点儿呛着，长年冷静让他面无表情，他克制住，没有喷出去。

桌上其他人纷纷看过来。

老爷子还在，每周秦家都会有固定的聚餐，三代同堂，只是秦愈经常不在。

今天正好是聚餐日。

"阿宗，怎么啦？"秦则崇问。

"没有，收到了秦愈的消息。"秦宗简单地描述。

其他人都停下了动作，询问："什么消息？"

秦宗沉吟了片刻，还是说了出来："他今天似乎出门喝奶茶了。"

他好像才和秦愈说过喝奶茶的事吧？这么快就一个人尝试出门啦？难道这是爱情的力量吗？

秦宗当时的确是为了刺激他，但也没想过对话结束后不到二十四小时，答案就给出来了。

秦愈说不难，说明他出门喝奶茶了，是在变相地告诉秦宗，他可以和女孩子出门。

"喝奶茶？出门是好事。"老爷子咳嗽了一下，又问，"他喜欢喝奶茶？"没听说他孙子还有这爱好呀。

秦宗回复："一个人出去啦？"

秦愈："和晋小姐。"

秦宗想，这速度也太快了吧？他以为秦愈是为了锻炼自己，一个人出门了，结果弟弟已经开始追人啦？

秦愈又给晋棠棠发消息："到校了吗？"

晋棠棠过了一会儿才回复："到啦！"

这种语气词明明很多人都不用，秦愈却觉得和她本人很符合，像向日葵少女。

晋棠棠已经到宿舍楼了，只不过在门口碰到来找她的罗青言，两个人就聊起来了。

其实也没有什么事，就是辩论赛的事。

"下周辩题出来，正反方也会出来，到时候你跟我们一起去讨论。"罗青言叮嘱。

"好。"晋棠棠点头，又想起了什么，"学姐，普通人去现场观看需要什么条件？"

罗青言想了一下："不是特别难吧？好像买票就行，我记得决赛是买票，我到时候问问。"她转而说起刚才的话题："我其实一直有退出的打算，因为在准备考研的事，没有太多的精力。"这几乎是明示了。

晋棠棠认真地道："我知道了，学姐，我一定会去的。"

罗青言笑着点头："行。"

回到宿舍楼，走廊中有些阴冷，晋棠棠在想，罗青言上次还说让自己去替补，这回已经说打算退出，是不是有让自己上场的打算？

晋棠棠深吸一口气，上回的辩论赛后，她一直记得那种感觉，激动、快乐。

也许就和秦愈喜欢音乐一样，热爱所热爱的，便会控制不住地想去接近。

秦愈收到晋棠棠的回复片刻，秦宗的回复就发了过来，他打开看后变得落寞。

秦宗："原来如此。我只是列举一个奶茶店而已，重点还是你能和她去约会吗？能陪她逛街吗？"

秦愈不回话了。

秦宗又不免担忧，不会刺激过头，好不容易伸头的孩子又猛地退回去吧？

大哥陷入了纠结中，这比投资还难。

秦愈比他还纠结，逛街……人肯定好多，女孩子逛街要试衣服，要还价的吧？那就要和人说话。不逛街的话，男生好像只要陪着就可以，不用和别人说话，就像在奶茶店一样？

不到两分钟，秦愈又仰卧起坐。

秦愈给秦宗回复："能的。"

秦宗惊讶："好，我等着。"

几分钟过去，是终于确定自己可以做到才回答他的吗？

秦宗很乐于见到他下决定，顿时食欲大振。他倒要看看秦愈是怎么陪晋棠棠出门的，湖景御府周围都没有步行街，总不至于在小街道逛吧？

秦宗的表现太明显，其他人都发现了。

"秦愈怎么样啦？"

"下周叫他回来吃饭吧！"

秦宗没有隐瞒："他喜欢上了一个女生，正在证明他是能做她男朋友的。"

一语惊到一桌人。

"秦愈要追人？"秦鹤臣讶异了，"他的社交恐惧症呢，能够无视吗？"

他是秦家唯一的医生，比谁都清楚社交恐惧症这个病，秦愈不算特别严重的，有的比他还糟糕。

秦愈更多的是心理状态，心理状态很难发生转变，除非他自己主动，否则要么原地踏步，要么更糟糕。他之前连回老宅吃饭都抗拒，怎么一下子就开始追人了？

秦则崇是家里唯一结婚的人，虽然太太还在娘家，不过来和他一起住。

"是好事。"他说。

"所以才在证明。"秦宗回答秦鹤臣的话，"确实是好事。我在刺激他，他好像受到了打击。"

"他没那么脆弱。"秦则崇道。

否则几年前没回秦家，秦愈就已经抵抗不住了。

另一边，秦愈还不知道自己已经成为秦家的话题中心了。

虽然秦愈觉得自己可以陪晋棠棠去逛街，但实际上操作难度确实有点儿高：一来，没有好借口，毕竟说逛街太突兀了；二来，他现在还处于能不出门就不出门的状态。

但为了早日实现目标，秦愈上网搜了些陪逛街的视频，打算学习一下经验，也可以避免一些问题。

看了几个视频，要么是男朋友付账，要么是秀恩爱的，没有任何学习经验。

秦愈又将注意力放在了如何在人群里保持镇定上面。

他今天出门表现不错，下次能这样就可以吧？好像追求太低了。

秦愈想不到合适的方法，只好回楼上练歌，今天出门了，练歌时间也被用去买奶茶了。

那段歌词他记得滚瓜烂熟。

秦愈想起晋棠棠很久之前提的问题,他什么时候可以开口唱歌?

他想说,其实他一直可以,只是是一个人的时候。

窗外的夜色逐渐降临,灯光打在秦愈的脸上,落下一片阴影,他哼了哼,歌词便跳跃而出。

好像他第一次见晋棠棠时,他躲在厨房门后,心"怦怦"地跳。只是,那时是害怕的紧张,现在是喜欢的紧张。

明明是不同的状态,却好像有相似的心情,就连歌词都可以安到那里去。

比起出门,似乎在晋棠棠面前开口唱歌更难。

秦愈止住歌声,用纸挡住脸。

晋棠棠回宿舍时心情特别好,哼着歌,不禁想,秦愈什么时候可以唱歌给我听,当宠"粉"福利?

两个人虽在两个地方,思维却在同一处。

"你今天出去约会了吧?"文玥问。

"约会?不算吧!"晋棠棠问,"你怎么知道的?"

"一个是猜的,你今天开心的样子不像是中奖,另一个就是有人在外面看到你们了。"

晋棠棠第一反应是何韵说的。不过是她想多了,因为好几个人都看到她了,她为了喝奶茶没戴口罩,而且她在学校也算是个小名人。

"你的男朋友挺高啊!"文玥夸道。

关筱竹立刻凑过去:"没露脸,应该是帅哥吧?"

文玥高深莫测:"这就叫氛围感,看着就感觉是帅哥,那种氛围摆在那儿。"

"不是男朋友。"晋棠棠在阳台收衣服,否认道。

"那就是即将成为男朋友。"

"对,都一起喝奶茶了,不是暧昧对象吗?"

晋棠棠抱着衣服回来,想起今天抓包秦愈看她好几次,当时没多想,现在一联系，也许他不是好奇，不是依赖？不会是自己自恋吧？

晋棠棠从见到秦愈的第一面起，就对那张脸有心思，但后面的注意力全都放在他的社交恐惧症上。

他在变好，她也可以多想一点儿了。晋棠棠从未满足于普通粉丝这个身份。

"想什么呢？"文玥忽然叫她。

"在想有人是不是喜欢我。"晋棠棠轻声道。

"废话，咱班上就有好几个男生喜欢你，你谈恋爱的消息一出，听说他们都去买醉了。"

晋棠棠一愣："不至于吧？"

关筱竹像煞有介事地点头："我还撞见了，真的。"

晋棠棠无语，大学了，还会有这样的事发生吗？

周六下午，晋棠棠去参加辩论社的活动，这次和以前不一样，辩论队的成员都在。

李文敬看见她，表情还有点儿幽怨，显然他也知道她和"男朋友"在奶茶店"约会"的事了。

罗青言乐不可支："他这副样子也就鬼信。"他压根儿就没怎么上心，哪会伤心？

"你的男朋友真不是我们学校的？"她问。

听见罗青言的问题，边上几个人都竖起了耳朵，尤以何韵最为机警，她正好奇呢！

在公共场合否认的话，等于以前的借口白用了。

晋棠棠点头："不是学校的。"

何韵忍不住问："那他是社会人士吗？"

晋棠棠面不改色："是。"

秦愈不在上学，已经在娱乐圈里闯荡，可不就是社会人士？只是和大众认知的社会人士有点儿区别。

"啊，那有点儿不太合适吧！"何韵忽然捂住嘴，歉意地一笑，"我的意思是我们才刚上大一，还小。"

她一说，其他人一想也是。

晋棠棠才十八岁，社会人士起码也大学毕业了，最少也二十二三了吧，指不定二十五六了。看着不大，但两个人差了六七岁。

李文敬直接坐正了，他之前就怀疑对方不如自己，结果晋棠棠说比他帅，他其实不信。

"我成年了就行。"晋棠棠看她一眼，"他很好。"

罗青言打马虎眼，虽然她也会觉得年龄差得大："谈恋爱而已，年龄又不是问题。"

"棠棠喜欢就行了嘛！"

"学妹喜欢的人，肯定不会差。"

大家都不太想当面说别人男朋友怎么样，何韵在后面咕哝了一句："现在社会人士可爱骗学生了。"

她的声音小，也就临近座位的能听得见。

晋棠棠瞥她一眼，叹息道："确实，你看起来就很好骗。"

何韵无语，这叫什么话？

一旁的罗青言忍住笑，曾晓莹没那个功力，只好捂着嘴笑，还好自己已经不对付晋棠棠了。

"好了，来说说辩论赛的事，叫你们来，当然不是白来的。"罗青言敲了敲桌子。

何韵狠狠地剜了晋棠棠一眼，将注意力放在辩论赛上，如果能加入辩论队，她才不会管晋棠棠呢，可惜罗青言只说有参与机会。

晋棠棠心里一动，学姐似乎只和自己说了她要退出的事，这是在给她机会。

她当然也是有信心的。辩论赛在下个月，也没几天了，下周先出辩题和正反方，然后再去比赛。这个高校辩论赛有几家电视台转播，之前学姐们上热搜的就是这个辩论赛。

她如果能参加，对未来发展有益处。

和晋棠棠聊过后，孔景一直想告诉秦愈，但他觉得晋棠棠会去问秦愈，所以就没说。

但几天都没动静,他忍不住去了别墅。

秦愈正在楼上练歌,练完了才下楼:"今天怎么过来啦?"

他们好久没见,上一次得知孔景的消息还是从晋棠棠口中,也不知道他们在咖啡厅里说了什么。

为什么要去咖啡厅?是约会吗?

孔景觉得他看自己的眼神有点儿古怪,旁敲侧击:"晋棠棠没问你什么问题?"

孔景要问晋棠棠的事?秦愈警惕地问:"什么问题?"

孔景一无所知,回道:"我和她上次约在咖啡厅,聊了点儿你的事,她告诉你了没?"

他的事?秦愈说:"只说了你们见面。"

孔景"哦"了一声:"她问我你怎么得的社交恐惧症。"

秦愈的后背猛地绷直,这一直是他内心深处不愿意去想的记忆,不是不可以说,只是抗拒去想。

他没告诉过晋棠棠,但没想过别人可以告诉她。

"她知道啦?"他的声音有点儿涩。

"我没细说,她也没继续问。"孔景连忙道,"她说你自己的答案更准确。"

秦愈好像松了一口气。

孔景说:"所以我以为她问你了,看样子是没有。"

秦愈"嗯"了一声。

孔景神经大条:"让她知道也可以嘛,毕竟不知道的话,说不定哪天触你霉头了。"

"哪儿来的霉头?"秦愈否认。

"好,没有。"

"你们只聊了这个?"

孔景摊手:"不然呢,我和她一个学生又没什么共同话题,还不如去和我朋友打牌。"

这和打牌能有可比性吗?

不管怎么样,秦愈这时是有点儿开心的。

上次晋棠棠的反应和以前并没有区别，说明知道了缘由对她也没有影响。

秦愈不再紧张了。

离开教室时，罗青言叫住晋棠棠："那天你问我的，去现场看都是要门票的，不贵。"

晋棠棠点头："好，我知道了。"

罗青言问："你想叫你的男朋友来看啊？"

晋棠棠迟疑地道："算是吧！"还想叫爷爷奶奶一起来看，但他们肯定不来，他们可能更想在老家和大家一起在电视上看。

如果她可以出场的话就更好了。

罗青言说："你别管别人说什么，谈恋爱，只要不吃亏就行，你可别把自己送出去了。"

晋棠棠莞尔："当然。"而且，估计秦愈都不敢。

"在观众席一起看和出场一起看，那可不一样。"罗青言意味深长地说了一句，施施然离开。

晋棠棠但笑不语。

既然门票可以买，那谁都可以来。

晋棠棠的主意就打到了秦愈的身上，奶茶店都敢去，现场看个辩论赛不过分吧？

"秦愈，下个月有空吗？"上次之后，她就称呼他名字了，这未尝不是一个信号。

秦愈无视面前的孔景，问："下个月？"

问有空吗，那就是有事儿找他……是要约他出去吗？

他还在想，晋棠棠的答案已经给了过来："请你看辩论赛，你可以吗？"

请他看辩论赛为什么要问可不可以，直接看不就行啦？

他记得上次在电视里看到的比赛。

秦愈忽然意识到这个请他看辩论赛的潜台词，晋棠棠是在邀请他去现场观看吧？

现场代表着人群,他要在人群里看一场比赛,他可以吗?

同一个问题,他用来问自己。

秦愈的手指停在屏幕上。

孔景喝了一杯水,扭头发现秦愈半天没动,好奇地问:"谁的消息,都走神啦?"

秦愈说:"没事儿。"

他不知道怎么回晋棠棠。拒绝的话,好像之前的一切证明都成了无用之功。同意的话,秦愈确定自己现在无法去人群中看一场比赛,也许会在她面前表现得更糟糕。两个答案似乎都没有结果。

"你一看就是在纠结什么事儿,说给我听听,说不定就能有答案了。"孔景怂恿。

秦愈看了他一眼,他还没谈过恋爱,知道什么?

孔景感觉他的眼神是在鄙视自己,但找不到证据,他强调:"吃喝玩乐我还是精通的。"

果然如此,秦愈问:"你听过演唱会吗?"

"没有,我又不追这个歌手,听什么演唱会。再说了,你不是还没开吗?你开了我会去的。"

到时候买个十几二十张门票邀请朋友们——前提是自己也能抢到,应该可以吧?据他所知,秦愈虽然被评价很高,但毕竟只有两首歌,又不搞活动,不像其他歌手不愁销量。

秦愈叹了一口气,"你回去吧!"

孔景说:"我才来。"

"我知道。"秦愈觉得奇怪地看他,"你还有事儿吗?"

孔景一想好像也是:"那我走?你现在都学会赶人了,以前我说话你都很少回的。"

他的无心之言让秦愈一怔。

"孔景。"他开口。

刚起身的孔景疑惑地望着他:"怎么啦?"

秦愈问:"变了很多吗?"

孔景意识到了什么,忽然笑了起来:"你自己难道不知道吗?你以前就算和我说话,最多也就几个字,大多是我找话题,现在不是,你会自己主动开口。"

他越说越多,干脆又坐下来了。

"再说,你自己出门的事你也清楚。最简单的,新歌写出来了是吧?不闭塞,开始输出了。"

"以前的你像一个封闭的铁桶,无论怎么样,都在里面不出来,现在不是,现在这铁桶开了个盖子,你会透气了。"

秦愈皱眉:"你这比喻不好听。"

孔景无语:"懂了就行,我没文化。"

秦愈的眉头舒展:"嗯。"

孔景想,怎么感觉你这样更像嘲讽呢?

秦愈恍若未觉:"我应该还不会举办演唱会。"

"欲速则不达,不急。"孔景优哉游哉。

"你之前好像去看游戏比赛了。"秦愈忽然想起来,"我记得你发了朋友圈。"

孔景点头:"怎么啦?"

秦愈旁敲侧击:"看比赛……需要社交吗?"

孔景本来没明白他的目的,以为他要去看什么比赛,当即回答:"当然不需要,大家各看各的,至于旁边的人是男是女都不会关心。"

就好像买奶茶一样吗?他说得如此简单,但一个比赛场地里也许有好几万人,这对秦愈而言很恐怖。

"你要是想看,可以找第一排啊,或者角落的座位,周围坐熟人就没什么问题了。"

秦愈认真思考了一下这个建议。

第一排,岂不是后面的人都会看前面,就算不看他,他也会紧张得要死。

角落的座位……晋棠棠和他坐一起连舞台上的比赛都看不见吧!好难。

秦愈丝毫没有意识到他此刻纠结的问题已经不再是"去不去看辩论赛",而是"坐在哪里最好"。他的潜意识已经替他给出了答案。

晋棠棠没收到秦愈的回答,她不意外。

他肯定能懂自己这句话的意思,去现场看比赛对秦愈而言,是一项不亚于第一次出门的艰难活动。

他敢从屋子里踏出来就说明可以做到,无非时间问题。

如果秦愈没答应,就说明现在为时尚早,晋棠棠就知道他大概处于什么状态了。

当然,她更期待秦愈答应。

十几分钟后,晋棠棠的微信"嘀"了一声,她猛地解锁打开。

秦愈:"我想考虑考虑。"

晋棠棠不禁露出笑容,没拒绝,说考虑,那就是有去的机会。

晋棠棠:"好!"

她打的一个感叹号让秦愈心中的天平又歪了一点儿。

大概是因为辩论赛将近,这周辩论社组织了两次辩论,晋棠棠从一辩变成二辩,一赢一输。

周一时,辩题和正反方给出了。辩题是"是否支持大学生养宠物",星湖大学是反方,也就是不支持,正方是深西师范。

从辩论社那边得知这个辩题时,晋棠棠挑了一下眉。这辩题和自己其实还是有点儿关联的,她虽然没养宠物,但经常接触秦愈的狗。

罗青言松了一口气:"辩题不难。"难的是怎么辩赢。

今天没进行讨论,离开时,罗青言说:"棠棠,你回去准备一下,过两天我就宣布这件事,我已经和其他人说好了。"

晋棠棠点头:"好。"

"李文敬的意思是你接他的一辩,他替我的位置,你觉得怎么样?"

晋棠棠莞尔:"我都可以。"

每个位置都有自己的作用,说起来,她上次参加的比赛也是一辩,所以对这个位置更熟悉。

罗青言摇头:"我不太赞同。"一辩比起其他几个位置较简单,如果李文敬还有两年才退,她赞成,可他也快要退了,那就是问题。晋棠棠接一辩的位置,后面更重要的位置谁来接?反而辩论社里的其他人可以往上接一辩。所以罗青言还在争取。不过没有最终答案,她不好提前说,万一竹篮打水——一场空,平白让人失望。

见罗青言和晋棠棠说悄悄话,辩论社其他人心里都有数,他们这群新人,最被看重的就是晋棠棠了。

大二的学姐会接其他位置,辩论队肯定有晋棠棠的一席。

"罗学姐又和她单独说话了。"何韵说,"肯定是有事儿。"

"什么事我都不关心了,下学期我就退社了。"曾晓莹随口道,"你要退吗?"

何韵看她:"退了干吗?明年我就是学姐,我也是老人,可以带新人了。"

曾晓莹古怪地看她,带新人……想什么呢?

虽然辩论赛还未开始,初赛门票的购买通道却已经出来了。

晋棠棠第一次买,不清楚在哪儿,罗青言记得她问过,于是把网址发了过去。

这次的辩论赛因为要录播,场馆里人不多,可能就几千人,和学校大礼堂类似。

晋棠棠进得够早,还可以选座位。她仿佛回到看电影前,只是这次不是选中间,而是选第二排边上:一是近,二是边上人不多。

比起演唱会一类的活动,辩论赛的受众不多,所以门票不贵。

晋棠棠买了两张,不管秦愈来不来,先买了,不来的话,就送给他当收藏吧。

她才刚下单,宿舍里出现一声大叫:"关筱竹,晋棠棠,跟我一起去参加音乐节啊!"

晋棠棠头也不回:"什么音乐节?"

文玥将链接发到宿舍群里:"就在咱们城市,节目还挺丰富,有唱歌,还有跳舞的,我在宿舍可憋死了。"

音乐节的日期是在周末,大家都没课。

"我没问题。"

"我也没问题。"

于是这事儿就这么定下来了。

晋棠棠又将链接发给秦愈，故意问："参加音乐节吗？"

秦愈没参加过音乐节，于是去网上搜了一下。

音乐节上一般都有很多歌手，还有乐队，风格不尽相同，但大多数台下的氛围相似。

人多、热闹，周围无数人一起跳舞，你唱一句我唱一句，还有互相聊天的，人与人之间的距离往往只有几厘米——可怕，太可怕！

一想到自己在这样的环境里，秦愈不禁呼吸变重。如果自己去参加，他怀疑自己会死在人堆里，到时候晋棠棠说不定要叫救护车。

秦愈这回拒绝得十分迅速："不行。"拒绝得太快，连"可能"都没加上。

晋棠棠："好吧！"

她几乎可以想象秦愈此刻拧在一起的眉毛，可惜不能亲眼见到，早知道自己去别墅时再问了。不过没关系，再问一遍也可以。

下午四点，晋棠棠去了湖景御府。

来福已经完全恢复了，性格并没有多大变化，今天就是绝育之后开始遛的第一天。

她去时，秦愈正在练歌。

晋棠棠听了一会儿，发现好像和之前不一样了。旋律似乎有所变化，而且十分流畅，很完整，她不知道多少，但这意味着秦愈的歌好像写完了。

晋棠棠心里一动，再过不久就能听歌啦？

来福要出门，她强行把来福箍在怀里，待在客厅——听完歌再出门也不急。

秦愈下楼时就见到头埋在女孩儿怀里的来福。

晋棠棠没问他歌的事，而是问："你真的不去参加音乐节吗？我以为你们做音乐的，都会想去这样的场合。"

当然，她瞎掰的。

秦愈之前回绝得那么肯定，后来还在懊恼自己太弱，他偶尔也想，大哥的话可能是对的。

"我……做不到。"他说。

"作为观众吗?"晋棠棠问。

"嗯。"秦愈一愣,点头,他之前想象的都是自己作为观众遇到的情况。

晋棠棠又问:"如果作为台上的人呢?"

秦愈没想过:"那和演唱会似乎没有太大的区别。"

"还是有的,演唱会的人更多,但是不会像音乐节那样更容易接触到台下的观众。"

晋棠棠的语气失落:"不过我好像都见不到你。"

秦愈的目光中映出她微垂的脑袋和不停抚摸来福的手,似乎能够想象到她对他的期待转变成了空想。

他的喉咙一哽。

"去看辩论赛。"秦愈说。

晋棠棠忽地抬头:"你答应啦?"

秦愈见她眼中的惊喜,囫囵应道:"嗯,你不是也在吗?"

他假设那么多都不一定会成现实,和音乐节相比,还是看辩论赛更简单。

再说晋棠棠陪着坐在身边,他应该最多比去宠物医院更紧张一些,秦愈在心里找好理由。

而且……两个人去看比赛,这和约会是不是没有多大区别?秦愈的心跳加快了。

晋棠棠笑道:"好呀!"

她又想起了什么:"对了,我应该要上台的。"

秦愈的幻想化成了泡沫:"什么?"他要一个人坐在台下??

原来请他看辩论赛是这个意思……

PART 12
暧 昧

　　晋棠棠说的请他看辩论赛是真的请他一个人。

　　秦愈刚刚才做好心理建设,有晋棠棠坐在自己旁边,他应该可以挺过去。

　　现在突如其来的一句又让他蒙了。

　　"你是不是很惊讶?"晋棠棠松开来福,站起来,不过她还得仰头看他,"是社里学姐给我的机会。"

　　秦愈点头:"确实惊讶……"但两个人惊讶的点完全不同。

　　秦愈深吸一口气,自己刚刚已经答应了,难道现在要说他不去看了,这样可以吗?

　　如果一开始拒绝还好,他答应得太早了。

　　秦愈心中叫苦不迭,已经开始想象自己坐在被人群围着的观众席上的场景——救命!

　　晋棠棠不知道面前男人的想法已经山路十八弯了:"我说不定在台上会紧张,还能被你发现。"

　　不……不会的,秦愈想。

　　晋棠棠刚开始是忘了告诉他自己上台的事,现在看他的反应又觉得好玩。

她说:"你一个人可以吗?"

秦愈心中说不可以,面上却毫无表情:"可以吧……"

"虽然有点儿不太肯定,但我相信你。"晋棠棠忽闪的眼眸望向他,鼓励道,"你能的。"

秦愈感觉不太能……

事情就这样尘埃落定,几分钟前在幻想二人同看辩论赛等同约会的秦愈,在几分钟后确定自己需要一个人观看。不仅是落差,还有恐惧,世界上怎么会有这样的事情!

晋棠棠给来福套上牵引绳:"来福休息了那么多天,终于能出去逛街了。"

"汪!汪!"来福激动地咬着秦愈的裤腿。

秦愈纹丝不动,还在纠结独自观看辩论赛的事。

"秦愈,你要不要自己试着去遛来福?"晋棠棠忽然抬头。

秦愈回神:"我?"

"对。"晋棠棠将绳子递给他。

来福的头也跟着绳子一起动,看着自己的主人,一人一狗盯着自己,秦愈感觉压力很大。

他接过绳子,想了想:"在小区里遛?"

晋棠棠忍不住笑出来:"随便你,反正你是主人,来福跑多远看多少风景都看你。"

这么说,来福好惨。

秦愈为来福掬了一把泪,跟了自己这么个主人。

不过遛狗相对于独自看辩论赛来说太简单了,他的脑海里将几件事排位,果断选择出门。

既然决定了,就没有再纠结。秦愈拿了一个口罩,摸摸吐着舌头、异常乖巧的来福,说:"走吧!"

他们在门口时,晋棠棠在挥手。这一刻,秦愈感觉自己像是去执行重大任务。

晋棠棠拍了一张他牵着来福的背影。

同样是牵着狗,距离他第一次出门已经过去了两个多月,他不再像之前那样抗拒。

晋棠棠将照片发给他："纪念一下！"

秦愈走得太急，没带手机。

晋棠棠收了手机，打算跟在他俩后面，他真在小区里还好，走远了她还不放心。

秦愈没回头，所以没发现她。

小区里的路弯弯绕绕，来福总有一颗奔向大自然的心，在对面一位阿姨牵着小狗出来时，来福兴奋极了。

秦愈吓了一大跳，连忙走了另外一边。难道是来福太孤单了，想谈恋爱吗？要给它找个女朋友吗？自己都有喜欢的人了，来福想谈恋爱也很正常，唉，说不定来福都比他先谈恋爱。

秦愈将口罩拉到眼睛下面，也不知道是不是傍晚的缘故，小区里有不少人出来散步或者刚回来。

还好这里是别墅区，不然还会有跳广场舞的阿姨、奶奶。

秦愈连续遇见五位叔叔阿姨以后，从一开始说完紧张逐渐变得平静，因为他们只看了他一眼就离开了。

十分钟后，他估摸着时间差不多了，准备回去。

即将到达转弯处时，迎面又走来一位阿姨。

秦愈微垂眼，和她分开走路的两边，这是他的安全距离。

他对目光和注视的敏锐度很高，十几米的距离，他感觉这位阿姨一直在看她。

有什么好看的吗？秦愈觉得奇怪。

他一边加快了速度，一边在经过时瞥了对方一眼，刚好对视上，他愣了一下。

晋棠棠就站在路口："秦愈！"

秦愈来不及想，下意识地看过去，少女对着他招手和笑，他的紧张与怪异瞬间消失殆尽。

来福撒欢地跑过去。

秦愈被来福拽着小跑起来，落在晋棠棠的眼里，是一幅很有活力的画面。

真好看啊,这个人!

晋棠棠收好心神:"你刚刚看什么?"

秦愈说:"我看到了一个人,以前见过。"

晋棠棠说:"是不是穿碎花外套的阿姨?"

秦愈惊讶:"你看到啦?"

晋棠棠点头,小声说:"这位阿姨,就是我怀疑投诉你的人,就是没有证据。"

原来如此。

秦愈扯了扯牵引绳,说:"我好像记得她。"

晋棠棠感到意外。

"小区里我几乎不认识人,她也住在小区里,之前出去时,她找我说过话。"

秦愈对于这个小区里的人没印象。

之所以记得这位阿姨,是因为她当时一直在找他说话,偏偏秦愈那时候的社交恐惧症很严重,一直没回答。

阿姨一开始兴致勃勃,后来说他不礼貌,还问他住哪栋楼,要和家长好好说说。

秦愈直接跑了。

如果不是她今天一直盯着他看,秦愈可能都想不起来这件事。

"难不成就因为这事才投诉你?这才多大点儿事。"晋棠棠觉得这件事很荒谬。

但有些人也许就因为小事儿。

秦愈更觉得无语,不至于这么记仇吧!

他看了一眼走神的晋棠棠,忽然开口:"我……完成了。"

"不过我没有奖励。"晋棠棠莞尔。

奖励?秦愈还没想到这个茬儿,自己独自去遛狗还可以要奖励吗?

他正想着,晋棠棠以为他想要鼓励,想了想:"要不然,你说,你想要什么奖励?"

秦愈心里一动,好多想法,比如和她去约会什么的,就是不太能直接说出口,他的目光落在她洁白的面孔上:"可以好好想想吗?"

晋棠棠很大方："当然。"

如果太难，自己就找孔先生和秦总嘛！

秦愈又问："每次都可以要奖励？"

被他一问，晋棠棠也想到了这个问题，难道奖励这么激励人吗？秦愈都动心啦？

她仔细观察，秦愈似乎很忐忑、很紧张。

晋棠棠灵机一动："如果你下次走远点儿。"走远点儿？遛狗走多远，最多也就小区外几公里，这边都是郊区，没人关注一个遛狗的人。应该不难吧，秦愈想。

奖励什么的，他还没有想好，但不妨碍想得到，秦愈的胸腔如鼓声响动，他眨了眨眼："好。"

原来让秦愈独自出门遛狗这么简单！

一直到晋棠棠从湖景御府离开，她都没回过神来，一个还没影儿的奖励就收买他啦？

真天真！

晋棠棠将秦愈今天遛狗的背影照模糊处理，发到了微博上："出门第一天。"

以后还会有第二天，第三天……

此刻，秦愈一个人坐在录歌室里。

想起几分钟前的对话，他不由得期待，自己提出什么奖励都可以吗？好像不可以太过分，怕把人吓跑了，可这是个很好提要求的机会。

秦愈感觉自己像个变态，他垂下眼，在草稿纸上写写画画，他想要自己想要的。

晋棠棠答应了秦愈给他奖励，但她一直没等到秦愈的回复，估摸着他还没想好。

一个奖励这么难想吗？

晋棠棠不管他，反正她能给就给，不能给就找秦总。

周末时，她和文玥、关筱竹一起去参加音乐节。

这个音乐节是摇滚风格的，晋棠棠平时基本不听，但这种类型的歌曲，现场会特别兴奋。

还没开始时，有人在跳舞，一直在转圈。

文玥一边拍视频，一边感慨："跳得真厉害，我要去发微博，文案写什么比较有趣？"

关筱竹出主意："不转不是中国人！"

文玥拍手："不错。"

晋棠棠："……"

三个年轻漂亮的女生出现在人群里，不少人都投来目光，她们才在一个位置停下来，就有人过来要微信。

文玥悄悄地说："棠棠，你知道吗？待会儿大屏投到你的脸，你可以放二维码，说不定收获一个男朋友。"

晋棠棠推开她的脸："没必要，真的。"

她如果想谈恋爱，肯定是可以有男朋友的，但她现在想谈恋爱的对象，她还在教他。

说到这个，晋棠棠还是很惋惜，如果秦愈能来参加这个音乐节，恐怕他的社交恐惧症就算好了。

算了，慢慢来吧！

说话间，音乐节已经开始了，周围的欢呼声和热辣的音乐炸响，让听惯了轻音乐的晋棠棠都开始躁动。

第一个上台的是小有名气的 rapper（说唱歌手），才出场，全场就爆发出尖叫声。

文玥大声说："如果秦愈这样，他现在还至于没啥'真爱粉'吗？他'女友粉'的孩子都能满地跑了！"

晋棠棠想象了一下那个画面，秦愈会这样在台上又说唱又蹦跳，还wink（眨眼示意），她想不出来。

晋棠棠随大溜地拍了一个视频，发给秦愈："虽然你没有来，但我可以让你看见。"

她头一回感觉自己这么文艺。

晋棠棠后知后觉，眼睛轻轻地眨了眨，这话的意思是不是太明显了，秦愈会怎么回？

秦愈:"我看到了。"

他只回答她的话,晋棠棠却不禁脸红,为什么这样的对话,她会有种他们在暧昧的感觉?

周围热闹,她低头打字。

秦愈很开心她在分享她的生活,又失落于自己没有答应和她一起看,他如果可以做到就好了。

微信有新消息弹出,秦愈看清了。

"希望下一次在舞台上见到的是你。"

"大歌手秦愈!"

从来没人在秦愈的面前直接用"大歌手"这个词,之前最多调侃他红了、粉丝变多了。

看起来好像是个很简单的称呼,但配上前一句话,秦愈盯了好久。

比秦先生、秦老板更特殊的称呼,"大歌手秦愈",他从未想过会被这样叫。

自己应该怎么回?

秦愈不知道如何回才能对得起晋棠棠的期待,他从未想过自己开演唱会,即使她之前提过。也许未来有一天,他真的可以。他也可以像正常人一样从容地走在路上,看整个世界,他都还没有好好看过呢。

秦愈低头回复:"好。"

音乐节上很吵,晋棠棠的手机开了铃声,但她没听见新消息的声音,一直到一首歌结束,她才有空看,好?!秦愈答应啦?!他居然答应了她说站在舞台上的话!

晋棠棠之前就被摇滚调动起了情绪,现在更是忍不住,手指不停,打了好长一段话,最后又在发过去前一一删除。太激动了,不好。晋棠棠冷静下来,只发了三个字:"真的吗?"

秦愈:"难道可以反悔?"

晋棠棠笑:"当然不可以!"

她又敲字:"我这是以粉丝的名义,如果你反悔了,我就把大歌手言而无信的事宣传出去。"

随着关系的变好,他们现在的对话不像之前那样拘谨,开始像正常朋友靠近，也许又多了点儿不同。

晋棠棠："大歌手要注意名誉。"

秦愈被她逗乐了，心情也轻松起来。

"姐妹，咱们是来听音乐的，你在这儿玩手机？"文玥一转头，把她拽住。

"我有正事。"晋棠棠抬头。

"你有什么正事啊？"

"嗯……帮人建立信心。"

文玥举手投降："好，你厉害。"

对于晋棠棠做兼职的那一户人家，文玥和关筱竹都知道不简单，不过不相信那是秦愈。当然，也是因为晋棠棠不再提秦愈的事。

文玥只以为狗的主人是个帅哥"富二代"，和晋棠棠因为遛狗结缘，可能在一起。

晋棠棠干脆就让她们这么误会。

她低头，再度发消息："演唱会太遥远，还是唱歌比较近，你觉得呢？"

晋棠棠感觉自己得寸进尺。可她真的一直没听过秦愈唱歌，她已经等了好几个月，他都答应上舞台了，开口还难？

秦愈很为难。如果不知道自己喜欢晋棠棠，他以现在好转的状态，可能会唱给自己的粉丝听。但情绪不同……他不是害怕，而是害羞。在自己喜欢的人面前唱自己的歌，秦愈一想到那个场景，就止不住地起鸡皮疙瘩。晋棠棠到时候会说什么？唱得好？

秦愈长叹一口气，世界上的难事也太多了。

他回复："我会好好考虑的。"

晋棠棠心想，上次自己请他去看辩论赛，他也是说考虑，最后不就同意了？这回考虑，估计过几天也同意了吧？

这样想想，秦愈是不是态度有点儿不坚定啊，这么轻易就动摇？她可得好好利用。

还有，他的奖励还是个问题。

晋棠棠也在想秦愈会提出什么奇怪的奖励，一个不出门的歌手会让粉丝干什么？

从音乐节出来已经是晚上八点。

文玥兴奋了一下午，嗓子已经轻微变哑。

她们找了一家最近的烤肉店，店里弥漫着一股香味。

店里放的是秦愈的歌。

"秦愈的歌都被放过一百八十遍了，快点儿出新歌，快点儿在各大地点换新歌。"文玥嗓子哑了都不忘表示愤慨。

晋棠棠表示，这是粉丝最真实的想法。

"说不定下个月就能出了。"她说。

文玥摊手："明年都不一定，今年只剩一个月了。"

晋棠棠不置可否。她自己也不清楚秦愈的新歌写到什么程度了，只是感觉比之前好，可能真正变成一首成品要到明年。

趁着上菜的时间，晋棠棠录了一个语音发给秦愈，并传达了文玥的畅享。

晋棠棠好奇地问："新歌要明年吗？"

她补充："我没有催！"

秦愈此刻正在修改歌词，也许是近段时间的情绪变得轻快，他对于一些字眼的修改也变得容易。

收到她的语音，他的心跳漏了一拍。晋棠棠给他发语音说什么？这回秦愈没有像以前那样将语音转成文字，而是戴上耳机，才点开语音——原来是他的歌。

秦愈有点儿失望，他还以为是她说话呢！

还说"没有催"，明明就是在催。

秦愈："还要过段时间。"

晋棠棠："好吧，我们不急。"

秦愈："你不是听过了吗？"

晋棠棠："那不一样，我这是因为接触到你才可以听，我还想像普通粉丝一样在网上听。"

秦愈不明白她的想法。

但他的新歌……歌词写得好像太明显,他现在都不敢被她发现,怕她受到惊吓。

她要是知道了,会一走了之,还是继续保持现在的状态,秦愈无法确定,所以一再拖延。

要是到了迫不得已的地步,那他就在原地等待命运降临。

新的一周开始了,晋棠棠开始变得忙碌。

因为辩论赛的事,她打算用这个当借口,减少自己去遛狗的次数,正好可以让秦愈出门。

一举两得,美极了。

周一下午临走前,她就提了这事儿:"来福只想出门,其实去哪儿不是问题,我实在太忙了……"

"我要自己去?"秦愈问。

来福坐在客厅里,吃着狗粮,抬头瞅了瞅两个人。它没发现主人和晋棠棠有什么问题,又低头继续吃,差点儿把自己的食盆给拱翻。

"对,你可以的吧?"晋棠棠目不斜视。

秦愈心想,那她岂不是就要少来了,但想到她确实很忙,拒绝的话就说不出口了。

"我试试。"

"秦愈,你这么厉害。"晋棠棠笑。

秦愈窘迫,自己哪里厉害了?可被晋棠棠这么夸,他却很开心。

果然,从第二天起,晋棠棠就两三天才来一次。

秦愈不得不担起带来福出门的任务,他全副武装在小区里遛,专挑边缘的路。

两次之后,来福开始抗拒——每天走同样的无人小路,狗都罢工了。

第三次时,来福干脆在路口坐着,死活不动,秦愈用力拽,又怕把来福勒到。

"来福!"秦愈低声斥道。

"汪!"来福和他对着来。

秦愈望着不远处的小区大门:"你想出去?"

来福摇了摇尾巴，冲他哈气，显然是在应和。

秦愈很想拒绝，但不知道是不是因为他以前不遛来福，来福和他不亲近，他没有建立起主人的威严，来福造反了。

他被迫被来福带到了门口。

秦愈低着头，就走出去一点点？

物业人员看到他单独出去，十分惊讶，这个业主的事他们自然清楚，以前见到的都是和晋棠棠一起，秦先生终于自己出门啦！

小区外有散步的人，还有星湖大学那边过来约会的情侣，秦愈差点儿撞上他们接吻。

他出门让来福逛了十几米，果断打道回府。

来福赖在那儿不动，最终还是垂着脑袋回去了。

秦愈到自己的别墅时松了一口气。

他打开门，就听到客厅里有动静，心下一动，难道晋棠棠今天还是过来啦？

秦愈走进去一看，结果很失望。

经纪人正坐在沙发上看视频，还自带了瓜子。

"看到我也不用这么失望吧？"他无语，"秦愈，你想看见谁？噢，晋小姐是不是？"

秦愈的心口猛地一跳，不回他，径自给来福解绳子。

经纪人老神神在在："新歌写得怎么样啦？"

秦愈见话题转移，"嗯"了一声："歌词还差几句。"

和经纪人似乎没什么好隐瞒的。看到歌词的时候，经纪人默默地抬头："秦愈啊，问你个问题。"

"……"秦愈感觉好像知道他要问什么。

经纪人问："你是不是喜欢晋棠棠？"

果然。早在歌词被他看到的那一刻，秦愈就知道这件事肯定会被发现，但他这首歌是要发出去的，早晚都会被知道。

"你不用管。"他说。

"我不管你的感情，我是问你的歌。"经纪人理直气壮，"不然我到时候怎么回答别人的问题？"

"粉丝和媒体肯定会问,这歌词中的少女是谁,是虚构的,还是秦愈的女神啊?"

他的用词令秦愈无话可说:"什么我的……女神?"

经纪人古怪地说:"歌名都是《黎明女神》了,少女不就是女神吗?"

秦愈竟然无法反驳。

他不回答。经纪人心里有了数,主动跳过这个话题:"既然你新歌快写完了,有些宣传也要提上日程了。"

"什么宣传?"

"给你拍点儿照片,开始营业啊!"经纪人说,"我知道,你这几天都是独自遛狗的。"

秦愈垂眸:"我只是个唱歌的。"

经纪人危言耸听:"那你也要维护粉丝,不然以后你开演唱会都没人买票。"

不得不说,他随口举的例子居然正好戳中秦愈的心。

他才答应过晋棠棠,未来他会站在那样的舞台上。自己现在确实太低调了,两首歌火了而已,他自认好像和普通的网络歌手也没什么区别,即使乐坛对他评价不低。

秦愈妥协:"好吧!"

杂志视频都拍了,其他的应该可以克服吧!

经纪人"咦"了一声,惊讶地道:"我都做好了说一个小时废话的准备。果然,有喜欢的人就是不一样啊,爱情使人进步。"

秦愈不想理会他。

"放心,我会注意选择的,保证不让你为难。"经纪人达成目的,心情非常好。

"嗯。"秦愈自然相信他。

再说了,他要坑自己,大哥会收拾他的。

经纪人没打算停留多久,他要赶紧回去,整理可以运用在秦愈身上的宣传,之前杂志卖得好,就有不少品牌联系过他。

"我先回去,过两天再来。"临走前,经纪人又怂恿他,"喜欢就上啊！你再磨蹭，晋小姐说不定就跑了。据我所知，星湖大学今年录取了几百个男生。"

"……"

"再说了，哪个粉丝不喜欢偶像为自己写了首歌！"

秦愈面无表情，内心却一动。

等经纪人走后，他对着来福说："他们都发现了。"这么明显吗？晋棠棠发现了吗？如果她知道了会拒绝他吗？万一她觉得偶像滤镜碎了怎么办？可是万一会答应呢？自己也不是那么糟糕吧？她不是一直说他很好吗，不是假话吧？对了，他还有个奖励没要，用在这里是不是太过分啦？

来福乖巧地趴在他的腿边，占据了不小的地方。

秦愈伸手弹了弹来福的大耳朵，不禁感慨："还是做狗好，没有这种烦恼。"

来福："？"

来福有没有听懂自己的话，秦愈不知道，但是他察觉到它看自己的眼神不对劲儿。

怕自己被反杀，秦愈果断回楼上了。

这两天能够在小区里独自遛狗，对他而言，虽然紧张，却有种释然的感觉，就好像……其实他也可以，也没那么难的样子。

秦愈不知道是因为小区里人少，还是因为晋棠棠的话催促的，他只知道，他开始出去了——从自己打造的牢笼里。

被自己戴上的枷锁正在一步步取下，好像一切都来得太快，又好像太慢。

秦愈清晰地记得自己之前一个人的生活，他每天最接近外面的，大概就是在房间里看日出日落。

在这之前，他没想过自己会出门。

其实自己以前也可以出门，也是独自的，秦愈的内心深处冒出这个想法。

见识过外面的世界，他就忘不了了。

从某种程度而言，晋棠棠对他而言是一把开门的钥匙，出门的契机是一个借口。

月初，辩论赛的事提上日程。

罗青言正式宣布了晋棠棠替代她的消息，在辩论社里激起不小的水花。

"一上来就是接你的位置，是不是不太好？万一到时候她在台上表现紧张了怎么办？"

"一辩不可以吗？她之前不是接过一辩吗？"

"这才多久，她就能直接上辩论赛了？到时候可是代表我们学校的。"

"我参加辩论赛的时候，不是第一次上台？"罗青言觉得好笑，"大家都是第一次。"

她直接戳破："还是你们觉得你们可以？那请毛遂自荐，我就在这儿等着。"

这下社里没人敢大声反驳了。

最近因为辩论赛的事，社里组织了好几次模拟赛，晋棠棠的位置变来变去，但每次她都表现出色。

大家一开始并没在意，只是佩服，就是今天忽然宣布她加入了校辩论队，以后接替罗青言的位置，而不是临时替补，他们才反驳的。

谁都想去，结果被晋棠棠捡了漏。

晋棠棠神色淡然地坐在另外一边，面对大家的注目，只是微微一笑："如果我哪里做得不好，大家可以批评。"

哪里不好？社里一大半人都说不过晋棠棠，何韵和曾晓莹的前车之鉴还摆在那里。

罗青言抬手："既然没人反对，这事儿就这么定了。"

从教室离开后，晋棠棠说："我以为还要说服一些人。"

罗青言说："那是你之前表现好，在绝对的实力面前，反驳也是无力的。"

"对了，李文敬最近没有再缠着你吧？"她问。

"上次之后学长就没私下找过我。"晋棠棠对李文敬的印象还是可以的，在被她糊弄之后，他也保持距离了。

"过两天出发去比赛，你一定要准备好。"

其实也不用准备什么，辩论赛的衣服是罗青言带她去买的，社里报销，以后都可以用。

出发前一日，晋棠棠倒是收到了纸质门票。

当初可以选二维码扫描，她选了纸质的，可以留个纪念。

去湖景御府时，晋棠棠将门票带上。

今天她没告诉秦愈自己会过去，所以在小区门口碰上了在树下的秦愈，他的打扮特别显眼。

十二月初的天气已经转冷，对秦愈而言却很好。

冬天再怎么全副武装，也不会有人因为奇怪而盯着他。

"秦愈。"晋棠棠叫了一声。

刚刚遇到人，还在纠结自己今天要不要出小区的秦愈抬起头："晋小——棠棠……"后面两个字，让他嘴里仿佛含了糖。秦愈期待她发现自己对她改变了称呼。但晋棠棠的注意力都在别的上面："我拿到了门票。喏，你要哪张？"秦愈有点儿失落地看了一眼。门票的座位号是连着的，一看就是最边上的，可见是她为了他的情况精心挑选的。

"这张。"他拿了边上那张。

"你都答应了，一定要去呀。"晋棠棠眨眼。

秦愈点头："嗯。"他不会反悔的，更何况这是晋棠棠参加的比赛，不能和她一起看比赛，看她的比赛也很好。

秦愈忽然看向她："另外一张呢？"给别人吗？会给谁？

晋棠棠"嗯"了一声："不知道给谁，我的爷爷奶奶在老家，室友自己买了票，可能放着吧！"

秦愈不免有点儿欣喜，又唾弃自己的行为。他不想和陌生人坐一起，更不想晋棠棠有和他关系一样的异性朋友。秦愈从不知道自己还有这样的占有欲。

两个人一起走回别墅。

今年的冬天似乎会特别冷，晋棠棠都已经穿了薄大衣，她瞄了一眼秦愈，黑大衣穿得比模特儿还帅。

这么好的歌手，长得这么好看，就是勾引人的吧？

晋棠棠不好意思说出口，她早已有打算，等秦愈再恢复一点儿后，她就挑明。结果好，开始甜蜜的恋爱；结果不好，那就不再遛狗，好好过单身生活。

秦愈不知道身旁女生热烈的想法，他自个儿的心思都圈成了蚊香，他正在考虑怎么追人。

自己都请喝奶茶了，是不是其实算追人了，还是要正式地说一句"我要追你了"？会不会太尴尬，太奇怪？

而且秦愈有一丝胆怯，他害怕晋棠棠拒绝，害怕她因此而远离他，离开他的世界。他又会回到以前的生活里。

从小区门口往里走的时候，晋棠棠问："我明天和学姐他们一起坐车里，你怎么去？"

秦愈回神："坐车吧！"

"你一个人能穿过人群去座位上吗？"晋棠棠提出了一个很严肃的问题。

秦愈蹙眉，他刚才还挺高兴位置在边上，还没想到要从人群里穿过，这……不会有人和他搭话吧？应该没问题，就当他们都是萝卜？

晋棠棠看他一会儿皱眉一会儿不皱，觉得十分好笑，就知道他自己在心里面想象了那个画面。

秦愈半垂着眼思考，来福走在两个人最前面。

等来福忽然停下，晋棠棠也停下时，秦愈刚回过神，差点儿和晋棠棠撞到一起。

"走路别发呆，大歌手。"晋棠棠笑。

秦愈抬头："知道了。"自己也太笨了。

晋棠棠把来福的绳子接了进去，来福却忽然往前一冲，晋棠棠猝不及防被带得往前。

秦愈连忙伸手拉住她。这是他第一次和晋棠棠肢体接触这么深，即使晋棠棠穿了大衣，他还是感觉到晋棠棠的胳膊很细。

"小心。"秦愈提醒，"给我吧！"

晋棠棠忍不住心跳如擂鼓，她习惯了文静的秦愈，遇到这样有担当的秦愈时会受不了。

粉丝滤镜一叠加更了不得。

秦愈没看到她的表情，只是松开手，扯了扯来福："来福你跑什么？罚你回去面壁思过。"

来福："呜！"

秦愈心想，叫也没用。

晋棠棠拍了拍热乎乎的脸："快回去吧，外面好冷，来福可能就是冻着了。"

秦愈认为是她心软的缘故。

就在这儿磨蹭了一小会儿，天上忽然下起雨来。

晋棠棠一开始还以为是错觉，直到噼里啪啦的声音砸在树叶上："下雨了！快回去！"

这里距离别墅还有两个路口。

两个人快速跑回去，停在廊檐下。

晋棠棠喘着气："今天天气预报说有雨，一直没下，我还以为不下了，谁知道真的下了。"

秦愈看着她："衣服湿了。"

"没事儿，外套而已，回去换一件就好了。"晋棠棠不以为意，还好没有淋雨太久。

秦愈并不赞同。

回到别墅里，来福果然被罚面壁思过，站在那儿，前爪搭着墙壁，乖乖巧巧的。

秦愈脱了外套丢在沙发上，又拿起一件衣服。

因为上次答应了经纪人做宣传的事，经纪人接了一个服装品牌的代言，他需要拍些照片。

前两天对方送来了好几套品牌的衣服，是给他私人穿的，拍摄时会有专门的衣服。

不过还未开拍，外面都不知道他接了这个牌子的代言，秦愈自己自然不会去说。

"都快有我高了。"晋棠棠叹气,"你和你的主人都高。"

身后响起脚步声,秦愈手里拿着一件外套,认真地安慰道:"你还会长的。"

想了想,他又补充:"现在也很好。"

晋棠棠摇头:"再长也越不过你啊!"

当然,她也不想长成一米八几,那样可能会全校瞩目,买裙子都不太好买了。

秦愈将衣服递过去。

晋棠棠恍然:"换你的衣服?"

明明和自己是同样的意思,可从她的嘴里说出来,秦愈却燥热了,他低声"嗯"了一声。

晋棠棠蠢蠢欲动:"这不好吧?"

其实她挺想穿的,但接得太快了,是不是显得不矜持?

秦愈问:"哪里……不好?"

晋棠棠寻思着现在答应应该不算太夸张,浅浅地抿唇笑:"那谢谢你啦!"

秦愈目不转睛地看着她换外套。

他们两个的身高差较大,再加上晋棠棠又格外娇小,她穿上后像穿了大人的衣服,温和又无害。怪可爱的,秦愈想摸她的头,但怕吓到她。

"我从来没有穿过别的男人的衣服。"晋棠棠努力卷了卷袖子,发现还能闻到一股淡淡的清香。

闻言,秦愈觉得这句话是今天的意外之喜。

没想到晋棠棠又歪了一下头:"噢,其实有一个人。"

秦愈先是高兴,而后警惕:"谁?"

他的声音和以往有些不同,说出去的同时就意识到了,但晋棠棠似乎没发现。

她晃了晃袖子:"我爷爷。"

秦愈松了一口气,顺口道:"是爷爷啊……"

晋棠棠"嗯"了一声,又反应过来,望着他:"是啊,不过你也叫爷爷干什么？"

听见问话，秦愈的心"怦怦"地跳。

一时脱口而出的称呼没想到会被晋棠棠指出来。

"我……"秦愈绞尽脑汁，想怎么解释。

晋棠棠注视着他，把秦愈给看心虚了。他总感觉她好像发现了什么，但每次对视时又觉得她不清楚他的心思。

"不过你不叫爷爷好像也没别的叫法，又不能叫叔叔。"晋棠棠已经自顾自地帮他解释了。

听起来好像很有道理，秦愈刚刚甚至做好了自己被发现的准备，此时放松，却觉得好像失去了一个机会。

他无法再鼓起勇气开口，毕竟晋棠棠和他的关系实在太薄弱，一旦被拒绝，他们就几乎不再会有交集。

秦愈好不容易才喜欢上一个女孩子。

晋棠棠抬了抬胳膊："你的衣服我下次过来还你，不过要等到比赛结束之后了。"

秦愈："嗯。"其实不还也没事儿，他心想。

晋棠棠从秦愈这里借了一把伞，然后坐司机的车回去，秦愈看着车的尾气消失，对自己的胆小表示无语。他应该说的，万一她不拒绝呢？

下次吧，秦愈又在心里给自己定了一个日期，明天就是辩论赛的比赛，不能影响她的心态。

明天他可以说出来吗？

晋棠棠一早就察觉出了秦愈的欲言又止，他既然没说，她就没有逼问，她感觉他很快就会说出来了。她隐隐有感觉，就是怕是自己自恋。

晋棠棠低头看自己身上的衣服，这搁哪个粉丝，都得高兴得昏过去吧？噢，她还有秦愈的伞。

晋棠棠拍了一张照片，发微博纪念。

微博算是她的私人领域，和朋友圈不同。

晋棠棠又给秦愈发消息："明天一定要来噢。"

秦愈回复："嗯。"他怎么会不去？

越和晋棠棠相处，秦愈就越想靠近她，他感觉自己变成了一个黏人精。

他不想和别的陌生人相处，晋棠棠除外。

秦愈收拾好心情去了录歌室，新歌还是差一点儿，也许这个月就能创作完。

这是他写给晋棠棠的，他会做到最好。

秦愈迫不及待地想看晋棠棠听到歌词时的表情，也想知道，她听他开口唱歌的样子。

晋棠棠穿着男人的外套回校，文玥一眼就瞅出来了，啧啧地说："谈恋爱就是不一样。"

"没谈。"晋棠棠实事求是。

"真没？"

"没，不过快了。"晋棠棠将衣服挂在柜子上，转身，微笑着道，"我快忍不住了。"

她像一个瓜农，养的瓜快熟了，她迫不及待地想尝。

关筱竹比谁都淡定："下个月就是新的一年，祝你在今年拥有男朋友。"

晋棠棠笑道："好啊，借你吉言，我得努力才行了。"

一个月时间不算慢呢！

秦愈才刚刚决定去人群里，她还不知道他会不会因为这个重回之前的状态。

一切都在明天了。

因为辩论赛是下午两点，秦愈让经纪人把拍摄的时间改成了上午，好腾出时间。

经纪人摸不着头脑："我以为你会改明天，你竟然提前，你以前可不会这样。"

过度抗拒只会想越晚越好。

秦愈没隐瞒："下午要看比赛。"

经纪人觉得奇怪，出门都难，还去看比赛？

"什么比赛？"经纪人问。

"辩论赛。"秦愈言简意赅。

经纪人脑瓜子一转,明白了,点头:"行啊行啊,我也想早点儿拍,就是咱们这次是棚拍,你可以吗?"

秦愈犹豫地问:"人多吗?"

经纪人觉得好笑,你都去看比赛了,还会担心棚拍这几个人?

他点头又摇头:"我已经尽量让减少工作人员了,但必备的不可能少,不会太多。"

秦愈的内心依旧在抗拒。

可现在的他已经会抵抗这种抗拒了,他不再是躲避、顺从,他想要回归世界,因为他想和晋棠棠站在一起。这是他内心最深处的想法,不会告诉任何人。

"拍吧!"秦愈垂眸,"尽快。"

经纪人一拍手,生怕他反悔:"好嘞,咱们快点儿,说不定不需要一上午就搞定了。"

一段时间没见,秦愈果然大变样。

经纪人暗地里观察,自从知道《EOS》的灵感来源后,他感觉每次见到秦愈,秦愈都能给他带来惊喜。

果然秦愈需要一个引领者。

晋棠棠承担了这个角色,不停地在引诱他往外走。

经纪人以前不喜欢自己手下的艺人谈恋爱,但秦愈不同,自己乐于见到他的变化。

比起恋爱,当然是露面更让他高兴,这可以让秦愈在歌坛更上一层楼。

最近有独自出门遛狗,但上车时的那一分钟,秦愈还是不由自主地深呼吸,保持冷静。

车里的人都没打扰他。

到拍摄地时,经纪人挡在前面:"不用多说话,只要点头,或者笑笑就好了。"

这也不算不礼貌。

秦愈想起上一次在自己家里拍杂志时,那时他只想逃开,这会儿却会迎难而上。

几个工作人员一起过来接他们,他下意识地想避开他们的视线,却生生忍住。

他下午还要去看辩论赛,他不可以避开。

秦愈强迫自己正视整个摄影棚,和人对视上时,他的手指会不自觉地屈起。

对方冲他笑:"秦老师好。"

秦愈囫囵地点头:"你好。"

工作人员很开心,以为他不像传言中的那么不好说话,于是开始介绍起今天拍摄的流程来。

秦愈僵直地站在那儿,脖子都没转。

最后还是经纪人解救了他:"你没事儿吧?不行我们就下次拍,没事儿的。"

"没事儿。"秦愈小幅度地摇头。

实际上不会有什么事,别人对他并没有恶意,一切都是他自己的思维而已,只不过他自己抗拒而已。

跳出以前的思维后,秦愈的紧迫感减少了许多,但到了镜头前,他依旧僵硬,因为大家都盯着他。

秦愈费劲儿地吞咽着空气,经纪人只好开口:"放松放松,拍完了我们就回去了,还赶得上比赛。"

这像一个萝卜吊在前面。

秦愈外形出色,和品牌的衣服很搭,即使很少拍照,姿势普通,但造型师有提醒,拍摄非常顺利。主要是他没有其他歌手那么大的架子,所以没有耽误时间。

好不容易拍完了,秦愈喝了一大口水,躲在经纪人身后,背对着众人。

他扇了扇风,待会儿在比赛场馆里,自己也可以的吧?

经纪人和工作人员说了一会儿,转身笑道:"走吧,秦先生,先吃饭,然后送你去看晋小姐比赛。"

秦愈的心猛地一跳:"你……怎么知道?"

"这还用想?"经纪人揶揄道,"快走,这可不能错过。你一定得赶上晋小姐的比赛,还要恭喜胜利。"

他继续说:"这其实是很好的机会。"

秦愈没拒绝,又把这话记在心里。

上午,晋棠棠就和老师、罗青言他们到了比赛场地。

比赛前,大家一起在外面吃饭,吃完后快十二点半了,晋棠棠收到了秦愈的消息。

他说会来。

晋棠棠回复:"你到了跟我说,我带你进去。"

秦愈拒绝:"不用。"他怎么可以耽误她的比赛。

晋棠棠安抚:"没事儿,我们后台距离观众席不远,你要是一个人去,我还不放心呢。"

秦愈不禁脸红,还是他平时太脆弱了。

这样的他想做她的男朋友,太异想天开了。

晋棠棠的情绪变化太明显,罗青言察觉到了,笑问:"怎么,男朋友要来啊?"

前面的李文敬竖起了耳朵。

"嗯,我让他到了告诉我。"晋棠棠没澄清。

"我也想看看你的男朋友什么样,居然从我们学校夺走了你,咱学校的男生可都哭了。"

晋棠棠摇头:"学姐,别取笑我了。"

下午一点半,观众开始入场。

秦愈掐着时间,他想着自己提前进去,是不是就可以在大部分人还没来之前坐进去,这样就不用和很多人接触了。

但他显然估算错误,进去还要排队。

这回旁边没有晋棠棠等着,秦愈只露出一双眼睛,恨不得融入阴影中,还好排队的人都不会关注他,不需要社交对他来说太好了。

他还是没忍住,低头给晋棠棠发消息:"我到了。"

晋棠棠早就已经熟悉稿子内容了,这会儿再看只会徒增紧张,她对罗青言说:"学姐,我出去一下。"

"行,快点儿回来。"

别人都以为她去洗手间,李文敬却猜到她去干什么。

他紧跟着起身,打算去看看她的男朋友是谁。

罗青言自然看到了,没有说什么,李文敬又不蠢,他就是不甘心,去对比一下吧。

李文敬出来时,晋棠棠已经快到前面了。

李文敬叫住她:"棠棠学妹,你去接男朋友吗?"

晋棠棠此时正给秦愈发消息:"你看到我了吗?"

她回头:"学长。"

李文敬说:"我就是想看看你的男朋友。"

晋棠棠面色古怪:"这真的没必要。"

李文敬心想,太有必要了,我要看看他到底哪里比我帅!

场馆里的观众是从另外的门入,所以他们两个穿着正装,在前面格外显眼。

自从收到消息后,秦愈就在寻找晋棠棠。

他一眼就看见晋棠棠和她身旁的男人。

秦愈的眉头一皱,不自觉地将自己和那个人进行比较,比起那个人,自己似乎没有什么优势。

他站在原地没动。

晋棠棠转眼便看见他了,冲他挥手,不好直接叫他的名字。

秦愈还在发呆,周围人越来越多,他竟然有点儿退缩,也许自己不应该耽误她。

晋棠棠干脆发消息:"你没看见我招手吗?"

秦愈低头,看清了字,回复:"对不起,刚刚没注意。"

晋棠棠:"我以为你故意不回应我呢!"

秦愈:"不会的。"

他在心里想,也想告诉她,自己怎么可能不回应她。

晋棠棠对李文敬笑了一下,小跑到秦愈边上,感觉他情绪不大对:

"你是不是紧张啦？"

"没事儿，他们都不认识你，你不用管他们，坐自己的位置就好了，心无旁骛，你会吧？就像做音乐一样……"

"你有感觉到难受吗？如果不舒服，不看也没事儿，反正后面有录播。"

她转头，对上秦愈望着她的目光。

晋棠棠的心跳漏了一拍，他的眼睛里好像只有她一个人，如此独特的待遇让她忍不住心动。

"你在听吗？我怕你受不了这环境。"她柔声道，"你不要沉默，别不回我。"

秦愈刚才压根儿没注意听她说什么，只听到了这两句话。

"好。"他很想说我怎么可能舍得不回应你。可他现在不敢直言。

晋棠棠轻轻一笑，瞥见李文敬走过来，小声地道："完了，我的学长来了。"

"学妹，这是你的男朋友吗？"李文敬停下来，打量秦愈，发现只能看清一双眼：好像真的比自己好看……

晋棠棠十分无语，这也太虚假了。

她轻轻扯了扯秦愈的衣摆，希望他不要拆自己的台。

秦愈自己现在比谁都紧张，还隐隐有些兴奋，飞快地瞄了一眼李文敬，心想，我要不要说话？

晋棠棠好像之前为这件事道过歉？虽然他现在觉得不用道歉，他很愿意。

秦愈想了想，缓缓点头，替晋棠棠回答："嗯。"

PART 13
我喜欢你

  这一个字耗费了秦愈今天到达这里所有的勇气。

  他不知道自己怎么敢替晋棠棠回答的,怎么敢承认自己就是晋棠棠的男朋友的。

  晋棠棠会怎么想?会不会觉得他过分?

  李文敬的个子要比秦愈矮一点点,这也是他不高兴的一点,但听到对方承认,晋棠棠又没出口否认。两个人还做小动作,他是彻底死心了。

  "对。"晋棠棠点头。

  两个人的回答都差不多。

  明知道是假的,秦愈的心跳却加速,好像要跳出喉咙去,如果现在是真的,会怎么样?

  "学长,我们有点儿私事,几分钟后我就回去,不会耽误比赛的。"晋棠棠出声。

  李文敬心痛:"好……你别忘了时间。"

  他再留在这儿会心肌梗死。

  周围还有其他观众走,晋棠棠干脆将秦愈拉到了最边上的过道:"谢谢你啦,秦愈。"

秦愈终于眨了眨眼，不用谢，其实他也很开心。

"这件事估计没法澄清了。"晋棠棠说。

"之前是因为……他吗？"秦愈问。

如果没人追她，她怎么会用这个理由去拒绝。

为了拒绝对方……秦愈乐于见到。

但那个学长，他看得出来是很喜欢晋棠棠的，能和她一起参加比赛，一定也很优秀。

秦愈下意识地将自己和他对比，自己有什么优点会让晋棠棠更喜欢？歌手的身份吗？

秦愈忽然想到，晋棠棠还是他的粉丝。经纪人说得对，自己还是有优势的。

晋棠棠点头："差不多吧，有男朋友比什么借口都合适，省得要一次又一次说。"

她忽然笑了："不过你要是被他们认出来，可能就被发现都是假的咯。"

秦愈没说话，如果自己真的做到了，那就不会是假的了。

可知道她是单身，并且对追求者没有兴趣，秦愈害怕他也会是其中之一，又期待自己能成为真正的男朋友。

也许是社交恐惧症时间长了，他在某方面会习惯性地躲避。就好像做一件事，他要考虑许久，才可能迈出那一步。

晋棠棠带他到座位上，叮嘱："秦愈，如果你有问题，可以先走，没关系。"

秦愈微笑，表情被藏在口罩后："好。"

他不会先走的，他可以忍住，现场观众不认识他，不会吃了他的，他可以。

"不过我觉得你能做到。"晋棠棠忽然改口。

因为人越来越多，场馆里有些嘈杂，她靠得有些近，再加上未戴口罩，秦愈可以清晰地看见她放大的脸。

他滞住，像很久以前一样紧张到难以呼吸。只不过以前是因为社交恐惧症，这次是因为晋棠棠。

他胡乱地应了一声:"嗯……"

晋棠棠觉得他好像眼神游移,把这个情况归结于他这会儿社交恐惧症发作,而错过了他泛红的耳朵。

等她离开后,秦愈大口地呼吸。

旁边人看他表现得奇怪,还偷偷看了两眼,他连忙压下帽檐。

晋棠棠一回到后台,就被罗青言拉住:"看来你的男朋友很优秀,李文敬回来后就没笑过,还唉声叹气的,他之前还以为你骗他呢。"

晋棠棠说:"怎么会?对了,学长这样……待会儿没关系吧?"

罗青言摆手:"当然没关系,他又不是第一次参加辩论赛,而且这对他来说压根儿不是事,就伤心自己失利了而已。"

而且晋棠棠以前找的有男朋友这个借口反而是预防针。

果然,临出场前,李文敬和晋棠棠说辩题的一些点子时态度已经很正常。

深西师范和星湖大学去年打过辩论赛,双方的辩手其实都很熟悉,但这一届星湖大学多了晋棠棠这个新人。

罗青言说:"棠棠,去吧,加油。"

晋棠棠目光坚定:"嗯。"

说实话,她是紧张的。

上台后,她站在李文敬的边上,目光所及之处是坐满整个场馆的观众。

趁主持人介绍时,晋棠棠往边上看了一眼,秦愈在那里。他周围的另一个位置是空的,再前后的人都只戴了口罩,他还戴了帽子,看过来的样子很有故弄玄虚的感觉。大概就是越特殊越显眼?

晋棠棠觉得好笑,紧张感顿时被驱散,和学长、学姐在各自的位置坐好。

过了一会儿,辩论赛正式开始。

秦愈坐的位置靠前,但也不能什么都看见。

他睁大眼睛,看周围人拿手机拍,想着自己要不要也拍,但还是亲眼看的冲动占据了第一位。

晋棠棠是二辩。

对方一辩才刚结束，晋棠棠就站了起来："对于对方辩友的陈述，我方现有几点疑惑……"

从她站起来的那一刻起，秦愈就没移开过视线。和他想象中的完全不同，她质疑对方，询问对方，语气抑扬顿挫，每一句话似乎都在诱使对方进入她的陷阱。

秦愈的胸腔不停地快速震动。

台上的晋棠棠不是对他说话温柔的晋棠棠，他羡慕此刻自信、张扬的晋棠棠，渴望自己成为她这样的人，又想要拥有这样的她。

直到前面一个人的自拍杆突然竖了起来……

本身秦愈的视野比对方高出一截，这会儿被自拍杆和手机挡了个正着，虽然歪着头可以看，但很突兀，对方似乎没发觉。

而且这边上就他一个，其他人完全不用担心。

秦愈踟蹰了，和他说，就意味着要和陌生人说话。

他看向台上，晋棠棠的脸上带着笑，目光却锐利："请问对方二辩，现如今网络上对于许多大学生养宠物的结果都有公布……"

她好像做什么都可以。

秦愈垂眸，目光落在前方。

良久，他拍了拍斜前方那位观众的座位。

对方半天才回头："干吗？"

秦愈指了指他的手机，一字一顿地道："你……挡……住了。"

也许是他的打扮和身高让对方没了反驳的想法，把自拍杆降低了高度。

秦愈手指捏住口罩，长出了一口气。

其实也没那么难，只是和人说话而已，他们接下来没有交集，不用社交。

晋棠棠能够那么有力地辩驳，他不过是提醒陌生人而已，自己不必这么无能。

四十分钟后，比赛结束。

评委老师宣布了最终结果，双方握手合照。

散场时，李文敬小心地吹了一声口哨，被鼓掌声遮住："赢了学妹，你今天表现这么好！"

"因为很多人在看呀！"晋棠棠笑道。

"你的男朋友也在看是吧？"李文敬心塞。

"对。"晋棠棠点头，下意识地看向边缘的秦愈，秦愈跟小学生似的，坐得笔直，不乱看。

她忽然被看得心慌。

刚才比赛时晋棠棠都没这种感觉。

李文敬瞄到她截然不同的表情，捂住胸口，所以自己为什么还要观察，给自己找罪受？

晋棠棠对秦愈比了一个剪刀手。

秦愈的目光闪烁。

因为还要归队，晋棠棠只能先和学长、学姐一起走。

她给秦愈发微信："你先走吧！"

秦愈："好。"

晋棠棠："有人接你吧？"

秦愈停顿，翻了翻聊天记录。似乎每一次都是她在担心他一个人可不可以，由此可见，他在她心中的社交恐惧症有多严重。

秦愈抿紧唇，不知道如何回答。他不可以吗？他可以吗？为什么别人可以，他不可以？他其实也可以的，不是吗？

"我可……"秦愈才打了两个字，新消息就跳出来了。

晋棠棠："要是你一个人，那我跟老师他们说一声，我跟你一起回去吧，你等等。"

和她一起？秦愈的眼神闪烁了一下，慢吞吞地修改聊天框里的字："等你。"

虽然他应该可以……可是，和晋棠棠一起的诱惑力更大。就当自己不可以好了，秦愈把这事儿当作自己的秘密。

晋棠棠找到老师和罗青言："我的男朋友在等我，我可以自己回去吗？"

老师问:"你确定脱队?我有责任负责你们的安全……"

晋棠棠连忙道:"老师,你放心,我的男朋友住在学校边上,我是坐他的车回去。"

本身就是成年人,再加上罗青言的帮忙,老师终于松了口,限定她傍晚必须回校。

晋棠棠自然没问题,本来就是要回去的。

观众快要散尽,她本打算去出口的,但最后转去了场馆里,发现秦愈一个人在那里。

晋棠棠让他等她,他还真在原地等:"秦愈!"

秦愈抬头。

晋棠棠站在过道上:"走吧!"

秦愈"嗯"了一声,虽然她没听见。

站到她身边时,他更清晰地分辨出台上的晋棠棠和台下的晋棠棠,台下的她拥有无尽的温柔。

他不受控制地想,自己也许是特殊的……

"我今天表现怎么样?"晋棠棠问。

"很好。"秦愈毫不吝啬地夸奖,"很优秀。"

晋棠棠却挑眉:"虽然知道你是真心的,但两个词未免也太简单了,你写歌词时也这么直白吗?"

一提到歌词,秦愈至今还心颤,发歌的日子快到了……

晋棠棠不指望他夸出花来,于是转了话题:"我来是坐学校的车的,现在咱们俩一起回去,得打车了。"

"不用。"秦愈回神。

"啊,你自己开车啦?"晋棠棠不信。

秦愈当然没有,他连驾照都没有,毕竟出去学车对他来说是一件很困难的事。

好在他有钱,有车有司机。

秦愈不由得庆幸:"司机在。"

晋棠棠习惯性地点头,却想起很重要的问题:"司机在,那你不是有人接吗?怎么不告诉我?"

告诉她了,自己不就要一个人走了?

秦愈慌乱起来,自己的目的太明显,又因为对她撒谎而心虚:"没……来得及。"

"噢。"

对上晋棠棠那双漂亮的眼睛,秦愈不知从哪儿来的勇气,还是被什么怂恿,再度开口了。

"其实是……是……"他结巴了。

晋棠棠目不转睛:"是什么?"

秦愈感觉无法抵挡:"是……我想和你一起走。"

在他说出来这句话的时候,晋棠棠眨了一下眼睛。

也许可以说轻颤,她感觉自己好像听错了,又好像清晰地响在她的耳边:他想和她一起走……

其实听起来并没有什么问题,可晋棠棠就要多想,她甚至觉得省略"走"字,和暧昧告白没区别。

她好想直接问。

一个大歌手,又是自己喜欢的歌手,当着自己的面说和她一起,这谁顶得住?

但秦愈和其他人不一样,他不是广撒网的人,也许他的每句话都是单纯的表达。

也许仅仅是信任她,就像去宠物医院希望她陪着一样。

晋棠棠努力镇定下来:"是吗?"

她的声音没紧张吧,没抖吧?

秦愈没错过她的表情,璀璨星辰都聚集在她的眼睛里,他刚才被揪紧的心松开又攥紧——她好像很平淡。

他敛眉:"是。"

秦愈沮丧,自己是说得太不好了吗?

两个人各有各的心思,沉默地往前走,有路人路过的时候,还多看了两个人一眼,现在小情侣闹别扭都这么可爱?

司机等在外面,见到两个人,察觉到诡异的气氛,心里嘀咕,面上平静:"小少爷,要去哪里?"

"去他家。"晋棠棠说。

秦愈却说:"去星湖大学。"

司机应道:"好嘞。"

果然谁出钱谁说话有用,晋棠棠上了车,偷看了两眼,最后受不了了,于是直接问:"你是不是害怕一个人?"

这话什么意思?秦愈猝不及防,但习惯性地点头。

晋棠棠"噢"了一声,尾音稍稍拖长,渐渐消失,让秦愈不太清楚她是什么意思。

他想了想,解释道:"没有害怕。"

秦愈现在的确不像是之前的状态,他只是恐惧那些社交行为,人多往往就意味着社交。

但最近在人多的地方都是不需要社交的。

秦愈很喜欢这点儿,这也是他敢一个人来看晋棠棠比赛的缘故,有她的原因,也有其他原因。

"确实,你不是以前的秦愈了。"晋棠棠点头道。

秦愈不知道是该开心还是无奈,他总感觉自己说什么,出了口的那一刻就好像变了意思。

"对了,借口男朋友的事。"晋棠棠忽然提起。

秦愈的耳朵一动。

晋棠棠本来想说过段时间就澄清,但和他对视时,冲动地改口:"你要是找到女朋友,可得和我说。"

秦愈认真地告诉她:"不可能的。"

追女孩子那么难,他还在想怎么追晋棠棠呢。

晋棠棠的眼睛弯成月牙:"你可是大歌手,想谈恋爱还不简单?不要妄自菲薄。"

真简单?如果是你呢?秦愈在心里问。

他到现在都还没发现自己作为大歌手的优势在哪儿。

秦愈虽然对晋棠棠不敢说真话,但是敢于旁敲侧击:"大歌手为什么……简单?"

快说几个。

晋棠棠思考了一分钟，伸手举例子："第一，歌手这个身份是自带光环的，就像很多人和歌手谈恋爱，都会忍不住秀恩爱，然后被粉丝扒出来，不过对歌手来说，这不是问题。第二，歌手还有才华滤镜，没有一个人不喜欢有才的，就跟学霸滤镜差不多。再说了，现在是个看脸的社会。"

秦愈心领神会，摸了摸脸。

他平时不自恋，但现在一想，自己好像都沾了，那他是可以利用这些因素的？

歌手，他是。才华……他因为晋棠棠写了一首歌，算不算？自己这张脸，粉丝夸过好看，应该是够用的吧？

这些话是晋棠棠自己说出来的，是不是代表她自己也是这么想的？

秦愈的内心忽然又火热起来，他好像又可以了。

许久，车停在星湖大学门口。

这会儿才四点多，正是人来人往的时候，秦家的车在城市里算低调，在学校就算是高调了，所以晋棠棠下车时收到不少目光。

对于这个，晋棠棠一点儿都没觉得有什么。十二月的天气已经很凉了，她一下车就摸了摸胳膊。为了今天的辩论赛，她穿的是正装，并不保暖。而且比赛场馆不冷，上车前还是大太阳，现在临近傍晚，没太阳，她就受不住了。

秦愈瞄到后，将自己的外套脱下来："穿这个。"

晋棠棠拒绝："那你不是没的穿？"

秦愈说："我是男人，不怕冷。"

晋棠棠还想说什么，秦愈已经下了车，把外套披在了她身上，即使他平常什么都不做，他注定了占据体形上的优势，所以晋棠棠根本阻止不了。

"谢谢。"她只好道谢。

秦愈却心中喜悦，又怕她愧疚："我直接回家，不会冷的。"

晋棠棠点头："对了，这个，和上次的外套，我明天带过去。"

秦愈说"好。"

晋棠棠穿他的衣服的样子娇娇小小的，好可爱。

司机之前下来开车门，现在坐在里面偷偷瞧两个人，反正车窗没开，他们看不见自己在偷看……

少爷情窦初开，晋小姐好像也没意识到，真是当局者迷，晋小姐明明那么聪明。

这两个人得到哪天才能说开呢？

秦愈转身要上车，晋棠棠抓住他的衣服，叫住他："秦愈。"

他回头。

"今天你很棒噢。"晋棠棠对他笑了，像是冬日里唯一盛开的向日葵。

秦愈注视着她，心跳得厉害："我……明天见。"

晋棠棠"嗯"了一声。

校门口围观的同学三三两两地聊着天。

"肯定是男朋友啦，都穿他的衣服了！"

"送她回校，还给衣服，这么亲密，不是男朋友，难不成是家里人啊？"

"是男朋友吧？之前经常来接她，这次好像还换了一辆车，但是司机似乎没换。"

"你连司机都观察啦？"

"这个……"

"不过，棠棠学妹的男朋友应该很帅吧？又高，身材又好。"

"戴口罩和帽子，这么神秘。"

之前表白墙的事儿，就让不少校友知道晋棠棠有男朋友，这回总算是见到本人了。

虽然没看到脸，但这气质看起来就不普通。

晋棠棠穿着秦愈的外套，外套大得过分，她的手都露不出来。

她一边给罗青言和老师发消息，一边回宿舍。

不到半小时，晋棠棠的神秘男友送她回来、现身学校门口的事儿，就在各个群里流传开了。

学校里最近没什么事儿，可聊的也就一些八卦。

晋棠棠之前虽说没有有名到全校都知道，但随着抓鹅、辩论赛的事儿,现在基本在学校里是个小名人。

人人都爱美人。虽然早知道名花有主,可亲眼看到照片,还是有一大拨男生女生在询问是谁把"院花"追走了。

晋棠棠的衣柜上又多了一件新衣服。

文玥冲上来,抱住她:"好家伙,你今天比赛结束,我和筱竹还打算问你要不要一起回的,你都没影儿。"

"我没看手机。"晋棠棠道歉。

"你是看不到室友的手机。"文玥酸里酸气,"和男朋友一起回来的感觉怎么样?"

"今天怎么这么多人看我?"晋棠棠问的却是另外一件事儿,"我没干什么吧?"

"为校争光啊,宝贝!"

晋棠棠没多想,换了睡衣。

目光触及挂在一起的两件外套,她忍不住笑了,还真有点儿像男朋友的衣服。

文玥发了两张照片:"学校有人拍的,现在各群全是,咱班群都有。"

晋棠棠点开,是她和秦愈在校门口的照片,还有她穿着秦愈的衣服独自回来的照片。

摄影学院的吗?技术这么好?晋棠棠不客气地保存了。

其实她今天告诉秦愈的话一点儿都不假。和歌手有接触,会控制不住地想要炫耀,想要告诉其他人,她和他很亲密。晋棠棠难以免俗,微博成了她的日记本,这张照片也成了一条新的记录。

秦愈回到别墅后,经纪人发来了消息。

经纪人:"出来了两张照片,明天先公布代言这件事,你到时候记得转发一下。"

经纪人:"不然就把微博交给我,我帮你搞。"

微博转发有什么难的,秦愈自然没拒绝,他现在打算克服社交恐惧症，这件事必须要做到。

经纪人发来了两张照片。

秦愈本来没觉得有什么，但他忽然发现这两张照片正好和给晋棠棠的衣服对上了。

好巧，那明天晋棠棠就会知道了吧？

虽然知道了好像也没什么作用。

翌日上午十点，品牌方直接@秦愈，公布了代言，秦愈也转发了，虽然他的微博都"长草"了。

粉丝们可以说是相当惊喜。

秦愈以前一年半载不冒泡，从不和他们互动，工作室倒是有，可就是每天发一条微博，选秦愈的歌词当文案。这有什么用？他们要看本人！

今年秦愈又拍杂志，又官宣代言的，让粉丝狂喜，秦愈是不是要开始出现了，要发专辑啦？

发专辑是不可能的，新歌才写完。

秦愈昨晚思索了很久的追人技巧，网上的大部分不太符合他，他还是要单打独斗。

练歌时，他忽然想起来他会唱歌。

晋棠棠很喜欢他的歌，还想听他的演唱会。

他可以唱歌给她听。

对他而言，唱歌其实是最简单的事，只是在别人面前就增添了一丝难度。

秦愈其实一个人练歌的时候都有开嗓，一个歌手常年不唱会忘了怎样唱好歌的。

他没有用新歌，而是用旧歌，练了一上午，下午时分开始等待晋棠棠的到来。

未料，晋棠棠发消息："今天不能去啦！"

秦愈感觉自己"出师未捷身先死"，他刚刚还在担心自己会不会紧张到破音，现在不用想了。

他问："怎么啦？"

晋棠棠："我上热搜了，好多人找我。"

热搜？秦愈今天还没去看热搜，但他为了不落伍、不脱节，每天都会关注新闻的。

被她一提醒，秦愈转而去看了热搜，迅速浏览一遍话题，最后确定"辩论赛惊艳"说的是晋棠棠。

他点进去，热门第一的微博就是一个视频。

因为秦愈看过现场，他一眼就看出来了，虽然已经看过，但他还是看完了全程。

比起自己在现场看得不清楚，录播的视频高清，还会有特写。

比如晋棠棠，因为多次发言，就多次有特写。

评论已经好几千了，秦愈点进去。

"小姐姐好美，哈哈！"
"我全程关注美女说话，太好看了！导播真懂我！"
"有指路吗？星湖大学的同学给个信息！"
"爱了爱了。"

秦愈表情古怪。虽然知道晋棠棠很优秀，可是突然之间好多人喜欢她，他这会儿都紧张起来了，晋棠棠接下来会有很多选择吧？

秦愈的紧迫感突如其来，那他岂不是有可能真的"出师未捷身先死"，看着她谈恋爱？

不可以！秦愈一想到晋棠棠可能和另外一个男生出现在自己面前，穿着另外一个男生的外套就难受。

他要想办法。

晋棠棠今天尤其忙。

上午的时候，辩论赛录播的视频就放出来了，那时候只是在学校里比较热闹，谁知道下午视频忽然上了热搜。

大家都很优秀时，晋棠棠凭借那张脸和发言一下子就成了最耀眼的那个。

她的微信群都炸了。

下午晋棠棠去上课的时候，同学们都过来要合影："晋棠棠，咱合个影，我发微博。"

晋棠棠深吸一口气。

"别乱用美颜功能啊！"她提醒。

对方忍不住笑："放心。"

从教学楼到教室门口，她愣是比平时多花了十五分钟。

何韵站在走廊上看得一清二楚，咬唇，如果现在把晋棠棠换成她该有多好！

她进辩论队不就是为了这一天吗？结果晋棠棠轻而易举地就成功了，凭什么呢？

就连上课，老师都笑眯眯地点她的名："我今天都在新闻上看到你了，表现很好。"

晋棠棠难得害羞。

因为这件事，晋棠棠有男朋友的事又再度被大家宣传了一遍，刚刚才发现宝藏的人不禁扼腕。

虽然热搜位置很低，但对学校而言热度已经很高了。

这种正面的宣传，星湖大学官方微博马不停蹄地进行转发，并且单发微博宣传了晋棠棠。

晋棠棠的微博其实并不隐秘，辩论队的人就知道，只是平时她只发一些他们眼里"秀恩爱"的日常微博，所以就没有当一回事。

于是晋棠棠的微博被公开了。

文玥不停地汇报数据："涨了一万粉丝了，这么快啊！之前有'网红'上热搜，一夜之间涨了几十万粉丝。"

"我只是小虾米。"晋棠棠道。

"很快就不是了，你还有四年呢，多比赛几次，你也可以成百万粉丝的博主，求带我。"

"你有没有发过什么黑历史的微博？趁早删掉。"

晋棠棠仔细想了想："没有。"

不过想到那些隐秘地和秦愈有关的，她的心"怦怦"地跳，网友会不会发现问题?

她又摇头,其实自己压根儿就没有主动提到秦愈,最出格的应该是秦愈的背影照,也没有拍到秦愈的脸。再说了,秦愈的背影,粉丝都没见过。

晋棠棠放下心来,打开秦愈的微信聊天框,今天是来不及抽空去湖景御府了。

热搜挂了一天后,晚上飞速地下去了。

晋棠棠的微博已经涨了五万粉丝,根本不算多,她今天发了一条转发辩论赛的,评论有一千条。

估计过两天人就跑光了吧?晋棠棠猜测。

秦愈今夜辗转难眠。

晋棠棠的男朋友是假的,别人追到她,他就没有机会了。

他习惯性地找了秦宗说这件事。

秦宗刚结束视频会议,正打算去吃点儿夜宵,接到弟弟久违的电话,他取消了这个行程。

"你今晚怎么打电话,明天要回来?"

"不是。"秦愈否认,"我想问问,你为什么还没有女朋友?"

虽然知道他问的可能是实话,但秦宗总感觉秦愈意有所指。

他冷静地说:"工作太忙。"

秦愈"哦"了一声,并没有怀疑:"那你喜欢一个人,你怎么追她?"

秦宗这下明白他找自己的目的了,原来是追女朋友遇到困难了,秦宗微微一笑。

追人,说明要主动。秦宗乐得见到这个画面:"你在追晋小姐吗?"

秦愈的耳朵热了:"还没有开始。"

秦宗按了按太阳穴:"那你到现在为止都做了什么?"

秦愈将自己之前和晋棠棠发生过的事简单地说了一下。

秦宗无奈地开口:"这不是已经开始了吗?"

秦愈被点醒:"是……吗?"原来他之前就算在追了吗?

"你之前的做法和那些追女生的男生有什么区别？你不追人为什么把外套给她，要陪她去喝奶茶？"

"这也算吗？"

"当然算。"

秦宗耐心地道："不过这些都很普通，你要用最直接最能闯入人心的方法才最有用。"

秦愈的耳朵一动："什么方法？"

秦宗沉吟了片刻："晋小姐是你的粉丝是吧？你是她喜欢的歌手，她喜欢的歌手，她喜欢什么？你还要问？"

原来她喜欢他那么多，秦愈忽然想明白了。

她喜欢的，他送给她就好了。

那他今天想唱歌给她听的行为其实是正确的。

秦宗好奇地问："你为什么不直接表白？"

秦愈沉默了几秒，说："如果她拒绝了……"

"你怎么知道会？她都请你去看辩论赛了，你看她请别人了吗？"秦宗睁眼说瞎话，他不知道晋棠棠的想法，但他知道秦愈的想法。缩在壳里的人是需要刺激、鼓励的。

秦愈被他说得越来越觉得晋棠棠喜欢自己，这种错觉太可怕了，所以他挂了哥哥的电话。

秦宗无语，不会把人刺激得缩得更严重吧？

秦愈还不知道亲哥哥在担心他的未来，他已经在考虑要怎么去追晋棠棠了。要直接把新歌给晋棠棠听吗？她会喜欢吗？

秦愈又翻到网上的视频再度看了一遍，着迷于她的自信和光芒，还有她的温柔。这样的温柔好像只有他知道。

秦愈平生最热爱的莫过于音乐，如今多了一样。

八点多，晋棠棠躺在床上。

微博上不时地提示有人关注她、评论她，她过一会儿就得去点掉红点，过一会儿就得去，强迫症就是如此。

不时有新人来到晋棠棠的微博，先是评论最新一条，然后就习惯性地往前翻。

人一多，自然就会出现秦愈的粉丝。

本来粉丝还没注意到，直到她看到那张秦愈的签名，然后再重新一看，这衣服不就是秦愈刚官宣的代言吗？小姐姐也是秦愈的粉丝？消息这么灵通，早早就穿上啦？

晋棠棠刚上微博，就收到好几条评论："小姐姐拍的衣服是秦愈代言的！"

她的心猛地一跳，发现对方 ID 是秦愈的粉丝，主页上都是秦愈的歌，最新一条还是转发的秦愈的微博。

晋棠棠这才发现，秦愈今天上午发了微博，两张官宣照片拍得十分出彩。

对方是粉丝。

很多歌手谈恋爱被发现就是因为粉丝发现了微博的蛛丝马迹，比如一个手势、一条项链都有可能。

她这还是大摇大摆地拍衣服——虽然她和秦愈不是在谈恋爱，但她打算很快就告白了啊！

晋棠棠手指一动，回她："同款。"

嗯，本人的同款……

对方回得很快："我也是秦愈的粉丝，好巧啊，小姐姐，你居然还有签名，好羡慕！"

晋棠棠安慰："没事儿，以后你也有。"

秦愈未来应该会签名，会开演唱会吧？他之前答应过她的，他不会反悔。

第二天上午，晋棠棠没有课，径直去了湖景御府。

她到的时候没通知秦愈，所以秦愈在楼上慌忙做了两分钟的心理建设才下楼。

他这会儿不住地想，万一待会儿自己一不小心唱破音了，晋棠棠会不会不再是他的粉丝了？

那可就不是优势了，说不定还会回踩……

秦愈轻咳，清了清嗓子，"啊"了两声，自觉还算可以。

"爪子伸出来。"晋棠棠正在薅来福，来福舒服得直吐舌头，前爪听话地搭在她的掌心里。

她夸道："真乖，你的主人还在睡觉吗？"

秦愈出声："没有。"

晋棠棠回头，仅仅是一天没见，她感觉他又好看了，难道是情人眼里出西施？

她站起来："你昨天看到热搜了吗？"

秦愈颔首："嗯。"

晋棠棠犹豫了几秒："我之前发过你的照片，被你的粉丝发现了衣服是一样的。"

秦愈一愣，他都不知道她的微博。早知道昨晚他就不看视频，而是去看她的微博了，也许还能知道点儿别的喜好。

"然后呢？"他问。

"我说是你的同款，她以为我是你的粉丝。"

"你不是吗？"秦愈的心提了起来，她这话有歧义，难道她这个粉丝是装的？

"是啊！"晋棠棠莞尔，"只是我的确是穿了你的衣服，那是你本人的，这算撒谎。"

秦愈被笑容晃花了眼，怀疑自己还未清醒，恍恍惚惚地道："说是我的也没关系。"

"那你的粉丝不会吃了我啊？"晋棠棠摇头，"虽然你是实力派歌手，但你长得好看，有'女友粉'，她们会以为我是你的女朋友。"

秦愈心想，这样不是更好？全世界都这么认为，就没人会和他抢了。

秦愈严肃地道："粉丝喜欢我的歌就可以，她们不用喜欢我。"

他认为自己只是一个写歌、唱歌的人。

她们喜欢他的歌就是对他最大的支持，最好的鼓励，他不搞活动，不仅有社交恐惧症的原因，也有这个原因。

晋棠棠认真地道："那么多粉丝喜欢你这个人，你难道不高兴吗？说出去会伤粉丝的心的。"

"没有……"秦愈否认。

粉丝喜欢他，他当然不会拒绝，很荣幸。

秦愈看了她一眼，过了几秒，又看了一眼："你也是我的粉丝，你……"

他忽然词穷，之前打的腹稿也忘得一干二净，到头来竟然只剩下"喜欢"两个字疯狂地要从喉咙跳出去，叫得比他还凶。

晋棠棠看着眼前的男人似乎有话要说，但半天没说出来，她自个儿比他还急，怎么他又开始紧张啦？

晋棠棠主动问："我什么？你说。"

她一开口，秦愈更慌了："你讨厌……不是，我的意思是……"

"你……喜欢吗？"秦愈说完，又紧张了，好像少了一个字，为什么他把最重要的"我"字给忘了？要重新说吗？他快要心脏病发作了。

一个字应该不影响理解吧？但"我"字好像很关键，"你喜欢吗"和"你喜欢我吗"似乎是截然不同的意思，秦愈不住地想。

但他触及晋棠棠的目光，紧张得要命。

秦愈好像开不了口了，紧张感压迫着他的心脏。

他一对上晋棠棠的目光，就更紧张……他再说一次？

秦愈再次感觉到自己的无力，就像以前别人在对他示好，他却无法给出回应一样。

他还是社交恐惧症那么严重吗？他以为自己已经比以前好多了……

这样的自己如果要成为晋棠棠的男朋友，是不是完全不够，不可以的吧？

秦愈原本还看着晋棠棠，现在微微低头。

他好像没有做到大哥期待的那样，别人可以轻而易举地说出来，他还要花费那么久。

这样的恋爱就算谈了，是不是女朋友也会觉得难受？

晋棠棠此刻正处在震惊中，秦愈刚刚说了什么？你喜欢……好像是这么说的，问我喜欢什么？

"喜欢"两个字令晋棠棠的心跳失去了控制，导致她无法冷静思考这句话的原意是什么。

她回过神来，眼睁睁地看着秦愈逐渐低头，他明明比她高，却垂着眼，她看不清他的神色。

"秦愈……"晋棠棠的声音罕见地不稳。

可秦愈正处在自责中，压根儿没有注意到，他微微抬眸，总怕下一句听到的就是拒绝，所以无意识地后退一小步，想要避免这种尴尬。

此刻秦愈面对晋棠棠，社交恐惧症突如其来。

"秦愈，"晋棠棠提高了音量，"你刚刚问的问题……我是你的粉丝，当然喜欢……你了。"她的声音顿了一下。

晋棠棠的脑瓜子转得飞快，瞬间由被动转为主动，开始试探他，她忍不住了，这好像是个好机会。

从未谈过恋爱的晋棠棠不知道什么样的表现才是喜欢，但她看秦愈这种忽然问完又避开的样子好像不对劲儿。

喜欢我……可是好像他们两个说的风马牛不相及。

被晋棠棠这么一看，秦愈的耳朵都红了。

写歌都没这么难！社交真的好难……他怎么会想谈恋爱的？但是晋棠棠好可爱，他好喜欢……

秦愈以前不会写情歌，有时候听别人的歌倒是能听出里面的感情，却不能共情。

他写《EOS》时还是小心翼翼的，现在终于明白了，情感真的是灵感的源泉，喜欢真的是永远会让人心跳不止的情绪。

他在前十几年的生活里，就连最基础的母爱都没有体会到，直到被哥哥接回家。

亲情弥补了空白，却治愈不了他的社交恐惧症，他依旧是那个抗拒和陌生人交往的秦愈。

而现在……一切都好像不同了，却好像回到了起点。

秦愈又偷看了晋棠棠一眼，没料到被晋棠棠看了个正着："我都回答了，难道你不相信？"她转变了语气。

她的眼睛清亮，让秦愈都放慢了呼吸，他的心跳仿佛又回到刚才问问题的那一刻。

"没有！"他否认。

"那你后退干什么？"晋棠棠问。

秦愈语塞，又听到她轻飘飘地问："你刚刚问一句话，停顿那么多次干什么？"

当然是因为紧张……现在被晋棠棠逼问，秦愈更紧张了。

要说实话吗？他不想放弃她，虽然害怕，但又怕今天过去以后他和晋棠棠又回到了两个世界。

"我——"

晋棠棠的手机忽然响了，她仰头，忽然笑了："我去接电话，回来你再说。"

秦愈的心情怪异。

打电话的是文玥，之所以用电话而没用微信，是因为这件事有点儿大。

"我是刚刚才看到的，学校贴吧里那个帖子明显就是说你的，现在表白墙上也被人截图投稿了，你看怎么处理？"

晋棠棠摸不着头脑："等我看一下。"

文玥"嗯"道："好，我给你发链接。"

晋棠棠打开微信，点进那个帖子。

标题为"咱学校那个'院花'是被包了吗"的帖子就明晃晃地挂在那儿，回复已经有上百层楼了。

楼主："一直听说她有男朋友，可没人见到过，反而是车接车送，还是豪车，没有几百万买不下来的……说实话，你们都没觉得不对劲儿吗？"

回复迅速"解码"。

"你说的，我好像知道是谁了……"

"对个暗号，那个养殖场专业的？"

"这算什么暗号，不过应该就是J吧！我昨天看到照片了，那辆车真的不便宜。"

"她那个长相，被包也不奇怪吧？"

因为有照片上的好几种豪车为证，话题风向也转得和楼主预测的差不多。

楼主还不时地"冒泡"。

楼主："她男朋友不是学校的，社会人士，这还不明显吗？她每天往外跑，谈恋爱都不在学校逛，昨天那张照片，男方都不露脸的。"

"哇，这是真的吗？"

"万一人家就是真的在谈恋爱呢？"

"不准男朋友有钱，楼主你嫉妒得红眼病都犯了！"

晋棠棠看到这条回复，怀疑是文玥回的："不同的豪车接送，如果真是男朋友有钱呢？"

她翻回第一页，看着主楼。

其实大学里有造谣帖子很正常，有些女生甚至生活都被毁掉了，可她不会姑息。

晋棠棠在微信上回复文玥："我回去处理，你别对骂。"

文玥："这垃圾！我忍不住！"

安抚好文玥，晋棠棠收了手机，回到秦愈面前。

秦愈一见她的表情和刚才不一样，心想，难道是刚才的事她知道了，所以不高兴了吗？

他这下不由得多想，要问吗？怎么问？

晋棠棠被打断了思路，再看秦愈时，正经地道："学校有事儿，我得先回去。"

有事儿？听起来就很像借口。

秦愈一想就复杂，抿着唇"嗯"了一声，想问什么事，再一想还是算了，说不定问不到。

"我是真的有事儿，不是假的。"晋棠棠说。

不过她不打算和秦愈说，这种事自己处理就好。

虽然看起来毫无头绪，但她打开帖子时第一个怀疑对象就是何韵。

秦愈惊讶又耳热，她居然看出了他的意思。

晋棠棠见他这样子，忽然灵机一动，逗他："你要说什么？我这几天可能都没空，未来的话……"

秦愈意识到了危险即将降临，他很可能能否再看到她都是问题，说是几天，说不定几天就是一辈子。

不可以！秦愈在心中叫喊着。

"拜拜，明天见。"晋棠棠作势要转身。

谁知道明天是什么时候？她的半边身子还未转过去，纤细的手腕就被抓住。

秦愈以前抗拒陌生人，自然也不喜欢别人的触碰，他现在主动抓住了晋棠棠。

那些情绪积在胸膛里，他直勾勾地看向晋棠棠，好像下一秒她就会离开一样。

他的手用力地攥紧晋棠棠的手腕。

晋棠棠回头，视线从手转至他的脸上，心跳逐渐变快，似乎可以想象得到接下来会发生什么事情，好像有什么快乐的事情要发生了。

"棠棠……"秦愈开口，声音有些哑，也有忐忑。

他又叫住了她。这回不说，下回会是什么时候？他又要好艰难地找机会了。

晋棠棠的耳朵动了动："嗯？"

她的眼睛扑闪扑闪的，像蝴蝶振翅。

秦愈看得目不转睛，脑海再度一片空白，但浓烈的情感自动要从喉咙里跑出来。

"等等。"他阻止她，"我——"

这回他聪明地从"我"开始，不会再少字。他想让她知道他喜欢她，如果她不喜欢自己，那他就自己喜欢好了。

"我喜欢……你！"

他说完，又触电般收回自己的手。

好像说了之后反而更紧张了，怎么回事？

秦愈不喜欢和人有肢体接触，但碰到晋棠棠的手他竟然有些留恋，这心思太歪了，他谴责自己。

晋棠棠虽然觉得他会说什么很重要的事，可猝不及防听到如此简单又直白的告白，她还是红了脸。

就……这么表白啦？

她打算自己告白的，这下子不需要了，秦愈也喜欢自己！

一株含羞草也会主动向自己坦露心意，让自诩小女巫的晋棠棠既讶异又心动，她当然要答应！

"你回学校……"晋棠棠还未回答，秦愈便开始催促了。

他这会儿开始担心她当面拒绝了。

两个人都红着脸，一对视就错开视线。

秦愈在想她怎么也红了脸，是气的还是害羞的？晋棠棠在想他好可爱，表白会害羞的男孩子是宝藏！

"秦愈，我听见了。"晋棠棠一字一句地道。

秦愈偷偷用余光瞄她，竖起耳朵。

"你喜欢我。"晋棠棠慢吞吞地重复他的话。

秦愈在心中跟着重复：对，我喜欢你。

他喜欢晋棠棠。

也许在很久之前，他就喜欢上了这个向日葵少女。

客厅里很安静，就连来福的脚步声都好像消失不见了，只剩下他们两个人的呼吸声。

晋棠棠问："秦愈，你在听吗？"

半晌，秦愈点头。

"在听就好，不然我怕你听不见我的话。"晋棠棠声音轻柔，"你是在表白吗？"

秦愈豁出去了，又点头。

晋棠棠莞尔："那就好，我已经给你答案了。"她喜欢他的歌，也喜欢他的人，她想和他谈恋爱。

答案？什么答案？秦愈反应不过来，迅速地搜了一下刚刚被告白一事清空的大脑。

晋棠棠故作受伤："没想到吗？那就算了。"

秦愈说："想到了！"

明明自己是告白对象,结果他比自己还慌,晋棠棠反而不紧张了:"那你说。"

秦愈试探性地看她:"你……你也喜欢我。"

反正他只想听这句,其他的都不想听,从自己嘴里说出来,当然只会是这个。

秦愈忽然开始胆大起来。

PART 14
从这一秒开始是真的

晋棠棠无论如何都没想到秦愈如此直白,有时候单纯的人说起话来更让人动容,她反正是被惊到了,甚至在想这要怎么回。

晋棠棠都想好了秦愈要是继续害羞,她就调戏他一番,结果现在是她自己脸红了。

他竟然直接说她喜欢他,虽然是事实,但这么被说出来多让人羞耻,尤其是他还盯着她看,晋棠棠的心直跳,避开了他的视线:"你不笨嘛!"

秦愈还怕会失败,听到这答案,眼睛亮得惊人。

她承认了!她是不是答应他的表白了?

秦愈迅速将这两者画为等式,开心得说不出话来:"那……那你就是……是……"

晋棠棠的紧张感被他逗跑了。她转回头来,脸颊微微泛红,却告诉他:"我就是怎么啦?除了这个,我没说别的。"

别的?喜欢他了,还有别的什么?

秦愈总感觉不妙。

她都承认了,他以为自己已经追到人了,原来谈恋爱这么复杂,还有这么多步骤。

那他今天还能开始谈恋爱吗？

一分钟以前，秦愈还没想到自己的心情会如过山车。扑面而来的害羞延迟到达，充斥着他的脑海，他小声说："你……你回学校吧！"

怎么会这么可爱啊？晋棠棠想。

她忍住想要摸胸口的手："你怎么比我还害羞？"

虽然是事实，但秦愈被她点破，血气直往上涌："我……我就是……没想到……"

她居然也喜欢自己呢！

晋棠棠认真地反问："为什么会想不到？你还没察觉你拥有多大的魅力吗？"

秦愈的眼睛明亮，她说得他都不好意思了。

"没人会讨厌你。"晋棠棠说。

秦愈原本很高兴，但越听越不对劲儿，这怎么像是发好人卡？果然他下一秒就听到了转折。

晋棠棠很想直接答应，可她爱极了秦愈这副害羞的模样，好想听他再表白一次！

她谴责自己，这是什么心态？但小恶魔的尾巴好像收不回来了，一直在怂恿着她就要这么做。

"我要好好想想，今天有事儿。"

秦愈期待："好。"

他又想知道，为什么她都说喜欢自己了，还要想想？

不过他现在不担心了，让她想吧，秦愈已经得到了自己想要的答案——也许她害羞呢！

"明天。"晋棠棠眨眼，"我明天过来。"

秦愈也跟着眨眼："好。"

两个人心照不宣，晋棠棠怕自己再待下去就会直接答应他，学校帖子的事还没处理呢。

她赶紧溜了。

秦愈看着她的背影，抿唇笑，她是不是已经等于答应啦？

秦愈在心中比了个胜利的手势，跑上了楼，他要快点儿把新歌处理

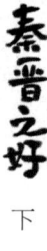

好,他要发歌。他已经迫不及待地想要让她听到自己的新歌了。

晋棠棠一路回宿舍的过程中都有人投来目光,显然帖子已经传播开了,就连她刚刚坐车回来的照片都已经更新到了帖子里。

晋棠棠点开之后,果然看到风向朝她不利的一面发展。

"棠棠你终于回来了,刚刚才发的新照片,这不就是你今天穿的衣服吗?"文玥气得不行,

她连游戏都不打了。

晋棠棠却异常镇定:"没事儿,我先看看发帖人。"

她之前在秦愈家里只是简略地看了一眼,这回在自己桌前将楼主的所有发言都看了一遍。

大多数都是学校里的同学都能看见的,只有一条,大概是对方忘了环境,奶茶店的照片。

晋棠棠和秦愈去奶茶店只有一次,是之前的事,那次她和秦愈还是分开站的,只是后来走的时候才走在一起的。

当时碰到了何韵,何韵还过来询问秦愈的事,看起来很感兴趣。

这个拍摄的角度一看就是奶茶店门口,除了她会感兴趣拍照,就没别人了。

晋棠棠沉吟了几秒,拿着外套离开了。

刚出宿舍楼,罗青言的电话就打过来了:"棠棠,学校的帖子是怎么回事?我看好多人都信了。"

"造谣。"晋棠棠说。

"照片是PS的吗?要不要让辅导员来处理?"罗青言的语气严肃,"说不定会影响你的奖学金。"

晋棠棠安抚道:"学姐放心,我能处理好。"

罗青言担忧地道:"你想好了,要是不行就跟我说,如果能确定发帖人是谁就行,可以删帖,这事儿得好好处理……"

晋棠棠心里有数。挂断电话后,她直接去了奶茶店,解释明白之后,从店主那边查到了监控视频,果然是何韵拍的。

晚上七点,她直接敲隔壁宿舍的门:"曾晓莹在吗?"

曾晓莹开门探头："帖子不是我发的！我没回复！"

晋棠棠哭笑不得，她没这么可怕吧："没说是你，你知道何韵住哪个宿舍吗？"

真是何韵发的？曾晓莹也这么猜过，但她没证据，而且问何韵，何韵说她没有，还说她也在围观。

"楼上304。"

曾晓莹补充："你是不是觉得是她发的？"

晋棠棠说："你觉得呢？"

看着她窈窕的背影朝楼梯而去，曾晓莹打开微信，看着何韵之前"我怎么会发帖子"的消息，沉默了，何韵大概是在说谎吧！

现在这个时间，天已经漆黑，又冷，晋棠棠估计人都会在宿舍里，特意掐的时间。

本来想八九点去的，但是她已经等不及了。

开门的是另外一个女生："请问你找谁？"

"何韵在吗？"

"何韵，有人找你！"

"谁啊？"何韵说着，趿着拖鞋往门口走。

"你认识的。"室友一让开，何韵就看见了晋棠棠对她微笑，她停在半道上。

"晋棠棠……"

"不介意我进去吧？"晋棠棠两步走进去。

何韵冷静地问："你来找我有什么事吗？"

她心里也在打鼓，自己发帖的事是被知道了吧？应该不可能发现IP地址，不可能知道是她发的，但正主上门，她总是会心虚。

晋棠棠看着她笑："你难道想不到吗？"

何韵说："我又不是你肚子里的蛔虫，怎么可能什么都知道？"

"确实。"晋棠棠像煞有介事地点头，声音温柔却有力，"不过却是跟屁虫，是吧？"

"你什么意思？！"

"帖子都发了，还要问我什么意思，你的理解能力这么差，难怪学姐

觉得你不行。"

这戳中了何韵的痛点:"晋棠棠,你来就是为了嘲讽我没有被选中进入辩论队吗?大可不必。"

晋棠棠说:"可你的行为让我觉得有必要,和你偷拍、造谣的行为一比,我不过就是嘲讽你两句而已。"

"我不知道你在说什么。"

"你是不是不知道奶茶店门口有监控?"

闻言,何韵的身体一滞。

其他三个室友这会儿也听出是什么意思了,之前学校的帖子她们有所耳闻,只是没想到正主找上门,居然是她们的室友发的造谣帖,这也太可怕了!

何韵强装镇定:"我不知道你说的什么意思,奶茶店门口有什么事儿?不就是上次碰到你和你的男朋友了。"

晋棠棠眨眼:"可我没说男朋友的事啊!"

她莞尔:"照片是你拍的,楼主发的,我帮你想了个借口,你给楼主私信投稿发的,怎么样?"

室友们齐刷刷地憋笑。

真的,两个人完全不是一个段位的,难怪晋棠棠能去参加辩论赛,她们的室友却不行。

事关自己的名誉,晋棠棠的语气强硬:"另开一帖道歉,删了现在的帖子,不然今晚就会多出一个新帖子,至于内容,保不准有什么。"

晋棠棠扬了扬手机,对其他三个女生笑了笑:"不好意思,打扰你们了。"

室友们摇摇头:"没有没有。"

近距离看,晋棠棠确实和表白墙上传的没区别,真漂亮。

宿舍门被关上了。

室友们对视了几眼,最终其中一人开口:"帖子真是你发的?"

何韵狼狈地否认:"她胡说的。"

可等半小时后,造谣帖被删除,贴吧里多了一则道歉声明时,她们都心知肚明了。

何韵一晚上在床上没下来,床帘紧闭。

帖子的事情轻而易举地解决了,晋棠棠松了一口气,开始考虑自己和秦愈的事。

明天答应,就开始谈恋爱啦?

这和自己之前的计划完全不同,她都做好告白的准备了,没想到一朝反被秦愈告白。

"小女巫"此刻十分纠结、兴奋,和喜欢的歌手谈恋爱,也太刺激了!

秦愈这会儿和她有一样的感觉。

他总觉得哪里不太对,于是打电话向"情感大师"秦宗求助:"她说她喜欢我,为什么我觉得自己好像不是在谈恋爱?"

秦宗乐了,单手握拳,抵住唇边,重重咳了两声,才没笑出声来:"以为你追人成功啦?"

"嗯。"

秦宗笑着说:"你只说你喜欢她,所以她说喜欢你,你想谈恋爱,那你问她愿意做你的女朋友了吗?"

秦愈蒙了,又恍然大悟,好像真是这样。

他当时只顾着想她是不是喜欢自己了,哪里想到问这个,还需要这样问?

秦宗慢条斯理地告诉他:"有些事是需要仪式感的,亲口问一句,她答应了,才算是。"

所以晋棠棠是怎么想的,秦愈很想知道答案。

秦宗说:"这件事要看女生怎么想,她觉得是,你们就是,你可以直接问。"

"我知道了。"秦愈偷偷地想,追人好像也不是太难。

秦愈打开晋棠棠的微信聊天框,想要直接打字问,最后止住了,还是当面问吧!

他改了主意:"学校的事解决了吗?"

晋棠棠回复:"解决了。"

秦愈没问什么事，而是问："你明天什么时候来？"上午吧。这样距离再见面就只有十几个小时了。

晋棠棠回复："上午。"

秦愈忍不住笑："好。"

今天的成功告白大大增加了他的信心，明天自己一定能说出那句话！

翌日上午十点，晋棠棠到达湖景御府。

她还未输完门的密码，秦愈就打开门了。

来福本打算迎接的，被他挡住了位置，只好在他后面不停地叫："汪！汪！"

"你来了……"秦愈说。

晋棠棠说："我还以为你昨天会问我回校有什么事儿。"

做再好的心理建设，等到见到本人，秦愈也紧张，于是顺着问："什么事儿？"

"学校里有人发帖说，经常有豪车接送我，说我被包了，说我的男朋友可能是老头子、啤酒肚，我们不是在正常谈恋爱。"

秦愈皱眉："胡说。"

虽说之前男朋友的事儿是假的，但这帖子说得太过分了。

晋棠棠说："对啊，胡说。"

秦愈的注意力一下子被转移了："你解决了吗？"

其实他忽然有个想法，如果他真的是她男朋友，是不是这样的谣言就不会有了？

秦愈只想到这里，丝毫没考虑他的社交恐惧症还在，爱情冲昏了他的头脑。

"要我帮忙吗？"秦愈又问。

"帮忙？你去我的学校吗？"晋棠棠问。

秦愈颔首，不然还有什么帮忙的方法？

晋棠棠忽然忍住笑："你要去现身澄清吗？帖子是假的，但之前说你是男朋友也是假的。"

只不过只有他们两个人知道而已。

秦愈一怔，再度将准备好的富有仪式感的台词忘得一干二净，只剩下真真假假。

他注视她半晌，低声说："我以为昨天……现在已经是真的了。"

秦愈又问："难道不是吗？"

晋棠棠的心脏受到了暴击，谁能挡得住盛世美颜的大明星在自己面前说这样的话？反正她受不了。

晋棠棠的声音都有点儿飘："从这一秒开始是真的了。"

这一秒！秦愈不错眼珠地看着晋棠棠，想伸手，半道上又缩回去，他惊喜到开始怀疑自己的耳朵，不会是听错了吧？

"真的？"他问。

"连话都听不懂了吗？"晋棠棠觉得好笑。

"真的真的。"秦愈重重地道。

"真的。"晋棠棠说，"真的男朋友。"

秦愈之前还打算问的"你愿意做我女朋友吗"完全派不上用场："那学校的事……"

"事情已经解决了。"

"解决了啊？！"

晋棠棠抬头："你好像很失望，你真的想去现场啊？那可是有很多人的，他们围住你，你想跑都跑不了。"

秦愈终于恢复了理智，他之前没考虑这些："可是你的名誉更重要。"

不过是被围住而已，大家又不会伤害他，可是他喜欢的女孩子被人造谣了，他一定要为她澄清。

秦愈认真地道："如果我连这点儿都做不到，那我还有什么资格做你的……男朋友。"

说最后三个字时，他感觉甜蜜蜜的，他现在也是有女朋友的人了。

晋棠棠怔了一下，然后笑了起来："你是对的。"

秦愈会害怕，但他不是胆小鬼，他有他的想法，他有担当，也会负起他的责任，这才是她喜欢的秦愈。

晋棠棠放轻声音："你这么说，我很高兴。"

秦愈眼眸明亮："真的。"

他这下终于鼓起勇气去牵晋棠棠的手了,碰到那抹柔软时,他的心尖儿也颤了一下。

女孩子的手都是这样的吗?

秦愈从未和哪个女性亲密相处过,唯一的母亲对他怒目而视,社交恐惧症也让他抗拒别人,他都无法和人说话,谈何做到相处。

晋棠棠反手握住他,感觉到他的情绪了,心一软:"你的手好大,可以把我的手包住了。"

"我是男人。"秦愈说。

"现在是我的男朋友。"晋棠棠道。

秦愈忽然脸红了,虽然如此,他也没有松开晋棠棠的手。

来福在后面走来走去,见两个人一直站在那里,于是它开始站起来,扒着秦愈的腿。

晋棠棠忍俊不禁:"来福急了。"

来福一点儿也不给自己面子,秦愈琢磨着今天是不是要减少它的零食,好让它受点儿教训。

"好了,去遛狗。"晋棠棠晃了晃手,连带着秦愈的胳膊也跟着晃了晃。

来福早已等不及了,几分钟后,二人一狗从别墅中出去,外面还未下雪,但也快了。

晋棠棠把手插在兜里:"学校里的那个帖子其实是辩论社里的一个人发的,可能是觉得我进了辩论队,而她没有进。"

秦愈说:"那是因为你优秀。"

"人家可不一定这么想,咱们上次去奶茶店被她拍了,不过是背影,学校里的人不知道你是谁。"

晋棠棠说着,抬起头:"你要是去学校澄清,学校里的人知道是明星,那网上也就知道了。"

秦愈摇头:"我不是偶像明星。"

他觉得自己勉强算是歌手。一个唱歌的谈恋爱了有什么关系?粉丝们听的是歌,他又不是不写歌了,而且秦愈认为自己谈恋爱了对写歌更有帮助。

晋棠棠眨眼:"你这么想,别人不这么想啊。你长得这么好看,一大堆'女友粉'。"

秦愈皱眉:"那不是我的问题。"

他看向晋棠棠,想了想,开口:"不会和他们一样的。"

他可以自己写歌发在平台上,谁愿意听就听。对于粉丝,他很感激他们喜欢自己的歌,但仅限于此,他的人生不需要别人指手画脚。

晋棠棠笑眯眯地:"我当然信你。"

她可喜欢秦愈的直率了,如果他真是贩卖梦想的偶像明星,她反而觉得滤镜破碎。

晋棠棠悄悄地打听:"那你的新歌怎么样啦?"

一提到这个,秦愈就不自在,表白成功和歌中的心思即将被公布是两种情况、两种感觉,好像日记被发现了一样。

秦愈瞥她,又看了两次:"快了。"

他小声地说:"下周。"

晋棠棠惊喜地说:"真的?这么快!"

秦愈被她带动了情绪:"嗯……你可以听,我有唱。"

他还记得她之前的询问,她想听他唱歌,演唱会暂时不可以,但这个可以。

"要不要我们一起听?"晋棠棠提议。

秦愈的心猛地一跳,他飞速摇头。

晋棠棠"扑哧"一声笑出来:"干吗这副表情,你自己唱的歌,和女朋友一起听怎么啦?"

"女朋友",听起来很好听。

秦愈险些被"糖衣炮弹"迷晕,不过仍晕乎乎地坚持自己的意见:"你自己听……我不好意思。"

晋棠棠翘起嘴角,不好意思都这么光明正大地说出来了。

不知道秦愈的新歌到底是什么样的,前两首歌那样阴郁风,这一次也许不是,会因为她的到来而改变吗?

周二那天,《EOS》就被送到经纪人手中。

秦愈习惯了自己一个人处理，从作曲到作词，连唱的人也是他自己，所以工作室那边并不需要多做什么？只需要判断要不要加工一下。可秦愈对自己的歌向来是做到他当时认为的最好，所以秦愈的工作室可以说是很轻松了。

周五时秦愈就得到了经纪人的通知。

经纪人叮嘱："那天会几个平台一起公布，到时候你别太关注成绩怎么样。"

头一次发情歌，经纪人担心水土不服。

秦愈"嗯"了一声。

经纪人想了半天，还是告诉他："因为这首歌的歌词……太明显，到时候舆论可能会不同。"

他这么说，秦愈更不好意思了。晋棠棠听了他的歌会是什么反应？

经纪人一看他发呆了，既无语又无奈："你想到哪里去了？放心，晋棠棠会听到的。"

秦愈不说话。

"哎呀，我真是羡慕，明星给自己写了一首歌，哪个粉丝不得乐开花了。"

秦愈终于开口："你好夸张。"

经纪人说："我夸张吗？我这是实话实说。"

工作日的第一天，上班的第一个上午，工作室和各大音乐 App 官博迅速发布了一条微博：

官宣秦愈的新歌《EOS》发布！与此同时，正式放出新歌。

晋棠棠今天上午没有来，所以秦愈早早地练完歌，转发了微博："听歌。"

早在半个月前，工作室就在营销。

今天新歌一放出，歌曲下的评论就迅速过了一千条，还在飞速增长中，有些人一点开就直接评论。

等前奏过去，有些人终于察觉不对了，这曲风！怎么不一样了？

歌词还是秦愈的风格，但意思和以前的两首歌截然不同，好像从死亡边缘回到了活着的状态。

热评前几条也跟着转变风向。

"秦愈的这首歌好像和我想象的不太一样。"

"我也是啊,我以为听完又要大哭一场,没想到听得我脸红心跳,怎么回事?"

"啊啊啊,秦愈你怎么写情歌啦?!"

"'少女的裙摆'是谁?你说!"

"呜呜呜,我冲着阴郁来的,绝了,结果听得感觉自己的暗恋心事被发现了一样……"

"我看了,作词人还是秦愈,没换人。"

发歌十分钟后,秦愈终于做好心理建设去翻评论了。

看到评论里的各种猜测,他就知道大家都知道了,听歌的晋棠棠肯定也知道!

他用手挡住脸,借此掩藏住他的脸红。

秦愈完全没想到晋棠棠因为上午有课,此刻正坐在教室里,完全没机会听歌。

这节是理论课,虽然可以"摸鱼",但也不能明目张胆,尤其畜牧专业的知识点其实不少。

晋棠棠正在记笔记。

文玥正在逛论坛,一刷新,发现帖子名带了秦愈,立刻点进去,才知道他发新歌了,昨天完全没预告!

——"你们听秦愈的新歌了吗?"

主楼:"我刚听完出来,妈呀,好甜,歌词好明目张胆,他是不是恋爱啦?"

文玥整个人就精神了。

帖子刚发,回复却迅速有上百层楼了。

"刚听完,和楼主同样的感觉。"

"这算是情歌吧?秦愈真是啥风格都能驾驭啊!"

"他的声音唱情歌怎么这么深情,还有点儿小羞涩的感觉,听得我心潮澎湃!"

"啊,他恋爱了吗?"

"恋爱了吧。歌词又写少女的裙摆,又写玫瑰,还有那句'和她一起做梦',这还不明显?"

文玥心"怦怦"地跳,咽了咽口水,好劲爆的消息!她撞了撞晋棠棠:"棠棠,秦愈发新歌了!情歌!"

晋棠棠一愣:"什么歌?"

"情歌,啊啊啊,我今天带了耳机,可以偷偷听了,你看帖子上的歌词,呜呜呜,他和谁恋爱了啊?"

文玥迅速插上耳机,分给了晋棠棠一只。

晋棠棠忙按住耳机才没掉下去,她瞄了一眼文玥的手机屏幕,看到了屏幕最中央的回复。

"也许是写给粉丝的呢!"

"都写'她'了,还是恋爱更可信!"

写给粉丝?恋爱?这些话说的都是秦愈的新歌?

晋棠棠之前就猜过秦愈的新歌写了什么,但她从未想过会和这有关系。

她有种异样的感觉,好像猜到了什么,但未听到歌之前她不敢肯定。

老师转过身来:"这个记下来……"

文玥还以为她被发现了,吓得手忙脚乱,原本是从开始听的,进度条却被拉到了一半儿。

晋棠棠的左耳一振,她听见了一段自己从未听过的旋律,像是秦愈的心跳声响在耳边。

晋棠棠听过无数遍的旋律忽然陌生了起来,教室中老师的声音和嘈杂音变成背景,逐渐淡去,只剩下耳机里的音乐。

"咚咚咚",是她听过的鼓声,现在和她的心跳一样快。

"吓死我了……"文玥手忙脚乱,干脆把声音关了。

晋棠棠还没听到秦愈的嗓音,音乐就戛然而止,不禁有些怅然若失:"怎么不放啦?"

"等等。"文玥说,"刚刚被吓到了,不过你刚刚是不是听到一段了,怎么样?"

怎么样?晋棠棠的思想放空:"很奇妙。"

文玥听不明白这个回答,小声说:"咱们低调,凑近一点儿,我看网上评价这歌不太对。"

晋棠棠心里有数,她打开自己的手机,没有去微博,而是直接去了音乐 App,将音量调至最低。

EOS?英文名,为什么是中文歌词?

晋棠棠不解,秦愈的歌已经在搜索栏出现,可见多少人搜过,她直接点开。

几乎是同时,文玥点了播放。

曾经听过无数遍的音符闪过,却给她一种期待、灿烂的错觉,像拨开浓雾后看到的光明。

屏幕上播放着歌词,晋棠棠的呼吸随着一句又一句的歌词变得急促。

耳边是秦愈的吟唱,他的嗓音偏低,说话时不觉得有什么,可唱歌就富有感情,以前是阴郁,如今是深情。

晋棠棠的手指都忍不住蜷缩起来,听见那句"露出少女的裙摆",她的耳朵不禁红了。

都说写歌源于生活,那他是写的她吗?

晋棠棠想起前几天她问新歌时秦愈当时的表情和说法,他是不是害羞啦?

从这一句开始,她按住耳机,鸡皮疙瘩都起来了。

讲台上老师在说 PPT,发现台下走神的太多,于是警告道:"小动作不要太明显啊!"

文玥忙把音乐暂停。

晋棠棠意犹未尽:"怎么不听啦?"

"老师都警告了,你刚才没听见吗?"文玥一扭头,看见晋棠棠酡红的脸如四月桃花。

她问:"棠棠,你怎么脸都红啦?"

晋棠棠摸了摸脸,口是心非:"热的吧?"

"我刚刚听秦愈的歌,心'怦怦'地跳,虽然没听完,但是怎么觉得好羞耻……你说他是不是真恋爱啦？"文玥的注意力很快转移。

"也许。"晋棠棠的声音都有点儿不稳了。

文玥并没有发现："肯定是谈恋爱了，不然怎么会写情歌，一句句的，跟告白似的。"

晋棠棠抿唇不语。她将目光重新放回手机屏幕，歌词已经无声播放至副歌片段，几句话跃于眼前。明明没开音量，她却好像清晰地听见秦愈的声音。

晋棠棠的手烫得厉害，一下子关闭了手机，动作大到旁边的同学都看过来，目露询问之色。

她没时间去回应，晋棠棠此刻的心绪完全被秦愈充斥。

老师还在不停地说话，她用手挡住脸，光从指缝漏进眼睛里，她心跳得厉害。

她对他说过，他是粉丝的神明。

他就写了这样的歌词，又反着写了下一句。

秦愈的歌词是不是太明显了！太张扬了！

十分钟后，晋棠棠终于冷静下来，用手轻轻扇着风，既然现在上课不能听歌，去看新闻总可以吧。

已经上热搜了，晋棠棠点开，热评第一就是："秦愈都开始写情歌，还有什么事情是不可能发生的！"

楼里关于秦愈到底恋爱没恋爱展开了讨论，最终得出结论，他就算没谈恋爱，也是在暗恋。

晋棠棠的手一顿。和秦愈认识没多久，他就写出了新歌的旋律，可他那时候还抗拒她的到来，难不成那时候就暗恋她？男人的心思可以藏得这么深吗？

发布新歌的第一个十分钟，工作室里依旧在讨论。

"哥，秦愈真的谈恋爱了吗？"工作人员问经纪人。

他们之前就看到过歌词，现在舆论风向问题真是到现在也不清楚。

经纪人高深莫测："你们猜。"

工作人员道："有才华的歌手就算不谈恋爱也可以写情歌的，以前有很多这样的例子。"

"秦老师都不出门,怎么会谈恋爱呢?"

"对啊,肯定就是一个意象,一想到秦老师恋爱,我就感觉奇怪,和他太不搭了。"

经纪人喝了一口茶:"又不是和尚,动心怎么啦?"

工作人员惊讶了,又觉得这话好像没问题,因为歌词已经足够露骨了,就在明说他有缪斯。

经纪人给秦愈发消息:"紧张吗?"

秦愈回复:"?"

经纪人看好戏:"晋小姐应该会听歌吧?"

秦愈这下没回了。事实上,他现在的确是在忐忑地等待晋棠棠的反应。

没经她的同意就以她为主角写歌,还是在之前写的歌词,她会不会觉得他早早就动了歪心思?

秦愈知道自己说不出那样的话,这首歌完美地替他向晋棠棠表白了,他在等待回应。

网上论坛对于这件事已经从"秦愈是不是恋爱了"快进到"秦愈的女朋友是谁"上面了。

"秦愈基本不出面,不知道是谁啊?"

"写得太美好了,我感觉肯定是个仙女。"

"我还是喜欢以前的歌……"

"我好喜欢这次的歌!他的嗓音真的可忧郁可深情,每一句都像是在倾诉心事!"

"歌名叫《EOS》,我查了,这是'黎明曙光女神'的意思,曲风和之前的歌完全不同,可见对他的影响之大,姐妹们,以后咱们可能会听到不少情歌了!"

"不错不错,我喜欢!"

"你们这么猜,就没人觉得秦愈还没追上人吗……"

"楼上+1,我和你一样的想法,哈哈哈!"

秦愈的容貌和他的歌一样出名。

有"女友粉"在超话里评论:"不能接受秦愈谈恋爱,才发几首歌,居然就有女朋友了……"

工作室的微博也被评论，问秦愈究竟有没有谈恋爱了。

经纪人让官博别管，这种事要看秦愈怎么回复。

"我们秦老师只要唱歌就行，管他情感问题做什么，又不是恋爱了不写歌？"

"我还觉得要多谢那位女生呢，风格都变治愈了，如果是暗恋，那祝成功好吗？"

因为这首歌被归结于情歌，有粉丝接受不了，有粉丝却惊喜他的改变。

一下课，晋棠棠就忍不住了："文玥，耳机借我。"

文玥递过去："给你，你怎么比我还急？"

晋棠棠随口说："说明你是'假粉'。"

文玥撇嘴："你之前还骗我们你的雇主是秦愈，哪有你这样的粉丝？咱们彼此彼此。"

以前没觉得有什么，所以晋棠棠敢说。现在真和秦愈在一起了，又有这样一首歌，晋棠棠反而不敢直言他们在谈恋爱了。

文玥说："不过，你说秦愈会和什么样的女生恋爱呢？他之前的歌那种风格，都说他是心理有问题的。"

晋棠棠垂眸："你觉得呢？"

文玥一无所知："应该是温柔的吧。"

晋棠棠想了想自己，好像不太温柔啊，她之前被说是"抓鹅勇士"，最近又威胁何韵。

音乐响起，她打开微信。

晋棠棠："我在听你的新歌。"

秦愈看到消息，不知道怎么回。

她听到歌词了，她怎么想？

半天，秦愈终于憋出一个字："嗯。"

晋棠棠一看就知道他肯定是不知道说什么，转而说："你回答我一个问题。"

秦愈："你问。"

晋棠棠："歌词什么时候写的？"

秦愈实话实说："断断续续写的……月初写完的，没告诉你。"

在微信上，他还能保持镇定。

晋棠棠又问："是写给我的啊？"

即使心知肚明，秦愈也被问得猝不及防，发了好一会儿的呆，承认："对……给你的。"

晋棠棠打字："下午我过去，一起听。"

秦愈觉得既刺激又期待："好。"

冬日的校园人不多，走在路上也是冷风阵阵，晋棠棠的耳边全是秦愈的歌声。

再一次听到他唱歌，竟然是唱给自己听的。和音乐人谈恋爱，就是如此心动不断吗？

作为秦家唯一的明星，秦愈的新歌很快就被众人听见，纷纷表示瞠目结舌，秦愈居然比他们还早谈恋爱！

秦宗作为他的大哥、"发言人"，接到了无数个问题。

"大哥，秦愈和谁谈恋爱了？"

"大哥，秦愈会不会得幻想症了啊？"

"大哥……"

秦宗从一开始的认真回答，到后来的面无表情，这都是什么乱七八糟的问题。

不过因为有一段时间没联系秦愈，他看完歌词，也怀疑自己弟弟是不是还没追上人。

傍晚，会议结束后，他拨通电话。

秦愈正在客厅的沙发上正襟危坐，猝不及防地听到铃声，还以为是晋棠棠，看到是大哥，松了口气。

"大哥。"

秦宗说："你的歌，我听了。"

秦愈以前发歌都没今天这么紧张，这难道就是谈恋爱可能会拥有的烦恼吗？当然和烦恼相比，他还是喜欢谈恋爱。

秦宗继续说:"家里人今天都看新闻了,都来问我你的事情,有段时间没给你打电话,我也不清楚。"

"……"

墙上的时针轻轻地转至四点。

来福叫了起来,秦愈的注意力还在电话上:"她答应了,我追到了。哥,我有女朋友了。"

晋棠棠站在玄关处,手还搭在没关的门上。

原来秦愈一直以为是他追到的她。

可是从她见到秦愈的第一眼,看到那样如同困鹿却热爱音乐的他,她就在想这件事了。

来福跑过去,秦愈后知后觉,他握着手机的手一颤:"棠棠?"

"这么紧张干什么?我是你追到的女朋友,又不是吃你的老虎。"晋棠棠走过去。

"你听到了?"秦愈问。

"听到了啊。"她过于平静,秦愈反而感到失落。

晋棠棠觉得他的反应很好玩,站在他面前,忽然说:"你弯腰,我有东西要给你看。"

看东西还需要弯腰吗?

秦愈想到另一个方向上去——只有亲吻才需要如此接近,便又开始心跳加速。

他们才开始谈恋爱就要接吻了吗?他没接过吻,会不会不太好?如果现在打断她,去吃点儿糖果是不是不可以?

秦愈满脑子"十万个为什么",弯腰,几乎和晋棠棠平视,他差点儿要闭上眼,却看到她打开手机。屏幕上只有几行字,是他的新歌歌词截图:

> 既做你的旗帜,
> 愿你风举云摇。
> 也做你的拥趸,
> 为你虔诚祈祷。

如果我被判处永夜，
　　甘愿归依奉献为矛。

"男朋友。"晋棠棠认真地发问，"假如我是女巫，那你打算怎么把你献祭给我？"

这个灵魂发问让秦愈给不出回答。他写的时候情感充沛到了极致，和站在晋棠棠面前是两种状态，就像人写日记，念出来都觉得羞耻。

"就献祭……"他喃喃地道。

"我知道啊。"晋棠棠步步紧逼，"总要有具体形容吧。"

秦愈被迫转移话题："你不是女巫。"在他眼中，她和他是换了位置的。

晋棠棠说："那我还是喜欢当女巫，邪恶不用自责，还可以对祭品为所欲为。"

这明目张胆的话让秦愈瞠目结舌。

他呆滞的模样让晋棠棠好笑不已，她将食指和中指并在一起挠了挠他的下巴，像挠来福一样。

"你都没想好，歌词肯定是假的吧？"晋棠棠说。

"当然不是。"秦愈否认。被触碰的下巴灼热得厉害，这种感觉和以前陌生人触碰他时的灼烧感是完全不同的，他喜欢她的行为。

晋棠棠说："那你就只能把你自己献给我了，嗯，我对你做什么你都不能反抗。"

秦愈作为一个男人，写出这样的歌词，又想过不可描述的画面，现在就顺着想了。

"脸这么红，在想什么？"晋棠棠问。

"没有……"秦愈回神。

晋棠棠"噢"了一声，在秦愈以为一切过去时，晋棠棠忽然说："秦大明星口是心非。"

秦愈："……"

瓷白的小脸近在眼前，他们第一次离这么近，还能闻到一丝淡淡的香味。

他想吻她，却怕她害怕他的唐突。

晋棠棠眨眼时，秦愈都能看见根根分明的睫毛和她瞳孔中倒映的自己。

他无意识地往前靠近了一点儿。暧昧渐渐在两个人中间产生，晋棠棠刚刚说了那么多，忽然安静下来，她的心跳也渐渐加速。

"汪！汪！"来福忽然大叫起来，晋棠棠和秦愈猛地退开，一起转向玄关。

孔景拎着袋子走进来。

"啊，你们两个都在啊。"他打招呼。

秦愈抿唇不语，还在回忆刚才的暧昧，孔景怎么来得这么巧？他差点儿就可以吻棠棠了！

晋棠棠掩饰性地撩了撩头发。

孔景问："你们怎么不说话？"

晋棠棠率先开口："孔先生。"

半天，秦愈才出声："你怎么来啦？"

"你这语气，不欢迎我啊！"孔景坐下来，"我就是看见今天新闻上都是你，所以过来看看大家公认在谈恋爱的大歌手。"

秦愈说："对。"

孔景一愣："真谈恋爱啦？"

他看看晋棠棠，又看看秦愈，从两个人的距离到红晕还未散去的表情窥出一丝意味，自己刚刚是不是来得不是时候？

"我马上走，马上走。"孔景一下子站起来，还不忘招呼来福，"走走走，来福，我带你出去玩……"耽误兄弟的约会了。

晋棠棠转向秦愈，秦愈认真地说："那你走吧！"

她再也忍不住，"扑哧"一声笑出来，秦愈恋爱后怎么变得更可爱、更好玩了？

孔景："？"

最终孔景还是没有走，他今天来确实有事儿。

"我前两天碰见周医生，他问我你怎么样了，我好几天不见你，所以觉得还是来看看比较准确。"

孔景挤眉弄眼:"新歌我听了。"

秦愈说:"好久没见周医生了。"

晋棠棠不知道周医生是谁,但猜测大概是秦愈以前的主治医生,他可能之前在接受治疗。

"你要不要去看看周医生?你现在变化这么大,他肯定认不出来。"孔景问道。

秦愈犹豫,偷偷地看了一眼晋棠棠。

被周医生治疗的时候,是他刚回国时。对他而言,全都是陌生人,就算是哥哥,也是不认识的。度过了最开始抗拒的阶段,他便开始像之前那样生活,没再接受治疗了。

秦宗没有强制他去治疗,在秦宗看来,秦愈的社交恐惧症不算病,自己可以负责,可以养他。

所以在晋棠棠过来后,秦宗才发现,原来他的纵容也是一个加重秦愈病情的原因。

可秦愈已经有自己的想法了。

晋棠棠问:"你觉得现在见他会害怕吗?"

秦愈自然摇头。

晋棠棠笑:"那不就可以了吗?"

秦愈豁然开朗,确实,见医生不代表他还需要治病,他只是见一个很久没见的老熟人而已。

"见。"他说。

孔景也看了一眼晋棠棠,他没想到她可以左右秦愈的回答,但他乐于见到积极的一面。

"行,那我约个时间。"

孔景自觉自己不该打扰这对新晋小情侣的甜蜜生活,所以没说两句就离开了,可氛围已经过去,自然不能再继续刚才的甜蜜。

秦愈很遗憾,又不好意思主动开口,难道要说他想亲她吗?好羞耻呀!

"周医生以前怎么给你治疗的?"晋棠棠好奇地问道。

"说话,还有吃药。"秦愈说。

晋棠棠以前对社交恐惧症了解得不多,也不知道需要吃药,她一直以为这种心理状态不需要。

秦愈看着她:"你想看吗?"

晋棠棠点头,她对他知之甚少,她想进入他的生活。

秦愈说:"以前的东西都在楼上。"

晋棠棠说:"我还没去过二楼呢!"

几个月前,二楼对她而言就好像是另一栋屋子,从一楼上去是需要钥匙的。

现在,主人亲手将钥匙递给了她。

晋棠棠主动拉起他的手:"走吧,秦愈。"

二楼的房间比较多,客厅上方的走廊就是之前秦愈拍杂志那天,晋棠棠抬头就能见到的。

"那是录歌室。"

"那是书房。"

"这是卧室。"

晋棠棠看向最里面:"那里呢?"

见她看那里,秦愈莫名想起之前的事:"健身房。"

晋棠棠随即转向秦愈,目光向下,眨眼:"那你平时就是有锻炼了,效果不错呀!"

秦愈翘了一下嘴角,又很快隐藏。

晋棠棠的视线又回到最近的录歌室,秦愈将门推开一半儿,轻声说:"里面很乱,没收拾。"

她看得出来,草稿纸摆在桌上,各种乐器的放置一眼看上去像有个乐队在里面,实际上井井有条。

"这些你都会吗?"晋棠棠问。

"嗯。"

晋棠棠虽然早有预料,但还是惊呼了一声:"秦愈,你真厉害!我的男朋友真棒!"

秦愈小声地说:"这好像在夸小朋友。"

晋棠棠瞥他:"那以后我不夸了。"

秦愈摇头:"要的。"

两个人握着的掌心之中的温度比室温要高很多。

几分钟后,晋棠棠就看到那些空了的药瓶,它们被静静地摆放在置物架上。

一排,两排,三排……他吃了多久?刚刚还说笑,此刻晋棠棠的心中像被线扯了一下,细细碎碎的疼痛开始了。写《枷锁》的时候,他就是在这样挣扎吧?

秦愈见晋棠棠一直盯着药瓶看,用力握了握她的手,轻声唤她:"棠棠……"

晋棠棠强迫自己移开视线,扬起一抹笑容:"叫我干吗?"

秦愈浅浅地笑着:"看你在发呆。"

晋棠棠爱极了他的笑容,他觉得是她带他走出黑暗的,可她认为他自己本身就一直生活在光明中。如果没有社交恐惧症,她不会认识秦愈,可如果有机会,晋棠棠不愿意他十几年如一日地自我封闭地生活在枷锁中。

她想说什么,却感觉喉咙如哽。

秦愈察觉到她的情绪变化,于是有些局促:"我……"

不应该带她来这里的……

晋棠棠打断他的话:"我记得楼下装了摄像头,你是不是之前就从楼上看我和来福?"

秦愈颔首,不大好意思说。他借着摄像头窥探她的行为好像不光明,有点邪恶。

晋棠棠的眼睛一弯:"你看了我那么久,我也想看一次,你去楼下,我要去看看摄像头的视角。"

"真的要吗?"

"不愿意吗?"

"好吧!"

秦愈带她去了录歌室,之前电脑没有关,摄像头也是开着的,不过后来他可以自如下楼,便没有再看。

现在镜头里只有来福。

秦愈下了楼,晋棠棠坐在椅子上,伸手拿了一张草稿,上面摘抄了一段鲁迅的《影的告别》。

我不过一个影,离别你后沉没在黑暗里了。
然而黑暗又会吞并我,然而光明又会使我消失。
然而我不愿彷徨于明暗之间,我不如在黑暗里沉没。
…………
我独自远行,不但没有你,并且再没有别的影在黑暗里。
只有我被黑暗沉没,那世界全属于我自己。

晋棠棠读过这篇文章,而在《EOS》中,秦愈曾将自己比喻成影子。

他写的时候是不是很迷茫,就像以前的《枷锁》。原来他能开口,是挣扎过的,可他还是主动追她了。

这张纸给晋棠棠的感觉比《EOS》的深情还要重,她闭了闭眼,将纸张轻轻放下。

这时候,她才想起去看秦愈。

也不知道是不是因为一直没听到她的声音,秦愈也不好意思问,正蹲在来福面前。

来福好像想让主人摸摸自己,他撸了两下,来福并不满意。

秦愈说:"不喜欢?"

来福翘了翘毛茸茸的尾巴,被他当作赞同的意思。

晋棠棠觉得有趣,于是凑近看,因为秦愈说话声音不大。

大约是察觉自己的偏心被主人发现,来福爬了起来,要去蹭他的脸,亲昵不已。

"来福,你有口水。"秦愈忽然说了一句,推开狗脸,"我不想亲你。"

他似是飞快抬眸看了一下摄像头:"我想亲她。"

PART 15
约会提前打草稿

因为距离问题,声音似乎并不大,但好像这个房间里装了扬声设备,这句话清晰而完整、立体地传入晋棠棠的耳中。她的眼睛目不转睛地看着屏幕,看着楼下的画面。

他说他想亲她。他知道她在镜头前,他这是在向她索吻吗?

直到来福换了一个姿势,晋棠棠才终于动了动眼珠,屋子里静悄悄的,她手足无措。

这段感情里,她一直觉得自己处于掌控者的位置。可她偶尔也会对这样的情况感到局促,他的行为是她预料不到的。

所谓掌控,都是自以为是。

晋棠棠拍了拍脑袋,重新看向镜头,启唇:"秦愈,你刚刚说了什么?"

楼下的秦愈听到声音仰头,听清内容后又觉得失望。

直到晋棠棠后面的话说出来:"我都听到了。"

秦愈撸来福的手一下子停住了,她真的听见了,听到他说想吻她吗?

"秦愈,你对自己的定位还是不清楚。"晋棠棠一本正经地道,"你现在是我的男朋友。"

秦愈乖乖听着，所以呢？他的心跳开始变快，好像接下来会听到自己想听的。

晋棠棠的语气忽然转变了："你想亲我，直接问我。不行，强吻不也可以吗？"

她自己说的时候都有点儿颤抖。

秦愈被巨大的惊喜冲击到了，没能仔细分辨出她的紧张："棠棠，我……你……"

"你不上来吗？还是要我下去？"晋棠棠问，又补上一句，"迟了的话，我可能会反悔！"

秦愈一把收回手，起身，大步往楼梯方向，从快走到小跑，最后到奔跑。

二楼，曾经的他认为这是最短的安全距离。

此刻，对他而言是好远的距离。

二楼，晋棠棠就坐在椅子上。

她说完后，就看到了秦愈站起来的身影，随后整个人便消失在镜头中。

他在奔她而来。

晋棠棠从一开始的紧张，忽然就变成了放松。

她甚至有心情伸手按向钢琴键，不连贯的音符跳跃而出，像小孩子刚学练琴，一声一声的，就像秦愈的脚步逐渐快速接近她。

门被推开，晋棠棠抬头，眉眼弯弯："你来啦！"

秦愈不知哪里来的勇气，也许是被那句反悔激的，走到了晋棠棠的面前。

一个站着，一个坐着。

晋棠棠停下手："不是要亲我吗？不是故意说给我听的？"

确实是故意的，秦愈不敢当面说，怕开不了口。他并没有十足的把握可以让晋棠棠听见，但她听见了。

秦愈没亲过人，犹豫第一下应该怎么做，他慢慢弯下腰，刚才的紧张又将他包裹住。

他还在纠结中，唇上忽觉柔软。

眼前是晋棠棠近在咫尺的脸，她的眼睛、睫毛、鼻梁，甚至连细小的绒毛都看得见。

他们一触即分。

晋棠棠退开一厘米，问："只亲，不吻吗？"

温热的呼吸带着甜香的气味洒在秦愈的脸上，将他迷得晕头转向，他再度吻了下去。

他不得其法，却莽撞真实。

荷尔蒙裹住晋棠棠的五官，让她的嗅觉失灵，她伸手抓住了秦愈的衣服，微微张开了唇。

秦愈像茅塞顿开，不放过这点儿破绽。

他如鱼得水，在她的口中攻城略地，像写曲子时那样专注热烈地释放着他的情感。

晋棠棠渐渐迷失。

十二月的温度很低，晋棠棠和秦愈却燥热得厉害，晚霞从窗外落进来，将两个人都染成橙红色。

刚刚分开，秦愈就蒙了，他手脚并用地往后退了一步。

晋棠棠还坐在椅子上，她的唇瓣鲜艳至极，饱满得像成熟的果实。

秦愈一直拿眼去瞄，原来接吻这么快乐，他的视线就没离开过晋棠棠的脸。

晋棠棠突然转过来，将他抓了个正着："这么紧张干什么？我要回学校了。"

"是吗？"

秦愈感觉还没相处多久呢，他已经开始不满足于每日的这点儿时间了。

可晋棠棠还在上学，每天还要往返于学校和别墅之间，他们相处的时间不可能变多，除非他出门，去她的学校，像普通情侣那样，陪她上课下课，和她一起去吃饭、回宿舍……

晋棠棠站起来："下楼了。"

一直到晋棠棠离开别墅，秦愈还恋恋不舍，半晌，终于回到客厅，看着来福。

"谢谢你。"他认真地道。

来福"汪"了一声,仿佛应了似的。

养狗也是一件好事啊!秦愈心情愉快,找到大哥的微信:"谢谢。"

秦宗觉得莫名其妙,却心安理得地接受道谢。

回到学校的晋棠棠什么都没说,但文玥眼尖地发现她的不同,叫道:"宝贝,你是不是和男朋友这样那样了?"

晋棠棠轻描淡写地说:"有什么好奇怪的。"

文玥说:"好白菜不知道被什么猪拱了!"

晋棠棠停住动作:"如果是秦愈,你也会这样觉得?"

"那当然——不是!"文玥"嘻嘻"地笑了,"那是俊男靓女,给我关房间里亲一个月!"

晋棠棠:"……"

文玥说:"棠棠,你别想了,做梦想家没那么快乐。"

"是吗?"晋棠棠摸了摸嘴唇,已经过去半小时了,可她还记得那种感觉,她居然会这样主动,就怪男朋友太害羞了吧!

晚上,秦愈给她发消息:"晚安。"

晋棠棠躺在被窝里,回复:"晚安,小祭品。"

秦愈面红耳赤,关闭了手机。

次日,周医生应约来别墅。

也是今天晋棠棠挑的时机好,她十点到的,周医生十点十分刚来,两个人碰了面。

秦愈也没想到这么巧。

晋棠棠总感觉他不太想让她听见他和周医生的对话,她想到那首摘抄的诗。他还是害怕吧?

"今天见到你的第一眼,我就知道你和以前不一样了。"周医生今天穿得很随意,像普通朋友见面。

"这位是……"他问。

秦愈说:"晋棠棠。"他停顿,"我女朋友。"

这四个字说出来很有成就感，也很甜蜜。

晋棠棠颔首："嗯嗯，周医生你好。"

周医生之前就猜到了，但他引着秦愈自己回答，见秦愈对这个问题不退缩、不迟疑，还隐隐地有些骄傲，就知道女朋友对他的影响之大。

"你现在抗拒走出去吗？"周医生问。

秦愈看了一眼晋棠棠，实话实说："有。"

但在周医生的下一个问题出来之前，他又说："但我会走出去，我在克服。"

周医生一愣，而后明了。

他对其他人依旧是抗拒的，只是因为有了想出去的理由，才会想要去克服。

不论是什么，只要是好的就可以。

晋棠棠和秦愈坐在一起，闻言，放在身侧的手碰了碰他的手，没想到被他抓住，他还不松手了。

晋棠棠都惊了，他居然当着周医生的面这样做，胆子变大了！

周医生假装自己没看见，没想到今天来看旧病人，居然能吃到一嘴狗粮。

怎么当年的治疗还没谈恋爱管用？人类的情感果然永远是最复杂的。

但同时，周医生又担心一个问题，如果以后分手了呢？秦愈是会维持现在的状态，还是更糟糕？这个问题，他只能问秦愈一个人。

所以在离开晋棠棠几米后，周医生问出口："你现在是因为她才改变的主意？"

秦愈"嗯"了一声。

周医生问："你能保证如果你们感情出问题，你还能维持现在的状态吗？"

秦愈猛地看向他："不会。"

周医生说："你是指维持不住，还是——"

"不会有问题的！不会的！"秦愈打断他的话，又像是在告诉他自己。

晋棠棠听到他提高的声音，转过头来，柔声地说："秦愈，有话好好说，干嘛那么凶？"

秦愈不说话了。

周医生也觉得自己的假设太突兀，看到秦愈这会儿的表情又觉得生动。

他笑着开口："祝福你们。"

这话秦愈爱听。

他的情绪太明显，周医生清晰地感觉到，更觉得奇妙。从几年前闭口不言的少年，到如今会为自己的感情据理力争的青年，他已经不一样了。

回到沙发，晋棠棠勾了勾手，小声问："刚才干吗那么大声？人家是医生。"

秦愈不想说真话，但还是没隐瞒，声音很轻："他说如果我们出问题……"

秦愈见晋棠棠没什么反应，还有点儿委屈。

晋棠棠好笑地道："医生假设一下，又不是真的。"

周医生听着他们的"悄悄话"，自己好像做了个恶人，别说，感觉还不错。

他们的对话、相处……自然得就好像是正常的情侣，好像秦愈没有得社交恐惧症。

周医生觉得，秦愈也许很快会克服，挺好的。

秦愈被说了一通，认真地向周医生道歉："对不起。"

周医生摆手："这有什么对错？说起来还是我比较不对呢，你那个反应正常，我还挺满意的。"

"小年轻谈恋爱真不错。"他说。

他要离开时，两个人一起送他出去。

周医生说："晋小姐，虽然第一次见，但我已经大概知道了，秦愈能遇见你是他幸运。"

虽然不知道未来怎么样，但当前快乐就好。

晋棠棠瞥了一眼秦愈，俏皮地冲他眨眼："周医生，说不定是我更幸运呢！"

谁比谁更幸运，谁知道呢？

周医生听罢，若有所思地笑了起来。

等他离开后，秦愈忽然问："如果……"

晋棠棠似乎猜到他要问的："刚刚还对周医生大声，怎么自己现在反倒问这句话啦？"

秦愈只是盯着她看。

"谈恋爱嘛，没有谁能预料到以后，在当前，对未来的畅想都是好的，我也不例外。"

晋棠棠的嗓音很温柔。

"再说了，你只是有社交恐惧症，又不是怎么样。你不出去，那就让我代替你出去。"

"我可以。"秦愈忙说。

"你看，你明明相信你自己。"晋棠棠仰头看他，"从认识你的那天到现在，我都很喜欢。"

她的眼睛像星星，闪闪发光。

秦愈的心脏被浓烈的愉悦、欣喜填满。他还有一种奇怪的感觉，明明是自己追到的人，怎么好像是她在表白一样？

晋棠棠又说："女孩子想的比你们男生想的可多了，恋爱的时候，连孩子的名字都能想好。"

她的脸有些红，很可爱。

秦愈每时每刻都为她怦然心动。

秦愈发现，从开始谈恋爱之后，晋棠棠好像比之前更温柔主动，有种说不出来的感觉，反正他很喜欢。在这之前，他并未想过自己会像正常人那样谈恋爱、约会，现在差不多都实现了。

秦愈问："那你想了什么？"

晋棠棠说："我当然……没有想。"

秦愈："……"原来都是假的。

秦愈原本还打算参考参考的。

晋棠棠瞥向来福："不过你的取名能力可能不怎么好吧？来福的名字也太土了。"

叫了那么久，秦愈也觉得有点儿土："给它改名吗？"

"是你给它起的，来福应该喜欢这个名字吧！"晋棠棠招手，"来福。"

来福屁颠屁颠地跑过来，在她手底下扑腾。

晋棠棠又仰头："对了，还有个问题。"

秦愈说："你问。"

晋棠棠认真地问："你的新歌，之前每天弹给我听的时候，当时为什么不告诉我？"

她是在明知故问。

秦愈心想，那不是不敢吗？

他曾经将自己锁在录歌室一整晚，安静的房间里一点儿声音都没有，所有情绪都重新聚起。

他发现，他不想放弃晋棠棠，就像他永远热爱音乐一样。

即使未来也许有不确定，可他还是想拥有一瞬间的光。

"当时没想好。"秦愈轻声说。

"有什么不敢的。"晋棠棠叹了一口气，"头一回被当成什么女神，我会不好意思的。"

她从未想过秦愈会把她看得如此重要。

这份感情的真挚、分量，都比她之前的欢快要多，和他一比，她似乎并不纯粹。

晋棠棠才十八岁，她再成熟，也有小女儿家的稚嫩。

她对秦愈，一开始喜欢他的歌，见到他的人则喜欢他的脸，再到他的性格。

晋棠棠没想过在这份感情里她对秦愈所起的作用。

不过没关系，她现在知道了，不晚。

秦愈见她出神，于是用手指碰了碰她的手，晋棠棠反手抓住："去吃饭吧！"

"啊？"

"'啊'什么？出门吃饭，怎么样？"

晋棠棠眉眼弯弯地看着他，秦愈的拒绝停留在嗓子眼，转成了同意："好。"

他又问:"去哪儿吃?"

晋棠棠说:"我对这边不太熟,学校外面有很多店,我和室友吃过几家,你要不要尝尝?"

秦愈想了想:"听你的。"

他对外面更不熟悉。

等他戴好口罩、帽子后,两个人坐车去了星湖大学校门外的几条街,晋棠棠挑了一家有包厢的店。

说来也巧,他们在街头碰见了何韵。

经历过上次的事,晋棠棠只在辩论社见到她。

何韵大概是顾忌晋棠棠把帖子是她发的事说出去,最近都避着不见晋棠棠。

看到他们,何韵也闪了闪眼神。

今天正面见,她的注意力都在秦愈身上,还有两个人牵的手,这个男人看起来年纪好像并不大。有钱又年轻,看起来气质还好。

晋棠棠的运气怎么这么好,干什么都一帆风顺,何韵羡慕极了,只能恨恨地移开视线。

秦愈很久没有在外面的餐厅吃过了,即使是一个包厢,每次服务员过来时,他还是会低头,等菜上齐后,他终于放松下来。

晋棠棠其实有时候不太明白有社交恐惧症的人为什么会抗拒对他们无恶意、无交流的陌生人,不过她并不会问。

一个人的心理状态和生活环境有关,孔景说过,秦愈以前和母亲一起生活,不受喜欢,又生活在国外,可想而知,他能有现在这样积极的一面,已经非常不错了。

晋棠棠转移他的注意力:"秦愈,你谈恋爱的事,家里人知道吗?"

秦愈说:"歌一发,大家都知道了……"就连平时因为怕他受干扰,只有过节才会发祝福的堂哥堂姐都询问他。秦愈还来不及困扰,得到准确答案的他们就不和他聊了。反而他自己觉得蒙,他都做好被问的准备了。

晋棠棠听得想笑:"你家里人和你一样可爱。"

秦愈被夸，偷偷地看她，又想起现在她是自己的女朋友，于是他开始光明正大地看她。

晋棠棠将一桌子菜拍照，发上了微博，配文："男朋友陪我吃饭。"

秦愈眼尖地看到，缓缓地道："应该是你陪我才对。"

晋棠棠放下手机，认真地说："怎么会？是我想吃，你才会和我一起。"

陪她和陪他，在秦愈的眼里截然不同。在她这里，他永远是一个可以做到任何事的平常人，像普通男朋友一样陪她吃饭。

秦愈的心情无法用言语表达，他又想写歌了，想把晋棠棠写进自己的音乐里。

吃完饭，晋棠棠没有让秦愈陪她散步，目送他上车，司机偷偷瞄两个人，小少爷都出门吃饭了，下一步不得出门玩，去约会？

"这两天辩论队有事儿，我就不去别墅了，你可以遛来福吧，秦愈？"

秦愈点头："嗯。"

车子即将要走，他还没把车窗按上去。

晋棠棠问："快走了，还看我干什么？"

秦愈不错眼珠："那……好几天见不到你？"

晋棠棠的小心脏一跳一跳的，他知不知道自己说话时的样子都让人心跳加速？

她深呼吸，稳住："这么近，你想见，自己来找我。"

秦愈微微皱了眉，开始发愁。

晋棠棠不放低标准，摆了摆手，就往学校里走。

路边早有人记得这辆车，探头往车里看，秦愈连忙关窗，叹了一口气。

到学校来，那会有很多人，不过他们都不会认出他，是不是和去看辩论赛差不多？

临走前，秦愈往校门口看了一眼。现在正值中午，很多男男女女出来，入目都是小情侣说话、打闹，自然又亲密。

他……也想这样。

晋棠棠说不去别墅就不去别墅。

回到宿舍时,她打开手机,微博上有评论提示,都是发在她刚发的微博上的。

"小姐姐听秦愈的新歌了吗?"。

"秦愈谈恋爱了!!发了情歌!"

"呜呜呜,这么漂亮的妹妹也有男朋友了!"

晋棠棠心想,我不仅知道秦愈谈恋爱了,还知道他的恋爱对象是自己。

不知道她们知道秦愈是她男朋友的那天会是什么样子。

上次的辩论赛之后,星湖大学即将在这周对上新的对手,所以这周她要参与讨论。

好在有过一次经验,晋棠棠已经十分熟练。

比赛前一天,她向秦愈发出邀请:"要不要去现场?"

秦愈想也不想:"去。"去过一次,就不会再担心第二次。

晋棠棠莞尔:"那你要小心,别被发现了。"

秦愈拉着她的手,漫不经心地说:"我平时不出面,基本没有记者认识我,不会知道的。"

晋棠棠觉得他想得太少。

秦愈一首歌发出去,热搜上挂了一整天,粉丝和路人都在猜,为了热度,肯定有"误记"会想扒。

"我的手这么好玩?"她问。

秦愈松开手:"……"

他将自己的手背到身后,看着她,放低嗓音:"棠棠,我已经想好了小孩儿的名字。"

"什么名字?"晋棠棠惊了。

"现在不告诉你。"秦愈的耳朵热得发烫,他前几天每天都有想,"以后说。"

晋棠棠说:"好吧!"她并不抱什么希望。

秦愈和她此时的想法完全不同,他在想,她这么轻易地听了他的话,她也会觉得他们以后会有给小孩儿起名的这天。就好像她已经答应一辈子和他在一起了一样。

"我想起来了,我和你还有合同。"晋棠棠想了想,"要不要终止,秦老板?"

"不要。"秦愈说。

"我又拿钱,又和你谈恋爱,公费恋爱不太好吧?"

"哪里不好?"

秦愈目不转睛地望向她。

晋棠棠思考了两秒:"这算员工潜规则老板,还是老板潜规则员工呢?"

这句话让秦愈想歪了。

这两天他们有过牵手,有过肢体接触,但再也没像那天一样,亲密地接吻。

他目光灼灼。

晋棠棠察觉到了什么,捕捉到他的目光:"秦愈,你一直看我,是不是想亲我啊?"

秦愈只好点头:"想。"

"我也想。"她踮脚亲了他一口。

秦愈捏住她快收回去的手,尝过味道,怎么会满足于轻轻一碰?男人的力道远大于她。原来有社交恐惧症的人也可以是亲吻狂魔,晋棠棠发现了。

结果吻完了,秦愈后知后觉地开始不好意思了。

晋棠棠也气笑了,怎么这么像自己轻薄了一个良家少男?她"哼"了一声,回学校了。

第二天下午,晋棠棠和辩论队一起去比赛。

秦愈自然是自己一个人去。他还发现,也许是因为上次辩论赛上了热搜,今天的观众中男生尤其多,从他们的议论中还能听到晋棠棠的名字。

晋棠棠去前面找他。

秦愈的位置在边上,他比较自在:"他们都是来看你的。"

晋棠棠"嗯"了一声:"可惜我有男朋友了。"

果然,附近有人看到晋棠棠不掩饰地和一个男生动作亲密,也猜到了两个人的关系。

"棠棠!"不远处,文玥和关筱竹招手。

晋棠棠一个激灵:"我的室友来了。"

秦愈要扭头,被她扳住脸:"我的室友是你的粉丝。"

虽然文玥总说不追秦愈,但她知道得一点儿也不比粉丝少,秦愈出新歌她也跟着追。

秦愈沉默,自己的粉丝原来这么多吗?女朋友是粉丝,女朋友的室友也是粉丝。

没到一分钟,文玥就到了过道上,来回打量:"棠棠,这是你的男朋友吗?"

晋棠棠神态自若:"嗯。"

好像见亲友,秦愈努力克服紧张,对她们点头示意。

他戴着帽子和口罩,可即便如此,火眼金睛的文玥还是看清了他的眉眼,也感觉到十分熟悉,她的手机壁纸还是秦愈的照片。

文玥看向晋棠棠,牛啊,她的室友。

她对晋棠棠招手:"棠棠,我有话和你说。"

三个人走出去几步,文玥压低音量:"棠棠,难怪你之前那么说,我现在知道了。"

晋棠棠问:"什么?"

文玥说:"你的男朋友确实很像秦愈,你也太厉害了,就像和偶像在谈恋爱,这种感觉也太爽了吧,他会学秦愈的台词和你打情骂俏吗?"

晋棠棠想知道秦愈有什么台词可以学。

最近正在看小说的关筱竹想象得更多,问:"你不会把他当替身吧?"

对两个室友的发言,晋棠棠目瞪口呆,居然还能想到替身上面去,这是平时看了多少小说、电视剧,对现实生活都能如此联想。

她作势要拍她们:"什么替身不替身的,我在你们眼里是这样的人吗？"

关筱竹当然摇了摇头："我就是随口一说。"

这乍一听文玥说晋棠棠的男朋友和喜欢的歌手长得像，那不得联想一下。

反倒是文玥高深莫测地道："谁知道呢，万一你就是我们之中隐藏的大变态呢？"

晋棠棠："？"

"你说什么？"她问。

文玥连忙摆摆手，拉着关筱竹跑远了，还不忘丢下一句话："晚上学校见——"

晋棠棠无语，转身发现秦愈看着自己，他不会是听到了对话吧？

"你刚刚没听到吧？"晋棠棠问。

"听到了。"秦愈没否认。

晋棠棠扶额。

"她说你把我当替身。"秦愈十分认真，眼睛亮晶晶的，"替身对应的是……白月光吗？"

他对这些还是懂的，白月光呢，这个他愿意当。

晋棠棠一眼就瞧出来他的小心思，莞尔："对啊，白月光，秦愈是我的白月光，你是他的替身。"

秦愈脸红了，如此直接地用这个误会来当情话，他怎么就没想到？难怪大哥当初觉得他追不到人。

他想了想："我……愿意。"

晋棠棠都没料到他会顺着自己的话说，那张令人惊艳的脸上写着"无辜"两个字，这谁能忍得住啊？

晋棠棠止住躁动的心，毕竟她一直是以温柔示人："那你现在就身负两个身份了。"

秦愈被她一提醒，就想起献祭的事了。这大概就是自己写的歌词，自己要负责吧！

晋棠棠不说话，笑吟吟地看他。

秦愈这会儿坐着，仰头，说："你……去比赛吧！"

晋棠棠问:"你没有什么要和我说的吗?"

秦愈忽然明白了,旁边有人看过来,他稍稍别开点儿头,张了张嘴:"加油。"

人一多就声音低,但嗓音低又好听,只有两个字,晋棠棠都没法拒绝。

她和他分开,去了后台,学长、学姐正坐在那儿聊天。

"又去见你的男朋友啦?"罗青言打趣道,"怎么不把他带过来让我们看看,什么帅哥追到你。"

晋棠棠说:"他害羞呢!"

旁边学姐凑过来:"咱们学校可是把棠棠当勇敢女神的。"

罗青言说:"没想到你是喜欢这款的,我一直觉得要找个比你还厉害的人才能治住你。"

旁边的李文敬竖起耳朵,之前见她男朋友什么也没见到,也不知道她是怎么被追到的,怎么想都郁闷。

"男人害羞不太好吧?"他说。

"都是人,怎么不好啦?"晋棠棠干脆承认了,笑眯眯地道,"我就刚好遇到,发现喜欢了。"

李文敬又道歉:"我不是那个意思。"

晋棠棠还能不知道他的想法?"我知道的,学长。"

李文敬被这么一说,反而自己感觉自己像神经病。

晋棠棠认真地告诉他们:"会害羞的男生是宝藏呀!"秦愈更是宝藏中的宝藏。

谁能知道公开照片上高冷的、写歌阴郁风的、嗓音低沉的秦愈,会是一个害羞的社交恐惧症患者。发现宝藏的第一个人注定拥有得到他的幸运。

今天的辩论赛对晋棠棠而言十分重要。

晋棠棠坐下来整理自己的资料,对手里只有一个女生,这会儿也都看过来。

毕竟比赛前谁没看过对方的视频资料。

"待会儿说不定要抓着你来说。"李文敬低声地说。

"我没那么菜吧？"晋棠棠眨了眨眼，"说不定是他们想当然碰到了铁板上呢。"

李文敬认真地回忆了之前的社团活动，觉得她说得很有道理。

动不动就将人说得没话说，还生不起气，有理有据的，这本事一般人还真没有。

"还用得着担心棠棠？不如担心你自己耍帅没镜头。"旁边的学姐出声提醒。

李文敬："……"

距离开始还有两分钟，晋棠棠冲台下的秦愈小幅度地挥手。

上一次他来看比赛，他们是雇佣关系、暧昧关系，这一回他们是情侣关系。

秦愈的心境不同，自然回应得更热烈。

观众席今天不乏年轻人，还有冲着晋棠棠的漂亮脸蛋来的以及她的新晋小"迷妹"。

有人用手机拍摄，见她挥手，下意识地顺着那个方向看过去，好像没什么人，她在和谁挥手呢？边上最突兀的也就是一个高个儿的戴帽子的男人，连脸都看不见，只有种"帅哥"的感觉。

"这个好像是晋棠棠微博上的。"旁边的女生提醒道。

"我看看。"女生打开微博，翻了翻旧照片，"同样的帽子，男朋友吧，怎么捂得这么严实？"

"确实，又不是什么明星，难不成是觉得自己太帅了，怕要微信被围堵什么的？"

"竟然有一丝道理。"

"小姐姐喜欢的歌手不爱搞活动，男朋友也是个不露脸的，看来都喜欢神秘感。"

"不过再好看也不会超过秦愈吧？"

"明星还是比素人好看的，不过晋棠棠这么漂亮，就算和秦愈在一起也不输阵，美女的偶像都帅……"

隔了两个座位秦愈都能听到她们的对话。也是奇怪，这会儿她们说话，他没想避开，反而想听听她们是怎么说他和晋棠棠的。

台上，晋棠棠正在发言，她扎的马尾随着说话一动一动的，她露出修长的天鹅颈。

秦愈拿手机拍了一张照片。

晋棠棠拍了那么多照片，他终于也可以拥有了。

辩论赛过半，秦愈的手机忽然振动，是孔景的消息："你不在家啊？"

秦愈："不在。"

孔景："好吧，我来你家就只看到来福守家，你去哪儿啦，回家啦？"

他能想到秦愈敢独自出门的地方就只有秦家老宅了。

可等秦愈的消息发过来后，孔景的眼睛都瞪大了，瞬间就不觉得自己扑空很无聊了。

秦愈："我在看棠棠的辩论赛。"

秦愈："现场。"

似乎是怕孔景不知道，或者没看懂，他补上了一句。

这对孔景而言十分稀奇，去现场看辩论赛，那岂不是人山人海？

当初晋棠棠刚做兼职时，谁能知道这一步？

孔景迫不及待地问："比赛结束后呢？"

秦愈看了一下台上，晋棠棠不时抬头，不时记笔记，很认真。

他打字："回家。"

孔景恨铁不成钢地回复："回什么家？！"

秦愈："？"

孔景："去约会啊！"

孔景："晋小姐是学生，上课时间那么满，好不容易有时间打辩论赛，辩论赛结束了不得去庆祝？"

孔景恨不得亲手教他："恋爱刚开始，不约会怎么更进一步？你是男人！要主动！"

当然，他不确定秦愈会不会听。

屏幕上的消息一条一条地跳，秦愈的想法也跟着变了。

他看向台上，正巧晋棠棠看向台下，众目睽睽之下，她对他俏皮地动了动手指。

秦愈瞥了一眼周围，大家好像都没发现。

他像是偷到蜂蜜的熊，虚心地问："约会去哪里比较好？"

孔景认真地扒拉了几分钟的脑洞："去游乐园啊，去看电影啊，大众情侣会去的地方。"

孔景还告诉他："去游乐园一起去鬼屋，你们牵手，抱在一起……多好！"

孔景怂恿他去游乐园。

秦愈一看这两个地点，眉头就下意识地皱起来。

游乐园人会多到没地儿下脚吧？他想象那个热闹的氛围，感觉自己要死在路上。

还有去鬼屋，他会不会被扮鬼的工作人员惊到社交恐惧症发作，反而让棠棠担心他……不好，这个绝对不可以！

相比而言，看电影似乎可以，还会关灯，黑漆漆的环境比看辩论赛还要自在。

当然，他觉得辩论赛也好看。不过最重要的是，看电影时晋棠棠会坐在他的身边。

秦愈瞬间对约会充满了想象。

辩论赛很快结束了，晋棠棠回到后台。

罗青言一把抱上来："棠棠你也太棒了，啊啊啊！我果然没有看错！"

晋棠棠努力挣脱："学姐，我快呼吸不过来了。"

罗青言红着脸："我太激动了。"

晋棠棠正要说什么，手机忽然响了一声，她打开看。

秦愈："棠棠。"他似乎有话要说，但最终只发了这两个字。

晋棠棠心念一动，抬头撒娇："学姐，我今天不和你们一起走了。"

"知道了知道了，又是和男朋友是吧？"罗青言摆手，"到学校跟我说一声。"

"好！"晋棠棠应了一声，就往外面走。

她好奇秦愈会说什么。

外面是往外走的人群，晋棠棠是唯一一个逆行的，直到她正面对上朝她走来的秦愈。

好像一场电影，晋棠棠忽然冒出这样的想法。

秦愈忽然就没了之前的犹豫，两个人身高的差距，他好想去摸晋棠棠的头。

他制止住自己这种奇怪的想法："棠棠。"

晋棠棠"啊"了一声："你是不是要说什么啊，一直叫我？"

秦愈局促地动了动手指，郑重地道："我们出去约会！"

"出去——约会？"晋棠棠情不自禁地跟着重复，微微睁大眼睛，像两颗漂亮的玻璃珠。

秦愈刚刚跟她说去约会？

她惊喜的样子让秦愈不再忐忑，她是不是也没想到他会这么说？

恋爱要如何谈，他不知道，但会去学，他会努力给晋棠棠最正常、最完美的恋爱。

"对，约会。"秦愈越发肯定。

周围所有人都成了背景，他毫不在意，他此刻所有注意力都在晋棠棠身上。

晋棠棠答应得很轻快："好啊！"

虽然她不知道秦愈为什么突然有这种想法，但她很期待他的约会，他主动提出来的约会会是什么样子的？二人独自约会？周围没人？

她眨眼，问："去哪里约会？"

秦愈本想直接说电影院的，但看她亮晶晶的眼神，又觉得这个地点好像太扫兴。

就在这几秒之间，他绞尽脑汁。

"没想好。"半天，秦愈沮丧。

晋棠棠："噗。"

男朋友主动提出约会邀请，结果连约会内容都没想好。

晋棠棠掏出手机："这事儿我得发微博谴责你。"

秦愈说："发吧！"

晋棠棠真当着他的面儿发了一条微博，她编辑了文字"男朋友下次约会要提前打草稿"。

"我@你微博会怎么样？"她忽然问。

秦愈思考了两秒："不会怎么样！"

晋棠棠把文字改了改，然后发出去："下次男朋友约会可以提前打草稿吗？@秦愈"

她锁屏，心跳加速。

"如果被发现，你就被发现了。"晋棠棠说。

"那就被发现吧！"秦愈觉得这没什么，他忽然意识到问题所在，"我去转发。"

晋棠棠阻止他："还是不要了。"

秦愈不解地看她。

晋棠棠说："我暂时还没做好准备。"

和一个明星谈恋爱，一旦公开，前几天秦愈发的新歌，人人都知道是和她有关了，压力也会随之而来。自己才刚上大一，晋棠棠担心未来的课堂生活不能平静。

秦愈甚至比她还失落："好。"

晋棠棠瞬间被他的反应逗笑："娱乐圈哪个明星像你一样期待公开的？"

秦愈竟然理直气壮："这不是应该的吗？"

他还想告诉所有人晋棠棠是他的缪斯，是他的灵感来源，是他走向世界的动力。

晋棠棠惊了："秦愈，你和以前不一样了。"

秦愈心想哪里哪里，但他还是不好意思，又有点儿期待。

"没想好约会内容，还和我说去约会，秦先生，你真厉害。"晋棠棠又将话题转回来。

秦愈最后还是提起电影院："去看电影，好不好？"

晋棠棠对这种句式没有抵抗力，更何况说话的是自己最喜欢的歌手和男朋友。

"好。"两个人直奔电影院而去。

走出辩论赛场馆时，由于对电影院之行过于期待，他的心思都不在周围环境上，一路畅通。

晋棠棠看在眼里，对他的社交恐惧症又有了新的认识。

最近的电影院距离辩论赛所在地有两公里远。

出发时，晋棠棠分明看到了司机脸上的八卦表情，她一仔细看，对方就恢复了原样。

她怀疑司机是秦家的奸细！

上车后，晋棠棠终于有时间看手机，微信上室友询问她什么时候回学校。

她回了个"不确定"，通知栏又收到好几条微博提示。

晋棠棠刚刚平静的心又提了起来。

其实说不公开，但有时候又很想告诉全世界，她和秦愈在谈恋爱，那个唱歌很好听的秦愈。

有人注意、评论她，她会紧张。

晋棠棠深呼吸，点开微博上的红点。

仅仅是@了秦愈而已，她的新微博就多了几百条评论，似乎之前关注她的粉丝都被炸活了。

"和秦愈有什么关系吗？"

"我懂了，秦愈的新歌是情歌，所以这是在替男朋友问！"

"我也狠狠地懂了！@秦愈快教教粉丝的男朋友怎么约会！"

"啊家人朋友，秦愈的歌不是说是暗恋吗？说不定还不如博主小姐姐的男朋友呢，连约会资格都没有。"

看到这条，晋棠棠没忍住，笑了起来。

秦愈也靠近看，不禁道："这是假粉丝。"

怎么会不相信他呢？

不过他以前因为晋棠棠没听出他的声音，觉得晋棠棠是自己的假粉丝——她是真的没听出来吗？

秦愈想着，就问出这个问题。

晋棠棠被噎了一下，以前是真的没觉得自己的雇主是秦愈，哪个人敢这么想？

她故作镇定地轻眨眼："我就是不相信，我以为你离我很远。"

"没关系。"他说。

晋棠棠感觉他这副呆样子特别可爱："你的歌我都能背下来了，新歌我也可以，要不要我背给你听？"

秦愈瞬间清醒："不要！"一想到自己写出来的歌词被她念出来，就像之前的逼问，他会羞耻炸的。

晋棠棠佯装可惜："好吧！"逗这样的男朋友最有趣了。

晋棠棠一点儿都不觉得谈恋爱黏糊，她反而喜欢这种以女朋友的身份行使应有的权利，享受快乐。

听到对话的司机面部表情一变再变，现在的小年轻谈恋爱真有趣，小少爷的恋爱真有趣，他一定要和秦总说！

好在电影院近在眼前，缓解了秦愈的紧张。

但下车后，新的紧张扑面而来。

因为电影院在大楼里，在五楼，而他们要坐人满为患的电梯，然后穿过人群，秦愈的社交恐惧症又回来了。

晋棠棠也和他一样戴起口罩，两个人站在电梯最里面，秦愈目不斜视，瞅着自己的脚，人好多。

晋棠棠忽然在他眼皮子底下晃了晃手，白皙纤细，很漂亮，没有做美甲，指甲是健康的粉色。

秦愈不知道什么意思，但过了一会儿，主动抓住了她的手，他喜欢牵手。

他最喜欢把她的手包在自己的掌心里，就好像可以把她一直留在自己的世界，不会离开。

狭窄的电梯里，秦愈最能感受到的是晋棠棠的体温。

因为是下午，电影院门口的人并不多。

秦愈和晋棠棠来得突然，路上又在讨论"假粉"的事，哪里还记得提前挑选电影。

两个人站在海报前。

今天可以看的电影类型不少,秦愈一眼就看见了最显眼的恐怖电影的红色海报。

孔景之前说的鬼屋……和恐怖电影会差不多吗?

秦愈忽然打起歪主意,指向那张海报:"孔景说……那个很好看。"

晋棠棠顺着看过去,不禁怀疑,海报上写着"夜半歌声"四个大字,做了滴血的设计,在血的下方是女主角惊恐的一半儿脸,另外一半儿是鬼脸。重点是,这是国产恐怖片。

晋棠棠沉默了,然后问:"真的吗?"

秦愈努力加砝码:"真的。"他其实从来不看恐怖片,也不看国产恐怖片,在国外住了多年,导致他对国产恐怖片没什么印象。秦愈只是隐隐觉得晋棠棠说的这个问题哪里不对。

晋棠棠吸了一口气:"好,就看这个。"

一直到进入影厅,秦愈都没能反应过来,甚至在期待恐怖电影播放后的一切。

很快,有人惊呼出声:"4D 吗?"

"啊,不会吹风下雨吧?"

"应该不会吧,又不是灾难片,我看了,就是校园里的故事。"

"那就好那就好,我还没看过呢,体验体验……"

影厅里总共二十来个人,聊起天来还蛮热闹。

反而是第一个出声的人扭头就走,晋棠棠也愣了一下,求证秦愈:"这是 4D 的,你刚刚看了吗?"

秦愈回忆:"没有注意。"好像真的是。

两个人的位置靠后,因为影厅过于空荡,他们四周都没有人,二人独享前后左右。

来都来了,票都买了,再说也从没体验过 4D 恐怖片,晋棠棠镇定地坐下来,国产恐怖片又没有鬼,能吓人吓到哪里去?

十分钟后,晋棠棠推翻了自己的这个想法——国产恐怖片的鬼不恐怖,人比鬼恐怖!她们会唱歌啊!不仅人唱歌,鬼也会唱歌。

晋棠棠的耳边阴风阵阵，歌声缭绕，她努力抓住秦愈的胳膊："秦愈……"

她扭头，一句"回去你给我洗洗耳朵"还未出口，电影幕布突然的明亮让她看清了秦愈的面容。他像是被摧残的少年，面色苍白，眼尾泛红，微垂着眼，眉头紧紧地锁在一起，一只手揉着耳朵。秦愈对音乐敏感，状态比她还要糟糕。

从这部电影第一次出现歌声的时候他就感觉不妙，事实证明，人被折磨得很惨。

晋棠棠被美色诱惑，很想动手动脚，但她还是忍住了，轻轻地叫了一声："秦愈。"

"听得我都不想唱歌了……"秦愈的声音都哑中透着虚。

这种时候声音都这么好听，晋棠棠心想。

刚说完，音响里又传出女鬼尖着嗓子仿佛唱大戏般的歌声，秦愈的睫毛一颤。

晋棠棠目不转睛，我的男朋友真好看啊！

她还有点儿良知："不看了。"

秦愈一字一顿地道："我可以的。"

就是每出来一句鬼声，他的耳朵就想跟着颤抖，往日容貌是惊艳，影厅的光线下竟然有一丝病态美。

这时候还逞强呢？晋棠棠觉得好笑。

她实话实说："我实在看下去了，我的耳朵要聋了，他们唱歌不如你唱的好听，我不想听。"

秦愈张了张嘴，心想也是。

自己选的电影还拿孔景当借口……不说孔景会怎么反应，自己的选择好糟糕，这个约会也糟糕。他策划的第一场约会好像失败了，好笨。

但想到脱离这鬼哭狼嚎的声音，秦愈又松了一口气。

对周围的歌声他有点儿咬牙切齿，又不太想让晋棠棠知道。

秦愈靠近她："我唱给你听。"

PART 16
原来喜欢一个人，可以……

之前她记得自己说了好几次，也没见秦愈说唱歌，这下在电影院被折磨了一番，他居然主动提了。

晋棠棠忽然觉得这耳朵也不算太受摧残，和折磨比起来，福利实在太好、太诱人了。

影厅里恐怖音效不断，晋棠棠的声音却温柔无比："好，你自己说的。"

秦愈点头。

晋棠棠问："那……我们直接走？"

说话间，又有三个人起身离开，看来这电影不仅是他们觉得受折磨。

秦愈犹豫了两秒，和她一起从后面下去，这电影实在不好看，如果看完他的眼睛可能瞎了，脑子也坏了。

今天是周末，出门约会的情侣和一家老小很多，秦愈和晋棠棠出来便对上迎面走来的人。

容貌出色的人势必在路上会吸引目光，或是让人觉得惊艳，对方几个人都往他们这里看。

晋棠棠出来得急，口罩还没戴，秦愈没戴好帽子，漂亮的眉眼露在外面,两个人站一起就像网络上当红的情侣。

走到外面,人终于少了些,晋棠棠趴在玻璃栏杆上看下面几层的景色。

秦愈一步步挪过去:"对不起。"

晋棠棠扭头:"道什么歉?"

秦愈说:"我选的电影……不好。"

晋棠棠"唔"了一声:"可能和你不怎么看电影有关吧。再说了,大家都没想到。"

谁知道电影里唱得这么难听,主要是音乐和嗓子尖锐,加上影厅放大音量,就伤耳朵。

"你的耳朵怎么样?"她问。

"没事儿。"秦愈摇头。

"你低头,我看看。"晋棠棠小幅度地招招手。

秦愈本来耳朵没事儿,这会儿却迫不及待地泛红——她要看,岂不是会离得很近?

但他还是微微弯腰靠过去。

晋棠棠又想起在影厅时秦愈那副病美人的样子,她好想上手,最后还是忍住了,对着他的耳朵吹了一口气。秦愈起了一身鸡皮疙瘩。

晋棠棠又扯他的衣服:"走,去找个地方听你唱歌。"

秦愈还停留在刚刚的暧昧中就被她拉着走。

两个人的身高差和精致的眉眼,在商场里是一道吸引人的景色。

唱歌地点没找到,先听到了秦愈的歌声——火锅店里放的。

这家火锅店是连锁的,门口排了长队,店里正在播放秦愈的新歌《EOS》。

晋棠棠停下来,秦愈也头皮发麻。新歌发了有一段时间了,但他还没和晋棠棠一起听过,就算是在家里练歌,他也只是用伴奏。

"这样可不算你唱了。"

"嗯。"

他应下,晋棠棠又问:"那你想好去哪儿给我唱歌了吗?"可不能像约会这样还没打好草稿。

秦愈试探:"家里?"

这在意料之中,但晋棠棠并不满意,因为在她看来,现在的秦愈已经可以脱离家里这个地点去思考了。

"没有别的地方吗?"她做出一副期待的样子。

秦愈确实想不到什么好地点。他平时不出门,商场也不逛,公园也不去,最多也就去最近遛来福去的小公园。

唱歌能有什么好地方?他喜欢私密的地方。

秦愈问:"你喜欢什么地方?"

晋棠棠将问题抛回去:"是你自己说出来,也是你说的约会,你要自己定哦。"

秦愈遇到了大难题。还未等他想到什么,楼下忽然爆发出激烈的欢呼和起哄声,晋棠棠探头一看,楼下有人求婚。

这种求婚场景她见到过很多次了。以前学校里有人表白用蜡烛,最后被保安收走,晋棠棠还和文玥她们讨论过,她不喜欢当众表白。求婚如果是商量过的话,她可以接受,不过……

晋棠棠认真打量秦愈的这张脸,如果是他,他要是突然求婚,自己也不是那么拒绝,还是很乐意接受的。

秦愈想了半天,最后冒出个晋棠棠从未想过的地点:"我的工作室,你去过吗?"

晋棠棠想了想:"经纪人他们那里?"

"嗯。"秦愈颔首,"其实我只去过几次。"

说到这个,他的话多了些:"工作室是家里专门为我做的,所以……应该可以。"

晋棠棠对于秦家的产业其实不清楚,但她对秦愈的工作室还是很好奇的,果断答应:"好。"

上车后,秦愈和她说了些秦家的事。

"他们都很支持我。"秦愈对家里人也有些愧疚,因为不能给他们最好的回馈。

"他们是你的家人呀!"晋棠棠说。

"对。"秦愈的嘴角不禁翘起来。

还未到工作室,他思来想去,还是把恐怖片的事告诉了孔景。

孔景问:"看恐怖片?这不挺好吗?"

秦愈委婉地回复:"国产恐怖片。"

孔景一愣,爆笑,直接发过来语音:"秦愈,你真勇敢,竟然敢去电影院看国产恐怖片,你们是不是看笑啦?"

有晋棠棠在,秦愈不好意思被她发现,将语音转成文字。

他回复:"电影里唱歌很难听,我们提前走了。"

秦愈说:"我以为会和鬼屋一样。"

孔景再次笑死,秦愈居然将鬼屋的建议转成了看恐怖片,还闹出这样的事。

他突然心疼晋棠棠,这约会也太好笑了吧。

孔景:"这锅我不背。"

秦愈:"……"

孔景:"你的女朋友没扔下你当场就走吗?"

秦愈侧头悄悄看了一下正在和学姐聊天的晋棠棠,又低头回复:"我们要去工作室。"

他补充:"去唱歌。"其实还没确定,但他这么想。

孔景没想到有朝一日,他竟然会被秦愈"秀恩爱"!还有什么事情是不可能的?

怎么他在网上说自己是"霸道总裁"就没人信呢?这难道就是人与人之间的差距吗?他没有"霸总"的气质吗?

经纪人是在一分钟后知道秦愈要来的,他正在沙发上躺着看新闻,一个鲤鱼打挺:"你要来?"

因为秦愈的特殊性,工作室的人并不忙。

他们每天上班打卡,就前段时间秦愈发歌稍稍忙了一点儿。

秦愈说:"我和棠棠快到了。"

经纪人一听:"行,我安排一下。"

因为就秦愈一个艺人,他自己还能包揽作词作曲,工作室里根本就没几个人。

秦愈突然到来，工作室仅有的工作人员都凑到一楼去偷偷瞧——经纪人不准一窝蜂上去。

秦愈上次来还是一年前，时隔许久，心境都不同了。他注意到了几个偷看的工作人员，可这会儿的想法竟然是"只有几个人，好像没什么"。

以前，一个人就能让他锁在房间里。

工作室不大，但该有的音乐人需要的房间都有，晋棠棠以秦愈女朋友的身份，还有点儿紧张。

这算半公开吗？果然她受到了众人的瞩目。

晋棠棠拿出了辩论赛的镇定仪态，笑眯眯地和他们偷偷招手，都没说话就进了房间。

"怎么今天来啦？"经纪人问。

秦愈不好意思说约会失败："这里的录歌室可以用吗？"

经纪人的表情一顿。

秦愈察觉到了什么："不可以吗？"

经纪人尴尬地道："不是不可以，就是……很久没用，没打扫，有些东西也旧了。"

"……"秦愈比他更蒙。

晋棠棠没忍住，别开脸偷笑。

今天的约会是不是会给秦愈带来什么阴影？说不定以后他都会提前准备好才约她。

秦愈沉默了许久："好吧……"

他自己家里有录歌室，再加上本人一年不来，他们对录歌室不上心也正常。

经纪人认真地道："我现在让他们打扫！"

秦愈下意识地拒绝："不用了。"

他看了一眼晋棠棠，又沮丧又失落，今天怎么一直不顺利？

工作室是个让他伤心的地方。

经纪人还没摸清秦愈过来的原因，就要一脸茫然地把这对小情侣送出去了。

秦愈很失落，很失望，一言不发。

"先去吃晚饭。"她说。

秦愈终于复活："好！"

冬日的夜晚来得早，他们进餐厅时夕阳还在，出来时天色昏暗，路灯明亮。

因为秦愈，工作室所在的位置比较偏，他们吃饭的餐厅里的人也不是特别多。

晋棠棠忽然仰起下巴："我想到了个地方。"

秦愈问："哪里？"

晋棠棠伸手指了指不远处，暖黄色的路灯照得那里朦胧柔和："你觉得这个地方合适吗？"

秦愈没反应过来。

"在那里唱歌。"晋棠棠张开胳膊，示意他看，"路口很安静，偶尔才路过几个人。"

她临时的想法。

晋棠棠不确定，秦愈敢在这样的公开场合开口吗？

秦愈环视四周，的确没有人，几乎几分钟才会走过去两个人，很宁静的一个路口。

可是唱歌……在路口……

晋棠棠拿出手机，对着他："光线也好，像自带滤镜，像参加音乐节那样拍视频。"

她兴致勃勃，浅笑盈盈。

秦愈舍不得拒绝，内心深处的些许抵抗被他压住："好，就在那里。"

晋棠棠笑："真的？"

她不信？秦愈立刻重复："就在那里。"

接下来怎么办？直接过去唱歌吗？

秦愈是第一次做这样的事，他还没想好，晋棠棠就已经拉着他往那边走了。

她面对着他，倒着走，一手举着手机。

"待会儿，我的男朋友要给我唱大明星秦愈的新歌，叫'EOS'是吧，好像是一首情歌……"

秦愈原本的紧张被甜蜜和羞涩代替了。

要唱新歌，虽然猜到，但一想到要单独唱……

秦愈想着，微敛眸，便看见晋棠棠对他一笑："秦愈，今晚这里是你的舞台。"

她的期待，眼里清晰可见。

真好啊，自己喜欢的人也喜欢自己的音乐。

秦愈的手在身侧轻轻敲击，脚步也变得有节奏，身边的一切都可以成为他的节拍。

他轻轻哼起前奏的调子，从无声到有声，从轻轻颤抖的嗓音到完美投入。

温柔的灯光下，晋棠棠的眼睛似乎盛满了星星，和今晚的夜空一样银河闪耀。

秦愈发现，好像当面开口唱出来也没有那么难。

原来喜欢一个人，可以让自己拥有无限的勇气，最恐惧的也会被遗忘。

晋棠棠举着手机，人没看屏幕。

她在拍他，不远处的楼上也有人在拍他们。

最近还未下雪，她举着手机的手露在外面，有风刮在皮肤上，不一会儿就冰冰凉。

一首歌并不长，不重复的话也就一分多钟。

秦愈唱前面的词还好，唱到"献祭"那一句，就会不自觉地想起晋棠棠的问题。

还叫他"小祭品"……很像某种情况下的称呼，秦愈因而还做了梦。

当然，这种事他觉得不能告诉晋棠棠，以免影响他的形象——两个人的交往这段时间，亲吻数次，但秦愈都中规中矩，从不动手动脚。

最后一句唱完，秦愈的耳朵都红了，也许是冻的，也许是害羞的。

晋棠棠收了手机："在外面唱歌感觉怎么样？"

秦愈思索了一会儿："很不一样。"

录歌室里是安静的，毫无杂音的，外面有风，也许还会有人经过，可能不时就会给他刺激，关键是他不排斥。

"那我就等你开演唱会了。"晋棠棠莞尔。

"会的。"秦愈不自觉地向她承诺，又问："刚刚你拍的视频里我是什么样子的？"

两个人凑在一起看视频。

这回秦愈觉得自己听自己的唱歌比之前还要尴尬，好在尴尬次数多了，他也习以为常了，大不了尴尬几分钟，后面就忘了。

晋棠棠指着屏幕："你一开始声音抖了，差点儿跑调，没想到有这一天吧？"

秦愈努力辩解："只是紧张了。"

晋棠棠忍不住笑了："就我一个人你也紧张，我又不会吃了你，我顶多会亲你嘛。"

不远处的楼上，女生津津有味地拍着视频。虽然后面的对话听得不太清楚，但之前的歌录得很全，路灯明亮，隔得不近，却将女孩儿的脸拍得很清楚。

约会唱情歌，谈恋爱太美妙了，而且男生唱得好听极了，和原唱差不多。

等欣赏完视频，再往下看，两个人已经离开了，她意犹未尽地将视频发到自己的社交软件上。

晋棠棠和秦愈上了车，司机的眼睛都亮了。

两个人在街上散步，他是乐见其成的，他还听到小少爷唱歌了，多不容易。

"小少爷，现在回去吗？"他问。

秦愈说："先去学校。"没说哪个学校，司机却知道。

晋棠棠将视频翻来覆去地看："你说你一个歌手，却比靠脸吃饭的明星还好看。"

秦愈说："脸是父母给的。"

晋棠棠端详他，差点儿把人看得不好意思："谁不喜欢美人，我是，你也是。"

秦愈点头，又摇头。

"可惜视频不能发出去，自己留着欣赏纪念。"晋棠棠关掉手机，"我发给你了。"

秦愈却不觉得有什么："好。"

她不发，是因为朋友圈里有太多同学，他却可以。

秦愈忽然就明白了"秀恩爱"的意义，他想告诉他认识的人，他和晋棠棠在一起了。

想到便做，他低头就将视频发到了朋友圈里。

才几分钟，家里人全都点赞了，孔景也是，就是除了孔景，大家都没留言评论。

怎么不评论呢？难道不好奇他的女朋友？不想知道他为什么谈恋爱吗？

晋棠棠见他苦恼，好奇地问："怎么啦？"

秦愈才不会将这点心事告诉她呢，他一本正经地道："没事儿……"

朋友圈里的人当然想问，可都知道秦愈不爱社交，又根本不知道秦愈这会儿的新想法，谁知道秦愈谈恋爱后就想"秀恩爱"呢？

一直到车停在星湖大学外，外面月亮高悬，校门口没有几个人，晋棠棠下车。

她停在车边，秦愈在车里和她对视。

"秦愈，今天我很开心。"晋棠棠认认真真地开口，"虽然你选电影选得不太妙，但约会，这样才有趣。"

她凑过去亲了他一口："明天见。"

秦愈都还没回过神，晋棠棠就已经走了。

司机偷偷瞅他在那儿惊讶、回味，半天才出声："小少爷，咱们现在走？"

"走。"秦愈摸了摸脸，刚刚被亲了，蜻蜓点水也一样甜蜜。

送完秦愈回去，司机迫不及待地待地联系秦宗，一口气说完一段话："秦总，小少爷今天去看晋小姐的辩论赛，结束后和晋小姐出去约会吃饭，然后还在路边唱歌了，我亲耳听见的！"

好在秦宗听多了会议报告，习以为常："好，我知道了。"

过了几秒，他又道："以后这些小事儿就不要汇报了，有什么大事再告诉我。"

司机反应迟钝："哦……好的。"

现在这些都算小事儿了吗？在以前，小少爷多说一句话，秦总都要过问正不正常的。

晋棠棠进校门后，先给学姐、老师报平安。

她现在谈恋爱的事尽人皆知，学校里的人都知道她有男朋友，就是没见过脸而已。

翌日，她是被文玥拍醒的。

文玥正站在她床边："宝，学校官博底下又冒出一大堆看你辩论赛视频来的。"

"美女的世界。"关筱竹正刷牙，探出头来。

"他们都不是真心的。"晋棠棠随口说，"你看我微博粉丝好几万，但我每次发微博就几百条评论。"

文玥："？"几百条评论还不够吗？！

文玥瞪着眼："你知足吧！'还就'，你膨胀了。"

晋棠棠心想，好像是有点儿。

秦愈的粉丝多，他上次发的关于新歌的微博已经过去几星期了，评论比她的粉丝数量还多。

"那我还是不要当'网红'。"晋棠棠对花花世界没什么想法，她对娱乐圈的兴趣也是因为秦愈。

晋棠棠刚洗漱完，家里来了电话："棠棠啊，你四叔过两天去送货，路过你学校那边，我让他给你带了一只鹅。"

晋棠棠确实想吃鹅了："奶奶，我知道了。"

她问起家里的事，奶奶那一句想说"鹅是活的"也被忘到了脑后，老年人记性不好。

临挂断电话前，晋棠棠说："奶奶，我谈男朋友了。"

老太太一惊："啊？谁啊？哪个小伙子？"

晋棠棠想了想："一个唱歌的明星，就去外面奶茶店，别人都放他的歌。"

"啊？"老太太更惊了，她的孙女一声不响地就和明星谈恋爱了。

她兴致勃勃地问："那是不是以后会在电视上看见你？"

晋棠棠被逗笑了："我又不是明星，上电视干什么？至于他，也许以后会在电视上见到的。"

老太太生活在村里,对明星的想象都来自电视和新闻,不像年轻人。她只觉得自己孙女厉害,放下电话就去告诉晋棠棠的爷爷,不到一个小时,老家里的人都知道了。

——晋家那个小姑娘记得不?

——考上重点大学那个!

——她和电视上的大明星谈恋爱了!

晋棠棠还不知道自己成了老家的风云人物。

辩论赛的视频还未放出来,但因为昨天去的人不少,拍了不少视频发在社交软件上,所以她的粉丝在不断小数量地涨,而且女粉丝居多,现在的女孩子喜欢美女更多。

甚至连晋棠棠上实践课,都有别的学院的学生来围观。

等看到晋棠棠一手拎鸭、一手抓鸡时,他们你看看我,我看看你:"这就是我看到的女神吗?"

旁边人神情恍惚:"是吧?"

关键是她抓鸡鸭都那么利落干净,不影响美貌。

不多时,晋棠棠两手满满的照片和视频又被传了出去,配上文字当"表情包",现在的人还就好这一口。

反正没把自己拍丑,晋棠棠无所谓,甚至还把这张"表情包"发到了微博上,也发给了秦愈。

秦愈点开图片,第一反应,棠棠漂亮,第二反应,鸡鸭好肥。

秦愈为自己的想法感到羞耻,但他真的有点儿怀念晋棠棠上次给他吃的酱鹅了。

晋棠棠知道后,都觉得好笑:"你想吃怎么不说?"

秦愈说:"不好意思。"万一棠棠以为他是个吃货,万一她以为他和她谈恋爱就是为了酱鹅呢?

晋棠棠说:"我奶奶说四叔过两天会过来送鹅,到时候一起吃,一只那么大,可以吃好几顿。"

秦愈点头:"替我谢谢奶……你奶奶。"

他差点儿直接说奶奶了,就像上次说爷爷一样。

还未到达目的地的鹅已经被规划好了去处,就连吃几顿、用什么酱都商量好了。

晚上,晋棠棠回宿舍。

"回来了啊?"文玥今晚没玩游戏,刚洗过脸,正在边敷面膜边刷着视频看。

视频声音外放,神曲过后,乍然听到秦愈的歌,晋棠棠的动作顿了一下,她还对上次路边唱歌的事记忆犹新。

文玥低头看视频。视频里是一男一女,博主自上而下拍的,只拍到女生的脸,配了文案。

"晚上凑巧看到一对热恋小情侣,男朋友唱歌和原唱秦愈几乎一样,果然民间有高人!"

点赞已经两万多了,评论也几千条了。

"女生好漂亮,呜呜呜,又是别人的爱情。"

"唱得好像啊!"

"如果不是太嘈杂,我就以为是假的,是博主自己拿原唱配的BGM了。"

"这个女生我好像见过呀!"

"说实话,你们不说,我真的以为是秦愈亲口唱的!"

文玥一把撕下脸上的面膜:"棠棠,你过来看,这个网上视频里的人是不是你,你昨天是不是穿的这件衣服?"

"什么视频,什么衣服?"晋棠棠起身过去。

文玥将手机翻过去给她看,又看她,又看屏幕:"我怎么看这个视频里的人都像你。"

晋棠棠定睛一看,视频里的人明显就是她和秦愈,是以旁观者的角度拍的秦愈给她唱歌的时候。

"是你吗?"文玥问,"视频底下都在说你的男朋友唱歌好听,和秦愈唱的一模一样,连声音都一样。"

同一个人,能不一样吗?

关筱竹头也不回:"上次你还说不是替身,现在连唱歌都一样,棠棠,我又想多了。"

晋棠棠说:"你确实想多了。"

文玥收回手机:"那你说,你的男朋友是特意学的歌吗?"

晋棠棠没想到室友给自己递了一个好理由,当即顺着这话:"他知道我喜欢秦愈的歌。"

这也不算假话。

文玥和关筱竹失去了吃瓜的兴趣,不过也是,自己的室友怎么会和明星有关系呢?

在没有亲眼见到之前,大部分人都是不相信的。

晋棠棠回到自己的椅子上,重新搜索了刚才的视频,以别人的视角看自己和秦愈好像很奇妙。

她将视频分享给了秦愈:"我们被拍了。"

秦愈刚洗完澡,点开视频:"拍得很好看。"

原来在别人眼里,他们是这样的,原来晋棠棠和他的相处是这样的,别人也会羡慕。

晋棠棠:"可能会被人发现哦!"

秦愈看了一眼评论——"秦愈能这么温柔我把名字倒着写。"

还有网友说"+1""+2",这么附和着。

他回复晋棠棠:"不可能。"

秦愈如此信誓旦旦,晋棠棠沉默了。

事实证明,不可能都是假的。

视频传播得太快,第二天加上晋棠棠辩论赛的视频一起火了起来,她的微博又多了一大拨粉丝关注。

上午,晋棠棠登录微博时还卡了一下。

"小姐姐和男朋友好甜!"

"男朋友唱博主喜欢的歌手的歌,太甜了,呜呜呜!"

"小姐姐这么好看,男朋友肯定也好看!"

在不知道对方是秦愈时,网络评论都是祝福。

晋棠棠很难想象被公开之后会是什么样子,她会像文玥经常浏览的新闻那样,被叫"嫂子""戏多"什么的吗?

可她和秦愈的恋爱和他们又有什么关系呢?

视频浏览量太大，下午时分，有秦愈的粉丝发现视频里的男人背影和秦愈之前拍摄的杂志花絮视频里的身影很像。

有时候网友的想法就如星火燎原。

视频里的歌被拿出来和秦愈的歌进行对比，虽然一个是无 BGM 的，但意外地合了起来，这样准确，是唱了多少遍？

秦愈的粉丝比较散，毕竟他不做什么活动，最近发布新歌，才聚集许多。

粉丝群里得知这个消息，第一反应就是："不可能！"

"秦愈出道这么久，私底下什么消息都透不出来，怎么可能是他？"

"就是，我关注了那个博主，她是秦愈的粉丝，肯定是因为喜欢，男朋友才唱得一样！"

"想想也知道，秦愈和她能有什么交集？"

"你们别想了，我有同学在那个学校，小姐姐的男朋友大家都不认识，是秦愈的话，怎么可能一个认识的人都没有？"

即便如此，这事儿还是被营销号发出去了。

秦愈的消息可是媒体一直想知道的，但都没有渠道，秦氏不知道把秦愈藏得多深。

这下一有蛛丝马迹，媒体就迅速闻风而来，等到傍晚时，新闻已经上了热搜。

彼时，晋棠棠正在别墅里。

经纪人打电话过来："秦愈，热搜看了吗？"

秦愈看了一眼晋棠棠，晋棠棠刚洗完手，弹了弹，水珠立刻溅到他脸上。

"没看。"

"你上热搜了，你约会被拍了！"经纪人的语速极快，"前两天那个视频，现在被人扒出来是你了！"

晋棠棠原本笑着，看着秦愈表情严肃起来，她凑过去，小声问："什么事儿？"

因为是贴着耳朵的，秦愈的耳朵动了动，好痒。

"谁在说话？"经纪人问。

"我。"晋棠棠承认。

经纪人忘了，这个时间正是小情侣约会的时间。

"前两天你和秦愈在路边唱歌被拍，今天被人扒出秦愈，这会儿在热搜上挂着。"

晋棠棠蹙眉："这都能扒出来？"

她记得秦愈连侧脸都没露出来。

"你不知道粉丝和网友的眼睛有多尖，你发张自拍，眼睛里的倒影都可能被放大找出来。"经纪人举例子道。

"不用怕。"秦愈跟小声地晋棠棠说。

经纪人无语："我听见了，你先回答我的话行不行？"

秦愈不好意思地说："我只是个歌手，谈恋爱也没关系吧？"

经纪人说："理论上是这样，但具体怎么样还是要看情况的，你的'女友粉'也不少。"

晋棠棠站了起来，秦愈跟着她一起，像小尾巴一样。

"目前就两个方案，公开和不公开，公开就承认，很简单。不公开也不难，无视就行，反正你只要发歌就行。"

经纪人顺势问："你写新歌了吗？"

秦愈自然最近有灵感了，只是他不想说："我才刚发歌。"

经纪人说："你们既然现在在一起，就先商量好，我的建议是不要理会，因为晋小姐还在上学，一旦公开，以后学校生活可能不会平静……我先去和秦总说一下。"

他考虑的秦愈都知道。

挂断电话后，晋棠棠停在他面前，看他抿着唇，皱着眉："你这样和你大哥有点儿像。"

虽然她只见过秦总那么一两次。

她离得太近，秦愈伸手捏了捏她的脸，好软，谈了许久恋爱，他还是会心跳不止。

"棠棠，你想公开吗？"

"有时候想，有时候不想。"晋棠棠说。

"有区别吗？"秦愈问。

晋棠棠没有直接说,而是趁他不注意的时候亲了他一下,秦愈下意识地抱住她的腰。

他最喜欢抱着她了,虽然次数不多。

"比如现在,我就很想告诉他们,我和你在谈恋爱。"晋棠棠看他微红的脸,"但又不想告诉他们,被他们围观。"

秦愈闻到她身上的香味,很难控制心跳。

"现在不可以。"晋棠棠下定决心。

秦愈现在还没有完全变好,她几乎可以想象,如果承认了,他们找不到秦愈,就会盯着她。

她在学校,她要和他约会就必然被拍到。到时秦愈就会被公开,记者、媒体、粉丝的围堵,她害怕,害怕他又回到以前。她好不容易将秦愈带到现实世界里来。

晋棠棠想着,蹭了蹭男人的下巴。

他们虽然有过接吻、拥抱,但没有过这样依恋的行为,秦愈僵住身体,不知如何是好。

男朋友像木头一样,晋棠棠自然能感觉到。

氛围忽然发生变化,秦愈作为一个正常的男人,温香软玉在怀,起了反应。

"棠棠……"秦愈磕巴起来。

晋棠棠眨了眨眼睛:"嗯?"

秦愈自然说不出口,找了个借口:"你要不要回校?"

晋棠棠无语,她就等来这么一句话?

不过等她从他怀里下来的时候,微妙地察觉到发生了什么,她也脸红了。

两个脸红的人站在一起。

她甚少害羞,秦愈反正少见。

他忽然胆子大了,低头去亲她,蜻蜓点水一般,一开始是鼻尖,后来是唇,最后从亲过渡到了吻。

一直到晋棠棠从别墅离开时,他们两个也没认真商量这件事。

回到学校时,学校里的人比网友还要积极。

"你真的在和秦愈谈恋爱吗?那个唱《枷锁》的秦愈?"

"热搜上是不是真的?"

"你的男朋友真是秦愈吗?"

晋棠棠一概"什么""我不知道"搪塞过去,好不容易回到宿舍,就面临室友的眼神逼问,看来这件事真要处理了。

"是不是真的是秦愈啊?"文玥忍不住。

晋棠棠干脆承认:"嗯。"

文玥一下子从椅子上跳起来:"哈哈哈,棠棠你真厉害!秦愈真人是什么样性格?"

"他的新歌就是写你的了,原型竟是我的室友,这事儿说出去都没人信。他追到你了,怎么不请我们吃饭?"

"可以给我送'to签'吗?我可以在歌里出现那么一小句吗?"

她说了好长一串,晋棠棠才有机会开口:"秦愈……他的情况有点儿不一般。"

文玥目露询问之色。

晋棠棠说:"你知道的,他从来不出现,因为他有社交恐惧症。"

文玥"啊"了一声:"难怪,一想就合理多了,很多天才,都有大病小病,小说里都这么写。"

晋棠棠说:"社交恐惧症也不算病吧?"

"那我吃不上他请的饭了。"文玥叹了一口气。

"也不一定。"晋棠棠歪了歪头,"万一有那么一天呢。"

文玥转了话题:"那你们公开吗?"

晋棠棠摇头:"应该不会。"

文玥说:"还是不要公开了。你不知道,有些明星的女朋友被极端粉丝发私信辱骂,一点儿小事儿就被拿出来骂。"

她见多了这样的事儿,轮到自己室友身上,自然不想发生。

"而且秦愈是歌手,就算恋爱了,也有理有据。"追这个明星室友都这么想,晋棠棠基本决定了。

室友对这件事的反应太平淡,她还觉得很奇妙,然而事实证明是她想得太简单。

半夜,晋棠棠去喝水。

黑漆漆的宿舍里,文玥悠悠地出声:"棠棠,秦愈私底下唱歌不会跑调吧?不用修音吧?"

晋棠棠慢吞吞地咽下差点儿呛住的水。

"不跑调,不修音。"

"好,我放心了。"

得知答案,文玥满意地去睡觉了,不修音就唱得那么好听,比谈恋爱更让她关心。

虽然秦愈和晋棠棠决定不公开,两边的账号都没回应,但工作室进行了公关,没多久,话题就消失了。

"就这样吗?"秦愈问。

"那不然呢?"经纪人反问。

"我还以为会很难。"秦愈说,"不过也好,以后不会有人打扰我和棠棠。"

他昨晚看了一些新闻,他可不想因为外人的干扰,自己的恋爱还没谈多久就被迫分手。

那好惨!这么一想,秦愈就开心了:"那我和棠棠还是可以出去约会的。"

经纪人:"就知道约会。"

秦愈扭头:"你刚刚说了什么?"

经纪人否认:"我说约会很好,如果能激发灵感,写出新歌,那就更好了。"

秦愈"嗯"了一声。

经纪人一听他应了,立马把那点儿抱怨抛到脑后,神清气爽地背着手离开了。

他一走,秦愈就问晋棠棠:"你来了吗?"

晋棠棠苦恼地道:"我现在遇到了一件事。"

十分钟前,四叔打电话给她:"棠棠,你奶奶让我给你带的鹅到了,我就在你学校门口,你赶紧过来拿!"

晋棠棠立马答应。

等到了门口,看到车上那一抹亮眼的白色在探头探脑,她的心一沉:"四叔,我的鹅——"

"就那个!"四叔一指。

一只被绑着腿的大白鹅和晋棠棠对上眼,它不知道意识到了什么,翅膀一扇,就要飞,可惜翅膀被剪了尖儿,它没扑棱起来。

晋棠棠说:"活的鹅,我在学校怎么养啊?"

四叔说:"你不是学的畜牧吗?不可以养吗?"

晋棠棠好说歹说,可四叔待会儿要去送货,好几天都不回去,一直在路上。

她只能把鹅抓下来,四叔还给了她一根绳。

"拴好了。"这绑着跟遛狗似的。

大鹅虎视眈眈,但欺软怕硬,不敢对晋棠棠下嘴。

晋棠棠思来想去,给秦愈打电话:"秦愈,我奶奶送的鹅到了,你让司机接一下。"

因为热搜的事,再到学校门口太张扬。

"就在我的学校不远处的一个小广场那里,你知道吧?"

秦愈心心念念的鹅到了,他自然和司机一起来的。

这个小广场因为太小,只有一个小喷泉,并没有什么人,周围倒是有一家音像店,一首首歌过去,放起了《EOS》。

从远处看,晋棠棠亭亭玉立地站在喷泉边,脚边一抹洁白,看上去仿佛是神圣的画面。

秦愈才从车上下来,大白鹅好不容易看见一个可以欺负的陌生人,立刻张开翅膀,低着头,伸着脖子,小碎步飞扑过去。

音像店里的歌凑巧唱到了最后一段:"如果和她美梦初醒,白鸽会不会亲吻魔鬼。"

晋棠棠早知道秦愈写歌词的意象。

她第一次看见秦愈如此活力十足的样子,她冲秦愈开口:"秦愈——"

"白鸽可能不会亲你,但白鹅会。"

晋棠棠站在喷泉前,眼角眉梢都写着愉悦,抑制不住的笑容从嘴角蔓延至脸上。

"我也会的。"秦愈忽然想起一个画面。

那天晋棠棠踩着夕阳的余晖去他家,他写出了《EOS》的第一段词。

晋棠棠和他认识的前几天,他甚至抗拒见面,从没想过他会喜欢上她。当然,他也没想过他会有被鹅咬的一天。

晋棠棠将秦愈被鹅追的背影拍了张照片,虽然有点儿狼狈,但颇有电影的画面感,而且模糊中也可以窥出秦愈的身材挺拔。

"棠棠!"秦愈终于叫了一声。

"你掐它脖子。"晋棠棠应了一声,然后教他。

秦愈从未和家禽接触过,她说得似乎很容易,但秦愈一伸手,鹅的嘴就啄了过来,还好他反应够快,才避免被咬。

晋棠棠笑得肚子疼,果然鹅是人类之敌,大部分人都怕它们,她过去一把掐住鹅的脖子,刚才还威风凛凛的大鹅到她手上就蔫了,只嘎嘎嘎地扑棱着乱叫。

秦愈长出了一口气:"为什么鹅是活的?"

晋棠棠说:"活的才新鲜。"

秦愈:"……"

晋棠棠逗够了,实话实说:"我也不知道奶奶怎么带了只活的,没事儿,回去宰了就好。"

秦愈看看貌似柔弱的女朋友,又瞅着她的白鹅,不食人间烟火的男人想象不到血腥的画面。

司机在车边看了半天的戏,看两个人过来,赶紧低头,忍住肩膀的耸动——虽然刚刚晋小姐没拍视频,但他拍了。小少爷被鹅追得到处跑,这应该算大事了吧,秦总应该不会说他了吧?

两个人上车,鹅占了一个位置。

令秦愈满意的是,晋棠棠坐在他边上,而不是把鹅放在两个人中间……

"你想怎么吃?"晋棠棠问。

"啊?"秦愈还在出神。

"红烧、清蒸,还是炖汤?"晋棠棠指了指踩在座位上的鹅,它比她还高。

这鹅看着他，小眼睛虎视眈眈的。

秦愈一时想不到怎么回，他之前见到的是半成品，所以毫无心理负担，没想到今天会见到活的："要不养着？"

晋棠棠迟疑："你要养一只鹅？你确定？"

秦愈想了想："应该和养狗没什么区别吧……"

他难得有这么天真的想法，晋棠棠才不会拒绝："其实蛮简单的，糙养。"

秦愈露出笑容。

晋棠棠继续说："给它喂吃的就好，每天还要出去放养。鹅吃草，一天要吃好几斤；鹅舍要保持温度；鹅还喜欢游泳，要有池塘……"

她每说一句，秦愈的笑容就消失一点儿。

晋棠棠最后问："秦愈，你家有它能吃的草吗？"

秦愈恢复面无表情。

半天，他再度开口："还是……炖了吧！"

他前后截然相反的态度让晋棠棠再也忍不住，哈哈大笑了起来："秦愈，你也太可爱了。"

秦愈被笑得面红耳赤，他之前不知道养鹅会这么复杂。

他偷偷看了一眼晋棠棠，她好像都笑出眼泪了，她的眼睛水意盎然，嘴角却高扬。

晋棠棠笑够了，认真地道："养吧！"

秦愈目露疑问之色。

晋棠棠又急转弯："养到过年，咱们再宰了。"

秦愈点头："好。"

两个人三言两语定下这只鹅的未来，鹅还高傲地昂着头，头上的鼓包跟着一动一动的。

秦愈心想，普通的鹅比天鹅丑。

一只鹅要养起来还是比较容易的。

天气预报说明天下雪，这两天气温陡降，秦愈决定将鹅放在后院的玻璃房里，里面的温度不低。

下来时，为避免鹅出意外，晋棠棠直接将它抱在怀里，鹅被勒住脖子，无法挣扎。

院门一开，来福迎出来："汪汪汪！"

它瞅到晋棠棠怀里的白色还是会动的，立刻来了兴趣，不停地想要扒拉："汪！"

大白鹅欺软怕硬，像小孩儿一样冲来福直叫。

秦愈凶道："来福，别乱叫。"

来福哈着气，只听话了几分钟，等回到别墅里，鹅一被晋棠棠放下来，来福立刻追着它跑。

鹅扇着翅膀就要飞，狗在后面追。家里顿时鹅飞狗跳，又是狗叫又是鹅叫，来福跑得快，但常常跑过头，咬得一嘴鹅毛，鹅毛到处乱飞，飘在地上。

秦愈觉得，可能现在就把鹅吃了比较好。

晋棠棠摊手："都怪来福。"

于是来福被拴起来了，它站在绳子的最大范围处，目光紧紧地盯着那只白鹅。

白鹅察觉危险突然消失，立刻放慢速度，在客厅里大摇大摆地散起步来。

等晋棠棠和秦愈洗完手回来，它甚至开始冲来福嚣张起来。

"汪！"来福往前跑，一扯绳子。大白鹅被吓一跳，脚丫子往后直撤。

秦愈小声地问："难道要一直把来福这么拴着吗？"

晋棠棠也很苦恼："那你把鹅杀了？"

秦愈当然不会。

晋棠棠给奶奶打电话，不过这回是爷爷接的："爷爷，怎么弄鹅啊？"

"现杀！好吃！炖汤！"爷爷心疼地说，"你是不是好久没喝鹅汤了，你们不是有食堂吗？"

"学校食堂我不能用。"

"那怎么办？"

晋棠棠望了一眼佯装不在听的秦愈："我的男朋友住在学校附近，鹅放到他家里了。"

爷爷的注意力瞬间被转移："棠棠啊，你可不能住男朋友家里啊，不能过夜啊……你还小！男人骗子多！"

老人听力不好，说话声也会不自觉地变大。

秦愈把"过夜"和"骗子"听得一清二楚，这其中的意思不言而喻，他倒没生气，但耳朵红了。

"爷爷，瞎说什么呢？"晋棠棠嗔了一句，"我每天都住学校里，先挂了啊！"

挂断电话后，两个人对视。

秦愈尤其慌乱："我不会……那样的。"

晋棠棠本来紧张，看他比自己还紧张，自己就又不紧张了："长辈都这样。"

"嗯……"

"秦愈！"

秦愈抬头。

晋棠棠弯腰，和他对视："你想什么呢？"

秦愈怎么能说自己刚刚联想到了什么："没什么。"

晋棠棠"噢"了一声，冲他眨眼："我以为你们男人都会想那方面的事情……原来你不一样。"

秦愈感觉这是夸奖，但又好像哪里不对。

对话忽然隐隐多了一点儿颜色，让空气里多了一些暧昧的气息。

这里背景音太强，加上时间不早，晋棠棠回学校了。秦愈搜了十几个杀鹅的视频，就坐在客厅里看。视频里的鹅叫得怪惨的，同类的惨叫让客厅里自由自在的鹅时不时地抬头看。

司机这会儿已经将视频发给了秦总，并且发了一大段话描述这件事的经过。

秦宗正在老宅里，待会儿要吃晚饭。

收到视频，看见封面秦愈的身影是在外面，他立即来了兴趣，甚至将音量调大。

一点开，客厅立马响起激烈的鹅叫——是弟弟在被鹅追着跑。

餐厅边上,几个人的目光投过来,秦宗面无表情地关掉声音:"娱乐视频。"

他又低头继续看,这视频里的人一点儿也不像文静的弟弟,是他眼花了吧?

晋棠棠将鹅放在秦愈那里,回校路上还感觉自己怪心虚的,丢给秦愈处理是不是不太好。

转念一想,他都是自己男朋友了,帮个忙也不算什么。

晋棠棠翻了翻照片,看到秦愈的照片又忍不住笑了,选了几张连续的放到了微博上。

"男朋友被鹅追,太好笑了。"

她现在的微博活跃度不低,没过一会儿就有了评论。

"笑死。"

"这样是不是不太好,反正我笑了,哈哈哈!"

"我真的被鹅咬过,小时候的阴影。"

"哪里的鹅啊,准备怎么吃?"

"原来男人也会怕鹅,心理平衡了。"

评论五花八门,晋棠棠看了一下,还有零星几条在询问什么时候让男朋友露脸的,露脸暂时是不可能的。

她和秦愈一起决定的,就不会单独更改。

因为绯闻的事,晋棠棠现在在学校是彻底出名了。

不过大家都不太相信晋棠棠在和明星谈恋爱。反正何韵是不信的,晋棠棠怎么可能在和明星谈恋爱,还是秦愈那样好看的?可惜她几次都没看到那男的长什么样子。

何韵心里阴暗地想,谈个恋爱都不肯露面,肯定不好看。

晋棠棠回到宿舍,文玥依旧在玩游戏,电脑界面特效满天飞,她的手在键盘上按得"啪啪"响。

"回来了啊,宝,今天他给你唱歌了吗?"

"没有。"

"那不行啊,漂亮女朋友在眼前他都不唱歌?"文玥边打游戏边愤慨,"这不应该天天唱,才发挥作用吗?"

晋棠棠无话可说。

游戏结束时,文玥看到晋棠棠从浴室里出来。宿舍里开了空调,晋棠棠穿的依旧是秋天的睡衣,身材窈窕,披着头发,很有初恋女神的味道。别说男人心动,她一个女生都喜欢。

文玥不知道是酸室友和喜欢的歌手恋爱,还是该酸一个歌手追到了她的女神室友。

手机铃声忽然响起来,晋棠棠看到名字很意外,居然是秦愈。

秦愈这会儿正在二楼看楼下的鹅飞狗跳:"鹅晚上不睡觉吗?客厅里都是鹅毛。"

"可能今天到新家了比较激动。"晋棠棠说。

秦愈看了看正站在茶几上宛如走在自家的大白鹅,心想,要不早点儿把它吃了吧!

"你把它们分开,鹅关起来就好了。"

"好。"秦愈去关鹅了,电话没挂。

晋棠棠将手机放下,继续擦头发。

文玥以为她打完电话了,心痒难耐,八卦道:"你们两个谁追的谁啊?"

晋棠棠用毛巾擦头发,认真思考了一会儿:"如果我说是我追的,你信吗?"

她一开始就存了心思,只是秦愈似乎后来者居上。

"当然信啊,都说女追男隔层纱。"文玥点头,又开口,"原来秦愈这么好追!"

刚回到手机边的秦愈:"?"

PART 17
公费恋爱

"原来秦愈这么好追",自己哪里好追了?不是,自己怎么是被追的?

秦愈一来就听见这句话,说话人的声音他不熟悉,应当是棠棠的室友,她是不是误会什么了?

"棠棠?"他开口。

晋棠棠拿毛巾的手停住,冲文玥做了个嘘的手势,拿起手机:"鹅关好了吗?"

"好了。"

鹅真的很凶。秦愈之前都不了解鹅的习性,搞不清楚为什么被吃的家禽会这么凶悍,动不动就咬人。

晋棠棠听他的声音好像很正常,应该没听见刚刚的话吧?刚想着,就听秦愈问:"刚才是你的室友吗?"

晋棠棠看了一眼文玥,文玥虽然听不见秦愈说了什么,但也察觉到,摊手表示无奈,她刚刚说的是心中所想嘛!

"嗯……"晋棠棠承认,"室友。"

秦愈本想问她怎么那样说,但考虑到晋棠棠还在宿舍,就忍住了,明天见面再说也不迟。

晋棠棠感觉好像糊弄过去,挂断电话后松了口气。

文玥这回放低音量了:"这么紧张干什么?"

"秦愈一直觉得是他追我的。"晋棠棠好笑道。

文玥既惊讶又觉得神奇:"一个追还是被追的事儿,又不是什么大事,反正你俩在一起了。"

那可不一样,对秦愈而言,他追代表着他主动。

"对了,你什么时候带他和我们见一面啊!"文玥晃着她的胳膊,"不戴口罩,我想看真人!"

"那得看他。"晋棠棠没直接答应。

"别的宿舍里的人谈恋爱了,可都是要请室友吃饭的。"文玥掰手指,"就算他是我追过的明星,那也不行。"

"你不是说你不追这个明星吗?"

"这都是老皇历了,我以前,以前追过!"

晋棠棠早就知道她口是心非,嘴上说着追秦愈这个明星没有其他明星快乐,但秦愈每次出现,她必然有第一手新闻。

请室友吃饭未来应该是有的,秦愈如今的状态越来越好,哪天和她一起去教室上课都有可能,遑论是见两个室友。

她也想让他被其他人看见,让他和其他人正常交往。

晋棠棠出神地想着,耳边听见文玥在问:"和社交恐惧症患者谈恋爱是什么感觉?"

晋棠棠回答不出准确的答案,她觉得还不如问她和大明星谈恋爱是什么感觉。

秦愈挂断电话,又给自己强调,明天一定要说,是他追棠棠的才对。

微信接连响起好几声提示,秦愈低头打开一看,全都是家里人发来的新消息。

"你被鹅咬了吗?"

"受伤没有?"

平时他们为了不让他困扰都不发消息的,上次朋友圈还是点赞即止。

他们怎么知道他被鹅追着咬啦?

今天白天小广场发生的事儿,秦愈确定就他和晋棠棠两个人——还有家里的司机在!

司机肯定告诉大哥了。

秦愈直接找到秦宗的微信:"大哥,在吗?"

秦宗收到秦愈的微信有点儿心虚。本来自己看视频看得好好的,没忍住笑了,被其他人发现,于是都凑过来看。一圈人把秦愈被鹅追的视频欣赏了一遍。

向来安静的秦愈忽然这么活泼,他们当然觉得惊奇,而且对晋棠棠也很好奇。

老爷子年纪大了,眼神不好,只听声音不过瘾,他们就干脆用投影仪播放给他看。

这怎么和秦愈说?是说"家里人都看了你被鹅追的视频",还是说"家里人都很担心你被鹅咬了"?

秦宗按捺了许久,回复:"有事儿吗?"

秦愈:"家里人是不是都知道我被鹅咬啦?"

秦宗装模作样:"什么?"

他继续问:"你被鹅咬啦?受伤没有?"

秦愈回复:"大哥,还好你没进娱乐圈。"

秦宗想,这叫什么话?嘲讽我演技不行吗?秦愈现在都学了些什么?

不过这事儿确实是自己传播的,秦宗给秦愈道歉。

秦愈倒没觉得怎么样,就是太不好意思了,好大一个人被鹅追,还是在女朋友面前,又被全家人看,这谁能平静?

说到最后,秦宗说:"大家都很好奇你的女朋友,哪天带她来家里吃个饭。"

以前他们还想过,秦愈也不小了,老爷子思想老,想看儿孙成家。

秦愈不出门,他也没办法,只能这么过了。没想到峰回路转,这才半年过去,秦愈比以前还要好,这怎么不让人惊喜?

对于晋棠棠,他们都很好奇,视频里只见到她的侧脸,听到她调侃秦愈的话,大家都对她很好奇。

家里人想见棠棠?秦愈这下毫无睡意了,这么快见家长,棠棠会不会很紧张？也不一定，棠棠是个非同一般的人。

一想到要把她介绍给所有人，告诉他们，她是他的女朋友，是他喜欢的人，他就心跳加速。至于被鹅追被家里人知道的事，他已经遗忘了。

期末考试前，学校都在准备今年的迎新晚会了。

班级里班长正征集节目，晋棠棠是个看客，没想到班长居然会私聊她："棠棠打算参加吗？"

晋棠棠拒绝："不参加，我没有才艺。"

自己虽然没才艺，但有个才华横溢的男朋友。

晋棠棠安慰自己，哼着小调儿去秦愈家里，当然，她自觉自己唱的没秦愈好听。

所以才开门，她就呼唤秦愈："秦愈，我想听你唱歌！"

秦愈刚从楼上下来："唱歌？"

"距离你上次唱歌已经过去了很久。"晋棠棠说。

"才几天。"秦愈强调。

"几天还不够久吗？"晋棠棠认真地和他解释，"一日不见如隔三秋，一日不听也可以如隔几年。"

秦愈想了想，自己说不过她。

"我们学校在准备迎新晚会，就问大家有没有才艺。"晋棠棠和他坐下来，"我没有，但我有歌手男朋友。"

秦愈一时想歪了："我要去表演？"

晋棠棠听笑了："怎么可能，你又不是我们学校的。"

秦愈长出了一口气。

晋棠棠和他面对面："不过学校的晚会观众最多也就几千人，演唱会可是有几万呢！"

秦愈"嗯"了一声："我知道。"

他当然知道，他比谁都清楚，晚会甚至只要演唱一首歌，演唱会上却不同。

他答应了晋棠棠，就会努力去做到。现在的目标，先出专辑，以免演唱会上都没几首歌。

最近他有新灵感了，他还没告诉晋棠棠。

"来福呢？"晋棠棠问。

"在后面。"秦愈迟疑地道，"来福一直盯着鹅。"

鹅被关在玻璃房里，里面只养了几盆花，这会儿已经被祸害了，来福就坐在外面盯着看。

"没听说狗吃鹅。"晋棠棠迷惑地道。

秦愈猜测："可能它比较寂寞。"

晋棠棠忍不住笑了，寂寞？

见他们过来，来福叫了几声，围着秦愈和她打转。

关了一晚上的大白鹅见到有人，立刻趾高气扬，才到边上，就被去扑玻璃房的来福吓到踉跄。

"我以前放鹅去吃草，它们都不怕人，见到有人就追着跑，小孩子最怕了。"

秦愈问："你被咬过吗？"

晋棠棠点头："当然。自家的不咬我，别人家的会咬。"

大白鹅被弄出来放风，秦愈把来福牵了回去，正好遛狗，一狗一鹅分开，免得闹腾。

昨晚他扫了许久的鹅毛。

现如今遛狗对他们而言，已经是一场简单的约会了。

看见路边的小情侣，秦愈忽然想起来："昨晚我听到你和室友说话，她为什么说——"

晋棠棠当然知道他指的什么，还以为他忘了。

她故意问："说什么？"

这怎么好说出口，秦愈望了晋棠棠半天，自己脸红了。

晋棠棠不知该松口气，还是该叹气。

半晌，秦愈放低声音："她说我好追⋯⋯这不对。"

"对。"晋棠棠一本正经地道，"明明是你追的我，她怎么能这么说，我已经反驳过她了。"

秦愈的话都被她说完了，只好问："你的室友为什么那么说？"

晋棠棠佯装思索了半分钟："可能是她觉得我厉害，以为是我追的，对我太有信心的错觉。"

秦愈总觉得哪里不太对劲儿。

路边无人，晋棠棠凑上去亲他："别想了。"

秦愈被她引诱，顺势吻她，恋爱这么久，他已经对接吻习以为常，并且逐渐熟练。

秦愈牵着晋棠棠的手，小声说："我家里人想见你。"

晋棠棠从暧昧中回神，见家长？才恋爱就要见家里人吗？

晋棠棠想起秦愈的哥哥，见一个总裁还好，见一家子总裁，她会比参加高考还紧张。

她不太想这么早见。而且晋棠棠不知道是不是每个人都支持她和秦愈在一起，和秦家相比，她只是个普通人。见家长压力太大，这才刚开始，晋棠棠只想享受轻松的恋爱。

"必须去吗？"她问。

秦愈听出她的潜台词："你……不想见吗？"

晋棠棠点头，又微微摇头："太早了。"

秦愈感到失落："早吗？"他昨晚还以为这件事很简单，棠棠会答应的。

晋棠棠反客为主："我的室友也想见你，她们想让你请吃饭，要不你先和我去？"

秦愈这下觉得"太早"很有道理。

秦愈一沉默，晋棠棠就知道他的心思，他也觉得太早了。

晋棠棠轻轻笑了一声："不早吧？"

秦愈："早……"

晋棠棠不逗他了："不过请室友吃饭应该比见家长好多了吧？而且我只有两个室友，比其他人都少了一个呢！"

秦愈觉得两个陌生人和三个陌生人没太大区别。

因为两个人都觉得太早，于是见家长一事被放置下来，但请客的事不能太迟。

秦愈没住过宿舍，不知道谈恋爱要请室友吃饭。

晋棠棠也只是随口一说，如果他答应，那很好；如果他不答应，那也没什么。本身就只是自己愿不愿意，而不是强制。

来福在路上撒着欢地跑，像个小孩子，晋棠棠问："你家里人都知道我吗？"

"以前不清楚，现在知道了。"

秦愈没把自己被鹅追的视频被家里人看的事说出来。

"哪有刚谈恋爱就见家长的，又不是相亲……"晋棠棠吐槽了一句，"我见你大哥是巧合。"

不过她其实也好奇秦家人都是什么性格。

晋棠棠才上大一，怎么算都是秦愈吃嫩草，也就是他比较单纯，她性格成熟。

以她的想法，见家长也必须是谈恋爱一两年后，或者毕业之后的事儿，如果那时她和秦愈没分手的话。

晋棠棠真的考虑过他们可能分开的事儿，因为她觉得自己和秦愈认识是巧合、是运气。

他们就好像两个世界的人，忽然在一起了，也许哪一天又会分开。

她能和秦愈在一起，也是因为秦愈有社交恐惧症，如果他不是有这个病，肯定有很多人追他。

即使秦愈为她写歌，却不代表一世。

"来福，慢点儿。"秦愈扯了扯绳子。

晋棠棠偏过头看他，管他呢，很多人大一恋爱，大四分手，她都不用担心大四分手，现在想其他的是给自己找苦恼。

"迎新晚会，你要不要和我一起去看？"她问。

"外校的可以进去？"秦愈问。

晋棠棠笑了起来："你现在第一个问题都不是人多不多了，都变成能不能进去了。"

秦愈后知后觉，自己好像真的变了许多。

"是你让我改变的。"他说。

"突然这么说，好肉麻。"晋棠棠"咦"了一声，"不知道外校的能不能去，我回去问一下。"

秦愈点头："好。"

他竟然有点儿失望,可能是两次看辩论赛的成功经历,让他对一起看迎新晚会也有期待。

他没在现场看过迎新晚会,只在视频里见过。

棠棠学校的晚会是什么样子的,和她一起看会有什么不一样的感觉?

两个人一起回别墅。到家了才发现,那只鹅在家里闹翻天了。因为鹅和狗一样,每天需要放风,今天没人管它,它就在后院溜达,地方太小,草坪被踩了,还被啄得坑坑洼洼。

"要不我们提前宰了吧?"晋棠棠倚着门道。

"现在?"秦愈迟疑地道。

两个人你一言我一语,大白鹅似乎意识到了什么,在院子里小跑起来,细长的脖子伸来伸去,像活的"表情包"。

晋棠棠问:"你要现在?"

秦愈说:"还是过段时间吧!"

他还没养过鹅,加上这是晋棠棠带来的,他不太想这么早就吃了它,虽然它看起来很肥。

回校后,晋棠棠就告知了文玥不能吃饭的坏消息。

文玥哀号一声:"就算我的室友和明星谈恋爱了,我见明星也这么困难吗?"

晋棠棠陪她演戏:"我是你的工具人,我懂了。"

文玥说:"工具人还没发挥作用,不称职。"

两个人笑了一会儿。

文玥认真地问:"他是不愿意,还是不能啊?"

晋棠棠坐下来:"没有不愿意。"只是太早,他还有些怕表现失误。就好像晋棠棠觉得现在见家长太早,怕她和秦愈的恋爱掺杂了家庭的元素。

"那就好,以后还能见。"文玥拍胸膛,"毕竟我见明星最近的一步就是靠你了。"

晋棠棠无语。

她发消息问罗青言迎新晚会的事儿："学姐，迎新晚会可以让外校朋友看吗？"

罗青言回复："男朋友？好像不可以，除非人少。"

晋棠棠估摸着人是不可能少的。

虽说见家长太早，可她还是没料到在迎新晚会过去后不久，会再次见到秦愈的哥哥。

彼时，晋棠棠正和秦愈在商量怎么杀鹅。

她觉得当他面杀有点儿血腥。

秦愈却很想帮忙，也很想亲手操作，这来自他看了几十个杀鹅视频后的信心。

"你家里地方太小。"

"厨房不够大吗？"

"不够，院子里又是草坪。"

"草坪弄脏了可以换。"

"那多浪费钱……"

正说着，门铃突然响起。

晋棠棠不动："快去。"

秦愈犹豫了那么一小下，就去开门了。

"大哥。"看到是秦宗，他愣了一下，"你怎么不直接开门？"

秦宗一迈长腿，缓缓地道："你谈恋爱了，我要避嫌，万一进门看见不该看的——"

秦愈觉得好害羞，但他说的好像真有可能。

晋棠棠也过来了："秦总。"

"不用这么叫我，和秦愈一样叫我大哥。"

秦宗认真地看她，和上次见她不同，这回她换了个身份，是弟弟的女友。

晋棠棠心想，叫大哥也太快了吧？

秦愈问："大哥，你怎么过来啦？"

两个人眼睁睁地看着秦宗将两张卡放在桌上，他慢条斯理地道："这是给你们的。"

"……"秦愈和晋棠棠对视一眼。

"不用这么看，一张是你的，让你谈恋爱用。"秦宗漫不经心地看着他们，"一张是给棠棠的，秦愈没谈过恋爱，不太懂，可能买礼物不上心，忘了纪念日之类的。"

安静了几秒，秦愈问道："纪念日？"

秦宗转头："看，他不知道。"

晋棠棠也不知道他们有什么纪念日。

秦宗起身："我走了。"他风一样地来，又风一样地走。

秦愈去送他，忍不住开口："大哥，我自己有钱……而且刚恋爱哪有纪念日？"

秦宗说："怎么没有？"

秦愈问："大哥，你都没恋爱过。"

秦宗："？"弟弟都开始鄙视人了。

他面无表情："我不用谈恋爱，我直接结婚。"

秦愈："啊？"

回到客厅，晋棠棠正拿着两张卡拍照："这就是和有钱人谈恋爱的快乐吗？公费恋爱？"

"你家里人好热情。"她抬头。

秦愈囫囵"嗯"了一声。

晋棠棠问："这是不是传说中不限额的卡？"

秦愈点头："应该是吧！"

晋棠棠没收："你自己收着吧！"

秦愈却递回去："是给你的。"

晋棠棠说："我们又不经常出去约会，用不到的。"

"留着吧，万一哪天你家里人不同意我们在一起，要断了你的经济来源，我们还用得上。"

秦愈无话可说。

半天，他出声："不会的，而且我自己经济独立。"

晋棠棠眨眼，竟然有点儿遗憾："好吧，看来小说的剧情不会发生了。"

秦愈却爱极了她这样天马行空的思维。

她是活泼的，是生动的，拨动了他这一汪死水。

因为秦宗过来，最终大白鹅逃过一劫，成功在秦愈家里多活了一天。

晋棠棠离开时，秦愈却意外地要和她一起走。

两个人在距离学校门口一段路时下车，外面天冷，嘴巴里吹出来的气都是白雾。

远远地就看到校门口那里有人在卖烤红薯，热气往天上冒，然后又消失。

晋棠棠忽然说："秦愈，你看过长发公主的故事吧？"

别墅这栋曾经不许人进入的城堡，二楼如同高塔，长发公主却主动下了楼。

秦愈点头。只要看过童话故事的基本都知道这个故事。

没想到晋棠棠却不说了，导致他一肚子好奇，主动问："然后呢？"

晋棠棠笑盈盈地说："没然后了呀，你都看过了。"

秦愈感觉她之前还想说什么，可他暂时还联想不到这之间的关系，见她逗自己，转而想起一件事："我之前是不是还有奖励没有要？"

晋棠棠轻眨眼："是吗？我不记得了。"

的确是好久以前的事了，那时候秦愈刚刚开始愿意独自出门，她亲口承诺的。

他没提，她也没记起来。

秦愈肯定道："有，你还没给。"

晋棠棠反驳："明明是你自己没说。"

秦愈静静地看着她，她自己承认了。

晋棠棠反应过来，秦愈都开始腹黑了。

晋棠棠知道这回逃不过去了，将手插进秦愈的兜里轻轻捏他的手，跟玩一样。

"那你想要什么？先说好，要是我能做到的才可以。"

她还真好奇他会说什么，结果就听秦愈来了一句："对不起，我还没想好。"

晋棠棠一愣,继而弯腰,笑出了眼泪。

秦愈不知道她为什么这样伸手去拉她,被她反手抱住,她的头发蹭到了他的下颌,他听到她闷在他怀里发出的声音。

"秦愈,你好可爱。我竟然有个这么可爱的男朋友。"

秦愈不是很喜欢"可爱"这个词,不过既然晋棠棠很喜欢,他自然不会说。而且他不知道晋棠棠为什么笑得这么厉害,但他能让她开心,他就开心了。

晋棠棠抬头:"你真没想好?"

秦愈颔首:"真的。"

他低头,和怀中人对视,慢慢地道:"其实……不是没想好,是我想要的太多。"

秦愈什么都想要,最想要的两个,他难以抉择。

反正奖励摆在这儿,晋棠棠不会反悔,那就等以后他想到最想要的再说,也许到时候还有意外惊喜。

晋棠棠对这句话很受用。恋爱嘛,男朋友明着说很喜欢她,她怎么会不开心。

和秦愈谈情说爱是简单的,是轻松的,而不是像有些情侣那样试探来担忧去。

晋棠棠喜欢这种轻松的恋爱。

校门口近在眼前,她邀请:"要不要送我回宿舍?"

秦愈蠢蠢欲动。

因为是冬季,现在学生越来越不愿意出门,窝在宿舍吹空调多舒服,要么就是在复习准备期末考试,这会儿只有零星的几个人在走动。

秦愈说:"送。"

晋棠棠莞尔:"走吧!"

秦愈还是第一次在这样的情况下进学校,路边的树上挂了一些小灯,氛围感十足。

偶尔有人在路上,也是戴着帽子低头走得飞快。

秦愈很适应这种氛围,没什么比参与晋棠棠的生活更快乐的了——或者写新歌吧!

"你以前上学都自学吗？"晋棠棠问。

"嗯。"秦愈简单回应，又解释道，"教室人多。"

"那你都会啊？"

"也不是所有知识都会，但对付考试足够了。"

他说得普通，晋棠棠要不是稍微知道点儿成绩就被糊弄了，他年年专业第一，这也能叫"足够"？优秀的人果然在哪里都优秀。

晋棠棠认真思考，如果她和秦愈结婚，以后有了孩子要是有秦愈的聪明劲儿，那就好了。

她还是头一次想这样的事，偷偷地。

之前那次是骗秦愈的，那时候实际上她连要孩子都没想过，只想过他们谈恋爱公开会怎么样，谁让秦愈是明星呢？

宿舍近在眼前，女生宿舍楼下好几对情侣依依惜别，还有说着就接上吻的。

秦愈本来也想，看到他们，就不做了，这会被人围观的。

秦愈给晋棠棠拢了拢围巾，她今天围的红色围巾，鲜艳，衬得肤白貌美。

"你一个人回去没事儿吧？"晋棠棠问。

"没事儿。"秦愈自信。

"喊。"晋棠棠调侃他。

秦愈被她弄得不好意思了，飞快地在她的唇上啄了一下，催促道："快进去。"

晋棠棠"哎"了一声，进了宿舍楼。

秦愈站在路边，感觉特别奇妙，他转身时瞄到还未分开的情侣，心想，他们可真能亲，我要学学。

秦愈又踏出一步，值得鼓励。

晋棠棠回到宿舍后，专门给他发了个朋友圈，虽然他们的朋友圈里只有孔景一个共同好友。

可能这就和朋友圈官宣恋爱是一个效果吧！

晋棠棠这个学期虽然做了许多事，但学习并没有不上心，复习一周后拿到试卷，她就心里有了数。

最后一门考完便是寒假，学校里的其他专业有不少人都已经回去了，只剩下一小半人，还有人正在收拾准备走。

晋棠棠打算明天上午走，傍晚便去了别墅。

秦愈正将自己关在屋子里，随着她上楼，靠近录歌室，模糊的音乐声便逐渐清晰，又是她从未听过的旋律，秦愈写新歌了！

晋棠棠可没忘自己是个粉丝，这段时间恋爱甜蜜，她都忘了催秦愈搞事业，不行，寒假得催促他。

晋棠棠不打扰他，去楼下玻璃房里看鹅。

大白鹅被养了一段时间，与他们熟悉了，也不咬人了，当家禽活了几个月，现在突然摇身一变成为宠物了。

不多时，身后有脚步声，秦愈从后面抱住晋棠棠，闻她身上的味道，轻声问："怎么来了不叫我啊？"

他越来越爱和她亲密接触，好在虽然这样也没有碰其他地方，虽然他心里想。

"我看你在练歌。"晋棠棠指了指玻璃房，"我马上回家了，那鹅今年不杀啦？"

提到这个，秦愈就失望："明年来再杀吧！"

他当初可是打算吃鹅的，结果肉没吃到，还得花钱养它。

晋棠棠叹气："好幸运的一只鹅。"

秦愈轻笑，美人在怀，他忍不住去摸她的耳朵，软软的，似乎能闻到她顺着脖颈溢出来的体香。

虽然晋棠棠声明她没体香，但秦愈就觉得她很香，是一种他闻了就想靠近、迷恋的味道。有研究表明，喜欢一个人就会闻到。

来福咧着嘴在草坪上跑，大冬天的，它也不怕冷。

鹅倒是窝冬了，待在玻璃房里，像被帝王供着的小美人，吃喝精致，好不舒坦。

两个人回了客厅，晋棠棠问："你是不是在写新歌？"

秦愈"嗯"了一声。

晋棠棠明目张胆地打听："什么类型的？"

秦愈的耳朵红了："你说呢？"

"情歌"两个字，他都不好意思说出来。

晋棠棠嘴角上翘："我不说，我等它出来，听你唱。"

秦愈点头："好。"现如今他不拒绝了。

不过他还是补充："其实才刚开头。"

虽然只是开头，但他灵感充足，甚至想将晋棠棠偶尔哼得不成调的调子录进去。

"你知道有些歌，会采样生活中的东西，比如烟火气的对话，比如雨声，还有些特殊的，比如心跳。"

秦愈本以为晋棠棠不知道，但她点头："文玥跟我说过，泰勒的歌是吧？"

"对。"

"虽然很想，但还是不行。"她自认五音不全，被全世界听到很丢脸。

秦愈认真地劝她："别人听不出来你跑调了。"

因为是新调子，别人都没听过。

说实话，他长着那样一张脸，声音又性感，深情地说话时，没人能挡得住。

晋棠棠也很难挡住这诱惑。

她使劲儿摇头，又掐他的腰："我不唱歌，别逼我，不然我就让你跟我回老家。"

秦愈便不开口了。

他听她说过，老家亲戚七大姑八大姨，知道她带男朋友回去，肯定会围观的，问东问西。

这不亚于去开演唱会了，好歹演唱会也只是自己唱歌就好。

晋棠棠有的是招儿治他，笑眯眯地说："是不是一比较，还是请我的室友吃饭比较简单？"

秦愈点头，真的。

"那下学期，你请我的室友吃饭吧！"晋棠棠拍板决定。

"？"想开窗，那就先说掀房顶，这可是著名的理论。

秦愈不甘示弱："那你去我家。"

怕她又不答应,他认真地说:"其实没几个人。"

晋棠棠可不会被他糊弄:"你家一家子人,大哥,你堂哥、堂嫂,还有好多人。"

秦愈说:"大哥去国外了,今年不回来。"

晋棠棠"啊"了一声:"如果我去,他也不回来吗?"

虽然这么说有点儿自恋,但秦总似乎不是个不重视弟弟女朋友的人。

秦愈偷偷告诉她家族的秘密:"如果他能把未婚妻带回来的话。"

晋棠棠疑惑地问:"你大哥不是两个星期前还单身吗?"

好家伙,这是恋爱、订婚到结婚都要在年前完成吗?

因为之前秦总那两张不限额的卡,晋棠棠对秦总的未来老婆比较感兴趣。

"刚订婚的,我也很惊讶。"

秦愈十分感慨,大哥真是从来不说假话。说不恋爱直接结婚,就迅速订了婚。

这事儿都出了新闻,只是因为晋棠棠最近在期末考,没关注,不然就能在新闻上看见合照。

晋棠棠好奇:"你未来嫂子也是'白富美'吗?"

秦愈点头,又轻轻摇头。

"是就是,不是就不是,摇头干什么?"晋棠棠觉得好笑。

"反正就是联姻吧。"秦愈想了想措辞,"孔景跟我说,对方觉得联姻就是完成任务,马上就要去追求梦想了。"

孔景什么人都认识,什么话都能听到。

晋棠棠评价:"那很正常啊!"

不过她不太喜欢联姻,可能是她天真吧,她还是希望因为互相喜欢才结婚的。

秦愈小声说:"没问题,你知道她的梦想是什么吗?"

能让秦愈卖关子的必然不普通。

果然,秦愈自己就没憋住:"拍男模办展。"

晋棠棠眨了半天眼:"就……梦想各有不同吧!"

就是……她想象不出秦愈大哥去看老婆的男模展是什么样子,和视

察公司一样吗?

八卦完哥哥的爱情,晋棠棠还是继续打退堂鼓:"真要去啊?我才大一呢!"

秦愈微笑,他平时不笑,但笑起来像冰雪融化,每一次都让晋棠棠移不开眼。

"反正以后都要去,不如提前去。"

说实话,秦愈这么说,晋棠棠很惊讶。

"秦先生现在大不一样了。"她调侃。

她这么一提起来,秦愈的耳朵又微微红了。

刚开始谈恋爱时,他还经常不好意思,自从和晋棠棠的关系越来越亲密后,有些话也敢说了。

但说是说,被专门点出来又是一回事。

晋棠棠看他这样,"扑哧"一声笑了出来。

秦愈终于再开口:"真的。"

晋棠棠说:"又没说是假的,不过这事儿还早,你别这么急,先写你的新歌。"

"好吧。"秦愈无奈地答应。

她催新歌是真的很上心。

晋棠棠倒不是多排斥见家长,她又不害怕他们,只是她和秦愈才谈恋爱不久,显得太快了。

而且秦家人还真不少,秦愈之前随口提过,不止一个堂哥,他以前还没恢复这么好时,都不经常回老宅,可想而知。

反正自己要回家过寒假,年后开学可能更忙,说不定秦愈自己就把这事儿给忘了,要是没忘,下学期见也差不多是时候了。

因为一个寒假有二十多天估计都不会再见面,晋棠棠晚上没走太早。

临走前,来福和鹅又打了起来,在后面叫得欢。

晋棠棠想了想:"过年加餐吧!"

秦愈眨了一下眼:"到时候再说。"

其实养了这么些天,他的感觉也还好,而且热闹,他以前讨厌这种热闹,现在喜欢。

最重要的是，这是棠棠带来的鹅，棠棠的头像还是鹅呢！而且也是一个话题，说不准哪天就派上用场了呢。就像来福，因为它，自己遇见了棠棠。

晋棠棠仰头："那我回去啦！"

自从和晋棠棠认识以来，他们还没有分别过那么长时间，之前还好，现在是男女朋友了，更舍不得分别，尤其秦愈其实蛮黏人的。

"知道了。"

"真冷淡。"晋棠棠说。

她这么娇嗔，秦愈就低头去亲她，脸的温度都上升了。

即使亲吻过不少次，在这种亲密行为上，他也一向是害羞的，虽然害羞也挡不住。

晋棠棠修长的脖颈仰起，呼吸不稳。

外面司机十分钟前就收到消息要送人，等了半天没见到人，就猜肯定是在腻歪。

小情侣嘛，几天不见，那不得提前把话说完。

许久，晋棠棠和秦愈终于一起出来，两个人的脸都红红的，在冰天雪地里更明显。

司机目不斜视，生怕他俩不好意思。

晋棠棠的寒假过得其实很舒服，在老家她一个人说了算。

就是谈恋爱的事，爷爷奶奶比较担心，怕晋棠棠被骗，他们更盯得紧，晋棠棠和秦愈视频的时间都不可以过长。

第一天视频的时候，晋棠棠拨通秦愈的视频："要不要给你看看我老家是什么样子的？"

秦愈点头："好。"

晋棠棠还没从房间出去，老太太端着果盘进来："棠棠，喏，这是你二姨送的草莓……"

隔着屏幕，秦愈也能看到矍铄的老太太的眼睛在往手机那边瞟，他整个人都僵住了。

这是棠棠的奶奶。自己应该没有不得体吧……会不会不喜欢自己？

晋棠棠接过果盘，她了解自己奶奶的性格："奶奶，我打电话呢，快出去和爷爷聊天吧！"

老太太差点儿踮脚去瞅："哦哦。"

没看到自家孙女的男朋友长什么样子，只瞥到屏幕里的黑头发，她还有点儿失望。

晋棠棠转回手机前："发什么呆？"

秦愈回神，半天憋出来："你奶奶精神真好。"

"之前叫我爷爷不是爷爷吗，怎么轮到奶奶就是我奶奶了？"晋棠棠故意问。

说起那件事情，秦愈就不说话了。

好吧，男朋友偶尔还是经不起调侃的，但他这样子在镜头里就特别好看。

现在正是傍晚，晋棠棠拿着手机出门了："我家和你那边可不一样，小区里基本都是认识的人。"

秦愈不用听她解释都知道了。

因为晋棠棠出门十分钟，遇到了十几个和她打招呼的，问的问题也都很简单，比如——

"棠棠上学回来了啊？"

"你那个辩什么赛的，上次我在电视里看到了！"

"哎哟，棠棠，听说你谈朋友啦？"

"……"

对这些邻居熟人，晋棠棠都笑吟吟地回一两句话。

她说话时没把手机举高，大家只以为她在拍东西，晋棠棠回答得游刃有余，秦愈一直注视着。

如果是他在这样的环境下，肯定是不会出门的——不，以前的他不会，现在的他……也许会愿意尝试。

"你看，其实社交也不麻烦是不是？一两句话就好。不用当作洪水猛兽，对方说不定也不想多说，只是打个招呼呢！"

晋棠棠举着手机，问："秦愈，你刚刚在听吗？"

秦愈说："听了，你认识的人真多。"

晋棠棠"嗯"了一声："你是我的男朋友，以后这些人你也要认识的，你要赶快努力。"

这话秦愈总觉得似曾相识，直到听见下一句话："反正早晚都是要见的，先预习预习。"

秦愈恍然，原来是自己说过的话。

随着离除夕越近，天也就越冷，连着下了三天的雪。

秦愈给晋棠棠弹了段钢琴，是他新谱出来的，不是新歌，只是一个小调子。

晋棠棠喜欢看他做音乐的样子，大概是魅力吧。

秦愈在音乐上的情绪和他在现实里的情绪是不一样的，这样的复杂反而让她喜欢。

他的音乐是多变的，和他本人有很大区别。

起码晋棠棠至今觉得他新歌的 demo（小样）有点儿甜过头了……嗯，她怕他的粉丝听了会晕，听着就像是和他谈恋爱一样。

原本晋棠棠打算除夕过后守夜，正好和秦愈聊天的，可谁承想，雪越下越大，小区里断电了。

因为是老小区，又不是在市区，没有发电机，等恢复好还要一段时间。

晋棠棠没提前准备充电宝，导致手机没电了。

秦愈一开始以为晋棠棠忙，拨了几个电话都提示关机，他就觉出不对劲儿了，因为晋棠棠的手机只有在晚上睡觉时才关机。

同一个城市，就连雪都是一样的，秦愈这时候才觉出自己其实和她的联系并不稳定。

她没了消息，他就如无头苍蝇。

秦愈打电话给秦宗："大哥……"

秦宗正在国外，春节是他唯一的假期，这会儿正预备去观察观察未婚妻即将要拍的男模是真男还是假男。

"怎么啦？"

"我联系不上棠棠了。"秦愈的声音很低，"她的手机一直关机。"

秦宗立刻坐正："可能手机没电了。"

秦愈说："都一天了。"实际上也就一个白天。

秦宗知道他多想："说不准是出门了，没地方充电呢？她不是回老家了，你还担心这个，我让人过去看看。"

秦愈"嗯"了一声。

从他口中得知晋棠棠的老家在哪儿后，秦宗确实把这事儿放心上了，当即联系了家里的司机，让他过去看看。

他以为很快就会得到晋棠棠的消息，没想到得到的是秦愈跟着一起去的消息。

秦宗知道的时候，秦愈都已经出发一个小时了。

晋棠棠的老家在市里另外一个区的小镇，和星湖大学离得很远。

雪停了，镇上有人来修电缆，很多人过去围观等着。

晋棠棠跟着在一旁，她本打算借电话和秦愈说的，但发现自己忘了背秦愈的号码，实在是她因为平时从不用电话和秦愈联系。

一天而已，应该没关系吧？

晋棠棠从小区门口的小卖部里拿了点儿瓜子，正在马路边上嗑，眼见着一辆熟悉的车越来越近。

她噌的一下站起来了：秦愈让人来这里……不会接她出去玩吧？

事实证明她想多了，晋棠棠眼睁睁地看着秦愈的脸随着车窗降下而逐渐清晰："秦愈？？"

秦愈看她目瞪口呆，自己也有点儿呆，不过她没事儿，他就松了一口气。

晋棠棠率先反应过来："等等——你怎么过来了？你不是来见我爷爷奶奶的吧？"

不会吧不会吧，他怎么可能？

秦愈被她这么一打岔，终于想起了原因："你的手机打不通。"

晋棠棠哭笑不得，解释："你来的时候没看到前面在修电缆吗？雪太大，小区停电了。"

"没注意。"秦愈想也不想。

他怎么会有心情去看周围？不过依稀记得路过一个有很多人的地方，

他还以为出车祸了。

晋棠棠真没想到秦愈居然敢出门来这里。

这是不是他最近出得最远的一次门?虽然是坐在车里。他就不怕自己又因为环境而变成之前那样吗?

她的心脏鼓鼓胀胀的,情绪难辨,他能为自己做到这种地步,不上心是不可能的。

小区外面突然来了陌生的车,车上的人还和晋棠棠说话,附近有大人和小孩子都好奇地看过来,怕是待会儿就过来问了。

"你上来。"秦愈连忙说,"好多人。"

上车后,晋棠棠还不忘把瓜子给他一半儿。

司机打算将车停到小区不远处去,不在这里挡着,免得都来围观。

有瞧见这一幕的人撞到遛弯儿的老爷子,当即提醒:"老晋老晋!你孙女好像上了一辆黑车!"

PART 18
和岳父见女婿是一个道理

周围几个人看了过来。

晋老爷子的脑子都还没转过弯来:"黑车?"

等说完,他终于反应过来,追问:"什么黑车?在哪儿?"

对方指了指小区门口:"刚才在外面看到的,不认识的车,你孙女上去了。"

小区这边其实都是认识的人,谁家的车基本上都见过,说没见过肯定是真的。再加上"黑车"这个词,老爷子当即就想到了不好的事。

晋棠棠从小就冰雪可爱,越长越漂亮,刚成年就有人来说男朋友,被他们给骂回去了,要说有人拐她,他是完全相信的。

"咦,你要去哪儿?"那人在后面叫。

老爷子走得飞快,他在养殖场里撵鹅都没这么快,要不是没手机,就打算报警了。

"去找人!"

"那车子就停在小区不远的边上!"

老爷子以为自己耳朵坏了,黑车带人走还会停在小区这边?这也太明目张胆了吧!

两个人一起往外走。

"你看到黑车里的人了吗？"老爷子边走边问。

"看到了有个男的，你家棠棠还和人说话来着。"

"说话？"

老爷子越来越蒙了。

小区大门近在眼前，来来回回的人和老爷子打招呼，身旁人眼尖地指了指远处："就是那辆车！"

即使他们对车不太熟，也能看出这和他们这边普通人的车有很明显的区别。

老爷子一看过去，蒙了。他感觉好像哪里不对劲儿，车停在那儿，窗户还开了一半儿，能看到晋棠棠的脸。她好像在和里面的人说话，可能是棠棠的朋友。好像不是他理解的那种"黑车"，是黑色的车？

"你刚刚说话怎么不说清楚？"老爷子无语。

"我哪儿没说清楚？"旁边人茫然，"这不是黑车吗？"

"这是黑色的车！"

"那不就是黑车吗？"

一个乌龙让老爷子疾走了几分钟，现在终于放下心来，不过为了安心，还是打算去看一眼。

晋棠棠正在和秦愈说话："下次不要这么过来，你也太冲动了，就一天没消息而已。"

秦愈说："一天……很久了。"被她说得他好像太冲动了。

晋棠棠轻轻地笑了起来："好吧，对你来说是很久，你想一直跟我在一起是不是？"

突然转变这么快，秦愈都不知道怎么回好。

司机已经下车去抽烟了，车里就只剩他们两个人。

"出远门的感觉怎么样？"晋棠棠问。

"还好……我一直在车上。"秦愈实话实说。

"不过你都到我家附近了，要不要下来走走？"晋棠棠怂恿他，"来都来了。"

这四个字是万能的。

秦愈小声说："你家这边好多人。"

刚刚在小区门口停车时，似乎每个人都对他很好奇，都好像会马上上来打招呼一样。

他对晋棠棠视频里的友好邻居们可是记忆深刻。

晋棠棠解释：“因为都是一个地方的，这是回迁房，要么沾亲带故，要么是邻居，见面都能聊个几句。”

这和秦愈生活的环境截然不同。

秦愈由衷地感慨：“我以前都没想过。”

晋棠棠眨眼：“那你来了就走吗？我们已经十几天没见了，你就直接回去？”

她摸着秦愈的手。

他的手指上的薄茧摸着很好玩，手指又长，骨节分明，还带着温热，摸着很舒服。

秦愈被摸得胸口发麻，这比直接亲吻还奇怪。

秦愈很纠结，他刚见到晋棠棠，不想马上走，但下车的话，又会面临有很多陌生人的环境。

他灵机一动："我们出去约会？"

晋棠棠倒是不反对，但她不太想让秦愈避开："不行，今天家里停电，我要照顾爷爷奶奶。"理由十分正当。

秦愈沮丧："是哦。"

正说着，司机忽然用力敲了敲车窗。

两个人齐齐往外看去，晋棠棠一眼就看见爷爷直直地往这边走，他的目的地显然就是这辆车的位置。

"我爷爷来了！"

"什么？"秦愈慌了起来。

司机更慌，他又不认识晋棠棠的爷爷，只好上前拦住："老爷子，我们不载人的。"

晋老爷子："？"

他的手背在身后："我找我孙女。"

想了想，他补充："晋棠棠。"

秦愈之前的纠结完全成了泡沫，见了晋棠棠的爷爷，他是晋棠棠的男朋友，不下车打招呼就是不礼貌。

他虽然紧张，但也知道严重性。

晋棠棠已经下了车："爷爷，你怎么来啦？"

老爷子看她完完整整的，终于安心："他们说你上了黑车，我以为是那个黑车。"

秦愈抬出一半儿的脚不知道该不该放，他当然知道"黑车"是什么意思。

他一露面，老爷子的眼神就锐利地看了过去，之前晋棠棠给他们看过秦愈的照片。

秦愈下了车，站到晋棠棠边上，心跳特别快，开口："爷——棠棠爷爷好。"

他及时改了口："我是棠棠的男……男朋友。"

好险好险，他差点儿直接叫了爷爷。

晋棠棠听他差点儿结巴，忍俊不禁。

老爷子上下打量了两眼，长得倒是好看，和棠棠很配，就是怎么还脸红了，一个大男人脸红什么？

"喀，你叫什么？"他明知故问。

"我叫秦愈。"秦愈连忙回。

"哦。"晋老爷子又看回晋棠棠身上，"在路边待着像什么话，去家里面坐坐。"

这下不用纠结了，必须得去。

秦愈没想到自己还没能把晋棠棠带回自己家里，先把自己送到了晋棠棠的家里。

他望了望小区门口的人群，视死如归莫过于此。

晋棠棠瞥他一眼："别紧张，就是人而已。"

人还而已？秦愈捏了捏她的手，又怕老爷子看见，飞快地缩回来，比谁都正经。

好在爷爷只问了一个问题，让他轻松不少。

过马路的时候，秦愈看到小区外的超市，忽然想起来，自己现在上门空手是不是不太好？

秦愈顿时心急，他回头看司机，又指了指超市，司机还没懂时，他急得耳朵都红了。好在司机最后福至心灵，直奔超市而去，正好这段时间是拜年时间，烟酒和果篮就摆在门口。

晋棠棠没想到自己爷爷出马，间接达成了目的。

秦愈想象的画面终于发生了。

刚至小区门口，熟悉的人就凑了过来："老晋，怎么出去一趟带回来个年轻人啊？"

"这是——"

"小伙子看着面生，是棠棠的朋友？"

"大过年的来找棠棠玩啊？"

几乎都意有所指，却都不含恶意，甚至只是调侃。

秦愈被打量得心跳如擂鼓，他强迫自己不低头，他不能让棠棠和她爷爷因为他而没有面子，那他还有什么资格做棠棠的男朋友？

晋老爷子只笑着说："嗯，棠棠的男朋友，过年来玩玩。"

其他人就附和："长得真俊。"

"棠棠眼光真好，男朋友这么好看！"

"我家那小子可差远了。"

秦愈听着听着，就不自觉地从脖颈到下颔都红了，这下周围人更笑开了。

他第一次遇到这样的场面。这么多人夸他，他要不要回？还是不说话？

这一出神，身边人走出去几步都没发现，还是晋棠棠拉他："还发呆，你想留在这里？"

秦愈立马摇头。

领略了小区门口无数人的打量，再进小区里，偶尔遇上一个人，他已经松了一口气。

"小秦怎么今天过来了？"老爷子问。他虽然思想并不传统，但也觉得这会儿太早了。

秦愈组织了一下措辞，忐忑地开口："棠棠的电话一直关机……我担心。"

这样说应该可以吧？秦愈现如今有些懊恼自己不懂社交，怕哪里说错了话。

不过这话老爷子倒是挺喜欢，说明他对自己孙女上心。

晋棠棠安抚性地冲他笑了笑，然后说："他不知道小区停电了，就过来了。"

老爷子偷偷瞪了她一眼。

上楼的时候，秦愈突如其来地紧张起来，马上就要去棠棠的家里了，他要怎么办？应该问问大哥的，大哥之前去未来嫂子家里了。可是和爷爷、棠棠在电梯里，自己用手机是不是很不礼貌？

秦愈的脑袋像错乱的毛线，等到了家门口，门都被打开了，他还没有理清。

"奶奶！"

晋棠棠叫了一声没人回应："奶奶不在家。"

秦愈站在门口不知所措。

老爷子一回头，发现他站在那儿像傻了一样，没好气地道："进来啊，在门口当门神啊？"

晋棠棠偷笑，秦愈低头。

老爷子指了指椅子："你坐，棠棠奶奶出门买菜去了，还没回来。"

秦愈应了一声。

晋棠棠小声说："我爷爷没生你的气，你别误会，他应该是去拿吃的东西了。"

秦愈点头："我知道。"

司机给秦愈打电话，他只来得及看见他们进了这栋楼："小少爷，你们在哪层楼？"

晋棠棠凑过去："601。"

没一会儿，门铃响了。

"应该是李叔来了。"秦愈轻声告诉棠棠。

正好老爷子拎着东西出来，秦愈似乎忽然懂事了，觉得自己应该主动去开门。

没想到他一开门，看见七八个中年男女站在门口，司机李叔被挤在一边,比他还紧张。

秦愈蒙了。

这……这就是棠棠的七大姑八大姨吗?怎么来得这么快?

门外的几个人亲眼看到开门的男人往后退了一小步,而且……他们总感觉他的眼睛里写着惊恐,但又怀疑自己看到的是错觉。秦愈下意识地吞咽了一下口水,他丝毫没有做好见这么多人的准备,他以为刚刚在小区门口的就是今天人数最多的一次,万万没想到别人来得这么快!

他捏着门把手的手开始不知所措,无处安放。

晋棠棠从他身后探头:"大姨、二姨、大伯、小姑、小舅舅,你们怎么都来啦?"

随着她一一的称呼,秦愈的心就往上提一分,真的是七大姑八大姨!

秦愈的手都攥白了,晋棠棠伸手覆上去:"你们进来吧,正好爷爷在家。"

她把秦愈往边上带,秦愈任由她带着走。

门外的几个人踏入门内,路过秦愈时,都要装作不在意地看上一眼。

秦愈心想,地上要是有个洞就好了,他现在甚至可以化身穿山甲。

李叔是最后一个进去的,小心翼翼地靠近秦愈:"小少爷……你没事儿吧?"

这么多人,他生怕秦愈不舒服。

秦愈的呼吸都稳不住:"没……没事儿。"

那就是有事儿了。司机李叔十分忧心:"这……现在不好走了,晋小姐的家人都过来了,小少爷,你只能忍忍,如果实在不舒服——"

他改口:"我们还是走吧!"

在他眼里,自然是秦愈的安危最重要。

晋棠棠问:"我也不知道来这么多人,你还好吧?"

秦愈深呼吸:"还好还好。"就是有点儿吓人。

他问:"这都是你的亲戚?"

晋棠棠说:"不是,只有我叫的是。"

她朝边上努了努嘴:"其他的是对门的邻居,和我家很熟悉,应该是跟着来的。"

秦愈觉得这也没什么区别了。

他们三个在门口说悄悄话,客厅里面的人也压低声音在问晋老爷子。

"爸,开门的就是棠棠男朋友?"

"听说是明星,真的假的?"

"我怎么没在电视上见到过啊?"

"看他长得真好看,哎呀,和棠棠郎才女貌。"

他们以为声音很低,但实际上他们习惯了大声说话,这样的低声在秦愈这边是普通音量。

他本身就脸皮薄,听到说自己,就不好意思过去了。

秦愈最关心的问题还是:"我叫……叫什么?"

晋棠棠莞尔:"你说呢?"

这话的意思两个人都清楚,秦愈既惊喜这是对他的承认,又担忧自己因为恐慌会表现差。

因为门口和客厅有个转角,他可以做心理建设。

时间不好太久,一分钟后,他握着晋棠棠的手踏出去一步,晋棠棠眼眸明亮,等他继续。

没想到他忽然停下来了:"大姨什么?小姑,还有什么?"

秦愈完全忘了。他的记忆一向很出众,现在却形同虚设。

晋棠棠觉得此刻的他可爱极了,小声提醒:"大姨二姨,小舅舅,小姑,还有大伯。"

秦愈重复:"大姨二姨,小伯小舅舅……"

晋棠棠笑疯了:"小舅舅,小姑!"

秦愈:"……"记住了,必须记住了。

一切都不出意料,他和晋棠棠走到客厅里时,所有人的目光都看了过来。

秦愈也不知道大姨是谁,二姨是哪个,对着一桌人,一口气叫完:"大姨二姨,小舅舅,小姑,大伯。"

他握拳,没叫错吧?

晋棠棠笑眯眯地:"你们叫他秦愈就好啦!"

大姨率先开口:"小秦是吧?别紧张,我们就是过来拜年的,不知道你在这儿。"

实际上今天停电,他们都很闲,听说晋棠棠的男朋友来了的时候,秦愈都还在小区门口,所以一下子就都来了。睁眼说瞎话,人人都听得出来。

秦愈囫囵"嗯"了一声。

晋老爷子优哉游哉地坐在北边,人真不是他叫的:"小秦是来找棠棠玩的。"

"来都来了,在这儿吃饭呗。"

"就是,第一次见。"

"今天停电,怎么吃啊,你家能烧吗?"

"我家燃气灶用电池的,能做饭。"

"小秦是棠棠的同学吗?"

秦愈发现好像也没那么难,因为他们都自己问自己的,自己回答旁人的,他根本插不上嘴。

好不容易轮到秦愈回答:"不是同学。"

他想了想:"我已经工作了。"

大家都坐正了身体,之前说是明星,他们还以为上学就出名了,没想到已经上班了。

棠棠新年才十九岁,这是不是差距有点儿大啊?

晋棠棠俏皮地道:"他就比我大四岁,你们要是去一些店里,指不定能听到他的歌呢。"

秦愈反应过来,他们原来担心的是年龄问题吗?

原来他已经老到跟棠棠不太合适了吗?

秦愈想过很多自己可能会被挑剔的事儿,从没想过第一个被挑出来说的是年龄。

秦愈差点儿想伸手摸自己的脸。

要是出现在这里的是大哥,是不是已经被赶出门啦?

四岁吧,好像差得也不是很多,小姑思想比较开明:"那你们怎么认识的啊?"

晋棠棠随口解释了一下，这中间的戏剧性，他们都觉得稀奇。

大伯问："小秦是明星是吧，以后我们可以在电视上看见你吗？"

小姑碰他，翻白眼，小声斥责："没看见可能名气不大，你这不是戳人肺管子吗？"

大伯忙补充："看不到也没事儿。"

秦愈不知道是紧张还是笑，棠棠的家人都很有趣，和他想象的差不多。

晋棠棠忍俊不禁："他是歌手，不是演员，要是不参加节目，是不会出现在电视上的。"

"哦……"

虽然晋棠棠还没说秦愈的家境，但秦愈单单站在那里，他们就能看出来家庭教养。

秦愈长得好看，又优秀，自然会让人喜欢。

还没到吃饭的时候，大家就都"小秦""小秦"地叫着，不知道的还以为秦愈来过这里很多次呢。

秦愈的说话少在他们眼里成了乖，不会花言巧语，秦愈的紧张在他们眼里成了老实。

秦愈脸红，他们更觉得好，反正看哪儿哪儿顺眼。

司机李叔仿佛成了隐形人，看小少爷被围住，原本还想解救的，但又觉得好像很多余，要不自己回家得了。

他出了门，给秦总打电话："秦总，小少爷正被晋小姐的亲戚围观。"

秦宗听到"围观"这个词，沉默了两秒："他怎么样？"

李叔想了想："好像没什么问题，大家都很喜欢小少爷，问问题，小少爷也回答了。"

秦宗有想过这样的画面，但没想过发生得这么早。

许久之前，连见到他都会避开视线的秦愈，如今已经成长了，可以有自己的人生了。

他可以恋爱约会，可以结婚生子，作为哥哥，秦宗感到很开心。

最艰难的半小时过去后，秦愈终于放松了一些，因为晋棠棠成了被追问的目标。

秦愈和晋老爷子去了阳台。

晋棠棠不自觉地靠过去想偷听，被大姨拉过来："你们谈了多久啊，小秦是不是家里不错？"

"才一两个月。"晋棠棠模糊地道，"他家里是做生意的，比较好，有个亲哥哥，对他很好。"

大姨点头："有哥哥不错，小儿子不用太烦心。"

二姨像煞有介事地附和："我看小秦这人不错，就是有点儿腼腆，但说话不含糊。"

其他人跟着说："不过你才上大学，可不要什么都信，现在社会上披着人皮的男变态可多了。"

"前两天不还出了个追人不成就报复对方的嘛，棠棠，你可得小心点儿。"

晋棠棠一本正经地点头："好，我知道。"

她又眨眼："说不定是我反杀呢！"她从小到大力气不小，这是周围人都知道的事。

晋棠棠看向阳台，阳台门被关上了，听不到秦愈和爷爷在说什么，但她并不担心。

秦愈似有所察觉，回头看了一眼。

"棠棠现在是学生，学习比较重要，你知道吧？"老爷子身高不够，得稍稍抬头看他。

秦愈点头："知道。"

老爷子又说："我知道你家庭肯定比我们的好，但是现在社会开放了，我是不会有想法，要是你们家里人不满意，那就分开。棠棠要是受委屈了，我绝对饶不了你！"

晋棠棠的父母去世后，一直是他和老婆子把晋棠棠带大的，比几个儿子还要宠，才有现在无忧无虑的她。要是因为别的人而不快乐了，他们肯定不高兴。

秦愈认真颔首："爷爷放心。"

对于晋棠棠的家里人，他其实很羡慕，好像关系都很好，他对于自己的家里人都不甚熟悉。

他们每次面对他都不敢说话，怕得不到回应。

秦愈的心口被情绪充斥得有些怕，他自己表现得那么难，实际上，其他人是不是也很难？

尤其是大哥，为他做了那么多。

秦愈垂眸，听到阳台门后传来晋棠棠模糊的笑声，又清醒了不少，以后不会这样了，他现在可以做到了。

他现在是可以回答任何人问题的秦愈。

老爷子可不知道旁边人想了那么多，他还有一件最重要的事要叮嘱，于是放低了一点儿音量。

"你们谈恋爱可以，其他的不要急，知道吧？"棠棠还小，学习重要，他必须要警告秦愈。

秦愈再次点头："知道。"

他从头答应到尾，老爷子狐疑："你知道我什么意思吗？"

秦愈没防备他的深度提问，又不知道该怎么回答这羞耻的问题，只好说："知道……"

老爷子一听这俩字就来气："那你给我说说！"

秦愈不知道怎么说，但又不能不回答老爷子。

他打了半天的腹稿，想过"不和棠棠太亲密"和"婚后再怎么样"的回答，怀疑这样可能会让爷爷更生气。

在老爷子越来越危险的目光下，他开口："我……一定不耽误……棠棠学习。"

老爷子还真没想到他这么久就说出这么一句话，既好气又好笑，他对秦愈的印象其实不错，虽然容貌出色，但并不油滑。

在大人眼里，安分老实是最好的性格。

秦愈见他不说话，以为他并不满意自己的回答，原本还有些放松，结果又紧张起来："爷爷……"

他慌不择言。

老爷子："？"

秦愈连忙改口："我说的是真的！"

老爷子收回目光："没说你是假的，希望你说到做到。"

秦愈点头："会的。"

阳台门被推开一点儿，晋棠棠探出头来："爷爷，你们说完没有？我们去大姨家吃饭。"

"小秦一起去。"

在晋棠棠面前，老爷子还是很好说话的。

一大家子人出门前，晋棠棠和秦愈落在最后，晋棠棠问："爷爷和你说了什么啊？"

秦愈说："就是不让我欺负你。"差不多是这个意思吧！其他的……他也不好意思直说。

晋棠棠说："肯定不止这个。"

秦愈说："真的。"

"假的。"晋棠棠睨了他一眼，扬声道，"大姨，我和秦愈去接奶奶，你们先过去。"

"行。"

"你们别逛忘了。"

晋棠棠："不会的！"

她拉着秦愈出去，司机李叔早就已经回了车里。

秦愈想起他还没走："我让李叔去吃饭。"

"嗯？"晋棠棠转头，说，"让他来家里吃啊，又不是没有米，多一个人而已。"

电话打通后，李叔却拒绝过去吃饭："我已经快到饭店了，你们不用管我，如果下午要出去，提前告诉我就好。"

晋棠棠无奈地说："好吧！"

晋奶奶这会儿正在超市门口和人聊天，她知道得最晚，这会儿嘴巴都合不上。

"可好看了，那小伙子！"

"特别高！比隔壁那学体育的儿子还高！"

"棠棠她奶，你这孙女婿真不错。"

晋奶奶迷糊了半天，才知道他们看到了秦愈本人，秦愈已经被带回她家里去了。

她拎起自己的篮子，就迫不及待地回家。

才进小区，就看到晋棠棠和秦愈一起走过来，本来她不认识秦愈的，但看到孙女就猜到了。

"小秦是吧？"晋奶奶笑眯眯地问。

秦愈感觉棠棠的奶奶很热情："嗯……嗯。"

晋奶奶眯着眼上下打量，长得真不错，想当初她就是看中了棠棠她爷爷长得俊，不然他一个穷小子怎么能娶到她呢？

秦愈被她看得紧张，手松开晋棠棠的手后，感觉往哪儿放都好像不合适，最后他主动接过了晋奶奶的菜篮。

"小秦什么时候来的，你家里人知道吗？"晋奶奶问，"你是来找棠棠的还是——"

"找棠棠的……"

晋棠棠没插嘴，而是观察两个人。

秦愈已经和第一次见到的他大不一样了，虽然还有一丝紧张，但已经能够和奶奶一问一答了。

他现在和普通人有什么区别呢？没有区别，晋棠棠想着想着，忍不住莞尔，她记忆中那个有社交恐惧症的男人已经迈入鲜活的世界里了。

一路问答，秦愈逐渐放松下来，一直到去大姨家里，想起那么多人，他又开始紧张。

但总不会比之前开门那会儿还糟糕吧？秦愈在心里安慰自己，瞄了一眼晋棠棠，没承想，晋棠棠正在看他，他一下子心跳漏了拍。

奶奶还在呢，这么明目张胆？可秦愈又喜欢这样。

晋棠棠问他："和奶奶说话紧张吗？"

秦愈下意识地想说紧张，可内心的答案截然不同，于是他轻轻摇头，他不紧张。

奶奶虽热情，他却可以接受。

今天来这里时，秦愈从未想过自己会见到晋棠棠的家人，也没想到他们会这样喜欢自己，不同于和他有血缘关系的母亲。他又有什么必要陷在曾经的记忆里呢？

得到秦愈的答案，晋棠棠的眉眼弯弯。

到大姨家时，里面已经在处理今天要吃的菜了，其他人就在桌子上打麻将。

打麻将，秦愈只在视频里见过。

没人管他们，晋棠棠拉着秦愈去了次卧说悄悄话："要是知道自己今天来会见到我爷爷他们，你还会来吗？"

秦愈认真地思考了一下这个问题，最后还是开口了："会。"

比起见家长可能会遇到的社交问题，他更担心晋棠棠的安危，家长又不会吃了他。

自己居然会这么想，秦愈心想。

晋棠棠轻声问："秦愈，你知道你这样的回答，比说甜腻的情话还动人吗？"

秦愈问："真的吗？"他以前还怕自己不会说情话。

"你不应该很害羞才对吗？"晋棠棠觉得这反应不对，"怎么突然这么高兴？"

秦愈："……"她夸他，他当然开心。

两个人互相抚着对方的手，秦愈靠近她，小声地问："那你什么时候去我家里？"

他一直记着这件事。

晋棠棠睁大眼睛："急什么？"

秦愈说："当然急。"他都见过她的家长了。

晋棠棠随便思索了那么几秒："过几天吧，等我这边走完亲戚，然后去你家好吗？"

秦愈颔首："当然好！"

家里应该没人说不好吧？大哥都催过好几次了。

晋棠棠忽然想起一件事："对了，那只鹅呢？"

秦愈的表情一顿："在家里。"

"你不是把它放出来了，然后来我这儿了吧？"晋棠棠已经可以想象，"你家——还好吗？"

秦愈："应……应该还好吧？"他自己都不确定了。

来福不会把鹅给吃了吧,还是家里又是一地鹅毛,他又得收拾一晚上吗?

晋棠棠抿唇笑:"完了。"

门外有小孩子探头进来:"棠棠姐姐!"

"囡囡从哪儿回来的?"晋棠棠招手,"一口袋的糖,过来,叫哥哥。"

小女孩儿一步一步地迈进来,目光一直定在秦愈身上,被叮嘱之后,大声叫:"哥哥好!"

秦愈的耳鼓一振:"你好。"

小女孩儿又问:"为什么叫哥哥啊?我今天去春姨家,听生生哥叫姐……姐夫。"

她天真地问:"你是我的姐夫吗?"当事人被问得不知如何回答。

晋棠棠催促:"问你话呢!"

秦愈还不会骗小孩子:"现在不是姐夫。"

小女孩儿点头:"噢!那以后就是吗?"

她努力地拍手,笑嘻嘻地说:"哥哥你真好看!我喜欢你当我的姐夫!"

秦愈又忽然庆幸,自己今天意外见家长似乎不是一件坏事,因为棠棠家里人都喜欢他。

棠棠爷爷……应该也是满意的吧?

"嘴真甜。"晋棠棠摸出一小把瓜子,"喏,拿去吃吧。"

小女孩儿屁颠屁颠地溜出去了,秦愈连"别人也想当你的姐夫吗"都没问出口。

晋棠棠转头:"你怎么啦?"

秦愈装作镇定:"没事儿。"

直接问棠棠,好像太明显了。今天在这里吃饭,他肯定有机会问的。

心里存了个问题,重心不在大家身上,秦愈吃饭时的紧张劲儿都消失不少。

晋家没有食不言的规矩,桌上十分热闹。

秦愈这么安静反而显得特殊,几个人都要给他夹菜,又怕和他家里的习惯不同。

"小秦，你多吃菜啊！"

"棠棠她小舅红烧大鹅做得好，你吃，别客气。"

"你看你，还是要胖点儿好。"

秦愈直点头，谁说话都听，让夹什么就动筷子，没过一会儿碗就满了。

晋棠棠闷笑，用胳膊肘碰了碰他："他们就是客气，秦愈，你好实在，能吃多少吃多少。"

秦愈没有过这样的生活，不善于如此社交，他只以为自己顺着他们的话就好。

不过，红烧大鹅真好吃！

他想着，要不要今天回家后，就把那只鹅带回老宅，宰了后让家里人尝尝。

吃完饭后，亲戚聚在一起聊天。

因为还没来电，他们打算下去散步，顺便和小区里的人聊聊天，顺便散布点儿秦愈优秀的信息。

呼啦啦的人一起消失，秦愈顿时放松不少。

屋内传来脚步声，秦愈匆忙之中只能做出看风景的样子。

"要不要出去玩？"晋棠棠问。

秦愈点头："要。"

晋棠棠抓了几颗糖果塞进他口袋里："走吧，男朋友，带你去我家的养殖场看看。"

实际上最近看不到多少，不过对秦愈来说，一切都是新鲜的。

才到门口，秦愈就闻到了味道，他皱了皱眉，其实还算是可以接受的范围。

家禽聚众肯定会有味道的。

"大的不带你去看了，反正你也见过了，带你去看看小鸭子，刚出生没多久的。"

晋棠棠拉着他去了恒温房。

秦愈甫一踏入，就听见了小鸭子的叫声，一眼看过去，黄色的绒毛看上去十分柔软。

看到有生人过来，小鸭子们纷纷靠近边缘，冲他们直叫。

秦愈一眨不眨地盯着它们看。

晋棠棠微笑："想摸吗？"

秦愈果断地点头。

晋棠棠从里面抓了只小鸭子出来，小鸭子的爪子在空中扑腾，很快又站在了她的掌心。

独得宠爱的它很快让其他小鸭子都叫起来。

秦愈伸手碰了碰："真软。"

哪里像家里那只鹅，毛很硬，脾气也很大。

"你要是想养，可以带几只回去。"晋棠棠逗了逗小鸭子，"有种宠物叫可达鸭来着。"

秦愈说："家里有鹅了。"

晋棠棠说："那不是要吃掉的吗？"

秦愈看了她一眼："我之前想着不吃了，都养了。"

晋棠棠没想到秦愈还是个热爱养宠物的人——不过也是，如果不爱养宠物，怎么会为了来福找人遛。他是一个善良的人。

她笑着说："养呗。"

秦愈得到她的赞同，不由得跟着笑。

又听晋棠棠给他规划未来的生活："多写几首歌，多出点儿专辑，养多少都不是问题。"

秦愈："……"

从养殖场出来后，晋棠棠带上了三只小鸭子，两只纯黄色的，一只偏灰黑色的。

它们的眼睛就像是一团黄里点了两点墨。

经晋棠棠的怂恿，两只小鸭子被秦愈揣在了胸口，在他的大衣里拱来拱去，发出小小的叫声。

没人的时候还好，走进小区里的时候秦愈就开始不自在了，总感觉会被人发现。

晋棠棠偏不说，在那儿笑。

"你现在是富裕的秦老板。"她调侃,"你看你,有鸭有鹅,还有一条狗。"

她停顿了一下:"嗯,还有个女朋友。"

秦愈比较喜欢听这样的话。

晋棠棠忽然思维大开:"秦愈,你会不会未来有一天忽然写了首儿歌?"

秦愈:"不会。"

晋棠棠说:"我感觉很可能啊。"

秦愈揣着小鸭子,信誓旦旦:"不会!"

晋棠棠:"好吧。"

两个人说着就碰见了爷爷奶奶,秦愈正好和他们道别,又怕他们发现自己拐带了小鸭子。

两位老人点头:"好啊,有空再来。"

晋棠棠打招呼:"爷爷奶奶,我去送他。"

秦愈一转身,走出两步,听到身后不太清晰的对话——

"他怀里什么东西?鼓鼓囊囊的。"

"我怎么听到了鸭子的叫声,你没关好门,把鸭子放出来了?"

"不可能!"

"肯定是你,上次就跑了三只!"

爷爷和奶奶说着说着就开始翻起旧账来。

秦愈早已带着小鸭子和女朋友上了车,车内有空调,它们终于可以出来放风了。只是怕它们钻进不该进的地方,李叔从后备厢拿了个小纸箱,放它们刚好。

"这么小,不好吃吧?"李叔问。

秦愈纠正:"不是吃,是养。"

原来如此,李叔:"好的好的。"他从未想过以前只想一个人孤独终老的小少爷都开始养鸭子了,还是三只!

家里还有一只鹅呢!

晋棠棠下了车:"开学见。"

秦愈颇舍不得,嘀咕:"那么久。"

晋棠棠听得一清二楚,顺着他的话:"那你过两天再来这里,就不久了。"

秦愈谨慎地问:"那你的亲戚们还会来吗?"

"当然了,过年走亲戚一直到正月十五呢!"

一直到秦愈的车驶离小区,他也没能决定到底是来还是不来,十分纠结。

秦愈回老宅时,率先见到了秦宗。

秦宗明显是刚回国的,衣服都没来得及换,看他完好无损,刚要问,就看见他口袋里有东西在动。

"你买了什么?"他指了指。

秦愈"哦"了一声,托出来一只小鸭子:"从棠棠家里带回来的鸭子,准备养着。"

秦宗头一回看见活的幼鸭,压下好奇心,咳嗽了一声,道:"我看你家里还有只鹅——"

"嗯,本来是吃的,后来不想吃了。"秦愈一边说,一边继续抓鸭子出来。

他问:"大嫂回来了吗?"

秦宗颔首:"明天回来。"然后他眼睁睁瞅着秦愈像拥有百宝袋一样,手上的小鸭子从一只变成了三只。

秦愈还不忘了问:"大哥,你要吗?"

秦宗:"不要。"

说完,他盯着毛茸茸的可爱小鸭子看了一会儿,觉得女生应该会喜欢。

"一只吧!"

秦愈对着三只鸭子看了半天,都舍不得给他,但已经说出去了,只好忍痛给了一只黄毛。

秦宗拿惯了文件的手,乍接收一只活蹦乱跳的小鸭子,弄得他十分慌张,尤其是小鸭子的脚掌踩个不停。

要是未婚妻不喜欢,他就自己养了,总不好再退货给秦愈吧!

秦宗学秦愈的操作,把鸭子放进西装口袋里,小鸭子露出一颗头叫起来。

他无视:"看你没事儿,我就先走了。"

秦愈的注意力都在鸭子上:"好。"

秦宗无语,弟弟都不留他。

临到门口,秦愈忽然叫住他:"大哥。"

秦宗回头:"嗯?"

秦愈认真地道:"小鸭子要保温,还有吃的东西,我待会儿发到你微信上,不要忘了看。"

秦宗:"?"

家里来了新成员,来福最为激动,趴在纸箱上看个不停,它这个庞然大物让小鸭子十分慌张,来回走动。

"汪!"

小鸭子们立刻四散逃走。

"来福!"秦愈沉声叫它,最后把鸭子连同纸箱一起带去了卧室,反正它们还小。

等打扫完地上的鹅毛,他很累。

秦愈心累,想起见到晋棠棠又开心,最后躺在沙发上出神,来福在茶几边上趴着睡觉。

不知道过了多久,睡着的他被拍醒。

秦愈一睁眼,来福的爪子正搁在他的腿上,显然刚才的罪魁祸首就是它。

那只大白鹅站在茶几上看他。

秦愈皱着眉头回了楼上录歌室,打算练歌。

电脑屏幕上还放着监控,他打算看看今天走了之后,鹅和狗是怎么相处的。

意料之中的画面过后是令他无语的事。

就在几分钟前,大白鹅溜达进客厅里,啄醒了睡着的来福,来福咬不到它,于是拍醒了秦愈。

"……"秦愈感觉还是小鸭子比较可爱。

因为是新年，经纪人询问秦愈方不方便拍几张新照片，方便工作室发微博。

"不然工作室的微博光秃秃的。"

秦愈没想太久："好。"

许久未见，经纪人还不知道他转变这么大，惊讶之余又试探性地问："去摄影棚拍？"

其实他想提议拍雪景的，怕他不接受。

家里宠物太多，秦愈确实不太愿意别人过来："好。"

经纪人连忙说："答应了不可以反悔啊！"

秦愈说："我从不反悔。"

虽然这么说，但经纪人就怕中途有意外，联系摄影师工作室那边，时间就定在了后天。

秦愈以为当天的行程只有拍摄，没料到晋棠棠过来了。

女孩儿笑吟吟地站在门口，不自己开门，非让他过来开门："哈喽。"

秦愈不禁嘴角扬起，他问："怎么来了不告诉我啊？"

晋棠棠说："这不是惊喜吗？"

她上前抱住他的腰，好几天没见，秦愈乍被她这么一抱，就忍不住低头亲她。

他又说："让李叔去接你，一个人不安全。"

晋棠棠喘着气儿，没吱声。

秦愈继续道："还好我今天在家……"

剩下一句"不然不就见不到女朋友了"他还没说出来，就被晋棠棠咬了一口嘴角，好像不重，但感觉明显。

本来氛围好好的，他却说这样的话，晋棠棠没好气地道："我这么大了，又不是不会坐车，我难道每次出门都坐你的车吗？"

她觉得有必要说一下这件事。

晋棠棠放轻声音："我知道你是为我好，但我是成年人了，我有自己的生活方式。"

当初出入都坐秦家的车是因为回校时间太晚,不安全,离开了那样的环境,她不用什么事都麻烦他。

他们是男女朋友,各自也是独立的人。

秦愈摸了摸嘴唇:"我……不是这个意思。"

晋棠棠扳着他的脸:"相信我,就像我信你一样。"

最终,秦愈点了点头。

他想起了重点:"我今天下午要出去拍照片。"

晋棠棠垮下脸:"啊,我还以为能约会呢!算了,我在这儿等你回来吧,正好照顾小鸭子。"

没想到她不走,秦愈窃喜:"好。"

下午一点,经纪人就过来接人了,碰见晋棠棠,还以为他们两个已经同居了,大为震撼,以致一路上经纪人都不知道该说什么好,直到快到目的地了,他要叮嘱一下,这才扭头。

"你的嘴怎么啦?"他忽然一愣。

"怎么啦?"秦愈下意识地伸手摸嘴。

"好像肿了一小点儿,冬天还有蚊子叮你嘴了?"话说出口,经纪人反应过来,尴尬地道,"这……拍摄前……和女朋友情到浓时可以注意点儿。"

秦愈一开始没明白,而后耳垂红得滴血。

"没事儿,可以修图。"

秦愈抿着唇没说话,拿手机给晋棠棠发消息:"经纪人刚刚说……"

最后几个字他好难为情地打出来:"说我嘴巴被蚊子叮了!"他连标点符号都忘了敲。

别墅里,晋棠棠正在秦愈的卧室里看小鸭子,她拍了好几个视频,感觉它们怎么动都很可爱。

收到消息,她一下子就明白了,也红了脸,这怎么让别人看见了:"他知道蚊子是谁吗?"

秦愈:"知道。"

晋棠棠:"好吧,你应该早点儿跟我说要拍摄的!"

还好秦愈跟她说可以修图,不然除了摄影师,得多少人看见。

这事儿放谁身上都不好，晋棠棠发了一条仅粉丝可见的微博，记录："和男朋友吵架，咬了他。明明没用力，怎么会有痕迹呢？"

　　她虽然许久没发微博，但几分钟后也有几十条评论。

　　"那必然是男朋友的错了，错在皮肤太嫩！"

　　"是自己的男朋友，咬一下怎么啦？"

　　"该！谁让他和美女吵架呢？"

　　当然，也有人的关注点比较奇怪。

　　"只有我关心你的男朋友咬回来了吗？"

　　"想象一下你咬的是秦愈，是不是心情就好啦？"

PART 19
我们公开吧

这条评论立刻得到无数人的赞同。
"哈哈哈,咬偶像谁不快乐呢?"
"男朋友:?"
"对不起,让我选我也会觉得这个假设好。"
晋棠棠心想,不仅没好,反而更担忧了,但粉丝肯定是不知道她的心理。
倒是秦愈那边的气氛诡异。
这次的拍摄团队是跟秦氏的娱乐公司合作过的,但和秦愈没有合作过,所以还是第一次见到真正的秦愈。
从秦愈进入摄影棚开始,几个工作人员就不时地偷瞄他。
"秦老师的嘴上是不是破了一点点?"
"没有破吧,可能是上火,肿了。"
"我上火只会起泡,还没听说会这样的……"
议论声虽然听不见,但视线是可以察觉到的,秦愈坐在椅子上用手遮住嘴角。
他这会儿不是社交恐惧症,是在羞耻这个。
"挡也没用。"经纪人说。

秦愈不为所动。

"待会儿拍照片，你脸上的痘都能在镜头里高清地看到，淡定。"经纪人的安慰像是火上浇油。

"他们会说出去吗？"秦愈想的是这个问题。

经纪人认真地道："娱乐圈里没有秘密，不过公司和他们合作过不少次，关系不错，可以让他们不说。"

秦愈点头，那就好，在没公开恋爱关系之前，他不想让棠棠的校园生活受影响。

摄影师过来说拍摄方案，不经意地从他唇上看过去，咳嗽一声："秦老师放心，这是可以修掉的，也可以多拍几张用东西遮挡唇部的照片，很简单的。"

被明明白白地提出来，显然是不可能无视了。

秦愈："好。"他还是没松开手。

但到了拍摄时，秦愈一放下手，就感觉大家的视线都落在了他的身上，他不由得僵硬起来。

经纪人挥手："动起来，拍完我们回家。"

这个诱惑比较大，秦愈努力忘了周围的人和唇上的异样，按照摄影师准备的方案拍摄。

饶是如此，拍完也已经四点多了。

如今正是严冬，四五点天就黑了，秦愈坐在椅子上，给晋棠棠发消息："我马上就回家了。"

"你比上次拍的时候自在多了。"经纪人说。

"是吗？"秦愈锁屏手机。

经纪人"嗯"了一声，认真地道："你自己应该发现了才对。"

秦愈叹了一口气："那距离演唱会还久呢！"

"不久。"经纪人说。

秦愈眼睛一亮。

然后就听见他继续说："可能也就几年时间吧！"

几年……这还不久吗？说不定他和棠棠都结婚了！

这个想法突兀地冒出来，让秦愈整个人一愣，他刚刚居然这么想了，

439

想结婚……

他的脸一下就红了。

经纪人不知道他的想象力这么丰富，皱眉："咱们赶紧走，这里没开空调，瞧把你冻得脸都快高原红了。"

摄影棚是在一栋大楼里。

同时拍摄的并不止他们，常年有"娱记"蹲在楼外，还有更厉害的混进了楼里。

下午秦愈的车停在外面时，几家工作室都没认出来，最后还是一个资深的"娱记"提醒："这好像是秦愈工作室的车。"

一直到傍晚，正是各大摄影棚拍摄结束的时候，好几个明星都陆续离开。

秦愈和经纪人一起离开。

他脸上的红色刚刚消下去，想起唇上的痕迹，轻轻拉下口罩："你看看……还有没有？"

经纪人端详："快没了。"

两个人面对面，丝毫不知道楼道那边有人在拍。

"真的？"

"喏，这电梯够亮，不信你自己看。"

秦愈凑近电梯门，可惜再亮也看不出什么，只好拉上口罩："算了。"

还是回去照镜子吧！要是棠棠知道了今天被这么多人看到，不知道会是什么反应。

秦愈心中不知为何想得多了，他还想趁机要点儿赔偿就好了。

电梯门开了，他们一起进去。

楼道里，新工作的"娱记"看了看相机里的照片，感觉这个人好眼熟，但不记得是谁了。

他发给同事，同事几乎瞬间发来几个感叹号：！！！

"你怎么拍到秦愈的？"

"天啊，我们居然可以出秦愈的新闻！"

居然是秦愈？"娱记"自然知道秦愈的大名，只是秦愈久不出新闻，他都快忘了这个人了。

他回复："我看到他在这儿，旁边的人应该是经纪人。"

同事："能跟拍吗？！"

他："不行，他们坐电梯的，我过去就迟了。"

同事："好吧！"

确定是秦愈，"娱记"重新看了一下照片，又放大了看，秦愈和经纪人好像是在说什么。他把手放在下巴口罩那边……嘴唇上是上火了吗……好像是肿了……不对，这好像是——紧跟着，他眼中的兴奋几乎要冲出眼眶，大新闻！

秦愈回到别墅已经六点了。

晋棠棠在屋子里待着没事儿，牵着来福出去逛街，顺便从超市里买了一些菜——她其实真的很想吃鹅来着，但这只鹅现在得了秦愈的特赦，晋棠棠不动手，它就大摇大摆地在屋子里走大步。

她怀疑，未来小鸭子可能也和它一样。

秦愈到家时，晋棠棠正在厨房里。

他原本打算直接去找她的，但最后停在了厨房外，看她背对着自己忙碌。

秦愈的胸腔被莫名的情绪填满，他不清楚，这应该就是幸福吧，以前从未想过会有这样的时刻。

晋棠棠率先发现他："怎么不进来？"

秦愈这才走进去，晋棠棠问："在家里还戴口罩，有什么见不得人的？"

她想起嘴唇的事，有点儿害羞，毕竟是自己做出来的，怀有侥幸心理："你今天拍摄，他们发现了没有……"

秦愈眨眼："有。"

晋棠棠哀号一声："那岂不是都知道啦？"

秦愈想了想："应该是吧！"

说起来，他当时那么紧张、羞耻，回到家后，看到晋棠棠和自己有类似的情绪反而觉得有趣。

这一下，没白挨，他很满意结果。

晋棠棠伸手拉下他的口罩，秦愈没阻止："还好，已经快消了，不然一直顶着……我会糗死的。"

秦愈好奇："你怕这个吗？"

晋棠棠说："单独在我们两个之间可以说是情趣，但被别人看到好丢脸啊！"

虽然他们不知道她和秦愈在谈恋爱。

"我今天发微博，粉丝还安慰我说，想象一下我咬的是你，是不是心情就好了。"

秦愈没忍住笑意："不用想象。"

晋棠棠说："重点是这个吗？"

秦愈说："是。"

晋棠棠被他打败了，她推他出去："晚餐快好了，你去换件衣服吧！"

秦愈摸着嘴唇，上了楼，对着镜子照了半天，当时晋棠棠是怎么咬的呢？他一回想那个画面，就热血上涌，深呼吸半天才稳住。

将最后一道汤盖上盖子大火煮后，晋棠棠终于出了厨房，来福围着她打转。

"没有肉，也没有骨头。"

晋棠棠摸了一把来福的头，放在茶几上的手机屏幕亮起，微信提示响了一声。

她解锁时，又一条最新的消息弹出来。

文玥："宝，这是不是你咬的？"

文玥："你们这么劲爆吗？"

文玥："大冬天的！不要上火啊！"

什么是她咬的？晋棠棠伸手点开，上一条是照片，还是秦愈的，照片中秦愈拉下口罩，面对着镜头，但眼睛并没有看到镜头。

谁拍的？晋棠棠第一个想法就是秦愈被偷拍了，经纪人背对着镜头，肯定没发现。

她打字："从哪儿来的照片？"

文玥："当然是热搜了，不然我问你干什么呢？你去看吧，评论里全在说这是被咬的！"

她今天习惯性地登微博看新闻，谁知道看见秦愈空降热搜，还以为他偷偷发了新歌，没想到会看到这样劲爆的新闻。

自己的室友是秦愈的女朋友，这事儿还能是谁干的？

文玥："啊啊，你可能要原地出道了！"

晋棠棠才不想"原地出道"，她立即打开微博直奔热搜，果然第二就是"秦愈咬痕"的话题，明晃晃的。

"这是咬出来的吧，我是过来人。"

"所以他自己咬的还是别人咬的？"

"我才几天没上网，秦愈也脱单啦？"

"秦愈原来不是单身吗？"

"实不相瞒，我是粉丝，我也不知道秦愈单不单身。"

"哈哈哈，粉丝好好笑！"

"认真恋爱无所谓，多写歌就行，我现在要求不多。"

"秦愈：我都这么不出门了，谁偷拍我？！"

"没点开前，我以为秦愈的新歌叫'《咬痕》'，我还想这歌名有点儿……害羞。"

晋棠棠看风向还好，松了一口气。再回头看标题，实在有些搞笑："秦愈揭口罩向人炫耀咬痕，疑似热恋中。"

晋棠棠的脑子里冒出几个问号，这有什么好炫耀的？

晋棠棠往下翻了翻，看到一条评论时心里又"咯噔"了一下。

"哈哈哈，好巧啊，我关注的一个博主也是秦愈的粉丝，今天和男朋友吵架咬对方，博主的粉丝还安慰想象一下咬的是秦愈就会心情好，没想到秦愈真的被咬了。"

…………

与此同时，秦愈接到经纪人的电话："秦愈！你的破嘴唇上热搜了！"

"什么破嘴唇……"秦愈无语。

"就是你的嘴啊!"经纪人也感觉这个对话有点儿奇怪,"我们今天在摄影棚外面被拍到了,我已经让公关处理了,不过这事儿一时半会儿估计下不去。"

秦愈蹙眉:"所以呢?"

经纪人说:"要么就一直不发声,热搜降下去后,过一天人就忘了,要么就直接公开。"

秦愈还是选择了第一种:"第一个吧!"

"我就知道你会选这个。"经纪人早就猜到了,"没事儿,没拍到晋小姐,说不出什么花来。"

秦愈"嗯"了一声,眉目舒展,如果不带上晋棠棠自然是最好的。

秦愈最终还是没忍住好奇,上微博看了一下自己的话题,看到标题禁不住脸红,炫耀?他什么时候对别人炫耀了,而且这件事有什么好炫耀的?

等等,之前自己的动作在别人眼里是炫耀吗?

秦愈迷茫,难不成自己真的无意识在炫耀?可是这个话题好羞耻啊!

因为热搜的事,秦愈下楼时都不敢看晋棠棠的眼神,生怕她发现那奇怪的热搜。

"秦愈,你居然出一次活动就被拍。"晋棠棠率先开口了。

秦愈转头:"你看到啦?"

晋棠棠反应过来,观察他的表情:"这有什么好害羞的,不就是上热搜吗?"

现在更紧张的是她才对吧!

"过来。"晋棠棠将他拉过来,秦愈往前跟跄了一下,和她差点儿倒在沙发上。

"秦愈,我告诉你一件事,你不要生气知不知道?"

"你说。"看她这么严肃,秦愈直觉这事儿很大。

晋棠棠几乎一口气说完:"你今天出门后,我发了一条微博说咬了男朋友,粉丝安慰我咬的是秦愈,是不是就心情好了,当时没问题。现在你上了热搜,我的微博被他们翻出来了……"

她低头,不时地抬头瞄他一眼。

之前和秦愈商量好的,结果现在因为她的微博,他们的关系好像有人怀疑了。

秦愈消化完信息:"你咬的就是我。"

晋棠棠盘腿坐:"是你,但是他们一开始不知道。"

沉吟了片刻,秦愈道:"现在也不算知道。"

晋棠棠想的正是这件事,纠结:"趁知道的人还不多,我现在删微博,但是不是会显得心虚?"

秦愈想了想:"确实有点儿。"

他还是第一次看见晋棠棠这么绞尽脑汁的样子,一会儿皱眉,一会儿噘嘴,有点儿……可爱。

"我先'自己可见'吧!"

晋棠棠处理完后退了微博,深吸一口气。

"棠棠,"秦愈靠近她,她的鼻尖才到他的下巴处,她听见他说,"如果被发现,我没关系。"

他的声音好低,好有诱惑力。

晋棠棠迷了几秒,回过神来,嘟囔:"说话靠这么近做什么?"

秦愈开始还不知道这嗔怪从何而来,待看到她的耳朵,似乎明白了什么。

原来她害羞了,秦愈仿佛领悟了真谛。

他现在说起一些小谎言来,并不会露出破绽:"怕你听不见,这样不可以吗?"

一个漂亮男人深情、温柔地问你"可不可以",谁能拒绝?

"可以,但是,"晋棠棠故作镇定,"听得见。"

"那我离远一点儿。"秦愈真的往后退了一点儿。

"这一点儿有一厘米吗?"晋棠棠惊呆了。

"不知道。"秦愈说。

两个人在沙发上不动声色地转移了话题,而微博上依旧在热议"咬痕"的事。

论坛不知何时也多了个帖子。

——"所以大家觉得秦愈的伤口是什么造成的?"

秦愈当初异军突起,粉丝多,但也有一些"黑粉",在这样的匿名论坛里比在微博里更自在。

"明眼人都看出来是咬的啦!"
"恋爱啦!"
"他家的蚊子是会亲嘴的!"

回复很快就从恋爱转了风向:
"他出道就扶摇直上,背后有人,是不是金主干的?"
"不是吧,让我留点儿幻想。"
"秦愈的脸没话说,我有钱我也喜欢。"

盖了两百多"楼",帖子被删了,回帖的人更坚信秦愈背后有人了。

因为热搜的事,晋棠棠推迟了回家的时间,和秦愈吃晚餐时一起看热搜。

热搜已经消失了,但她的微博来了不少人:

"我是微博传送门来的,那条微博不见了吗?"
"小姐姐真的咬了秦愈吗?哈哈哈!"
"次元壁破了。"
"博主有男朋友的,你们'嗑 CP'能不能圈地?"
"现在蹭热度都这样啦?"
"不好好学习,搞什么歪门邪道。"
"翻到小姐姐之前的微博,也是秦愈的粉丝啊,难怪了,哈哈哈,我也想咬秦愈。"

晋棠棠的微博一直给人的感觉是秦愈的粉丝,但这会儿在一些人眼里，她就是秦愈的绯闻女友。

她的微博几乎被他们从头翻到尾——"秦愈"的粉丝这个身份被证实了！

晋棠棠松了一口气："还好我隐藏那条微博了。"

秦愈正在喝汤，手机微信提示音响个不停，全是孔景发来的消息，占据了聊天框。

从问号到感叹号，最后到文字。

孔景："兄弟牛！"

秦愈："？"

孔景："不要问号。"

秦愈正打算关手机，却看到对面晋棠棠的表情滞了片刻，然后才恢复正常。

"怎么啦？"

晋棠棠抬头笑："没什么。"

秦愈说："我看见了。"

晋棠棠没明白："嗯？"

"你刚刚看到了什么？不开心的事？"秦愈紧紧追问，"不可以让我知道吗？"

"没有……"

"实在不可以，那算了。"

他垂眸，头顶的灯光打下来，从眼睛到鼻梁下都是阴影，莫名有种落寞的感觉。

晋棠棠还真的吃这一套。

"就是个别网友说话不好听，我骂回去了。"她晃了晃勺子，"还用担心我？"

她可不是白参加辩论赛的。

秦愈抬眸："是吗？"

被他的目光紧紧盯着，晋棠棠实在没办法，无奈地道："好嘛，不信你自己看。"

她举手机给他看，私信聊天界面确实是一个网友骂她蹭热度的。

秦愈却感觉不对劲儿,他抓住晋棠棠的手腕,右手点返回,回到私信主页面。

不用点开都看到几条不堪入目的话。

晋棠棠想要收回来,没成功,于是沉默了。

秦愈直接拿走了手机,就在他看的同时,又跳出来一条新消息:"你也配?"

恶意扑面而来。为什么这些人总喜欢恶意评论别人呢?

而现在被骂的人是他喜欢的人,他曾经因为那些话给自己套上了枷锁,如今不会让别人给晋棠棠套上枷锁。

秦愈的手腕轻轻颤抖了一下。

晋棠棠感觉不对劲儿:"秦愈?"

"我没事儿。"秦愈慢吞吞地,一字一句地道,"不用向我隐瞒,你是因为我才被骂的。"

晋棠棠敏锐地察觉到他的态度与之前的不同。

她微笑:"这有什么,网上戾气重,我之前发自己的照片,还有人骂我丑呢!"

"他们觉得我不配,可你喜欢我就可以了啊!"晋棠棠撑着自己的脸,"不是吗?"

来福在主人的脚边叫了两声。

秦愈没有回答,而是说:"我知道。"

他一定会处理的。

晚餐过后,晋棠棠被送回去了。

她和秦愈现在自然不可能一起过夜,就算是两间房,晋老爷子都可能带养殖场踏平了别墅。

屋外寒风凛冽,秦愈站在夜色尽头。

他拨通了秦宗的电话:"大哥,我有事儿想问你。"

"是新闻的事?"秦宗自然看到了之前的新闻,而且决策都要从他这边过,"已经撤了。"

秦愈没回客厅,而是站在雪地中:"有人骂棠棠。"

这句话有点儿突兀，秦宗按了按眉心："什么人？"

秦愈说："网友。"

他解释："棠棠今天发了微博，正好和热搜类似，他们的想法就很奇怪，说她蹭热度，说她不配……明明都不认识。"

秦宗说："这样的人很多，不会消失，只会换新的人，就像你，你发新歌，也会有人说难听。"

秦愈知道众口难调，肯定有人不喜欢自己的歌，但被自己大哥指出来，感觉很奇怪。

"反正我不想看见。"

"简单，你俩卸载微博。"

"为什么要因为别人改变自己的日常呢？"秦愈不太想用这个办法，"没有别的？"

秦宗思忖："要不你告诉他们说你追的她？"

秦愈说："本来就是。"

其实这么说他还是有点儿心虚的，因为之前晋棠棠和室友的对话让他对这个观点产生过怀疑。

但大哥不知道，他可以继续说。

秦宗无语："你担心来担心去，谁骂她，你就记下来，专门写首歌骂他。"

秦愈竟然有点儿心动："这合适吗？"

秦宗说："不合适。"

秦愈："……"

秦宗笑了起来，感觉弟弟的情绪好了些，这才告诉他："只要在网络上一天，这种事就不会消失，天真的弟弟。你与其纠结，不如大大方方，不管别人怎么说，而是用行动告诉全世界，你喜欢她。"

秦愈原本是来找哥哥寻求帮助的，没想到被劝着公开。

"但棠棠现在还在上学。"

"那又怎么样？不然要你做什么？"秦宗慢条斯理地提醒，"你这个男朋友不努力，人家凭什么和你在一起。"

好……好像是。挂断电话后，秦愈被鼓励得心潮澎湃，给晋棠棠发消息："棠棠，我们公开吧！"

他丝毫没发现自己和哥哥的对话哪里不对劲儿。

晋棠棠："？"

收到秦愈那条公开消息的时候，她还坐在回家的车上，只觉得一脑袋问号。

秦愈也开始善变啦？

当然，得到晋棠棠的回复，秦愈也像是被冷风一吹，上头两个字逐渐消失。

晋棠棠："你怎么突然想公开啊？"

秦愈："突然想到的……"

现在回想起来，好像不太对劲儿。

公开了岂不是知道晋棠棠的人更多，骂她的人也可能变多，虽然他觉得她值得大家喜欢。

大哥之前是在诓他的吧！

秦愈忽然聪明起来，大哥刚刚肯定是在怂恿他，难道是大哥在爱情上受了什么刺激，要从他这里得到安慰吗？难道是看完未来嫂子的男模展了？

晋棠棠："等晚上回去电话说。"

秦愈提议："视频不可以吗？"

晋棠棠莞尔："这我要想想。"

过了半分钟，她又回复："想好了，可以视频。"

明明就是故意吊自己胃口，秦愈却一点儿也没有不高兴，反而沉浸在谈恋爱的小甜蜜里。

他回了个"好"字，然后登录微博，去了晋棠棠的主页。

因为热搜的事儿，虽然晋棠棠隐藏微博够快，但现在是网络社会，都有截图留下来，最新一条微博都有几千条评论了。

秦愈很少看晋棠棠的微博，因为这些都是她和自己的日常，他比谁都清楚。

前面一些评论都是正常的，秦愈松了一口气，这样看，自己的粉丝好像还是温和的居多。

评论区的温和和私信界面的难看形成了鲜明的对比。

如果公开，会变成什么样？

秦愈拨通经纪人的电话："公司里有人公开过恋爱吗？"

经纪人这会儿正在处理后续事宜，没想到他会主动打电话，但还是回答："有啊！"

没等问，他继续道："脱'粉'一批，多一批'CP粉'。"

秦愈从不关注这些事儿："'黑粉'也会变多？"

"娱乐圈里的恋爱，一般承受比较多的还是女方，现实就是这样。"经纪人实话实说，"不过和素人谈恋爱的话，存在感不强，网友会忘了，只有粉丝不会忘。"

秦愈问："如果我公开，会是什么样？"

早晚都会公开的，他想找到一个相对完美的办法。

经纪人忽然来了精神："如果你想好，有个办法。"

他卖起关子，以前的秦愈不会主动问，经纪人只能自己说，这回他却问："什么办法？"

"写新歌。"

"？"

"你出道以来，频率算得上一年一首歌，这是平均的。如果你谈恋爱后，一个月一首，如果我是粉丝，巴不得你天天谈恋爱。"

秦愈沉默了，这……好像确实很有道理。

"一月一首……写歌哪有这么简单。"对于音乐，秦愈是不会为了赶工而粗制滥造的。

"那就两个月一首了。"

"……"

经纪人耐心地道："鱼和熊掌不可得兼，或者你退出娱乐圈。"

对秦愈来说，退出娱乐圈远比增产写歌更容易。

哥哥没有提出这个办法，他也没有想到，退出娱乐圈确实远离所有纷争，一劳永逸。

挂断电话后，秦愈回了客厅，陷入了沉思。

客厅里开了空调，被放出来的大白鹅见他一动不动，张开翅膀，摸过去啄他的腿。

秦愈抓住它的脖子，威胁道："再啄我，我就抓吃了你。"

大白鹅仰着脖子叫。

相处这么久，他现在连抓鹅都会了。

十点半时，晋棠棠回到小区。

洗漱后，晋棠棠换上睡衣，坐在床上，给秦愈打视频电话。

没料到，视频通了后，见到的画面不是秦愈，而是被关在玻璃房的大白鹅。

"我刚刚把它抓进去。"

晋棠棠观察了一会儿："它好像在仇视你。"

秦愈也凑过去："好像是。"

他拿着手机回到客厅："到家了吗？"

"嗯。"晋棠棠应了声，问，"今晚微信上怎么回事，怎么突然要公开啊？"

秦愈真不好意思说自己被大哥诓了："就是想，反正他们都猜到了……大哥说公开了，我可以写歌骂他们。"

"扑哧，"晋棠棠笑出声来，"秦总真不是一般人。"

"他也认为公开比较合理，让我努力一点儿，不然没资格做你的男朋友。"

晋棠棠问："秦总是你亲哥吗？"

秦愈说："是……是吧？"

晋棠棠忍不住笑意："只要不承认，他们不会追着问的。"

因为秦愈不像是天天活在热搜上的明星，没有存在感，就不会被一直关注。

"你害怕吗？"秦愈忽然问。

"害怕什么？"晋棠棠的眉眼弯弯，"说不定私信对面的人还在上小学呢。"

秦愈说："你本来不会遇到这些的。"

晋棠棠听他说完："可是如果遇到这些的前提是和你在一起，那我愿意啊！"

秦愈的脸蓦地红了。

他们在讨论正事，她怎么说情话了呢？

晋棠棠犹嫌不够："换句话说，如果和你在一起的代价是这些，我也愿意承受。"

秦愈的心脏"扑通""扑通"地跳。他想起经纪人的话，如果为了她，他愿意提高自己写新歌的速度，在保证质量的情况下。当然他也可以选择退出娱乐圈。

晋棠棠知道他害羞了，但现在是男女朋友身份，所以她光明正大地问："你怎么不说话？"

秦愈小声地说："紧张。"

他飞快地转移话题："我今晚想过退出娱乐圈，因为我可能不适合娱乐圈。"

晋棠棠蹙眉："哪有不适合？"

秦愈回了房间，坐在落地窗前："当初要发第一首歌时，是哥哥觉得我可以出道。"

从始至终，他都是在家人的庇护下，如今，他也有要庇护的人了。

"我和其他明星、歌手格格不入，我只想要大家关注我的歌，大家能支持杂志，我很开心，但这并不代表我的私生活也是要征得大家同意的，退出来和以前也没什么不同。"

就像她之前说的，他可以承担这样的后果。

晋棠棠从未想过，秦愈会为了她退出娱乐圈。

她有很多话想反驳，最终只冒出来一句："那你以后写新歌了怎么办？"

秦愈禁不住笑了起来："又不是没人听。"

隔着屏幕，他认真地看她："你不是我的粉丝吗？"

因为不管怎么样，他永远还有一个叫晋棠棠的粉丝。

晋棠棠差点儿伸手捂住胸口了，这谁能顶得住？专属自己一个人的秦愈，和专属于自己一个人的歌。

"但是这行为不可取！"晋棠棠说，"作为女朋友，我很心动；作为粉丝，不可以！"

秦愈："这有什么区别吗？"

晋棠棠拍了拍脸："有啊！"

她想起来："你还要开演唱会呢！"

秦愈："……"他都忘了。

晋棠棠微笑："比起退出娱乐圈，我还是比较喜欢公开。"

秦愈从未想过她居然会选这个办法。

"我们正大光明地谈恋爱，为什么要因为别人而改变自己的选择。"

"就当我是个虚荣的人，我就想看那些人骂我又不得不看我们在一起，而且——"

"他们辩论不过我的。"晋棠棠的自信显而易见。

秦愈心动于她的一切，只是听到下一句时有点儿无话可说。

"而且公开了之后，我们在所有人的眼皮子底下谈恋爱，你要是对不起我，我分分钟知道。"

秦愈："不会的。"

晋棠棠"嗯"了一声，又恢复了温柔："好啦，公开吧！"

她问："这需要什么步骤吗？"

秦愈想了想："应该不需要吧，发微博？"

两个人忽然由深沉交流开始转到公开的微博要写什么内容，压根儿没有询问专业人士。

经纪人还在和秦宗汇报之前的对话："我猜，秦愈可能会选择退出娱乐圈，秦总……"

"退就退呗。"秦宗不在意。

"那他以后写歌，出专辑……"经纪人问。

秦宗认真地考虑："出专辑？公司上下每人送一张，朋友公司送送，也算数量不少了。"

经纪人麻木地回答："嗯。"

经纪人正苦恼地想着自己这么悠闲的工作没了，回总公司又得辛苦地打工，手机微博就蹦出一条新提示。

秦愈刚刚发了一条新微博。

经纪人心里"咯噔"一下,这才多久,他就发退出娱乐圈声明啦?
经纪人还没看,又推送一条,秦愈又发了一条微博,还是小作文!
他捂住胸口,感觉需要吸氧,坚持着先看第一条短微博写了什么。
"秦愈:我的EOS,我的女朋友,我心跳的管理者@晋棠棠。"
深夜总是吃瓜的时候。
秦愈的微博恰好在这时候发,夜猫子最集中的时间。

他的微博粉丝数量不少,经年累积,有些是歌迷,有些是他的忠实粉丝,本都以为秦愈的绯闻就这么消失在热搜上了,忽然各大论坛都发了帖子:
——"秦愈的微博!"
——"qy好像公开了!"
——"李涛,歌手的公开文案都是这么甜的吗?"
"秦愈@的人我看了一下,漂亮小妹妹!"
"别的不说,两个人站在一起,我嗑这种'顶颜CP'。"
"好了,正主证明了新歌是情歌,写给女朋友的,那么问题又来了,那时候告白成功了吗?"
"怎么就是粉丝呢?万一人家是隐形秀恩爱,只是把你们当成粉丝呢?"

秦愈的评论区已经沦陷:

"啊啊啊,秦愈你怎么这么会表白!"
"所以,咬痕是真的啊?"
"你不写歌的时候谈恋爱吗……"
"呜呜呜,心跳管理者,出书吧秦愈!"

秦愈这个总共只发了几条的微博,这会儿飞速地在深夜登上了热搜。
经纪人自我吸氧结束,准备看看晋棠棠怎么回复。他顺着点进去,发现晋棠棠什么都没发。
比起秦愈的突发情况,他现在更关心是不是秦愈单方面公开,没告诉晋棠棠。

经纪人来不及看小作文，连忙给秦愈打电话："正在通话中……"

足足十几分钟后，他才拨通电话："秦愈，你刚刚和谁打电话聊这么久？我都没打通。"

"当然是棠棠。"秦愈觉得奇怪地说。

"哦。"经纪人反应过来，"她知道你发微博了吗？她怎么不发微博，你们吵架啦？"

秦愈一听见吵架，可不开心了："没有。"

他和晋棠棠之前在讨论微博要发什么，晋棠棠也不知道，但好在以前有过明星公开的例子。

但最终的答案是他一个人想的。

像是在写歌一样，微博上的那句话是他心中的正确答案，正如晋棠棠是他心跳不听话的原因。

"棠棠在想怎么回。"秦愈说。

"好的，我马上公关，你写什么小作文，多写多错，知不知道？容易被分析。"

秦愈说："没关系，我的歌也被分析过。"

"这能一样吗？"

"有什么不一样呢？"

《EOS》是他写给晋棠棠的，他们分析，这篇小作文只是他想告诉粉丝，他很好，他喜欢的人希望他们也喜欢。

不论怎么分析，答案只有一个。

晋棠棠这会儿正在刷微博。她的微博通知就没有停过，但她没点开，而是一直停留在秦愈微博的主页面。

秦愈没告诉她，他的文案这么直白！

晋棠棠自诩自己虽然不追这个明星，但也看过无数明星公开恋爱关系，各种文案成了当年网络热词。

但秦愈的"我心跳的管理者"，让她心跳不稳了。他怎么这么会写？他怎么不当面和她说？

晋棠棠在床上翻了一个身，没忍住蹬了蹬被子——还是不要当面说，她怕自己腿软!

她以为公开之后,可能自己受到的抨击更多,结果她一登录微博,粉丝数几乎暴涨。

没想到评论里都是粉丝在分析她以前的微博。

比如她之前发了一条秦愈给她的 CD 局部图,这会儿有评论说:"和秦愈谈恋爱应该有很多福利吧,这个可以抽奖吗?"

又比如她之前发的背影照,这会儿打卡最多。

"如果妹妹每天多催秦愈发歌,多发点儿照片,我一定向全世界证明你们是绝美爱情!"

"我最爱的歌手和我关注的博主在一起了。"

"那个……可以问问你们吵架内容是什么吗?如此激烈?"

晋棠棠的微博从未掩饰她是星湖大学的学生,再加上之前上过辩论赛的热搜,稍微有点儿记性的都记得。

在网友眼里,正常情况下是有学历和美貌滤镜的。

她和秦愈在一起,说不定是秦愈拯救世界呢!

晋棠棠刷新了一下,多出来一条新评论:

"你为什么不回秦愈?原来我的宝是单相思吗?"

这条评论仿佛得到了很多人的赞同:

"呜呜呜,我就感觉《EOS》是暗恋情歌!"

"这还不同意!"

"谁说表白就要答应啊,我还想说秦愈老牛吃嫩草呢!妹妹才十九岁!"

晋棠棠简直要笑死,截图发给秦愈。

凑巧,秦愈也在观察晋棠棠的评论区,看有没有骂她的人——说不定他真能写歌骂对方。

看到这条回复,他沉默了,其实……也不是很大吧!

怎么大家和晋棠棠的家里人一样，第一反应都是他年纪大？他真的不老！

秦愈反驳那人："是二十岁。"反正今年是二十岁了。

秦愈回复完才想起自己还是登录自己的微博的，他平时不常玩，又出现这样的错误，又慌乱起来，这一不小心就卸载了微博。

微博却因为他的回复又炸了：

"姐妹们看到秦愈的回复了吗？哈哈哈，我以为他很高冷。"
"笑死，这才新年多少天，的确二十了。"
"秦愈：我没有吃嫩草。"
"不要这么说，秦愈也才二十四岁。"
"秦愈：你竟然敢公开我的年龄？"
"主要是妹妹太小，如果是二十二岁和二十六岁就感觉很正常，哈哈哈。"

经纪人对着一屏幕的各种话题，都不知道先公关哪个了。

是先处理公开的事呢，还是处理一下秦愈回复自爆的事呢，还是把秦愈的年龄给删除回档呢？

"我们还要处理吗？"工作人员问。

经纪人面无表情："不要管他了，处理其他的。"

就让秦愈任性一回吧！曾经的他，发第一条微博时都思考了几小时，回复的第一条评论是"谢谢喜欢"。现在，他会和人对话了。

反正背后有秦家和秦总，秦愈怎么任性都没事儿——当然，他的性格最多做到"秀恩爱"。

公关一放水，一些讨论帖就不删了。

——"秦愈怎么追到女生的？"
——"去看辩论赛追到的？"
——"写歌套路的？"
——"秦愈的经纪人在干吗？不收他手机吗？我刚看完小作文，又好笑又甜，对他女朋友好好奇。"

——"秦愈：收我手机？我还可以写歌！"

——"还有小论文？我还没看！"

因为许多网友是从热搜点进去的，热门微博第一就是秦愈的那条公开微博，就没再点进主页。

这会儿大批网友涌了进去，她们以为小作文里秦愈写的是他和女朋友怎么相知相恋的，没想到他写的是歌曲分析。

网络上关于《EOS》的猜测没停过，只是发表那两天在热搜上，秦愈这边没回应，都是粉丝和网友猜测的。

这会儿，正主给答案了。他好像不只要告诉他们，EOS 是晋棠棠，EOS 的歌词也是她，他看不过去了，他们之前分析有错的。

万万没想到评论里竟然吵起来了：

"这我就要说了，你就一唱歌的，你懂什么？"

"？？？"

"傻子来了，哈哈哈！"

"秦愈：？"

明明是公开，这会儿网友笑死了，而且以前从没发现秦愈是这样的人。

其实他们不知道，微博上的他也仅仅是一部分的他而已。

很快，晋棠棠接到了秦愈的电话，他很沮丧："对不起，我不应该回复的……"

"回复什么？"她故意问。秦愈怎么好意思说出来的那条回复？

晋棠棠不逼问他了："深夜上热搜，我们又没通知，那个，你的经纪人怎么说？"

秦愈回忆："他说他要吸氧。"

晋棠棠没忍住嘴角上翘，感觉自己和秦愈像是叛逆期的孩子，把大人气得要死。

"你干嘛写小作文？"

"他们说的很多是错误的。"

晋棠棠想了想，这大概和语文阅读理解差不多吧，说不定他们还觉得秦愈的答案是狡辩呢！

"对了，我要去回复了，不然他们说你单相思。"

秦愈眼睛亮了，他也想看棠棠的告白。

虽然他们互相说过不少情话，可公之于众，又有种不一样的意味。

尤其是秦愈一边忐忑于和外界的交流，一边又忍不住去看外界对于他微博的反馈。

网友正开心时，发现晋棠棠更新了。

她迟迟不发微博，很多网友都打算躺下睡了，猝不及防刷到她更新的微博，又仰卧起坐：

"@秦愈 @秦愈 @秦愈"

"@秦愈你的女朋友回你了！"

"救命，好宠的感觉！"

"秦愈是不是经常说情话？呜呜呜，这张脸让我看着，说一辈子也不会腻！"

"好啊，文化人谈恋爱！"

秦愈又将微博下载回来，登录。

他的微博只关注了经纪人和工作室的微博，因为不经常用，完全不需要打理，今晚终于正大光明地关注了晋棠棠。

此刻，他的首页只有晋棠棠的最新微博。

"晋棠棠：小王子，永远的梦。//@秦愈：我的EOS，我的女朋友，我心跳的管理者@晋棠棠"

她引用了《小王子》的一句话。

虽然晋棠棠很想用公主的，但是怕秦愈恼羞成怒。

网友与粉丝不约而同地把她的文案理解成"秦愈是小王子"，这不比骂战好看？这不比假糖甜？

晋棠棠不知道秦愈看到自己的微博是什么感想,是不是和自己看到他的是一样的。

闹了一晚上,她觉得是时候睡了,今晚肯定会做一个好梦。

不同于微博上的文案,她发了一段《小王子》的文字过去。

"小王子说:我的那朵玫瑰花,一个普通的过路人以为他和你们一样。可是,他单独一朵就比你们全体更重要。

"因为他是我浇灌的。因为他是我放在花罩中的。因为他是我用屏风保护起来的。因为他身上的毛虫是我除灭的。因为我倾听过他的怨艾和自诩,甚至有时我聆听着他的沉默。

"因为他是我的玫瑰。"

小王子与玫瑰,她与秦愈。

她才是这段感情中的小王子。

晋棠棠:"晚安,玫瑰先生。"

PART 20
以后也是

夜色笼罩着整片天空。

秦愈握紧手机,看到一大片文字时,他下意识地在心中默念,速度却越来越慢:"小王子说因为他是我的玫瑰!她说晚安,玫瑰先生。"

秦愈的喉咙里有些干涩,仿佛在心里默念也耗费他的口水一样,她又在表白了。

他注视着那段话,每一句都像是在说他自己,都像在说晋棠棠曾经对他做过的事。

在她心里,他是独一无二的玫瑰。

晚安……自己要睡着了。

秦愈有点儿高兴,又有点儿委屈,早一点儿公开就好了,现在他说不定可以和晋棠棠面对面说话。

他又否决这个想法,那样岂不是会被人看到他的行为?微博上好多人夸他会写!

可他觉得棠棠比他更懂,她怎么这么温柔!

秦愈拍了拍自己的脸,好想把这些事儿告诉大哥,最后看了一眼时间,还是忍住了。

他认真地回复:"晚安。"

秦愈："小王子。"

他这会儿没有紧张，而是满足，捏着手机上了楼。

至于外界的那些东西与此刻的他都没有关系了，棠棠让他睡觉，他得睡了。

反而是晋棠棠这会儿没睡。

文玥看到什么就给她发："啊啊啊，宝，你看这个人骂你，我给喷回去了！"

晋棠棠点开，那个网友说她长得丑。

她摸了摸自己的脸，这是盲人吧！

文玥："谢天谢地，我终于可以和我的姐妹们说，我的姐妹和明星在谈恋爱！"

文玥："我能要几个签名吗？"

晋棠棠莞尔："你的抱负这么小？"

文玥："那不然呢？"

晋棠棠："不要'to签'？"

文玥半天后才化身尖叫鸡，满屏的"啊"字占据了聊天框。

网络半夜出新闻，一直到凌晨还没有停歇。

星湖大学的贴吧和校友群一晚上就没停止过讨论。

"是咱们院的晋棠棠？"

"等等……这个微博我好像关注了，好像是学妹……"

"我们院的院花和明星公开啦？！"

"啊啊啊，我听的那首歌是写给棠棠学妹的吗？不过真的好符合，哈哈！"

"所以晋棠棠之前那个有钱的男朋友是秦愈？啊啊啊，不是老男人！是又帅又年轻啊！"

秦愈看到这条评论想必会很开心。

学校里大多数是祝福的。

晋棠棠在学校里的存在感不弱，毕竟过于美貌，再加上辩论赛表现出色，大家都很喜欢她。

网友纷纷涌进学校论坛和贴吧找一些恋爱踪迹，但没想到学校里的人比他们还蒙。

不仅如此，有人指路表白墙。

上去一看，好家伙，学校里那么多人以前都拍照寻找晋棠棠要表白，在晋棠棠说自己有男朋友后还心碎了，好多人惦记晋棠棠！

网友回到微博，纷纷@秦愈："快保护好你的女朋友！"

近水楼台先得月，说不定哪天女朋友就没了！

粉丝一看，秦愈抢不抢手另说，他的女朋友要是没了，他万一悲伤过头，写不出歌了呢！

虽然《EOS》是写给女朋友的，但是好听，他们满意啊！

"你知道晋棠棠和秦愈在一起了吗？"

李文敬正查资料，被室友猝不及防地一问，下意识地回道："秦愈是谁？好熟的名字。"

"就是写《枷锁》的那个！大明星啊！"

李文敬后知后觉："他和晋棠棠在一起？"

等等，晋棠棠不是有男朋友吗？

李文敬对晋棠棠男朋友的印象只停留在辩论赛那次见面，不知道具体长什么样子。

晋棠棠还说过自己没她男朋友好看，导致李文敬之前觉得可能是真的不如，又不太相信。

她换男朋友了，换了个明星？

没听说啊……秦愈长什么样子？他没关注过。

"学妹一鸣惊人啊！你们一个社的，他们怎么认识的啊？瞒得也太严实了吧！"

李文敬上网搜了一下，照片没注意，率先被热搜吸引，看到两个人的公开文案。

果然学妹在他面前就是什么也不想说，说不定当初觉得应付他还烦呢！

他往下滑，现在微博上到处都是秦愈和晋棠棠的新闻，营销号都配图了。

看着秦愈那张得天独厚的脸，他沉默了。

难怪棠棠学妹那么说，他捂住胸口，知道事实更打击人。

罗青言更是被室友围住，她和晋棠棠关系最好，这会儿被问了半天。

"我不知道，她没说过。"

"怎么可能，瞒这么紧？"

"怎么不可能，我和她是聊比赛，又不是聊恋爱。"

不过这次晋棠棠和秦愈公开上热搜，可比之前辩论赛的"美颜盛世"上热搜劲爆多了。

至于晋棠棠这里，不认识的人一律不回答。

还好过段时间才开学，否则她可能就被围观了。

晋棠棠和秦愈一夜好眠。

次日清晨，两个人都像是与世隔绝的人回到世界里一样，第一反应都是打开手机——新消息一堆。

秦愈还好，他总共也就那么几个好友，还都不敢轻易打扰他，除了孔景，他一个人就发了几十条。

晋棠棠这边几个群都是显示"99+"，私聊她的也是一大堆。

其实都是学校的校友，一个个回不过来，晋棠棠干脆不回了，给秦愈发了一条语音："早上好……"

她刚醒，声音很慵懒。

秦愈还是第一次听见她这样的嗓音，偷偷听了好几遍，每一次都感觉不同，因为他对于声音很敏感。

他也回："早。"

晋棠棠问："你没有一夜没睡吧？"

秦愈否认："没有，一个小时前醒的。"

为了佐证，他特地拍了一张照片给晋棠棠，也有一点儿炫耀的意思，因为他是在遛来福。

路边的雪还没化完，来福踩在地上，一步一个脚印。

晋棠棠几乎可以想到秦愈遛它的画面。

"你要小心点儿，小心被粉丝认出来。"她笑着恐吓他，"因爱生恨打你一顿。"

秦愈辩驳："我戴了口罩的。"

晋棠棠说："在粉丝眼里，就算你戴头套，她们都能认出来。秦愈，你也太天真了。"

秦愈："……"

"我已经预想到开学后的场面了，肯定很多人来围观我。"晋棠棠悠悠地道，"说不定我们出去约会还有人盯着。"

"没事儿，坐车，他们跟不上。"

秦愈一想到约会还被盯着，就头皮发麻，还好大哥之前找了司机，真是太机智了。

晋棠棠笑出声来："确实，跟不上。"

她想起来了："对了，有件事要说，我昨晚一不小心答应我的室友，要你写'to签'，怎么办？"

秦愈松了一口气，还以为是什么呢："我写。"

"秦老板真好。"晋棠棠夸道。

两个人聊到秦愈遛狗回去，她就被奶奶叫起床，只好挂断电话，反而秦愈心满意足。

孔景的电话随即而来："你的电话终于通了。"

秦愈解开来福的绳子，回道："一直都通的。"

"放屁，昨晚和刚刚都打过了，你都在通话中。"孔景大声道，"你的微博是你发的吗？"

秦愈说："是。"

孔景惊奇："我差点儿以为你被盗号了，你居然会'秀恩爱'！天啊，你以后会在我们面前秀吗？"

"秦愈，你开个课，教教我怎么说情话吧，我女朋友怎么我说什么她都觉得油腻啊！"

秦愈乐不可支。

他们平时联系也不频繁，也就上次孔景提了一嘴，他在游戏里找了一个女朋友，很暴躁的一个女孩儿。

"我不会这个。"秦愈说。

"你微博那个'心跳管理者'就很挑逗啊！"

"那是给棠棠的。"

"对啊，就是让你多写几句。"

秦愈感觉他没听懂自己的意思："那是棠棠的，不是给你的，你不要盗用。"

孔景郁闷，话不投机还被秀了一波恩爱，大清早的，孔景怀疑自己饱了。

他的情话还是专属的。

睡了一夜，清醒的网友和粉丝终于回过神来。

那个一年发一条微博的秦愈昨晚公开了，发了两条微博，字数是他几年来微博总字数的几十倍。

有个别粉丝"脱粉"，但也有人因为文案而成为粉丝，还把他的句子拿去写在个性签名上。

这两天遍地是"心跳管理者"。

曾经社交软件上那个唱歌的视频又被扒拉出来，转发好几万——"绝对是秦愈本人在唱歌吧？"

"我就知道这声音肯定是本人！"

"好甜，这就是和歌手谈恋爱的快乐吗？"

"这'CP'真的好好嗑，呜呜呜！"

"重点是——秦愈清唱都这么好听，哈哈哈，我想听演唱会！听现场！"

明星出歌会修音很正常，有的随便修修，有的却花上百万请修音师，秦愈也不是没被质疑过。

这会儿翻出来，粉丝保存回放了十几遍。

晋棠棠的微博又多了上千条评论@她："姐姐，多放点儿秦愈唱歌的视频吧！让他天天唱歌！"

"@晋棠棠 你的男朋友不唱歌要干吗！"

"@晋棠棠 @晋棠棠催催男朋友赶紧出新歌，赶紧出专辑，要不开直播唱歌也行！"

路人拍的视频都有了，万一本人也有拍呢！

晋棠棠的微博内容不多，但或多或少都和秦愈相关，粉丝从头翻到尾，视频没看到，看到了很多新东西。

论坛上又多了几个新帖子。

——"那个CD是秦愈送的吧？好酸好酸。"

——"秦愈遛狗的样子有点儿帅。"

——"那个'重新认识一下，秦先生'是不是说的就是秦愈表面高冷，实际情话满满？哈哈哈！"

——"那个出门第一天，是约会第一天吗？"

逛了一晚上加一早上论坛的文玥，迫不及待地将几个帖子一股脑儿分享给晋棠棠。

"你的微博被观光打卡了。"

晋棠棠看到这些标题只是笑了笑。

出门第一天，她们以为的是约会，和现实并不一样，谁也不知道当时的秦愈鼓起了多大的勇气。

没过一分钟，文玥又发来一条微博。

——"姐妹们，我认真观察了秦愈女友的微博，她这不叫同款，叫男朋友的衣服吧，你们觉得呢？"

主楼配图一张。

图中是微博截图，晋棠棠发了一张衣服的照片，然后评论里有人问起，说和秦愈的衣服一样，晋棠棠评论是同款。

因为博主只配图，没在微博解释，一开始大家只以为博主的意思是"晋棠棠那时候没公开，只好撒谎是同款"。

"不想被发现吧！"

"我要是她，肯定也说同款了。"

博主打了一段话发评论，评论已经几十条。

这时大家才看到她想说什么。

"我翻了新闻，秦愈公布代言是在这条微博之后，那时候都没人知道他穿这衣服拍照了。当然，佐证的还是没上市的新品！除非她是这家品牌的亲女儿，不然绝对是秦愈的衣服！"

评论逐渐变多。

"男朋友的衣服，呜呜呜！"

"严谨点儿，万一真是同款呢？"

"哈哈哈，秦愈：男朋友同款。"

"这对'CP'真是奇奇怪怪的，好嗑。"

秦愈在娱乐圈太过神秘，他自己的通道，唯有歌曲对外公开，粉丝从未想过关于他的细枝末节是从晋棠棠这里得知的。

神秘面纱被一层层揭开，大过了知道偶像谈恋爱的难过。

反正他谈恋爱了大家还能听到歌就是了。

晋棠棠将微博发给秦愈："男朋友的衣服。"

秦愈打开，看见评论里说好甜，又说好嗑，心情特别好，但他倒回去看博主的解释，和晋棠棠反驳："那时候还不算。"

因为那时候还没追到晋棠棠。

晋棠棠回复："现在算了。"

秦愈想，他们现在又见不上面，得好久才能看见她穿自己的衣服。他不知道别的男人是什么样，但他想看。

微博上那张照片也不是晋棠棠穿着拍的，严格说，他根本就不知道什么样子。

秦愈问："那你什么时候过来呀？"

晋棠棠回复："你来我这儿不好吗？我这儿不好玩吗？"

秦愈有限的记忆里都是晋棠棠的亲戚，他不想再经历一回了，起码不要连着来。

"你都没来我家。"

隔着屏幕，晋棠棠都能感觉到他的委屈。

她思索："好嘛，去你家。"

既然秦愈意外见过自己的家长了，那她现在去他家里也算是相同的进程。

秦愈还不信："真的？"

晋棠棠回复："真的。"

秦愈说："那下午去接你。"

不过等下午司机出门时，他又改了主意，决定自己跟着一起去，这回不停留那么久，肯定不会被其他人发现。

显然，秦愈错估了邻里乡亲。

他的车在他这里是低调，在小区那边是高调，尤其是离上次来还没过几天，这回露个脸，大家就认出来了。

晋棠棠一出小区门，就有人打招呼。

"棠棠，那是你男朋友的车吧？'嗖'一下就开过去了！"

"你的男朋友怎么不进来玩呀？"

晋棠棠说了两句，低头和秦愈发消息："你这么紧张干什么啊？"

秦愈当然是害怕热情的邻居们。

晋棠棠上车后，他不经意间瞥过外面，就对上不少笑着看这边的叔叔阿姨们。

他们笑得他发慌。

车里开了空调，晋棠棠将外套脱掉。

她里面穿的是紧身毛衣，勾勒出凹凸有致的身材，秦愈一转头就看见，飞快地移开视线。

"你热吗？"晋棠棠没注意到，问。

"不热。"秦愈回。

"那你的脸怎么红了？"

秦愈不知道怎么回。

还好晋棠棠知道他脸皮薄，没再追问，而是问："你家里今天都有哪些人呀？"

话题一转，秦愈自然了许多，但眼睛还是看前面。

"我爷爷，还有大伯家的三个孩子，还有我大哥。对了，这次堂嫂也回来了。"

晋棠棠对其他人都没印象，只记得思想开放的未来嫂子："你那个拍照的未来嫂子呢？"

"她不来。"秦愈说。

晋棠棠还有点儿失望，接着又精神起来："那她的展开了吗？"

秦愈说："我没问，你可以问大哥，他知道。"

去问秦总，怎么问？难道问他："秦总，你未婚妻的男模展什么时候开呀？票难买吗？"

晋棠棠被自己逗笑了，说不定秦总会恼羞成怒。

她抬头，这才发现秦愈从刚才开始就一直不看她，她拽了拽他的衣服："你今天不看我，我今天不好看？"

秦愈说："没有。"

"那你看我呀。"

秦愈只好扭头，感觉心跳不停地提速，像是上了高速。

晋棠棠忽然洞察了他的别扭，低头看了看自己的毛衣，她也有点儿心跳不稳。

不过秦愈这纯洁的样子更让她关注。

"脸红什么，我以后要是穿吊带裙怎么办？"

秦愈还没见过。

晋棠棠戳了戳他的脸，"说话。"

秦愈才开口："那……那时候再说。"

晋棠棠笑："好啊，看来你确定那时候能说出话来。"

一个小时后，车驶进老宅。

此刻的老宅正是热闹的时候，家里人最先知道热搜上的事的，他们都没忍住去问秦愈。

可秦愈在微信上回复的，还不如他们去看新闻呢。

秦宛卿晃了晃手机："我看网上说，那小姑娘刚二十，还在上大一呢。"

老爷子长出了一口气："还好成年了。"

正说着，门口传来声音。

阿姨快步进来："小少爷快到了！"

坐在沙发上的几个人都立刻正襟危坐。

没多久，秦愈牵着晋棠棠进来，晋棠棠也开始紧张了，和当初秦愈去她家里有过之而无不及。

拐过弯，入目一大家子人。

所有人对她的第一印象都是"好乖"。虽然看过照片，但看本人还是不同。

晋棠棠挠了一下秦愈的掌心，想让他开口介绍，没想到大家都自己开口了。

"棠棠是吧,快过来,我是秦愈堂姐。"秦宛卿笑眯眯地,"这是爷爷。"

晋棠棠乖乖称呼。

秦老爷子很高兴,还准备了礼物,晋棠棠想了想,还是收下了,她不知道是什么,但必定很贵重。

"我都没想过还能见到阿愈谈恋爱。"

秦愈自己都没想过。

晋棠棠眯了眯眼睛,听大家介绍过后,她多看了堂哥两眼。

这还是晋棠棠头一回亲眼看到新闻上的人,秦氏目前的负责人秦则崇,比秦愈的亲哥哥秦宗还要出名。

这个人也是秦总。

一家人基因都很好,美的美,帅的帅。就连堂嫂沈千橙都是个大美女,温婉地对她笑:"你好。"

轮到秦宗时,晋棠棠就自在多了,毕竟见过几次面,叫起来也很轻松:"秦大哥。"

秦宗笑了,这回终于不是"秦总"了。

这场见面,秦愈比晋棠棠还紧张,实际上他也很久没有在老宅这么大阵仗地正式见面了。

大家聊了一会儿,秦愈带晋棠棠上楼。

上到三楼楼梯后,晋棠棠小声地和他说:"你家里人都好看。"

虽然不知道秦愈的母亲是什么样子,但大儿子和小儿子都好看,她必定也很美。

"还有,你的堂嫂我总觉得眼熟,好像明星。"

秦愈摇头:"不是明星,是主持人。"

晋棠棠终于想起来了,之前似乎文玥看什么节目时,她路过,看过这张脸,因为太过漂亮而留下印象。总裁和主持人结婚啦?

"我还以为像你们这样的家庭都会选择联姻呢,就像电视剧那样。"

秦愈握住她的手:"他们联姻,我不用。"

保证完,他又回答她刚才的话:"堂嫂也算联姻,堂哥管不到她,平时我见不到她。"

他推开一扇门:"这是我以前住的房间。"

这个以前,指的是他刚从国外回来时。

晋棠棠打量整个屋子,因为每天都会打扫,即使长久没住,里面还是很干净。

所有布置都很温馨,但这些东西都不像是秦愈会买的,显而易见,是家人给他的。

"我在这里住了几年。"秦愈低声地说。

晋棠棠转了一圈,推开窗户,看见楼下就是花园,虽然是冬天,但雪景很美。

谁知道曾经住在这里的是个封闭自我的人呢?

"后来我就搬去别墅那边了。"

晋棠棠转身:"那你回来住过吗?"

秦愈坐在床上:"没有。"

晋棠棠感叹道:"你家里人真的很好。"她坐到他边上,"现在让你住这里,你敢吗?"

"嗯。"秦愈点头。

晋棠棠笑了起来:"秦愈,你真厉害。"

在房间里说了半天的悄悄话,两个人打算下楼。

当初选这个三楼的房间,是为了让秦愈有自己的私人空间,不容易被惊到。

快到二楼楼梯时,有说话声传来。

"侬刚撒,我听伐懂。"是沈千橙的声音。

秦则崇说:"好好说话。"

安静了两秒,沈千橙开口:"秦则崇你个王八蛋。"

秦愈的听力好,又听见窸窸窣窣的声音,晋棠棠靠近他的耳朵:"我们下去……会不会打扰他们?"

第一次来秦愈家里就听见小夫妻吵架,她很迷茫。

秦愈脸红:"装作没看到?"

晋棠棠问:"你的演技好吗?"

秦愈摇头。

晋棠棠要笑死了。

秦愈又想到好办法，眼睛亮晶晶的："有电梯，我刚刚忘了。"

回到楼下时刚好开饭，晋棠棠注意到秦愈的堂哥堂嫂姗姗来迟，沈千橙挽着秦则崇的胳膊亲密无间，俨然一对模范夫妻，如果不是刚刚亲耳听见这位堂嫂骂人的话。

秦家的人都好有趣。

晚饭过后，秦家的人并没有让晋棠棠留下来过夜，而是叮嘱秦愈安全送她回家。

晋棠棠知道他们是好意。

因为今天早上下了雪，现在走在路上，月色下一片雪白。

秦愈小声道："我刚刚问大哥了，说是摄影展还没开。"

晋棠棠张了张嘴："啊，那你说是我问的吗？"

秦愈摇头："他以为我问的，以为我想看……"

他感觉当时哥哥的表情很不对劲儿。

晋棠棠差点儿笑出声来，赶紧转移话题："今年下雪天好多。"

"嗯。"秦愈停顿了一下，"我在国外的时候，每年下雪天，外面都很热闹，但我从来都是一个人过的，终于有一次，有人拉我打雪仗，我回去迟了点儿，家里门锁上了，我打她的电话打不通，于是去便利店坐了一晚上。"

外面天多冷，他的心就有多凉。

"以后不会有人锁你的门了。"晋棠棠松开他的手，扬起笑容，"秦愈。"

秦愈扭头，一只手塞进他的领口，特别冰。

他下意识地缩了缩脖子，把她故意弄冰了的手压进了衣服里。

晋棠棠拿不回来，索性挠了挠："天气预报说明天有雪，我陪你打雪仗呀，以后也是。"

"好。"秦愈答应，即使他已经脱离了幼稚的年纪，但她说的他都想做，想和她一起经历。

他顺势把她的手揣进自己的口袋里，地上薄薄的一层雪上留下两行浅浅的脚印，偶尔又重叠在一起。

从这个冬日起，秦愈开始期待每个下雪的日子。

番外 01
同 居

新学期开学,晋棠棠从进校门时起就一路被围观。

热搜更新换代,但校园里的同学不会遗忘,这可是学校里的大新闻。

但大家都还好,没有偷拍,只是和自己的朋友聊天:"我刚刚看到晋棠棠了!好美!"

"她男朋友怎么没陪着来上课?"

"来了说不定教室满座,哈哈哈!"

晋棠棠顶着一路的目光去了宿舍,关筱竹早就到了:"路上没被围堵吗?"

"她们不敢吧。"晋棠棠晃了晃自己的手,"我可是大力士。"

关筱竹笑着摇头:"你不知道,我之前手机微信都爆炸了,你不加其他人,我这边全是打听你和秦愈谈恋爱的事的,还有让我帮忙要秦愈签名的。"

"签名免谈,给你可以。"晋棠棠说。

关筱竹说:"我对明星没感觉,不过身边有个大明星,要个签名也不错。"

"什么签名啊?"文玥从门外进来。

"秦愈的。"

"啊，我要！"

晋棠棠说："等见面了，你们自己要。"

文玥立刻来了兴趣："他不是有社交恐惧症吗？可以和我们见面吗？如果不可以，那还是算了。"

"可以的。"晋棠棠温和地道，"他可以。"

这是开学前秦愈自己提出来的，他自觉见过了她的亲戚之后，见两个室友不在话下。

"好啊，吃一顿，等我有男朋友了，请你们吃。"

晋棠棠没把她的话放心上，和秦愈发微信："她们答应了，我定个时间。"

秦愈回复："好。"

时间最终定在这周末晚上，傍晚，晋棠棠就去了别墅："我的室友话很多的。"

秦愈戴着口罩："她们会问我很多问题吗？"

晋棠棠说："那我可不保证哦！"

秦愈被她说得紧张起来，这听起来好像会问很多的样子，似乎同龄人更容易想聊天。

"怕什么？才两个人呢！"

晋棠棠踮脚，用鼻尖碰了碰他的唇，隔着口罩的。

这顿聚餐和秦愈想象的不太一样。

他以为晋棠棠的两个室友会问他娱乐圈的问题，或者其他问题，没想到两个人都很安静，只是时不时地看他，很稀奇的样子。

怎么不问他？秦愈这会儿好奇心大过社交恐惧症，但他不会主动问，对他来说，对外人主动依旧是不习惯的。

"可以给我签个名吗？"吃完饭，文玥眼巴巴地问。

秦愈说："可以。"

文玥本来还想问合照的，想了想还是算了。

回去的路上，秦愈忍不住问："她们怎么不和我说话？"

"不是和你说了吗？"

"就几句话。"

晋棠棠觉得好笑:"几句话还不够,你还想要多少啊?"

秦愈也感觉不对劲儿,他对陌生人的态度似乎和以前不太一样了,这是他以前绝对不会问的问题。

"只是奇怪。"

"我之前和她们提过,所以她们不会说太多。"晋棠棠解释,"怕你不自在。"

秦愈想了想:"其实还好。"

他今天见到她室友的第一想法不是抗拒,而是想,她们是棠棠的室友,如果能认可自己最好。

不知不觉中,他已经有了改变。

秦愈望向不远处的校门,因为刚开学,路上人来人往,都是学生。

什么时候他会陪晋棠棠一起上课呢?这个问题的答案,秦愈一时半会儿得不出。

大一下学期,晋棠棠的生活更忙,她又要上课,又要忙辩论社的事,所以她已经没空遛狗了,都是秦愈自己的活儿了。

罗青言正式退出辩论队,晋棠棠成为正式队员。

这学期还有省外的比赛,如果进入全国比赛,能拿个前三,那是最好的结果。

所以晋棠棠和秦愈的恋爱时间反而比去年要少一些。

秦愈惋惜之余,又很喜欢如今的相处氛围,他甚至开始和她在学校里散步约会了。

虽然两个人都戴着口罩,但也曾被人认出来,不过大家都没有上前打扰。

视频发到社交软件上,又是上了热搜。

秦愈一开始还会紧张,后来无动于衷,全心地投入恋情和做音乐上。

心情是影响一个音乐人的关键。

秦愈的灵感虽说不是天天有,但已经是以前的几倍,他会时不时地谱一段新调子。

初夏，晋棠棠去省外参加比赛时，他在家带狗、鹅和鸭子，一起在电视上看她的比赛，看她自信辩论，看她获得胜利。

恋爱公开三个月后，他发布了一首新歌，名为"宠物"。

这个名字一公开，粉丝猜是不是他和晋棠棠之间有什么不一样的地位，比如主人什么的。

歌曲上线后，粉丝无语了，真的是宠物啊！

"笑死，我听见了鹅叫，我还以为是秦愈叫的。"

"虽然这首歌很平和，但我听出了欢乐的感觉。"

"莫名感觉很治愈。"

"谁能记得秦愈以前是个阴郁风的歌手呢？"

还有粉丝怀念以前的曲风，秦愈不为所动，因为他如今的心境已经写不出另一首《枷锁》了。

他喜欢如今的状态，喜欢灵感源源不断，即使是看见晋棠棠，就想为她写歌。

也许他有一天真的会写一首骂人的歌呢！

秦愈不否认任何可能的未来。

恋爱第三年，就算当初不相信的粉丝，也会觉得秦愈和晋棠棠是不会分手的了。

秦愈一年也许出两首歌，也许出一首歌，但放几首小调子，她们都下载当了铃声。

她们甚至成了晋棠棠的粉丝。

第一年的时候，晋棠棠不会在社交软件上放秦愈的私生活，第二年时她会放一些日常生活。

秦愈实在是太害羞了，这是一个人的性格，和社交恐惧症不一样，是改变不了的。

秦愈的微博有多高冷，在晋棠棠这里就有多不一样。

大三下学期的暑假，她邀请秦愈去旅游。

说是旅游，其实是打算订个山间屋子，去里面住几天。

男朋友既好看又乖，还对她一心一意，她自己都想下手了，光亲嘴怎么能满足。

秦愈心动，又迟迟下不了决定，正好回老宅吃饭时碰上秦宗，他就问了一下。

"女孩子都主动邀请了。"秦宗说，"你是个男人，你只要管住自己，怕什么。"

他也不知道自己担忧什么。

事实证明，怕什么来什么，晋棠棠询问他订几间房："其他情侣都订一间房呢！"

秦愈说："一两间吧！"

晋棠棠说："哦，你想一间？"

"不是……"秦愈想说，刚刚是自己太紧张，嘴瓢了。

"一间房还能有两张床呢！"

最后秦愈也不知道她怎么订的，因为这事儿他插不上手，是她全程负责的，到目的地时，他才看清是两间房。

"看你那么紧张。"晋棠棠莞尔，"喏，你一个人住那里。"

秦愈微笑："好。"

两间房的阳台是连接的，客厅的冰箱里放了三天的食材，他们会过一个真正的二人世界，在这样一个没有别人的地方。

秦愈带了一把吉他，晋棠棠偶尔听他弹唱，是一些奇奇怪怪的调子和灵感突至的小调。

情到浓时，他们会在沙发上拥吻。

她好像比以前更热情。

长长的一吻结束，秦愈埋在她的肩颈处，鼻尖尽是她的味道，两个人的心跳都交织在一起，分不清是谁的。

"秦愈，我们同居吧！"

秦愈差点儿以为自己听错了，他抬起头来。

晋棠棠的唇瓣微红，看他惊讶的样子，忍不住笑："干嘛这样看我？"

"你刚刚说了什么？"秦愈问。

"同居啊！"晋棠棠说。

秦愈的手指动了动,心乱如麻,"同居"这个词代表得有点儿多,他想的,却怕她会后悔。

晋棠棠问:"你怕什么?"

秦愈说:"怕你后悔。"

"我快大四了,快毕业了。"晋棠棠撩了一下被蹭乱的头发,说,"这个想法根本就不对,你怎么知道后悔的不是你呢?"

后悔的是谁,现在没人知道,但"同居"一事最终被定下来了。

大四开学时,晋棠棠便搬进了秦愈的别墅,只是她没有和秦愈一间房,睡他隔壁的房间。

第一个星期,相安无事。

第二个星期,这个房间成了摆设。

秦愈从未想过他的被窝里染上晋棠棠的气息是什么情景,他忍不住和她在被子下接吻。

他感觉到她的柔软,上次碰到时他惊慌失措,这一次他依旧红了脸,犹豫之后还是没有离开。

秦愈如同在试探一个新的领域。

晋棠棠轻轻咬住他的下巴,而后将额头抵在他的肩上,呼吸洒在他的脖颈处,温暖又烫人。

汽水在开瓶时会不停冒出气泡,就像秦愈的心跳。

但同床的第一个晚上,秦愈失眠了,等到睡去时,天色已经蒙蒙亮,生物钟令他依旧在八点睁眼。

曾经无数个日子,他都孤独地醒来,一个人在偌大的别墅里生活。

而这一天的清晨,他的怀里有人。

番外 02
演唱会 +《PRISONER》

"早。"

晋棠棠睡眠不深,秦愈一动,她就睁眼了,没想到秦愈比她醒得还早。

秦愈不好意思出声。

晋棠棠倒是睡意一下子就没了:"都醒了,干嘛不回我?"

秦愈小声地道:"早。"

晋棠棠真没想到会这么平和地睡一晚上,秦愈未免太安分了,这就是传说中放碗水不过线的"禽兽不如"?

"你昨晚怎么不锁门?"她问。

秦愈不知道怎么回答。

晋棠棠昨晚敲门,他以为有事儿,没想到她接着溜进了自己的房间里,到最后他自己都蒙了。

秦愈后知后觉,他自然是渴望的。

晋棠棠伸手轻轻捏了捏他的下巴,靠近他,声音柔柔的:"我都投怀送抱了。"

秦愈耳垂微红:"你不要乱动。"

"为什么?"晋棠棠问,故意往下滑。

还没等她碰到锁骨那边,秦愈忽然抓住她的手,然后坐了起来。

晋棠棠有点儿蒙,而后好像明白了什么?虽然红了脸,但还是一本正经地道:"清晨的反应是正常现象啊!"

秦愈:"不许说话了。"

晋棠棠"哦"了一声,决定乖乖当个哑巴,看他下床去了洗手间,没忍住笑了。

从这一天开始,晋棠棠开始和秦愈睡一张床。

事实证明,秦愈在这方面的意志颇为不坚定,接吻时他比谁都积极,再往下就一步步退让。

上一次和她去超市时,晋棠棠当着他的面买了套套,秦愈付账时红了耳朵,收银员都看见了。

晋棠棠的一切都让他着迷。

今晚的曲子注定是一首青涩却敏感的新调子,秦愈都不再是游刃有余的音乐家。

从前奏到终曲,他生怕底下的晋棠棠有什么不舒服的地方,他不知道她的声音这么好听。

对晋棠棠而言,这是一场绝妙的体验,足够耐心、关怀。

晋棠棠好像累得睡着了,秦愈不敢动,轻轻地抱她去洗手间。

晋棠棠半梦半醒,不想睁开眼,回到床上,他又好像和她分不开,互相依偎着入睡。

心性一有变化,音乐也跟着改变。

最新的一首歌里,调子与之前的纯情有了很大的变化,像一场成年人电影里的主题曲。

他给这首歌起了个名字:《PRISONER》。

《PRISONER》是实实在在的英文歌,并且歌词明明白白。

这首歌并没有直接发布上线,而是放在了专辑里。

专辑名是"《EOS》",总共八首歌,除了当年出道时的《枷锁》和《黑白》,其余的都是恋爱后的歌。

秦愈如今的粉丝比以前更活跃,专辑一上线,销量就破了百万,

《PRISONER》更是跃上各大音乐榜单第一。

"我反正没听懂歌词,看大家翻译的,妈呀,脸红了。"

"秦愈改行写性感的歌了,哈哈!"

"我还能见到更直接点儿的吗?我们不差这点儿钱!"

"总结就是,秦愈已经爱上了晋棠棠的身体,并且醉生梦死,哈哈!"

晋棠棠当时见到歌词的第一感觉就是:"秦愈,你写得是不是太露骨啦?"

秦愈问:"是吗?"

他写歌词完全是看灵感,想到什么写什么。

晋棠棠戳他:"你以前不是这样的。"

秦愈脸红:"那改不了了。"

"算了。"晋棠棠不说这个,"演唱会筹备得怎么样啦?"

早在两个月前,秦愈就和经纪人提了演唱会的事儿,他的社交恐惧症并没有治愈,但他已经可以抵抗一切了。

他觉得时候到了。

定下来的演唱会规模不大,因为他的特殊性,敲定只邀请三万名粉丝,售票通道已经开放。

秦愈说:"差不多了。"

晋棠棠靠过去:"紧张吗?会不会在台上唱不出来?"

秦愈认真地想了想:"可能。"

从面对她一人到面对三万人,他不知道自己站在舞台上时能不能唱出来,但他一定会站上去。

晋棠棠笑了起来:"站上去你就是赢家。"

秦愈低头去亲她。

演唱会开始当天,晋棠棠和文玥她们一起过去。

每个座位上都被工作人员放了小礼物,虽然禁止携带一些东西,但晋棠棠还是看见有灯牌等。

"真不敢相信,我有听秦愈演唱会的时候。"

文玥扭头:"在大一的时候,我差点儿以为秦愈不出歌,快要退出娱乐圈了。"

晋棠棠说:"也许。"

那个时候的秦愈距离退出娱乐圈只差一步。

半小时后,场馆内灯光熄灭,周围一片黑暗,唯有荧光棒和灯牌的颜色或闪或明,像银河一般。

她真真切切地体会到自己的男朋友是个大明星。

周围只剩下粉丝小小的议论声,直到清脆的钢琴声响起,紧接着灯光打下,秦愈出现在钢琴前。

他在弹《枷锁》,所有人认识他的第一首歌。

大屏幕上映出他的身影,粉丝不住地尖叫欢呼,晋棠棠比秦愈还紧张。

如果他弹错了,会不会明天头条是他?

一曲结束,秦愈站起来,满眼是台下密密麻麻的人,他看不清,只能看到无数的荧光。

他的心跳不稳,深呼吸了几次,他才终于开口:"很高兴见到你们,我是秦愈。"

一句他练习了无数次的话,在三万人面前说出来。

台下立刻尖叫起来,叫他的名字。和晋棠棠温柔的呼唤声不同,她们一声叠着一声,像是要把这几年全部叫出来。

站在舞台上,似乎并没有那么难。

她们不会问他什么,不会要求他什么,她们只是来听他的歌,见他这个人。

秦愈没有唱《枷锁》,他从《黑白》开始,到《EOS》进入高潮,摆脱了紧张。

粉丝和他一起唱。

文玥比她们还疯狂——她明明说自己不是秦愈的粉丝。

晋棠棠坐在人群里,和她们一起挥舞着荧光棒,然后大声地叫他的名字:"秦愈!"

这一刻,她不是秦愈的女朋友,而是他的粉丝。

她见过他连调子都写不出来的样子,见过他无法出门的艰难,她知道秦愈有多勇敢。

秦愈已经听不见自己的心跳声,只是说:"谢谢你们。"

明明简单一句话,粉丝却差点儿哭了。

这场演唱会只是几首歌而已,不像是歌手的展示,更像是她们自己的狂欢。

秦愈望向台下,没有人看到他发热的耳朵和红起来的脸:"最后一首《PRISONER》,唱给我的女朋友。"

他和晋棠棠的恋爱持续了四年,粉丝早已知道两个人认识的前因后果,几乎成为"CP 粉"。

如果没有晋棠棠,未必有秦愈今天的演唱会。

声音落下,粉丝起哄,有叫秦愈的名字,有叫歌的名字,还有叫晋棠棠的名字。

秦愈知道晋棠棠坐在哪里,但在台上根本看不见,五彩斑斓的灯光扫射场馆,所有人都心跳加速。

晋棠棠的每一个目光都追随着台上的秦愈,诱惑的鼓声前奏之后,他的声音插入其中。

她快要晕厥,尤其是旁边的文玥时不时投来意味深长的表情。

晋棠棠都不敢说自己之前还逼秦愈在床上唱过,那时候明明该比现在更诱惑才对。

在所有人面前唱脸红心跳的歌词,秦愈如同身处火山之上,心火燎原。

> Your body is a weapon(你的身体如武器)
> You take me to heaven(你让我醉生梦死)
> You sweep me off my feet(你让我神魂颠倒)
> I'm just a prisoner(我就是个俘虏)
> I'm just a prisoner(我只是个俘虏)
> ……

这首歌结束时,场馆自发地安静下来。

"谢谢你们,"秦愈微微喘着气,想说很多话,最后只道,"来听我的演唱会。"

他弯腰鞠躬,离开舞台。

晋棠棠跟随粉丝一起离开座位,却没有离开场馆,而是从另一个通道去了后台,工作人员在忙。

秦愈坐在那里发呆,见到她露出笑容:"棠棠,我做到了。"

这一刻他是平时的秦愈,晋棠棠从梦中苏醒,和往常一样问:"是不是没那么难?"

"有点儿难,但还好。"

晋棠棠站在他面前,被秦愈微微倾身抱住腰,他整个人都贴在她的身上,声音也瓮瓮的。

她的手轻轻地放在他的头发上。

"演唱会结束了,接下来作为男朋友,你的时间是属于我的了。"

"嗯,是你的。"

番外 03
大哥 CP + 网恋 CP

秦家和苏家的联姻消息放出来后,不少人都吃了一惊,因为这两家实在没什么交集。

秦宗虽然不是秦家真正的掌权人,但也是年轻有为,况且他的弟弟醉心音乐,所以他是最好的联姻人。

之前有人想当月老,被秦宗因弟弟的名义拒绝,没想到还没回过神来,就被苏家摘了桃子。

然而比联姻更让人震惊的是,苏宁榕在订婚后第二天,宣布接下来的时间要准备开一个摄影展,主题是男人的身体,顾名思义,男模展。

整个京市的人都无言以对,开始猜测秦宗那边有什么反应,会不会闹起来。

秦家毫无反应。

晋棠棠对此特别好奇,只是她和对方不认识,只靠秦愈这边问,得到的素材远远不够。

听说苏宁榕去环游欧洲了。

"是不是每个国家的人都有?"晋棠棠问。

"可能吧!"秦愈不清楚。

晋棠棠说:"你记得问问票啊,我也要去看。"

秦愈看她："这有什么好看的？"

晋棠棠笑眯眯地说："不知道好不好看，反正很稀奇，去看看又不会掉块儿肉，支持你未来嫂子的梦想。"

秦愈才不想让她去看呢。

摄影展还没开，但据未来嫂子的描述，全都是男模，他当然不想晋棠棠看。

不过想是想，他不会阻止。

自从摄影展的事传出去后，苏宁榕去哪儿都会被问摄影展什么时候开，是不是真的要开。

她不胜其烦，干脆把自己关家里研究摄影大佬的技术。

临出发去欧洲前，苏宁榕和姐妹聚了个会。

放飞自我的第一个月，她去哪儿都浑身散发着一种"老娘天下第一"的气息。

"有好身材的给我介绍介绍，不要藏着。"苏宁榕端着酒杯，和姐妹碰杯。

"真要开啊？我还以为你说笑的。"

"当然是真的。"苏宁榕说，"这种事有什么好撒谎的，以前我爸妈怕说出来别人不乐意，订婚了就不管我了。"

"订婚了还能退婚呢！"

"是啊，秦宗就没反应？"

苏宁榕放下酒杯，想了想："能有什么反应？联姻而已，各玩各的也很正常的。再说了，我只是拍照而已。"

"我们都很支持你啦，到时候肯定去看。"

"小心你们男朋友吃醋。"

"没事儿，你都拍了，我们看一下，顶多长针眼。"

苏宁榕不好意思地笑了起来，冲她们挤眼："放心，我一定找漂亮的模特儿，丑的不要。"

姐妹纷纷点头，意会就好。

苏宁榕再次强调："我这是追求艺术。"

虽然也有点儿好奇心理在里头就是了，但她没觉得这是什么大事，反而一些长辈的劝告让她觉得更要做。

凭什么那么多摄影都去拍女性的身体，就连绘画都是？既然如此，她拍男模怎么啦？

如果秦宗不允许，那她无话可说，那么这场婚姻注定连相敬如宾都做不到。

世上没有不透风的墙，她们坐的是卡座，艺术谈话很快就有意无意地传到了秦宗的耳朵里。

他早就知道摄影展的事儿。

应酬时，就有合作伙伴提到这事儿，揶揄道："秦总的未婚妻不会真的要开那个展吧？"

秦宗面不改色地道："应该是真的。"

"不说说吗？"

"说什么？"

"一个女孩子好好的，影响你们家的——"

"影响什么？"秦宗笑了笑，"我不觉得一个艺术摄影展会影响到我们两家的形象，或是什么。"

他停顿了一下："再说，我是她的未婚夫，去干涉她的生活和工作不合适。如果王总想看，我可以送您两张票。"

王总讪笑，又问："这票，苏小姐给你？"

秦宗当然不知道苏宁榕给不给，但未婚夫的名头不至于两张票都要不到吧？

他皮笑肉不笑："王总说笑了。"

结束应酬后，秦宗一上车后就给苏宁榕发消息："摄影展的门票，我可以要两张吗？"

自从订婚后，他们的对话每天限于"早安""晚安"，实在是非常表面的一对未婚夫妻。

苏宁榕喝了一晚上的酒，正晕着："你要看，不要票啊！"

秦宗回复："送人。"

秦宗再发送信息："也许我要的更多，买比较合适。"

苏宁榕被他的话逗笑了："你不会是要给我拉客吧？"

秦宗回复："也不是不可以。"

在未订婚前，苏宁榕和他只是见面点头之交，从不知道他本人是这样的。

她问："那你会看吗？"

秦宗皱眉："我对男人的身体没兴趣。"

他自己就是男人，看自己二十多年已经看够了。

苏宁榕笑死了，觉得有点儿可惜："好吧！"

她又打字："你的朋友可以免费，不过不能人太多，不然我一毛钱不赚。"

秦宗回复："OK。"

他自己是个经商的，对她连摄影展都要算钱的事不反感，反而十分支持。

正如他所说，这是她的工作，明码标价才正确。

因为素材庞大，这个摄影展准备了将近半年。

除了过年期间那次见面，这之间，苏宁榕和秦宗每个月见一次面，基本都是因为两家吃饭。

苏宁榕甚至觉得他可以成为自己的素材。

秦宗拒绝："想都不要想。"

苏宁榕说："想想都不行，这么小气。"

秦宗看她一眼，没反驳。

苏宁榕问："对了，你弟弟和那个小女朋友现在怎么样？"

也许她自己没察觉到，她提到秦愈和晋棠棠时是有些羡慕和向往的。

得知他们认识到恋爱的经过，苏宁榕曾祝福过。

对于恋爱和婚姻，她从小到大都知道自己是要联姻的，要为了家里和公司，只有联姻对象她满不满意的区别。

秦宗很好，苏宁榕很满意，他很尊重她，就算是出差，也会给她带礼物，节日也会送礼物。

但她和他的相处始终是隔着一层的，也许像朋友居多。

"蛮好的。"秦宗想了一下，"棠棠很想看你的摄影展，之前有问过我，我没有说太具体。"

苏宁榕眼睛亮了："让她来看嘛！"

她突然有点儿撒娇，秦宗还有些意外，点头："嗯。"

摄影展开在初夏之际。

在此之前，大家只知道会是男模展，但没人知道具体会展出什么样子的男模。

晋棠棠收到未来嫂子赠送的票，让秦愈叹气好几天。

什么男模，他和棠棠到现在也只是亲吻。

"别郁闷了，我是去欣赏艺术的。"晋棠棠睁眼说瞎话，"就像你做音乐一样，是艺术。"

秦愈说："我知道。"

知道和心里想的不是一回事。

晋棠棠说："不和你说了，我要去和文玥吃饭了。"

今天文玥和她的网恋对象约着见面，文玥自己一个人不敢，拉着她壮胆。

万一对方是个坏人，她还能打对方一顿。

回到学校，文玥早已打扮好："棠棠你可回来了，走吧！"

她拍着胸口："我好紧张。"

晋棠棠穿得特别朴素，还戴了口罩，问："你难道之前没要照片吗？"

"没。"文玥说，"这不是怕'照骗'吗？万一拉高了期待度，我会失望的。"

晋棠棠不懂网恋，但"见光死"的新闻太多。

约见面的地方是个高档餐厅，晋棠棠和秦愈来吃过，人均上千。

文玥站在门口，心里直打鼓："应该不是充大头的吧？"

"他之前不是说他是'霸总'吗？"

"游戏里有什么'霸总'？只有装的男人，所以我猜他应该是个稍微有钱的大少爷。"

如果猜错，就是她瞎了。

对于这个网恋对象，文玥的印象还不错，游戏操作好，也从来不骂人——嗯，不骂她。

如果队友操作太差，他也会嘲讽，但不说脏字，从平日的聊天来看，文玥感觉对方教养还不错。

两个人进门往里走。

"在里面转个弯儿，靠墙的第二个位置……"文玥捏着手机，念念有词，"那边？"

晋棠棠迟疑："是那个位置吗？"

这人实在太熟悉，她觉得不太可能。

文玥也不确定，那个位置上坐了个挺帅的男人，她发消息："你到了吗？穿什么衣服的？"

"到了，黑T。"

文玥抬头，眨了眨眼："就是那里。"

好险，看来没有"见光死"，他还真是个帅哥，男朋友在网上吹的牛不是假的。

"文玥……"晋棠棠开口。

"怎么啦？"

"这个人我认识。"

文玥一呆，晋棠棠说："就是我之前提过的秦愈的朋友，姓孔。"

她需要消化一下："你过去吧，我不去了。"

文玥还没回过神来，男朋友已经发消息过来："你到了吗？人呢？不会跑了吧？"

她往那边看，正好孔景看过来。

两个人对视上，不用说话都感觉到对方就是自己今天要见的人。

孔景站起来，招手："怎么不过来？"

文玥慢吞吞地挪过去："你姓孔吗？"

"嗯。"孔景见她看自己的眼神怪怪的，"你这么看我……难道我这脸还不够好？"

是熟悉的厚脸皮。

文玥放松下来了，既然是晋棠棠认识的，又是秦愈的朋友，那人品必然可以。

"你怎么知道我姓孔？"孔景问。

"我不仅知道，我还知道你是秦愈的朋友。"

孔景蒙了，难道他自己无意间说过？

文玥转移话题:"你不是说你是'霸总'吗?哪有'霸总'穿黑T的,一点儿也不像精英人士。"

孔景挑眉:"你这叫刻板印象。"

他从椅子上拿起一个纸袋递过去。

文玥接过来:"礼物啊?"她问,"我可以现在拆开吗?"

孔景靠回椅子上:"拆呗。"

见面后,文玥脸上的微红就没消失过,她好奇他送了什么?会是很"少女心"的礼物吗?

万万没想到是个小金马桶,正好可以放在她的手上。

文玥感觉自己才拿出来,周围就有不少人都看了过来。

文玥告诉自己要冷静:"怎么送这个?"

孔景回答:"你之前老说。"

文玥左捏捏,右捏捏,抬头说:"我是说着玩的。"

"我是送给你玩的。"他伸手敲了敲,"纯金的,不信你咬咬。"

文玥无语,谁要咬马桶啊?

孔景和自己的室友在一起的事,让晋棠棠不知道说什么好。

不过她又感觉知根知底比来一个不清楚的人好,而且孔景人不错,讲义气。

但孔景什么时候成"霸总"的?

难怪文玥觉得他吹牛,这就是吹牛。

晋棠棠问秦愈:"孔景现在在干什么?"

秦愈回忆了一下:"好像在家里公司练手。"

晋棠棠惊讶,还真是总裁啊,这回是自己没转过弯来,他们"富二代"继承家业太正常了。

小情侣的恋爱她不管,她现在对摄影展更上心。

劳动节过后,票经由秦宗的手,又通过秦愈送到了晋棠棠的手上,不仅如此,还有一份小礼物。

这是苏宁榕拍摄的花絮,这礼物晋棠棠觉得秦愈不能看。

摄影展当天,晋棠棠问秦愈:"你真的不和我一起去吗?"

秦愈摇头。

晋棠棠说:"好吧,那我一个人去。"

秦愈又改主意了:"和你去。"

晋棠棠没忍住笑:"你怎么这么不坚持?"

秦愈本就不放心,也好奇摄影展到底是什么样的,说不定还能碰到自己的大哥,虽然大哥说绝对不会去看的。

他们到时里面有不少人,秦愈戴了口罩,从另一道门进的,和别人的距离特别远。

墙上的照片基本都是摆着不同姿势的男人,用花或其他道具挡着下半身,若隐若现。他们从肤色到身高都不同,令人大开眼界。

晋棠棠真的看呆了,和秦愈咬耳朵:"你大嫂好会拍。"

明明该她害羞的,秦愈自己倒是看得不好意思了,正要回答,瞥见一个人。

"那好像是我大哥。"

晋棠棠偷偷看了一眼:"好像是。"

苏宁榕没想到秦宗会来,还有点儿不好意思,毕竟是自己的未婚夫,他明明说他不来的。

"拍得挺好。"秦宗说。

"你不是对男人不感兴趣吗?"苏宁榕问。

"我又不关注他们。"秦宗的样子就像是在看公司文件,"你的拍摄技术很好。"

因为这个摄影展,苏宁榕见到他总感觉很别扭。

结婚那天,京市很多人来参加婚礼,晋棠棠再次看见秦愈的堂哥堂嫂。

两个人表现得恩恩爱爱,坐座位时,沈千橙踢了秦则崇一脚,秦则崇面不改色,顺势把她的腿勾住,沈千橙没拽出来,不知道说了句什么秦则崇才松开,她的耳垂都红了。

晋棠棠总感觉自己好像知道了什么秘密。

新婚第一夜,秦宗忙了一天,去洗澡前没有避开苏宁榕,她一卸完妆,发现他已经准备休息了。

别说，秦宗还真有料。

秦宗去拿睡袍，见新婚妻子捂着眼睛，透过中间的一条指缝看他。

"你捂着眼睛干什么？"

苏宁榕说："谁让你当着我的面脱衣服？"

秦宗说："你又不是没见过。"

苏宁榕说："怎么会一样？我把他们当模特儿，就像医生看病人，觉得他们和一坨肉没什么区别。你现在是我丈夫。"

他这么淡定，显得她很傻。

秦宗说："你从指缝里看和正大光明看有什么区别？还有，多看看就习惯了。"

苏宁榕故作镇定地放下手："你说得是。"

他们的婚姻是联姻，但他们也是真正的夫妻，该有的都会有，他们比谁都清楚。

新婚夜过后，苏宁榕再次觉得看老公的身体和给模特儿拍照不一样，一个是她想上手，一个是她看多了会觉得腻。

番外 04
婚 礼

晋棠棠在毕业后不久就和秦愈领了证。

虽然婚后和同居时的生活好像没什么区别,但二人的身份上确实有了明显的变化。

她将结婚证的图片发到微博上,就有粉丝第一时间前来评论。

"啊啊啊,这么快!"

"秦愈不声不响地就把老婆抱回家了!"

"呜呜呜,秦愈不愧是我粉的好男人!要是他敢欺负你,我一定脱粉去骂他!"

晋棠棠回复了这些热门的评论:"我觉得,他应该是不敢欺负我的。"

她欺负他还差不多。

婚礼的日期定在十月。

秦愈对人情往来并不通,但是定下日期后便要关心婚宴和酒店的事儿,因为十月结婚的人实在太多了。

因为明星的身份,再加上家世好,无数媒体想要来合作拍摄当天的婚礼现场,经纪人电话几近被打爆了。

秦愈问:"你想要他们都来吗?"

晋棠棠对这些并没有什么感觉："来不来都可以，不过不邀请的话，可能会有娱记偷拍吧？"

这可是娱乐圈的大新闻啊！

秦愈思来想去，最后决定："选两家口碑好的，我也想让大家都看到我们很幸福的样子。"

自上次演唱会后他一直很少露面，每次发歌都是直接通过渠道发出来，然后再度隐没踪迹。踪迹"出现"最多的地方是晋棠棠的微博里，粉丝们如今都"聚"在那里围观他的日常。

有秦家在背后撑腰，无人敢说他什么。经纪人最后选定了两家大媒体，邀请他们参与婚礼现场拍摄。

婚礼当天，庄园内很是热闹。草坪上被布置了好多鲜花与气球。来的人并不多，但已经足够。

晋老爷子家的一众亲戚第一次参加这么漂亮的婚礼，坐在那儿都不敢动。

大家凑作一堆聊天，秦家的人听他们说这对话很好玩，过来时还被当成是明星合影。

伴娘们此刻都在房间内，或拍摄或闲聊。

"我想起来第一次去秦愈的别墅前看到的那个兼职招聘，第一反应是狗主人又不是什么香饽饽。"晋棠棠回忆，"要是我真的遵守了那个约定，可能我和秦愈还是陌生人吧。"

她不规矩的行为将秦愈重新带回了这个现实世界，也将秦愈带入她的生活里。

"这叫缘分。"关筱竹说，"不是谁找个兼职都能找到秦愈的房子里去的。"

门外有人汇报消息："新郎快到了！"

房间里顿时乱作一团，晋棠棠的高跟鞋被藏起来了，伴娘们立刻躲到门后。

秦愈面皮儿薄，大家接亲时早已商量过不会为难他了，但他是歌手，唱两首歌总可以吧。

结果没想到伴郎们的红包掏得比谁都快。

不到一分钟，门就开了。

秦愈看到穿着婚纱坐在床上的晋棠棠，虽然已经不再多么社恐，但依旧脸红、紧张、羞涩："棠棠……"

他一紧张就将该做的事儿遗忘了，上前背起晋棠棠就要离开，晋棠棠好笑地提醒他："我的鞋！"

秦愈这才慌慌张张地把高跟鞋找出来给她穿上，小声说："我……我刚刚忘了。"

大家笑开了。

"新郎官太激动了。"

"人生大事，紧张正常，哈哈哈。"

等出了门，秦愈又变成了那个摄像头下帅气完美的男人，他穿过正装的场合有无数次，却都不像今日这么……

晋棠棠手拿捧花，一路坐车沿着大道往婚礼现场而去。

早在几分钟前，她便在微博发了张和伴娘们的合照，底下的评论里全是在问秦愈的照片呢。

"大家都让发你的照片。"晋棠棠说。

"我没拍。"秦愈一心都是结婚这件事儿了，哪里想得到拍照呢？跟拍的摄影师拍他，他都无视了。

要是以往，有人给他拍照他内心可能还会别扭呢。

晋棠棠从他的口袋里掏出手机："反正还没到时间，咱俩合照一张，让大家过过瘾。"

秦愈的表情尤其僵硬。

"这样不行，人家会以为我逼婚。"晋棠棠鼓着腮帮子，伸手捏了捏他的脸，"笑一笑。"

照片里的秦愈终于笑了，但他没有看镜头而是盯着笑靥如花的晋棠棠看。晋棠棠耳朵红红的。

他直白与热烈的爱，是她最难以抗拒的。

晋棠棠登录的微博是秦愈的账号，直接发送了刚拍的这张照片，照片却没有配文字。她转头，对秦愈笑："你说写什么好？"

秦愈认真地看着她："不写就可以。"

晋棠棠:"这样好单调呢。"
几秒后,秦愈握住她的手,替她打出一行字。

@秦愈:"我们现在要去结婚了。"
1秒前,转发:0;评论:0;点赞:1。

秦愈给自己点了个赞。
远处的喧嚣与热闹景象,都在为他们祝福。

番外 05
宝 宝

　　婚后第一年，晋棠棠怀孕了。

　　怀孕是个意外，因为在秦愈的计划里，他想和晋棠棠多过几年二人世界。即使之前的几年在恋爱，他还是觉得不够。

　　但宝宝来都来了，自然不能拒绝。

　　秦愈第一次经历这事儿，内心很慌张，生怕哪里没做好，半夜还会醒来上网查资料——该怎么保护孕妇？

　　晋棠棠都看乐了，自己像没事人一样："秦愈，我这才怀孕一个多月，你怕什么？"

　　秦愈看着她平坦的肚子，认真地道："从今天起，我要做个合格的父亲。"

　　他没有过完整的家庭生活，所以知道家庭破碎有多难受，绝不允许自己的孩子生活在这样的环境里。

　　晋棠棠的孕期生活可谓是"鸡飞狗跳"。

　　老家那边的人送来了两只鸭子和一只鹅，说要给她补身子。但总不能一天吃完吧，于是他们就先吃了鹅，两只鸭养在了别墅里。

　　来福很激动，终于又有伙伴了。每天早上醒来，秦愈去楼下喂鸭，来福就跟在他的后面，冲着从玻璃房里出外透气的鸭子大叫。

秦愈喝止："来福。"

来福立刻害怕了。

晋棠棠站在二楼，朝下喊："来福，你别偷吃我的鸭。"

来福"汪汪"了两声，它才不吃鸭，它只是吓唬它们。

她怀孕三个月时，两只鸭子只剩下了一只。

她怀孕五个月时，一只鸭子成功地拥有了新的朋友们，因为晋爷爷又送来了十只鸭，这下玻璃房里甚至能开动物派对了。

晋棠棠的情绪开始出现了变化。她以前性格非常乐观，现如今偶尔开始伤春悲秋起来，尤其是秦愈弹悲伤的音乐时会落泪。

秦愈吓得不轻，打算学习儿歌怎么写。他已经忘了自己很久以前说过不写儿歌的话了。

等他找到儿歌方面的老师，学习了一段时间后，晋棠棠已经怀孕七个月了，她的肚子已经很大了。晚上睡觉时她的腿会抽筋，秦愈就会默不作声地替她按摩，等她眉头舒展后自己才会入睡。

晋棠棠生产那天，秦愈在手术室外紧张得不行。

秦宗为了转移他的注意力，说："你和棠棠有想过是男孩儿还是女孩儿吗？衣服买了多少？"

"都买了。"秦愈果然被吸引，"不过她说是女孩儿。"

秦宗："为什么？"

秦愈："她说母女连心。"

秦宗无言以对。

虽然这话听着无厘头，但结果还真生了个小姑娘。

婴儿刚出生时，满身红红的，皮肤有些皱巴巴的，秦愈还没见过这么丑的小玩意儿呢，但是和其他婴儿一对比，发现还是自家闺女最好看。

他的儿歌灵感"噌噌噌"地往外冒。

晋棠棠和秦愈的小宝贝小名叫米团儿，因为晋棠棠怀孕时爱上了吃米团儿，她觉得女儿肯定也喜欢吃这个。

米团儿长开了，模样就像个精致的小公主一样。

她是秦家这一代最小的女孩儿，每次一出现那必然是"排场宏大"，家族里的每个人都想抱她。

秦愈的儿歌在米团儿满月时发布。网上贴吧里的人顿时因为这首歌曲的分类炸开了锅。

粉丝们："其实我早就想过，秦愈肯定会出儿歌！哈哈哈，真的！"

网友们："别说，我孩子还挺喜欢的。"

音乐人认真地听了听这首歌，给出了评价："秦愈应该是去学了相关儿歌的知识，很专业，看来是个好爸爸。"

晋棠棠看见这些留言都笑疯了。

谁能想到有朝一日，写情歌的秦愈开始写起了儿歌，并且一发不可收拾。

米团儿一岁时，秦宗的儿子也出生了；她三岁时，这个堂弟才两岁，走路歪歪扭扭不成道，觉得不好玩。

晚上睡觉前，米团儿小声地问秦愈："爸爸，你和妈妈可以给我生一个哥哥吗？"

秦愈说："这可能不行。"

米团儿很失望："那怎么才能行呢？"

晋棠棠把她抱回她自己的床上："怎么都不行，爸爸妈妈有你一个宝贝就好啦。"

米团儿一听，羞涩地笑了。

这样啊，还是不要哥哥了。

图书在版编目（CIP）数据

秦晋之好 / 姜之鱼著.—武汉：长江出版社，
2021.12
ISBN 978-7-5492-8089-6

Ⅰ.①秦… Ⅱ.①姜… Ⅲ.①长篇小说—中国—当代 Ⅳ.①I247.5

中国版本图书馆CIP数据核字（2021）第257405号

秦晋之好 / 姜之鱼 著

出　　版	长江出版社	
	（武汉市解放大道1863号）	
选题策划	奔跑的小狐狸制作组	
市场发行	长江出版社发行部	
网　　址	http://www.cjpress.com.cn	
责任编辑	龚妍薇　李海振	
特约编辑	奔跑的小狐狸制作组	
印　　刷	北京润田金辉印刷有限公司	
版　　次	2021年12月第1版	
印　　次	2022年1月第1次印刷	
开　　本	880mm×1230mm　1/32	
印　　张	16	
字　　数	460千字	
书　　号	ISBN 978-7-5492-8089-6	
定　　价	59.80元	

版权所有 盗版必究（举报电话：027-82926804）
（如发现印装质量问题，请寄本社调换，电话 027-82926804）